——— 每本书都是一座传送门

次元书馆

OVERLORD ⑧
两位领导者

(日) 丸山黄金 著
刘晨 译

新 星 出 版 社 NEW STAR PRESS

目录

001	第一章　安莉动荡忙乱的日子
211	第二章　纳萨力克的一天
387	角色介绍
396	作者后记

1章 安莉动荡忙乱的日子

第一章 安莉动荡忙乱的日子

1

安莉·艾默特早上起得很早,她要在太阳升起前,开始准备早餐。之所以要早起,是因为她还没有去世的母亲那么熟练,准备起来很花时间,而且需要制作的量很大。

安莉、妮姆,还有十九位忠于安莉的哥布林,这就是二十一份早餐。除此之外她还要多准备两份,共计二十三份。这样的状态已经不能用繁忙来形容,简直像打仗一样。面对如此大量的食材,她自己也会惊讶得难以相信,一顿早饭居然要吃掉这么多东西。

"毕竟是以前近六倍的量啊。"

安莉做了一次大大的深呼吸,给自己鼓鼓劲,撸起了袖子。

她默默地切好蔬菜,然后换了把菜刀,把肉也切好了。应该以什么样的顺序处理食材,她在脑子里已经做好了计划。

安莉本来并不擅长做料理,却在短时间内练得如此麻利,可见人在环境的逼迫下,能发挥多么强大的力量。

安莉正在准备早餐,妹妹听到了声音,也揉着惺忪的睡眼起了床。

"姐姐,早上好,我帮你。"

"早上好,妮姆。这里不用帮啦,你去做我昨天拜托的工作吧。"

妹妹有一瞬间露出了不高兴的表情,不过最后也没有抱怨,有点失望地回答"好吧",服从了姐姐的安排。

安莉停下了手里的活。

她感到一阵心疼。

十岁的妹妹,曾经是一个活泼任性的孩子。可是那件事发生后,曾经天真烂漫的妮姆变得非常听姐姐的话,不再耍脾气,也不再吵闹和撒欢了。她变成了一个让安莉觉得伤心的"好孩子"。

父母温暖的笑容闪过安莉的脑海。虽然已经过了几个月,但是刻在她心头的伤痕依然没有痊愈。

如果父母去世的原因是疾病,就能提前做好心理准备;如果原因是突发性的事故或者天灾,也没法怪到别人头上。可是父母的去世并非出于这些原因,而是基于令人憎恨不已的惨案,因此她才久久无法释怀。

安莉用力闭上了眼睛。如果有旁人在场,她或许还能强忍着不露出脆弱的一面,可是现在只有她自己,寂寞揭开了她心头的伤疤。

"唉——"

眼底浮现出父母温柔的容颜,睁开眼之后,两人的影子还在眼前。她接二连三地回忆起温暖的往事。

黑色的情感——对杀害双亲的凶手的憎恶——在心中形成旋涡,她在感情的驱使下,用力挥下了菜刀。切肉菜刀猛地剁下，干净利落地把肉一劈两段。

安莉有点用力过头，把"案板"劈出一个小口子，她皱了皱眉头。

（如果把刀刃弄伤了，修起来可就麻烦了……对不起，妈妈。）

安莉因为没有小心使用，向母亲迫不得已留下的菜刀道歉，同时为开了洞的内心盖上盖子。

她正在用手指轻轻划过刀刃，确定有没有缺口时，旁边房间的——玄关的门打开了。

进来的并不是人类，而是身材比较小的——被称作哥布林的亚人。

"早上好，大姐。今天轮到我值班了……您怎么了？"

哥布林态度恭敬地向安莉行礼后，有点忧虑地看着她手里的东西。

安莉不过是个农村姑娘，哥布林们却总是对她毕恭毕敬。这是因为，她是哥布林们的召唤者。

那次事件之后，村民们觉得必须有人放哨。正在商量时，安莉突然想到了那件道具。她使用道具之后，哥布林们被召唤了出来。村民们一度因为突然出现的怪物大惊失色，十分恐惧。安莉解释说这些哥布林是用村子的救世主——安兹·乌尔·恭大人赠予的道具召唤出来的，村民们这才稍微放下了心。不用说，这当然是因为所有村民都对安兹·乌尔·恭心怀感激和信任。不仅如此，后来哥布林们的功绩也足以让村民们彻底打消疑虑。

"早上好，海沙砾先生。刚才用菜刀有点不小心……"

海沙砾是受到安莉召唤的哥布林之一。他额头上挤出皱纹，一脸担心地，以怎么看都像冬眠被打扰的食人熊一般的表情看着安莉。

"那可不妙啊，您可得注意点。毕竟村里没有会干铁匠活儿的人，我们的装备都没法修理。"

"是这样啊……"

海沙砾努力用欢快的声音说"没事，车到山前必有路"，便开始帮忙准备早餐。他从带来的瓮里取出带火星的木柴，熟练地给灶点上火，很快把小火苗变旺，巧妙的手法令人佩服。

（可他们就是不会做料理……到底为什么呢？）

他们哥布林连简单的料理都不会做。安莉本来以为是他们生食肉类蔬菜的缘故，谁知他们似乎更喜欢烹制好的料理——当然生的也吃。

（莫非召唤出的人都不会做料理？）

自己不过是个乡下姑娘，怎么可能明白。安莉下了结论，继续专心干自己的工作。幸运的是，菜刀的刃并没有崩掉。

过了一会儿，早饭做好了。

与母亲为一家做早饭时相比，如今的早餐更丰盛一点。

首先，有肉。以前游击兵确实也会偶尔分一些肉给安莉家，不过没有现在这么频繁。肉量增多了，这是因为村子活动的范围扩大了。

村子周边的都武大森林带给村民各种各样的恩惠——柴火、可以填饱肚子的果实蔬菜，还有动物的肉和皮以及各种各样的药草。

森林可以说是一座宝山，可是里面也有魔物，有时候搞不好会有把魔物引进村里来的危险，所以之前大家不敢轻易进入。最多是猎人等有经验和自信的专家，到远离森林贤王领地的地方偷取一点森林的宝藏。不过，自从哥布林们被召唤，森林贤王离开后，情况发生了很大的变化。

村民们可以远离村边，深入森林获取宝藏了。哥布林们是强者，有他们的帮助，可以更容易地获得以前难以获得的肉，新鲜的水果和蔬菜也摆上了餐桌。村民的餐桌比以前有了质的提升。

哥布林们是安莉的部下，服从安莉的指挥，因此他们得到的猎物会优先供应给安莉家。

不仅如此，还有一位游击兵成了村子的新成员，这一点也对伙食的改善有所贡献。

一位本来在耶·兰提尔做冒险者的女性搬到了卡恩村，跟着村里的游击兵学习猎人的技术。这位女性冒险者本来是一位战士，因此擅长用弓，很大的猎物她也能射倒。有了她之后，肉类的供给频率更高了。

伙食好了，自然会体现在身体上。

安莉用力弯起手臂，鼓起肌肉。

肌肉相当有料。

（嗯，感觉肌肉好像越来越结实了……）

哥布林们纷纷说，"大姐开始有肌肉了啊""继续练下去吧""线条很清楚""目标是腹肌六块！""好棱角！"——大概是夸奖安莉的肌肉吧。不过安莉作为女性，心情不能说有点，应该说相当复杂。

（幸好没有各位哥布林期待的那么多肌肉……我可不想变成那样啊……）

安莉把哥布林们设想的、完全形态的自己的形象赶出脑海，开始装盘。装盘也不是一件轻松的工作。

虽然不至于因为量多量少闹起来，不过浓汤中有没有肉是个大问题。安莉要一边确认大家的餐具中料是否相同，一边装盘。

在安莉额头开始掉下汗珠时，早餐的所有准备都做好了。

"接下来，就得去叫大家（哥布林们）和恩菲吃饭了。"

"是啊——"

"那我去叫他们！"

安莉回过头去，发现妹妹——妮姆眼中闪着光芒，站在自己身后。

"拜托你的事做好了吗？"看到妹妹点头，安莉也点了点头，

"是吗？那就叫恩菲——"

"不！我去把哥布林先生们叫来！"

妹妹突然大声说道。安莉对妹妹的提案没有异议。海沙砾对妮姆微微低头，大概是感谢她跑腿的意思吧。

"那就拜托了啊。那么，我去叫恩菲好了。"

"这是个好主意！好！大姐，我也跟您一起去。"

这样一来，家里就没人看门了，不过也没问题。毕竟从来没听说过村里进贼。

安莉和海沙砾两人一起，紧跟在先走出家门的妹妹身后出去了。

在朝阳的光芒下，带着草原气息的晨风吹拂在安莉的脸上。安莉吸了一大口清新的空气，发现海沙砾也和自己一样正在深呼吸。发现两人在做同一件事，安莉不由得露出了微笑。海沙砾见状，也扭曲了表情，露出了凶相。这表情在以前的安莉看来，或许会觉得十分恐怖，不过习惯了共同生活后，安莉清楚地知道，这是海沙砾露出了笑容。

在令人心情舒畅的晴空下，安莉向邻家的房子走去。

最近的悲剧让一座房屋失去了主人，本来住在耶·兰提尔的药师巴雷亚雷家现在住在这里。

巴雷亚雷家有两位成员。一位是经验老到的药师莉琪·巴雷亚雷老太太，另一位是她的孙子，和安莉十分要好的恩菲雷亚·巴雷亚雷。祖孙二人平时总是闷在家里，煎药草，制作药剂。

不和其他村民协作，是一种会被人疏远，搞不好会被排斥的态度，不过他们祖孙二人和别人不一样。

因为在这座小村庄中，药师的工作——制作药草以备伤病等不时之需的行为——是不可或缺的。村民们甚至恳求祖孙二人什么都不用做，只要专心制药就好。

特别是在卡恩村，这里没有会用治疗魔法的神官，药师的作用就更强了。

顺带一提，在更大一点的村庄，神官一般会兼任药师的职务。

神官用了治愈魔法后，会收取相应的报酬，不对，应该说是必须收取相应的报酬。不过村民经常无力支付报酬，只能以劳动代替。即使如此，神官还是会用药草，为付不起报酬的人调配药剂。因为药草调配出的药剂，价格要比治疗魔法低廉。

村里的哥布林中有一位祭司，可以瞬间治愈小伤，不过村里人决定如果不是特别严重的伤，就不动用哥布林祭司，以备不时之需。另一个原因就是哥布林祭司会用的魔法屈指可数，而且其中没有能治疗疾病和中毒的魔法。

因此，巴雷亚雷家的祖孙俩闷在家里埋头制药，对于村里人来说求之不得。

祖孙俩的工作十分重要，村里却很少有人愿意靠近他们。

只要靠近他们的房子，就明白为什么了。

安莉皱起了鼻子，海沙砾也露出了类似——看起来更邪恶——的表情。

两人之所以会这样，是因为这座房子周边飘着一股刺鼻的异味。这股难以形容的刺激性气味，会让人感觉它对身体有害。药草之类的植物碾碎后也会发出刺鼻的异味，不过那还算是植物的草腥味，不是危险的异臭。

安莉一边用嘴呼吸，一边敲响了入口的门。

就在安莉反复敲了几次门，开始觉得祖孙俩是不是出去了的时候，她发现门里面似乎有人活动并且发出了声音。过了一拍之后，响起了开锁的声音，门开了。

（呜?!）

安莉不想发出叫声或露出表情，不过屋子中飘出了令人无法忍受的空气。

她感到一阵刺痛。

强烈的刺激性气味扑向她的眼睛、嘴巴和鼻子。这股恶臭让人明白，房子周围的气味不过是余味而已。

"早上好，安莉！"

恩菲雷亚长长的刘海缝隙中露出眼睛。这双眼睛虽然睁得很大，但是严重充血。他昨晚大概又搞了一夜炼金术。

在刺鼻的臭气中，安莉不想开口说话，可是不打招呼太没礼貌了。

"早、早上好，恩菲。"

瞬间，安莉觉得喉咙好像被火燎了。

"早上好，大哥。"

"那个……海、海沙砾先生，你也早上好。已经天亮了啊，我精神太集中了，没有察觉到，不过看着太阳，就会觉得时间过得好快啊……我一直在做试验，觉得有点困了。"

恩菲雷亚发出"呼啊"一声，打了个哈欠。

"看来你工作得很专注啊——"

"早饭做好了，和莉琪奶奶一起来吃吧。"安莉本来打算这样说，可是被恩菲雷亚打断了。不对，恩菲雷亚应该不是故意打断她的，只是过度的兴奋让他控制不住自己。

"真的好厉害啊，安莉。"

恩菲雷亚突然靠近过来。他身上的工作服也沾着刺激性气味，安莉想要保持距离，但是作为朋友她忍住了。

"怎、怎么了，恩菲？"

"你听我说啊！我终于通过新的工艺生成了药水。这可是划时代的成果！我把拿到的溶液和药草混合在一起，这样制作出来的药水居然是紫色的。"

安莉只能回答："啊？"

她根本不明白到底哪里厉害。紫色的药水是不是有点类似放了紫甘蓝的水呢？

"而且真的能把伤治愈！治愈速度甚至可以匹敌纯粹用炼金术道具制造出来的药水！"

恩菲雷亚挽起袖子，露出了毫发无伤的纤细胳膊。安莉心想"比我的胳膊还细吧"时，恩菲雷亚不停地说了下去。

"还有啊！"

"好了好了，先说到这里吧，"海沙砾向前迈了一步，"看来大哥因为睡眠不足有点亢奋，所谓'high了'。大姐，这里就交给我，您先回去可以吗？"

"可以吗？"

"没关系啦。我会给大哥脸上泼点水，让他冷静一下再把他带过去。如果大姐回去得太晚，其他人会担心的。那么，老太太呢？"

"奶奶还在埋头研究……我觉得她可能不会吃早饭了。你好不容易做好了早饭，对不起。"

"啊，不要紧。我也想到了莉琪奶奶可能会不吃早饭。"

类似的事情已经发生过好几次了，安莉一点都不意外。

"那么，大姐就先回去吧。"

海沙砾说到这个份上，安莉只好从命了。

"嗯，那么，拜托你了。"

目送安莉的背影走远，海沙砾向恩菲雷亚投去了冰冷的视线。

"你在干什么啊。你不是知道吗？女人只有在对男人感兴趣的时候，才会认真地听男人讲自己的爱好。如果你不是她的心上人,对她讲自己的爱好,只会让她觉得没意思。"

"对不起,因为有了很厉害的发现……真的很厉害哟!是划时代的哟!"

看到恩菲雷亚不吸取教训,又讲起了自己的发现,海沙砾伸手制止了他。

"唉。大哥,你这样真的不要紧吗,你不是喜欢大姐吗?"

"嗯……"恩菲雷亚屏住呼吸,坚定地点了一下头。

"那就应该把大姐摆在最重要的位置,比药剂重要。"

"……明白了,我会尽量努力的。"

"尽量怎么行啊,你必须得做到,必须让大姐对你动情。我们会全力以赴地协助你。不光有我们,大姐的妹妹也答应我们伸出援手了。希望大哥也能下定决心,全力以赴啊。"

"嗯……"

"如果想等对方跟你表白,大多都会被别人捷足先登哟。把心意说出口的勇气是很重要的。"

恩菲雷亚觉得仿佛一把尖刀戳在了心口。

"当然嘛,说是这么说,其实我觉得恩菲大哥已经相当努力了。以前大哥面对大姐的时候,可是什么话都说不出口,现在已经能正常地对话了。"

"因为那时候我和安莉很少见面,只有来卡恩村采药草的时候才有机会见到她……和以前比起来,来到卡恩村之后我们见面的时间要久得多了。"

"没错，就是要有这个劲头，接下来只要勇往直前就行了。首先要展现你的力量。我听村里人说了，女人果然还是喜欢有力量的男人。不过给我这个意见的人四十九岁就是了。"

"我对自己的力气没什么自信啊，是不是应该多帮忙干点农活才好。"

"不，恩菲大哥有这个。"海沙砾敲了敲自己的头。

"这就是大哥的力量，还有魔法。大哥听好，我们觉得大哥表现自己的时机来了，我，或者是其他人，就会摆出这样的姿势。到时候请大哥展现出让大姐动心的态度，或者说出让大姐动心的语句。"

海沙砾摆出了展示上臂二头肌的姿势，胳膊上的肌肉鼓了起来。

"就像这样啦。如果我们觉得大哥需要进一步表现，就会摆出这个姿势。"

随后，海沙砾摆出展示胸肌的姿势。海沙砾虽然个子小，但是他拥有战士厚实的身躯。

恩菲雷亚有点不明白为什么要摆出展示肌肉的姿势，可这毕竟是哥布林们的好意，他不好意思提出质疑。不过，有一件事他觉得一定要问清楚。

"请问，你们为什么要帮我呢？我知道你们是安莉的部下，对她绝对忠诚。可是我不太明白你们帮我的意图。"

"大哥居然问这么显而易见的问题啊。"海沙砾用有点无奈的语气说完这句话，改成跟小孩子讲道理时用的、缓慢而坚定的语调继续说了下去，"我们希望大姐能幸福。从这个角度来看，大哥达到了及格线以上，因此我们希望两位尽快结婚。"

"不用那么着急吧！我们可以慢慢缩短两人之间的距离，你说呢。"

"那就太慢了。人类从妊娠到分娩需要的时间就已经很长了啊。"

话题突然飞跃到某种意义上来说算是男女关系最终形态的怀孕上，恩菲雷亚眨了几下眼睛，脸红了。

"这个嘛，应该不到九个月吧？"

"这样算来，生十只——不对，十个孩子，需要的时间就太长了吧。"

"十个孩子？我觉得十个就有点太多了吧！"

五个孩子是农村的平均水平。如果在孩子不容易活到成年的恶劣环境下，数量还会多一点。在生病时可以找神官治疗、有避孕药可以用的城市中，数量就会少一点

生十个孩子对于女性来说有点，不对，应该说是太多了。

"你在说什么啊，在哥布林中算是很普通的了。"

"我们可不是哥布林！"

"确实，种族之间有差别，不过我们希望大姐能多生一些孩子，更幸福一些。"

"我不会说有许多孩子不算幸福……但是总觉得有什么不

对……"

"是这样吗？"

恩菲雷亚不打算再对有点不解的海沙砾说什么。从整体判断，哥布林们的行动对于他来说是有利的。

"好了，大哥，我们走吧。总之，我们希望你能找机会向前迈出一步。如果大哥在大姐心目中作为家人的地位过于稳固，想要进一步发展可就难了……不过万一要用到最后的步步为营的手段，家人的地位还是有用的。"

"你们的知识到底是从哪来的？"恩菲雷亚摇了摇头，"奶奶，我要去安莉家吃饭了，你去吗？"

恩菲雷亚向房间里问了一句，随后传来了拒绝的声音。

奶奶大概一直在做试验，舍不得把时间花在吃饭上。

恩菲雷亚非常理解奶奶的心情。

这座房子中的各种炼金道具和器具都非常高深，有一大半的用法甚至连恩菲雷亚和他的奶奶都不理解。这些东西，都是侍奉大魔法吟唱者安兹·乌尔·恭的女仆带来的。安兹·乌尔·恭希望他们用这些东西制造新的药水和炼金术道具，甚至还给了他们据说能包治百病的传说中的药草。

他们问过安兹·乌尔·恭溶液等材料和未知器具的使用方法，不过安兹坚持让他们"自己思考"。

因此祖孙两人几乎没有好好休息过。他们通过各种各样的试验，确信自己虽然步伐缓慢，但是确实在前进。尽管偶尔也有大幅后退的情况——

这两个月对恩菲雷亚自不用说,对莉琪来说也是人生中最繁忙的时期。

祖孙二人努力的结果,就是桌上的紫色药水——莉琪正在对它进行实验,也是它令恩菲雷亚兴奋得浑然忘我。

"那我帮您拿回来。"说完这话,恩菲雷亚关上门,重新面向海沙砾。

"我们走吧。"

●

大家都到齐了,按说应该开饭了,可是安莉家没有宽敞到能同时容纳这么多人的程度。只要是天气好的日子,大家总是到室外进餐。

既然是在室外,喧闹一点也没关系。如果是在屋里,安莉想必早就爆发了。即使如此,哥布林们也显得太吵了。

"也就是说!安莉大姐是我的媳妇!"

"喂,你小子!你忘了我们说好不许对安莉大姐出手的吗?"

"就是!如果你小子要打破协议,我也不遵守了!"

"什么!那也是我先!"

几个哥布林踢开椅子站了起来,还有几个哥布林跳到了桌子上。

安莉强忍着火气，轻声细语地说道：

"大家请冷静一点儿。"

然而这样一句话，没法浇灭哥布林们眼中的火焰。

"你那是无谓的挣扎，兄弟。胜负早就见分晓了，你看这发出灿烂光芒的肉！"

一个名叫食寝的哥布林举起了勺子，里面坐镇着一粒乍看会觉得"是豆子"的鸡肉。这样的大小，就算安莉想要平均分配，也难免会看漏或者是看错。

"我刚才已经把肉吃掉了，但是浓汤底下还留着一块肉。你们的盘子里有吗？没有吧！这就是爱！"

"开什么玩笑！那只是大姐错看成了蔬菜丁而已！"

"要不然就是幻觉吧？刚才吃掉的肉其实是土豆或者什么，分你的肉就是那豆子大小的一块。醒醒吧，其实是安莉大姐已经在嫌弃你了。再说，我的神告诉我，'汝当使安莉幸福'。"

"你小子的神是个恶神吧，柯那。"

一半哥布林都站起了身，另一半坐在椅子上起哄，给起立的那一半煽风点火。不仅如此，妮姆也加入了煽风点火的那一半。只有几个例外的人没有加入这场纷争，专心吃着早餐，恩菲雷亚就是其中的代表。

"……红玉粉末……魔力羽毛……白蜡木研磨棒……杵臼……杵……杵？"

恩菲雷亚一边把浓汤送到嘴边，一边神情恍惚地念叨，浓汤刚进口，又流回了盘子里。他的眼睛被刘海遮住看不到，恐怕他的视线已经在现实和梦境之间打转了吧。

"恩菲，你不要紧吧？"

哥布林们吵吵嚷嚷，如果放着不管，不知会闹成什么样子，可是恩菲雷亚的状态也不正常，同样不能放着不管。他大概已经很久没有睡觉了，精神已经涣散到了只要坐在椅子上就会顺着椅面滑下去的地步，开始吃饭后就像不死者一样没了生命力和知性。

"嗯……不要……紧的。安莉……浓汤……"

"啊，恩菲，振作点。"

"再说，你上次不还说什么'一心只爱妮姆小姐'吗？"

"现在和那时候不一样了。我以前认为妮姆小姐有十岁，而且身高和我们差不多，是一位妙龄女郎。可是我现在知道了，人类……不到十五岁就不算成年！"

"欸！什么，你说的是真的吗……不是安莉大姐他们其他人都是巨型人类吗？"

聊得起劲之后，哥布林们的话题跳转很快。安莉还没来得及问什么是巨型人类，玩腻了煽风点火的一些哥布林已经挑起了新的战端。

"啊！你这家伙居然偷我的面包！"

"我的狼还饿着肚子呢！别那么小气嘛！"

"各位！"

安莉大喊一声，可是声音被喧嚣淹没了。勺子和盘子飞来飞去，怒吼和谩骂声的风暴呼啸着。飞来飞去的都是已经空空如也的容器，并没有浪费食物，即使如此，这样的行为也不能容忍。

安莉终于下定了决心，柳眉倒竖，深深吸了一口气。

"狼不是吃肉的吗！就算你等级比较高，别以为单纯近身格斗你也能占便宜啊！"

"有意思，我会让你想起昨晚吃了什么的！"

安莉猛然站起身来的瞬间，他们像一阵风一样回到了本来的座位，开始规规矩矩地吃起饭来。

"别太过分了，请安静一点儿！"

安莉的吼声响彻极其安静的餐桌。

"啊……"

安莉呆呆地环视周围一圈。所有人都好像在说，"我在老老实实地吃早饭，怎么了""怎么突然大叫起来，有点吵啊"，露出困惑的表情一齐看向安莉。一段时间的寂静之后，安莉红着脸，老实坐回了椅子上。

"噗，哈哈哈哈！"

第一个打破沉默的是妮姆，然后安莉也捧腹大笑起来，哥布林们也一起哈哈大笑起来。

时机掌握得那么好，一定经过了细致的计划，搞不好甚至事先练习过。把可敬的努力用在这种无聊的事上，实在是太好笑了。

"啊——笑死我了。大家一开始就打算整我的吗？"

安莉一边擦去眼角因为笑得太狠而渗出的泪水，一边装作有点生气的样子问道。

"当然是了，安莉大姐，我们可不会因为这种事吵架。"

"是啊，大姐。"

"就是就是。"

哥布林们面无愧色地互相应和，用他们擅长的诙谐表情带过了安莉的责怪。可是安莉把目标缩小到海沙砾一人，一直死死地盯着他。海沙砾有点承受不住地移开了视线，好像为自己开脱一样小声说道：

"嗯，怎么说呢……因为安莉大姐今天早上看起来情绪有点低落。"

周围的其他哥布林，不是有点难为情地低下了头，就是看着不相干的地方。

"大家——"

"毕竟我们是安莉大姐的亲卫队嘛。"

"就是啊。"

"对，我们是亲卫队！"

"我们连亲卫队的登场亮相动作都想好了。"

"对对，就像这样以大姐和妮姆小姐为中心。"

"欸！还有我？"

"当然有了。两位要像这样威风凛凛地举起双手……像这样。"

就算往最褒义的方向思考,这个动作看起来也只能解释成四脚朝天的青蛙。

"不,我就不掺和了。其实亲卫队到底是什么意思啊……对吧,恩菲?"

安莉好像求救一样转头去看身边青梅竹马的恩菲雷亚,可是没有看到人。

在某种预感的驱使下,安莉把视线放低,只见恩菲雷亚趴在桌子上,脸泡在浓汤里。

"恩菲!"

安莉抱起软塌塌的恩菲雷亚,一脸惨白地叫着他的名字。急忙围了上来的哥布林们用手指扒开了恩菲雷亚紧闭的眼皮。

"……只是睡着了而已。让他睡到中午,应该就没问题了。"

"恩菲……真拿你没办法。"

安莉扛起恩菲雷亚,打算到自己家的卧室去,先让他凑合睡下。听到背后的人们你一言我一语地说,"咦,一般不都是男生背女生吗?""妮姆小姐,这就别说啦。""恩菲雷亚大哥……"

收割完麦子之后,税吏就会到村里来。

安莉思考着,到时候该怎么解释哥布林们的存在。

该说他们只是召唤出的魔物,还是该说是自己的部下?还是说……

安莉觉得，他们一直把自己的事放在心上。

不光会保护她的生命，还会关心她的心情。她在想，为了哥布林们，自己能做些什么。

为了这些虽然吵闹，但很可靠的新家人，她到底能做些什么——

●

用没有弄脏的手背擦了擦顺着脖子流下的汗水，安莉把拔下的杂草集中起来。她这次拔掉了不少杂草，挤碎的草发出绿色植物的芳香。

吸饱了汗水的衣服贴在干了很久农活后极其疲劳的身体上，让她十分难受。

安莉为了转换心情，用力伸直了后背。

一大片田地映入眼帘。

种下的麦子穗子越来越饱满，随着收获季节的临近，麦穗会染上金色。大片金黄色的麦田非常壮观，不过在那之前还有除草这一项十分麻烦的工作要做。如果不好好除草，金黄色就会变得稀稀拉拉。

现在的辛苦就是为了收获的喜悦。

伸直后背，一直紧绷的肌肉放松了，硬邦邦的身体也恢复了柔软。风吹过火辣辣的身体，她感觉十分舒服。

吹拂的轻风还为安莉送来了村子中的喧嚣。

将什么东西楔进地面的声音，大家合力的号子声，这些都是以前村里不会有的声音。

现在村里正在紧急推进许多计划。

其中最受到重视的，是建筑环绕村子的围墙，还有建造瞭望台。不用说，这是为了让村子的防御能力更强。

卡恩村位于都武大森林附近，森林就是魔物的栖息地，可以称之为魔境。如果想在它附近安家，没有坚固的围墙是没办法安心生活的。

可是，原来的卡恩村只是在平地上围绕着中央广场建起了许多房屋，并没有像样的围墙，谁都能轻易进入村子。以前还可以不设防，因为村子虽然在森林附近，但是魔物不会到村边来。

附近曾经是名为森林贤王的强大魔兽的地盘，没有魔物跨越它的领地，卡恩村因此像被铁壁保护着一样安全。

不过安全的生活被人打破了。

村子遭到帝国骑士的袭击，亲人遭到屠杀之后，村民们不认为村子可以继续不设防。

因此，哥布林指挥官寿限无提出了将村庄化为要塞的计划。这时有人提出，如果村子再次遭到袭击，只靠哥布林的兵力无法全面防御，寿限无的计划便马上得到了所有人的支持。大家依然忘不掉那天的噩梦。

首先拆除无人居住的空屋,用拆下的材料建造围墙。当然,只是拆空屋,木材不够用,因此需要进入大森林伐木取材。大家担心深入森林会侵犯森林贤王的领地,决定沿着森林边缘走去远处伐木。

负责护卫的自然是哥布林。

经过一系列的作业,村民们对哥布林的戒心已经彻底消失了。同为人类的骑士进入村庄滥杀无辜也是让村民们转变思想的诱因之一。同种族会自相残杀,而哥布林虽然是异种族,但他们是安莉的部下,为村子卖力。大家现在觉得,是否可以信任,不能凭是同种族还是异种族来判断。

最重要的是他们有力量。哥布林们作为战士保护着村民们,就算村民受了伤,哥布林祭司柯那也会为大家治疗。

村民们怎么会讨厌哥布林呢?

就这样,没用几天,哥布林们就在村里扎下了根,成了村庄不可或缺的成员。这一点看他们的住处就明白了。他们是异种族,却在村中——离安莉家很近的地方——建起了一座大房子作为营房和据点。

村民和哥布林齐心协力推进着增强村子防御力的计划,可毕竟人手不够,一开始只建起了简陋的木栅栏。

就在这时,起到村子防波堤作用的森林贤王,追随着一位身穿黑色铠甲的强大战士,离开了自己的地盘。虽然是大家辛苦建造起来的，但是村民们都唉声叹气，认为只凭简陋的栅栏没法安心生活。

不过——现在已经有一道结实的围墙保护村子了。

后来来了一位绝世美女，自称是侍奉村子的救世主安兹·乌尔·恭的女仆。她带来了几只岩石哥雷姆，改变了村子窘迫的状况。

哥雷姆不知疲倦，会以远超人类的力量，依照命令默默地工作。虽然有些笨拙，细致的工作不能交给它们。尽管如此，它们的参与也让村民们节省了大量的时间。在哥雷姆不眠不休的工作下，围墙的建筑急速地推进着。

大量地伐木取材、挖掘用来打造坚实地基的大坑等只靠村民和哥布林难以完成的庞大工程，哥雷姆以惊人的速度完成了。只用了几天，大家认为需要几年才能完成的围墙就建好了。而且建好的围墙比大家计划中的范围更大、更高，而且更坚固。

不光是围墙，瞭望台也顺利地建成了。就这样，村子东西两侧都有了瞭望台。

"安莉大姐，这边也完工了。"

一起除草的哥布林——派波跟安莉搭话，打断了她的思绪。

"非、非常感谢。"

"客气，您不用道谢啦。"

派波有点难为情地挥着满是泥土和草汁的手，安莉却觉得他们的付出不管怎么感谢都不够。

失去父母之后，安莉连种好自家的田地都很困难。本来其他村民应该会来帮忙，可是现在劳动力严重匮乏，各家都只顾得上自家的田地。不过，哥布林伸出援手之后，这个问题解决了，而且获得帮助的还不止安莉自己。

听到有人叫自己的名字，安莉转过头去，看到视线前方站着一位胖乎乎的女性，她身边站着另一位哥布林。

"安莉，太谢谢你啦。有哥布林先生帮忙，地里的活已经干完了。"

"那真是太好了。是大家自己主动要求帮忙的，要道谢直接向他们道谢就好。"

"是啊，我已经跟哥布林先生道过谢了。他说自己是部下，让我去跟大姐道谢。"

听到大姐这个单词，安莉苦笑了一下掩饰自己复杂的心情。

哥布林们主动提出帮助在袭击中失去了劳动力的家庭。眼前的女性也是其中之一。

"哥布林为村子做了这么多，怎么能排斥他们""对卡恩村来说，与哥布林为邻比与人类为邻强多了"，哥布林们在卡恩村有口皆碑，以致对他们的赞扬已经成了大家日常的话题。

"对了，其他哥布林先生在什么地方呢？为了表示谢意，我想请大家吃饭。"

"其他人不是在放哨，就是去帮刚搬来村里的人了。我会告诉大家大妈说要请他们吃饭的。"

"是吗,那么安莉,就拜托你替我转达了。到时候我会好好露一手,做一顿丰盛的美餐的。我就先请这位哥布林先生去吃饭吧。"

"方便吗?盛情难却,我就恭敬不如从命了。大姐,不好意思,我就去莫尔加大妈家吃了。"

安莉点了点头,妇女和身旁的哥布林一起向着村庄方向走了。

"希望刚搬来的各位能理解哥布林们不是坏人。"

"毕竟刚见面的时候,他们的表情十分可怕啊。看来我们在他们心目中属于敌人的范畴。"

"看来一般的开拓村和我们村不一样,认为亚人是敌人的想法比较普遍……"

"正因如此,我们才分出不少人手去帮他们,可是已经形成的观念很难转变。"

"不,不过,已经变得融洽多了。我之前看到他们很自然地打招呼哟。"

"是啊,毕竟他们也和各位卡恩村的村民一样,有遭到袭击、家人遇害的经历。不对,他们大概有着更悲惨的过去吧。"

卡恩村遇袭的经历虽然悲惨,但是有大概半数的村民存活了下来。相比之下,有一些村子大部分村民都被骑士们杀光了。

卡恩村招募移居者时,搬来的就是这些村子的幸存者。

沉默来到了两人之间。

安莉再次伸展后背望向天空。午饭的钟声虽然还没有敲响，但是时间也不早了，地里的活也正好告一段落。

"好了，我们去吃午饭吧？"

派波仿佛压扁了的脸上浮现出明显的欢快笑容。

"太好啦，安莉大姐做的饭好吃极了。"

"哪有那么好吃啦。"

安莉难为情地笑了起来。

"大姐别谦虚，我说的是真的。帮安莉大姐下地干活可是我们当中最受欢迎的工作，因为干完活可以吃到安莉大姐做的美食。"

"啊哈哈，既然这样，大家的午饭也由我来做吧？就像早饭一样。"

做三份和做二十多份是一样的……才怪。光是切食材就不轻松。不仅如此，锅也不是一两个就够用的。做这样一顿饭要费不小的力气。不过，费这点力气，和哥布林们为卡恩村的付出比起来，根本不算什么。

"不行不行，那可不行。毕竟吃大姐做的午饭，是竞争胜出者才能得到的奖赏。"

看到小个子亚人露出坏笑，安莉有点为难地笑了起来。她虽然知道哥布林们通过猜拳来决定由谁来帮自己干活，但是对自己的料理是不是配得上这么高度的赞誉没有自信。

"那么，我们回去吃饭吧。"

"太好啦……"

派波说到这里，突然闭上了嘴，以锐利的目光盯着远方。看到派波由诙谐的小个子亚人一瞬间变成了身经百战的战士，安莉倒吸了一口冷气，把视线投向和他相同的方向。

视线前方是一名骑着狼的哥布林，他正在草原上以滑行般的速度向村子前进。

"那是久命先生吧。"

安莉召唤的哥布林军团有十九名成员。其中包括十二名八级的哥布林、两名十级的哥布林弓兵、一名十级的哥布林魔法师、一名十级的哥布林祭司、一名十级的哥布林骑兵、一名十二级的哥布林指挥官。

今早的海沙砾和帮忙下地干活的派波都是八级的哥布林。现在骑在浑身漆黑的狼身上，身着带毛皮甲、装备长矛的久命，是十级的哥布林骑兵。

哥布林骑兵的工作是在草原上巡逻，以期尽早发现危险。安莉已经看惯了他为了进行定时报告返回村子的情景。

"是啊……"

可是，派波的语气十分沉重。从语调中能感觉到，他发现有什么不对劲。

"你怎么了？"

"我觉得他回来得比平时早了点。他今天应该是去大森林那边巡逻了……莫非发生了什么吗？"

听到派波的解释，一股不安涌上安莉心头。她担心再次发生血腥的惨案。

两人正沉默不语，久命骑乘的大型狼已经来到两人身前。狼粗重的呼吸声，说明了久命回来得多么急。

"怎么了？"

听到派波的提问，久命骑在狼背上向安莉略施一礼，回答道：

"大森林那边好像发生了什么。"

"发生了什么？"

"不清楚到底发生了什么。似乎不像上次有人北上时那样，人数并不多。"

"那么，是骑士吗？"

安莉忍不住插嘴两人的对话。虽然知道自己帮不上什么忙，但她还是忍不住要问。她还没有忘记村庄遇袭的可怕事件。

他们说的有人北上，是指之前一次人数众多、超过数千的什么人向北移动，留下的足迹被哥布林们发现的事件。足迹大小和人类相仿，不过全光着脚，大家认为那大概不是人类留下的。

"没有确凿的证据，不过我觉得应该不是。一定要说是什么的话，应该是森林深处正在发生什么事。"

"是这样啊。"

听到久命的回答，安莉不由安心地叹了口气。

"总之,我先去跟指挥官报告了。"

"好的,辛苦你了。"

"辛苦你了。"

久命向两人挥了挥手,策狼奔跑起来。安莉目送他远去,看着他钻进了慢慢打开的村门。

"好了,我们回去吧?"

"是啊。"

●

安莉和派波在井边洗过手,回到家里后,听到了少女的声音。

"你回来啦,姐姐。"

听到打招呼声的同时,安莉还听到了石头间相互摩擦的声音。安莉把头转向声音传来的方向,看到妮姆正在房子的阴影里转着石磨。

从石磨中传来刺鼻的气味,酷似刚才安莉手上还在发出的气味,不过这股气味似乎比刚才她手上的还强一倍,强烈得就算隔一段距离也能闻得到。

妮姆好像已经习惯了刺鼻的气味,所以不觉得难受,安莉则被熏得眼角渗出了泪水。站在安莉身后的派波脸上没有一丝特别的表情,不知这是他的种族特性,还是他觉得在自己主人的妹妹面前不能露出失礼的表情。

"我回来了。怎么样,磨好了吗?"

"嗯,磨好了,你看。"妮姆露出满意的表情,以视线指给安莉看。安莉出门前留给妮姆的一堆药草,现在只剩一小把了。"厉害吧,马上就磨完了。"

安莉拜托妮姆把药草磨成糊状装进罐子里。有些药草要晒干保存,有些则要磨碎保存。

"哇,干得好卖力啊,妮姆!"

听到安莉毫无保留地赞扬自己,妹妹有点得意得难为情起来。不知是受到了恩菲雷亚潜移默化的熏陶,还是想尽可能多地帮助姐姐,妮姆干活又细致又麻利。

药草是卡恩村宝贵的收入来源。可以说是这个劳动力并不富裕的开拓村的唯一一种特产。

药草对村庄来说是获取货币的宝贵手段,村民们知道许多药草生长的群落。

安莉默默思考着。在村边能采到的药草中,这种是收益最高的。可是,它只有在开花前的短暂时期才会产生具有药效的成分,对村子来说只能算是临时收入。现在已知的群落已经全部采摘完毕了,在稍微靠近森林深处一点的地方,或许还有尚未发现的群落。

然而,那里是魔物横行的大森林,不是安莉可以抱着野餐的心情前往的地方。不过,现在村里有哥布林,还有在采集药草方面经验丰富的恩菲雷亚。只要请求他们帮助，想必可以赚到不少钱。

安莉犹豫了一下，向派波提出了这个想法。

"我想去以前没去过的地方采药草，可以和我一起去吗？"

按说安莉没有必要自己去，只要派足够强大的哥布林前往森林就可以了。然而，安莉召唤的哥布林有个奇怪的缺点。

他们非常不擅长寻找药草，也不擅长分解获得的猎物。

他们在料理方面也有类似的倾向。就算在现场把样品拿给哥布林看，他们也分辨不出眼前哪种草才是要找的药草。这样的缺点说来实在令人费解，可他们就是缺乏这方面的能力，而且学不会，感觉就像被什么人削掉了。

因此，说到采药草，只能由哥布林之外的人和他们一起去。

"我们可以去……不过安莉大姐要想和我们一起去，恐怕不行哟。"

"欸？是这样吗？"

"是的，刚才久命不也说了，森林深处似乎发生了什么事。一旦发生什么变化，森林就会变得不安宁起来。"

看到安莉一脸不解，派波详细解释起来。

"警惕性强的魔物感受到变化后，有可能会迁移自己的地盘。这样一动，就会打乱周边魔物的地盘，引发混乱的连锁反应。说白了，就是更容易碰到魔物，危险性会更高。而且搞不好，会把某些魔物引到大森林外边。虽说安莉大姐浑身是胆，也没有必要以身犯险吧。"

"是这样啊……"安莉对"浑身是胆"有一定疑问，不过还是当作派波又在恭维自己，没有深究。"上次的大迁徙也很奇怪，森林深处到底发生什么了呢？"

"真是不知道到底怎么回事啊。虽然想派些人进入大森林，详细调查到底发生了什么……但是我们去了，村子的防御力就变得薄弱了……对了！用冒险者如何？"

"这不太可能的，"安莉皱起了眉，"恩菲告诉过我，拜托冒险者做事需要支付非常高的委托费。耶·兰提尔的领主大人似乎会承担一部分费用，可是我们这样的小村子连剩下的那部分都很难拿得出来。"

"原来如此……"

"如果能采到很多药草卖掉，说不定能凑得出来……如果还不够，就只能卖掉恭大人送给我的道具……"

安莉从安兹·乌尔·恭处获赠了两支号角，一支在用过后已经消失了，还剩下一支，藏在安莉家里。

"我觉得还是不要卖为好，大姐。与其卖掉不如用掉更好点。"

"我当然不会卖了。"

安莉不想成为把恩人好意送给自己的道具卖掉换钱的小人。就算到了非卖不可的地步，她也不愿意卖。再说，恭大人现在还担心村子的安全，派女仆送哥雷姆过来帮助村民，她怎么能做出忘恩负义的事。

"不过这可如何是好。只有近期才能采到那种药草。就算有点危险，可能的话……"

安莉对似乎有点担心的妮姆露出微笑，她希望能尽量避免令最后一个家人伤心的事。然而即使如此，她也不愿意放跑获得现金的宝贵机会。从优先级来考虑，这样的选择或许是错误的，但是哥布林们为了村子卖命——把自己当作主人，她觉得有必要报答哥布林们的恩情。

（一定要多赚些钱，打听一下能不能为哥布林先生们买些装备。全身铠甲之类的看起来防御力很强。那位穿黑色铠甲的人……说起来他叫什么来着？）

安莉对武器和防具的价格没有什么知识，不过她知道一定不便宜。正因如此，看到不愿意放过机会的安莉似乎心意已决，派波伸出手示意她稍等一下。

"嗯，刚才只是我自己的意见，我还是去跟指挥官说一下吧。请安莉大姐也不要这么快就做决定。我不想指挥官责怪我瞎出主意。而且，我想恩菲雷亚大哥应该也有各种各样想采的药草。"

安莉正在烦恼该怎么办才好，只听"咕噜"一声可爱的响声。她转头一看，发现妮姆正用有些不满的眼神看着自己。

"姐姐，我饿了，我们吃饭吧？"

"是啊，对不起。那收拾一下去洗手吧，我这就去准备。"

"好的。"

妮姆劲头十足地回答着,把石磨分开两半,用刮刀把缝隙中的绿色黏液灵巧地刮进一个小罐子里。安莉一边思考午饭做什么料理好,一边向着房子大门走去。

2

安莉站在都武大森林前。当然,她不是独自一人来的,周围是对她忠心耿耿的哥布林军团的所有成员。

哥布林们的装备是链甲衫、圆盾,腰上挂着厚背开山刀,链甲衫下面是茶色的短裤短衫,脚上穿着坚韧毛皮制成的靴子,腰上还挂着装小东西的挂包。武装得十分彻底。

全副武装的哥布林们正在对随身携带的物品进行最后的检查。检查水袋里是不是装好了水,厚背开山刀的刀刃是否磨利了。

全体军团成员都武装得十分到位,但背的行囊却并不多。这是因为大家计划短时间内完成工作,不考虑长时间对大森林进行探索。

在场的所有军团成员并不是都要护卫安莉对大森林内部进行探索。他们的主要目的是对骑兵带回的情报进行详细调查,查清大森林内部发生的异常状况。不过目的终归是保护村子,因此他们打算在村子周边进行大范围、不深入的探索。

护卫安莉去采药草的哥布林只有三名。

除了哥布林之外，还有一人同行，就是恩菲雷亚。他也做好了充分的准备，穿着一身适合在森林等处采集药草的服装。有恩菲雷亚随行，药草的采集一定会非常顺利。

大概是感受到了安莉的视线，他仿佛在说"怎么了"一样歪了歪头。安莉摆了摆手，表示"没什么"。他似乎还是觉得不放心，跟身旁的大块头哥布林一起，向安莉身边走了过来。

粗壮的骨骼和肌肉，加上高大的身材，令人难以想象他是哥布林。他身着重视实用性的粗犷胸甲，背着一把趁手的巨剑。

他就是寿限无，哥布林军团的首领。这个名字是安莉依据故事中登场的哥布林勇者"寿限无·寿限无"取给他的。顺带一提，在这个故事中，和哥布林勇者一起战斗的骑士们都得到了特别的名字，安莉用这些名字命名了其他哥布林。

"看来你……不像有什么担心的事，怎么了？"

"没什么，我真的没事！只是碰巧看了你一眼而已。"

"那就好，进入森林之后，一点小事都有可能致命。哪怕发现了一点小问题也要告诉我们哟。"

"是啊，安莉大姐。刚才也说了，我们要调查村子四周森林的状况，万一出了什么问题，我们没法马上赶到……不要紧吗？"

寿限无担忧地皱起粗犷的脸，观察起安莉的表情。安莉见状，露出了微笑。

"不要紧的,不会到太深的地方去,他们会保护我的。"

"那就好……"寿限无轮番瞪向安莉视线前方的三个哥布林,然后发了话,"喂,伙计们,大家都明白吧,千万不能让大姐受伤啊!"

"是!"

三个哥布林——五劫、海沙砾、云来——气势十足地齐声回话。

"还有恩菲大哥,安莉大姐就拜托你了啊。"

安莉突然发现,海沙砾正在做前展肱二头肌的动作。

"这时候叫我表现啊……咳!当然了!我一定会保护好安莉的!"

看到恩菲雷亚信心十足地笑着,安莉似乎产生了幻视,感觉他的牙齿发着白光。眼前恩菲雷亚的态度和平时的他差距太大,让安莉觉得浑身难受,不过她又一想,这大概是因为要去森林,他太兴奋了吧。

安莉觉得恩菲雷亚孩子气得有点可爱,感到自己好像多了个弟弟。

"谢谢你,恩菲,拜托了。"

(咦?这次是侧展胸肌……什么意思呢?)

"欸,还要表现……那个,我准备了好多炼金术道具!交给我吧!"

看到恩菲的牙齿第二次发出白光,安莉觉得他的可爱程度突然降低了一半。

"嗯，嗯……拜托了。"

"啊——拜托了。不过话说回来，说实话，不用非得做这么危险的事也……"

寿限无回头看向安莉，再次露出了为难的表情。安莉心想，他这是要把在村里重复过许多次的话再说一遍，觉得有点烦，可是寿限无毕竟是在担心她的安全，她不能不识好人心。

"可是，如果不去采药草，就赚不到钱……"

"兽皮不行吗？如果是兽皮，我们去就行了。"

"兽皮也不错，不过还是药草最值钱。"

兽皮和药草的价格差距明显，以天壤之别来形容也不过分。非常稀有的动物，皮毛确实比较昂贵，不过很难碰到。

"请恩菲大哥去采……"

"巴雷亚雷家的家计和我家是分开的，我们要各出一分力，然后均分赚到的钱，不能完全依靠恩菲。"

在村里生活，就要一家有难大家支援才行。因此，如果被孤立了，生活会变得很困难。可是，如果事事依赖别人，证明这家没有自主生活的能力，村子同样也容不下这样的人家。自给自足不是那么简单的。

恩菲雷亚在后面说："海沙砾先生，现在不是时候，别再摆姿势啦……"两人从他身上移开了视线。

"这个嘛，确实……您说得没错……要是和大哥成了一家人，钱就能一起用了……可是……您非去不可吗……"

寿限无的声音越来越没底气，他大概已察觉到了，自己是无法阻止安莉前往大森林的。

寿限无是真心为她的安全担忧，安莉也不想让他为难，但是她的决心是不会动摇的。

明知危险还要闯进大森林，安莉是在听到海沙砾说"没法修理装备"之后下的决心。

只是磨菜刀那谁都能做，说到维修铁质装备，就只有专职锻冶师能做了。也就是说，哥布林们背负着潜在风险，装备状态越差，死亡就越接近他们。对于现在的他们来说，准备备用武器已经成了必不可少的工作。

赌命保护她的哥布林们把她尊为主人，那么她作为受到保护的人，能做些什么呢？对此，安莉的结论是：自己不该总是躲在安全的地方，坐享他们的奉献，她应该尽自己所能，帮助他们随时保持最好的状态。

哥布林们作为安莉的护卫存在，同时也是卡恩村的守卫者，有大义名分，大可以向全体村民征收购买武器的必要经费。不过，安莉否决了心中产生的这个念头。

说到底，安莉只是想作为个人向哥布林们报恩，这次探索之行，代表着她的诚意和矜持。

"按说应该先确认安全，再请安莉大姐进入森林才最好……"

在身后插话的，是哥布林魔法师——戴诺。

这是一位头戴人形生物头骨的哥布林魔法吟唱者。

哥布林魔法吟唱者手执一根尽管寒酸，但是长过自己身高的扭曲木杖，全身点缀着部落土著似乎会穿戴的稀奇装饰品。她的胸部略微鼓起，仔细观察的话，脸型轮廓看起来比男性哥布林柔和。就算是经常看到她的安莉也只能看出这点区别，普通人想必难以区分哥布林的性别。

"可是，就算这样，也没法确认是否真的安全了吧？"

"嗯，是的，非常遗憾，没人能确定是否真的安全了。最多可以确定森林是不是平静下来了，就算只进行这点调查，也需要不少时间。如果要调查魔物的地盘是如何重新划分的，就需要更多时间了。"

要是这样，会耽误了目标药草的采摘期。听完戴诺的话，安莉坚定了眼神中的意志，坚决地说道：

"不要紧的，我不会到那么深的地方去。"

这早就重复过许多次的问答，让寿限无明白自己还是没能令安莉改变心意。他放弃说服安莉，把视线转向即将与安莉同行的三个哥布林。他说的话依然和刚才相同。

"我们没法保护安莉大姐，所以你们要作为我们的代表，保护好安莉大姐的生命安全，顺便也保护好恩菲大哥，明白吗？"

"是！"

"按说大家一起行动才是最安全的，分散战斗力实在是下策。"

戴诺嘟囔着。

"可是一起行动就没法尽早解决问题了吧?"

"是的。如果发现有魔物正在向村子进发,或者发现有魔物想要在村子附近建立领地,不尽早赶走会很麻烦。等魔物定居下来就很难再赶走了,就算赶走了,它们也很可能会回来。"

随着大森林势力图的变化,必须对大森林——特别是村子附近的区域进行探索。

这将是第一次探索。第一次就代表着风险最高,因此只能分出三个哥布林护卫安莉。

"好了,我们出发了!快点结束调查,和大姐会合!"

听到寿限无的吼声,哥布林军团成员们一齐发出了表示同意的威武呐喊。

●

大森林内部。

前进了一百五十米后,温度已经下降了几度,这单纯是因为太阳照不到地面。虽说如此,森林内部也并非漆黑一片,安莉能毫不费力地看清周围。安莉等五人穿过略带寒意的空气,走在森林中。

现在,寂静统治着大森林,除了摇曳的树梢发出的细微声响,还有偶尔传来的鸟兽叫声之外,基本没有声音。寂静中传出安莉一行的脚步声。不知道寿限无率领的别动队前进到了什么地方，安莉听不到一点声音。

一行人以近似三角形的队列在森林中前进，三角形的中央是安莉与恩菲雷亚。

太宽的阵型在森林中不易维持，林中行军大多采用长蛇阵，不过哥布林们为了保护二人，勉强维持着三角形阵型。阵型导致前进速度变慢，不过大家觉得这也是没办法的事。

进一步向着大森林深处北上后，恩菲雷亚开始东张西望。

他在寻找密林中沉睡的宝藏——药草。

在药草方面，安莉也不是外行。从单纯的口服、涂抹患处的药草，到用来制作一般药水的材料，安莉都认识。她拥有对这个年龄段的女孩子来说算是非常渊博的药草知识。即使如此，和恩菲雷亚相比也是小巫见大巫。他不仅熟知用于医疗的药草，对用作炼金术素材的药草的研究也有很高造诣。

"发现什么稀有的药草了吗？"

听到安莉向恩菲雷亚提问，周围的哥布林们好像正在等着这个时刻一样，一齐摆出了展示肌肉的动作。

（又是前展肱二头肌……现在流行这个姿势吗？）

安莉歪歪头，没有发现恩菲雷亚面露少许厌烦的表情。

"为什么我就是说不出口让他们不要做这样的暗号呢……缺乏勇气真是糟糕透了。你看，那边不是有茶色的苔藓吗？"

恩菲雷亚手指的地方确实有苔藓。

"那是贝贝亚莫克藓,治疗药水里稍微放进一点这种苔藓,能提升少许效果。"

"嘿——是这样啊。如果让我找,一定会把它当成普通的苔藓,不会注意的。就算现在知道了,我想我也找不出来。真不愧是恩菲。"

"哎呀,恩菲大哥真是太厉害了。那种苔藓值钱吗?"

"还算值钱——啊,等等。现在不用去采,我和安莉来采的那种药草比它值钱多了。如果收获不多,等我们回来的时候再采就行了。"

"原来如此,我明白了。不过话说回来,对恩菲大哥来说,这座森林简直就是一座宝山啊,想要积累一份财富岂不是举手之劳。哎呀,如果能和恩菲大哥成为一家子,一定可以生活得很安稳。"

"哪有那么——"

只见周围的哥布林们的姿势变了。

"啊——嗯,或许是这样吧。我还是有自信不让和我在一起的人吃苦的。"

"嗯嗯,恩菲做到这一点想必没问题。"

寂静的森林,流过一阵尴尬的空气。

"那个,大姐,你的感想就这些吗?"

"欸?海沙砾先生,什么意思呢?"

"欸?没有啦,没什么特别的意思……啊……这么说来忘记问了，请允许我问一个问题。大哥大姐来找什么样的药草？"

"没有告诉海沙砾先生吗？我们要找的药草名叫恩凯希，可惜妮姆已经全磨成糊了。"

"原来如此，原来如此，我明白了。就算给我们看了，我们也分辨不出来。那好，我们继续走吧。"

每向深处迈进一步，森林浓郁的芬芳都在挑逗一行人的鼻腔。

当一行人真正进入完全没有人类的气息，令人感慨自己的脆弱渺小的世界后，恩菲雷亚开了口。

"我们在这一带找一找吧。这里树荫比较多，空气很湿润……会不会是近处有水源呢？恩凯希会自然生长在这样的环境中。周围没有魔物破坏的痕迹，我觉得应该可以碰碰运气。"

"明白了，恩菲大哥。"

恩菲雷亚是药师，而且在采集药草方面有丰富的经验，他说的话一定没错。哥布林们和安莉都表示赞同。

一行人卸下背负的各种行李，轻装上阵。

"啊——可以请大姐帮大哥一下吗？"

"啊，是啊，恩菲背的东西多，卸起来也吃力。"

安莉来到正在卸行李的恩菲雷亚身边，麻利地帮起手来。

"谢谢你，安莉。"

"不用谢，恩菲。不过话说回来，专家的行李还真是不得了。居然需要这么多东西啊。"

安莉眼角的余光看到哥布林们满意地点着头，她不明白为什么他们会觉得心满意足，不过还是决定不多问。

"那好，我们开始搜索吧！"

"噢——"随着有意压低的一声口号，哥布林们开始警戒周边，安莉和恩菲雷亚开始寻找药草。

安莉本来做好了长期搜寻的心理准备，不过非常幸运，他们轻而易举就找到了恩凯希，简单得令自己都感到措手不及。密集地生长在树木之间的药草映入二人的眼帘。

"那就是了。没想到刚来就发现了药草群落，看来和恩菲一起来真是对了。"

"哪有，不会啦，能发现没有被魔物破坏的群落只是运气好而已，魔物走过之后会变得一片狼藉。"

丛生的药草虽然说不上是宝山，但也可以说是硬币山。安莉拼命压抑着心头燃烧起来的欲望。这里是危险的地方，必须手脚麻利地完成采集，不能太贪。

不过——安莉一蹲下，就开始小心翼翼地从药草根部开始采集了。

恩凯希的药用成分会积蓄在靠近根部的地方，不过不能连根拔起。这种草生命力很强，只要留下根，它还会再长出来。只是为了省一点事，就一次采尽好不容易才发现的新药草群落，实在太暴殄天物了。

摘取每株药草都会发出一股刺鼻的气味，不过只要习惯了就不会影响干活。气味和恩菲雷亚家的比起来，这里简直是天堂。

她小心地一株株采下药草，注意着不把药草挤碎，仔细地放进挎在腋下的包里。如果哥布林们能帮忙，想必能更快完成工作，不过哥布林们正警惕地注意着周边的情况。安莉也没有蠢到请他们来帮自己采药草的地步。

在她身边采药草的恩菲雷亚手法令人赞叹。他以绝对不会令药效变弱的手法，麻利地摘着药草。那是专业工匠才有的绝妙技巧。

他认真地看着药草，安莉则默默地凝视着他的侧脸。她觉得那张熟悉的脸庞仿佛属于另一个人。

（……恩菲长大了。）

"……怎么了？"

恩菲雷亚大概是觉得安莉停下了手，有点奇怪，突然抬起头来问道。

虽然自己没做什么值得脸红的事，但安莉却觉得有点难为情，低下了头。

"没什么，只是觉得恩菲好厉害啊。"

"是吗？没有什么厉害的啦，我起码也是个药师，能做到这种程度应该算是很普通的吧。"

"是吗？"

"我觉得应该是。"

对话到这里中断了，随着时间的缓慢流逝，挎包里的药草渐渐增多。就在药草装满了超过半个挎包时，哥布林们突然像隐蔽一样在二人周围坐了下来。

海沙砾安静地向吃了一惊的安莉打了个手势。安莉见状，这才明白发生了异常事态，停下手中的活，用心听了起来。从非常远的地方传来了有东西在草丛中行进的声音。

"这是……"

"有什么东西向着这边来了。向着我们过来了……我觉得我们碰巧在其行进方向上的可能性更高，我们先离这里稍微远一点吧。"

"既然这样，我这里有能发出很大声音的道具，可以声东击西，要不要用？"

"这个嘛，大哥，还是不要用为好，我觉得那样恐怕会惹出不必要的麻烦。好了，我们走吧。"

五人离开发出声音的"东西"行进的路线，来到附近的树影中。不向远处移动，是为了避免踩响草丛发出声音。如果对方只是碰巧走向这边，没有必要冒暴露自己的风险。

用来躲藏的树并不太大，没法彻底隐藏整个身体，五人匍匐在树下，尽可能让自己不显眼。

五人保持匍匐的姿势屏住呼吸，以祈祷来者会改变方向的心情等待着。然而非常遗憾，他们的祈祷没能奏效，发出声音者进入了一行人的视野。

"欸？！"

安莉不禁小声惊叫。

那是一个遍体鳞伤的小哥布林。

小哥布林全身都是依然流着血的细小伤口。他大口喘着粗气，浑身大汗，鲜血淋漓。

哥布林一般都比人类个子小，眼前的哥布林更是格外矮小。安莉在和哥布林们的共同生活中锻炼出的洞察力告诉她，这是一个"小孩子"。

小哥布林惊恐地回头看向身后——自己跑来的方向。不用仔细听，也听得出后面还有穿过草丛行进的声音。从状况来考虑，两者应该是追赶者和被追赶者。

小哥布林拼命迈开已经抽筋的腿，藏到了和安莉他们不同的另一棵树的树影里。

"怎——"

"——请安静。"

五劫打断安莉的话，他的视线一点都没动，警惕的眼睛直勾勾地盯着小哥布林走来的方向。

数十秒后，追赶者现身了。

那是一只巨大黑狼般的魔兽。之所以说它不是狼，而是魔兽，是因为它的身体上缠绕着锁链。魔兽身上的锁链令人联想到绞杀猎物的蛇，然而锁链一点都不妨碍它的行动，仿佛幻影一般。除此之外，它头上还长有两支向前突出的犄角。

恩菲雷亚低声说出了魔兽的名字。

"犬魔……"

应该不是在回答恩菲雷亚,不过犬魔发出了像狗一样的鼻音,然后——表情扭曲,那是野兽绝对不会露出的邪恶笑容。它缓缓把视线移向刚才逃过来的小哥布林藏身的树木。

如果犬魔真的和它的外表——野兽一样拥有灵敏的嗅觉,就不可能闻不出那一身的血腥味。

从状况来考虑,小哥布林能侥幸逃到这里,并不是因为有能与犬魔对抗的力量。要么是拜犬魔的嗜虐性所赐,要么就是犬魔正在玩狩猎游戏。

突然,犬魔的动作停住了,它狐疑地皱起眉,看着安莉他们采过药草的地方。

(啊——)

安莉赶紧缩回了头,其他几人也同时缩回了头。

安莉在树后张开自己的手掌,看到手上到处都是绿色的点。身旁的恩菲雷亚也在做和她一样的动作。

(采药草时流出的汁液……)

没错,就是妮姆磨药草时发出强烈气味的汁液。他们自己因为鼻子已经麻痹了所以察觉不到,不过那强烈的气味一定已经传了出去。安莉觉得自己急速跳动的心脏好吵。

"它动起来了……好像离这边远了?会不会是没有闻出药草气味。"

云来把耳朵贴在树干上，听着犬魔的动向，他的头上冒出一个问号。

"……会不会是没法确定药草气味来自哪里？"

"什么意思啊，大哥，我觉得魔兽的鼻子应该相当好使……"

"正因为如此……"恩菲雷亚小声说出自己的想法。

简而言之就是，正因为有敏锐的嗅觉，所以才没法确定这一带飘散的刺激性气味到底来自何处。也就是说，安莉二人的手掌和挎包发出的气味，与采集地点发出的气味混在一起了。更加幸运的是，本来他们身体发出的体味，大概也被药草的刺激性气味遮盖了。

犬魔还有可能把弄烂药草当成了小哥布林的垂死挣扎。

虽然药草的强烈刺激性气味现在有掩护作用，但是如果急着逃走，恐怕跑远之后飘回的药草气味会勾起犬魔的兴趣。

"那么，只要牺牲掉那个小鬼，问题就解决了。我们不知道那只魔兽到底有多强，轻易招惹它风险太大了。"

听到五劫冷酷无情的话语，安莉不由得盯着他的侧脸看了起来。

不过，他说得一点都没错。对于他们来说，安莉的安全是最重要的。为了保证安莉的安全，避免和魔兽战斗是理所当然的，哪怕牺牲者是自己的同族。

他说的这番话，从他的信念来考虑，没有一点问题。

可是，安莉不喜欢听到无情的话。对本该伸出援手去救助的人见死不救，她觉得就算种族不同，作为人来说也是不对的。

或许这只是一个没有被哥布林袭击过的，缺乏危机意识的愚蠢村姑的浅薄想法。

安莉环视大家一周。虽然哥布林们大概理解了安莉想说什么，但是他们缄口不言。接下来，安莉凝视着恩菲雷亚。

"恩菲……"

"唉……救吧。说不定还能得到一些情报。应该问问那只哥布林为什么逃到这里来了，确认一下是不是有什么将来会威胁村子的危险。"

哥布林们皱起了眉头。

"我们打不赢的可能性也是有的哟。"

"确实，不过犬魔也有强有弱。据说犬魔首领非常强，但从身上锁链和头上犄角的大小来看，我觉得那只魔兽应该不是太强的种类。如果是普通的犬魔，我们一定能赢。"

"请稍等一下。安莉大姐和我们在一起啊，是不是应该避免冒险？"

安莉咽下一口口水。接下来她要说的是自我满足的话，是不仅会把自己的生命推向危险的边缘，甚至还会危及其他人生命的蠢话。不过即使如此，她还是说出了口。

"对本来可以营救的人见死不救，我觉得和帮助加害者差不多。我不想变得和欺负弱者的那些家伙一样，拜托了。"

看着安莉认真的表情，海沙砾好像放弃了一样，"唉"地叹了声气。就在这时，响起了野兽傀奇的叫声，那叫声听来分明是嘲笑。紧接着，响起了小哥布林的尖叫。

没有时间继续犹豫和讨论了。

"没办法，上吧！"

哥布林们先冲了出去，恩菲雷亚紧随其后。

安莉看着战士们为了实现自己的愿望而去以身犯险的背影，感到一阵撕心裂肺的痛楚。

自己只能在后面看着。

她觉得自己至少应该好好看着大家为自己战斗，不允许自己眨一下眼，一脸认真地凝视着战场。

四人冲出去之后，马上看到按倒了小哥布林的犬魔。小哥布林身上又添了新的伤口，不过还没有死。大概是拜犬魔耍弄猎物的邪恶习性所赐吧。

犬魔停止了动作，看看刚跳出来的一行人，又看看小哥布林。应该是在考虑自己是否被引入了陷阱吧。

"喂喂，小狗狗，"云来握起拳头，竖起拇指指着自己，"想玩的话，我们陪你玩，放马过来吧。"

"呜噜噜噜——"犬魔发出充满明确敌意的低吼。

站在排头的海沙砾以自然的动作拔出了挂在腰际的开山刀。继他之后，其他哥布林也拔出了刀。

"别客气，我来训练你，不过我只教'趴下'就是了。"

"啊呀!"

在哥布林们的挑衅声中,被犬魔按倒在地的小哥布林发出了尖叫声。

犬魔虽不会说话,但它的行动是雄辩的。它的意思是,如果你们敢动,我就杀死这个小鬼。然而——

"好啊!杀啊!"

三只哥布林无视犬魔的威胁,大呼小叫地冲了上去。

犬魔看到哥布林们出乎意料的行动,眼睛因为困惑而游移不定。

犬魔当然不知道,哥布林们本来就不是真心想救小哥布林的。他们是受到安莉的请求,对小哥布林只觉得"能救下来更好"。

既然现在已经正面对峙了,如果不杀掉犬魔,有可能会让最重要的安莉受到波及,因此哥布林们必须杀掉它。要是犬魔想折磨小哥布林,对于他们来说求之不得,因为对手会把动作浪费在无益于战斗的事情上。

看到哥布林们拔出的三把开山刀刀刃的光辉,犬魔似乎理解了小哥布林没有人质的价值,它的动作再次停住了。它在犹豫要不要结果自己按倒在地的小哥布林。

想要小哥布林的命很简单,一口下去就解决了。可是,在自己咬小哥布林时,敌人的武器毫无疑问会砍向自己。

生命受到的威胁,迫使犬魔做出了选择。

它不再理会小哥布林，扑过来迎击拿刀的哥布林们。

体重上犬魔占上风，它打算压倒哥布林，咬断喉咙来杀死他们。

不过，它的如意算盘很快落了空。

它选作目标的哥布林轻盈地成功躲过了它的跳扑。同时，绕到它身体两侧的哥布林把开山刀挥向了它的身体。

其中一刀被锁链弹开，另一刀划破了犬魔的身体，鲜血四溅。

同时，有什么东西向着犬魔的鼻尖飞了过来，是个开着口的小瓶。

"呀嗷！！"

直冲鼻子眼睛的剧烈气味让犬魔大声惨叫起来。

就在它跟跟跄跄地刚刚站稳的瞬间，第三阵疼痛传来。

血淌过身体的感觉让它明白了这样下去十分不妙。它顾不上眼睛还在渗出泪水，视野依然摇摆不定，开始冲刺起来，目标是扔来小瓶的敌人——人类。

不过，犬魔只跑出去几步，就觉得自己的四足像黏在了地上一样动弹不得。

仔细一看，它发现大地上附着诡异的黏液。那是不会被大地吸收进去的异常液体。

"它在这样的地面上发挥不出能抑制魔兽力量的黏着力！一鼓作气吧！"

随着人类的声音，哥布林们呐喊着扑了上来。紧接着，又有强力的魔法从人类那边飞了过来。

"呀嗷嗷嗷！！"

犬魔使出浑身的力气，把爪子从地上扯开。爪子底下带着黏着剂和黏在上面的土，它的动作不如刚才灵活了，不过依然可以战斗。

看到哥布林们再次包围了自己，犬魔以优于野兽的思维承认，"这些哥布林不好对付"。

它强烈认识到，这些哥布林和普通的哥布林截然不同——是能杀死自己的敌人。

犬魔的基本攻击方法有三：突击以自己的犄角刺穿敌人、撕咬、扑倒敌人后用前爪乱挠。它和强大的犬魔不同，还没有特殊能力。不过实际上，它有一种可以称之为撒手锏的攻击手段。

这是一种舍弃防御的招数，如果没能击中敌人，形势会更加不妙，然而现在的状况不允许它再有所保留了。既然如此，它只能找合适的时机使用招数了。

犬魔一边肆意咆哮，一边牵制想三方围住它的哥布林。

"铠甲强化。"

身后人类的魔法飞了过来，让哥布林的铠甲发出光芒。犬魔能猜到那是某种强化魔法，它焦躁起来，哥布林们则给人从容不迫的感觉。

仗着铠甲得到强化,哥布林们一齐发起了可以称作鲁莽的突击。哥布林为了避免进入拉锯战受到本可避免的伤,因此踏出的勇敢一步,不能称之为下策。

确实如此——如果这一步没有正中犬魔下怀。

如果犬魔像人类一样有大幅度的表情变化,想必它已经露出了得意的笑容。

"嚓拉拉",锁链像蛇一样奏响了声音。缠绕在犬魔身上的锁链,突然像活了一样动了起来。

粗重的锁链马上就要被猛地挥舞起来。

特殊能力"锁链大旋风"就算不能给哥布林致命伤,至少也会造成很大的损伤。

犬魔破釜沉舟了。"锁链大旋风"是一天只能用一次的大招。不仅如此,锁链使用之后需要数十秒才能重新缠回身上,在这期间它将失去保护身体的铠甲,可见这招风险很大。

面对出乎意料的攻击,哥布林们的躲闪慢了一瞬间,这是极其致命的失误,然而——

"趴下!"

——不容置疑的命令先于锁链划破了空气。

把一切赌在这一击上的犬魔听到另一个人类的喊声,睁大了眼睛。

本已经完全来不及躲避的哥布林们,像突然注入了活力一样，以敏捷的动作伏下了身体。

犬魔的视野依然有些模糊，它定睛看向站在魔法吟唱者身后的指挥官。

开山刀劈进了它的两只前足和一只后足，剧痛下，犬魔大声哀嚎。它挣扎着拉回锁链，龇着牙作势威吓，然而哥布林们面无怯色。

"大哥，不用再施魔法援护了。为了以防万一，请帮我们警戒周边。"

犬魔意识到胜负已分，使出浑身力气转身想逃。

平时灵活敏捷的身体，现在却异常沉重。这也难怪，毕竟四只脚中的三只已经废掉了。即使如此，它还是挣扎着想要逃命，然而哥布林们不打算放走它。

黏稠的血液浸染了一大片草地，铁锈味彻底掩盖了草腥味。

犬魔肚破肠流，依然保持着体温的脏器仿佛会冒出蒸汽。哥布林们手持血淋淋的开山刀，把视线从犬魔的尸体上移开，转向了小哥布林。

小哥布林虽然身受重伤，已经没有力气逃走，但还是强撑起身体，靠在树干上。

"你、你们是什么人？是哪个部族的人？"

听到小哥布林提出的含着一半警戒和一半惊恐的问题，哥布林们彼此交换了一下目光。

怎样交涉能取得最大的利益，可以告诉他何种程度的情报，他们互使眼色是为了确定同伴们都认可的标准，不过他们觉得安莉一定有更优先的事。

"比起这些事来应该先处理你的伤口才对吧？怎么办，恩菲？"

小哥布林的伤口似乎很深，现在依然在不停流血，如果放任不管他一定会死。安莉没有帮助这个小哥布林的能力，不过她觉得自己的青梅竹马或许有什么办法。她的愿望很快实现了。

"用普通的药草最多只能止血，失去的血没法回复就无法脱离危险状态……"恩菲雷亚开始在包中翻找，"这是用新的生成方法制造的治疗药水。本该交给恭大人的……可以让我看看你的伤吗？"

恩菲雷亚向前一步，从包里掏出了药水。

"那、那颜色诡异的液体是什么，不是毒药吗？"

小哥布林看到恩菲雷亚取出的紫色药水，惊恐的脸上显露出了敌意。安莉认为——也许恩菲雷亚也一样——这是理所当然的反应，那药水的颜色看上去实在毒艳，也难怪小哥布林会警惕。不过小哥布林的这句话，对于哥布林们来说似乎是极其令人不愉快的，他们把脸贴到了小哥布林面前。

"——喂，小鬼，是安莉大姐和恩菲大哥决定要救你的。注意一下对救命恩人说话的态度……对你来说有好处。"

小哥布林的视线转向哥布林们握在手中的开山刀。尽管还是孩子，小哥布林也能感受到眼前的几个哥布林很不高兴，他吓得缩成了一团。

安莉虽然觉得没必要这样吓唬小孩子，但是她知道哥布林有哥布林的规矩，以人类的常识插手他们同族之间的事，从各方面来讲都不太好。

"我、我错了。"

"啊，没事，没关系。嗯，不用在意。"

恩菲雷亚一边回答，一边把药水洒在小哥布林的身体上。伤口眼见着痊愈了。

"噢！这是什么东西！颜色那么恶心却这么厉害！"说到这里，他似乎注意到了周围哥布林们的视线，身体颤抖起来，"啊，没什么，非，非常，感谢，您。"

"对啊，知道感恩是很重要的，小鬼。"

"好了，这样就可以告诉恭大人实验顺利完成了，对吧。"

看到恩菲雷亚似乎非常希望得到大家的赞同，安莉和哥布林们都察觉到了他的意图，点起头来。

恩菲雷亚正在制作的药水是空前绝后的魔法吟唱者——村子的救世主安兹·乌尔·恭提供材料让他进行研究的。虽然没有支付研究经费，但是材料之类的一切用品都是他提供的。恩菲雷亚制作出来的东西该归谁所有，不言自明。

恩菲雷亚擅自用掉研究成果有很大的问题，不过如果是用于临床试验，理由就十分充分了。

（只要回头老实说明原因，恭大人想必会原谅的……说不定还有什么作为药师的规矩之类。）

"你、你拿我做实验了吗！"

听到小哥布林错误理解了恩菲雷亚话中之意后发出的惊愕叫声，安莉和恩菲雷亚都露出了苦笑。确实，听到刚才这番话，不知道内情的人会误解也难怪。

虽然二人可以一笑了之，但是也有人忍不了。哥布林们似乎被这话惹火了，咂咂嘴，随口骂着"死小鬼"。

安莉打着手势示意他们不要激动。毕竟不知道内情的人会误解一点都不奇怪，况且对方还只是小孩子，想不了那么多也是没办法的事。

"既然是大姐的意思……总之我们先移动一下吧。说不定会有其他魔物闻到血腥味，被吸引过来。"

"这次虽说打赢了……安莉大姐，下次可千万别这样了。保护大姐才是我们的使命啊。"

"就是啊。不过话说回来，安莉突然大喊起来的时候，我还真吓了一跳。"

"就是安莉大姐的一吼救了我们，我是没什么可说的——小鬼，你往哪跑。我们还有一堆事情等着问你呢。如果你不想逼我们砍掉你的脚，就老老实实跟我们来。"

"云来先生——"

"——大姐，这是为了村子。小鬼，过来。"

小哥布林慢吞吞地迈起步子。他的伤早就治好了，应该对走路没有影响，想必是抗拒之心拖住了他的脚。

五劫手持鲜血淋漓的开山刀，向地面啐了一口。

安莉求助般地看向恩菲雷亚，可是他默默地摇了摇头。她又看向其他哥布林，发现他们看着自己的眼神中有坚定的意志，在默默地支持同伴的做法。

"大姐，您不用担心，我们不会杀掉他的，只是想问清楚到底发生了什么。再说，把他自己留下，他能活得了吗？"

这话与其说是说给安莉听，不如说是说给小哥布林的。他似乎也明白了目前的状况，眼神中的抗拒之意消失了。

"明白了……我不会逃的……"

"很好。既然这样，我们快点离开这里吧。你能确定只有一只犬魔吗，小鬼？"

"不能。应该还有几只食人魔，不过不知道它们有没有在追我。还有，我不是小鬼。我是吉古部族族长的儿子，第四个儿子阿古。"

"阿古君啊。"

"我觉得叫小鬼就行了……"

"回头再讨论吧，再说，我们又不是想吵架，既然他希望我们叫他阿古，满足他才比较容易建立信任关系吧？"

"恩菲雷亚大哥真是成熟啊。那么拿好行李后，我们就开始走吧。"

一行人按照海沙砾所说，对周围保持着警惕，默默地迈起了步子，气氛明显十分沉重。

安莉虽然也想说点什么改变一下气氛，但是森林不是人的世界，不仅如此，身后可能还有追兵。在危机四伏的状况下，她做不出轻率的举动。

●

走出黑暗盘踞的阴森森林，沐浴到阳光之后，笼罩全身的紧张感仿佛融化了一样消失得无影无踪，身体重新变得柔软和从容。走出森林的瞬间，安莉深切地感受到，自己回到了人类的世界。

走在她身边的恩菲雷亚也和她一样，发出"呼啊"一声呼吸起来，像是松了口气，又像是打了个哈欠。

哥布林们仿佛带着尖刺的紧张感也消失了。不过到现在阿古的表情依然僵硬，从他的动作来看，似乎对阳光和宽阔的空间感到困惑。大概是因为他成长的森林中，可以藏身的地方比这里要多得多吧。

"那个，村子在那边。"

阿古看向安莉所指的方向，表情扭曲了起来。

"那围墙是怎么回事？怎么好像……和毁灭之馆的围墙有点像。"

"毁灭之馆？"

"是的，是大森林里新出现的，非常可怕的地方。只要靠近就没法活着回来。听说那里有不死者之类的东西。"

"都说了没法活着回来，你怎么还知道那么多。"

"……毁灭之馆还不大的时候，我们部族的勇敢者目击到建造者是白骨怪物。"

"你们知道那是什么吗？"

"不，大哥不好意思，我们也不知道。太深入大森林的话，可能会遇到我们的老大也打不过的家伙，我们不敢去太深处。"

"呐，你们三人到底是哪个部族的？你们比我认识的哥布林都强大，为什么……"

阿古偷偷瞥了安莉一眼，然后以非常小的声音嘟囔道："我觉得她大概就是被称为人类的种族……"

"为什么要听人类的？"

"这很奇怪吗？追随强者是很正常的吧？"

"她、她很强吗？！不，我确实听说名为人类的种族中有强者也有弱者……你是女、人吧？这边用头发遮住脸的是男人？"

安莉有点惊讶地眨着眼睛。除了女人之外，看起来还能是什么？看不出恩菲雷亚是男人，说明对于哥布林来说，区分男人和女人不太容易吧。

站在安莉身旁的恩菲雷亚，把比较令人信服的答案悄悄告诉了她。

"安莉,这个孩子大概没有见过人类,应该是只有从同伴那里听来的一些碎片知识。而且……或许对于哥布林来说,区分我们人类的性别也是很难的。"

"衣服都……不一样……"

"就是说他没有相关的知识。哥布林是不是不管什么性别都穿一样的衣服呢……虽然有建立起文明、创建了王国的哥布林,但他们的部族大概并非如此吧。"

听到恩菲雷亚的讲解,安莉终于明白了,她想起来自己还没有回答阿古的问题。

"是的,我是女人。"

"那么你是魔法吟唱者吗?"

"不是啊,为什么这样问?"

阿古露出了非常困惑的表情。

"魔法吟唱者是我,是魔力系魔法吟唱者。"

"你们是夫妻吗?所以才说她强吗?"

"欸?"两人同时发出了走音的怪声。

"我好像听说过,有些种族中,妻子可以行使丈夫的权威……不是吗?"

"不,不是,不是的!"

看到安莉极力否定,走在身旁的哥布林们露出了似乎想说什么的表情。安莉眼角的余光看到他们默默地耸了耸肩。

"那么……为什么?为什么这个女人是最强的?"

"就是因为你不懂才叫你小鬼啊。大姐的强大不是眼睛能看到的。"

安莉虽然想否定,但是看到阿古把眼睛睁得碗大,一脸认真地凝视着自己,她在重压之下找不到可以准确说明的语言。就在安莉烦恼该怎么回答时,海沙砾向阿古提出了问题。

"好了,接下来轮到我们提问了。为什么魔兽在追你?发生什么了?"

"因为——"

"——呐,这方面的事,等我们回了村,到了安全的地方再问吧?"

听到安莉理所当然的提议,做出回答的是——

"是啊,我觉得还是这样比较好。"

——刚才还不在场的女人。

所有人一齐发出惊愕的叫声,把视线投向声音传来的方向。

那里有一位让人无法移开视线的绝世美女。她有褐色的皮肤,梳着麻花辫,身穿她称之为女仆装的衣服,背着看上去像是武器的怪东西。

这位非常可疑的人物,同时也是大家熟悉的人物。

露普斯蕾琪娜·贝塔。

她是村子的救世主——安兹·乌尔·恭的女仆;是把炼金术道具运到巴雷亚雷家的人;是她带来岩石哥雷姆,对其下令。因为她开朗的性格和快活的说话方式,村里人都觉得她很可亲。

只是，她经常像刚才那样突然出现，给人一种神鬼莫测的感觉。村里人都觉得她是那位大魔法吟唱者的女仆，一定也会用什么魔法，安莉也这样认为。即使如此，每次她忽然出现，安莉都觉得心脏仿佛要从嘴里跳出来了。

"露、露普小姐，您到底是从哪出来的？"

"小安啊，你真会说笑。我跟在你们后面好久啦。咦？莫非你们一直没注意到我？我还以为是我没什么存在感，所以你们没理我呢——"

"欸？欸？"

话虽然是玩笑话，但是语气却十分认真。不知所措的安莉像求助一样环视着大家。

"那个——露普大姐，可以不可以请你别开玩笑？"

"哇——居然以为我在开玩笑。你们回想一下……好啦，骗你们的啦——我开玩笑的。"

寂静笼罩了众人，然后不知是谁，好像累坏了一样，"唉"地叹了口气。

"好啦，不讨论这个了。这个小哥布林是谁？莫、莫非！"

安莉感觉到露普斯蕾琪娜的视线在自己和哥布林们之间打转，产生了不好的预感。

"噗哈——小恩！被人家睡走了啊！噗噗噗。"

在大家没听明白，眼睛直打转的时候，露普斯蕾琪娜的笑声依然没有停下。

"真是难以置信。纯情少年的愿望遭到了践踏！笑死人了！噗哇——开玩笑的，他到底是从哪来的？"

阿古的身体剧烈地颤了一下，好像看到了什么本质与自己不同的东西。

不过，安莉能理解他的感觉。露普斯蕾琪娜的开朗表情瞬息万变，变化的急剧程度就像个躁郁症患者。当她的笑脸变成认真的表情时，落差会给人带来莫名的恐惧。

"我不会把你抓起来吃掉啦，放心吧。你就悄悄告诉大姐姐吧。"

"露普大姐，你不是赞成等回到村子再说的吗？"

"哎呀呀——我好像确实随意地应和了那么一声。"

"啊！我有希望贝塔小姐能带给恭大人的药水。这是我们新开发出来的药水，效果已经经过实验证明了。"

"哦？小恩终于开发成功了吗？"

"是的。很遗憾，还没有彻底变成红色，不过我觉得已经十分接近那个阶段了。"

"——真是太棒了。安兹大人也会非常高兴的。"

随着这句话，她给人的感觉好像换了个人。不再是刚才那位轻浮而快活的女性了。那种表情只持续了一瞬间，很快，她又恢复了平时的自己。

"真是好期待啊——哎呀——今天真是来对啦——还有你不用叫我贝塔，叫露普斯蕾琪娜就行了，破例给你权限。"

露普斯蕾琪娜似乎心情很好，她和一行人一起走进了村门。

村民们看到面生的小哥布林也没有说什么。可以说他们没有危机意识，也可以说他们就是这么信任安莉等人。他们也可能是把小哥布林当成了一直保护村子的哥布林们的亲戚。

一行人横穿村子，走过安莉家，目的地是哥布林们的住处。

"稍等一下，我想叫布莉塔小姐来一起听这孩子讲。"

"对啊，大哥说得有道理。她是见习游击兵，也会进入森林，最好能把情报和她共享……您怎么看，大姐？"

"欸？我？"安莉没想到会在这时被征求意见，她思考了一下，没想到有什么可反对的，于是点了点头。"嗯，这样更好，我也希望她能来听一听。拜托了，恩菲。"

"明白了。"恩菲雷亚说完，跑去叫布莉塔。

"在这里等倒是也没关系……我们还是先过去准备好饮料吧。"

"这是个好主意，我也渴了——"

"露普大姐不是女仆吗？知不知道什么制作可口饮料的方法呢？"

"我是安兹大人，以及各位至尊的女仆。我可不想——为了其他人工作啊——我希望整天游手好闲，才不愿意工作呢。"

"是这样啊……那真是太遗憾了。"

云来和露普斯蕾琪娜的对话极其平常，没有什么诡异之处，安莉却觉得后背一阵发凉。

就在她打算插嘴说些什么的时候，一行人到了哥布林们的住处。

足够放养狼的宽敞庭院、能容纳将近二十人居住的房间，再加上可以训练的场所和准备武器的仓房，这些部分组合在一起，构成了巨大的宅邸。

哥布林们打开了大门，在他们的带领下，安莉、阿古、露普斯蕾琪娜走进了房子。

"嘿——里面是这样啊——"

"咦？露普小姐没有进来过吗？"

"是啊——毕竟没人邀请，我不能自己进来。啊，我说的是礼仪方面的问题，其实不是进不来哟。再说，只有搓衣板小姐才有那种奇怪的传说。"

"搓衣板，小姐？"

"是啊，小安，这是一种对有缺陷的美少女的称呼。当然，她其实也不是进不去。只不过是神话、传说、民间故事——好了，这个话题到此为止。那边的哥布林先生似乎有话想说哟。"

"啊，是的。那个，饮料……啊——药草水和果实水，大家想喝哪种？就是放了黑黑草茶和修艾里的水。"

看到阿古和露普斯蕾琪娜听了云来的询问，头上仿佛浮出了问号，安莉解释道：

"修艾里是一种柑橘类的果实，水里放了它的薄片后，喝起来很清冽。黑黑草茶是一种略带苦味的茶。"

"那我喝修艾里的水。"

"我也选这个啦。"

"明白了,那么大姐呢?"

"那我也要修艾里吧。还有……我可以去洗下手吗?虽然鼻子习惯了,但是……"

"啊啊,当然可以。喂,小鬼——阿古也过来。得给你洗洗身上的污泥。还有,兄弟,能帮忙清理一下弄脏的武器吗?"

"不要紧吗?"

"没事,他能怎么样,对我们来说太简单了。"

"既然这样……那好。"

海沙砾拿着三人的武器走出了房间。

"阿古,你快点来啊。"

"为什么非洗不可啊?我很干净啊?"

在安莉看来,阿古的手非常脏,绝对说不上干净。

"我没有问你的意见,房子主人叫你过来洗。要不然怎么说?莫非你厉害得可以不听主人的话?"

阿古耷拉着脑袋迈开步子走过来,站到了安莉旁边。

安莉从瓮中舀水,倒进桶里。准备好四人用的水之后,她把手伸到格外凉的水中,开始用力揉搓,把指甲缝中的绿色洗掉。确认洗掉之后,她从水中拿出手,放在鼻子边闻了闻。药草的气味——已经没有了。

心满意足的安莉扭头看向旁边的两个哥布林。云来和五劫也和她一样仔细地洗着手，水已经被犬魔的血染红了。

接下来她又扭头看向阿古，安莉露出了有点嫌弃的表情。

他那洗法比幼小的孩子还要随意。只是把手伸进水里，哗啦哗啦晃了两下就算完了，既不揉又不搓。

洗掉自己手上的草腥味之后，安莉才发现，阿古身上依然留着烂草的气味。在嗅觉敏锐的魔兽栖息的森林中，让身体发出烂草的气味，对于哥布林来说应该是一种自我保护的手段吧。或许正因如此，他们才没有清洗身体的习惯。

不过——

"要这样洗才行。"

看到安莉做起示范，阿古露出一脸不乐意。或许是想起了自己的处境和刚才哥布林说的话，他才不情不愿地学着安莉洗了起来。

"做得很好。"

"喂，洗完用这个擦擦身体，你得把血和其他脏东西擦掉。"

虽然不乐意，阿古还是接过哥布林递来的湿手巾，擦起了自己的身体。

"脏水倒到外面就可以了吗？"

"啊啊，是的，大姐还是去坐吧，其他事我们来做就行了。"

安莉接受哥布林们的好意，向桌子走过去。这里毕竟住着很多哥布林，椅子也很多。随便找了把椅子坐下，安莉这才发现自己已经累得筋疲力尽了，手脚僵硬，头也非常沉重。

采药草自然不轻松，最主要是犬魔一战，一下子消耗了太多体力啊。

（我只是观战就成了这样……恩菲和哥布林先生们都参加了战斗，现在还若无其事地做事……看来我绝对当不了战士啊……回想起来，恩菲也挺强的啊……）

安莉早就知道青梅竹马会用魔法，可是万没想到他居然那么强。

（好厉害啊……）

看到青梅竹马展现出自己并不熟悉的一面，安莉心中涌上一股无法形容的感觉。那是有点像吃惊，可又完全不同的那么一种怪怪的感觉。

听到"咔嗒"一声，安莉回过神来，发现眼前放着一个陶质的杯子。顺带一提，杯中的透明液体发出柑橘类的气味。安莉拿起杯子，含了一口水。

清爽的甜味和酸味让她全身放松，她感觉到自己的生命力好像恢复了。不知什么时候坐到她身旁的阿古，举起杯子咕嘟咕嘟地喝光了杯中的水，正在要求再来一杯。

露普斯蕾琪娜似乎没有喝的打算。

（这么说起来，从没见过露普斯蕾琪娜小姐吃东西或者喝东西呢。）

"——嗯？怎么了？一直盯着我看？莫非是喜欢上我了？哎呀，这可麻烦了。话说真没想到小安居然是女同。看来有必要通知大家一声。"

"什么！不是的！我不是那个意思！"

"哇哈哈哈，开玩笑的。小安喜欢男人，对吧。"

不知道该怎么回答，安莉把嘴抿成了一条直线。

"话说，怎么还不……嗯——看样子来了啊。"

安莉不由得看向门的方向，门外不像是来了人。

"真的吗？我怎么没听到声音？"阿古把手掌贴在耳背后面，"喂，人类是听力出众的种族吗？"

"欸，啊，我是听不到啦。不过露普斯蕾琪娜小姐偶尔……是会这样骗人的……为了戏弄我们。"

"什么嘛，是骗人的啊。"阿古把怀疑的视线投向露普斯蕾琪娜，然后瞪大了眼睛。

"不对，我听到了，确实来了。你好厉害啊。"

"嗯？啊——没有那回事哟——和这位安莉大姐比起来，我根本算不了什么。"

阿古信以为真，以惊愕的表情看着安莉。

别信，根本没那回事。你看露普斯蕾琪娜小姐那一脸假得不能再假的笑容——安莉正思考如何解开阿古的误会，还没来得及开口，有人敲响了门。

进来的是恩菲雷亚和一位身穿皮甲的女性。

这位名叫布莉塔的前冒险者，是紧随恩菲雷亚一家之后搬来村里的人。她原来在耶·兰提尔做冒险者，经历了一些事情后便不再做这一行了。没了工作没法糊口,于是她响应卡恩村的募集,搬到了村里。

现在她正在村里接受成为游击兵的训练,据说很有潜力。她的战斗力虽然比寿限无弱,但是在村里也算是位列顶级,现在担任义警队——实际上没有那么大规模——的队长。

之所以要叫她来,不仅因为她担任着义警队的队长,还因为她作为见习游击兵,需要进入森林。

"啊——真的有新来的哥布林……哎呀,嗯,我不能总以冒险者的视角……把哥布林当成敌人。"

布莉塔苦笑着。她的心情确实也不是不能理解。从大多数人类的角度来看,哥布林是人类的敌人,发现后第一时间杀掉肯定没错。不过,在卡恩村不一样,要让村民说哥布林和人类哪个更像敌人,他们恐怕会选择人类。

"那么,大家都到齐了,我们开始吧。好了,阿古,说说你为什么浑身是伤地从森林里跑出来吧。"

"简单来说,就是遭到了袭击,然后跑出来了。"

"太简单了……你被什么魔物袭击了?"

"东方巨人手下的魔物。"

"东方巨人?那是什么东西?"

"你们是怎么称呼那家伙的?"

"等等,先不要说怎么称呼,我们都没听说过那种东西……布莉塔小姐,你知道些什么吗?"

在座者中最博学的是恩菲雷亚，不过说到关于森林的知识，首屈一指的则是布莉塔，然而她也只是摇了摇头。

"不好意思，我也没听说过那种名叫东方巨人的存在。还有，我觉得拉奇蒙老师应该也不知道。我们不会深入森林腹地活动，不如森林的居民了解得多。"

"那好吧，阿古，从更基本的地方开始说明吧。"

"你说基本，到底什么才是基本……"

安莉很明白阿古的困惑，这种时候还是从具体的事情一件一件问起，回答一方也更容易讲解。

"那，先讲讲住在森林里的强大魔物好吗？"

"对我来说犬魔和食人魔也很强……如果你的意思是指能和东方巨人匹敌的强者，那么，森林里本来居住着被称为三大魔的非常强大的家伙。首先是本该就在这一带活动的南方大魔兽。据说它非常厉害，什么东西进了它的领地都会被杀掉。不过最近没有见过它，就算进了它的领地，它也没有出来迎敌的迹象，不知道它到底怎么了。还有东方巨人，穿过枯木森林之后就是它的势力范围。最后是西方魔蛇，据说它是一只会用魔法的恶心的蛇。"

"咦？北方呢？"

"北面据说有个湖泊，那里住着许多种族，有没有人统治那里……我就不知道了。不过我听说过好像有叫沼泽地双子魔女的家伙。自从南方大魔兽不见了踪影，森林就开始变得混乱。

虽然不知道到底是什么,但是好像出现了非常厉害的家伙,大家的势力分布发生了变化,或者说是被赶出了自己的地盘……"

"就是那个毁灭之馆?"

"没错。据说毁灭之馆的主人是潜伏在黑暗中的小小的影子,是它役使着不死者。我是听幸存者说的。"

所有人——不包括露普斯蕾琪娜——都一脸不安地面面相觑。

首先是南方大魔兽。从它的地盘在这附近来考虑,大概是和恩菲雷亚一起来的冒险者们——尤其是身穿黑色铠甲的人——捕获的那只魔兽吧。从它那看起来就拥有强大力量的外表来看,不会有比大魔兽更合适的称呼了。

"大魔兽……就是森林贤王,仓助先生吧。"

"是它!啊啊,确实,那的确是大魔兽……"

听到恩菲雷亚的话,来到村庄之后大概没见过仓助的布莉塔惊叫起来。

她说过,曾经在耶·兰提尔远远地看到过仓助。

能与大魔兽匹敌的存在还有两只。没有人不为此感到惊愕和恐惧。

"那你为什么要逃跑啊?"

"以前这三大魔保持着互相牵制的关系。确实,据说南方大魔兽不会走出自己的地盘,可是谁又能保证真的是这样呢。东西两方都担心如果发生冲突,不管哪方获胜,它都有可能会杀出来占便宜，因此各势力之间没有发生过冲突。"

"有道理啊。不过，如果东西联手与南……不，南不会走出自己的领地，因此东西大概没有考虑联手打倒它吧。主动招惹它没什么意义……"

"没人知道它们是怎么想的，不过之前它们一直保持着各自的领地，拥有了自己的王国。可是，毁灭的——主人的所作所为让势力图产生了严重混乱。于是东西二王决定与毁灭之王战斗，开始召集充当炮灰的兵卒。"

阿古憎恶地说道。

"他们逼我们和它们一起战斗。说是一起战斗，可是那些家伙根本不把哥布林的命当回事，我们一定会被当成炮灰的，搞不好还会被当成应急食品。于是我们决定逃跑，可是——"

"没跑掉，对吗？"

"没错，我们受到了犬魔和食人魔的袭击，没有办法，大家只好分头逃跑。我和几人一起逃到了这附近，我们本来以为进入了南方大魔兽的地盘，他们不敢直接跟着闯进来。"

阿古说有几人，但是除了他之外，哥布林们没有感知到有其他生还者一起逃过来。

看到安莉面露悲痛的表情，五劫开了口。

"我们的别动队去森林中进行调查了。如果碰到了幸存者，他们又没有做出敌对行动，应该会带过来的。"

"应该会的，狼能闻到气味。所以……问题就是除了犬魔之外还有什么样的魔物,还有它们有没有向这边来。搞不好的话,追兵或许会追到卡恩村来。喂,阿古,还有什么魔物?"

"犬魔、食人魔、波尬、熊哥布林,就这些,还有狼吧……"

"都是些比较常见的魔物啊。我更想听你说说东方巨人和西方魔蛇的详细外观和能力,你知道些什么吗?"

阿古使劲摇着头。

"详细的我不知道,只知道东方巨人背着一把巨大的剑,西方魔蛇的头长得像你们一样,会使用魔法。"

在全体的注视下,恩菲雷亚摇了摇头,表示情报太少了。

"问题是我们该怎么做啊。如果有能匹敌大魔兽的怪物出现,说实话,我们对付不了。义警队能做的,最多是带着妇女儿童逃跑吧。"

"是啊。到底是该加强防御固守呢,还是应该考虑其他手段呢。希望混乱只影响森林内部。"

所有人都思索起来。

对于居住在森林外的人们来说,如果森林内部的问题能消化在森林内部,是再好不过的。虽说如果森林彻底没法进入了,村民们也会很困扰,然而现在顾不了那么多了。

"……不过,居然能轻松扫平居住在森林中的部族,看来对方纠集了相当强大的战斗力啊。"

"不对!本来我们的部族比现在强。可是,很久之前大家有一次说要寻找新住处,我们部族把成年哥布林的部队派到了食人魔那边去。如果没有那一次，我们至少能抵抗一下的！"

"而那些成年哥布林再也没回来吧？"

听到布莉塔的话，恩菲雷亚歪着头若有所思。

"那个，我想起了另外一件事想问一下，和这件事完全不相干。哥布林都像你这样说话的吗？"

"什么意思？"

"啊，看来我讲得不够清楚。我以前曾经见过一些哥布林，说得难听一点，他们的说话方式给人感觉脑瓜不太好使。可是，来到卡恩村之后，发现寿限无先生他们说话都很正常，你说话也很正常——很流畅。所以我现在想，会不会我碰到的那些哥布林碰巧是哥布林中的蛮族呢。"

"不是，是我的头脑特别灵光。一般哥布林说话都是只言片语的方式。……在部族里时他们经常听不懂我说话，让我很头疼。我甚至还认真地烦恼过，自己会不会是从别的部族被带过来的。呐，为了以防万一，我想问一下，会不会我本来出身你们这边的部族？你们听说过我的事吗？"

"不，这就不知道了……不过你……莫非……大哥、大姐，可以借一步说话吗？"

海沙砾带着恩菲雷亚和安莉来到了房间一角。

"那个叫阿古的小鬼，我觉得他的种族会不会不是哥布林，而是巨型哥布林啊？"

巨型哥布林是类似哥布林亚种的存在，很多方面都强于哥布林。成年哥布林也只有人类儿童大小，巨型哥布林则能成长到和成年人类一样大。

不仅身体，智力方面也和人类等同。他们会和哥布林交配，所以很多情况下会和哥布林部族一起生活。不过他们没法像哥布林繁殖那么多，在部族中，大多会处在亲卫队或者队长级的地位。

"可是，如果他的父亲或母亲是巨型哥布林，他应该会知道的吧？"

"双亲都是哥布林，只有他自己是巨型哥布林吧。"

"欸？你说的莫非是故事里出现的，那种关系混乱的情节？"

"第一次看到安莉这样的表情……不过很遗憾，我觉得不是。人类也会偷换婴儿，哥布林们也会做类似的事吧。"

"确实有类似的可能性，不过就算是也没什么关系就是了。"

三人重新回到桌边，一直沉默不语的露普斯蕾琪娜开了口。

"得出结论了吗？如果需要，我可以去拜托安兹大人，请安兹大人帮你们解决问题。"

这可真是求之不得。

如果是拯救过村子的英雄，面对大魔兽级的魔物应该也能取胜。可是——

"不能太依赖恭大人。"

安莉低声说道。哥布林听到这话，也表示同意。只有没见过安兹的布莉塔和阿古头上浮出了问号。恩菲雷亚的表情则好像五味杂陈。

"卡恩村是我们的村子，我们应该尽自己最大的努力来保护村子。我是一个没有战斗力，不能身先士卒冲锋陷阵的女人，说这样的话似乎有点站着说话不腰疼，就算是这样……"

"不，我也赞成大姐的意见，卡恩村是大姐的村子——"海沙砾歪歪头说了声，"嗯？"然后订正了自己的话，"是大姐和我们的村子，好像也不对。"

"你是想说，卡恩村是所有村民的村子吧？"

"对啊，恩菲大哥，还是您明理！嗯，就是这个意思，不到万不得已，我们还是不要借助魔法吟唱者先生的力量了吧。"

"不过搞不好，大家可能都要死掉哟——被刀砍伤可是很疼的哟——"

"哈！露普斯蕾琪娜小姐，我们不会让那种事情发生的。我们会当肉盾，至少可以赢得让大家逃跑的时间。"

露普斯蕾琪娜好像没了兴致。

"是这样啊，那就加油吧。"

"还有，既然卡恩村要整体行动，我觉得应该联系——或者说应该报告给耶·兰提尔的冒险者工会。工会接到委托之后首先会派出成员进行调查，如果事到临头再委托，恐怕会有许多麻烦。"

听到恩菲雷亚的提案，布莉塔作为前冒险者，继续说了下去。

"是的，这是工会的预防措施，为了保证冒险者不会因遇到意料之外的魔物而丧命。虽然那群脑袋有问题的工作者，笑话工会太娇惯冒险者，不过这只是那群欲孽深重的家伙吃不到葡萄说葡萄酸的心理。作为组织来说，保护成员是理所当然的啊。"

"布莉塔小姐，我倒不是说冒险者不好，不过在情况紧急时委托，委托费会大幅上扬，或者会被直接拒绝，这是为什么呢？"

"冒险者不想送命，工会也不想让自己管辖的冒险者送命。于是，就算紧急委托实际上并不需要太强的冒险者，工会也会提高报酬金额，尽可能使更高阶的冒险者愿意接受工作。"

前冒险者布莉塔的说明，就算安莉这样和冒险者不沾边的农村姑娘，也很容易理解。确实，以走投无路向工会求助一方的视角，从感情上来说他们的做法或许令人不舒服，可是，以冒险者的视角来看，这样的措施可以理解。

"不过，就算工会再调查，也还是有很多冒险者遭遇不测送命啊……"

布莉塔咬紧了自己的下唇。

"一想起被那只吸血鬼袭击时的情景，我现在还会浑身发抖……刚开始的时候，如果不喝药，我甚至睡不着觉……"

"吸血鬼？你在说什么？"

听到阿古毫不客气的提问，布莉塔苦笑起来。

"保密。真的不要让我再回想了，我会失禁的。"

"我明明都说了……"

"不，我们救了你的命你才说的……"

"那么目前的行动方针就定为向工会报告，情况允许的话，最好能进行委托，大概就这样吧？虽说委托费一定非常高，不过总得问问大概需要多少预算。还有这件事，最好也告诉寿限无先生和村长吧。这样可以吗，安莉？"

"义警队方面由我来转达。说实话，我觉得现在的决定应该会直接成为今后的方针。"

恩菲雷亚和布莉塔说完，安莉点了点头。

"那我到村里再逛逛然后就回去了。真的不用拜托安兹大人帮忙吗？"

"是的，我们想尽可能自己解决。如果方便，请代我向恭大人问好。"

"明白了。"

安莉和恩菲雷亚一齐站起身来去做各自的事。目送二人离开后，阿古还在苦恼。

"为什么那个女人最大呢？"

"哈？"

阿古听到成年哥布林发出吓人的声音，浑身发起抖来。

阿古觉得这些成年哥布林比自己部族中的任何人都强。感到强者对自己露出敌意，他浑身寒毛直竖。

即使如此，他也抑制不住孩子特有的好奇心。

"在卡恩部族中，女人地位比较高吗？"

在阿古看来，名叫安莉的女人并不强。她的手脚虽然都有些许肌肉，但是远远不够。虽说不一定要达到食人魔的水平，但是首领不应该只有那点肌肉。

如果她是魔法吟唱者，阿古还能理解。在哥布林的部族中，当上族长的女人，都能使用那种说不清道不明的力量。不过，那个女人似乎也不是魔法吟唱者。

说实话，阿古没法理解为什么安莉是这些哥布林的首领。

"不是你想的那样啦。"

"之后来的那个女猎人更强一点吧？"

"是啊，布莉塔小姐还是很有实力的，虽说比不上我们。"

阿古更加佩服眼前的成年哥布林了。他身材比女猎人矮小得多，却有说自己更强的自信——阿古觉得他一定有相应的依据。

"还有，从后面突然跑出来的那个女人也不怎么强吗？虽然她突然出现的时候吓我一跳。"

成年哥布林突然沉默不语，凝视着阿古。

阿古感觉到莫名的紧张，战战兢兢地问道：

"怎、怎么了？那个女人有什么问题吗？"

"突然出现的女人……那个女人名叫露普斯蕾琪娜，她……

很危险。你大概要在村里住一段时间,绝对不要靠近她或者跟她说话。我这样说是为了你好。"

"好、好的,我明白了。"

"还有一件事要告诉你。这是毫无疑问的,如果你对村里的人类做了什么……不客气地说,可不是挨顿揍能了事的。不想要命你就试试。"

"我、我知道。会受到对战败的部族一样的对待吧?我保证,不会对卡恩部族的人做出有害的事。"

"这样就好……绝对不要靠近那个露普斯蕾琪娜哟!"

阿古发现如此强大的成年哥布林,居然对那个女人抱有近似恐惧的戒心,便牢牢地记下了他的忠告。想起对方还没有正面回答自己的第一个问题,阿古再次问道:

"为什么那位安莉小姐最大?"

年幼的阿古也学乖了。不对,对于部族中最聪明,甚至和其他哥布林无法顺利沟通的他来说,学乖并不困难。

"唉。安莉大姐她……其实非常强大。"

"欸?!"

"只是你太弱,所以感觉不到。如果安莉大姐拿出真本事,犬魔之类的小杂碎,她一手就能掐死,再把血挤到杯子里喝掉,明白吗?"

"真的吗!"

"真的,真的。嗯,是真的。"

阿古在脑海中回想着安莉的样子。冷静地回想起来，她确实发出过气势逼人的命令，仿佛会令人下腹一紧。莫非那就是她真正实力的一鳞半爪？

"大姐只是装作弱小而已。如果你问她奇怪的问题，她发起火来可是会单手掐死你的。每次她那样发火，打扫起来都很费事，因为血会溅得到处都是。"

"是、是这样吗……她为什么要装作弱小？被人看出强大也不会有什么麻烦吧？"

"因为如果被看出强大，蠢货马上就会想跟她一较高下啊。麻烦事其实多着呢。"

阿古本以为只要强大就能事事如意，看来并非如此啊。

阿古被困在了思索的迷宫里，甚至没有注意到，眼前的成年哥布林的表情明明在说，"开个小玩笑而已"。

●

半夜，安莉突然醒了，她身体没动，单转着眼睛看周围有没有什么异常。眼前是一片几乎完全漆黑的世界，从窗户挡板缝隙中照进来的月光是唯一的光源。在这微弱的光源下，她没有发现任何异常状况。

她侧耳细听。

马的嘶鸣、身着铠甲的骑士四处奔跑的声音、人的尖叫之类的声音完全听不到。这是一个平静如常的夜晚。

安莉轻轻吐出一口气，闭上了眼睛。不知道是不是刚才睡得太熟了，睡意并没有马上回来。

今天真的发生了好多事。从哥布林的住处出来后，她去跟村长报告了一遍，等寿限无回来后，又跟他解说了一遍。

（希望他们没事……）

寿限无他们为了确认刚刚得到的新情报，晚上再次出发去探索森林。在夜晚的森林中行进是非常危险的行为。哥布林们和人不同，他们只要有微弱的光，就算是晚上，也能毫无障碍地活动。然而魔兽等魔物有很多都是夜行性，都会在太阳落山之后开始活跃。

危险度也比白天要高得多。

如果不是需要紧急确认还有没有其他魔物追赶阿古，就算是寿限无他们，也不会急着赶在夜里出发。

哥布林们确实很强，不过也只是相对于安莉他们而言。就像有大魔兽一样，森林中还有其他比他们强的魔物。

可能是因为安莉在对丧失的恐惧下不由得颤了下身体，妹妹发出"嗯嗯"的低喃，把身体靠了过来。

她轻轻睁开眼，看向妹妹。

看来好像没有吵醒她，妹妹依然发出酣睡的轻轻鼻息。

"呵呵……"

就在她没有忍住，小声发出笑声时，听到有人轻轻敲了两声门。那绝对不是风儿的恶作剧,也不是幻听。

安莉皱起了眉头。已经这么晚了,到底有什么事呢?不过,正因为时间已经这么晚了,来者一定是有重要的事。

安莉灵巧地移开盖在自己和妮姆——两人身上的薄被单,轻轻地从床上站了起来。她小心翼翼,以免吵醒妹妹。

地板吱呀吱呀的声音让安莉总觉得好像要吵醒妮姆,心跳的速度也变快了一点儿。

自从那次的事件发生以来,妮姆睡觉时必须和安莉在一起,因为她在那次事件中受到了巨大的心灵创伤。

安莉也不打算说服妹妹一人睡,因为她也一样,有妹妹睡在身边比较安心。

只是,姐姐知道,就算两人一起睡,妹妹还是会做噩梦,有时会被惊醒。正因如此,妹妹睡得香的时候,安莉不想吵醒她。

就在安莉静静地,因此也只能缓缓地向大门移动时,敲门声依然在持续。

她战战兢兢地从窥孔向外看,发现月光照出的是寿限无。安莉这才放心,轻轻吐出一口气。

安莉以不会吵醒妹妹的轻声向门外搭话。

"寿限无先生,你们都没事吧。"

"是的,安莉大姐,算是平安回来了。抱歉这么晚吵醒你,我觉得这件事还是尽早说为好。"

安莉把门稍稍打开一点儿,从门缝里钻了出去。她怕月光照进房间,弄醒妹妹。也许是察觉到了她的用意,寿限无轻轻说道:

"希望大姐现在就跟我去一个地方。"

"现在吗?"说到这里,安莉露出了微笑,"当然可以。"

"真是不好意思啊。"

"请不要道歉。"安莉说完这话,就在寿限无的带领下迈起步来。她也不是没有考虑叫醒妹妹会不会比较好,最后还是觉得让她继续睡更好。

"我们一边走,我一边简单地跟您说明一下。"

虽然平时说话会更随意一些,但是事关工作——只要寿限无这样判断,语气就会正式起来。

安莉觉得和一个普通的农村姑娘说话,随意一些也没关系。不过这么久了寿限无也没有改变语气的意思,她没办法只好放弃了。

"首先,我们发现了几名阿古部族的人。"

"是这样啊!太好了!"

"只是他们已经相当疲劳了,看来需要几天的休息。这方面我们打算请恩菲大哥帮忙。"大概是注意到安莉脸上露出了不明白的表情,寿限无解释起来,"我们发现阿古部族的幸存者时,他们正被东方巨人手下的食人魔当成食物囚禁着。虽然肉体上的伤已经用治疗魔法为他们治好了,但是精神上留下了创伤。

恩菲大哥有具有镇定效果的药，我们打算用它给哥布林们治疗。从这里开始才是问题所在，有一件棘手的事。"

寿限无观察着安莉的脸色，继续说了下去。

"救出哥布林的时候，我们俘虏了五只食人魔。我们本来是为了问出新情报……食人魔有一种种族习性，它们会和哥布林共同生活——食人魔负责战斗，哥布林负责提供食物，建立起共存共荣的关系。它们现在说可以为我们的部族战斗。我问了阿古，他说这样的事并不稀奇……所以我才在想，到底该怎么办。"

"它们可信吗？"

"阿古说可信，食人魔似乎有除了自己的部族之外，只会为哥布林部族战斗的怪异习性。它们背叛东方巨人，大概是因为对方不是哥布林吧。"

"嗯。吃人的食人魔还是有点可怕……"

"它们已经明白了，村里的人类也是部族的成员，只要正常供应它们食物，应该不用担心的。食物的供应应该也不会有问题，幸亏它们也是杂食种族。"

坦白说，做这样的决定对于普通的农村姑娘来说太难了。

"要杀掉它们吗？"

寿限无的声音很平静。

"说实话，如果要断绝后患，我觉得杀掉它们也可以，我们也不想惹火上身。毕竟是一群说背叛就背叛的家伙，等我们陷入劣势的时候，它们说不定还会背叛。虽然阿古说不会，不过毕竟是小孩子说的话，不能盲信……"

"寿限无先生觉得怎样比较好？"

"我觉得战斗力还是多点好，毕竟不知道今后会有什么魔物被驱逐出森林，跑来我们这儿。肉盾当然是越多越好。"

"我还想再问个问题，它们不吃人吗？"

"安莉大姐，食人魔名字虽然吓人，不过说到底也只是食肉魔物。它们会袭击人，只是因为人比野生动物容易捕捉。"

对食人魔来说，比起追逐兔子，还是捕捉人类更轻松吧。为了获得食物，选择更容易得手的猎物，可以说是符合自然规律的。

"就是这样。因此，只要提供食物，它们就不会袭击村里的人类。毕竟他们袭击人类只是为了获得食物。捕猎动物方面，比起食人魔来，我们要擅长得多，我可以保证基本不会让它们饿肚子。当然，需要监视它们一段时间，观察一下。我们绝对不会让它们袭击村子、伤害人类的。"

"既然如此，为今后着想，还是相信它们，收它们做部下更好啊。"

"您能理解真是太好了。不过，这样说来您应该会觉得我说的话和刚才矛盾。接下来这件事如果失败了，我们就得处理掉食人魔。其实我想让食人魔们理解，安莉大姐才是我们的首领。"

"欸?!"

安莉不由得发出了一声变了音的惊叫,她觉得话题跳跃得太厉害了。自己不过是一个普通的农村姑娘,为什么要成为包括食人魔们在内的一群魔物的首领呢。寿限无做老大不就行了吗?

"这是为将来着想。我觉得如果食人魔们把大姐当成了普通的人类,会很不妙。虽然我们听从大姐的命令,但是如果食人魔们不经过我们,就不会听从大姐的命令,某些情况下会是非常危险的。我是前线指挥官,说不定会有什么三长两短,所以我认为安全的后方也需要一位能对食人魔们发号施令的人。"

安莉拼命以她农村姑娘的思维方式思考着。

"也就是说,需要两个能命令食人魔的人,对吧?"

寿限无点了点头。

"既然这样,那就让恩菲来做吧。"

"恩菲大哥说不定也要上前线的。"

"原来如此……"

安莉明白了,然后同意了寿限无的建议。她认为身在安全后方的自己,也应该为他们出一分力。这是安莉一直想做的,只是——

"我也能命令得了食人魔吗?"

"我们接下来就要做这件事。大姐,可以请您演一场戏吗?"

村子有正门和后门两道通向外面的门，寿限无带安莉来到了后门处。后门大开着，地上跪着五只食人魔。它们就是随风飘来的强烈恶臭的来源。

哥布林军团围着它们，全体成员都在场，而且看起来没人受伤。

门边的瞭望台上，平时会有某位村民或者哥布林放哨，今天似乎没人在上面。大概是哥布林们支开了放哨者吧。

不光哥布林们，恩菲雷亚也在，阿古则在稍远一点的地方。

"哟，安莉，今晚可以说是个美好的夜晚吗？"

"是的，恩菲，月亮也很美。"

"是啊，看上去比平时大。"

"抱歉打扰两位，不好意思，我们快开始吧。"悄悄跟安莉说完，寿限无扯开嗓门喊起来，"喂，你们几个！我们的大姐来了！你们的命全看大姐一句话！"

听到寿限无的话，五只食人魔齐刷刷地抬起头，把视线投向了安莉。在看不到的压力下，安莉差点儿向后退步，不过勉强忍住了。只要她后退了哪怕一步，计划就会失败，哥布林们已经计划好，失败后要马上铲除祸根。

实际上，安莉也看到围住食人魔的哥布林军团手中握紧了武器，恩菲雷亚则不动声色地掏出了药瓶。

紧张的气氛持续着。

安莉正面接住食人魔们的视线，回看向它们，她不能令视线游移,也不能移开。

安莉把食人魔们当成那时的骑士。

她握紧了拳头,回想自己挥拳击打那张被头盔包裹的脸时的心情。

(别小看人。大家都在保护村子,我也要保护村子!!)

紧张的时间——或许只是一瞬,但是对安莉来说非常久——过去了,食人魔们的眼神开始游移不定。

他们彼此面面相觑,然后看向寿限无。

"我说过了,我们的首领,大姐是最强的。"

"跪拜!"

随着寿限无的话,安莉提起丹田之气喊道。

发出自己都吓了一跳的充满魄力的吼声,安莉发现阿古在自己视野的角落里瑟瑟发抖,不过现在这并不重要。对于安莉来说最重要的,是所有食人魔都低下了头。

看来食人魔们现在承认了安莉比自己了不起。

"喂,大姐是包括我们在内的卡恩村的族长,如果你们有什么想说的,就快点说。"

食人魔们低着头,纷纷以浑浊的声音寻找着合适的词语。

"可怕的,小人的主人,我们道歉。"

"我们袭击了你部族的人,请饶命。"

食人魔们口中的"你的部族",指的是阿古的部族。尽管实际上并非如此,不过为了让食人魔们更容易理解,大家说阿古他们也是卡恩部族的一员。若是不这样说,恐怕它们的脑子会不够用。

"我们,为你们工作。"

"可以!为我的部族工作吧!"

安莉用自己剩下的一点气势命令道。虽然只说了两三句话,但她觉得非常累,足以匹敌在森林中散步时的疲劳感。

就在安莉觉得没法继续维持首领的态度时,正好寿限无出手相助了。

"你们运气不错!安莉大姐的意思是饶你们一命!"

食人魔们的身体眼见着放松了下来。它们刚才有被杀的可能性,这是非常自然的反应

其中一只食人魔定睛注视着安莉,开口问道:

"族长,我们,做什么对?"

想都不用想,自己不懂的事交给别人去做就行了。

"寿限无先生,拜托你关照它们一下,随意使唤就好。"

"明白了,大姐。"指挥官向安莉低头致意,然后转身面向食人魔们,"那好,我们先在村子外面帮你们搭好帐篷,你们在帐篷里住。喂,伙计们,帮它们搭帐。"

寿限无向哥布林们下令后,食人魔和哥布林们一起走了。

"在村外搭帐篷,难免会惹来各种麻烦事。我想有机会还是在村里给它们建个住处吧。当然,要等它们学会不能袭击村里人之后再考虑。"

"我也得到村里四处拜托,设法让大家接受它们。"

"嗯,我觉得安莉去一定没问题,还有明天的事——"

按照计划,安莉和恩菲雷亚要和几名哥布林护卫一起,到耶·兰提尔去。

"对不起,我得留下为阿古部族的幸存者治疗,看来是去不了了。"

毕竟要和把自己的族人当成食物来吃的食人魔住在同一个村子里,他们除了疗伤之外还要接受心理治疗。从莉琪的性格考虑,由她进行心理治疗会令患者更加萎靡,明显只会收到相反的效果。除了恩菲雷亚之外,没人可以胜任。

"欸欸?我自己去啊……"

安莉没有去过耶·兰提尔那样的大都市,考虑到要做的事,她觉得担子对自己来说有点太重。

"那么,去拜托村长一下,请他和你一起去怎么样?"

"我觉得够呛……"

村长要时刻注意维持村子的体制,维护村中设施,帮助新搬到村里来的村民,没法出远门。

"村长的夫人怎么样?"

"嗯,说实话,现在村里人手不足。虽说一直缺劳动力,不过现在特别严重。"

卡恩村一直靠很少的劳动力勉强维持运转。正因如此,村民数量大幅减少之后,村子的机能显著下降。因此他们才力排众议，募集移居卡恩村的新村民。

"到了耶·兰提尔还要去神殿，确认一下有没有愿意移居村里的人……真是的，这已经不是一个农村姑娘该做的事情了……"

"加油吧，族长。"

听到寿限无的鼓励，安莉鼓起了脸颊。她的心情是，"你没资格说这话"。因为哥布林们隶属于安莉，也是她不得不四处奔波的原因之一。

"其实我也想和你一起去……"恩菲雷亚万分遗憾地嘟囔着。然后他仿佛要驱散消极情绪一样，故作开朗地继续说了下去："对了，我会照顾好妮姆的，你不用担心，努力把事办好吧。"

"我感觉，这个世界上恐怕只有我是这样吧？一会儿突然被奉为首领，必须装出了不起的样子；一会儿又要去从没去过的地方，办好几件自己从没办过的事。"

"不用那么悲观啦，安莉。找遍这个世界，应该至少还能找到一位和你一样的人。"

看到安莉沮丧地垂下肩膀，恩菲雷亚和寿限无发出了轻轻的笑声。最后，一直远远地观察着他们的阿古，以小得谁都听不到的声音自言自语道：

"看来她真的是靠力量统治强大的哥布林啊……卡恩村的族长，安莉大姐……"

3

　　要塞都市耶·兰提尔城如其名，拥有三重城墙。三重城墙中，最外面一层的城门是最巨大、最坚固的，充满仿佛会劈头盖脸压将下来的粗犷厚重感。

　　这扇据说能挡回帝国进攻的门，给人的压迫感经常令旅行者张口结舌。这样的表情只要是经常路过的人，至少都见过一次。而目击者自己肯定也曾经露出过相同的表情。

　　威严的大门旁边设有一座检查站，几名士兵为了躲太阳，正在屋子里休息。

　　这座要塞都市很可能会成为战时前线，然而这里的士兵状态似乎太松懈了。不过，供职检查站的这几位，职责是检查旅行者。他们的工作内容包括检查有无违禁货物，排查别国的间谍。如果无人入城，他们就无事可做。

　　正因为如此，现在手头没有工作的这些普通士兵——虽说不至于有人玩纸牌游戏来消磨时间，但也没人打算掩饰自己的哈欠。

　　当然，虽说现在清闲，一旦忙起来就会非常忙。特别是早上，城门刚打开的时候，他们的繁忙程度简直难以用笔墨形容。

　　太阳升到天空最高处的时候，道路上出现了几个旅行者。在这个魔物横行的世界，保持一定的人数结伴旅行是理所当然的。

来的时候总是像团子一样，一来好几个啊，好了，有的忙了——一位士兵一边想，一边漫不经心地从只有窗框的窗子向外望，发现道路上除了那几个旅行者，还有一辆正在行驶的拉货马车。

车夫位置上坐着一名女性，不带顶棚的货车上似乎没有人影。这名女性在独自旅行。

女性看上去似乎没有武装，从这点可以推测出——

应该是某个村子的姑娘。

——士兵这样猜测着，同时为自己的猜测感到奇怪。

附近村子的村民来到耶·兰提尔并不是什么稀罕的事，不过，一位女性只身前来就是另一回事了。就算是耶·兰提尔近郊，也没法断定绝对没有强盗和魔物。确实，因为传说级冒险者"漆黑"飞飞的功劳，危险的魔物和强盗大多没了踪影，即使如此也不能说绝对没有，更不用说还有狼之类的普通野兽在附近出没。

这一点并不仅限于耶·兰提尔周边的常识，在其他城市也是众所周知的。怎么还有村子会让一个姑娘只身上路呢？

或许她是遇到强盗后侥幸逃脱了，可是从她身上又看不出紧张感。从她从容不迫的样子来看，简直就像确信旅途安全才上了路一样。

那个姑娘到底什么来头？

士兵怀着这些疑问，移动视线，把目光投向拉车的马，然后又感到一阵困惑。

拉车的马格外壮硕，不像农村姑娘能拥有的财产。它的身材和毛色让人联想到军马。

军马非常昂贵，而且就算有钱，普通人也没有入手的机会。除去以双足飞龙和狮鹫为代表的魔物系骑兽，军马可以说是最棒的坐骑。

如果普通人拥有这样的军马，说明这位普通人一定拥有什么门路，不过一位农村姑娘，不可能有相应的门路。

当然也有从拥有者手中夺取这条路，不过夺取了这么值钱的财物，一定会遭到报复，连盗贼也不愿意招惹骑着军马的人物。

因此，从结论来说，她只是一位普通农村姑娘的可能性很低。这样想来，这位打扮成农村姑娘的人物到底是谁？

想到这里，独自一人旅行就成了解开谜题的线索。答案是，她对自己有自信，实力不会受到打扮成农村姑娘——装备的左右。也就是说，她是魔法吟唱者，或者是其他战斗力和装备关联不大的职业。

这是个有说服力的答案。魔法吟唱者很多都从事冒险者之类的工作，他们有钱也有门路，想搞到军马比一般人容易得多。

"那个人，是魔法吟唱者之类的吗？"

一位同僚来到他身边，说出了相同的推理结论。

"可能是吧。"

士兵略微皱起眉头，回答道。

对于检查者来说，魔法吟唱者是比较棘手的对象。

首先，他们的武器是内在的魔法，不能从外表观察到。也就是说，没法确认他们拥有什么样的武器。

其次，他们有可能会用魔法夹带什么危险的东西进城，对于士兵们来说，想要发现是很困难的。

第三，除了以上两点之外，他们还拥有很多专业性强的东西，可能会需要非常烦琐的手续。

实话说，这是他们最讨厌的检查对象，因此检查站从魔法师工会请来帮手——当然，应该支付了相应的报酬——协助检查，可是……

"要叫那家伙来吗？不要吧。"

"没办法啊，如果让她过去之后出了什么问题，那可就麻烦了。"

"魔法吟唱者要是都一样的打扮该多好。"

"比如拿着看上去就可疑的法杖，穿着看上去就可疑的长袍？"

"是啊，那样的话一看就知道是魔法吟唱者。再就是全体强制加入魔法师工会，对他们课以像冒险者工会成员那样，必须持有信物的义务。"

两人你看我我看你地笑起来时，刚才一直坐着的士兵站起身来,打算出迎即将到来的看似魔法吟唱者的少女。

在士兵们的注视下,马车来到了门前,停下了。

少女从车夫的座位上下来,她的额头上有些许汗水,一眼就能看出她一直在太阳下赶路。大概是为了遮阳,少女身穿长裤长衫,但这些衣服做工用料并不讲究,怎么看都是一位普通农村姑娘的行头。

不过人不可貌相,谁也不知道她的外表下隐藏着什么。士兵们也是开始负责这项工作之后,才发现外表和内在居然会大相径庭。

士兵警惕地靠近少女。

"首先,我们有几件事想问你,可以请你跟我们到检查站走一趟吗?"

士兵心怀"我们对你并无戒心,请你麻痹大意吧"的愿望,面露柔和的表情,以略显亲近的语气说道。

"好的,没问题。"

士兵带着少女走向检查站。

为了防备以"迷惑"等为代表的精神控制系魔法,另外两名士兵跟在几米之外。其他士兵也故作若无其事地侧眼观察少女,看她会不会做出什么可疑的举动。

或许是感受到了紧张的气氛,少女不解地歪了几次头。

"怎么了?"

"欸?啊,没事,没什么。"

如果她是感受到了气氛的细微变化，说明少女果然不是普通人。士兵一边这样想，一边带着少女走进了检查站。

"能请你坐在那边吗？"

"好的。"

少女赶忙坐到了房间的一把椅子上。

"请先告诉我你的名字和你从哪里来。"

"好的，我叫安莉·艾默特，来自都武大森林近郊的卡恩村。"

士兵们互相使了个眼色，其中一人向屋外走去。他是去查户籍册，看这些信息是不是真的。

王国为了管理国民，编制了户籍册。虽说如此，户籍册的管理漏洞百出，关于出生和死亡方面的情报更新时常很慢，而且多有纰漏。甚至有人估算出户籍册中可能会有几万处错误。虽说户籍册不能盲信，不过也能派上一点用场。

户籍册虽然不太可靠，但是数量却有模有样。因此，查户籍册的过程需要相当长的时间。士兵非常清楚查户籍册有多费劲，决定先完成其他的手续。

"那么，能把代替通行费的许可证给我看看吗？"

通常，需要支付通行费——被赋予足税之类的名字，才能进入城市。可是，如果让本城领地内的人民也支付通行费，会导致物流不畅，于是贵族们把通行证发给领地内的各村，带着通行证进城，可以免收通行费。当然，统治各地的贵族不一样，彼此的制度也有不同。

"那个，在这里……"

看到安莉开始翻包，士兵阻止了她。

"不用找了，我们要检查一下，可以把包直接给我吗？"

接过安莉老实交出的包，士兵慎重地检查起里面的东西，找到了一张羊皮纸。

士兵自上而下粗略地看了一遍铺在桌子上的羊皮纸。王国国民的识字率很低，不过，检查站的士兵自然能读会写。不对，应该说正因为他们能读会写，才会被安排到检查站当差。

"原来如此，没有问题，这是分发给卡恩村的通行许可证，我看好了。"士兵把羊皮纸卷好，原样放回包里还给了安莉，"那么接下来请说说你来耶·兰提尔的目的吧。"

"好的。第一件事是卖掉我采到的药草。"

士兵把目光投向窗外——货物马车，看到同僚们正在检查马车上的罐子。

"可以告诉我药草的名字和罐子的数量吗？"

"好的，纽库里有四罐，阿金纳有四罐，还有六罐恩凯希。"

"六罐恩凯希？"

"是的，没错。"

安莉有点得意地舒缓了表情。士兵觉得她会面带得意的笑容也是理所当然的。

在检查站当差的人，多少都会有点和药草相关的知识。

恩凯希是只有在当季很短的一段时期才能采到的药草，却是制作治疗系药水常用的材料，需求量很大，因此价格颇高。本来价格就高，再加上有六罐之多，看来能卖出一大笔钱。

"那么，你打算到哪去卖？"

"以前是出售给巴雷亚雷家的。"

"巴雷亚雷？就是那个药师莉琪·巴雷亚雷吗？"

虽然听说她现在已经不在了，但她一直占据着耶·兰提尔药师业界的头把交椅，是个非常有名的人物。居然能向莉琪·巴雷亚雷家供货，看来这位少女相当受人信赖。

关于药草的问题，士兵判断不需要继续深究。

实际上他们的职责是防止危险物品进入城市，货物进城后的去向不在他们的管辖范围内。

"嗯。"士兵点了点头，把视线从安莉的表情上移开。

刚才得到的回答中没有可疑之处，他从安莉的表情中也没有看出撒谎的迹象。只要正在进行的货物检查结束，他们的工作就算告一段落了。

这时，去查户籍册的士兵正好回来，向他点了一下头。

意思是确实查到有名为安莉的女性登记在册。

不过，这只是卡恩村有名为安莉的女性出生的记录，并不能保证眼前的女性就是安莉，也无法表明名为安莉的女性走过了怎样的人生。眼前的女人可能是踏上旅途，得到强大的魔法力量后，回到故乡的安莉；也可能是冒客死他乡的安莉之名的罪犯。

所以，最后还有一件事需要调查。

"明白了，那么把那位大人请来吧。"

士兵点了点头，再次走出了房间。

"接下来需要进行身体检查，可以吗？"

"欸？"

安莉露出不解的表情。士兵赶忙对自己的话做起补充：

"啊，并不是发现了什么问题。不好意思，这是规定，只是很常规的检查，请放心吧。"

"……如果是这样，我明白了。"

看到安莉应允，士兵松了口气，他可不想惹恼有可能是魔法吟唱者的人物。

走出房间的士兵回来的时候，身后跟着另一名男子。

男子一看就是魔法吟唱者。

他有突出的鹰钩鼻，消瘦的脸面露焦土色。或许是因为严严实实地裹着黑色长袍的缘故，男子脸上满是汗水，鸡爪子一样的手里攥着一把扭曲的法杖。

要让士兵评论，会说既然这么热不如脱掉长袍。不知是不是对这身行头有什么个人喜好，他就是不肯换一身打扮。不知是不是因为这件长袍，魔法吟唱者进屋之后，士兵甚至觉得房间的温度上升了好几度。

"是那位姑娘吗？"

每次听到魔法吟唱者平静的声音,就连对此早已熟悉的士兵都会觉得有点怪异。

魔法吟唱者从容貌来看将近三十岁,声音却十分沙哑。如果仅凭声音,甚至没法推断他的年龄。士兵不知到底是他的容貌比实际年龄显得年轻,还是嗓子哑了。

"请问……"

安莉好像有点吃惊,看看刚刚来到房间里的魔法吟唱者,又看看士兵。士兵觉得她会吃惊也难怪,因为他在第一次听到魔法吟唱者的声音时也吃了一惊。

"这位是检查站从魔法师工会请来的魔法吟唱者大人。我们会请他简单地检查一下,请稍等。"士兵保持坐姿向安莉示意之后,向魔法吟唱者轻轻低头,"可以请您开始吗?"

"当然。"

魔法吟唱者向前一步,正面朝向安莉,开始吟唱魔法。

"魔法探测。"

随后魔法吟唱者的眼睛变细了,仿佛盯上了猎物的野兽。就连看惯了的士兵目光都难免紧张起来,安莉却不为所动。

士兵见状,更确定了自己的看法。

在魔法吟唱者强烈的目光注视下,居然可以面不改色,她不可能是普通的农村姑娘。她最起码也和想要取人性命的魔物对峙过,否则不可能在这样的视线注视下泰然自若。看到这一幕,士兵确信自己的想象是相当准的。

"休想骗过我的眼睛,你藏着魔法道具吧,就在腰际。"

安莉这才吃了一惊,把目光垂向自己的腰际。

士兵警惕起来。如果是剑之类的武器,士兵们还能理解;如果是魔法道具,就不是士兵的知识可以覆盖的范畴了。

"你是指这个吗?"

安莉从衣服下轻轻拿出的,是一支双手合十就能完全藏住的其貌不扬的小号角。难怪士兵们就算看到了也不会在意。

"……这就是魔法道具吗?"

"没错,不能被外观骗了,它拥有强大的魔力。"

士兵瞠目结舌,连这位魔法吟唱者都说它是强大的魔法道具,它到底会拥有多大的力量呢。

士兵现在开始觉得这名少女是故意打扮得其貌不扬,感到后背蹿过一阵刀刃顶在眉间的寒意。

"啊,那是——"

"不用解释,我的魔法可以看穿一切。"

魔法吟唱者打断了安莉说到一半的话,再次发动了魔法。

"'道具鉴定'——唔!!!"

在数秒内,魔法吟唱者的表情瞬息万变。先是惊愕,然后是畏惧,恐惧,最后是——迷乱。

"这、这到底,是什么?它拥有用强大二字无法形容的超凡力量……不可能!它到底是什么?!"

魔法吟唱者的嘴角飞吐泡沫,脸颊泛起红潮。

"你到底是什么人！穿成村姑也骗不过我！"

魔法吟唱者突然间的变化让士兵大吃一惊，就连安莉本人也因为惊愕瞪大了眼睛。

"不、不是的，我只是个，普通人。我只是个村民而已，是真的！"

"村民？你这家伙，为什么要说谎！那么你是怎么弄到这件道具的！如果说你不是个普通的农村姑娘，倒还说得通。"

"欸？是这样的，那是拯救村子的安兹·乌尔·恭大人送给我的——"

"你还要继续扯谎吗！你是说是教国的神官送给你的吗！"

"欸？他是教国的大人吗？"

"士兵们！都过来！这个姑娘实在太可疑了！"

士兵不明白他的结论是如何得出的，不过，他们从没见过魔法吟唱者做出如此异常的反应。既然如此，应该把自己的考虑放到一边，先应对眼前的紧急状况。

"集合！集合！"

听到士兵的叫声，检查完货物的同僚们紧张地跑了过来。

"怎么可能会把这么值钱的道具送人！你到底是怎么得到它的！你怎么可能只是个普通的农村姑娘！"

"不是，这真的是恭大人送给我的！请相信我！"

士兵看看魔法吟唱者，又看看少女。魔法吟唱者毕竟是和自己一起工作的同僚，而且是受到委托来这里工作的，士兵觉得应该相信魔法吟唱者。可是,士兵怎么看这位名为安莉的少女,都觉得她是面对突发事件开始惴惴不安的农村姑娘。

"怎么了,发生什么了?请告诉我怀疑她的原因!"

"哼!首先这支号角能召唤一群哥布林——虽然不知道到底能召唤多少只,但是确实是拥有召唤力量的道具。"

士兵的脸皱了起来。如果有人在城市里召唤了哥布林,那麻烦就大了。不过,原因仅此而已吗?以冒险者为代表的存在也拥有各种各样的魔法道具,其中有类似的道具也不稀奇。

"还有她声称自己是村里的姑娘这一点也很可疑。这是一件最少也值几千枚金币的魔法道具,如果是你,会送给一个普通农村姑娘吗?"

"几千?!"

"几千?!"

听到难以置信的金额,紧随士兵之后,安莉也惊呼一声。

数千枚的金币是普通人一生也无缘的巨大财富。魔法吟唱者说这支其貌不扬的号角有如此巨大的价值。

"没错。如果没有相应的原因,谁会把这么昂贵的道具送人,而且是送给一个农村姑娘!当然,如果这位姑娘是一流的冒险者或者一流的魔法吟唱者,倒也可以接受。可是,她声称自己是普通的农村姑娘!这太可疑了吧!"

魔法吟唱者的一番解释让士兵觉得很有道理。拥有强大力量的道具,会被拥有优秀能力的人物吸引。过去有许多——不管是善是恶——获得了超人能力的强者，无一例外，都拥有强大的道具。这是命运，也是必然。

"不是的，真的，我只是个普通的农村姑娘……"

"再说，我没听说过名叫安兹·乌尔·恭的人。至少这人肯定不是耶·兰提尔的魔法吟唱者，估计也不是冒险者。"

"战士长大人认识恭大人！"

"王国战士长，葛杰夫·史托罗诺夫阁下吗？你说的话简直前言不搭后语。你既然是普通农村姑娘，为什么会知道战士长阁下的事？"

"因为战士长大人到我们村里来了！真的！只要一问你就知道了！"

与身在王都的战士长取得联络根本是不可能的。再说，如果她真的是一个普通农村姑娘，战士长很可能已经不记得她了，很难为她的身份作保。

"怎么办？"

"应该先抓住她，详细调查一下。号角之类的小东西应该很容易巧妙地藏起来，她却大模大样地带在身上，从这点来看她似乎不是间谍或者破坏分子，不过没法确信。"

安莉惊慌失措地看着周围的官差们。

她惊慌的样子就是个普通的农村姑娘，如果这是在演戏，那她肯定是个出色的演员。

突然，围在旁边的士兵们一齐发出了惊讶的声音，同时，响起了一个并不熟悉的声音。

"我们想尽快进城……你们在做什么？"

听到男子的声音大家回过头去，看到那里站着一个身穿漆黑铠甲的人。

"唔噢噢！"

士兵和魔法吟唱者都发出了惊愕的声音。在耶·兰提尔，大概没有人不认识这位身穿漆黑铠甲的男子。他胸前摆动的精钢质铭牌，向大家证明了他们并没有认错人。他是活着的传说、化腐朽为神奇的男人、最强的战士。

"漆黑"的飞飞。

"是、是您啊！飞飞大人！真是失礼了！"

"你们到底在做……嗯？那位姑娘是……"

"是的！我们正在盘查一个可疑的姑娘，耗费了不少时间。真是给飞飞大人添麻——"

"——安莉，对了。你是安莉·艾默特吧？"

现场的空气凝固了。为什么传说级的冒险者，会知道一个农村姑娘的名字呢。

"那个，请问，您是哪位……啊，是的。您、您是那时候，和恩菲一起来的那位大人吧。我好像没有和您说过话……您是听恩菲提起过我的名字吗？"

飞飞把手放在嘴边，摆出思考的样子。然后他对魔法吟唱者招了招手，走出了小屋。士兵也想和他们一起出去，可是又不能留她一人在小屋里。

过了一会儿，只有恢复了冷静的魔法吟唱者自己回来了。

"放她走吧。那位老兄，漆黑的飞飞、精钢级冒险者说可以为她作保。事已至此再留她对大家都没好处，你怎么看？"

"这是理所当然的判断……不过，真的没问题吗？"

"这样问等于怀疑那位仁兄的话，你能担得起责任吗？"

"当然不能！明白了，我马上就给出许可。那么卡恩村的艾默特，允许你进入耶·兰提尔，你走吧。"

"啊，好的，非常感谢。"

安莉礼貌地低头行礼，然后离开了小屋。目送姑娘远去，士兵对魔法吟唱者问道：

"飞飞大人呢？"

"先一步走了。"

"可是，那位大英雄和那位农村姑娘，他们是什么关系？"

"我哪知道，飞飞大人跟我说的我刚才已经告诉你了，他愿意给她作保，让你们放她走。"

"那我再问个别的问题。您真的觉得那位名叫艾默特的少女，只是个普通的农村姑娘吗？"

"当然不觉得，她怎么可能是普通的农村姑娘，否则那位大英雄也不会插手她的事。她拥有那么强大的魔法道具应该也并非偶然……莫非她和教国有什么关系？"

"好像是叫安兹什么什么来着吧。她说不定是教国相关人士的熟人,是不是应该向上头报告一下为好?"

"说实话我也不知道。有堂堂飞飞大人作保的姑娘,你跟上级报告说她是危险人物……我觉得以你们的职责来说是正确的做法,不过会不会招致飞飞大人的不悦?"

士兵撇了撇嘴。

大英雄飞飞在耶·兰提尔大墓地成就的旷世奇功,是士兵们聚在一起必聊的话题。

他那单枪匹马突破数千甚至上万不死者的英雄故事,没有人听了不热血沸腾的。他那从远处也能清楚看到的威武雄姿及英雄气度,制服实力强大的大魔兽并骑乘其上的飒爽英姿更是令士兵们狂热。

很多男人就像为强大男子着迷的女子一样,都迷上了飞飞这位大英雄。与飞飞同样挥舞兵器战斗的士兵们,更是大半都成了他的拥趸。

这位士兵也是他们中的一员。

他是飞飞的拥趸,如果被飞飞拍了一下肩膀,他恐怕会激动得见人就炫耀。他不想惹自己尊敬的人不快。

"是啊。既然是飞飞大人作保,应该没问题吧。"

"我也觉得这样处理为好。为难飞飞大人的熟人不是什么好主意。胳膊拧不过大腿,大树底下好乘凉。麻烦事还是少一桩为好……那么有事再喊我吧。"

"好的,那我也回去工作了。"

背对耶·兰提尔的大门，安莉一边赶着马车，一边歪着头想刚才到底发生了什么。应该是那位身穿黑色铠甲的冒险者——按照安莉的记忆，他应该是和恩菲雷亚一起来采药草的人物——帮了她。

按说她应该马上找到那位冒险者，向他道谢，可她进了城门四处张望，却没有发现冒险者的踪影。

（下次见了面再跟他道谢……他应该不会怪我失礼吧？）

安莉也考虑了要不要花点时间，在城门周边到处找一找，不过她有不得不转念的原因。安莉心里揣着一件担心的事，她隔着衣服单手攥着它，如果不用手直接确认它安然无恙，就没法安心。

——哥布林什么之号角。

（它值……几千枚……金币？不是真的吧，告诉我不是真的……）

冷汗打湿了她的脊背。恭大人满不在乎地把号角送给她，她本来觉得不会是贵重的东西。不对，恩菲雷亚就说过，它是很贵重的道具。可是，魔法吟唱者说的金额是她万万想不到的。

（欸？我用掉了那么贵重的道具？真的不要紧吗？）

恭大人万一要求她交还赠品，她该如何是好？

（到底需要几千罐药草啊……我是不是得采一辈子药草才行……）

不仅如此，自己还有另一个价值几千枚金币的道具。

（恭大人居然富有得能把这么昂贵的东西轻易送人？！还是说他其实不知道它们的价值……不，那位大人怎么可能不知道……可是，万一他真的不知道……）

安莉觉得胃一阵绞痛。

她紧张地四处张望。周围虽然没几个人影，但是人看起来还是比卡恩村多上几倍。她开始胡思乱想，觉得有人会来抢这支号角。

（真不该把它带来。城市里犯罪应该发生得很频繁吧？怎么办啊，万一号角被偷走了……咦？万一小偷偷走号角后，招出的哥布林在城里作乱，犯人不就成了我吗……）

冷汗突然增加，这时，有人轻盈地从天而降，站在了安莉所坐的车夫位置旁边。轻盈的动作让人觉得重力仿佛没有生效，那一定是魔法的力量。

"谁——"

安莉惊得转过头去，等待她的是更大的惊讶。

那是一位满头乌发的绝世美女，是之前和那位身穿漆黑铠甲的冒险者一起到村里来过的人物。那双冷冰冰，令人联想到黑曜石的眸子盯着安莉。

"下等生物（马蝇），飞飞先生说有事想问你——"

"好美……"

"用不着你奉——"

"和露普斯蕾琪娜小姐一样美……"

发现投向自己的眼神中有类似困惑的动摇，安莉马上后悔自己说了蠢话。就算自己说了露普斯蕾琪娜的名字，她也不可能认识。可是，她没有见过其他美貌能与眼前这位冒险者匹敌的人物。

（怎么办啊，搞得人家一脸困惑的样子……谁叫我说蠢话呢，总之……）

"那个，不好意思，露普斯蕾琪娜小姐是一位会到我们村里来的，非常美丽的小姐——"

"——谢谢。"

"欸?!"

眼神依然冰冷，声音也不柔和，眉头还是紧锁，不过她确实说了感谢的话。

"啊，飞飞大——先生有事想问你，所以我才来找你。请告诉我，你来做什么？"

安莉没有回答的义务，不过眼前的女性是刚才为自己解围的恩人的搭档。她觉得既然这位小姐想知道，她应该回答才对。

"那个，在回答之前请允许我说句话。刚才飞飞先生帮了我，请代我转达我的感谢之意。"

"我会转达的。说吧。"

"好，好的。我来这里是因为，那、那个，有好几件事要办，那个，其中之一就是要卖掉药草。"

女性抬了抬下巴，示意她继续说下去。

"然后到神殿去，确认有没有人想移居到我们村里。我还有些事想跟冒险者工会说，打算到那里去一趟。还有就是要买不少村里弄不到的东西，那个，特别是武器之类。就这几件事……"

"原来如此，你说的我明白了，我会转告飞飞先生的。"

这个女人飘飘然仿佛不受重力束缚似的跳下马车，看都没看安莉一眼，走远了。

一场寒气刺骨的凛冽暴风。这就是安莉对她的印象。

"好厉害的人啊……就像是乖僻几十倍的布莉塔小姐……"

这种类型的女性，在村里绝对见不到，不知她是性格如此才成为冒险者，还是成为冒险者才有了如此性格。安莉开始觉得不想去冒险者工会了。

"啊，糟了！"

人已经走远，安莉才想起来，她一定也是一位强大的冒险者，因为她能和那位驯服森林贤王的战士做搭档。既然如此，她或许知道森林里的一些情况。

"应该问问她，知道不知道东方巨人、西方魔蛇，还有毁灭之馆的。我真是太笨了，怎么现在才想起来。"

安莉一边责备着自己粗心大意没有想到那么多，一边随马车摇晃着沿大道前进，穿过了下一道门。

耶·兰提尔分为三个大区域。正中是供城市里的各色居民使用的中央区域，也就是普通的城区。

冒险者工会也在中央区域。

按说把药草卖给药师工会之类的地方比较安全，不过，那要经过许多烦琐的手续，安莉决定找冒险者工会代为处理。一开始安莉想找莉琪的熟人，她又觉得就算和莉琪很熟，打着好友祖母的名号办事也有点太厚脸皮。

恩菲雷亚尊重安莉的想法，给她出了个委托冒险者工会的主意。

如果他来了，就算不去拜托冒险者工会，卖药草的事想必也能很轻松地办好。安莉只是个普通的农村姑娘，独自一人面对药师工会的老油条实在心里没谱。因此哪怕要多少付些佣金，她也愿意请冒险者工会做中间人。

安莉按照布莉塔和恩菲雷亚告诉她的路线穿街过巷。

进城前的路上，哥布林们一直和安莉在一起，但是现在，他们在城外等安莉办完事。她边提醒自己在离开村子之后，这是第一次单独行动，边用力握紧了缰绳。

紧张感让她肩膀酸疼，就在她不禁想转转脖子的时候，看到恩菲雷亚告诉她的建筑就在前方。

"太好啦！"

她不由得轻声发出欢呼。来到这里，就不会再迷路了。

把马车交给冒险者工会的看门人,安莉走进了大门。

板甲裹身的战士、背负弓矢的猎人,还有神官和魔法师——几个魔法吟唱者打扮的人来来往往。他们有的一边谈笑,一边交换附近魔物的情报;有的一脸认真地盯着贴在公告板上的羊皮纸;有的正驾轻就熟地确认着买来的道具的品质。

令人静不下心的热烈气氛和嘈杂声音,人人眼神中带着警觉。这里是冒险者的世界。

面对村里绝对见不到的光景,安莉张大了嘴,然后又慌忙闭上了。

她确实是乡下人,为城市里的气氛感到惊讶没有什么可不好意思的,不过妙龄少女大张着嘴发呆就有点令人难为情了。

注意着迈步不要顺撇,不要出丑,安莉径直向前走去。明显和冒险者工会不搭调的农村姑娘,大模大样地走在彪悍的冒险者们之间,安莉不知道会不会有什么问题,有点不安。

到达柜台之后,工作人员向她投来了善意的笑容。

"欢迎光临。"

"是,我光临了。"

安莉和前台小姐四目相对,然后两人不禁一起苦笑起来。安莉放松了紧张的肩头,这或许还是她进入耶·兰提尔之后第一次放松下来。

"请问您到冒险者工会有什么事吗?"

"是的。那个,首先我要卖药草,想请冒险者工会做中间人。"

"明白了,请问药草现在在什么地方?"

听安莉说药草装在停在外面的马车上,前台小姐跟旁边的一位女性说了句话。

"我们会让鉴定师去看货的,能请您在工会里稍等片刻吗?"

"好的。还有一件事,我想跟工会说一下……我虽然不会马上提出委托,但是将来有可能需要委托冒险者工会。"

安莉把事情的来龙去脉简单跟前台小姐说了一遍,只见她脸上的微笑渐渐收起,表情变得严肃起来。

"是这样啊……我是前台接待人员,不负责确定委托的难度,不过如果南方大魔兽就是森林贤王,估计此委托只有精钢级冒险者中的飞飞先生才能处理。如果是这样,所需费用将会非常高。"

安莉觉得前台小姐给人的感觉发生了一点变化,似乎突然没了干劲,好像开始觉得,"反正说了也是白说,真麻烦啊"。

在和哥布林们的共同生活中,安莉慢慢变得善于解读别人的心情了。这可以说,是她通过努力学习读懂哥布林——在人类看来非常丑陋,表情难以看懂的生物——的情感,从中得到了成长。

(她大概是觉得村里不可能有那么多钱吧……嗯——她一开始先观察了我的装束,也许是从着装中推测的……她穿的衣服确实比我的强多了。)

安莉在脑海中比较前台小姐和自己的服装，承认自己和人家根本没法比。

（可是穿上那样的衣服根本没法干农活，而且太糟蹋东西了。）

身为"女性"的安莉判断这场对决以平局收场。

"请问，我听说城市方面会出钱，也就是辅助金……"

"是会出，不过，辅助金毕竟只是一部分，其他的还是要自己负担。雇用精钢级冒险者的费用非常高，就算去掉辅助金，也要支付相当一大笔钱。当然，可以以较低佣金发出委托，不过工会方面不允许这样做。如果低于规定金额，优先度将会降低，而且很有可能找不到愿意接受委托的冒险者。"

前台小姐这番话说得像把水倒在了立起的板子上，大概是把记在脑中的规则直接背出来了吧。前台小姐似乎已经把安莉当成了只问不买的客人。

（也难怪，毕竟付不出钱的人根本不算客人。）

前台小姐说的话，正是恩菲雷亚说过的，所以安莉并不觉得难过。现实就是不会有多少向弱者伸出援手的人。

（正因如此，我们才把安兹·乌尔·恭大人奉为村子的救世主。而且他二话没说就把非常值钱的秘宝送给了一介村姑。）

如果她提出以这支号角代替委托费，不知这位前台小姐会表现出什么样的态度，会让自己觉得多么解气呢。安莉虽然这样想象，但她不会做这样的事。这件道具是那位大魔法吟唱者，为了让她"拿去护身",好意相赠的。哪怕是为了村子,也不应该卖掉。安莉做不出辜负恩人的事。

所以安莉重重点了点头。

"明白了,等下还是请把金额告诉我,我会回村和大家商量这件事的。"

"是这样啊,那就有劳您了。中介负责人鉴定结束之后请您到柜台来,到时候应该已经算好手续费了。"

安莉告诉前台小姐拜托了,然后离开前台,坐在了会客室旁边的沙发上,打算看着天花板发呆,杀掉到中介负责人完成估价为止的时间。

(好累啊……)

进城门之后,连续不断地发生着她从未经历过的事。不对,仔细想来,自从双亲死于非命之后,她的生活就变得像一出无比热闹的戏剧。

(我还以为村里一成不变的生活,会永远持续下去呢……)

想起自己失去的东西,安莉轻声叹了口气。

想起后来村里新增加的事物——哥布林啦,青梅竹马啦,安莉把头摇得像拨浪鼓。

(还没估完价吗……)

只要身体动起来,头脑就顾不上消沉,可以把头脑放空,拼命地工作。

"艾默特小姐,估价结束了。"

听到看起来像是负责中介的工作人员叫自己的名字，安莉站起身来，向他走了过去。

"辛，辛苦您了！"

"那么，金额是——"

这时，安莉听到有人以快步，不对，是以接近全速跑了过来。她转头去看的时候，前台小姐已经站在自己眼前了。

"呼，呼，呼，卡恩村的安莉·艾默特小姐，不对，大人。刚才您说的那件事，可以详细跟我讲讲吗？"

眼前确实是刚才那位前台小姐，可是气势完全不同，现在的她眼球布满了血丝。

"欸，那个，不好意思，我正要说估价的结果——"

"现在是我在说话，你先安静一会儿。"

听到前台小姐的话，负责买卖中介的工作人员表情有些扭曲。

"如果方便，请您去会客室一边喝些饮料，一边跟我说好吗？"

前台小姐虽然满脸带笑，但是眼睛里没有笑意，只有拼死的决心。

不知道从困惑的安莉身上感受到了什么信号，前台小姐噙着眼泪，把双手仿佛祈祷般握在一起。

"拜托了！请跟我说说吧！如果您不跟我说，我的处境会很不妙的！"

听到前台小姐的拼命哀求，安莉丈二和尚摸不着头脑，不过也觉得拒绝她太残忍了。她转眼看了一下负责买卖中介的工作人员，他似乎明白了安莉的意思，轻轻点了点头。

"明白了，那么，能请你带我过去吗？"

这个瞬间，前台小姐紧绷的身体明显放松了。

"非常感谢！真的非常感谢！来，我为您带路，请跟我来。"

在周围好奇视线的注视下，安莉迈起了步子。她允许走在前面带路的前台小姐紧紧握着自己的右手，无非是表示自己没有逃跑的意思。

（是不是有点草率？）

安莉在不安中，进入了会客室。

她默默地环视室内一周。装潢精致的会客室中空无一人，家具陈设十分豪华，以至于她犹豫起该不该坐到沙发上。

"来，来，请坐，请坐。"

安莉头脑角落传来了一个声音，提醒自己坐下的瞬间，是不是会被抓起来。

不过，安莉坐在沙发上之后也没有发生什么问题，舒适的沙发只是接住了她的身体。

"您想喝点什么？我可以给您准备高级酒！想吃点什么？现在还太早？也对啊！那么水果……不，吃些点心如何？"

"啊，不用那么费心啦。"

前台小姐态度的急剧变化让安莉有些害怕。刚开始说暂时不接受委托的时候,她并没有觉得前台小姐的态度冷漠。她觉得那是理所当然的态度,并不觉得前台小姐带着什么负面情绪,至少和现在的态度比起来要正常多了。

态度的急剧变化背后到底发生了什么?该不会又是号角所致吧?

"没事没事,您别这么客气。想要什么都可以,和高级酒很搭的下酒小食也有。"

"不了,真的不用……那个,我时间很紧,可以开始说了吗?"

"是啊!您说得对!请您开始吧!"

前台小姐拿出了一张薄薄的白纸。安莉见过的纸要么就很厚,要么就掺杂了其他颜色,她觉得这位小姐拿出的纸一定很高级。用这么高级的纸记录自己的话真的没问题吗?

安莉开了腔,刚才她说得很简单,这次却耐心地尽可能说得详细。

在安莉觉得喉咙开始干渴的时候,她的话说完了。

"辛苦您了!我去拿饮料来,您喝完之后就可以离开了。杯子放在这里就好,今天真的非常感谢您。"

前台小姐猛地站起来,好像有什么催着她一样急匆匆地离开了房间。

"这到底……是怎么了?"

当然没有人回答安莉的自言自语。

最后安莉还是没有在耶·兰提尔过夜，直接返回了卡恩村。

虽然要在草原上过一夜，但安莉并不觉得不安。不，她反而睡了一夜安稳觉。这多亏了拉着和来时的货物不同的货车上的乘客们。

"哎呀，终于能看到了啊。"

卡恩村的围墙出现在了前进方向的视野中。敦实的原木排列起来固然很壮观，安莉还是觉得和刚看过的耶·兰提尔的城墙比起来差多了，不过这也是没办法的事。

"是啊，有好多事要尽快跟村长报告。"

安莉对乘坐在货车上的哥布林回答道。货车上坐着护卫安莉前往耶·兰提尔的几名哥布林军团成员——五名哥布林，一名哥布林祭司。还有一名哥布林骑兵，他在离马车稍远的地方负责警戒。

"有一半的事都顺利办好了，只是村长拜托的事办得不顺利，是吧，大姐？"

"是啊。我去问过祭司大人了，好像没有人愿意移居卡恩村。"

"这好奇怪啊。大姐您想，不是已经有人移居到村里了吗，为什么没有更多人愿意搬来呢？会不会是那个祭司在说谎？"

"不是这样啦，"安莉苦笑着说，"边境村庄很危险，一般人都不愿意来。我本来期待分不到田地才跑去城市里的农家第三子会愿意……看来如果不是强制，不太会有人主动想搬来。而且，已经搬到村里来的诸位，之前都住在和卡恩村类似的边境开拓村里，和城里人的情况不一样。"

"是这样啊。"

"就是这样啊。不过我倒是觉得稍微松了口气。"

与哥布林建立友好关系，在村子里共同生活，这对于普通人来说应该并不好接受。从城市移居过来的人一定不会给好脸色，安莉不想让村里出麻烦事。

坦白说，如果问安莉愿意接受城里人还是哥布林，她会毫不犹豫地选择后者。

这时，马车剧烈地晃了一下，后面货车的方向传来金属碰撞发出的咔嚓咔嚓的声音。

"啊，对不起，没事吧？"

安莉转头向后看去。

货车上坐着哥布林们，不过货车的另一半放着一个口袋，只要马车一晃，里面就会发出金属互相碰撞的声音。

"嗯，没事，大姐，不用担心。不过话说回来，有这么多箭镞，打猎的时候可以敞开用了。"

看着口袋的哥布林露出喜悦的表情，安莉见状甚至忘了答话，只顾着乐滋滋地微笑。

马车出了麦田，驶进只开了一边的村门。

她跟村里人打着招呼，首先向集会所进发。货物要卸在集会所。

安莉把马车带在集会所门前。不知是不是听到了声音，哥布林走了出来。

"噢噢！大姐欢迎回来。平安回来就好。"

安莉笑眯眯地看着哥布林们，看到他们出来迎接自己，她才觉得自己真的回到了村里。哥布林们对她来说已经是和家人一样的存在了。

"我回来了！"

"那就是买回来的货啊，要搬进去吗？"

"是啊，兄弟。辛苦兄弟们帮把手吧。"

"好嘞！"

哥布林们一齐动起手来，开始麻利地把货物卸下马车。你做这，我做那，不用安莉开口，哥布林们也把活干得无可挑剔，这就是哥布林们已经融入卡恩村生活的证明。

"啊，大姐，剩下的活我们会干好的，您去看看妹妹小姐和恩菲大哥怎么样？恩菲大哥或许因为要为阿古部族的哥布林治疗脱不开身。"

"谢谢，不过在那之前，我先得去跟村长报告。"

"是吗？兄弟，抱歉，为了以防万一我陪大姐去一趟。毕竟还有食人魔的问题呢。"

五劫走出集会所，跟同伴们打了声招呼，就坐到了车夫位置的安莉旁边。护卫安莉前往耶·兰提尔的哥布林们投来了嫉妒的目光，不过没人提出反对意见。这大概是因为大家都觉得五劫说得对吧。

"好了，大姐，我们走吧！"

安莉苦笑一下说，"拜托了！还有谢谢了！"向哥布林们道完谢后，她便催马出发。

"村里发生什么事没有？"

"没什么大事。我们在村里建起了供食人魔居住的房子。有岩石哥雷姆帮我们搬运木材，建起的房子虽然简朴，不过十分坚固。只是，他们的那股臭气不能想想办法消除掉吗？交给他们的手巾很快就被弄臭了。"

"是这样啊……不过还真是快啊。"

"全靠了岩石哥雷姆啊。一定得感谢那位大魔法吟唱者大人。"

"也得感谢露普斯蕾琪娜小姐吧？"

"我总觉得那个叫露普斯蕾琪娜的人，让人觉得不想感谢她，怎么说呢，有种不招人喜欢的感觉。"

安莉有点怀疑自己的耳朵，这或许是她第一次听五劫在背后说别人的坏话。

"怎么说呢……对了，她很可怕，我总觉得她像魔兽一样，是在发起袭击前默默地观察……安莉大姐似乎没有这种感觉……"

"毕竟她是拯救了卡恩村的安兹·乌尔·恭大人的女仆，我觉得她不是那么坏的人。"

"真让人头疼啊。"

安莉和五劫的肩头一颤。刚才的声音来自两人话题中的女性。

她慌忙回头去看，发现女仆和上次出现时一样，以非常自然的姿势坐在货车上。

"真让人头疼啊，小安。"

"请问，您指什么？"

"在、在那之前先告诉我们吧，你到底是怎么突然出现的？"

"嗯？很简单啦，从天上落下来的。"

"这我就不明白了。就算你是从天上落下来的，我们也不可能发现不了啊。"

"有'不可视化'之类的各种手段啦。我只是尽可能低调行事而已啦。我是多么友善啊——"

哥布林把脸转向前方，露出了嫌弃的表情。

"不、不过话说回来，露普斯蕾琪娜小姐连续两天来村里，真是好稀奇啊。您这是怎么了？"

露普斯蕾琪娜凝视着安莉。美女做出这样的举止，安莉觉得她这副表情也好可爱。

"好吧，告诉你好了。我就是想来看看怎么样了。这么说起来小哥布林怎么样了？"

"他挺好的。看现在的时间，他应该在村长家。"

"为什么在村长先生家？"

"啊，我们不是救了几个他们部族的哥布林吗，他去跟村长商量在村里建造住处的事了。"

"啊——他好像是族长的儿子啊，是觉得自己有为幸存的哥布林负责的义务吗？哎呀——虽然还是个孩子，却这么有出息啊——"

露普斯蕾琪娜轻薄地咧嘴笑着。容颜姣好的美女轻薄地笑，脸上露出的却是充满魅力的笑容。安莉身为同性，心怀憧憬地望着她。

"哦哟，我建议你看前边哟。"

"对、对啊！"

安莉的脸红到了耳根，赶忙转脸向前。

把马车停在村长家门口，安莉和五劫下了车，

"那么，我帮你把马送回马厩里去好啦。我跟你们进去不太合适，如果回头能把谈了什么告诉我就最好啦。"

"明白了，那么，不好意思，拜托您了。"

安莉对露普斯蕾琪娜鞠躬致谢，只见她笑着说"没事没事"，赶着马车走了。

安莉敲响了门，回答里面询问来者的问题后，打开了门。

她刚进门，就看到村长和阿古坐在一张桌子的两边。

"噢噢，欢迎回来。先坐在那儿吧。城里怎么样了？"

安莉遵照村长的吩咐坐在阿古旁边。她觉得阿古有一瞬间身体僵硬了，不知是不是错觉。

"啊，那你们聊，我先走了。族长，今后就请多关照了。"

安莉一开始不明白这话是在跟谁说的。在场的有安莉、五劫，还有村长，按说这应该是在跟村长告别。

可是，阿古的视线直勾勾地向着安莉。安莉拼命地观察着他的眼睛，然而到最后，她也没能从阿古真诚的目光中找出开玩笑的成分。

"欸？欸？！"

他为什么要这样称呼自己呢？

安莉正忙着困惑，阿古已经礼貌地鞠了一躬，离开了村长的家。

"欸？！等一下——"

"那么，安莉，能把城里的事讲给我听听吗？"

"欸？可是，那个……这个……啊，好的，明白了。"

尽管有点在意，不过自己的疑问可以等回头再解决，现在重要的是进行报告。

做出判断之后，安莉把城里发生的事简洁地向村长说明了一番。其中最重要的点应该就是没有人希望移居卡恩村吧。不过看样子，村长似乎早就料到了这个结果，脸上没有露出遗憾的表情，依然十分平静。

"原来如此啊。好吧，我想也是。这里是边境开拓村，怪物出现的概率很高，没那么容易找到愿意搬来的人。"

村长说出了安莉的想法，住在卡恩村的人应该都会这样想吧。

"辛苦你了。"

村长向安莉低头致谢，安莉回答"不要紧的"。在城里虽然发生了很多事，令她应接不暇，不过也获得了不错的经验。

"因此——"村长的视线有一瞬朝向了哥布林，"我有件事想拜托安莉·艾默特。"

"好、好的。是什么事情？村长先生这么郑重其事……"

"希望你能……接替我的工作。"

安莉的表情发生了变化，称之为颜艺也不过分。

"哈啊啊啊啊？！这是什么意思啊！欸？莫非阿古刚才说的话……欸？！"

"难怪你会不知所措……"

"岂止是不知所措啊！村长您老糊涂了吗？！为什么要这样说！"

"怎么能说我老糊涂了。看来你好像有点摸不着头脑——我可以理解，不过希望你冷静地听我说。"

"冷静？我怎么可能冷静！为什么让我这样的小姑娘去接替那么重要的职务！话说阿古叫我族长到底是怎么回事？！"

"冷静点！"

村长应该是想发出足以震慑人的声音，可是在安莉听来只是大喊了一声。即使如此，她还是稍微冷静了一点。不，会冷静一点是因为她头脑中有一个声音告诉她，如果不听村长说完，就没法理解目前的状况。

"我理解你的心情，不过，希望你冷静地想一想。如今，村子的核心人物是谁？"

"不就是村长先生吗！"

"不对。我觉得啊，现在卡恩村的核心已经变成了你。哥布林们，还有新来的食人魔们，不都把你当成领袖吗？"

"村长说得没错，我们都把大姐当成核心的。"

"还有你救下的哥布林，我问过了那个叫阿古的孩子，他也把你当成这里的老大。"

安莉把嘴撇成了"〜"形。哥布林们可能确实如此，可是，其他本来就住在卡恩村的村民又如何呢，他们肯定不愿意。

"我知道你在想什么。你大概是在想村民会不愿意吧？这我已经跟大家确认过了。昨晚，我把村里人叫到一起召开集会，问过了他们的意见。结果就是，大家都认可你是新的村长。"

"怎么会这样！为什么？"

"那次袭击对村民们造成的冲击就是这么大，安莉。大家都想要强大的领袖。"

"我哪里强大了！我只是个普通的农村姑娘！"

安莉觉得自己胳膊上确实有了点肌肉，即使如此，她也只是个连武器都拿不好的农村姑娘。如果想要强大的领袖，布莉塔和义警队的人更合适吧。

"所谓强大，不一定是指个人要有多勇猛。你可以向哥布林们下令，这也是强大的力量吧？巴雷亚雷家的两位也表示你适合当村长。"

"恩菲！"

安莉像鸡被掐死时一样叫了起来。

"而且我岁数也不小了。年轻人替老人做些事，这是理所当然的吧？"

"什么'老人'啊！村长的年纪根本没那么大嘛。我从刚才就觉得您话里话外暗示自己是个老人，原来是这个目的啊！"

四十五岁左右的年龄，要说是老人还有点早，可以说正是年富力强的时候。

"先不说我刚才暗示自己是老人了。村子周围也在变化，森林贤王如今不在了，今后魔物走出森林的概率很大。我只会以安全时期的经验进行判断，继续由我做村长是不行的。"

"村长先生，我冒昧地问您，您该不会是在逃避吧？"

"老实说吧，我不能否定你的说法。"

村长看着安莉，那眼神表明他在坦率地吐露自己的心声。

"我现在还总是想起那天的事。形同自己家人一样的伙伴们被杀死的那天——艾默特家的两人，我也非常熟悉。如果没有安于现状地生活，而是像现在的卡恩村一样建起了结实的围墙；如果警惕性更高，或许不会落得那么凄惨的下场……或许能撑到恭大人伸出援手的那一刻。"

安莉觉得即使像村长说的那样，也很难撑到恭大人来到村里。其他许多村庄也被骑士毁掉了，幸存者搬到了卡恩村。他们的村子有还算坚固——当然没有现在卡恩村的围墙这么坚固——的围墙，可还是有大量村民在袭击中遇害了。不过，安莉也同意村长说的，如果能争取多一点时间，或许会有更多村民幸免于难。

"以前的老套想法已经派不上用场了。必须建立新的组织，靠我们自己保护村子的安全。能做到这一点的……只有头脑灵活的年轻人，而且只有其中的强者。"

该说的都说了，村长一脸平静地凝视着安莉。

安莉听到村长这番话，开始认真地思考。自己一开始拒绝，是因为责任太重吧。觉得如果再发生上次的袭击，自己没法对村民的生命负责。不过，就像她刚才对村长所说的，这只是在逃避。

"我不知道这样的大任，自己是不是担得起。"

"你有顾虑也是当然的。村子的杂务我可以帮你；警备方面各位哥布林可以辅助你。不过话说回来，做最终决定，永远都是一件可怕的事。"

"采取全体村民合议制怎么样？"

"我确实也考虑过。不过合议制的话，越是关键时刻，越容易出现分歧，经常争到最后也得不出结论。必须有个当家做主的人，不然只能是一盘散沙。"

"把平时和出现紧急情况时分开如何？"

"不行，这样一来领袖就没法成长。领袖就是得平时领导大家，得到大家的认可，到了紧急时刻才能让大家听指挥。"

村长的决心很坚定，而且他说的话都合乎道理。安莉露出一脸苦涩的表情，问出了自己的最后一个问题。

"需要我什么时候给出答复？"

"我不会让你现在就回答的，好好考虑考虑吧。"

"明白了。"

安莉没再多说，站了起来。

●

从村长家出来之后，安莉转向跟在自己身后的五劫。

"呐，我想好好考虑一下，能让我自己待会儿吗？"

"明白了，大姐，您慢慢考虑。还有，我们是支持大姐的，有什么需要随时告诉我们。"

"好的，到时候就拜托了。"

目送五劫离开之后，安莉开始向自己家迈起步来。

（我能做得好村长的工作吗？）

她认为自己大概不行。

或许要下达自己连想都不愿意想的——为保大局割舍小节之类的命令。

（我做不到啊……）

村里人高估我了。首先是大家看好自己的一点，哥布林的存在。他们并不是被安莉说服才成为她的同伴，只是安莉用大魔法吟唱者——安兹·乌尔·恭赠予的号角召唤出来的。

这件道具也是拜好运所赐，只是因为自己第一个获救——

（咦？我是第一个获救的吗？我记得戴着面具的恭大人……嗯？他是戴着面具的吧？）

安莉突然觉得自己的记忆模糊不清，大概是过度的恐惧导致了记忆的混乱吧。

安莉摇了摇头，甩开自己的疑问。

（总而言之——）

如果收下号角的是其他人，下一任村长的大任，就不会找到自己，而是落到那人身上。也就是说，这和安莉个人的能力无关，只是命运安排，号角碰巧落在了她的手里。

（找谁商量一下……）

安莉脑海中浮现出的第一个人物是恩菲雷亚。他在大城市生活过，见过各种各样的人，安莉觉得他一定能看出自己是否适合当村长。不仅如此，他还十分博学，一定能给她准确的答案。

然而，村长说了，恩菲雷亚——巴雷亚雷家的两位赞成由安莉当下任村长。就算去找恩菲雷亚商量,他也很可能会告诉安莉,去做村长就是了。

（不行……找村里人商量不行。这样想来,就只剩阿古和食人魔了。阿古都叫我族长了,肯定不行。食人魔们脑瓜好像不灵光啊。）

这时,一个开朗的声音跟皱着眉头的安莉搭话了。

"哟。看来你们说完了……咦?你怎么阴着脸?出了什么麻烦事吗?"

听到这个声音,安莉觉得脑海中闪过一道雷光。对啊,她是村外的人,能冷静地以中立旁观者的眼光分析状况的人就在眼前。

安莉全力跑向露普斯蕾琪娜。

"露普斯蕾琪娜小姐!"

安莉一把抓住了她的肩膀。她被吓了一跳。

"干什么!干什么!你这是怎么了?!搞得我好紧张,不过告白的话还是算了吧。我不是同性恋而是异性恋!不要啊,住手,我要被强暴啦。"

"等等!不要叫!"

安莉放开了她的肩膀,想要捂住她的嘴。露普斯蕾琪娜巧妙地躲开,破颜一笑。

"哎呀,不好意思啦——没事,只是我看小安有点激动,想让你冷静一下。开了个小玩笑啦——"

"好过分的玩笑……"

安莉叹了口气,不过很快又打起精神。露普斯蕾琪娜是个来无影去无踪的人,如果不趁她在赶紧问,不知什么时候她就又不见了。

"请听我说说,我不知道该怎么办,请给我出出主意!"

"虽然不知道你要问什么,不过我们最好边走边说,我可不想村里人用奇怪的眼光看我。"

安莉脸红了,因为露普斯蕾琪娜说得没错,不过——

"那就别喊要被强暴了啊……"

"欸嘿!"

露普斯蕾琪娜撒娇似的吐出了舌头。

"真是的,露普斯蕾琪娜小姐!"

"好啦好啦,我们走啦,我们走啦。"

看露普斯蕾琪娜没等回话就迈起步来,安莉也跟了上去。

"有什么事尽管找露普斯蕾琪娜姐姐商量啦——从床上指南到玩弄异性的手段,姐姐什么都可以教你哟。"

"是这样啊!露普斯蕾琪娜小姐真是成熟啊……"

对于没有一点相关经验的安莉来说,她确实非常成熟。明明和刚才没什么两样,安莉却觉得露普斯蕾琪娜的侧脸突然变得像个成熟的大姐姐。

"哼哼!别看我这样,口耳之学可是我的长项!"

"……咦?"

口耳之学是什么意思来着？安莉正在想，只见露普斯蕾琪娜做起了赶快放马过来的手势。安莉抛开无关紧要的疑问，总之先把村长家发生的事说了。

"事情就是这样，我该怎么做才好？"

"嗯？不知道。"

这就是回答。

"欸——露普斯蕾琪娜小姐，您不是说尽管和您商量的吗！"

"我是说尽管找我商量，又没说会好好回答……好吧，你听好。首先，如果你因为有人强迫你才做了村长，你一定会后悔的，绝对不要勉强自己。你应该思考到自己想通为止。"

露普斯蕾琪娜收起了平时的天真烂漫——变成了一个精明妖艳的美女。平时圆溜溜的眼瞳变得又细又尖，淡淡的笑容令人感觉后背一阵一阵地过电。

"这只是我的看法，并不是说你必须照做。你要彻底理解，仔细思考。首先有一点是肯定的，不管你做村长还是谁做村长，今后都肯定会出各种问题。能完美地做好一切的人，据我所知只有四十一位。因此，拿将来的问题为难现在的自己是很蠢的。不过，冷静想来，这村子里确实没有比你更适合当村长的了。"

"怎么讲？"

"你去问问哥布林们，如果可怕的魔物袭击村子，而他们发现肯定无法击退魔物的情况下，他们会怎么做——以你是村长和不是村长的两种情况为前提。"

说完这番话，露普斯蕾琪娜的表情开始变化，恢复了平时开朗的状态。

"真是说了一堆没意思的话啊。我本来不喜欢说这种话啦——唉——如果小安没当村长，悲剧突然爆发才好玩呢——"

"欸——"

"呵呵，"露普斯蕾琪娜拍了拍安莉的肩膀，"我觉得小安做村长比较好哟。还拿不定主意的话……就问问那边那位少年吧？"

露普斯蕾琪娜从安莉肩膀上拿开手，原地打了个转，动作轻盈得仿佛没有受到摩擦的阻碍。

"那就再见啦。"

她摆着手掌向远处走去。恩菲雷亚和妮姆正拉着手站在她的前面。露普斯蕾琪娜拍了拍恩菲雷亚的肩膀，两人仿佛被注入了力量一样，动了起来。

"欢迎回来！姐姐！"

妮姆似乎一直非常担心，看到她马上全速冲了过来。安莉没有彻底缓冲掉力道，有一瞬间差点儿摔倒，她努力动员双腿的肌肉，总算保持住了平衡。

"欢迎回来，安莉，比我想象得快呢。你没有在城里住一宿吗？"

"我回来了。是啊，没住，我野营了一晚赶回来了。"

"是吗……幸好没有被魔物袭击。不过以后可别再这样了。

哥布林们虽然强,但是也有比他们更强的魔物,只是没怎么听说过这附近的草原上有罢了。"

"姐姐,不要做危险的事!"

妮姆死死地攥着安莉的衣服,好像再也不会放开了一样。对妹妹来说,活在世上的家人只有自己了。自己的命不仅属于自己,看来自己有点疏忽了这件事。

"是啊,你说得对,对不起啊。"

安莉轻柔地抚摸着妮姆的头。

"嗯!原谅你这次!"

妮姆抬起头,对安莉露出了笑脸。

"谢谢。妮姆在家有乖乖的吗?没有给恩菲添麻烦吧?"

"真是的,姐姐!我哪有那么不懂事啊!对吧,恩菲君!"

"啊哈哈,我要兼顾阿古部族的治疗,没能一直看着她,不过她应该算是很乖的哟。"

"真是的,恩菲君也说这样的话!呐,姐姐你听我说,恩菲君他可臭了!"

"妮姆!那是药草的气味!妮姆磨药草的时候,不也说弄了一手气味吗!"

"辣眼睛的气味也是药草吗?"

"不是,也有其他气味,比如作为药师要用的炼金术道具之类。不要说得我好像很臭一样……"

"但是恩菲君身上就是有味啊?"

恩菲雷亚的表情冻结了。

"嗯，气味已经渗透进恩菲的衣服了。我觉得你平时换掉工作服比较好。"

安莉赶忙说明妹妹想表达的意思，恩菲雷亚听到这话，表情似乎舒缓了些。

"除了工作服之外，我没有其他的衣服……在耶·兰提尔，我就整天穿着工作服。"

"既然这样，回头我做一身给你吧？"

"欸？你会做吗？"

"恩菲把我当成什么了？会做简单的衣服是理所当然的吧？"

"是这样啊。我的衣服都是买来的，所以觉得能自己做衣服真的好厉害啊。"

"谢谢，不过村子里的人应该都会……妮姆也开始练习了。"

"好的！"

"好了，妮姆，你先回家去好吗？我有些事想和恩菲商量。"

妮姆用手捂住了嘴，两眼闪闪发光。

"嗯！知道了！我先回去了！恩菲君，加油啊！"

妮姆挥着手，欢快地向家的方向跑了。

目送妮姆远去，安莉轻声嘟囔道：

"怎么突然这么听话，是不是有什么事瞒着我？"

"不，我觉得应该不是……快说说吧，你想和我说什么？我大概能想象到，毕竟昨天我也参加了村里的会议。"

既然知道就好说了，安莉省略了多余的开场白，把在村长家发生的事告诉了恩菲雷亚。

不仅如此，她还把自己的担心，以及露普斯蕾琪娜刚才说的话和盘托出。恩菲雷亚听完之后，正面凝视着安莉，对她说道：

"我觉得安莉按照自己的想法去做就行了，不管答案如何，我都会支持安莉的——我不会给你这样老套的回答，我希望你做村长。"

"为什么？我——"

"你不是普通的农村姑娘。你是哥布林们的领袖，安莉·艾默特。你好像觉得哥布林们不是你自己的力量，不过，从结果上来说，哥布林们就是你的力量。露普斯蕾琪娜小姐让你去问哥布林们的问题，我来告诉你答案好了。如果你不是村长，紧要关头，他们会在战斗力降低之前，把你一人掳走逃跑。"

"他们不会这样做的！"

"在安全的情况下，他们是不会如实说的，不过真的到了紧要关头，他们一定会像我刚才说的那样做。因为这是我听他们亲口说的。"

"骗人……"

安莉用难以置信的眼神看着恩菲雷亚，觉得他可能是在撒谎。然而，她从他的表情中感觉不到丝毫谎言的成分。

"对他们来说，最重要的不是村子，而是你。不过，如果你是村长，他们就会认为村子是你的东西，只要判断你的生命还没有受到威胁，他们就会留在村子里战斗下去。虽然只有肯为村子战斗的时间长短的微小区别，但是对于村子来说是天壤之别。顺便告诉你，他们跟我说过，到时候希望我能保护着妮姆，跟他们逃。安莉……你可以去问他们，不过希望你不要告诉他们是从我这里听说的。"

"我不会去问的。"

听到安莉坚决的回答，恩菲雷亚拢起刘海，露出了惊得圆睁睁的眼睛。

"真的不问吗？我在说谎的可能性也不是——"

"没有的，恩菲不会说谎话，我相信你。真没想到哥布林居然把召唤者看得那么重要啊。"

"应该和召唤者是安莉也有关系吧？你不是去为哥布林们买武器了吗？对哥布林们来说，把这样的主人看得重要，应该是理所当然的吧？这样的说法从各种意义来讲似乎不太合适，不过哥布林们没有从村民那里得到过什么，村民们也多少觉得哥布林们只是你召唤出来的单纯的魔物。一边不把他们当成拥有人格的个体，一边把他们当成拥有人格的个体，他们会选择后者是理所当然的吧？"

当然，村里的居民并不是不把哥布林当回事，只是，回想起来，他们并没有把感谢之情化为实际行动。

"可是，村里的人们还请他们去吃过午饭呢。"

"那是在感谢你。意思是他们来替你负担那天哥布林午饭的费用和劳力。你看到过村里人有谁叫过哪个哥布林的名字吗?"

没有。安莉本来觉得那是因为村民们分不清哥布林间的区别,说不定那只是他们根本不打算区分。

想到这里,安莉内心涌上一股不可名状的落寞。

"是这样啊。"

虽然安莉的声音中含有落寞的情感,但她的眼睛里,却点亮了仿佛下定决心般的灯火。

"是啊……我站在个人的角度,觉得安莉能成为一个合格的村长。只要你做了村长,村民们对哥布林的看法也会逐渐改变的。"

"大家都会帮我的吧。"

"当然了。应该说不会有人不帮你才对。"

"明白了。那我去村长家一趟。既然已经下定决心了,还是早点儿告诉他为好!"

听到安莉的宣言,恩菲雷亚笑了。

那是既温柔又严格的笑容,恩菲雷亚仿佛理解了安莉希望他能推自己一把的心情。

"好!你去吧,安莉!"

"嗯。"安莉回答后,掉转脚步,走上了作为卡恩村新村长的道路。

露普斯蕾琪娜从上空鸟瞰卡恩村,看到一批批村民聚集到广场。安莉站在大家面前,正在说些什么,可是距离太远,想听到安莉的声音几乎不可能。

不知是不是安莉的发言结束了,村民们鼓起掌来。

"哈哈——果然是这样啊。变成这样了啊。这可真是太好玩了。嘻嘻嘻嘻嘻。"

"什么事把你乐成这样了?"

听到身后的声音,露普斯蕾琪娜只把脸转了过去。

"哎呀——这不是由莉姐吗,你是用魔法道具飞起来的吗?"

"是啊,这是安兹大人借给我的魔法道具的力量。你在做什么呢……这就是卡恩村吧,你就是因为这个村子挨训的。"

"一点都没错。哎呀——这下子可是有意思了。"

"你指什么?"

"刚才,村子诞生了新的领袖。这对于村里的人来说,是新历史、新希望的开端。不过,如果村子在这样的时候遭遇袭击,一切都消失在火光中,那些村民会露出什么样的表情呢?"

开朗的美貌容颜产生了龟裂,缝隙中溢出的,是不管谁看到都可以断言为邪恶妖异的情感。

"我本以为你和村里的人们相处得很愉快,你说的这是真心话吗?"

"是啊,由莉姐,是真心话。一想到与我相处愉快的人类,像虫豸一样被暴力碾碎,我就兴奋得不得了。"

"你真是虐待狂的表率,和索留香有得一比。为什么我的妹妹们都是这样呢?能令我感到安慰的也就只有希姿了,真是的……艾多玛倒也不是个坏孩子。"

听到姐姐皱着眉头发牢骚,露普斯蕾琪娜嗤笑道:

"啊——这村子,要是能毁灭就好了。"

4

"啊——累死我了。"

安莉把手里的小黑板扔到桌上,自己也顺势趴倒。听到轻笑声,安莉只把脸转了过去,发现老师正露出意料之中的笑容看着她。

"辛苦你了,安莉。"

"真的好累啊——我不喜欢动脑子啊……"

"不过,你得学会读写简单的文字和基本的算术。"

安莉发出了呻吟声。

恩菲雷亚说做村长需要最低限度的学识素养,所以安莉正在接受他一对一的指导,不过她的脑袋已经快裂开了。

"为什么有这么多文字啊,这一定是什么人为了折磨我而发明的……"

"不要乱讲了。你这不是已经会写自己的名字了吗，妮姆的你也学会了。"

"呜——这确实让人挺高兴的……会这么多应该就没问题了吧？"

"可惜！这才不过是基础中的基础。再说从开始学习到现在，才刚刚过了五天，重要的都还没教你呢。"

安莉露出了人们听到难以置信的事时一般都会露出的表情。

"啊——别露出那种表情嘛。只要学好了基础，其他的就是举一反三了。也可以说，基础就是最重要的，嗯。"

"呜——"

"看来你相当累了啊，那今天就先到这里吧。"

安莉好像就等着这句话一样，站了起来。

"这是个好主意！明天还得早起，不愧是恩菲。"

恩菲雷亚带着一脸苦笑，擦去了黑板上仿佛蚯蚓爬过一样的字迹。

"那我走了，你好好休息，明天我们还是相同的时间开始学习。"

"你愿意为我牺牲做试验的时间我很开心，不过我就是不觉得要感谢你……"

"嗯，嗯。这样就对了，我听说比起受到学生感谢的老师，还是被学生怨恨的老师更合格。"

"骗人，那绝对是骗人的！"

"啊哈哈哈。好了,我得告辞了。晚安,安莉。"

"嗯,恩菲也晚安。你回去之后就不要做试验了,直接睡觉为好哟。"

恩菲雷亚笑了笑表示答应,走出了玄关。安莉目送了一会儿魔法光亮远去,回到了家中,她觉得落入黑暗中的家突然变得很冷清。

"啊——累死我了……"

安莉精疲力竭地脱掉衣服,直接钻进了被窝。刚才家里那么嘈杂,旁边却传来妹妹熟睡的可爱鼻息声。安莉静静闭上了眼睛。

经过一番过度用脑,安莉相信自己一定能马上睡着,实际上,她确实很快睡着了。闭上眼睛大概只过了几秒钟吧,她的意识已经进入了梦乡。

不知道睡着后过了多久,远处传来的声音让安莉从睡眠的深层来到了浅层。

钟响三下,间隔了一小会儿又响了三下。

安莉想起了这个节奏代表什么意义,在黑暗中睁圆了眼睛。清醒得异常迅速的大脑,认识到自己现在在家里,她从床上跳了起来。与此同时,妹妹也跳了起来。

"没事吧?"

"嗯。"

妹妹的声音中虽然有惊恐,但是不至于无法行动。

"马上做准备吧!"

"嗯!"

安莉和妮姆甚至舍不得花时间点灯,马上开始做逃跑的准备。

伴着随风传来的钟声,安莉和妮姆只用了很短时间就做好了准备。这是经过许多次的避难训练的成果,也是她们在村子上次遇袭时经历的恐惧造成的。除此之外,她听阿古说过之后,不祥的预感也一直萦绕心头。

"妮姆!你马上逃到集会所去!我要完成我的职责!"

安莉不等妹妹回答,就拉着她的手跑出了家门。

现在依然吵闹地响个不停的钟声,代表发生了紧急异常情况,而且是确认遭到了某种袭击的信号。

安莉无法彻底抛弃内心的念头,希望这是已经进行过许多次的训练的一环,可是紧张的气氛打碎了她的希望。这种气氛她以前也体会过,就是骑士们袭击村子的时候。

来到集会所附近,安莉推了妮姆一把。

"好了,去吧!"

妮姆轻声答应,头也不回地一溜烟跑向了集会所。

安莉也想和她一起去,至少看着妹妹平安躲进集会所。

可是,既然在几天前的集会上成了新村长,安莉就得为全村人考虑和行动。

她开始抱怨这件事为什么不发生在自己就任之前,或者是就任很久之后。

"简直就像被恶神盯上了。"

安莉不由得吐露出自己的心声。这真的是最糟糕的时机。

"大姐!"

一个哥布林向安莉跑了过来。

"怎么了!发生什么了?"

"魔物们出现在森林边上了,说不定会对村子发动袭击。"

"明白了!我这就去!"

安莉在哥布林的带领下向正门跑去。她看到门前架好了只有夜间才会设置的栅栏,哥布林们已经齐聚在栅栏周围。他们装备上了安莉买来的武器和防具,显露出战士身经百战的威武雄姿。

安莉靠近之后闻到了随空气传来的恶臭,这才发现食人魔们也在列。食人魔们紧紧握着憨实的全新棍棒。

几乎在安莉两人到达的同时,气喘吁吁的恩菲雷亚赶来了,布莉塔和其他义警队的成员也从村子各处集中过来。除此之外,阿古和他的部族中精神得到了一定程度恢复的两个哥布林也跟来了。

"大家都到齐了吗?莉琪奶奶呢?会晚点来吗?"

恩菲雷亚的祖母莉琪也是相当厉害的魔法吟唱者。按说她应该会来正门参加防卫战才对。

"不,奶奶不会到这里来的,我请她去集会所那边了,毕竟集会所也很重要。"

听到恩菲雷亚的回答，村民们似乎理解了他的意图，纷纷点头。自己的家人都逃到集会所去了，那边需要有人保护。

"我们队里不太擅长用弓的成员也派到集会所去了。如果你们这边人手够用，为了让集会所里的人安心，能不能分过去几个人？"

"这不可能。"

寿限无毫不犹豫地拒绝了布莉塔的请求。

村民们已经和寿限无他们一起生活了相当长的时间，知道他话中并无恶意。就在高涨的紧张感让安莉吞下了一口口水时，指挥官继续说了下去。

"魔物数量很多，而且不光有食人魔，还有很多其他魔物，分散战斗力太危险了。"

"不知道具体有多少魔物吗？"

"布莉塔小姐啊，对手在森林里，我们不知道具体数量。请你记住这一点，听好我接下来要说的话哟：七只食人魔、几条巨蛇、几只魔狼，有看上去像犬魔的身影，它们后面好像还有什么巨大的魔物。"

"魔狼和蛇在与食人魔一起行动？莫非后面还有森林祭司？"

魔狼是一种类似狼的魔兽，不过比狼要大上一圈，而且比狼聪明。如果在森林里碰上魔狼，可以说凶多吉少。

"可能性很高啊。如果敌人中有魔法吟唱者，那就非常难对付了,毕竟这代表着对手也有远程攻击能力。我们是不是最好也动员所有战斗力?我要不要把奶奶也叫来?"

"这个嘛……不好说啊,恩菲大哥。集会所是这村里最坚固的建筑,一旦防线被突破,大家可以固守集会所,可以说它是卡恩村的城堡。最好还是有人守城为好啊。"

"这么说有可能演变成边打边撤了?我该在哪里战斗?"

"布莉塔小姐负责指挥义警队。希望你能把我的指示简单易懂地转达给他们,让他们做出与战况相应的行动。"

"作战方式用对'对入侵者第二号预案'就可以了吧?弓箭射击后躲在屏障后面用矛攻击,不瞄准敌人也没事,向外刺就是。"

"嗯,拜托了。不过,魔狼和犬魔都很灵敏,如果不限制它们,会造成很大的伤亡,请瞄准它们攻击吧。还有,如果有森林祭司,请你们撤退,可以吗?"

"我没有异议,不过义警队撤了,人手还够吗?"

"如果运气好,我觉得应该不会有太大问题。"

"是这样啊……我还是去告诉大家做好心理准备吧。为了保证我们在后方不会受到攻击,能不能请你们优先打倒森林祭司之类拥有远程攻击能力的敌人呢?话说回来,我以前也做过冒险者,不过这么勇敢的村民我还是第一次见到……当然,我第一次来到卡恩村,看到大家进行弓箭训练,就觉得很稀奇了。"

"因为遭受过一次袭击……恨自己没有反抗的力量。"

一直在旁默默听着的安莉插嘴说道。她说出的是所有义警队成员的心声。

确实，虽然有人吓得脸色苍白，但是没有一人打算逃跑。他们知道自己必须奋起战斗，必须保护自己的村子，更重要的是必须保护后方自己心爱的家人。

"对了，有这么多魔物同时发起攻击，是不是说明对手有能凑齐强大兵力的实力？你是不是觉得对手可能是东方巨人或者西方魔蛇？"

"不能完全否定啊。"

寿限无小声肯定了布莉塔的疑虑。

如果是这样，可以认为是阿古引来了魔物。寿限无大概因此才小声回答吧，为了不让义警队的敌意转向阿古他们。

村民们现在已经知道有名为东方巨人和西方魔蛇的魔物存在了，而且知道它们的力量能与曾经的森林贤王匹敌。

虽然是在森林贤王被漆黑战士捕获之后才看到了它，但是那拥有强大力量的魔兽的身影，还是给村民留下了强烈的印象。如果知道自己在与能和森林贤王匹敌的敌人对峙，对自己来说毫无胜算，村民一定非常恐惧。

"听说西方魔蛇会用某种莫名其妙的魔法？不好对付啊。"

听到布莉塔的抱怨，恩菲雷亚也表示同意。

"每种魔物会使用的魔法只有不到十种。可是会学习的魔物，能使用的魔法就很丰富，非常棘手。或许还会有飞越围墙的魔法……"

"恩菲和哥布林先生们用魔法我就很高兴,敌人用的话总觉得是在作弊呢。"

听到安莉的抱怨,村民们发出了苦笑。

"不要告诉恭大人哟。"

听到安莉的补充,许多村民都露出了笑容。

安莉觉得紧张的气氛得到了些许缓解。虽说过度放松不好,但是过度紧张也会导致人不能发挥正常的实力。现在气氛的紧张程度应该说刚刚好。

寿限无向安莉投以感谢的目光,大概就是因为明白这一点吧。

"义警队的各位请放心,你们只要用弓箭远程攻击就行了,我们会在前面顶住敌人的。"

哥布林们训练义警队就是想让他们用弓箭远程攻击,这可以说是最适合他们的部署方式。

对于规模很小的卡恩村来说,为所有人配齐剑和防具是非常困难的,装备不足导致义警队无法担任前卫。再说,就算名叫义警队,说到底成员还是村民。他们平时要用铁锹锄头,多少有把力气,可是有力气不代表能用好剑。他们只在干农活之余接受短时间的训练,这样训练也能成长到可以打倒魔物的水平的,只有被称为天才的人。

综合以上几点,哥布林们判断不可能把义警队训练到胜任前卫的地步，决定先教给他们使用弓箭的方法，让他们可以作为后卫战斗。

他们现在用弓箭的技术有了长进，能以比较高的命中率射中靶子了。可是他们拉不开贯穿力比较强的强弓，想要对拥有厚实皮肤的魔物造成伤害很困难。不过，只要乱箭齐射，运气好的话说不定能击中防御力薄弱的部位。

"那好，请大家按照训练的阵型，以正门靠前一点的地方为目标，排好队列！阿古，你们等门被破坏了才有活干，到时候和义警队的各位一起拿着矛向外刺。你们就把布莉塔小姐的话当成安莉大姐的命令，听她的。"

"噢！交给我们吧！"

"回答得好。听好，绝对不许你们逃走，给我拼命战斗！"

"当然！救命之恩我们一定要报！我们和食人魔一起站到最前线也没关系啊。"

"蠢小鬼！如果交给你们，岂不是很快就会被突破。那台词留到你变强点再说吧！"

阿古几个听到指挥官的呵斥，露出一脸的不甘。义警队的人们开始安慰他们。

安莉松了口气，首先是村民们并没有认为是阿古他们引来了魔物，其次是为村民们开始逐渐接受阿古他们这批新来的哥布林而高兴。

他们是来到村里的最后一批外来者，虽说没有被欺负或者被孤立，但是和原来的村民间的隔阂还没有完全消除。不过，看样子，不远的将来——跨越这场战斗之后，隔阂就消融得差不多了。令人感到讽刺的是，战场同时也是加深感情的最佳场所。

也正是因为亲身感受到隔阂，阿古的战斗意愿才十分强烈。他想通过为村子做出贡献，提升自己部族在村中的地位。人类社会中，也有尊敬不怕牺牲的勇士的倾向。考虑到阿古他们三个哥布林身上，担负着整个部族将来在村中的地位，也难怪他们会那么积极。

"恩菲，我有件事拜托你。"

安莉来到恩菲雷亚身边，在他耳边悄悄说。

"呜，等等，稍微远一点——啊，嗯，收到，明白了。既然这样——这样的话，我有件事想让阿古你们去做，可以吗？我把带来的炼金术道具借给你们，希望由你们来使用这些道具。"

恩菲雷亚打开挎包，里面装着许多瓶子和纸包。

"把这些向敌人扔过去。距离太远就打不中了，需要保持中距离进行战斗……你们可以做到吗？"

"交给我们吧！我们会完美地完成任务的！"

就在阿古接过挎包时，瞭望台传来了哥布林的声音。

"那些家伙开始移动了。没有错，他们确实向着村子过来了！"

仔细听的话，会发现有许多魔物凶猛的低吟声随风传入耳朵。

"那么，义警队的各位请做好准备！安莉大姐也请注意！恩菲大哥也是！"

"好的！明白了！拜托不要让任何人牺牲！"

"交给我吧！好了，安莉走吧！"

安莉和负责护卫她的恩菲雷亚一起跑了起来。他们二人要做的是转遍各家各户，看看是否村民没有注意到村子遇袭。

目送安莉跑远，哥布林们进入了战斗状态。

"首先义警队请——去就位吧，要放敌人进入目标范围了。"

怪物在围墙对面，直接射箭当然无法命中，射击无法用眼睛看到的目标，需要进行曲射，不过这对于外行人来说是做不到的。一名射手想要达到能进行曲射的水平，需要太多的练习。于是，负责指导的哥布林决定只让他们精于一件事情。

也就是培养他们使箭正好能在越过门后落下的感觉。就是说他们一直在练习的是，以多大的力量、什么样的角度拉弓，正好能落在固定位置。如此练出的技术只能在特定位置发挥效果。不过，考虑到对方一定会试图破坏大门，这样射箭可以让义警队安全地进行单方面攻击。从这个意义上来讲，他们的训练非常有针对性。

怪物们的咆哮声靠近了，正门承受着隆隆的冲击，围墙也跟着瑟瑟抖动。

"很好！目标到达目的地！牵制射击——开始！"

"开始了！"

回应寿限无的怒吼，瞭望台上的哥布林弓兵——修林甘和古林戴开始了射击。只要射击线路上没有障碍物，两位哥布林弓兵不可能射不准，门的另一侧传来了充满痛苦的叫声。

仿佛大气都在颤抖的战场气氛，让义警队队员们不能自已地瑟瑟发抖。这时候，寿限无大吼：

"义警队先不要射箭啊？！在有命令之前先放下弓！"

敌人已经到达了义警队重复进行过练习、攻击过许多次的位置，寿限无却不让他们射箭。下一个瞬间，看到瞭望台的人都理解了他下令的原因。

围墙对面开始向瞭望台投石了。投来的一块块石头，比人类的头颅还要大得多。

虽然绝大多数都打偏了，但是不幸击中的一块，也让瞭望台摇晃起来。

"确认投石攻击！敌人大概还会投多少块石头？"

"一只大概有三块，总数大概二十一块——哇！"

投石再次命中，破坏了瞭望台上部的木板。

如果刚才就射箭，想必石头也会向义警队袭来。

确实，义警队处在敌人无法看到的位置，投石命中的概率很低。可是，如果运气不好挨到一块，肯定会一击毙命。哪怕是击中地面的石头，弹起来也能造成严重伤势。

寿限无没有指示义警队攻击，可以说是采取了比较安全的策略，同时也代表着他的决心，在接下来漫长的战斗中，他不会让任何一人牺牲。

"别以为扔几块石头，就能吓得我们不射箭了！"

古林戴怒吼着，在持续飞来的投石中，勇敢地继续射击。明知如果被击中将受重伤，依然毫不畏惧地发起攻击，哥布林弓兵的英姿让义警队队员无法移开目光。不过，寿限无和他们不一样，他观察着整个战场，瞬间发现了新的敌人。

"久命！你去对付顺着左侧围墙爬上来的蛇！你一人应该没问题吧！"

"没问题！指挥官，交给我吧！"

在寿限无身后待命的久命驾狼冲了出去，翻过围墙的蛇就在他的前方。

"十五、十六！你们两个，再稍微坚持一下！"

不消寿限无多说，两人站在已经开始倾斜的瞭望塔上，拉弓射箭的气势却没有丝毫减弱。虽然以瞭望塔现在的状态，就算不继续攻击，它也会自己倒塌，但是两位弓兵的奋战引得敌人继续向瞭望塔投石。把视线投向左侧，能看到久命在与蛇的战斗中占据了优势。

很快，被投石攻击砸得满目疮痍的瞭望台开始大幅倾斜，修林甘和古林戴站不住，从瞭望台上跳了下来。两人没能卸掉落地的冲击力，滚落在地上。

"义警队准备射击!"

听到呐喊声,义警队举起了弓。

"深呼吸!吸气——呼气——拉弓!"

和平时一样的口号声,尽管只有一瞬间,也带给了义警队队员们这是训练的错觉。他们甚至忘记了木头们发出的吱吱呀呀的哀号,做出了与训练时别无二致的动作。

"射!"

十四支箭整齐地画出相同的抛物线,向天空飞了出去。箭消失在围墙对面,随后传来了魔物的惨叫声。

阿古赞叹地自言自语道:"好厉害!"不过寿限无现在顾不上回应他。

"准备第二次射击!不要慌!深呼吸!吸气——呼气!吸气——拉弓!"

这时,接受了治疗魔法的修林甘和古林戴也站到了义警队的一端。

"射!"

十四支箭再次腾空而起,稍慢一拍另外两支箭也飞上天空。门的对面再次传来惨叫,大门发出的哀号声也变得更大了。看来对手把怒火和痛苦都化为了力量。

"退后!变更装备!"

义警队队员们一齐向设置在正门内侧的拒马后面移动。从正门冲进来的敌人,将被这些结实的栅栏挡住。拒马围成L形的通道，如果敌人沿着通道前进，等待着他们的将是食人魔们还有寿限无的部下们。对于入侵者来说，冲破大门就等于闯进了死地。

"如果有魔法吟唱者，就从直线上躲开！"

"指挥官！"

"怎么，阿古！"

"恩菲大哥给我的道具中有黏着剂，我把它洒在什么地方？"

"不会被土吸收掉吗？！"

"会被吸收掉，但是恩菲大哥说，当成效果时间会变短就行了！"

"是吗，那你就看准时机，向着马上就要破开的门那里扔。"

"明白了。"就在阿古带领自己部族的哥布林行动起来时，清理完蛇的骑兵回来了，哥布林祭司马上跑过去为他治疗。

随着咔嚓一声响，两面门扇之一被冲破了。最先冲进大门的，是敌方的食人魔们。

"哼哼，没脑子的蠢货们。"

寿限无嘲笑着，意思是你们彻底错了。

两面门扇之一被破坏，也是寿限无安排好的。他预测到如果两面门扇之一被破坏，敌方不会尝试破坏另外一面，而是直接冲进来，特别是在天上下着箭雨的情况下。可是入口很窄，不可能所有人同时冲进来，很多敌人会被堵在门外进退两难。与之相对，我方却沿着L形的拒马部署好了兵力，可以同时发起攻击。

"欢迎来到屠宰场。"

我方的食人魔装备稍微精良一些,在与敌方食人魔的打斗中略占优势,而且还有义警队用矛进行支援攻击。想要破坏拒马的食人魔,则遭到了弓兵、魔法师,外加阿古的炼金术道具的轮番轰炸。想要趁乱跳进拒马里面的野兽们也被哥布林们制住了。

目前的状况对我方极其有利,身后还有骑兵等人作为预备战力待命。只要敌人中没有魔法吟唱者,就胜券在握了,可是——

"什么啊——那是?!"寿限无压低的声音中掺进了恐惧,"那家伙是巨魔吗?"

那是一个虽然外观和食人魔不同,但是个头几乎相同的巨人。它以诡异的僵硬动作向这边走了过来,手中握着一把巨大的、阴气逼人的剑。

黏糊糊的液体从贯穿剑身中央的一条沟中流向剑刃,那莫非是魔法的力量吗?

"是它们的头目吗?莫非那就是……东方巨人?"

这样一想,寿限无觉得它确实有相应的气势。它的肉体被锻炼得像钢铁一样强韧,看上去有点像指挥官见过的巨魔,然而给人的感觉却完全不同。难怪说它和那时见过的魔兽实力相当。

哪怕只是一只普通的巨魔，也要动员全体哥布林应战，那么比普通巨魔更强的个体，将是多么难以对付的对手呢？

"既然这样……"

寿限无开始思考该怎么做。

这样看来，几乎没有胜算，最好的办法是保护着安莉逃跑。她一定不愿意，到时候哪怕强行把她带走——

"不对，这不是最好的办法，是最坏的、最后的手段。"

寿限无无奈地说道。

"伙计们，接下来我们就要送命了。抛弃撤退的想法吧，把我们作战的英姿烙印在在场所有人的眼睛里！"

哥布林们发出了充满战意的咆哮。一瞬间，在场的敌人和自己人都被他们的气势震慑住了。

"上了！让大家看看我们这些安莉大姐的小弟的力量！"

●

转遍村里的各家各户，确认没有人留在家里后，安莉松了口气。这时，什么东西毁坏的声音从正门方向传来，随后，战吼和战吼碰撞在一起，震撼脏腑的重低音响彻四周。

大概是魔物们冲破大门后和哥布林们开始了战斗吧。安莉咽下因为担心差点儿倒流上来的胃液，苦味从喉咙扩散到整个口腔。她顾不上理会，看向了恩菲雷亚。

"恩菲，我们也去正门吧。"

"明白了。不过你是不是最好到集会所去，让大家安心一点儿比较好？"

恩菲雷亚的言外之意是你最好不要去前线拖累大家。

安莉虽然也接受了射箭训练，不过现在正门应该已经被攻破，双方进入了持矛战斗的阶段。说实话，现在安莉过去也做不了什么。

"不行，大家因为我能指挥哥布林，拥有力量才选我做了村长。或许退居后方才是正确的选择，不过这一次不行。"

安利认为绝对有必要让村民看到自己在前线战斗一次。不知是不是认可了安莉眼中的决心，恩菲雷亚撩起刘海，一脸严肃地表示同意。

"你说得没错。明白了，我来保护你。"

看到温文尔雅的青梅竹马仿佛换了个人一样，脸上露出毅然决然的表情，安莉觉得自己的心跳有几拍仿佛变了节奏。

"嗯？怎么了，安莉。我确实没有恭先生那么勇武，不过肯定不会抛下你死掉的。"

"不要说死字。"

"啊，对不起。那个……呃……"

他开始犹豫，不知道说什么好。安莉终于找到了平时的青梅竹马的踪影，轻轻微笑着说：

"我们走吧，恩菲！"

"啊，欸，嗯！是啊。现在顾不上在这种地方说话了。"

两人一起向着正门跑了起来。他们来到了离正门最远的后门，如果想回去，就算全速奔跑，也需要不少时间。如果在气喘吁吁的状态下到达前门，没法马上加入战斗，要是碰上双方正在交锋，反而会拖累自己人，没有一点好处，所以两人并未全速奔跑。

不过实际上两人只跑了几秒。

他们都听到了不详的声音，站住了脚。

转过身去，他们看到有什么东西从后门上方冒了出来。

那东西巨大、诡异，和人的有极大区别，因此看到的瞬间两人并没有理解那是什么，然而那其实是手指。有一只手握住了四米高的后门上端。

两人感受到当头一棒般的冲击，像兔子一样跑了起来，藏在了房子的阴影里。

"那——是什么？巨人？"

"不知道！可——"

恩菲雷亚的话说到一半，就像一口气没喘上来一样张圆了嘴。安莉赶忙把视线转向后门，露出了和他一模一样的表情。

有什么东西缓缓翻过墙，来到了里面。

那东西拥有人类不可能拥有的巨大身体。

"莫非那就是巨魔？"

听着恩菲雷亚仿佛喘息般的声音，安莉凝视着刚刚现身的魔物。

"那就是巨魔?"

"我是第一次看到实物,不过它和我传闻中听到的巨魔长得一模一样。如果它真的是,那就麻烦了……金级冒险者才勉强能对付巨魔,说实话寿限无先生他们恐怕很难取胜。"

听到恩菲雷亚说这只魔物比村里最强的强者还要强,安莉感到自己身上的血一下子凉了。

现身围墙之内的巨魔抽动着鼻子,开始缓缓观察四周。

恩菲雷亚拉着安莉的手,藏在房子的阴影里,他也捂住了她的嘴,压低声音在她耳畔说道:

"安莉,巨魔的鼻子很灵,现在我们处在下风向应该还不要紧,不过不能大意。我们要尽可能快地离开这里……去和哥布林先生们会合吧。"

安莉也把嘴靠近恩菲雷亚耳边。

"不行啊,恩菲,如果那家伙现在去了正门,大家会遭到夹击被杀死的。"

"或许是这样吧,但是我们没有办法——"

"现在只有我和你,所以只能由我和你来拦住它。"

恩菲雷亚的眼睛从长长的刘海缝隙中,显露出看疯子的眼神。安莉也知道自己说的话十分疯狂。可是,除此之外没有其他办法。

"我们没有必要战胜它或者打倒它,只要争取一些时间。恩菲，帮帮我吧。"

"怎么争取时间？怎样才能把那家伙拖在这里？我可以去战斗，不过……大概只能承受一击哟？"

恩菲雷亚平静的话语中能听得出他的决心。为了回应他的决心，安莉讲出了自己的计策。

"我想到了一个计策，我们先做出一个食人魔吧。"

巨魔观察了一会儿木头搭建人类的房屋，然后开始了移动。

这些房屋中都飘出柔软的人类的气味，不过它理解了那不过是余香。确认了一下周围有没有其他的气味，它开始向战斗喧嚣传来的方向迈起步来。人类和自己的同胞战斗的声音，让它的口腔里分泌出口水，脑海中浮现出那些人类的样子。

柔软又干净的人类是难得的美味。

它在巨魔中也算是一位美食家，喜欢吃手足之类肌肉充实的部位，不喜欢有苦味的肚肠。因此，如果猎物的数量不够多，它很难填饱肚子。但它认为这里的猎物足够多。

随着口水淌出，它的步幅也变大了。

然而，巨魔停住了脚步，它警惕地看向四周，准确地说应该是看向房屋的阴影。

这里有食人魔。

房屋阴影处飘来了食人魔的臭气。

它皱起了脸。它的同胞中也有食人魔，不过这臭气有些不同，不属于它熟悉的食人魔。这些食人魔包围着它，躲在周围房屋的阴影中。

当然，能闻出这么多情报，并不是因为它的嗅觉和狗一样灵敏，只是它的同伴中有食人魔，它已经把食人魔种族的气味记住了。也正因如此，它闻不出周围到底有多少食人魔。

它还有一个疑问，就是它同时还闻到了莫名的气味。这股草腥味有点类似踩烂草丛时会闻到的气味，但是比那要猛烈得多。

这些食人魔涂着碎草的汁液吗？

它怀着疑问，开始思考如何是好。飘来的草腥味刺激着它的鼻子，让它的眼睛快要渗出泪水。居然能受得了这么猛烈的气味，看来食人魔们鼻塞了。

可以选择正面突破，身为巨魔的它比食人魔强大。然而，这并不意味着它可以毫发无伤，也不意味着不需要消耗时间。

巨魔拥有再生的种族能力，伤口会随着时间流逝而愈合。然而，它不能浪费时间，自己同伴中的食人魔或许会把人类吃光。

敌人散布在四面，大概是想等它直线向前时，一齐发起围攻吧。

看穿敌人的图谋，让它对自己脑瓜的灵光十分满足，它开始缓缓地向房屋后面绕过去。

它的目的是短时间内歼灭敌人，那么现在敌人散开在四处，正是好机会。它只要从一端开始把食人魔各个击破即可。

它正蹑手蹑脚地移动，突然看到一间房屋中跳出一个小小的影子。

那不是哥布林之类的东西，正是他最喜欢吃的人类。

它因为惊讶颤了一下，只见人类掀开披风，把什么向它泼了过来。

"噢呜噢噢噢噢。"

剧烈的气味让它发出了惨叫。泼在它身上的绿色液体发出鼻子无法承受的强烈气味。那是将食人魔们发出的草腥味放大了几倍的气味。

虽说它有再生能力，可这又不是受了伤。无法忍受的气味让它眼角渗出泪水。它想抬脚去踹，可是人类已经跳进了房屋中。

它拥有敏锐的嗅觉，却没有发现人类溜到了离自己这么近的地方，这是因为草汁强烈的气味掩盖了人类的气味。

激起它的怒火后，人类不见了。巨魔把目标重新转向最开始的对象——食人魔。它决定先杀死食人魔，然后再处理食物。

巨魔一脸愤怒地绕到房屋后面，寻找目标，却没有发现食人魔。房屋后面什么都没有，仿佛突然蒸发了一样。

"咕呜呜呜，在哪儿？"

食人魔虽然比自己小，但也算身形巨大，然而现在它四处张望却寻觅不着。不管怎么说，食人魔只要动起来，视野一隅应该可以捕捉到那巨大的身形。难道区区食人魔和自己的主人一样变得不可视化了吗？无法理解的状况让巨魔显得有些混乱，不过它依然抽动着鼻子。

然而从自己身体发出的强烈草腥味妨碍了它，它闻不出食人魔的气味到底是从哪传来的。

"咕呜呜呜。"

巨魔发出低吟，开始用手擦拭身体上附着的草汁，结果草腥味移到了手上。

这时候，它发现了落在地上的一块布。

巨魔心想着用它来擦正好，在好奇心的驱使下捡起那块布，凑到了鼻子旁边。鼻子虽然有些麻痹了，但是离得这么近，还是闻得出来的。

它从那块布上闻出了食人魔的气味。事到如今，就算是巨魔也明白了。

是因为这块浸透了食人魔体臭的布，它才误以为这里有食人魔。

这不可能是偶然。

"人类！"

巨魔在暴怒中发出咆哮，开始环视四周。周围没有人类，那么人类肯定还在房屋中。

它的拳头带着怒火，倾泻在了房屋上。重复几次之后，房屋的屋顶被打穿，塌向了屋内。

人类慌忙从房屋里跑了出去。巨魔追了上去，想把那人类撕碎。

目标追赶自己代表着计策成功了，虽然知道应该得庆幸，但安莉还是为这对心脏有害的状况感到有些想哭。身形巨大、以人类为食的魔物在身后追赶过来，一场真正的捉鬼游戏——败者将成为腹中之食——正在进行。一个农村姑娘在这样的情况下不想哭，那她肯定不正常。

而且这场捉鬼游戏不知道什么时候才会结束，这也是让她想哭的重要因素之一。

如果有确切的时限，她可以以此激励自己，让自己下定逃到最后的决心。正门的战斗不知道什么时候才会结束；大家不知道有没有注意到后门正在进行捉鬼游戏，每次这些担心浮上心头，她的力气就减弱一分。

她开始懊恼准备了太长时间，没能分出一人到正门去求援。

安莉拼命地跑，冲进了恩菲雷亚等待的房屋中。穿着同样的带兜帽披风的恩菲雷亚接替她，从房屋后门跑了出去。她屏住呼吸，吞了一口口水，观察敌人是否会掉进自己设好的陷阱。巨魔并没有注意到自己的目标已经换了人，向恩菲雷亚追了过去。

安莉一边调整紊乱的呼吸，一边高兴得双手握起拳头。

巨魔和人类在体能、步幅、运动能力上有全面的差距，如果一对一玩追逐游戏，一定会被捉到。安莉打算在注意不被敌人察觉的前提下，和恩菲雷亚交替上阵，轮流恢复体力，做好长期战斗的准备。这样做的目的一是为了争取时间，二是为了不让巨魔跑到村民集中的集会所去。

那么关键就是如何让对方认为自己这边只有一人。

巨魔是怎样分辨人类的呢？如果有足够的观察时间，想要分辨并不困难，如果没有仔细观察的时间，它会怎样分辨呢？能想到的是外貌，特别是衣着之类。正因如此，两人披上了相同的雨披。

为了让巨魔用嗅觉区分不出两人，他们用上了药草的汁液来麻痹敌人灵敏的鼻子。

安莉的两个陷阱——用食人魔的气味拖住巨魔、用药草的气味令它分辨不出己方二人的气味——都是利用气味设置的。

安莉终于调整好了呼吸，开始向下一间房屋移动。

走进昏暗的室内，她静静地观察着室外的情况。随着轰隆轰隆的沉重声音越来越近，面目狰狞的恩菲雷亚冲进了房子。安莉算好时机，从自己进来的后门冲了出去。

跑出去后，她才发现巨魔没有来追自己。

它正抽动着鼻子，看看她，又看看房屋，丑恶的脸扭曲得更加厉害了。安莉觉得它脸上似乎露出了疑惑之色。

冷汗流到了安莉的喉咙，她下意识地用手背擦汗，才发现自己的脖子湿漉漉的。

"……鼻子习惯气味了？"

习惯了药草的气味，感觉到汗臭味有些不对劲，巨魔似乎发现了有两个人类的气味。

它举起拳头，砸向房屋。恩菲雷亚一个滚翻从房子里跳了出来。不过他站住了脚，没打算逃走。

"安莉！快逃！我来争取时间！"

"傻瓜！当然要一起逃！"

"绝对会被追上的！就算用房子做掩护也一样！"

看着安莉惊得睁大了眼睛，恩菲雷亚笑道：

"我比较强，所以我做诱饵活下来的概率比较高！"

恩菲雷亚发动了魔法，淡淡的光芒包裹了他的身体。

觉得他说得有道理，安莉哑口无言。恩菲雷亚看着她笑了起来。

"还有——给我个机会保护自己喜欢的人吧。"

恩菲雷亚重新转向面露凶相的怪物，握起拳头竖起一根大拇指，指向自己。

"要是想玩玩的话，我可以陪你，放马过来吧！'强酸箭'！"

伴随着不像恩菲雷亚会说出口的挑衅，绿色箭矢向着巨魔飞了过去。命中的瞬间，响起腐蚀声的同时冒起了蒸汽，传来了巨魔比腐蚀声大几倍的惨叫。

眼睛中显出强烈恨意的巨魔紧盯着恩菲雷亚，它仿佛已经看不到安莉了。

"快点儿走啊!叫援兵来!"

现在浪费时间才是愚蠢的。

"你要当心啊!"

说完这话,安莉跑了起来。

巨魔似乎没有追上来。

说实话,恩菲雷亚没有存活的可能性。两者的硬实力实在相差太远,金级以下冒险者无力抵抗的魔物,恩菲雷亚不可能打得赢。

能赢得一分钟时间就值得赞扬,这场战斗就是如此绝望。

"嗯,毫无疑问会死。"

看到巨魔警惕地缓缓开始行动,恩菲雷亚苦笑起来

巨魔的再生能力对酸或火炎造成的损伤无效,恩菲雷亚使用的攻击能打破它的最强能力,所以它格外警惕。可这是多余的担心,在巨魔只要直线突击就能结束战斗的情况下,这样的谨慎只能说是好笑。

"当然,对我来说正好。'催眠'!"

巨魔的敌意没有改变,看来恩菲雷亚施放的魔法被抵抗了。

它发现自己又成了魔法的目标,开始突进。

巨大的身体向自己压迫过来的情景,可以说是噩梦。

"要是成功了就能争取不少时间……看来运气不会那么好啊,唉,真可惜啊。"

恩菲雷亚也有放弃的念头。这是一场无法获胜的对决，他很清楚自己的行为不能算勇敢，只能算愚鲁。即使如此——

为了安莉他必须争取时间。

这样的念头驱动了他的身体。

确认站在眼前的巨魔举起了左臂，恩菲雷亚开始向自己的左前方跑去。所谓置之死地而后生，他跑进了最危险的道路前方的一片安全区域。恩菲雷亚感到拳头挥过自己头后，带起的风刮过头发。这时，像墙一样巨大的腿已经挥到了他的面前。

视野旋转起来，身体各处传来折断树枝时的"咔啪咔啪"的声音。

恩菲雷亚摔到地上，像一团废品一样滚了出去。

疼痛传遍倒在大地上的恩菲雷亚全身，这种感觉可没有剧痛那么好受。在至今为止的人生中，他从未体验过如此强烈的疼痛。

"不，不过还活着就很厉害了。我真的太厉害了……"

恩菲雷亚身上有防御魔法的效果、巨魔使出踢击时已经失去了重心，这两点因素的同时作用，救了恩菲雷亚的命。只要一咳嗽剧痛就会袭来，但恩菲雷亚还是站起身，施放魔法。

"强酸箭。"

追击上来的巨魔停住步伐，警惕地看着脚前——灼烧大地的酸。

（嗯，不出所料。）

恩菲雷亚的目的是争取时间，如果对手因为戒心不敢做出行动，他希望它永远保持戒心。

毕竟，只要再挨一下，自己毫无疑问会死。

"好痛啊，我不想死啊……"

恩菲雷亚不由得叫起苦来。

人生真是说完就完了。

虽然不想认命，但是人总会碰到不得不认命的状况，现在的恩菲雷亚就是这样。

自己要死在这里了，自己毫无疑问要死在这里了。

他想逃，全力逃跑或许还能保住性命，可是，如果自己逃了，会造成什么样的惨剧呢。

恩菲雷亚想着安莉。

就是因为安莉在，恩菲雷亚才有力量战斗。

"既然已经告诉安莉了……不行，在听到安莉的回答之前我还不想死呢……"

缓缓逼近的巨魔肯定不会体谅恋爱中的少年的心思。

已经没法再争取更多的时间了。

恩菲雷亚不知道为什么，从巨人的表情中清楚地读懂了它现在的想法。敌人打算冒着受伤的危险杀掉他，既然如此——

"强酸箭！"

为了即将来到这里与巨魔对决的人，恩菲雷亚能做的最大贡献，就是尽可能多地对巨魔造成伤害。

巨人忍受着被他放出的强酸箭灼烧身体的痛苦，歪曲着脸举起了拳头。剧痛让用尽全力也只是能站起来的恩菲雷亚无力防御。

"请快一点！"

在安莉的引导下，三个哥布林奔跑着赶去救援恩菲雷亚。

能这么快会合并不是因为安莉抵达了前门。哥布林指挥官发现安莉二人迟迟不归，又听到后方传来奇怪的战吼，出于担心，他不惜分散本就不足的战斗力，派了三个哥布林过来接应。

只要再坚持一会儿，哥布林们就会过来救援的。一想到这一点，罪恶感就让安莉痛苦得撕心裂肺。

运气稍微差了那么一点。

要不是这样——

"在那儿！"

安莉用手指着前方，恩菲雷亚就在那里，举起拳头的巨魔站在他面前。

救不了他，距离太远了。

他会被巨人挥下的拳头砸到。那一击能够砸碎房屋，也就是说，恩菲雷亚必死无疑。

安莉闭上了眼睛。在黑暗中，她听到哥布林们因为惊愕倒抽了一口冷气。

察觉到哥布林们的反应并不符合目前的状况，安莉战战兢竞地睁开了眼睛——

"哎呀，血槽都闪红了啊，不要紧吗？"

她看到了一位手持巨大武器的美女。

露普斯蕾琪娜手持圣印形的巨大武器从一侧插了进来，像盾牌一样挡住了巨魔的拳头。考虑到身形大小和手臂粗细的差距，这光景令人难以置信，不过这既不是梦也不是幻觉。

"好了，我来对付这家伙就行啦。啊啊，小恩受伤了啊，'大治愈'。"

巨魔仿佛看到了自己无法理解的现象，向后退了一步。自己全力的一击被突然出现的神秘人类挡住了，会露出惊讶的表情也是理所当然的。不，或许它觉得这是魔法造成的某种现象。

恩菲雷亚一脸呆滞地背对巨魔挪起了步子，毫不设防，巨魔却没有发起攻击。不，是它没法无视挡在自己面前的新敌人，对刚才的目标发起攻击。

"恩菲。"

安莉一把紧紧抱住了恩菲雷亚。

"啊啊，是安莉啊。"

听到恩菲雷亚精神恍惚的回话，安莉明白了他刚才处于怎样的极限状态。虽然逃出了死地，但是恩菲雷亚的精神受到了很大的伤害。

"你没事太好了。"

"你也是。"

安莉觉得一股温暖又回到了自己的胸膛,取代了她感到恩菲雷亚将死时占据心脏的冰冷。

"你没事真是太好了!"

她紧紧抱着恩菲雷亚。

"你也是。"

恩菲雷亚伸出手,也抱住了她。拥抱得很紧,她却感觉很舒服。

眼泪像断了线的珠子落了下来,滑下脸颊。

"怎么了?"

"傻瓜。"

"哎呀——两位正亲热呢啊,真是太不好意思啦。"

"露普斯蕾琪娜小姐!"

就在安莉松手的同时,恩菲雷亚的手臂也松开了。安莉带着些许遗憾转向露普斯蕾琪娜。

"巨魔——"

安莉移动视线,看到了难以形容的东西。

"啊,在那呢。那堆像下锅前的牛肉饼一样的东西就是啦,只要再过下火就完事啦。"

滴血的圣杖指向前方,那里摊着一块血糊糊的肉团。肉团已经没有了任何曾经是巨魔的特征。不过,肉团缓慢再生的情景实在恐怖,令人作呕。

"哎呀——你们俩都没事真是太好啦。那边好像也顺利地解决了。"

安莉听到了向这边走来的哥布林们的声音，看来正门的战斗以胜利告终了。

"烧烧。"

仿佛从空中降下天火一样，红色火柱吞没了巨魔，灼烧生肉的气味笼罩了四周。

"这样巨魔就解决啦。好啦，我的任务完成啦，回家啦。对了，小恩，安兹大人为了表彰你成功开发紫色药水的功劳，要在家里招待你哟。你就引颈就戮吧。不对，是翘首以盼吧。"

看来是说完了自己要说的话，露普斯蕾琪娜掉转身子，向后门迈起步来。

"非常感谢！"

听到安莉大声道谢，古怪的女仆没有回头也没有停步，只是摆了摆手。

"大姐，恩菲大哥，我们去把大家带到这边来，您两位先找个地方休息一下吧。"

不等二人回答，哥布林们就跑了起来。安莉虽然觉得他们留下一个也好，但是她更担心恩菲雷亚的状况，搀着他走了起来。

走到离巨魔的尸体稍远一点的地方，两人坐下了。

"唉。"

两人无意识地同时叹了口气，然后几乎同时抬头看向夜空。

"得救了啊。"

"嗯。"

"幸亏运气好。"

"嗯。"

"我再也不想做这种事了。"

"嗯。"

寂静在两人之间蔓延，安莉说出了自己突然想起的话。

"是不是喜欢我也不清楚，不过我不希望恩菲离开我。"

"嗯……嗯。"

"这就是喜欢吗？"

"我也不知道啊。不过，我希望是。"

这之后，安莉和恩菲雷亚默默地肩并着肩看着夜空，直到哥布林们回来——

过　场

"安莉大姐，看来你做好准备了啊!"

寿限无来到安莉家，一边打量她，一边说道。

安莉上上下下地打量着身上自己最好的一套——收获节之类的节日时才会穿上的衣服，向寿限无询问道："是的，准备是准备好了……会不会有点怪?"

"哪里会怪了，对不对，恩菲大哥?"

"嗯，你好美，安莉。"

"真是的!"

安莉脸上泛起红晕，妮姆和寿限无笑眯眯的样子进入了她视野的一角。与其说是笑眯眯，不如说是坏坏的奸笑。

安莉和恩菲雷亚的关系进了一步之后，他们经常露出奸笑。说实话，安莉很想说他们几句，不过她察觉到如果自己提出来，对方的应答会让她脸更红，聪明的她决定不给自己找麻烦。

然而，听之任之也是很危险的，特别是妮姆。

妹妹有时候会问她极其难以回答的问题。

（怎么觉得她在这几天，精神方面有了急剧的成长……看来还是向恩菲求助……）

接到安莉求援的视线，恋人开了口：

"嗯，咳！不过话说回来，那把魔法剑用起来感觉如何？上次问你的时候，你好像说和以前用过的剑有些不同，不太好上手？"

寿限无装备的巨剑，是在几天前的袭击中得到的魔法武器。

"终于习惯了剑的重量和重心位置之类的特点，可以用得和以前那把剑一样顺手了。到底是魔法武器，比以前那把剑锋利。只是……沟槽中流淌的毒会令伤害到的对手力量下降，这个效果有点不太好评价。"

"是吗？听起来是很厉害的效果呀。"

"它的毒没有那么强，只要水平和我相当，基本上每次都能抵抗成功。只对比自己弱的对手有效，这就有点……"

寿限无的表情突然阴沉起来。

"怎么了？"

"啊——"寿限无看着天花板，似乎有点厌恶地开了口，"本来拿着这把剑的巨魔，我总觉得那家伙有点诡异。"

"从尸体来看，我觉得它和普通的巨魔不一样——感觉是巨魔亚种……"

"不，我不是这个意思，恩菲大哥……身体动作僵硬、没有再生能力、命中时的手感……我总觉得不对劲……对了，它给人一种仿佛已经死了的尸体还在活动的诡异感。"

"尸体还在活动？你说它是僵尸？"

"不知道，也有可能只是那样一种巨魔——"

"久等啦——"

门发出"砰"的一声，猛地打开了。

露普斯蕾琪娜背后沐浴着阳光，毫不客气地走进了安莉家中。房间里的几人不由得愣住了。就像代他们表达心声一样，只听露普斯蕾琪娜头部响起"啪"的一声清脆的声音。

"啊，好痛！"

"傻瓜，怎么能这么没礼貌。真是不好意思了，各位。"

身后的女性把捂着头的露普斯蕾琪娜向后一拉，在门前行了一礼。

"我是安兹大人的女仆，名叫由莉·阿尔法。我来迎接恩菲雷亚大人、安莉大人，还有妮姆大人。我可以进去吗？"

"啊，好的，请进。那个，露普斯蕾琪娜小姐也请进。"

女性一边道谢，一边和露普斯蕾琪娜一起走了进来。她也是个美若天仙的女子。

"那么，如果几位做好了准备，我马上开始准备传送。"

"传、传送？居然可以传送吗！"

恩菲雷亚大声惊叫起来。安莉虽然不明白为什么恩菲雷亚这么吃惊,但是她也理解了传送一定是一件非常厉害的事。

(战士长他们传送,应该也是很厉害的吧?)

"啊,是这样。这不是我的力量,是借助安兹大人给我使用的魔法道具的力量。"

"号角也是,药水也是。真是好厉害啊!怎么说呢,已经厉害得我都无法理解了。"

恩菲雷亚有点丧气地垂下肩膀。安莉觉得这是个好机会,可以问出自己早就想问的问题,便开了口。

"请问,我真的也可以去吗?还有我妹妹!"

今天,卡恩村的救世主安兹·乌尔·恭邀请恩菲雷亚前往他的家中。安莉自从得知自己也受到邀请之后一直很不安,自己只是个普通农村姑娘,一起去合不合适呢。对方是强大的魔法吟唱者,是个生活的世界和自己完全不同的人。只要一想到自己可能会不小心做出失礼的事,安莉就觉得自己的胃在绞痛。

"没事啦。安兹大人说了,这次也是为了庆祝小恩成功开发药水,小安是小恩的女朋友,一起来没问题。礼法什么的根本不是大问题啦。"

"露普斯,注意你说话的语气。"

"由莉姐,有什么关系嘛。小安是朋友嘛——"

"欸?欸,没错。对,你说得没错,是的。"

"唉。"自称由莉的女仆叹了口气,走到墙边。突然,那里出现了仿佛从空间中取出的大木框。木框大得人可以轻松通过，上面还雕刻着精致的花纹，看上去也像画框。

"……莫非是'小型空间'？不对，那么大的东西应该放不进去，应该是更高阶的魔法吧？"

"来，请，请进吧。露普斯，拜托你保护这里了哟？"

"了解啦。"

木框对面本该是一如往常的墙壁，可是现在对面展开了一个完全不同的世界。

由莉率先走了进去，向着木框的另一侧。

然后恩菲雷亚也迈了进去，之后是安莉，后面跟着拉着她的手的妮姆。

他们没有遇到任何阻力就穿过了墙壁，来到了一条宽敞庄严的通道。通道左右两侧排列着仿佛随时会动起来的雕像。

"哇——"

妮姆一边发出感叹，一边大张着嘴，拼命抬头向上看着天花板。安莉一边扶着她不让她摔倒，一边自己也扬起了头。

"好厉害……"

光洁如镜的大理石地面上铺着绚烂的地毯，这是一条庄严的通道。安莉呆呆地想着，所谓王宫一定就是指这样的地方。

"就是这前面。"

听到由莉的声音，安莉回过神来，想要跑几步追上走远了的二人。不过，安莉觉得在如此庄严的通道中大步奔跑实在不合适，就控制住了自己的步幅。

走了一段时间之后，他们发现前面的墙壁上挂着与刚才相同的木框。这次的木框与刚才有两点不同，首先大小比刚才的要大几倍以上，大得能容纳几人并行穿过；其次从这边看不到对面的光景，木框里张开了一层发出七色光芒的薄膜一样的东西。

"请像刚才一样穿过去吧。"

安莉和恩菲雷亚彼此对视了一下。

"那么，我们一起进去吧。"

安莉和恩菲雷亚拉起了手。从左边看，按顺序是妮姆、安莉、恩菲雷亚，三人并排迈进了木框。

一瞬间，他们感觉仿佛幻视到散落的粉色花朵中，有一位身穿下红上白装束的女性——

"欢迎光临。"

整齐的声音对他们道出欢迎之意。

放眼一瞧，他们发现自己身在比刚才还要宏伟的通道中，左右站开了两排美貌绝伦的女仆。最里面，站着一位戴着奇怪的面具，身着仿佛会吸收光芒般深邃漆黑长袍的人物。他就是卡恩村的救世主，魔法吟唱者安兹·乌尔·恭。

安莉张着嘴，呆立在原地。

天花板的水晶吊灯闪闪发光，洁白的地板一尘不染。

壮丽的通道和分列两侧的美女。她觉得自己好像进入了幻想的世界。

安莉正呆立着，觉得自己飘飘然身处梦幻世界，突然感到妮姆松开了自己的手。安莉意识的一角朦朦胧胧地认识到这一点，下一个瞬间，她被猛地拉回了现实之中。

妮姆突然跑了起来。

"好厉害！好厉害！好厉害！"

她大声叫着全速跑了起来，跑过两侧的女仆身边，冲到了安兹面前。

超过情感负荷的世界展现在眼前，她大概是无法以理性控制自己了吧

"好厉害！好厉害！好厉害！"

"妮姆！快回来！"

迟了一步，安莉也跑了起来。妹妹过度失礼的态度，让她全身冒出了冷汗。

可这里是美丽女仆并排侍立的神域般的空间，自己一个农村姑娘怎么能不管不顾地冲过去。安莉的双脚诚实地表现出她自相矛盾的想法，导致她以奄奄一息的青蛙般的走法挪动起来。

就在安莉左右为难的时候，妮姆没有遇到任何阻碍，已经冲到了卡恩村的救世主面前。

"有那么厉害吗？"

"很厉害！这简直太厉害了！"

"是吗，很厉害吗……是啊，你说得对。"安兹轻轻抬起手来，缓缓抚摸着妮姆的头。

"很厉害吧？这就是我的家。"

"嗯，很厉害！这是恭大人建造的吗？"

"哈哈哈哈，你说得没错，是我和同伴们一起建造的。"

"好厉害！恭大人的同伴们也好厉害！"

"哈——哈哈哈哈！"

爽朗的笑声响彻走廊。

这时候，恩菲雷亚和安莉才终于提心吊胆地走到了两人身边。安莉紧紧攥住了妮姆的手，那意思分明是再也不放开了。

"非常感谢您邀请我们来到您的家中！"

"不用这么拘谨，这次请你来是为了庆祝成功开发出新的药水，希望你能放松一点。"

"恭大人，非常抱歉，我的妹妹妮姆失礼冲撞了您。"

"真的不用在意。她只是看到我的住处太激动了而已吧？那这么说来错岂不在我？"安兹愉快地回答道，"那么……按照预定，应该先听恩菲雷亚君说说药水的事……妮姆，怎么样？要不要一起在我——不对，我们建造的家里到处转转？"

"嗯！我想转转！请让我看看恭大人和同伴大人们一起建造的了不起的房子吧！"

安莉还没来得及婉拒，妮姆已经回答了。

"哈哈哈，好啊，好啊！那咱们就到处转转吧。"

看到安兹心情格外愉快，安莉没法再说什么。

●

安兹说他带妮姆四处参观的时候，请安莉和恩菲雷亚在接待室稍等一会儿。安莉乖乖地坐在沙发的边上。

她有点像初到异地，甚至是从巢中掳来的小动物，不安地四处张望。坐在旁边的——长椅很宽敞，两人却挤坐在一起——同样如小动物般的恋人恩菲雷亚也显得惴惴不安。

安莉早就知道卡恩村的救世主——安兹·乌尔·恭这位魔法吟唱者是个非常厉害的人，不过自己还是把他想象得太普通了。

她觉得自己仿佛走进了公主王子的故事中的，梦幻般光彩绚烂的世界。

暖炉上面，左右各有一只玻璃质地的栩栩如生的飞鸟装饰品。安莉在想，如果打碎了其中一只，估计自己赚一辈子的钱也不够赔偿。

自己落座的沙发一尘不染，她甚至担心身上的衣服会把它弄脏。

安莉在刚开始不久的人生中，第一次看到了璀璨的水晶吊灯。吊灯洒下的光不来自火把、油灯或者蜡烛，而是来自魔法。安莉前不久去过耶·兰提尔的冒险者工会，她记得那里好像也有水晶吊灯，不过当时吊灯没有点亮，也比不上这里的吊灯奢华。

各处的陈设品也都华美别致。特别是摆在安莉面前的黑檀漆器桌，给人敦实厚重之感。哪怕是对这类东西的价值一窍不通的安莉，也知道这桌子肯定贵得吓人。

挂在墙上的画，细致得让人觉得里面仿佛住着一位活生生的美丽女性。

就连铺在地板上的地毯，都让人犹豫是否真的可以穿鞋踩上去。坐在沙发上，安莉控制不住自己想轻轻抬起脚，尽可能减少接触这极其柔软地毯的面积。

安莉紧张得快要昏过去了。

"看来刚才应该和妮姆一起去啊。"

因为安兹的坚持，安莉答应让妮姆独自跟他去参观，可是现在不安让她的胃仿佛翻江倒海一样难受。

"希望妮姆没有给恭大人添麻烦……"

"别担心，肯定不要紧的。恭大人是非常宽容的。就算那么小的女孩子说了点失礼的话，我觉得他也不会往心里去的。"

"嗯——可是你想，有时候惹恼了贵族大人，不是会挨耳光吗……"

"这我虽然听说过，但是没有亲眼看到过。因为耶·兰提尔一带都是国王陛下直辖的领地，所以没有贵族在那里逞威风……恭大人是贵族吗？"

"不是吗？他住在这么棒的房子里，雇了那么多漂亮的女仆，我觉得如果不是有权有势的贵族大人，应该做不到吧。"

"嗯——不知道啊。其实，能雇到那么多漂亮的女仆，我觉得一介贵族没有这么大的势力。"

安莉偷偷地把眉毛吊起到危险的角度。

自己也说了"漂亮的女仆"，可是相同的词从恩菲雷亚口中说出来，她就觉得十分不快。就在她冷冷地瞥向恩菲雷亚的侧脸时响起了敲门声。

"呀！"

安莉惊得耸起了肩膀，肩膀贴在一起的恩菲雷亚也感到了她的动作，身体明显大幅一颤。

敲门声再次响起，安莉正在想自己到底该怎么做才好，恩菲雷亚先开了口："啊，呃，请，请进。"

"失礼了。"

看到恩菲雷亚推导出了正确答案，安莉对自己的恋人更着迷了。一位女仆推着银色餐车走了进来。这位漂亮女仆身上的女仆装洁净得一尘不染，外行人看也知道这身衣服出自名工之手。她脸上带着友善的微笑，然而安莉却担心她看到自己这边时，会露出大怒的表情说"看……看你干的好事"，心里捏着一把汗。

"我把饮料拿来了。"

"不，不必了！"

听到安莉以迅雷不及掩耳之势给出回答，女仆有一瞬间露出了惊呆的表情。她把视线从安莉移到恩菲雷亚身上，又重新看向安莉。

"啊,不需要吗?"

"是,是的。"

大概是感受到语无伦次的安莉非常紧张,恩菲雷亚局促不安,女仆露出发自内心的温柔微笑,说了声失礼,坐在了安莉身旁,然后轻轻把手搭在了紧张得动弹不得的安莉的肩膀上。

"艾默特大人,请不要那么紧张。艾默特大人和巴雷亚雷大人都是安兹大人的客人,不用客气,只要随意地放松下来等安兹大人回来就好。"

"可,可是……我一想到有可能会弄坏这里的东西……"

"请放心吧。如果是这里的东西,就算弄坏了,安兹大人也不会不悦的。"

"什,什么。这里所有的东西都是吗?"

安莉四处张望,在她看来,这里全是只要想想价格就觉得头疼的东西。难道恭大人根本不在乎这些东西吗?

"是的,安兹大人非常富有。"

"这、这我倒是知道。"

毕竟是二话没说就把贵重的号角送掉的人。

"所以请您放心吧。如果是故意破坏当然不行,如果是不小心弄坏了,我想安兹大人会一笑带过的。而且我觉得用魔法应该可以让坏掉的东西恢复原样。"

"说是这么说……那个……"

"明白了。那么请喝点什么吧,喝点东西心情应该就会放松一点。"

"可是……"

安莉把目光投向银色餐车上的杯子。那是精致的白色陶器,边缘镀金,侧面以深邃鲜艳的青色描绘着不知是花纹还是画的图案。这杯子做工精细,以致安莉担心会不会只要自己拿起来,它就会坏掉。

"安莉,我们喝点吧,拒绝也很失礼啊。"

"啊,既然这样,那个,那就拜托了。"

"明白了……这样的话。不同的人对花草茶的香气和口感的爱好也不一样,两位喝一般的红茶可以吗?"

"您、您来定就行了。"

面带微笑的女仆以行云流水般熟练的手法准备起了红茶。经过一次把注入茶壶里的水倒掉的意义不明的行为之后,女仆把红茶递到了两人面前。除了杯子之外,还递过来另外两个小罐子。

"大家喜好的口味不同,所以我单独准备了牛奶和糖。请从这里面取用。"

安莉打开了糖罐,发现里面放着细雪般洁白、而且形成了立方体的糖。乡下姑娘以机械的动作向杯中投下几块方糖,搅拌到方糖融化为止。放完糖后,她又一股脑放了很多牛奶,然后把茶杯端到嘴边,脸上露出了掉进蜜罐般的表情。

"好甜。"

"嗯,放了那么多糖,当然会甜了。毕竟我们村里很少能吃到甜食,而且我们也没有养蜂……最多只能吃到糖浆。要是我会制造香辛料的魔法就好了。"

安莉忘了自己身在何处,用不容置疑的口气说道,不,是以不容置疑的口气下意识地说道。

"努力学会吧。"

"啊,嗯,好的。"听着恩菲雷亚的回话,安莉又喝了一口红茶,香甜的味道让她坚定的表情缓和了。

"真是又甜又好喝。"

这时,门被敲响了几声。女仆稳重地走到门边,轻轻打开了门。

"安兹大人和两位的妹妹回来了。"

门打开了,脸上乐开了花的妮姆迫不及待地冲了进来,她身后跟着安兹。

"姐姐,好厉害啊!到处都闪闪发光,好美,好厉害啊!"

安莉一边注意着不让扑进自己怀里的妹妹用脚踢脏沙发,一边站起身来,向安兹行礼。

"恭大人!我妹妹没有做什么失礼的事吧!"

"没有,我带着她转了这么久,真是不好意思啊。"

"您说哪里的话,非常感谢您。"

安兹挥了挥手,表示不用在意。

"那么，在我和恩菲雷亚君谈今后的事之前，你们先去用餐吧。"

"欸？怎么好意思给您添那么多麻烦。"

看到恩菲雷亚急着开口谢绝，安兹回答道"没事没事"。

"这也是为了让我在与恩菲雷亚君的交易中占据更有利的地位。"

"什么交易？"

"那么我就在你们用餐前简单说明一下。"安兹坐到了对面的沙发上。"首先，我不打算把你制作的药水对外公开。这也是因为你只有用我提供的材料，才能制作出紫色药水，我说得没错吧？"

"没错，现在是用恭大人提供的材料才能勉强制作出来。不知其中到底是什么力量在发挥作用，目前不明之处还有很多。"

"所以，我觉得如果公开了药水，只会惹出许多麻烦。如果只是有人问材料的出处，倒还好说……说不定会有人想要以武力夺取吧？我听露普斯蕾琪娜说，你们的村子最近刚刚遭到魔物袭击。我想那些魔物会不会是被赶出了家园，想要找一个拥有坚固壁垒的安全居所，因此才袭击了你们的村庄……你们有没有抓到俘虏，问问它们为什么发动袭击呢？"

"没能抓到。"安莉在心中回答。在背后传来魔物的咆哮——与安莉和恩菲雷亚遭遇的巨魔的咆哮——的情况下，哥布林们再英勇，也顾不上活捉敌人，只能全力以赴尽快结束战斗。结果，敌方没有剩下幸存者。

（而且有魔法大剑的敌人好像也非常强……）

"没抓到啊，那真是遗憾。我考虑你们村庄之所以遭到袭击，就是因为我说的那个原因。村子的防御力变强了，反倒惹来了麻烦。东西价值高起来，想要得到它的人就会多起来，这是理所当然的吧。我不愿意公开药水情报也是出于同样的考虑……"

"看来还是保密比较好啊。"

"你能理解真是太好了，恩菲雷亚君。如果能用村子周围就有的材料，成功制造我拥有的红色治疗药水，或许保密的必要性就小多了……也就是说，用餐后，我想和你商量一下这方面的情报机密，关于保密义务方面的问题。好了，用餐的准备应该已经做好了，我们走吧？"

"不，不必了，不用费心了。我们怎么能在这么豪华的地方……"

安莉把头摇得像拨浪鼓一样。

"……好吧，既然不愿意那也不能勉强……我可是特意，准备了以龙肉排为主菜的全套大餐啊？"

"龙，龙吗？"

龙，它在安莉听过的许多故事中有时是反派，有时是正义的同伴。不过相同的是，不管哪个故事里，龙都拥有强大的力量。这样的强者能成为食材吗？

这不可能，他是在说笑。

如果这话不是从安兹口中说出的，她一定会觉得他在说笑。

不过，如果是眼前这位伟大的魔法吟唱者，他说得更可能是真的。

"还有甜点哟。你们吃过名叫冰激凌的东西吗？耶·兰提尔倒是也有……看来你们没吃过啊。它凉凉的、甜甜的……会融化在口中，就好比是甜甜的冰或者雪吧。"

安莉和妮姆都不由得咽了一口口水。

"那是高级奢侈品，一份的钱能轻易抵过三餐呢。"

"看来恩菲雷亚君吃过啊。那么我会给你们吃比你尝过的味道好得多的冰激凌。还有——套餐里还有什么？"

女仆回了一声，说出了一串长长的句子。

"今天的套餐是这样安排的：第一道前菜是皮尔辛克龙虾、诺欧通海鲜配上丝绒浓酱。第二道前菜我们准备了闷煎维佐夫尼尔雄鸡肥肝。汤品是亚尔夫海尔产番薯与栗子的奶油浓汤。主菜我们选择了肉料理，就是恭大人刚刚说过的约顿海姆远古霜龙的霜降肉排。接下来是甜点，浇上酸奶的糖煮智慧苹果。安兹大人要求加冰激凌，还会加上黄金红茶配冰激凌。餐后的饮料方面，咖啡的话大家喜好差别比较大，所以我们准备了勒莱士蜜桃水。今天的套餐就是这样，如果有什么需要变化的地方我马上去安排。"

（简直是在吟唱魔法！！）

安莉听不懂她说了些什么，确定这一定是在吟唱魔法。

"……不是所有人都喜欢吃肥肝吧？小孩子应该不会喜欢。而且我觉得这菜谱口味有点重，有没有其他比较爽口的？"

"有的，可以上一个前菜沙拉，帆立贝沙拉，配上腌渍紫李。"

"是啊……是不是比刚才的要好一点？"

"欸？！问我吗？！"安莉突然被问起，赶忙回话。她连这两人在说什么都不知道，没法回答。"呃，呃，没、没关系，您来定就好。"

安莉费了九牛二虎之力挤出这么一句话。安兹继续和女仆讨论起了套餐的内容。

妮姆用憧憬的目光看着安兹，还能听到她在小声自语"好厉害"。安莉也有同感，这位大魔法吟唱者生活的世界和自己的有云泥之别。

有钱买奢侈品的人是富裕阶层。食物吃了就消失了，所以钟鸣鼎食的人，更是富裕阶层中的一小撮。

这位魔法吟唱者同时拥有财富、知识、力量。

他本该不是安莉这样的普通农民能接触得到的人，恐怕只有国王之类高高在上的人才配得上和他有来往。这位戴着面具的魔法吟唱者，大概就是这么厉害的人吧。

"那我们走吧？说是这么说，不过我不会陪各位吃饭。请三位——对，你们一家人不用多顾虑，也不用考虑餐桌礼仪，吃得开心点儿。吃完之后，我们再讨论交易的事。啊，得告诉露普斯蕾琪娜要多加一人啊。"

"欸？您在说什么，恭大人？"

"没事，没什么，妮姆。"

看安兹站起身来，妮姆也带着满眼憧憬的闪亮光辉，兴高采烈地跟着他站了起来。

听到安兹所说的一家人，安莉脸上有点发热，她发现身边的恩菲雷亚慢吞吞地站起身，样子有点奇怪。

他的嘴抿成一条直线，似乎不打算张开，不过安莉知道怎么让他开口。

办法就是紧紧地盯着他。刘海缝隙中露出的眼睛左右闪躲了几次后，恩菲雷亚不再坚持，说出了自己的心里话。

"我在想，我比他差太多了。不用说，我和人家根本没法比，作为男人来说的层次差距太大了。"

"可是我喜欢的就是恩菲啊。"

作为男人的层次有那么重要吗？安莉想着，自己作为女人，还不理解这方面的事。恩菲雷亚红了脸，向她伸出了手。

"走吧。"

他的语气中已经没有沮丧了。

安莉没有理解恋人心情变化的原因，不过他开心起来她也觉得高兴。安莉拉住恩菲雷亚的手，跟在安兹身后追向自己的妹妹。

2章 纳萨力克的一天

第二章 纳萨力克的一天

序　幕

纳萨力克时间 5∶14

金色水龙头前端生成了一个小水珠，它渐渐膨胀，最后在重力的牵引下，落在了浴室的地板上。

纳萨力克地下大坟墓有许多可以沐浴泡澡的地方，这里也是其中之一。

能容纳几人同时入浴的大理石大浴池中，有一个人影。

洁白光滑的身体上，蓝色的水滴流了下来。所谓蓝色不是修辞，那水滴蓝得仿佛刻意染成的一般。

把白瓷般的身体从头到脚舔完一遍之后，蓝色液体滑溜溜地抵抗着重力，又从下向上，以和水流淌时不同的态势爬了上去。

"——呼。"

浴池中的人无意识间发出了潮乎乎的声音，在容易形成回声的浴室中，声音显得特别大。

可能是对自己发出的声音感到有点难为情，浴池中的人从蓝色的液体中抽出纤细的手臂。本来应该响起水滴滴落的声音，水面上产生波纹，可是这些现象都没有发生。因为黏度高得异常。

抬起来的纤手，抚摸着许多人交口称赞的美丽脸颊。

"唉——"

叹了口气之后,浴池中的人把身体向后仰去。然而,身体却没有沉到水面之下,因为蓝色的液体轻柔地托起了那纤瘦的身体。蓝色液体的弹力和动起来的样子,就像一张柔软的水床。

蓝色液体有清楚的思想。

下一个瞬间证明了这一点。

蓝色液体动了起来,抬起了几条一两根手指粗的触手。这些触手包裹住人影,当然,蓝色液体中也是如此。

脸、胸、腹、手、脚——然后是腰部。

束缚住猎物之后,液体仿佛满意了一样蠕动起来。它其实是蓝宝石黏体——一种高阶黏体。

蓝宝石黏体开始活动缠住猎物的细长触手。

腰部敏感的部位,触手也会滑溜溜地钻进里面。

"啊啊——"

浴池中的人再次发出了声音。这次的声音比刚才还大,不过发声者似乎不打算压低声音,其意识似乎被黏体在身体中蠕动的感觉吸引了。

浴室中响起了自言自语的声音。

"啊啊,太舒服了,这感觉真是没法形容啊。"

浴池中的人——泡在黏体浴中的安兹自言自语道。

他掬起一捧黏体,从头上洒下来。刚刚认真清理过骨盆闭孔的黏体，大概是理解了主人希望它清理哪里。安兹感到有什么东西在头里爬来爬去。

"呼，好舒服，好舒服。"

安兹是不死者，纯粹的骨头构成了他的身体。

没有新陈代谢，身体就不会积累污垢，也不会产生体味。不过，虽说如此，并不代表他可以不洗澡，因为灰土或飞尘会附着在身体上，杀敌时血也可能溅到身上，所以身体还是会变脏的。

还有，作为日本人，不洗澡实在忍受不了。

"在那边（本来的世界）只能洗蒸汽浴啊。一知道可以泡澡，就想把全身都泡在浴池里……看来入浴的习惯，已经在日本人心中牢牢扎下了根。"

安兹一边模仿吐气的动作，一边把身体更深地浸泡到黏体中。滑溜溜的黏体接纳了他的身体。

本以为黏体是黏度很高的液体，泡进去却没什么不对劲的感觉。

（普通的洗澡就很麻烦了啊。）

安兹低头看向自己身上最麻烦的部分。

视野中出现了肋骨。

一根一根地洗这些肋骨，麻烦得非常消磨人的耐心。经历过这件麻烦事的人想起当时自己的辛苦，叹了——虽然他不会呼吸——口气。

麻烦的还不止肋骨。

脊骨也一样。突起的部位会挂住毛巾，没法三两下就擦洗干净，清洗起来非常麻烦。

一开始安兹也曾经用心洗过，可是就连本该精神耐性很强的安兹，也很快厌烦了这项工作。光是洗身体就需要至少三十分钟，他开始觉得无法接受了。

后来他泡进放好肥皂水的浴缸里，然后像洗衣机一样打转。这是个好办法，问题是没法得到自己已经洗干净了的感觉。如果不用某种东西在身体上来回擦洗，就不觉得自己身上的污垢被洗掉了。

接下来他找来了带柄的清洁刷，开始了刷洗身体的作战，这个办法很好。

肥皂泡确实会飞得到处都是，不过安兹又不用打扫浴室。打扫浴室的是女仆们，她们很高兴浴室有打扫的价值。可以说这是个一举两得的好办法。

可是，这个好办法也有唯一的问题。

那就是不知道到底是不是真的刷干净了。

就好比自己觉得刷牙很认真，可最后还是长了虫牙。安兹虽然认为自己刷遍了全身，但是总有会不会有哪里没刷到的不安。

到最后，安兹终于找到了现在的、让黏体在自己身上到处爬的办法。

"这果然……是个划时代而具有独创性、无懈可击的完美办法啊。"

他一边看着蓝色黏体在自己身体表面爬来爬去,一边自言自语。

自己想出的轻松清洗身体的办法,让他心满意足地点着头。他觉得这是来到这个世界之后,自己想得最周到的一次。

"我真是太厉害了!"

安兹一边看着黏体努力清理自己身体上所有的角落,一边不停地自卖自夸。

(真是太可爱了……)

这种凶恶的魔物拥有以酸来溶解对象的能力,还有能轻易弯折铁棒的力气,可是在安兹看来,它就是一个帮自己搓澡的小帮手。从某种意义来说他甚至觉得它是可爱的宠物。

(不过,虽然黏体浴很不错……偶尔我还是想泡泡普通的澡啊。)

纳萨力克内部,第九层有各种各样的设施,其中甚至有大浴场。那是一个参考SPA度假村打造的浴场,是一座拥有许多澡堂的复合设施。

"去看看吧……"

虽说如此,自己一人去太没意思了,既然这样……

"好!邀请守护者们一起去吧。希望大家都有空啊。"

安兹为自己脑海中的好主意露出了满意的笑容。

1

纳萨力克时间 7:14

纳萨力克的女仆分为两种。

一种是以由莉·阿尔法为代表的战斗女仆,一种是毫无战斗能力的普通女仆。后者——人造人的种族等级和职业等级加在一起只有一级,她们负责纳萨力克第九层和第十层的各种细碎杂事。她们尤其把卫生方面的工作——为身为无上至尊的主人们打扫房间当成最重要的任务。

西苏是普通女仆之一,她正快步赶往员工食堂。她用了女仆特有的技术——并不是特殊技能——虽然快步行走,脚步却绝不显得匆忙。

在早上的这个时间赶往食堂,只有一个目的。

她到达目的地的时候,大部分同伴们已经到齐,开始吃早饭了。

在以白色为基调的洁净简约的食堂中,女性们嘈杂而明快的说话声像波纹一样,层层叠叠地荡漾开来。每人说话的声音虽然都很清晰,但是各种类型的声音混合在一起,就形成了难以辨别意义的杂音。其中再加上餐具发出的声音,就显得相当嘈杂了。

西苏开始寻找好友的身影。

食堂里的女仆分成了四个较大的集团。

首先，由三位无上至尊制造出的女仆各成一个集团。她们一般女仆共有四十一名，然而并不是四十一位无上至尊每人创造了一名女仆。白色发饰、黑洛黑洛、古·托古·古拉斯三位造物主创造了她们。

而最后一个集团——将其称之为集团似乎并不贴切——是不在另外三个集团中的女仆。她们有的想独自安静地吃饭，有的想一边读书一边进食，有的想和其他无上至尊创造的女仆们聊天。

晚了一步到达食堂的西苏属于最后一个集团。

她向同一位至尊制造的女仆们，也可以说是她的姐妹们挥了挥手，道完早上好之后，向她平时常用的桌子走去。

总是和她一起吃早餐的两人，芙艾尔和卢米埃尔，已经坐在了桌边。

看到两人面前没有摆餐具，西苏露出了有点难过的表情。

"早上好，你俩……已经吃完了？"

"早上好。嗯，已经吃完了。真好吃啊——黏黏软软——啊——真是好吃啊——"

芙艾尔像念台词一样地说道。她非常不擅长撒谎，却又喜欢撒谎。她外表——头发剪得短而齐——看上去很活泼，女仆装的裙摆被她自己改短了。

另外一位女仆稍稍吊起了眉毛。她是眉清目秀的卢米埃尔，金色的头发发出神秘的光芒，看上去就像含着星光。

"早上好。芙艾尔，看来你没必要再吃一次了，那就在这等着我们吧。我还没有吃，所以得去取一份餐。来吧，西苏，咱们走。"

看卢米埃尔站起身，芙艾尔赶忙说"假的，假的"，跟着站了起来。

经常上演的一幕结束后，三人一起走向餐台。当然，她们走之前已经拜托坐在旁边安静看书的增量帮忙占座了。

来到餐台，西苏首先取了焦滋滋的培根，对于主张"软培根是邪道"的她来说，这是一顿早餐中应该最先取的食物。培根之后是浓汤，她从今日浓汤、玉米浓汤、洋葱浓汤中选了洋葱浓汤。选完浓汤后，她用香肠、炸薯条、丹麦面包堆起了一座小山，又在其他盘子里盛起了一座以洋葱为主角的沙拉小山。盛好之后，她走到一位遮着脸的男性侍者面前。

"那个，三份芝士、双份洋葱，外加蘑菇，拜托了。"

男性侍者点头示意后，开始为她做蛋包饭。

西苏先回了一趟座位，把自己的餐点放下，然后单手拿着盛满牛奶的玻璃杯，回到了男性侍者旁边，蛋包饭正好刚刚做好。

"谢谢您。"

西苏端着没有焦痕的完美蛋包饭回到座位上，正巧朋友们也在这时重新落了座。

"那我开动了!"

"我开动了。"

"开动了。"

三人开始默默地吃饭。虽然这份早餐的量对于一般的女性来说太多，但是几人眼前的料理小山眼看着越来越小，都进了她们的肚子。这是因为她们种族的选择惩罚之一，就是食量增大。

因此就算是要好的朋友，在进餐时也绝对不会说话。

芙艾尔嘴里塞满了食物，鼓着脸颊狼吞虎咽；卢米埃尔吃得很斯文，不过餐叉来来回回的速度异常快；西苏的吃法则是两人之间的中间派。

餐具里的食物以惊人的速度消失了，三人一起喝光了自己那份牛奶。

"呼——"

带着乳香的吐息混在一起，她们看了看彼此。

"再去转一圈？"

"好啊，不过稍微休息一下再去吧。"

"赞成，正好肚子有点鼓起来了！——对了，西苏，今天轮到你当值安兹大人的班了吧，看你比平时打扮得更精神呢。"

看到芙艾尔笑眯眯地问自己，西苏也跟着眯起眼睛笑了起来。

"真好啊，到我那班还有多少天呢。"

卢米埃尔掰着指头算起了日子。

纳萨力克最高统治者的房间很宽敞，独自一人仔细打扫的话，半天时间很快就用掉了。

确实，从时间上来说，可以每天都进行打扫，哪怕把分给雅儿贝德使用的备用房间之类也算在内的。可是，这样的话，就得有几人整日不得休息，专职做这一项工作。

不过，这对她们来说不是问题。她们是纳萨力克地下大坟墓的统治者"安兹·乌尔·恭"制造的，为他们做贡献是理所当然的，对她们来说相当于侍奉神明。

然而神一样的存在——安兹·乌尔·恭，禁止她们像狂信徒一样忘我地工作。

他知道在黑心企业工作的辛劳，所以没法让和朋友的女儿一般的女仆们以那样的负荷工作。

安兹指示她们，"不使用的房间要降低清扫频率"，还让她们"为了有时间休息分组轮班"。

于是现在，纳萨力克的一般女仆分成了早班和晚班两个小组。前者三十人，后者十人，剩下的一人轮班休息。也就是说女仆们每四十一天才能休息一天，她们对此十分不满。

她们不是嫌休息日太少，正好相反。她们提出请求，希望能取消轮休制度。

本来，为无上至尊工作是她们的存在意义，如果告诉她们什么都不用做，她们就找不到自己的价值，只能感受到自己不被需要的负面情感。

于是女仆们直接去找安兹谈判，说"希望不要夺走我们的工作""希望整天都能干活"。

她们的要求被安兹当场否决了。YGGDRASIL时代就存在疲劳的概念，不过可以轻易以魔法恢复。他判断这个世界不一定和YGGDRASIL时代一样可以轻易消除疲劳。他担心就算以魔法治疗，还是会有类似机器中齿轮损耗的事情发生，最后导致无法准确咬合。

面对不肯让步的主人，女仆们只能服从。看到她们十二分的不乐意，安兹给了她们一项工作。

那就是值安兹的班。

他提出允许女仆一个一个轮班紧随在他的左右，服侍他的一切事务。

她们把服侍无上至尊当成最大的幸福，这对于她们来说简直是浇了蜜的砂糖。她们毫不犹豫地答应了安兹的安排，作为交换条件还答应了"在随侍无上至尊的前一天要休息，以期用最好的状态侍奉大人"的命令。

"得好好摄取营养，全力工作才行。毕竟说不准有一顿饭可能会没时间吃呢——"

"当然了。因为当安兹大人的班，大脑需要非常多的营养。"

"会想吃甜食呢。"

"嗯，嗯。"三人一齐点起头来。顺带一提，女仆们随身携带着好几份非常甜的能量食品，当安兹的班时，她们一有时间就会拿出来吃。不过，如果运气不好——或者说是运气太好——会没有补充糖分的时间。所以，早餐吃好是非常重要的。

"对了，大家听说了吗，好像要用外面的世界收集来的食材做料理，举办试吃会。"

听到西苏的话，两位朋友惊得倒吸一口冷气。

西苏觉得这是理所当然的。

很少有女仆对外界——纳萨力克之外怀有好感。尽管也有女仆瞧不起外界，不过大多数都是觉得"外界很可怕"。因为曾经有外界的人侵入到了第八层，也就是她们所在楼层的头顶。

"所有女仆都能参加试吃会，还是说只有一部分能参加？"

就在西苏正打算回答芙艾尔的问题时，食堂的气氛发生了变化。大家兴奋了起来，让食堂里的嘈杂变成了喧嚣。

西苏顺着女仆们的目光看去时，大家发出了一声欢快的惊叫。

"希姿！"

"希姿来啦！"

进入食堂的是战斗女仆之一，希姿。

战斗女仆在一般女仆看来，如同令人憧憬的偶像一般。其中希姿是最有人气的，大家争先恐后地想和她同桌用餐一点都不稀奇。

"啊,企鹅也来了。"

仔细一看,发现希姿腋下夹着一只企鹅,身后跟着一位一脸不知所措的男性侍者。管家助理手舞足蹈地拼命挣扎,可毕竟只是一级鸟人,以他的力量无法挣脱希姿的手臂。在女仆们的注视下,他拼命地抵抗,渐渐没了力气。

最后他彻底泄了气,垂下前后肢,变得和真正的布偶没区别了。

"希姿,这边这边,来这边一起吃饭吧!"

"不,来这边吧,希姿!"

"管家助理就随便找个地方扔掉,扔掉就行啦。"

"无用的禽类就送到料理长那边去吧,让他能为纳萨力克尽一分力。"

女仆们对管家助理和希姿的态度之间明显有温度差,这也是没办法的事。副管家总管时常叫嚣要统治纳萨力克,大家都不太喜欢他。虽然是无上至尊把他制造成了这样,但是他频繁地口出狂言已经让大家无法再忍耐了。

在大家的声音中,希姿向食堂内四处张望着。她像是在找人,又像个小孩子在犹豫坐在哪里才好。许多女仆都被她的这副样子迷得出了神。

"拿在希姿手里,那企鹅都显得很可爱呢,真是不可思议。"

"我要不要做个代替的抱枕给希姿呢。雅儿贝德大人对这方面似乎很在行,能不能请她教教我呢。"

"雅儿贝德大人那么热心肠,肯定会教你的。回头去拜托她看看吧?"

旁边的桌子突然传来书合上的声音,西苏把视线转过去,正好撞上了坐起来的增量的视线。

"食堂里越来越吵了,我先走了。我觉得既然值安兹大人的班,你最好快点吃完,早点过去。如果你搞砸了,我们所有人都会没面子。"

说完自己要说的话,增量没有等西苏回话就离开了餐桌。西苏目送她走远,看了看自己的怀表。时间还有不少,但是如果再吃一份,然后整理一下仪容,可能就很紧张了。

"好!趁着大家在争希姿,我们快点再取一份吧!"

听到西苏的提议,两位朋友也表示同意。

"噢噢——这是个好主意——"

听到突然从邻座发出的声音,三位女仆惊得跳了起来。

"露、露普斯蕾琪娜小姐!"

西苏用双手按住狂跳不止的胸口,转向说话者。那地方一瞬间之前分明还没有人影,就在她们的注意力被希姿吸引,眼睛转过去的一刹那,她已经出现在了那里。露普斯蕾琪娜跷着二郎腿横坐在椅子上,桌子上已经摆好了她的那份早餐。

"不要吓我们啊——真是的。"

被吓得眉毛皱成八字的芙艾尔依然保持着抱着卢米埃尔的

姿势。

"吓得我心脏差点儿从嘴里跳出来。"

卢米埃尔小声说道。她似乎也吓得够呛，甚至顾不上理抱着自己的芙艾尔。

三人虽然都在责怪露普斯蕾琪娜，但是脸上却露着喜气。露普斯蕾琪娜是唯一像朋友一样对待各位普通女仆的战斗女仆，可是她的行动实在是反复无常，每天都混在不同集团里吃饭。她跑到自己这桌来，可以说是幸运的象征。其他女仆们看到西苏这桌多了个人，都向她们投来羡慕的眼光，这就是最好的证据。

"嘻嘻嘻，没有白在村子里做试验。你们三个的反应真是太棒啦。"

露普斯蕾琪娜把手肘撑在桌子上托着头，露出故事书里的猫儿一样的眯眼坏笑。虽然是坏笑，但是看起来却格外有魅力。西苏一边觉得不可思议，一边看着战斗女仆的笑容入了迷。

其他两人似乎和她有相同的感觉，不过最先恢复常态的是芙艾尔。

"村子？"

波波头的芙艾尔歪着脖子，短发扫到了卢米埃尔的脸上。

她一脸忍着喷嚏的表情，推开芙艾尔，坐正身体面向露普斯蕾琪娜。

"露普斯蕾琪娜小姐，您好像是有在外面的工作吧？"

"是啊,在人类村子里的工作。"

"人类的……一定很辛苦吧。"

卢米埃尔向露普斯蕾琪娜投去同情的目光。

"不会啦,这件工作是安兹大人亲自下达给我的,做起来很有意义啦。不过说实话,有点没意思。如果能让我痛痛快快蹂躏一番就有意思了。"

听到露普斯蕾琪娜这番话,西苏没觉得有什么不对劲。人类的村子变成怎样都无所谓,繁荣也好灭亡也罢,只要对纳萨力克来说是好事就行了。

"其实,安兹大人一直说它有价值,可是我感觉不到呢。"

"安兹大人慈悲为怀,一定是在怜悯住在那村子里的微不足道的人类。"

"不对不对,安兹大人可是死亡暴风一样的大人,应该是想找个机会好好蹂躏那村子一番吧。"

"你在说什么啊。安兹大人可以说是睿智的结晶,这一定是他的伟大战略的一环。"

"啊,这话我可不能接受,武力才是安兹大人最有魅力的一面。"

四位美丽的姑娘彼此瞪视,互不相让。

"安兹大人是一位美丽、温柔的大人。"

"安兹大人是降临现世的死亡本身。"

"安兹大人当然是无人能敌的英雄豪杰了。"

"噢噢，看来大家对安兹大人的看法各不相同啊。那好，来决一胜负吧，看谁能给安兹大人取一个最贴切的绰号。"

大家沉默了一瞬间。露普斯蕾琪娜虽然像往常一样笑着，但是现在大家要比对自己主人的本质有多么深入的了解，她丝毫不打算落于人后。不过在这一点上，西苏也好，她的朋友也好，都是一样的心情。

普通女仆或许只是等级一的弱小存在，但是在对主人的敬仰与崇拜方面，她们不觉得自己会输给任何人。

"那么三位请先说啦。"

"那我先说。"最先开口的是卢米埃尔。

"我刚才已经说过了，最应该赞美的是安兹大人的美丽，叫面如冠玉、光彩耀眼、无比慈爱的君王。如何？"

下一位是芙艾尔。

"如果要赞美安兹大人，当然要先赞美他伟大的力量！安兹大人是死亡的统治者，只有Memento mori（生命皆有一死）才是最合适的。"

第三位轮到西苏了。

"安兹大人曾经领导各位无上至尊，运营管理组织的能力一定十分了得，应该叫智谋之王。"

这些绰号用在自己的主人身上都很合适，不过即使如此，她们依然觉得自己取的绰号才是最贴切的。西苏，还有芙艾尔、卢米埃尔都把视线转向了最后一人。

露普斯蕾琪娜看到轮到自己了，"咳咳"两声清了清嗓子，满脸得意地说道：

"当然是绝对最强无——"

"在这里。"

一个平静的声音发了话。西苏移动视线，发现说话者是希姿。她夹在腋下的管家助理艾库莱尔没了踪影，不知跑到哪儿去了。

"不要动不动就用完全不可视化。"

"对不起啦，看来已经形成习惯了啊。"

"你都已经开始吃了。"

希姿没什么变化的表情下，隐藏着阳炎般蒸腾而起的怒气。西苏的直觉告诉她，留在这里对自己没好处。

"啊，我得到安兹大人那边去了。"

"那好，我也走了。"

"我也和你们一起走。"

西苏几人安静地从座位上站起来，装作没有看到露普斯蕾琪娜求助般的目光。

结果她没能再吃一份早餐，虽然非常遗憾，但是从现在开始必须收心了。

西苏把身后传来的紧张气氛赶出自己的意识，拍了拍自己的两颊，给自己鼓劲。她带着奔赴战场的士兵般雄起起气昂昂的表情，迈起了轻盈的步伐。

纳萨力克时间 9:20

纳萨力克地下大坟墓第六层。

这里看不到徘徊坟墓中的不死者，不过以亚乌菈统领的魔兽为代表，一批不会自动刷新的魔物守护着这里。这里是纳萨力克地下大坟墓内面积最大的地方，大半都被郁郁葱葱的茂密森林覆盖着，以树海来形容这个领域十分贴切。

虽说如此，"安兹·乌尔·恭"富有工匠精神的成员们，不会把它整个涂成绿色了事。

竞技场、巨木、被树木淹没的村庄遗址、湖、蛊毒大洞、扭曲嶙峋的树林、盐树林、无底沼泽地带等在这里都能找到，给树海提供了地形的多样性。最近为了迎接新的居民，甚至建起了一座小村庄。

在看点众多的树海中央，有一个巨大的湖泊——虽说大，比起第四层的地下湖区域还是很小，围绕在它周围的不是树林而是草原。草原和湖泊比起第六层本身来大概只有猫咪的脑门大小，不过对于她们要达成的目的来说，已经足够大了。

她们——首先是这层的守护者亚乌菈。她坐在一身漆黑毛皮的巨狼背上，威风凛凛，一看就是个老骑手。

不过这也是理所当然的。她拥有异乎寻常的身体能力，自己跑着巡逻也轻而易举。但她在广大的第六层巡逻喜欢坐在自己驯服的魔兽背上进行移动。

除了亚乌菈之外，还有两人。

其中一人是守护者总管雅儿贝德。她今天没有穿平时那身洁白美丽的连衣裙，而是装备上了战斗用的黑色全身铠甲，不过两手没有拿武器和盾。

另一人是夏提雅。她的打扮和平时没有什么区别，只是眼睛中带着兴味十足，或者说是乐在其中的奇妙神采。

"那么，开始吧。出来吧，我的骑兽。"
雅儿贝德发动的特殊技能是"骑兽召唤"。

仿佛从空无一物的空间中渗出来一样，一匹和雅儿贝德铠甲颜色相同的骑兽现身了。

骑兽拥有白色的鬃毛和尾鬃，有点像马。它身上装备着马用的全身铠甲，套好了鞍鞯。

它的身体比马略小，然而散发着马不可能拥有的魄力。它和马之间有决定性差异的是头部，上面长着两只向前刺出的角。

看到这匹骑兽，马上做出反应的是三人中对骑兽最精通的亚乌菈。

"噢噢，它不是普通的双角兽！角更强壮，身体也更结实。"
"呵呵。"雅儿贝德笑了起来。

"没错。它被我的能力强化了，应该叫战斗双角兽王才对……实际上就是一百级的双角兽。"

"它也会飞吗?!"

"不会,飞不起来。它的基本能力和普通双角兽没什么区别。所谓强化,并不是增加了特殊能力,只是体力、力量、敏捷性更强了而已。"

"果然,没有骑兵系的技能,没法强化骑兽啊——这么看来,没有特殊能力就太弱了,如果它参加我们一百级的战斗,反而有可能碍手碍脚啊。"

"是的。不过我可以用特殊技能弥补缺陷,保护这孩子,长时间战斗也没问题。"

"不过要把精力分散到保护它上面吧?会增加战斗中的多余动作吧?给它换换装备来进行强化如何?我听说骑兽系魔物可以装备铠甲和蹄铁之类的东西。"

"是啊。特殊技能召唤出的骑兽也有一部分装备可以更换。这一点和亚乌菈刚才问的问题也有关联,比如,给它装备有飞行能力的蹄铁,它应该就能飞行了。不过我已经给它装备了提升移动速度的魔法道具……难以取舍啊。"

雅儿贝德轻轻拍了拍站在旁边的骑兽。可能是用力有点大,骑兽做出了好像晃了一下的动作。

自己召唤出的骑兽不可能因为这点力量就站不稳。就在雅儿贝德怀疑它在埋怨自己、皱起了眉头时,亚乌菈又提出了新问题。

"是这样啊——那它叫什么名字？"

"双角兽。刚才你不是已经说过了吗？"

"不是啦。我问的不是种族名，是个体名。"

"有必要吗？"

看到雅儿贝德把脸转向自己寻求意见，吸血鬼默默地耸了耸肩。

"有必要吧？它不是雅儿贝德的宠物吗？"

"其实算不上是我的宠物……再说，召唤出的骑兽，每次都是同一只吗？"

听到雅儿贝德的疑问，夏提雅想到一个好主意，开了腔。

"去问问恐怖公如何？他非常擅长召唤同族，对这方面的事情一定很懂。"

"放过我吧。他毕竟也是纳萨力克的同伴，说讨厌也不合适，可是……"

"啊——确实。虽然没有恶意，但是它们会从衣服的缝隙往里钻呢。艾多玛她们倒是经常会去。"

"好恶心——请不要说让人觉得浑身痒痒的话。那个房间真的是恐怖房间，尽管是我的楼层，我也绝对不想去。"

"夏提雅，你知道吗？艾多玛把那个地方称为点心房。"

"哇呀！真的？真的吗？！呜哇——我再也没法靠近艾多玛了。"

雅儿贝德也有同感。不管怎么说，也不想接近声称那种东西是点心的人。三人渐渐被奇怪的气氛包围了,亚乌菈似乎想改变一下气氛,突然发出了比平时更大的声音。

"接着说我们刚才的话题吧,你不打算给它取名字吗?"

"这个嘛,如果亚乌菈觉得取个名字更好,那就取个名字吧。"

雅儿贝德一边嘟囔,一边思考起来。既然是自己骑乘的魔兽,她希望能取个响亮的名字。她的脑海中浮现出各种词语和文字,突然灵光一现,想起了一首歌。

"你在嘀嘀咕咕地说什么呢?"

"啊,不好意思。"雅儿贝德仿佛如梦初醒般地回答,"这个嘛,如果能得到安兹大人的允许,我想给它取一个代表我志向的名字,'世界之巅'。"

"是这样啊,真是个好名字。世界的顶点是指安兹大人吗?"

雅儿贝德笑而不语。

夏提雅的眉毛吊到了危险的角度。

在一触即发的气氛下,站出来和事的,依然是亚乌菈。

"好啦,有什么不好。既然已经召唤出了双角兽,我们进入下一步实验吧?!"

"好的,明白了。"

看到雅儿贝德没有理自己,夏提雅半闭着眼白她。雅儿贝德则重新朝向双角兽,把脚踩在了马镫上,然后翻身上马,动作轻盈得令人不敢相信她穿着铠甲。就在她把身体倚在鞍上的瞬间，通过接触的部分，她感觉到双角兽的身体晃了起来。

"怎么了！"

雅儿贝德心急得不禁大声叫了起来。自己的双角兽是高达一百级的魔物，她不知道它为什么这么轻易就站不稳了。她突然想起刚才轻拍它时发生的状况，是不是那时候就已经出了什么问题？如果是，为什么会出问题？

"亚乌菈！夏提雅！我的双角兽样子有点奇怪，能帮我看看它怎么了吗？"

这时候双角兽已经晃晃悠悠，仿佛站都站不住了。另外两人也明白了，状况十分异常。

"总、总之你先下来吧，雅儿贝德！"

"好、好的。"

听到亚乌菈的提醒，雅儿贝德终于想到可以先下马，从双角兽背上跳了下来。

刚才晃晃悠悠的双角兽跪伏在地上，它喘着粗气，满身大汗。

"……雅儿贝德，你是不是太重了？"

夏提雅说这话绝不只是为了损人。其实从旁看来，怎么看都会觉得是骑手的重量导致的。

"真不懂礼貌！算上较多的肌肉量，我现在的体重正好在适当范围内！"

"会不会是因为平时不骑，这孩子的肌肉退化了？顺带一提，我这边的孩子们都是放养，而且我会频繁地骑着它们在六层巡逻哟。"

"欸？那怎么可能……再说，'骑兽召唤'——和召唤出的魔物应该一样吧，肌肉怎么可能会退化？"

"要我骑上去试试吗？"

"很遗憾，那不可能。它是我的骑兽，其他人没法骑。如果硬要骑上去，会解除召唤的。"

"那就问问它本人如何？呐，双角兽，你到底怎么了？"

亚乌菈向双角兽提出了问题。其实并不是亚乌菈有和马交谈的能力，她只是觉得双角兽是魔兽，指望它有比较高的知性。可惜双角兽不会说话，只是发出了类似马的嘶鸣。

"语言不通啊……这么说是不是也不会写字呢？"

双角兽发出嘶鸣，似乎是在表示同意。

三人面面相觑。

"亚乌菈，你有没有什么应对这种状况的厉害的能力？"

"没有。什么叫厉害的能力啊。很久之前你不是找我们单独谈话，问过我们有什么样的能力吗，莫非守护者总管阁下忘了那时候的事？"

"哎呀……你平时是怎么跟芬里尔沟通的？"

"就直接跟它说，你去干这个，你去干那个。"

"不就是用语言说吗？那么努力一下的话，和这只双角兽是不是也能沟通呢？"

"我能和自己驯服的魔兽们沟通,不代表我能和所有魔兽沟通啊。再说,我其实已经尝试过了。记得不,蜥蜴人养着名叫罗罗罗的魔兽。它也是一样,怎么说呢,我和它连不上线。"

三人面面相觑。

"……实在没办法,就去找迪米乌哥斯吧。"

"很遗憾,迪米乌哥斯现在奉安兹大人之命外出去工作了。这段时间他在纳萨力克的时间反而比较少。虽然可以联络他,但是我不太想为了工作之外的事找他商量。"

夏提雅、亚乌菈的眼神中都带上了嫉妒的颜色。迪米乌哥斯可以为了主人四处奔忙,这对于守护者们来说是非常令人艳羡的。

"啊——好羡慕他啊。我当然知道守护纳萨力克的工作也很重要,可是没有人侵者就没法立功,就会对自己是不是真的有帮到安兹大人产生怀疑啊。我也想到外面去为安兹大人大展拳脚。"

"我在外面就只是给安兹大人添过麻烦……"

"没关系的,夏提雅。迟早会有——不,一定会有机会为安兹大人效力的。不过如果不够聪明,恐怕会很难哟。"

"你这话……有点过分吧?"

"哎呀,可是你犯错是事实吧?既然是守护者,就拿出相应的成绩来。"

夏提雅咬牙切齿,不过头顶上像亮起了一盏灯泡一样,露出了开朗的表情。

"呵呵呵,为什么突然说起了对我不利的话题呢。本来,我是想说迪米乌哥斯既然不在,没法请他帮忙查,就由我来向两位伸出援手的。真没办法,我来帮你查吧!"

夏提雅拿出了一本书。这本少说也有上千页的书又厚又重,不过夏提雅虽然外表是少女,内在却完全不同,对她来说这点分量根本不算什么。

"唔噢噢噢!莫非它就是,莫非它就是!"

"唔,这是安兹大人赏赐的秘宝吧!"

不光亚乌菈,连雅儿贝德都投去了嫉妒与羡慕的视线。

"没错,这正是佩罗罗奇诺大人版百科全书!是我完成命令后,安兹大人奖赏我的哟!"

虽然只是参与奖加安慰奖加慰劳奖,但是它对于夏提雅来说是最好的奖励,得意的笑容浮现在她的脸上。难怪,这也是理所当然的,因为创造自己的无上至尊曾经拥有的道具,对她来说胜过一切奖励。

这本书名为百科全书,是玩家开始游戏时人人都会获得的道具,只要持有者不主动抛弃,它不会消失,也不会被夺走,而且无法重新获得。

YGGDRASIL是一个以探索为乐的游戏,这件道具可以说,体现了制作方希望玩家化未知为已知的意图。

之所以这样说，是因为百科全书会把持有者遭遇到的魔物的图像资料记录下来。不过，能力——魔物的各种数值并不会显示出来，只会记载通常外观、名字，如果魔物来自神话传说，还会记录相应神话的内容。

要是想有效地运用这个书本型道具，需要把自己调查得到的信息记录进去。比如敌人的特殊能力和弱点之类。

夏提雅持有的百科全书，就是被称为佩罗罗奇诺的男人曾经拥有过的，里面还有他写进去的资料。安兹想起他把佩罗罗奇诺离开游戏时留下的这本书放在了宝物殿，于是把它交给了夏提雅。

可是，他写进去的很多内容都消失了，就好像佩罗罗奇诺本人害怕那些内容留下，自己把它删除了一样。

因此它作为百科全书的使用价值并不高，不过夏提雅并不在乎这方面的问题。对她来说，自己的造物主曾经使用过这本书才是最重要的。

"S——双——双角——"，夏提雅一边发音一边翻着百科全书。

亚乌菈和雅儿贝德想要从旁边偷看，只见她用身体挡住书向后退去，然后用犀利的视线牵制着二人。

"哼——不让看拉——倒。我有安兹大人赏赐的手环。"

亚乌菈轻柔地抚摸着手腕上的银色手环。雅儿贝德同样抚摸着戴在左手无名指上的戒指。不过这种戒指不只赏赐给了她一人就是了。

（真希望安兹大人能赏给我独一无二的特殊的什么东西，安兹大人的特别道具——）

就在雅儿贝德来回抚摩自己的下腹部一带时，夏提雅叫了起来。看来她找到了想找的那页。

"双角兽！找到了，我看看……"

夏提雅突然僵住了，一脸惊讶地抬起头来，凝视着雅儿贝德。

"怎么了？那上面是怎么写的？"

看到夏提雅重新把目光投向百科全书，重新读了起来，雅儿贝德战战兢兢地问道。

"……独角兽的亚种。传说与司掌纯洁的独角兽相对，双角兽司掌淫邪。独角兽只允许清白处女骑乘在自己身上，双角兽则与之相反，决不允许清白处女骑乘在自己身上……哈？！"

读完这段的夏提雅和听完这段的亚乌拉都惊得睁大了眼睛，眼珠都快掉下来了。

"不会吧……雅儿贝德是？"

"'不会吧'是什么意思啊。我在你们心目中到底是什么样的人？"

"欸？可是，雅儿贝德，你不是女梦魔吗？！"

"N——女……女梦……女梦魔。"

夏提雅好像有些乱了方寸，她翻着百科全书，寻找记载着女梦魔的书页。

"对，我是女梦魔！不过没有异性经验，真是不好意思啊！可是这也是没办法的事啊！因为我作为守护者总管一直憋在王座大厅里！和别人见面的机会都很少！再说，安兹大人根本不招我侍寝……我对安兹大人之外的男人没有丝毫兴趣……"

雅儿贝德嘀咕着低下了头，然后好像回过神了一样突然抬起头。

"既然你们这样说……"

雅儿贝德看了亚乌菈一眼，然后摇了摇头。亚乌菈如果和自己不一样才是问题呢。

"夏提雅，你又如何呢？"

"异性经验我没有，如果是同性经验……"

一瞬间，亚乌菈没有理解她在说什么，歪了歪头，然后她可能是理解了，皱起了眉头，扭曲着表情说"呜哇"，露出一副嫌弃的样子。

"你想！没有好男人嘛！我比较喜欢死掉的，可是腐烂的实在是有点……对吧！对吧！"

"你就不要指望我赞同了，夏提雅的性癖好太异常，我是理解不了的。"

三人交换了一下视线，然后一起移开了视线。她们默默达成了共识，让这个话题就这样过去好了。

"好吧,现在我知道没法骑乘双角兽的原因了……简直难以置信,怎么会这样呢。"

雅儿贝德不快地扭曲着表情。双角兽似乎感觉到自己挨了训,缩成了一团。

"嗯——这相当于封印了雅儿贝德的一部分能力呢。"

"不过你本来就不是特别擅长骑乘战斗,只不过是有一种能力不能使用而已吧?如果没法骑双角兽,从亚乌菈那里借一只魔兽不行吗?我骑独角兽不也挺好吗?"

"嗯,我还没有独角兽呢,当然我很想要。"

"还有更好的办法。为了让我能骑上双角兽,请安兹大人帮忙就行了!"

雅儿贝德满脸带笑告诉二人,觉得没有比这更好的办法了。

"太狡猾了!"

"哼!"雅儿贝德嗤笑夏提雅,"能不能请你不要说失礼的话,夏提雅。为了能让纳萨力克地下大坟墓的守护者总管发挥十成的力量,这是势在必行的。"

"气死我了,哼!如果不是为了工作,安兹大人就不会要你……作为女人真是太可悲了。难道那不是应该靠自己的魅力赢得的吗?"

"啊?"两人互不相让地你瞪我我瞪你。亚乌菈有点厌烦地从旁插话。

"我说啊,你们两个别以为我听不懂你们在说什么。废话就说到这儿吧,这不是必须马上解决的问题吧?你不会召唤其他骑兽吗?"

"我有相应的魔法道具,还是可以召唤骑乘动物的。"

"那就召唤啊,没有问题嘛。"

"如果是用魔法道具召唤,还要更换装备,或者从包里取出道具,比起用特殊技能召唤,要多一个步骤。还有,这只双角兽的战斗能力比其他骑兽强很多……"

"那就让双角兽抵挡敌人的攻击,然后趁机用道具召唤骑兽不就行了吗?这对驯兽师来说可是非常基础的战术。"

"难道只有这一种用法了吗?"

"如果是这样,雅儿贝德就要因为它而弱化了。"

"希望你不要幸灾乐祸。"

"雅儿贝德看起来似乎总是对我幸灾乐祸哟?"

雅儿贝德说没有那种事,夏提雅说那绝对不可能。

"你们两个,真是够了……我们别在这种地方吵了,去找个地方逛逛吧?安兹大人好心好意让我们休息。"

"确实是。"雅儿贝德表示同意,正在和她争吵的夏提雅也点了点头。不过——

"说是让我们休息,可是做什么才好呢?我们本来是为了保护纳萨力克地下大坟墓,为无上至尊们工作才被创造出来的。工作才是我们的人生啊……"

"虽说如此,既然安兹大人吩咐了,我们就得休息。"

本来她们三人来到这里，就是因为主人吩咐，"你们每日操劳，辛苦了。难得的机会，几个女孩子一起出去玩玩如何？"

"我们已经一起出来玩过了，要不要解散？话说这算不算玩过了？"

"有点问题。要说这算是玩过了，肯定有问题，很有问题。说起来你们平时都做什么呢？"

"在第一层到第三层进行巡视，除此之外就是整理领域守护者的意见，确认整个楼层的警备状况之类的吧？时间有富余的话，就泡泡澡、打扮一下自己？"

"好意外，你在认真做工作的啊？"

"意外是什么意思啊？"

"泡澡啊……那么，亚乌菈呢？"

"嗯——马雷留在竞技场的时候，我在森林里巡视，毕竟有新人来了。其他时间就是回家里睡睡觉……什么的？"

"就是它了！"

亚乌菈和夏提雅都露出了惊讶的表情。

"没错，就是它了。你说的新人，不就住在这层新建的那个村子？我还没到那去过呢，和我一起去吧。"

"咦？是这样吗？夏提雅去过的吧？"

"去过的。"

看到雅儿贝德露出难以置信的表情说"是这样吗"，亚乌菈解释道：

"其他守护者也都来过了。科塞特斯因为蜥蜴人的事来过,前一阵子迪米乌哥斯也为了确认状况来过了哟。其他守护者时不时也会来。嗯——那咱们过去看看吧,反正离这里挺近的。"

●

纳萨力克时间 9:38

十间左右的木屋排在一起,规模还不到村落大小,这里就是所谓第六层新建的村子。村子右侧是一块田地,左侧是一块面积数倍于右侧田地的果园。

周围自然是郁郁葱葱的森林,从上空鸟瞰,就像是森林中突兀地开了个洞。看起来就像是被称为"绿洞"的景观。如果粗暴地砍倒树木,掘出树根,地面应该变得凹凸不平才对,村里的地面却异常地平整。这是拜马雷的魔法所赐。

果园里能看到许多正在辛勤劳作的身影。

最先映入眼帘的,是外形有点像人类女性,皮肤却呈现树干般色泽的种族,而其身旁,是一个只能形容为仿佛动了起来的树木的生物。

前者名为树精,后者名为树人,都是魔物。

树人让树精坐在自己树干般的手臂上,举到果树树冠附近,让她们照料果树。

"除了他们之外,还有十名蜥蜴人在这里生活。他们时常从这里北上，到我们刚才所在地附近的湖边玩耍。他们又不生活在水里，真是好奇怪啊。"

"村子比上次来的时候大多了啊，居民也好像多了不少。"

"是啊。征服了都武大森林之后，发现了几种可以移居纳萨力克地下大坟墓的种族。"

"可以移居到纳萨力克的种族……身为异形种、不需要食物、性情温和，对吧。"

"嗯，安兹大人是这样说的。'不需要食物'，准确地说应该是'可以马上自给自足'就对了。树精和树人都可以从大地吸取养分，似乎不需要特意进食。不过万一大地的营养不够，或者是一直不下雨，那就有点不妙了。"

"是这样啊。雨是由马雷来下的，还是用魔法道具下的？"

"基本上是马雷的工作，他还要为大地恢复营养。据说有令大地变得肥沃的魔法，只要用了魔法大地就会恢复如初。树精和树人们说营养太美味，会变胖……至于大地的味道，我就不清楚了。"

就在夏提雅和亚乌菈聊天的时候，雅儿贝德以观察实验材料般冷漠的目光环视村子一周后，她的眼睛里终于有了情感的色彩。

"咦？看那边，田地里的那位是副厨师长吧。他在干什么呢？"

两人追着雅儿贝德的视线看去，发现简易的栅栏围起的田地一角，在一片高高的茎秆上结着红色果实的作物丛中，一个类似蘑菇的魔物，身影若隐若现地动着。仔细看，可以看得出他穿着一身不怕脏的衣服，正在摘取红色的果实。

"你也看到啦，他偶尔会到这里来采食材，还在这里种了许多种作物。过去看看吧。"

雅儿贝德和夏提雅对视一下，确认到彼此眼神中没有否定的色彩，决定在不打扰同事工作的前提下，过去看看。

"YAHOO——你总是工作得满头大汗啊！"

听到亚乌菈快活的声音，副厨师长抬起头来，看到了三人。

"我的身体其实是不会出汗的。"

副厨师长发出"嘿咻"一声，站了起来，抻了抻腰。对于坐在地上干农活的他来说，有这样的举动似乎是理所当然的，然而实际上他身上没有能称之为腰的部位——他的身体上下一般粗，看不出哪里是腰——没人知道他是真的腰痛，还是为了转换心情抻抻腰。

接下来，副厨师长像肩膀酸痛的人类一样，扭起了脖子。他的头部看起来像蘑菇的伞盖，上面附着仿佛要滴下来的紫红色液体。那液体其实和凝固的液状胶水一样，具有奇妙的张力，不会流下来，也不会泼洒到周围。

"呐，你摘的是番茄吗？"

雅儿贝德对副厨师长手中的红色果实产生了兴趣，向他提出问题。他把果实拿到自己眼前，从头部的动作看起来他似乎是有点不解。

"是番茄,就是大家熟悉的番茄,不是吸收足阳光后就会爆炸的类型、不是会袭击人的类型,也不是摔碎会发出金色光芒的类型,就是普通的番茄。"

"也就是说,它是用作食材的、稀有度不高的普通番茄喽?"

"是的,我没有特殊技能,没法培育拥有特别效果的蔬菜。您对它感兴趣,是想吃番茄做的料理?很遗憾,我只能做饮料类的料理。"

"不是,我只是出于好奇才提问的。想要番茄料理的应该是夏提雅吧?"

"为什么大家都觉得吸血鬼会喝番茄汁呢?就算吃了料理,不死者也不会得到增益效果。"

"纳萨力克的成员不吃食物的比较多呢。"

大半NPC都使用了某种道具,不需要饮食。

"没办法,如果需要饮食,纳萨力克的维持费用就会增加。如果都像你的魔兽那样是大胃王,可就养不起了。"

"欸欸,这么说,我不去外面赚钱是不是不太好?"

"这倒是不用,安兹大人和其他无上至尊建造这座大坟墓的时候,已经计算好了,可以保证收支平衡。"

"啊啊,所以才嘱咐我们只允许能自给自足的种族进来啊。为了不让人口增多导致平衡被打破。"

"是啊……咦,安兹大人这样做的原因你们不知道吗?"雅儿贝德挨个儿看着在场三人的表情。

"这可不行。你们怎么能对自己保护的地方有所不知，回头找个时间吧，我会全部向你们说明的。"

雅儿贝德发出"唉"的一声叹息，漫不经心地环视眼前的田地。看着看着，她发现了一列自己认识的某种植物的叶子。

"那边种的是胡萝卜……不对，魔法胡萝卜吗？"

"不，不是的哟？总管阁下没有听说吗？"

"怎么讲？"

副厨师长把视线转向了亚乌菈。

"啊，没事……原来如此，您还没有听说啊。那么，亚乌菈大人，您觉得该怎么做？亚乌菈大人来号令吗？应该已经教会它们了吧？"

"我其实已经提交报告书了——"亚乌菈笑眯眯地说着，然后深吸了一口气，大声喊了起来，"——安兹·乌尔·恭万岁！"

突然，一列叶子对这句话产生了反应，动了起来。叶子左右剧烈摇摆着，相当于胡萝卜根埋在大地中的部分破土而出，跳到了地表上。

那东西形状看起来像是高丽参，然而与其有决定性的不同：它们有明显的四肢，不是在做反射运动，而是在明确意识的驱使下活动着。根的上部——靠近茎的地方有相当于眼和口的突起和阴影。

夏提雅睁圆了眼睛，叫出了魔物的名字。

"这莫非就是曼陀罗草?纳萨力克应该没有这种魔物才对……"

"啊啊!它们就是啊。虽说在报告书上看到了,不过这还是我第一次看到实物。"

曼陀罗草们纷纷喊着"安兹·乌尔·恭万岁""安兹·乌尔·恭万岁"的口号,整起列来。

"可惜这些孩子不怎么聪明呢。它们的近亲种,绞刑台小人、妖草、爱娜温应该智力还比较高吧……可惜粗略地在那座森林里搜寻了一遍,没有找到。那森林还是挺大的,说不定只是没有发现而已。那里还有好多洞穴通向地下和山脉,里面感觉应该有蕈人的群落,我们还没有开始探索就是了。"

"即使如此,居然已经让它们学会说这么多话了,真是令人佩服啊。"

副厨师长从排成一列的曼陀罗草中揪起一棵,仔细端详起来。

曼陀罗草被揪着头上生出的叶子,不知道是不是因为很痛,挣扎了起来。

"安兹·乌尔·恭万岁!"

"安兹·乌尔·恭万岁!"

本来站得整整齐齐的曼陀罗草们不再管阵型,把副厨师长围了起来,显示出的态度分明是在抗议同伴遭到的暴行。不过抗议时的台词和刚才说的一样。

"真是不好意思。亚乌菈大人,可以让它们回去了吗?"

"OK。好了!回去!"

副厨师长把抓起的曼陀罗草轻轻放到地面。以它为首,曼陀罗草们重新回到了刚才那个坑所在的位置,开始向里扎。它们只用了几秒钟就钻回了地下,看起来就像冬天钻被窝一样迫不及待。

"原来如此,和动物的叫声一样啊。"

"是的。它们只是鹦鹉学舌一样模仿听到的声音来发声,并非当作表达意思的语言来使用。据说理解语言需要拥有一定限度的智力点数,不突破这个数值就没法理解语言。现在还在更深入地研究。"

"这些都是从迪米乌哥斯大人那边现学现卖。"副厨师长回答道。

"是这样啊。对了,雅儿贝德,我可以问个问题吗?你是守护者总管,有新人来你却不知道,这有点不妙吧?如果新人里混进了间谍怎么办?"

在雅儿贝德回答前,有别人先提出了异议。

"啊哈哈哈,夏提雅真会说笑。确实,第六层面积很大,难怪你会觉得捕捉消灭入侵者会很难。如果侵入者从竞技场逃了出去,像小蜘蛛一样四散奔逃,人数再一多,确实很麻烦。"

她的笑声中没有情感,眼神像冰一样。

"不过嘛,你是不是太小瞧我了?这里是我的猎场,就算四散奔逃我也能马上发现，把他们杀光。再说，就算想加害安兹大人，穿过了第六层，还得突破第七层的红莲世界，突破之后还有不可能穿过的第八层等着他们。就算他们想逃，第五层是极寒地狱、第四层是伸手不见五指的地底湖，最后还得穿过你守护的领域……你觉得有可能吗？"

夏提雅摇了摇头。

"不可能的。"

"明白了吧。所以就算这层的新人再多，也没什么可担心的。"

"我想说的都被亚乌菈说完了。还有，在招募移居者的同时，现在派生出了一个把各种魔物收集到这里的计划。"

"咦？不是只收集植物系魔物吗？"

听到亚乌菈惊讶的声音，雅儿贝德微笑着回答道：

"一开始定的是只收集植物系魔物。不过，在亚乌菈和马雷的努力下，到现在没有发生任何问题，于是提出了更进一步的计划。虽说如此，目前计划还在草案阶段，还不能确定会不会真的实施呢。所以到现在还没有告诉你这个守护者。"

"目前还不要告诉别人。"雅儿贝德声明之后，开始解说计划。

"计划的名字是'乐园'。这是个大型计划，会先让对人类友善的魔物集中到亚乌菈建立的庇护所，最终让它们到第六层来生活。"

"为什么会加上一个对人类这一特定种族友善的条件?"

雅儿贝德露出了非常邪恶的得意笑容。

"这就是乐园计划的关键。"

"说实话,我不太理解。我们努力工作是为了让纳萨力克成为无上至尊们的乐园,为什么要取这样一个名字?"

"这是为了向外界展示,我们是和其他种族和平共存的。"

"原来如此……是这个目的啊。"

"不会吧,夏提雅居然听明白了……"

夏提雅露出能让迷恋她一百年的男人在一瞬间断掉念头的表情,凶巴巴地瞪着亚乌菈。

"你把我当成傻瓜了吗?"

"等一下,夏提雅,你回想下自己平时的言行举动,然后再考虑要不要问这个问题好吗?好吗?稍微回想一下就行。"

夏提雅真的有一瞬间——或许是在回想自己至今为止的所作所为,她的瞳孔像死去的动物般散大了,然后视线像惊涛骇浪中的小舟般游移起来。

雅儿贝德实在看不下去她尴尬的样子,把话题拉了回去。

"那、那个,乐园计划也是安兹大人提案的。我们谈到第六层的时候,安兹大人仿佛自语般提了一下想要收集各种魔物。如果视野不够开阔,肯定想不到这样的好点子。以前我和迪米乌哥斯就安兹大人的雄才大略聊过,最后得出了安兹大人肯定是天才的结论。"

"安兹大人是天才这自不用说，不过也有人觉得安兹大人有些沉默寡言。"

"是迪米乌哥斯说的吧？真是的……安兹大人不会轻易说出自己的想法，而且有时会做出令我们不解的行动。有道是，大勇若怯，大智若愚，这话说得真是太对了，"雅儿贝德噙着眼泪摇了摇头，"我就猜不透安兹大人建立飞飞这个冒险者形象的目的，他真的是位可怕的大人……没想到从那时候开始到现在的一连串事情，全部在安兹大人的掌握之中……"

"飞飞不就是安兹大人扮演的冒险者吗？这怎么了？"

"你们很快就会明白的……就是因为有飞飞这个偶像，安兹大人的统治才会坚如磐石。真的是太厉害了……迪米乌哥斯会提出那样的建议，恐怕也是安兹大人诱导的——"

"你在嘀嘀咕咕地说什么啊？有点可怕哟。"

听到夏提雅的声音，雅儿贝德回过神来，干咳了一声，环视眼前的三人一周。

"那个，我说到哪了？对了对了！安兹大人的一言一行都包含着深意。所以，就算我们不能完全理解，也应该努力去解读安兹大人话语背后的真意。"

"好难啊。因为安兹大人有点太过聪明了——哎哟，是刺针兔们。"

两个超过两米高的大白团子，从村中不紧不慢地向亚乌菈身边走来。这是一种形似安哥拉兔的魔兽。

"很可爱啊。"

夏提雅抚摸着站到亚乌菈身边的白团子。

"好软和啊,我也想要一只。"

"摸起来很舒服吧?可是碰到敌人的时候,它们的毛会变得和针一样尖锐哟。"

等级六十七的魔物,刺针兔。

进入战斗状态之后,这种魔物会变成由非常纤细的刺针组成的团子。在这种状态下,就算杀掉刺针兔,它的毛皮也不会恢复到本来柔软的状态,必须趁它没有警惕起来的时候发起突袭一击杀死才行。因此虽然它们本身等级不高,但是在狩猎它们的地方,玩家的等级却非常高。

"欸欸?是这样吗!好可怕啊。"

夏提雅一边说可怕,一边不停手地抚摸着刺针兔。

"不过嘛,只要我不命令,它们是不会进入战斗态势的。如果附近有敌人,那就得另说了,不过敌对者——入侵者要怎样到这层啊。上面的楼层都没有发出过入侵者的报告。"

"是啊,理所当然,最上面三层安排了探测能力优秀的仆役,想要不被发现来到这层是非常困难的。"

这时,亚乌菈突然顿住,把脸转向了竞技场的方向。

"怎么了,亚乌菈?"

"与第七层连接的传送门好像启动了。"

"有人从下面上来了?迪米乌哥斯应该外出了……是他的部

下吗？你不用去确认一下吗？"

"嗯——有马雷在呢，我觉得应该不要紧吧？如果有必要，他应该会联络我的。"亚乌菈抚摸着脖子上垂下的耳环，"而且这也不是什么稀罕事，如果想从下面去地面，只能通过特定位置的传送门，一层一层向上移动。这么说起来，曾经有人嫌传送门之间太远，不想走路，特意用魔法移动呢——"

"咳！纳萨力克地下大坟墓真是固若金汤的大要塞啊。"

"是啊，就算用超位魔法'天上之剑'或者我的世界级道具，也没法炸掉整个楼层，所以无论如何必须避免能随意传送的戒指被夺走。"

大家的视线集中到雅儿贝德左手的无名指上。

"马雷外出的时候，也会把戒指寄存起来。这样想来，就非常明白戒指有多重要了——啊，马雷联络我了。"

亚乌菈走开几步后握住了耳环，开始和不在这里的马雷对话。三人看到亚乌菈的表情渐渐严肃起来，对话结束的时候已经一脸扫兴了。

"对不起，马雷好像有事要外出，为了以防万一，我得回去了。"

"是吗，那么……我们也回去吧，怎么样，夏提雅。"

"我没意见。"

"我还要在这块地里做些其他的事，而且还想和树精、树人们聊聊。"

"那么就此解散吧。今天谢谢大家了,多亏了大家,我现在好像知道该怎么过假日了。下次有空的时候……对了,下次我们大家一起去洗澡吧。"

2

纳萨力克时间 9:28

目光垂向书本的马雷抬起了脸,慢慢转动视线,看向通往第七层的传送门。

他略微感受到了力量的波动,于是夹好书签,把书轻轻搁在一旁的椅子上,拿起了放在手边的法杖。这把法杖是神级道具,名为YGGDRASIL之影。

马雷的另一只手伸向胸前摇摆的魔法道具,然而半路停住了。

没必要联络姐姐,目前没有接到有入侵者的报告,上来的毫无疑问是同胞。

他一步一步地向传送门——向下小跑过去。

姐姐喜欢从竞技场的观战席上直接跳下去,马雷并不喜欢。讲真,既然竞技场是有楼梯的,那么使用楼梯进行移动,才能表现出对各位无上至尊的忠诚吧?毕竟楼梯是为了使用才制造出来的。

(这些话,我可不敢跟姐姐说……她会凶巴巴地瞪我的……)

　　心想着起码自己不能浪费无上至尊们的心血，马雷沿着楼梯跑了下去。一路跑到等候室门口，他看到发出闪亮七色光芒的巨大圆形镜子前，站着一个人影。

　　"让你久等了。"

　　"噢噢！这不是楼层守护者马雷大人吗！劳烦您特意跑来，实在感谢。"

　　小丑身穿纯白色衣服，面戴形似乌鸦嘴的面具，恭敬地低头行了一礼。马雷见状也低头还礼。

　　"你好，普钦内拉，你今天怎么来了？"

　　"您好。您可能知道，我现在跟随迪米乌哥斯大人做事，今天是作为迪米乌哥斯大人的使者来的。请您收下这个。"

　　小丑恭敬地把手中的文件夹递给马雷。

　　"从迪米乌哥斯那边过来的，莫非是传阅板？"

　　"正是如此。哎呀，没想到马雷大人本人赶了过来，我真是太幸运了。如果来的是亚乌菈大人，我还得请她把马雷大人请过来。"

　　"欸？是这样吗？"

　　传阅板，是纳萨力克地下大坟墓的统治者——安兹·乌尔·恭发明的系统。这个简单的系统只是把并不紧急的事情写在纸上，辗转各楼层守护者之间彼此传阅，然而以前并不存在类似的系统。

正因如此，马雷发出格外激动的声音说"这就是传阅板"，把它接在手里凝视起来。

"咦，咦？可是，为、为什么不能直接交给姐姐呢？"

亚乌菈和马雷都是楼层守护者，按说交给她也没问题的。再说亚乌菈做事其实一板一眼，绝对不会把传阅板随意扔下不管的。

"其中的原因我就不知道了。只是迪米乌哥斯大人命令我，要直接把传阅板交到马雷大人手里，不能请亚乌菈大人代为转交。"

"是这样啊……迪米乌哥斯是想？"

虽然马雷的提问只有只言片语，普钦内拉还是听懂了他想问什么。

"不知道，我也不清楚迪米乌哥斯大人其中的意图。不过我觉得，原因，或者说答案会不会就在那文件夹中？"

"是这样啊……那、那个，对了，迪、迪米乌哥斯，他现在在做什么呢？"

"在做交配实验。人类种族之间可以交配，亚人种族和人类种族之间却不能交配，这是多么令人悲伤的现实啊。相爱者之间只因为种族略有不同，就不能产生爱的结晶。那位大人正为了拯救这些可怜的相爱者而努力，为了让亚人种族和人类种族之间产生新的可能性！"

小丑舒展地伸开双臂，仰望天空，用饱含情感的声音讲述着。看到普钦内拉突然像换了个人,马雷有点没反应过来。

"哎呀,真是失礼了。一想到仁慈的迪米乌哥斯大人,想到他是为了给世人带来笑容,我就忍不住激动起来。请原谅我。"

"没,没事,我不在意的,没事。"

"迪米乌哥斯大人说过,为了不让他们的憎恨朝向自己内部,牺牲自己——恶魔们来充当憎恨的目标。这是多么无私的自我牺牲精神。我普钦内拉,感动得泪眼昏花。"

普钦内拉隔着面具擦起了自己的眼角。自不用说,他没有流眼泪,不仅没流眼泪,他欢快的声音也一如往常,丝毫感受不到悲伤的情绪。

"为什么要刻意招人怨恨啊?"

"我也无法理解,如此仁慈的迪米乌哥斯大人为什么要这样做,可这是迪米乌哥斯大人亲口说的。对了对了,您听我说,迪米乌哥斯大人真的好仁慈啊。前一阵子,他说家畜们饿着肚子太可怜了,就把他们的孩子整个烤熟,交换之后给他们端上了餐桌。如果性情残忍,肯定不会交换,而是直接给家畜上桌吧?"

"是……是这样吗?"

"当然是了。为了让他们见自己的孩子最后一面,还把他们叫到了餐桌旁……像迪米乌哥斯大人这样,安排他们笑着和家人分别,如此仁慈的大人……我相信除了无上至尊之外就只有他了。"

听到普钦内拉讲述得如痴如醉，马雷不太感冒地"哦"了一声。

既然不是纳萨力克的人，变成什么样都无所谓。两三秒之后，马雷内心对迪米乌哥斯的家畜的感想已经消失了。

"家畜饿极了之后，虽然脑子想吃，胃却不接受。迪米乌哥斯大人连这点都想到了，提前进行了充分的警告，好让他们吃得饱饱的，真是仁慈的大人——"

马雷感觉到这个话题似乎会没完没了，赶忙插嘴道：

"请问，红，红莲怎么没来？我本以为会是红莲来送传阅板的，他现在在哪儿，在做什么呢？"

"……是应该叫他，还是应该叫她呢？我觉得他应该没有性别，不过前几天看到这位仁兄的时候，因为迪米乌哥斯大人不在，他正潜伏在第七层的传送门附近。"

"原来如此。"

马雷回想着红莲的样子。

红莲是一位领域守护者，他把巨大的身体潜伏在流动的岩浆中，会将麻痹大意的对手拉进岩浆，在对自己有利的战场中进行战斗。他的等级虽然只有九十级，但是专精战斗，单纯的战斗力在纳萨力克名列前茅，甚至能和一部分楼层守护者打个平手。所以，迪米乌哥斯不在的时候，他是最适合守护第七层的。

"哎呀，我的话太多了。传阅板已经交给马雷大人了，我要去为更多人带来欢笑了。"

"非常感谢！"

看到马雷礼貌地向自己低头行礼，普钦内拉和善地回应道：

"不需要感谢我，只是看到马雷大人的笑脸，我就已经感到无比的满足了。"

小丑诙谐地耸耸肩，一边挥手一边说着"那么，再见了"，消失在了通往第七层的传送门中。

目送普钦内拉离开后，马雷打开了传阅板。不能请姐姐转交，只有自己能看，怀着复杂的——优越感、歉疚感、罪恶感交织的感情，他从上至下看了起来，读到最后，他眨了几下眼睛。

（这……与其说是传阅板，不如说是安兹大人给守护者们的留言板啊。）

传阅板的对象是诸位男性守护者，上面写着对大家每天辛勤工作的慰劳和赞扬。主要内容用一句话来概括就是在邀请大家：要不要一起去泡个澡，好消除疲劳。

上面写着参加者的名字，自上而下是：安兹、迪米乌哥斯、马雷、科塞特斯。最上面两人名字旁边，参加、不参加的项目中，已经在参加上打了圈。按说这上面应该有塞巴斯的名字，不过他现在奉命和索留香一起到人类的城市去收集情报了。

（我看看，时间是……）

时间未定，文中的意思是会选择相关人员最方便的时间。

那么没有什么好犹豫的，直接在参加上画圈就可以了。上面写着可以不参加，不过拒绝自己宽容而慈祥的主人，对于马雷来说是绝对办不到的。不，应该说这纳萨力克地下大坟墓里没人能做到。

马雷拿起文件夹中的铅笔，在自己名字旁边的"参加"上打了个圈。

"欸嘿嘿嘿。"马雷笑呵呵地端详了一会儿"参加"二字上的圈，不过乌云很快笼罩了他的内心，"啊，可是……我要怎么交给科塞特斯呢？"

文中好几处都提到不需要通知女性守护者，马雷能感觉到主人想把这次活动当成男人间的秘密。既然这样，自己亲手送去应该是最合适的吧。

（瞒着姐姐不太好……吧。毕竟在我接受安兹大人的……那个，应该是叫宠爱吧——的时候，她要独自守着第六层。）

如果是接到了命令就另当别论，如果是去找其他守护者玩，马雷和亚乌菈会告诉彼此自己去哪儿。亚乌菈和马雷都是奉无上至尊之命，把守第六层的守护者，这样做也是理所当然的。

马雷捏住了挂在脖子上的魔法道具。

"姐姐？能听到吗？"

亚乌菈马上回话了。

"能听到哟。怎么了，马雷？"

"啊，太好了。那、那个，那个，我有点事要到科塞特斯那儿去一下，我去了哟。"

"到科塞特斯那儿去？"

"嗯。有点急事要马上去。"

"什么急事？"

马雷一惊，肩头跳了起来，差点连声音都变了，他好不容易才挤出平时的声音。

"没……没、没什么。没什么大事……我就是觉得一定要去一趟。"

"是这样啊……"

听到亚乌菈明显已经生疑的声音，马雷手心捏了一把汗。

（可是，这也是没办法的啊，毕竟是安兹大人的命令。）

除了马雷和亚乌菈的造物主泡泡茶壶本人的命令外，安兹的话在无上至尊中是优先级最高的，理所当然应该优先于一切。

"好吧，我知道了，那你去吧。不过第五层很冷的，你不要忘记寒冷抗性……啊啊，马雷的话不要紧的。"

"啊，嗯，用魔法就没问题。那我就去了。"

如果继续说下去，自己可能会说出什么引起怀疑的话，所以马雷赶紧松开了魔法道具。姐姐最后好像还想说什么，不知该说是可惜还是万幸，他没有听到。

"好了！我得赶紧去！"

马雷发动了主人赐给的最高级指环的力量。

传送后，一大块白色的东西向马雷脸上糊了过来，那是被风吹到空中的大雪片。

马雷呼出的白色蒸汽瞬间飞向了脑后，这是冰天雪地中的极寒空气吹过身边的结果。

从地上被暴风吹起的冰雪凛冽呼啸，引起雪盲现象，脚印也被漫天飞舞的雪花隐没了踪迹。这都是为了让入侵者困死在大雪中，不过平时的第五层环境其实没有这么严酷。平时只是从覆盖天空的乌云飘下点点雪花，虽然有些压抑，但是不会遮天蔽日。

"那个……"

马雷向四周张望，他是用安兹·乌尔·恭之戒飞来的，肯定已经传送到了目的地附近。

找到了自己要去的地方，马雷轻盈地走了起来。他的脚印不会留在雪地上，脚也不会陷进雪里，就像走在坚实的大地上一样。

空无一人的白色世界，让马雷仿佛能听到大雪纷飞的声音。当然，马雷随时发动着能带来超强感知的魔法，他知道这里并不是没有人。就是知道来者是第六层的守护者，潜伏者们才没有现身。

马雷在寂静中来到了目的地。

前方有一个状如倒置马蜂窝的巨大白球。

六根巨大的水晶围绕着巨大白球，锐利的尖端伸向天空。

透明的水晶中能看得到人影。

马雷向前迈步，脚下响起"嘎吱"一声令人不安的声音。他把目光投向脚下，和刚才积雪的大地不同，自己脚下现在是一片光滑的冰面。冰面虽然看上去似乎很厚，但是下面漆黑一片，看得出是个大洞。

马雷继续向前走，他好像根本无法想象脚下的冰会裂开一样，毫不犹豫地迈着步子。尽管冰随着他的步伐，发出颤抖般的"吱吱"的声音，他还是顺利地到达了白球附近。

"请、请问，科塞特斯在吗？"

马雷没有对巨大白球说话，而是向着巨大水晶提问。

听到他的声音，透过水晶，出现了形似人类女性的魔物。魔物的数量和水晶的数量相等，她们穿着一身白，有青白色的皮肤和黑色的长发。

雪女——她们是八十二级的冰系魔物，是保护科塞特斯的居所大白球的亲卫队。

"欢迎您，马雷大人。很高兴您能来访。"

"请问，那个，科塞特斯呢？"

"回您的话。科塞特斯大人现在在纳萨力克地下大坟墓外，去蜥蜴人们的新村子了。"

"是、是这样啊？"

雪女点头，表示没错。

"如果有什么事，我们可以转达，您意下如何？"

马雷犹豫起来。

既然都到这里了，把传阅板留在科塞特斯的房间里，然后让雪女们帮忙传个话，应该就没问题了。可是，考虑到传阅板的内容，还是亲手交给他，更符合主人的意愿。

那么问题就是怎么到身在纳萨力克外的科塞特斯那里去。

没有守护者不能离开纳萨力克的规定，可是想要外出，需要满足特定的条件。主人严禁他们在纳萨力克地下大坟墓外单独行动。

分析到目前为止收集到的情报，可以得出结论：一百级的纳萨力克守护者对外面的世界来说，处于难以想象的领域，简直就是会行走的天灾。既然如此，可以认为马雷身为行走天灾之一，就算单独行动也不会有什么危险，应该胆战心惊的是外面的世界才对。可是这样的想法只能说是忘记了一次教训的蛮勇。

那就是拥有能将夏提雅洗脑——估计是——的世界级道具的，未知敌人的存在。除此之外还有若隐若现的玩家的踪迹。

就是因为不能确定这些未知的潜在敌人到底有多大规模，所以才要小心谨慎。

"啊，嗯——怎么办啊。"

如果要外出，至少要带上五只七十五级以上的仆役。马雷直属的仆役中有两头龙，可是它们行动起来实在太惹眼了。其实找姐姐要魔兽是最快的，可是考虑到来这里之前的对话，马雷没胆做那么可怕的事。

这时候马雷灵光一现，人数和等级都正好。

"不，不好意思，请问能和我一起去吗？"

"非，非常抱歉。科塞特斯大人命令我们守在这里。除非安兹大人发话，我们不能违反科塞特斯大人的命令……请原谅！"

"啊，没事，没事，没关系。"

这也是没办法的事，仔细思考一下的话，应该说是理所当然的。马雷退而求其次，想到可以借第七层的魔将们，不过又想到，如果直接去拜托，他们恐怕会和雪女们一样拒绝。然而事到如今，能找到人手的，确实只有迪米乌哥斯那边。

马雷会这样想，首先是因为，不想拜托传阅板上没有提到的守护者；其次是因为，纳萨力克大坟墓中八十级以上的仆役多为守护者直辖，很少有能自由行动的。

考虑到这些，如果想借魔将，首先要从联络迪米乌哥斯开始做起。

（可是怎么联络他才好呢？）

要联系身在纳萨力克之外的迪米乌哥斯，除了派遣仆役，只能用魔法联络。

（除了他之外——）

马雷想起了自己刚才读的书。

（那个人那里会有七十五级以上的部下吗？他不是守护者……嗯——不过他是男性，应该没问题吧，只要告诉他不要说出去……)

"非、非常感谢,那个,我自己想办法就行了。"

"是这样啊?明白了。"

马雷发动了戒指的力量,目的地是纳萨力克第十层的巨大图书室——最古图书馆。

●

纳萨力克时间 9:54

传送之后,马雷视野中的雪原瞬间切换成了宽敞的房间。这是一个以乌木褐色为基色,色调很沉稳的房间,采用了昏暗的暖色调照明。屋顶是舒缓的圆顶,对面伫立着两扇巨大的门扉。

这里的门大得可以与王座大厅匹敌,门左右各伫立着一座将近三米的哥雷姆。这两只武士打扮的哥雷姆,据说是一位无上至尊用稀有金属制造的,比普通的哥雷姆要强大得多。

"不好意思,请把门打开。"

听到马雷的话,两侧的哥雷姆分别把手按在一扇门扉上,缓缓地把它推开。随着低沉的声响,能容纳几人并排进入的大门打开,马雷走了进去。

展现在眼前的景象与其说是图书馆,更像是别的什么——对,比如说美术馆。地板、书架都毫不吝惜装饰,就连摆放在书架上的书本身都像是装饰的一部分。

擦得一尘不染的地板上，有以木片拼花工艺描绘成的美丽图案。

一二层是打通的，二层向房间内部伸出平台，环绕四周的无数书架仿佛俯视着一层房间。壮美的湿壁画、奢华的雕刻，半圆形的穹顶被装点得毫无死角。

房间各处安置着玻璃桌面的展示桌，里面都摆着几本书。

光源虽然很多，但是光线都不强烈。这里的光在人类看来，可能会皱起眉头觉得昏暗。

整个室内并不能一眼尽览，因为有书架挡着视线。

在与图书馆相得益彰的沉默中，门扉在马雷身后缓缓关闭了。没有了入口照进来的光，房间里显得更加昏暗，加上能让寂静化为声音的沉默，阴森的气氛笼罩了图书馆。

自然，对于在黑夜中也能保持视野的马雷来说，这里亮得和大白天一样，他是不会感觉到阴森的。

马雷略微加快脚步，走向图书馆深处。

他现在所在的房间是"理厅"。这座图书馆分为"知厅""理厅""魔厅"，还有其他用途不同的小房间——比如职员各自的私人房间。考虑到这一点，目的地还有点远。

通道左右——一排排书架上收纳着无数的书籍。

YGGDRASIL 的书籍可以大致分为五种。

第一种是作为雇佣兵来召唤的魔物的资料。

纳萨力克内的魔物可以分为三种：首先是和玩家一样，完全靠自己创建的NPC；其次是自动刷新出来的三十级以下的魔物；最后是作为雇佣兵召唤出的魔物。这是一种相当于雇佣兵的魔物，首先要使用书籍进行召唤仪式，然后消耗与等级相应的金币就能召唤出来了。因此，如果没有书籍，就没法召唤这种魔物。

第二种是魔法道具。

特定的电脑数据水晶只能依存于呈书本形态的道具。呈书本形态的魔法道具一般是用来发动一次魔法的，它与卷轴的不同在于：只有能用相应魔法的职业才能使用卷轴，呈书本形态的道具谁都可以使用。

第三种是事件道具。转职为特定职业所需的道具，呈现书本的形态，并不是什么稀罕的事。安兹从骷髅魔法师转职为死者大魔法师时，也用到了一种名为《死者之书》的道具。除这本之外，还有《武技研究籍》《四大精灵异闻》等转职用的事件道具。除了转职用的之外，还有使用后能学会新魔法的书籍。

第四种是外装数据。

这是一种里面输入了剑、盾、铠甲等外装数据的书籍。拥有特定锻冶技能的人，对相应材料使用书籍，就能制造出书籍对应的外装。

第五种是以书本形态配发的小说。一般是在原来的世界中已经过了著作权保护期限的古典小说，其次是运营公司发行的YGGDRASIL背景故事，然后是YGGDRASIL的玩家撰写的原创小说。除此之外，还存在少量以YGGDRASIL为舞台的同人小说，或以日记为基础的攻略书。

纳萨力克地下大坟墓的这座图书馆中有无数的书籍，其中大部分都是属于第一种——用来召唤佣兵魔物的书籍。当然压根没必要收集这么多。

实际上，就算把工会的全部财产投入进去，也招不出这里十分之一的魔物。要说为什么收集了这么多书，是因为召唤用的书籍本身花不了多少钱，公会成员们起哄一样纷纷复制起来，造成了现在的结果。除此之外，就是制造隐藏重要道具的环境。

马雷一边侧眼看着书本，一边向前走。

突然，一个幽鬼般的人影从书架之间现身，挡在了马雷面前。

来者穿着仿佛能溶入图书馆昏暗漆黑的环境中的连帽长袍，腰际的皮带上插着一根前端镶嵌宝石的短杖，皮带上面还用绳子绑着好几颗宝珠。

兜帽下面是腊化尸体般白色的脸，手上只有骨头和皮，身体一动，覆盖身体的稀薄黑暗也随之摇曳。

这是不死者术师中非常有名的魔物，"死者大魔法师"。

这种魔物在YGGDRASIL中俗称白色假阔佬。它的等级是三十级，在死者大魔法师系魔物中排倒数第二。YGGDRASIL还存在与它的颜色不同的近亲种，被称为红色假阔佬和黑色假阔佬。

不过，和普通的死者大魔法师不同的是，他左手上臂戴着臂带。

上面写着"司书J"。

"欢迎光临，马雷大人。"

发出难以分辨的嘶哑声音，死者大魔法师缓缓地——同时深深地向马雷鞠躬行礼，一只手放在胸口，非常恭敬。

"请、请问，我来见司书长，那个，他在里面的房间吗？"

死者大魔法师短暂地摆出了思考的姿势，然后开了口。

"司书长现在开始制作卷轴了，在制作室。"

"非常感谢。"

"那我带您去吧，这边请。"

"那太不好意思了！会打扰你工作的。"

"请不用在意。为来馆的客人服务就是我的工作。"

既然他这样说，再拒绝就有点失礼了。

"明白了，那拜托你了。"

死者大魔法师可怕的脸上浮现出笑容，走在前面带起路来。

马雷跟在他身后，一边走，一边侧眼看着途中的其他死者大魔法师和术师系不死者。

"请问，那本书要不要帮您放回去？"

"啊，拜托了。"

死者大魔法师接过书，端详着标题。

"《汤姆·索亚历险记》啊，请问有趣吗？"

"嗯，很有趣！我正在想，下一本读什么好呢。"

"我有一本书推荐给您，虽然是一本非常好笑的书，但是杀人——啊，是这里。"

"非常感谢。"

马雷打开了死者大魔法师指给他的门。

房间本来很宽敞，可是四周摆放着高大的架子，令人觉得有些局促。

架子上无数的触媒——矿石、贵金属、属性赋予石、宝石、各种粉末、各种动物的各色器官等——摆放得十分整齐。除了触媒之外，还有大量的羊皮纸束——有卷起来的也有没卷起来的——放在上面。

架子上都是用来制作卷轴的材料。

当然，纳萨力克地下大坟墓的材料并非全部在此一处，比此处多几百倍的材料放在宝物殿内的一个房间里。

制作室里的材料，都是马上就要使用的。

房间中央还摆着一张相当大的大型制图台，上面铺着一张羊皮纸。

制图台前站着一具融合了人类与动物骨骼的骷髅。

骷髅并不算高，也就有一百五十厘米。

两支恶鬼一样的角从头盖骨上生出，每只手有四支指骨，脚的部分是蹄子。

他身披一件颜色鲜艳的番红花色希玛纯，遮挡住了异样的身形；头上避开尖角，披着另一块布；第三块布缠在他的腰上。

他戴着镶嵌七色宝石的白银手镯，脖子上挂着黄金制成的十字安卡，手指上戴着多只仿佛缠上去的外形诡异的戒指，缠在腰部起到腰带作用的希玛纯上也点缀着宝石。他的这一套行头都是魔力颇强的魔法道具。

他的腰部还像佩剑一样，垂着好几个卷轴筒。

虽然外装和装备都不同寻常，但他实际是个骷髅魔法师。骷髅魔法师是不死者的最基本种族之一，相当于刚才看到的死者大魔法师的前身。

不过，这位骷髅魔法师正是这座巨大图书馆的司书长——提图斯·阿奈乌斯·塞孔都斯。

无上至尊制造他的时候，没有特化战斗系能力，而是特化了制作系能力。他的综合等级实际上比刚才的死者大魔法师还要高。

"欢迎你，守护者马雷，很高兴见到你。"

"啊，你好，提图斯，我来是有事想拜托你。"

"原来如此，那你先说吧。"

"好，好的。其实，是这样。我希望你能把这里七十五级以上的仆役借给我。"

"明白了,你是要去外面吧。"

"欸?是,是这样的,你猜到了啊。"

"……我不会忘记统治者安兹大人说的话。再考虑一下你的职位,很容易想到你为什么借仆役。没问题——"提图斯只思考了一瞬间,"把图书馆里的死之统治者——科克乌斯、乌尔皮乌斯、埃利乌斯、福尔维乌斯、奥勒留全部借给你吧。"

"欸?真的吗!"

"当然是真的。他们的战斗力放在图书馆,说实话有点过剩。比起为书籍除尘,想必他们也更愿意保护你外出。"

"那,那个,啊,非常感谢!"

"虽说如此,也不能白借。你也要帮个忙,帮我制作卷轴。"

"啊,好的!我要怎么做?"

"没什么难的。只要我发话,你就向卷轴发动第四位阶魔法就行了。"

"我,我用什么魔法才好?"

"随你选。"

马雷露出了烦恼的表情,没有比随便更难的了。用最普通的魔法应该没问题吧。

提图斯把骨手伸向紧邻铺着羊皮纸的制图台的小桌子,他手的前方堆着小山般的黄金——YGGDRASIL金币。

突然,骨手下面的YGGDRASIL金币有一部分熔化了。金水仿佛拥有自己的意志一样,向羊皮纸上动了起来。

流上制图台的金蛇在羊皮纸上蜷曲，就像早就定好了要流到什么地方一样扩展开来。

只消一拍呼吸的时间，羊皮纸上已经画好了复杂而精致的黄金魔法阵。

"来吧。"

马雷一直紧张地等待提图斯发话，他像冷不丁被针扎了一样发动起了魔法。

马雷能感受到自己施放的魔法被魔法阵吸收了进去。

本来这样卷轴应该就完成了，马雷是这样认为的。

直到那时——

鲜红的火舌。

本来绝对不该发生的事发生在了制图台上。

在一脸惊愕的马雷注视下，羊皮纸像酒焰料理中蒸腾起的酒精一样起火，眨了两次眼之后火就灭了。

仿佛刚才发生的事只是幻觉一样，冒出的火舌几乎没有在室内留下痕迹，就连烧焦的气味都没有留下。

不过，证明这件事确实发生过的证据，留在制图台上。

那是羊皮纸的残骸——灰烬。

提图斯好像早就料到了结果，冷静地捻起羊皮纸的残骸，仔细端详起来。

"果然没法注入第四位阶的魔法啊。看来确实不会被施法者的力量左右。"

提图斯一边念叨"十岁的不行啊",一边做起了记录。

"请问,出什么问题了吗?我做错什么了?"

"不用在意。为了节约羊皮纸,我们想用这个世界可以采集到的东西制作卷轴,可是质量实在太差了。"

不同位阶的魔法必须使用相应的皮纸。

比如普通的羊皮纸,如果制作第二位阶以下魔法的卷轴,还可以用它作为材料,更高位阶魔法就不能用普通的羊皮纸了。而最高级的皮纸龙皮纸——使用龙皮制作的皮纸则可以把第十位阶的魔法吸收成卷轴。

当然,龙皮是只有从龙身上才能获得的一级品。

因此安兹·乌尔·恭公会成员曾经全体出动大肆猎龙,不过那已经是YGGDRASIL时代的事了。在这个世界上确认有龙——其他生物也同理——存在之前,安兹理所当然限制了龙皮的使用。

无法补充还持续消费,就是愚蠢的行为。毕竟不知道什么时候会迎来非得用到不可的情况。

"不要打我的龙的主意!"

"这还用说吗?那样的事我不会做的。包括你的龙在内,特别召唤的存在是无上至尊们授意的，当然严禁伤害它们。"

提图斯仿佛觉得很有趣一样，端详着松了口气的马雷，把羊皮纸的残渣扔进了垃圾桶。

"那么，这是说，这个世界上的普通羊皮纸不适合用来制作卷轴吗？"

马雷把视线转向羊皮纸的残渣。

"这种可能性很高。不对，应该说不好说。有可能是我的制作方法在这个世界上来说是邪法。就像这个世界药水的制作方法也和我们有很大不同。"

"可，可是，如果只是一次失败，不一定是羊皮纸的原因吧？"

"你说只是一次失败？我用从外面带回来的羊皮纸做过几次试验，只要我想赋予其超过第三位阶的魔法，都得到了相同的结果——都着火了。恐怕是因为羊皮纸没法吸收魔力，所以才着火的吧。"

"……可是，这个世界的魔法吟唱者都用那种羊皮纸的吧？"

"不，刚才扔掉的那张可能并不是这个世界的魔法吟唱者常用的羊皮纸。当然，考虑到这个世界有众多国家，也不能说绝对不可能。用纳萨力克周边国家使用的这种羊皮纸——"

提图斯拿出了一张和刚才那张质感不同的羊皮纸。

"——经过试验，发现它最高只能赋予第一位阶的魔法。"

"这么说来，是人类比较擅长活用劣质物品吗？"

"不是的,大概是技术体系不同吧。虽然不愿意承认,但是他们的技术在某种意义上可以说是精湛的。真希望能设法获得新的技术,让我们的技术更进一步啊。"

"好厉害啊!"

马雷觉得非常佩服不懈追求自身技术进步的司书长。

"这也都是多亏了伟大的至尊。那么守护者马雷,兑现我的诺言,把死之统治者借给你吧。请跟我来。"

●

纳萨力克时间 10:28

马雷在中途把戒指交给别人保管,然后使用"集团传送"来到了蜥蜴人的村子中,一座石质建筑中的房间的中央。

这建筑坚固而沉重,是石材建成的建筑,不适合建造在地基不牢固的地方。如此高级的建筑技术不可能属于生活在沼泽地中的蜥蜴人们。自不必说,是别人——纳萨力克派遣来的人——建造了这座建筑。

特意从纳萨力克派人来建造这座建筑,是有相应原因的。马雷背后,稳坐建筑最深处的东西,如实阐述着其中的原因。

马雷深深地向那里的东西低头,同行的死之统治者也全体效仿。

高出几阶的高台上,摆放着刻画纳萨力克地下大坟墓的统治者安兹·乌尔·恭的精致石像——仿佛他本人石化了一样。石像手持法杖举向斜上方，透着统治者应有的威严，令人感到十分有派头。

石像面前的祭坛上，摆放着各种各样的祭品。那是很普通的花和鱼，当然，在马雷看来，都是些没价值的东西，

然而，马雷不会因此觉得不快。

献上的祭品中包含着明显的尊敬和崇拜之情。比如，那花并不属于沼泽，而是生长在对于蜥蜴人来说很危险的——大概是蜥蜴人冒着生命危险采来的吧——森林中。鱼是蜥蜴人的主食，不过祭坛上的这条比平均个头要大得多，恐怕是选择了最上等的货色。

马雷"嗯"了一声，满意地点了点头。

芸芸众生都对自己主人的伟大表示崇敬，这对马雷来说是非常欣慰的。

"辛苦你们了。"

马雷对战战兢兢地看着他的蜥蜴人说道。

他们是数量稀少的，拥有森林祭司力量的蜥蜴人。负责打扫这座神殿的他们，脖子上都挂着带有安兹·乌尔·恭公会徽章的金属牌。

按说，马雷和他们之间的地位天差地别，是统治者和被统治者的关系，没有必要慰劳他们。他之所以出言慰劳，原因和刚才一样，在于让他心情大悦的深深的满足感。

留下不住点头哈腰的蜥蜴人，马雷带着五只死之统治者来到了圣殿之外。

展现在眼前的是沼泽和蜥蜴人的部落，部落已经比之前繁荣多了。

确实，因为发生过战争，人口减少了，不过五个部族会聚到一起，组成了坚固而巨大的村庄。

栅栏围起了一大片土地，里面建着几座瞭望台。在地基松软的沼泽地中，不知瞭望台是怎么建立起来的。瞭望台上的白骨——应该是纳萨力克资深护卫——张弓搭箭保持着警戒。沼泽地中也有几只纳萨力克资深护卫四处走动，防备着外敌入侵。

"那，那个，科塞特斯在哪儿呢？"

科塞特斯从很多方面来讲都很显眼，如果他在村子里，从马雷现在的位置应该也能马上看到；如果他在房子里，房子外面应该和马雷一样，有带来的仆役。马雷想着，举目环视四周，却感觉他似乎不在。

"可以帮我找人问问科塞特斯现在在哪儿吗？"

"明白了，请您稍等。"

死之统治者之一奥勒留回话后，返回了神殿中。

马雷眺望着沼泽地——蜥蜴人一片和平景象的村庄。居民们对纳萨力克资深护卫并没有戒备之意，就连蜥蜴人的孩子们也是。双方好像理所当然一样共存在同一个村子里。

（分明遭到了不死者的袭击，不得已接受了安兹大人的统治，然而蜥蜴人看上去并没有怀恨在心，这应该说明科塞特斯的融和政策推进得很顺利吧。莫非蜥蜴人就是这样的种族吗？）

马雷漫不经心地想着这些，不久奥勒留便回来了。

"久等了，马雷大人。在圣殿中工作的蜥蜴人们说，他们不知道科塞特斯大人去了什么地方。不过，他们说，这个部族联合村的盟主夏斯留·夏夏有可能会知道。"

"啊，那好，到他那里去看看吧。"

马雷一行跟随着奥勒留移动起来。目的地并不在沼泽地中的蜥蜴人村落里，他们沿着湖畔，穿过了途中的一片森林。从远处能看到，森林中也有纳萨力克资深护卫的身影。

一行人穿过森林之后，来到了另一片沼泽地的边上，这里正在进行相当大规模的工程。

上游的水被筑堤截流，有近十只岩石哥雷姆正在里面挖土。运到上面的土砂由蜥蜴人用手推车运到不知道什么地方去了。

马雷正观察他们在进行什么工程，只见一个大块头蜥蜴人慌忙跑了过来。

这个蜥蜴人浑身伤疤，身材魁梧，从很多方面来说都和普通的蜥蜴人大不相同。因为跑得急，他脖子上的徽章摇得很厉害。

徽章是从属的证明，也是保护自己的印记。它自身并没有魔法的力量，不过它可以证明佩带者是安兹的"财产"。因此，在纳萨力克地下大坟墓，无上至尊治下的任何人都不能随意伤害蜥蜴人。当然，如果有非杀不可的理由，另当别论。不知该不该说幸运，蜥蜴人很清楚自己的地位，会对强者表现出应有的敬意，他们当中没有出现一个自寻死路的愚昧之徒。

"欢迎您，马雷大人，我叫——"

"是夏斯留·夏夏吧？"

"是的，您能记住我，真是荣幸。"

"啊，我、我是听科塞特斯说的……请问，你知道科塞特斯现在在哪儿吗？"

夏斯留做出了思考的动作。

"为了让蟾蜍人归顺，科塞特斯大人应该是出征了。大人带着几名部下，还有几十名临阵观战的蜥蜴人。"

"蟾蜍人？"

"他们是栖息在湖东北方的亚人，有点像青蛙，和我们关系不太融洽。他们擅长使役大型魔物和魔兽，对于我们来说是非常难对付的对手。很久以前，在我父亲的父亲那一代，曾经发生过大规模的战争，据说当时我们惨败，甚至有一个部落因此消亡了。"

"不愧是北方的种族，果然强啊。"

这个湖泊样子就像两个湖泊贴在了一起，呈倒置的葫芦形。南方较小的湖泊——也是蜥蜴人的栖息地，一半是湖，一半是沼泽地，水比较浅，所以很少有大型魔物在这边栖息。与之相对，北方较大的湖泊水很深，所以有很多大型魔物，比生活在湖中的魔物更强。当然，对于马雷来说，这点强弱差距根本难以分辨。

"对了，那种所谓蟾蜍人，种族名不会是叫兹维克吧？"

兹维克是一种曾经生活在围绕纳萨力克周边的毒沼中的魔物，马雷知道自己姐姐手下也有几只。

"不知道，这些我们就不清楚了。等科塞特斯大人回来，您问问如何？我觉得科塞特斯大人应该用不了多少时间就会回来了。"

"那我就问他吧。换个话题，请，请问，这里在进行的大规模工程，到底是在做什么呢？这里离村子挺远，看起来也不像是围墙之类的防护设施……"

"回您的话。其实现在正在进行的工程，是在为建造第四号鱼塭做准备。"

听到夏斯留的详细解说，马雷点点头表示明白了。

蜥蜴人的所有部落合而为一是一件好事，不过这么多人口聚集到一起，自然会出现粮食问题。有很多人在战争中死了，即使如此，此地能获得的食物也没法养活这么多人。当然，如果能回到原来的村子去捕鱼，问题就能解决，不过作为新任统治者管理蜥蜴人的科塞特斯没有允许。

如果以整个部落为单位移动还好说，人数较少的情况下，在沼泽地中进行移动，遭到魔物袭击的概率很大。蜥蜴人数量已经少了很多，科塞特斯不想再让他们减员。

为了让蜥蜴人繁荣发展，科塞特斯对这个问题——粮食问题下手了。

首先，从纳萨力克运来食物——当然，得到了安兹的许可——分发给蜥蜴人。接下来他又开始摸索可以永久性获得粮食的方法。从结果来讲，自不用说，科塞特斯把目光投向了萨留斯曾经建造过的鱼塭。他和迪米乌哥斯商量过之后，开始建造更优良的鱼塭了。

工程进行得非常快，巨大的鱼塭已经建好了三处，这里正在建造的，是第四处。

"不过鱼苗的养殖好像进行得不顺利吧？"

"是的，以我们，不对，以愚弟的知识，只能从长到一定程度的小鱼，而不是鱼苗开始饲养。不过自从迪米乌哥斯大人教会我们之后，已经准备好了培育鱼苗的鱼塭。不出几年，只靠鱼塭养出的鱼，应该就能养活现在两倍的蜥蜴人了。"

"是，是这样啊。几年后就没必要再从纳萨力克向这里运鱼了。啊，如果发生了什么异常状况，我觉得应该随时可以从纳萨力克得到鱼。"

"大家都非常感谢安兹大人，给了我们那么多鱼……只是，给我们的鱼都没有内脏，那种鱼是怎么生存的呢？莫非像有的魔物一样，是不需要食物的生物吗？不对，它们连骨头也没有，这到底是怎么回事呢？"

"那是用安兹大人他们无上至尊的力量创造出的食物。"

科塞特斯运来的，是用名为达古扎的大锅的道具制作出的食物。

"什么！居然能创造出那么大量的鱼，能让我们所有人填饱肚子！"夏斯留摇了摇头，"萨留斯他们几个去过诸位大人的城堡，回来之后说了很多难以置信的事。说纳萨力克地下大坟墓分为好几个彼此隔开的世界，还说那里是神的领地。看来安兹·乌尔·恭大人真的是拥有神力的大人啊。"

"是这样的。"

这个蜥蜴人怎么事到如今还在感慨如此理所当然的事情？马雷从心底觉得困惑，不解地歪着头。

安兹·乌尔·恭是无上的神，是造物主。

"原来如此。这一切都拜安兹大人所赐，非常感谢。"

"嗯，我会把你的话转达安兹大人的。"

3

纳萨力克时间 10：30

"吵什么，安静。"

安兹挥起左手，然后保持着姿势停住了动作。

一拍之后，恢复了本来的姿势。

"吵什么，安静。"

他又挥起左手，然后同样停住了动作。

他一边看着眼前等身大穿衣镜中的自己，一边对左手的位置进行微调。

"安静。这个位置吗？不……把手再靠左一点会不会比较帅气？"

他重新恢复了本来的姿势。

"吵什么，安静。"

安兹对自己的姿势满意了，拿起放在手边桌上的笔记本。

"好了，这个姿势完成了。接下来练习争取时间用的台词。"

安兹用笔把刚才反复练习过的台词圈了起来，向后翻了一页。

这一页上面写的，大部分都是类似"容我三思"的台词。有些台词太拗口，或者做作过了头反而显得很逊，上面已经打了叉。

对于本来只是个平头百姓的安兹来说，扮演统治者很难。所以他平时就反复练习自己扮演的角色，以图有备无患。这册笔记本自不必说，是安兹自己想出的台词集。

安兹开始这次训练已经一个小时了，还没有休息的意思。

安兹虽然是最高统治者，但是坦白说，他根本不需要做什么。统治者必须做的事情是决定方针，除非有紧急情况或者是极其重要的事情，此外的时间他都很闲。具体事务有雅儿贝德为他处理，安兹能做的最多也就是看看下面交上来的报告。

不过，就算读了报告，安兹也从没觉得哪件事部下处理得有问题，如今真的已经成了单纯的过目。这对于统治者来说虽然不是好兆头，但是有雅儿贝德在，只要不发生紧急情况，应该就没有问题。

（成熟的组织就是这样的，领导者在最前线做事不是什么好事。）

除非目的是提升部下的士气，否则总指挥官跑到最前线去挥剑，是一种非常愚蠢的行为。毕竟刀剑无眼。

（我也知道本不该扮演什么冒险者。为了防备紧急情况，我应该学习知识——锻炼头脑。可是，我该怎么做才好？谁能来当我的老师啊……在不破坏大家心目中的安兹·乌尔·恭形象的前提下……）

纳萨力克内的所有成员都把安兹当作绝对的统治者敬爱、崇拜。是的，安兹受到部下们，也是曾经的同伴们创造的、某种意义上来说像是孩子的存在的尊敬。就像父亲不愿让尊敬自己的孩子失望，安兹也不能让他们失望。因此他觉得自己至少表面上要扮演一个合格的统治者，一直重复着这样的练习。

当然，安兹也觉得自己在做一件不光彩的事。

不然，他不会把门反锁，禁止女仆和暗中保护自己的八肢刀暗杀虫入内。也不会在实在羞得难受的时候，扑到床上"啊——"地放声大叫。

"我要练成符合纳萨力克最高统治者身份的……不怒自威的仪态……"

安兹忍着想要吐血的感觉翻开下一页。他有空时想出的台词还有很多,不知什么时候才能练完。

安兹·乌尔·恭是不死者,超过一定程度的情感会遭到抑制。即使如此——

"好想休息……"

铃木悟的精神残骸疲劳了,发出哀号,不想再继续下去。

然而——他紧咬牙关发出"吱"的一声。

"我在做什么,我要加油啊。"

呵斥着想要逃避的软弱的自己,安兹的眼睛中恢复了力量,重新把视线投向镜子。

这时,响起了"哔哔哔哔"的电子音。

安兹看向自己左手腕上发出声音的手环,这声音在他听来仿佛天籁。他像抓住救命稻草一样停住声音,叹了口气。

"到时间就没办法了。没错,到时间就没办法了。"

他没有忘记把笔记本收进箱子。盖好盖子后,响起了好几道锁上好的声音。如果想强行打开上好的锁,施加的复数攻击魔法就会向箱子的中心极尽破坏之能事。除非九十级以上的盗贼系职业,或者八十级以上的盗贼系特化职业,想突破这个箱子的防御阵线是不可能的。

装在如此安全的箱子里后,他才把笔记本连同箱子存放到空间中。存放的空间也是个放有众多稀有道具的地方。高阶盗贼能把放置得最妥帖的道具偷走。虽说如此,就算封住对手的行动，也不能无限偷下去。从一位玩家身上偷一两次已经是极限了。不过这一两次的可能性，已经足够让身为不死者、本该感受不到恐惧的安兹为之颤抖。

而且还有名为天生异能的未知能力。安兹考虑常人比起这个盒子，可能对其他值钱的道具更感兴趣，所以才把它放在了稀有道具栏里。

放好之后，他再次确认盒子已经在里面了。

就像主妇出门旅行之前，反复确认房子大门是否已经锁好。确认完之后，他总算松了口气。

做完一系列的准备，安兹终于走出了卧室，来到了他平时用作办公室的房间。房间里的人纷纷深深鞠躬行礼，表达自己的忠心：先是一般女仆，然后是雅儿贝德，最后是马雷。

前面二人并不稀奇，安兹看到在这房间里并不常见的少年有些吃惊，不过他还是横穿过房间，绕过黑檀办公桌，展示了他练了三十次以上的落座动作。

这样的坐法不会压到长袍，也不需要发出刺耳的声音调整椅子的位置。

接下来他开始注意自己倚在椅子上的方式。动作太快，或者重心太偏都会很逊。王者有符合自己身份的——大概——倚法。

（我也不知道王者应该是什么样的倚法啊……真想找个王观摩一下啊。）

作为业务员，坐在椅子正中，不依靠背，被认为是最礼貌的坐法。然而安兹·乌尔·恭不是业务员。

于是，安兹实践了自己想象中王者的正确坐姿。

"抬起头来。"

这时三人才抬起头来。不说这句话，部下们就绝对不肯抬头，这让他觉得有点麻烦，浪费时间。然而，安兹觉得不能无视属下想对主人表达忠心的意愿，所以他只能忍着麻烦，每次都重复同样的流程。

"好了，我先问问马雷，来找我有什么事？"

"是、是的！"

安兹听到了因为紧张而有些破音的声音，他露出了微笑。当然，那张没有皮肉的脸纹丝未动，不过，确实产生了和悦的氛围。大概是敏感地感受到了氛围的变化，马雷轻轻吸了口气，状态不像刚才那么紧张了。

"那、那个，就是，那个，我拿来了。"

安兹不会像某些性格恶劣的上司，反问拿来了什么。既然拿来了，那他收下就好，因为他也没准是忘记了自己曾经发出的命令。

"是吗——没事，不用。"安兹看到候在旁边的当值随侍女仆动了起来，想要过去接马雷说的拿来了的东西，伸手制止了她，"马雷，直接拿过来。"

"好的！"

马雷挺直后背，来到他的面前，把手中的文件夹递了过来。

安兹高傲地接过文件夹，把它打开。

（这是……那个传阅板啊。）

三位守护者都选择了接受安兹的邀请。

"考虑到顺序，应该是科塞特斯的部下把它拿回来才对，辛苦你特意跑一趟啊，马雷。"

"没、没事，您过、过虑了！只是科塞特斯正在工作，我自己硬要送来的。而且——"

马雷轻柔地抚摸着戴在自己左手无名指上的戒指，动作中饱含着爱意。

（安兹·乌尔·恭之戒。看到他这么珍惜这枚戒指，我很欣慰，可是戴在那根手指上……还有这孩子为什么用泪汪汪的眼睛看着我呢……）

安兹后背一阵发凉，侧眼看了看雅儿贝德。他只看到了和平时一样温柔的笑容。

安兹的视线移向雅儿贝德左手的无名指。

果然和马雷一样，戒指戴在她左手的无名指上。仿佛这枚戒指就应该戴在左手的无名指上才正确。

（什么来着？古希腊的故事？）

安兹想起了以前曾经听夜舞子提起过，戒指戴在哪根手指代表什么意义。

（好像是说左手的无名指被认为有连接心脏的大血管？因此

左手无名指如果碰到对身体有害的东西,信号会直接传到心脏,所以会用左手无名指调药……那位副厨师长也会这样做吗?不好……他还看着我。)

安兹在桌上把两只手交叉在一起。

"怎么了,马雷,你在看什么?我的脸上沾了什么有趣的东西吗?"

为了不让这句话听起来像是讽刺,安兹对自己的口吻注意再注意。

"不、不是的。我只是在想,安兹大人好帅气啊……"

"我……帅气?"安兹不由得摸了摸自己的骷髅脸。"哈哈哈,马雷真会恭维人啊。"

"不是恭维!"马雷发出了难以想象来自他口中的大声音,"失,失礼了,安兹大人。不过,我真的觉得您很帅气。刚才您坐到椅子上之前的一连串举止,都带着纳萨力克最高统治者的威风……"

安兹向女仆投去询问意味的目光。人造人察觉到主人的意思,默默地用力点了点头,意思是"他说得没错",表示同意马雷的话。安兹并没有看雅儿贝德,她却也把头点得像啄米一样,不仅如此,翅膀也在呼扇呼扇地动着。

"是吗?谢谢你。"

安兹简短地回答后,从椅子上站了起来,走到了马雷面前,抚摸起以为自己要挨训而浑身紧张的少年的头。

虽然是一通乱摸,但是其中蕴含着慈爱。

"安、安兹大人……"

"谢谢你,马雷,你说的话总能让我开心。"安兹绝对不会把铃木悟感到有点难为情的情感表现出来。"我一直觉得自己应该感谢同伴们。"

"您是说无上至尊们吗?"

安兹单膝跪地,让自己的视线和马雷相平。

"没错。我认为应该感谢他们建造了纳萨力克地下大坟墓;感谢他们创造了马雷和其他所有人。你们——当然,包括你们两个,雅儿贝德和西苏。"

雅儿贝德的翅膀好像达到了高潮一样伸直了。

突然被叫到名字的女仆更是受宠若惊,一副不知如何是好的样子。安兹看到平时冷静的她难得失态一次,哈哈大笑起来。

"你们是我的宝贝,"安兹把马雷扛了起来,"我都不想把你还给泡泡茶壶了。"

"非常感谢,安兹大人。"

西苏代替马雷道谢,欢喜的眼泪顺着她的脸颊流了下来。

"众多无上至尊隐居之后,您还一直留在这里,我们纳萨力克地下大坟墓的全体成员都感谢您。我们有许多事做得不好,可能会令您感到不快。我知道对造物主说出这样的话十分失礼,但我还是要说——请允许我们向您献上我们的忠义。"

"可以。我记得和雅儿贝德还有迪米乌哥斯说过类似的话——我就是纳萨力克地下大坟墓的主人,你们的主人,安兹·乌尔·恭。"

自己居然流利地说出了没有练习过的台词,这让安兹有点吃惊。不过仔细一想,他觉得这也是理所当然的,因为他只是在说真心话,能流利地说出来很正常。

马雷抱住了安兹,把脸埋在他的肩膀上。

幸亏没有穿平时的装备,他头脑中冷静的部分这样说道。

安兹感到长袍的肩部有点湿,不过他没有放下马雷。等到马雷哭泣的声音平静下来后,安兹才温柔地抚摸着马雷的头,把他放了下来。

安兹从口袋中掏出手帕,为马雷擦起了脸。

从来没有给别人擦过脸,他的动作或许有些粗暴,马雷却没有丝毫要躲闪的意思。

"好了,马雷,去洗洗脸。"

"那,那个,安兹大人呢?"

"啊,我接下来得去耶·兰提尔了。据说要和工会长他们开会。我因为嫌麻烦一直推掉,这次实在是没法再推了。好了——"

安兹看了看唯一一个不言不语的雅儿贝德。她低着头,长发遮住了脸,看不出表情。不过这副样子加上她的浑身颤抖,就有点可怕了,令人联想到即将喷发的活火山。

"你怎么了,雅儿贝德。"

这个瞬间——

"——唔,哇!"

随着视野猛然一甩,安兹觉得后背撞到了什么。

当然,他不会感到疼痛,如果不是带有魔法的武器,无法让安兹的身体负伤。他虽然能感觉到撞击带来的微小冲击,但是不会有疼痛那么强烈的感觉。即使如此,人类的感情残渣还是让他在短短一瞬间,明明没有眼皮,却反射性地闭上了眼睛。

突如其来的事情让他没法正常地思考。不死者的精神构造虽然令他不会混乱,但是铃木悟却会觉得困惑。

"嗯,嗯唔。"

睁开眼睛后,他看到了趴在天花板上的八肢刀暗杀虫。这说明自己现在躺在地板上。明白了这一点后,安兹试图起身,可是有某种不知何物的异常柔软的东西,在他全身蠕动着试图拘束住他,让他难以动弹。

(这怎么可能,我拥有道具,对以拘束为代表的移动困难不良状态有完全抗性。动作被彻底封住的瞬间,应该会得到解放才对……也就是说,我遭到了极其高阶的捕缚术!)

安兹低下头去看固定住自己的软体生物,看到意料之中的人物——雅儿贝德在自己身上。

"安兹大人!!"

雅儿贝德两腿各跨一边,一鼓作气把他压牢后,挺起了上半身骑在了安兹身上。

"你、你怎么了,出什么事了?"

"我已经——不用再忍了对吧!"

雅儿贝德眼睛大睁着,她那散大的金黄色瞳孔,让安兹产生了某种令脊梁冻结的感觉。

"你、你在说些什么啊!"

雅儿贝德无视顾不上拿腔拿调的安兹的提问,把两手放到了连衣裙的胸口。随着一声"嘿",她想把连衣裙拉下来,然而衣服却纹丝未动。

"魔法衣服好麻烦,必须用装备破坏技能或者正常地脱掉才行。"

"你给我冷静点,雅儿贝德。从我身上下去!"

安兹想凭蛮力把雅儿贝德拨下去,然而人家是一百级的战士系职业。不仅如此,就算想用力去推,手碰到的也都是软软弹弹的部分,没法使出全力。雅儿贝德的手动了起来,想要掀开安兹的长袍。

"不要脱我的衣服!不要扭腰!喂!"

"啊,啊哇哇哇哇……"

"都怪安兹大人!我明明一直忍着,安兹大人非得说那种让我忍不下去的话!都怪安兹大人!真的只要一点点就好!一点点!就那么一点点!请安兹大人给我一点点宠幸!等您数完天花板上的八肢刀暗杀虫,就结束了!"

如果这时候雅儿贝德拿出安兹修改设定的事来说他,估计他会丧失抵抗的意欲。然而雅儿贝德像扑倒了绵羊的饿狼一样，让安兹作为被捕食者的恐惧盖过了他的罪恶感，所以他拼命抵抗着。

事态太过出人意料，不知所措的部下们这时终于回过了神，行动起来。

"雅儿贝德大人疯了！"

"雅儿贝德大人疯了！"

八肢刀暗杀虫一齐从天花板上跳了下来。

"把她从安兹大人身上拉开！不对！不要尝试完全捕缚！用了就会被解除掉！用蛮力拉开她！"

"拉不动！好强的力量！不愧是守护者总管大人！马雷大人，请搭把手！"

"啊哇哇——好，好的！"

安兹终于恢复了自由，他从容不迫地整理着乱掉的长袍，手指指向被八肢刀暗杀虫们拽住双手双脚的雅儿贝德。

"雅儿贝德，禁闭三天。"

八肢刀暗杀虫们把雅儿贝德拽到了房间外。

"请、请问，安兹大人……您不要紧吧？"

"我倒是没事……雅儿贝德是那么奇怪的家伙吗？她会不会是吃了什么奇怪的东西……恶魔虽然不需要饮食，但是也可以吃东西啊。"

听到安兹的提问，马雷赶紧扭开了视线。

"是这样啊……哎呀，好吧，嗯。她大概也有苦衷吧。谁也没法说不是因为工作压力太大。"

安兹站起身来，叫了女仆一声。为了找回飞到九霄云外的威严，他发出了自认为高压的声音。

"通知娜贝拉尔和仓助，差不多到了该去耶·兰提尔的时间了。"

●

纳萨力克时间 13：35

骑在仓助身上的安兹攥着缰绳，让仓助停下来。他默默地看着耸立前方的耶·兰提尔的大门。

安兹挺喜欢这扇大而厚重、令人感到万夫莫开的大门。YGGDRASIL游戏中虽然有许多比它更加巨大、更加宏伟的大门，不过这扇门不是电脑数据，它是用人的双手——当然也有可能是用魔法——建成的。

看着这扇写满历史和艰辛的蓝灰色大门，安兹就感觉一股无法形容的情绪沸腾起来。

（YGGDRASIL中也有征服城市的公会啊。以前我还觉得，他们怎么会选择这么难以防卫的地方作为公会据点……不过我现在有点理解了。统治巨大的都市，或许是男人的浪漫吧。）

YGGDRASIL 时代，公会间的城市防卫战发生得非常频繁。安兹·乌尔·恭的大半成员都无法理解参与者的心态，对其冷眼相看，不过其中也有人提出想要参与。

（战争狂吗……）

安兹不太喜欢那样的发言，不过现在回想起来，也是一段美好的回忆。

"您怎么了，主公？"

"没事，不用在意。"

看到主人让自己停下脚步，又什么都不做，仓助有点诧异地提出了问题。安兹用平稳的声音回答，中断了这个话题。安兹不好意思让别人发现自己沉浸在思乡之情中。

"好了，等我到了冒险者工会，在会上露个面，然后尽快接个讨伐魔物的工作吧。"

当然也可以在耶·兰提尔投宿，不过安兹没有那么多钱可以去浪费。安兹不需要睡觉也不需要饮食，他之所以到最高级的旅店投宿，纯粹为了夸耀最高级冒险者的地位，再有就是拓展人脉。不过他现在已经和这座城市中为数不多的有权有势者见过面，建立了只要自己去拜访，一定会受到欢迎的关系。因此，他已经没有多大必要再投宿高级旅店了。

只要进了旅店房间，安兹就会用传送魔法回到纳萨力克，彻夜在那边进行创造不死者等工作。与其这样，还是尽快接个讨伐魔物的工作，早早离开城市要聪明得多。

坦白说，安兹已经开始感觉到，继续在耶·兰提尔进行活动，不会有更大的好处了。

"是吗？主公真是喜欢战斗啊。"

"我并不是喜欢战斗。而且就算是去讨伐，也很快就会结束，大半时间还是像平时一样在纳萨力克度过。"安兹轻轻拍了拍仓助巨大的脑袋，"为了能装备武器和防具，你要接受各种训练哟。"

"鄙人训练得很努力的！蜥蜴人教了鄙人很多事情。用不了多久，鄙人肯定连必杀技都会用了。"

"是吗？能用武技那就太完美了。对了，和你一起训练的同学怎么样了？你觉得它能学会使用武技吗？"

"它吗？它实在太沉默寡言，根本不开口说话，鄙人也不清楚。不过鄙人觉得应该还不行。"

安兹也这么觉得。它不可能喋喋不休地说话，而且，安兹觉得它能学会使用武技的可能性几乎为零。让它尝试学习武技，其实只是实验的一环。虽说如此，万一它——安兹制造的死亡骑士中的一只——能学会战士系技能，想必今后的计划将需要大幅度调整。也就是说，如果能通过训练强化它们的战斗力，这件事情的优先级甚至有可能提升到最高。

"不死者不需要睡眠，不会感到疲劳，可以无限地进行训练，从理论上来讲应该比仓助先学会武技才对。然而仓助学会武技后它还没有学会，这样看来，应该是学不会吧。"

"请主公三思！它也十分努力！日复一日，鄙人回到住处之后，它还留在训练场默默地练习……请不要杀了它。"

"什么？我是不会杀它的啊？仓助，你把我当成什么了？"

"就是。这世界上不可能有比安兹大人更仁慈的主人了。就连你这么弱小的生物，安兹大人都没有杀掉，仁慈地给你留了一条命。"

娜贝拉尔骑着马从后面走了上来。听到她含冰带雪的话语，仓助浑身颤抖起来。

"娜贝啊，马上就要到耶·兰提尔了，该改口叫我飞飞了。"

"明白了。"

"还有，仓助是肩负纳萨力克强化计划一环的重要存在……对为纳萨力克效力的存在，要有相应的敬意。这一点不仅限于仓助。"

"是！非常抱歉。"

安兹还想再补充一句，不要再把人类称为螨虫或虱子之类的东西，不过这一点不管他怎么说，娜贝拉尔都改不过来，最近这段时间他已经不怎么管了。如果娜贝拉尔·伽玛的人物设定里写好了，她就是会下意识地这样称呼人类，强制她改变同伴设计的习惯，相当于践踏同伴的用心。

"好了，走吧。"

"遵命。"

安兹坐在仓助背上，继续前进。

打眼一看，城门前有好几人排着队。入境检查比出境检查严格是理所当然的，行李会被非常仔细地检查一遍。因此，只要队伍里有流动商人或者旅行商人，检查要等很久才能轮到自己。

"其实用不了太多时间……"

"飞飞大——先生的话，应该可以先过去吧。"娜贝拉尔小声问道。

安兹一行排在几个旅行者——其中也有看似冒险者的武装集团——身后。

她说得没错。安兹第一次来的时候，也受到了非常烦琐的检查。后来他作为冒险者的功绩逐渐广为人知，对他的入境检查也随之简化，到现在已经几乎等于直接过关了。不仅如此，有时甚至会让他优先进入城市。

受到优待的其实不仅限于"漆黑"，只要是秘银级以上的冒险者，大多都能享受相同的待遇。大概是城市不想让自己的王牌遭遇不愉快的经历吧。

（那进去的时候干脆不要收税就更好了啊……）

虽然比起冒险获得的报酬，税金可以说很低，但纳萨力克最能赚外快的男人还是觉得不满意。说是这么说，他还不至于抗拒到想使用飞行魔法飞过城墙。

飞飞是英雄，所以……

"插队不好……除非有特殊情况，或者是不得不尽快进城的时候。"

安兹看了一眼鞠躬表示同意的娜贝拉尔，漫不经心地坐在仓助的背上，眺望着身前的队列。

"不过还真是一动不动啊……"

就像堵得严严实实的汽车一样，等着通关的队列也一动不动。

"怎么回事？士兵好像在检查货车里的货物……居然动用这么多人检查啊。不对，那些士兵只是围着马车，并没有检查？莫非是发现了什么违法的东西？不好意思。"

安兹向站在身前的一位看上去有点木讷的男子搭了腔。

"您、您好，有什么事吗？"

"不用那么紧张，我只是想问问你，知道不知道队列为什么不动。"

"具体情况我也不知道，好像有一位农村姑娘被带到了哨所里，那之后队列突然就——"

安兹把大致情况听了一遍，结果还是没听明白具体出了什么问题。安兹抻着脖子看向哨所方向，仔细听来，似乎能听到激动的说话声。

这一刻，安兹的好奇心受到了刺激。

自己第一次来到这座城市的时候，也在城门处接受了盘问。虽然接受了盘问，但是意外地轻松通了关。安兹当时甚至有点意外，觉得这个世界对佣兵、冒险者、旅行者之类四海漂泊的人相当友善。实际上他当时轻松通关似乎并不是因为这个原因,那么这位农村姑娘到底受到了什么样的盘问呢?

安兹现在拥有精钢级冒险者的地位,到其他国家也一样受到尊敬,据说很少会有城市拒绝他入内。

正因为如此,安兹才更想知道农村姑娘受到了什么样的盘问。说不定今后进入某座城市时,他可能会扮演一个完全不同的角色,而不是精钢级冒险者飞飞。为了有备无患,他想要进行一些知识储备。

"你们在这里等一下,我去看看。"

"我也和您一起去。"

"不必了,我真的只是去看一眼。"

安兹从仓助身上跳下来,向着哨所走去。

看到安兹的身影,士兵们一齐发出了惊讶的声音。在耶·兰提尔,没人不知道精钢级冒险者飞飞。

安兹一边注意展现自己的飒爽英姿,一边走到了哨所前。哨所里有一位很激动的魔法吟唱者和一位士兵,还有一位坐在椅子上的农村姑娘。

"我们想尽快进入城市……你们在做什么?"

"呜哇!"

哨所内的两名男子发出了和外面的士兵完全一样的惊叫声。农村来的姑娘看着安兹这边,不知为什么发起了呆。

"这、这不是飞飞大人吗!失礼了!"

"你们到底在……嗯？这位姑娘是……"

他好像见过这张脸。有面熟的感觉后，安兹开始在自己的海马体——当然不存在——中搜索关于她的信息。

"是这样的！我们发现了一个可疑的姑娘，在对她进行调查，时间用得多了一点。真是给飞飞大人添麻烦了——"

安兹正觉得男人的声音很聒噪，突然脑海中灵光一闪，想起了姑娘的名字。

"——安莉，对了。你是安莉·艾默特吧？"

"不好意思，请问，您是哪位……啊，不，您说得对。您是那时候和恩菲一起来的冒险者先生。我好像没有和您说过话……我的名字您是听恩菲说的吗？"

这个瞬间，安兹不由得按住了自己的嘴。

和安莉见过面的，是戴着面具的魔法吟唱者安兹·乌尔·恭，他现在是身着漆黑铠甲的精钢级冒险者飞飞。

（糟了！不小心把实话说出来了！这下不好了，我得马上离开这里！可是，为什么那位姑娘会在这里？如果她是来找我——不，是来找安兹·乌尔·恭，会不会很麻烦呢？看来应该听她详细说说。）

经过刚才的对话，她似乎还没有发现，不过应该考虑到被她察觉的可能性。确实，几个月前她也只和自己说过几句话。现在隔着头盔，她应该没法分辨出是同一人，不过还是当心为妙。

安兹向魔法吟唱者招了招手。他觉得魔法吟唱者应该比士兵知道的更多一点。

他带着魔法吟唱者走出哨所，走到声音传不到哨所内的地方。

"那么……那位姑娘是我的熟人的熟人，能不能跟我说说她怎么了？"

安兹没有说谎，因为恩菲雷亚同时是安兹和飞飞的熟人。

魔法吟唱者睁大了眼睛。他的表情类似惊讶而又有所不同。如果要打比方，应该说像是把两个点连成了一条线吧，他心中好像解开了一个谜团。

"原来如此……果然……"

"什么原来如此啊"——虽然想这样说，但安兹还是忍住了，等着他自己开口。

"她说自己只是个普通的农村姑娘，可是她身上藏着一支号角形状的强力魔法道具。她为什么拥有如此强力的道具？这位姑娘还有其他疑点，我们正打算详细询问她。"

"什么样的号角？还有它拥有什么样的效果？"

"它的效果是——"

听完魔法吟唱者的解说，安兹不由得抬头望向了天空。

因为他发现那是自己给她的道具，所以开始逃避现实了。

当时他还不知道对于这个世界来说，什么水平的道具算是出格，为了让她防身才给了她两支号角。谁能想到它们反而给她惹来了祸端呢。他可以给自己找借口，说自己并没有做错什么，然而他还是不忍心对她置之不顾。

（帮她一把吧。我虽然没有做错什么，但道具毕竟是我给她的，我也有责任……如果置之不顾，导致号角落入别人手中，那就麻烦了。再说，万一她被关起来了——）

恩菲雷亚知道飞飞和安兹·乌尔·恭是同一个人。在这种状况下，如果他听安莉讲述了事情的经过，肯定会认为是安兹对她见死不救。

（肯定会留下芥蒂的……如果是没有价值的人，留下芥蒂也无所谓，然而他非常有价值。所谓化危机为契机，如果我这时伸出援手，想必恩菲雷亚会非常感谢我。对他就得这样慢慢地套上枷锁。）

安兹发出自认为和悦而威严的声音。

"没有丝毫担心的必要，我深知她的为人，她不是会惹事的人，直接放她过关吧——可以吗？"

"当然可以。既然她是'漆黑'飞飞的熟人，有您为她的身份做担保，不管是什么样的罪犯，我们都乐意放进城去。"

"是吗，那么不好意思，拜托了。还有一件事麻烦你们，能让我们——'漆黑'先进城吗？"

安兹得到许可后，回到了娜贝拉尔和仓助身边。

"得到许可了，我们进门吧。"

安兹跨到仓助背上，从排队的人们旁边走了过去。老实排队的旅行者们虽有不甘之意，但是把目光投向他后，看到了漆黑的铠甲、巨大的大剑、仓助、娜贝拉尔，纷纷无奈地移开了视线。他们感受到了安兹和自己的身份有天壤之别。

在守门士兵们满含尊敬的鞠躬之中，安兹一行穿过大门，进入了耶·兰提尔。

"好了，娜贝啊，我有件事想拜托你。"

"明白了，请您尽管吩咐。"

安兹觉得作为平等的冒险者同伴，娜贝拉尔在众目睽睽之下显露出尽忠竭义的态度不太好。不过现在他已经明白了再怎么说娜贝拉尔也改不过来，于是他继续向她下令。

"接下来一个叫安莉的姑娘将会坐在马车上进入城门。你去找她稍微打听一下她来耶·兰提尔做什么。"

然后安兹开始寻找藏身的地方，为了不再和安莉进行更多的对话。

他向四周看了看，觉得高高摞起的木箱阴影处应该可以藏身，于是驾着仓助全速跑了过去。在木箱旁边干活的士兵看到安兹和仓助突然出现，都慌了神。

"诸位，打扰一下。关于这些木箱，我有些事想请教。"

确认从城门入口看不到此处之后，安兹向一位士兵问起话来。当然，他对木箱毫无兴趣，这样说只不过是找个借口，免得士兵们嫌他碍手碍脚请他离开。

"好，好的。'漆黑'飞飞大人能对我们的工作产生兴趣，真是十分荣幸。这些木箱里装着从格兰德地区运来的，一种名叫芹蔬的蔬菜。这是一种——"

听着士兵认真的说明，安兹以"原来如此""是这样啊"之类模棱两可的话附和着。虽然安兹回答得相当心不在焉，但是士兵毫不在意，继续着说明。就在安兹逐渐开始了解名为芹蔬的蔬菜如何烹饪时，他察觉到娜贝拉尔悄无声息地出现在了自己身后。

"——非常抱歉中途打断你。感谢你给我讲了这么多有益的知识，可惜我的同伴回来了，我得失陪了。"

安兹单方面打断了士兵的解说，驾着仓助走了起来。

"问得怎么样了？"

"她希望我首先向飞飞先生转达感谢之意。她来耶·兰提尔的目的主要有三个，出售药草、去神殿确认有无希望移居卡恩村的人，最后是去冒险者工会。"

"冒险者工会？她要去委托什么事？"

"非常抱歉，这一点我没有问。要不要捉住她，让她吐出情报？"

"没有必要，反正我们接下来要去冒险者工会，到时候通过工会问出来就行了。"

应该不会是想直接向安兹·乌尔·恭表达谢意吧。如果是这样，她会让时常去村里的露普斯蕾琪娜——

"这么说起来，娜贝，露普斯蕾琪娜有没有报告过什么特别的事？"

看到娜贝拉尔摇头，安兹的眉头——他当然没有——皱了起来。

安兹本来是安排暗影恶魔保护卡恩村的，后来为了建立和村子的友好关系，偶尔会派露普斯蕾琪娜去代替暗影恶魔。安兹给露普斯蕾琪娜的命令是：村里如果出了什么问题，应该马上报告。然而到现在，安兹什么情报都没有收到。

因此，安兹一直判断卡恩村没有发生任何问题。

安莉独自前往耶·兰提尔之类的小事，确实可以说没有必要报告——然而在安兹心中，不安像黑云一样笼罩了天空。

"我一直觉得，露普斯蕾琪娜是个工作还算认真的人物，娜贝，你怎么看？"

"您说得没错，听她说话的方式，或许会觉得她玩世不恭，不过那只是表演而已。她是一位残忍而狡猾的完美女仆。"

残忍和狡猾毫无疑问不是褒义词。安兹偷眼观瞧她的表情，看她是不是带着负面感情，然而娜贝拉尔一脸凛然，透出对同伴的敬意。

"那么主公，如您所说，我们第一站去冒险者工会，对吗？"

"是啊。你知道在哪吧？那么，娜贝，你坐到我身后。既然动物雕像战马已经收起来了，就不要再拿出来了。"

他拉了娜贝拉尔一把，帮她坐到自己身后。仓助见大家都坐好了，加快了脚步。安兹现在已经不再为骑在仓助身上招摇过市而感到羞耻了。不仅不觉得羞耻，他现在非常喜欢能跟自己对话、还可以听命的仓助，感觉就像在坐出租车。

渐渐地，能看到冒险者工会了，同时能看到刚才的货运马车，还有安莉走进工会的背影。

"没办法啊。仓助，我们从后门进去，绕到后面去吧。"

"遵命！主公！"

按说工会不乐意让冒险者从后门进入，不过做到精钢级冒险者，不管做什么都没人责难。说是这么说，安兹这也是第一次走后门。就算是特权阶级，滥用权力也会导致自己的名声变差。

从后门进去之后，安兹请碰到的第一个工作人员带他去工会长的房间。应该说运气不错吧，工会长正好在房间里。

"噢噢，飞飞君！欢迎你！"

工会长——艾恩扎克张开双臂表示欢迎安兹，然后保持着动作向安兹扑了过来——给了他一个拥抱。安兹穿着铠甲和头盔，所以还好，如果没有穿得这么厚，他从各种意义上都不想接受这样热情的拥抱。工会长亲热地拍了拍他的后背，然后慢慢放开了他。

"最近你一直不来，我好想你啊。来，沙发上坐吧，会议成员到齐之前，我们可以好好聊聊。"

工会长一脸看到了久违老友的表情，乐呵呵地指着沙发。

"非常感谢。"

看安兹落了座，工会长坐到了他身旁。

两人距离很近，膝盖都快碰到了，令人有点不自在。

"飞飞君，咱们都认识这么久了，说话不用那么客气。"

确实，如果是跑业务，他可能会保持更亲近的态度——有时甚至不对客人使用敬语。不过安兹不打算和工会长走得那么近，他觉得和工会长维持工作关系才是最好的。

（和一个组织走得太近，反而会成为枷锁，我可不想和一座城市的冒险者工会走得那么近。是不是差不多该换个地方了？话说——）安兹透过头盔的细缝盯着坐在身旁的工会长。（你为什么要坐在我旁边？按说这里是娜贝拉尔的位置，你应该坐在对面才对吧。）

坐到这么令人不自在的距离，就算有人因此怀疑工会长有同性恋取向也一点都不奇怪。

（我听魔法师工会长说过，他有妻子……娶妻该不会只是为了伪装吧？我一直觉得他只是拼命想和我加深友谊……可他这样绝对会招人嫌弃啊。莫非他误以为我有那种取向？）

最后想到的那一点让安兹后脊一阵发凉。

安兹是异性恋者，不对，应该说曾经是。顺便提一件无关的事，铃木悟属于觉得胸大总比胸小好的一派。这观念在身体变成骷髅后大概依然保留着。因为比起科塞特斯，雅儿贝德更能让他感受到一丝欲望。

安兹移动了一下臀部的位置，让自己离工会长稍远一点，同时正面朝向他。

"不好意思。我这次来是因为有一件事想问。其实现在，有一位我认识的人到冒险者工会来了，我想知道那人委托了什么。"

"按规矩，这不太好办啊。"

"所以想请工会长帮帮忙。我知道这是强人所难，我也非常清楚工会的规矩应该遵守。不过，还是请您通融一下。"

看到安兹低头求情，工会长挽起双臂，一脸严肃地看着天花板。不过，他也只犹豫了很短的一段时间。

"明白了，"工会长向安兹露出笑脸，"既然是飞飞君的请求，我也没法拒绝。可以把那位熟人的名字告诉我吗？"

"卡恩村的安莉。不，安莉·艾默特。"

"叫安莉是吧。那么，能给我一点时间吗？"

没过一会儿，工会长回来了，他身后跟着一位安兹见过的前台小姐。她以仿佛冻住了的僵硬动作走进了房间。

"飞飞大人！失礼！"

这是安兹第一次看到走路时右手右脚同时向前的人，他一边心想"好厉害啊""不用那么紧张吧"，一边高傲地点了点头。精钢级冒险者的不便之处，就是不能对人太随和。

"这位就是前台接待卡恩村的安莉·艾默特的工作人员。我觉得你直接问她为好，有什么想知道的尽管问就是了。"

"是这样啊,那么——等等,在我问之前先请这位小姐坐下如何,工会长。毕竟这房间是您的,我开口不太方便……"

"不用!我不用坐!站着就行了!"

如果是铃木悟,看到对方站着自己却坐着,他一定会觉得浑身难受得厉害。不过,随着他作为安兹·乌尔·恭——纳萨力克地下大坟墓统治者——的活动越来越多,类似的感觉逐渐淡薄了。他开始接受了统治者和被统治者之间的差异。这大概证明了他作为主人的行动并没有白费,经验值渐渐积累起来了吧。

(接下来就看需要什么样的条件才能升级了。哎呀。)

"是这样啊,那么请开始吧。希望你能详细说说她的委托内容。这是一件非常重要的事,可以请你巨细无遗地告诉我吗?"

"好、好的!"

前台小姐顿时冒出了满头的冷汗。

"怎么了,有什么问题吗?"

"不是,那个……"

前台小姐的眼神左右游移不定。

"莫非是我提问的方式有问题?这样吧,我换个问法。她的委托是希望帮忙寻找某人吗?"

"不,不是的,这倒不是。"

"啊,是这样啊……那么是什么样的内容呢?她不是有事来委托工会的吗?"

"是这样，她说不是会马上委托，而是将来也许会委托。她还说，森林里有被称为东方巨人和西方魔蛇的，与飞飞大人驯服的森林贤王匹敌的魔物什么的，呃，那个，就是这样。"

安兹觉得前言不搭后语的前台小姐有点奇怪，不过还是继续问了下去：

"她说的是还没发生的事吗？"

"不，不是的！我，我不知道她是飞飞大人的熟人！如果知道她是您的熟人，我一定会问得更详细的！真的！"

安兹看着带着哭腔叫喊起来的前台小姐，感到有些困惑。让如此情绪化的一位小姐当前台接待客人，她真的能做好工作吗？

"——工会长。"

"抱歉，看来是我有失监督了。"

"怎么这样！工会的规定不就是这样吗！"

听了二人之间后面的对话，安兹才知道这两人误会了自己的意思。

前台小姐和工会长都以为，安兹和安莉是熟人，两人本来有要免费帮忙的工作，为了给冒险者工会面子，打算通过工会进行委托。

结果前台小姐因为费用问题冷淡地应付了安莉。两人为让精钢级冒险者的熟人遭到冷遇到底责任在谁争了起来。

（等等，如果工会规定就是如此，那么遵守才对吧？）

安兹一边盯着责备前台小姐的工会长，一边降低了对他的评价。

（上司应该做的是保护有疏失的部下才对吧？莫非他用的是高级技巧，企图通过在顾客面前狠狠训斥部下，替部下赢得同情？毕竟训得这么凶。）

安兹觉得前台小姐的做法是正确的，工会长心里一定也明镜一样。然而从后门入内和拜托工会长询问委托内容，都说明精钢级冒险者可以轻易破坏规矩——正因为精钢级冒险者有让工会不惜破坏规矩也要维持关系的价值，两人才会争吵不休。

"我又不知道！"

安兹和悦地对带着哭腔的前台小姐说道：

"你当然没有做错。"

前台小姐惊讶地睁大了眼睛，噙在眼睛里的泪水流了下来。

"遵守组织的规则是很重要的，当然有时也需要灵活变通。我不会因为此事责怪你的。"

"非常感谢！非常感谢！"

"那么不好意思，请帮我详细问问她吧。不要说我会接受，我只是想了解一下，以便有必要时可以行动。"

"明白了！马上！我马上就去问！失礼了！"

前台小姐转身全速跑出了房间，就像台风过境一样。

"就算是为了博得我的同情，也请你不要责备没有犯错的人。这令人很不愉快。"

"果然……瞒不过飞飞君啊。"

听到工会长仿佛从内心深处挤出般的声音,安兹知道自己猜对了。

(日本营业员的技巧真是用途广泛啊。不过问题是——)

安兹脑海中浮现出露普斯蕾琪娜的身影。

(安莉只是一个普通农村姑娘,她都知道的魔物,露普斯蕾琪娜难道没有搞到情报吗?莫非没能成功建立情报网吗?看来得跟她确认一下才行。)

安兹一边想着得尽快回纳萨力克问问露普斯蕾琪娜,一边等着前台小姐回来。

●

纳萨力克时间 16:41

神色紧张的露普斯蕾琪娜走进了安兹的办公室。主人突然召见自己,她难掩自己的不安。

露普斯蕾琪娜一到场,普通女仆西苏、战斗女仆娜贝拉尔、最熟悉森林的亚乌菈、趴在天花板上的八肢刀暗杀虫,还有房间的主人安兹就都在同一个房间中了。顺带一提,雅儿贝德被罚禁足反省了。

露普斯蕾琪娜正要行致敬礼,安兹抬手制止了她。

"露普斯蕾琪娜啊,你是不是有什么事没有告诉我?"

看到露普斯蕾琪娜面露不解的神色，安兹觉得她可能是不知道，于是把在工会听到的东方巨人和西方魔蛇的事告诉了她。

不过说出之后，安兹发现露普斯蕾琪娜似乎知道相关的事，他的心情一下子变差了。

安兹静静地缓缓叹了一口长长的气。

"你知道的啊？"

"是的，这件事——"

"蠢货！"

安兹被愤怒支配了，他激动的怒吼响彻整个房间。

在仿佛被炸雷劈到一样、颤抖着身体的部下面前，安兹感到自己的感情被抑制了。然而，新的怒波接二连三地涌上来，怒火不会被彻底压抑住。

"为什么不向我报告？莫非你想隐瞒吗？"

"属、属下不敢！"

"那么为什么，我没有收到相关的情报？原因是什么？"

"我觉得这不是什么大不了的情报，所以没有报告……"

看到战斗女仆怯生生地抬眼看着自己，烈火一样的情感重新在安兹胸中点燃。

"露普斯蕾琪娜！你太让我失望了！！"

吓得身体一颤的不止露普斯蕾琪娜。西苏和娜贝拉尔，还有趴在天花板上的八肢刀暗杀虫都吓得僵住了。

"我确实给了你关于卡恩村的决定权。可是这不代表我允许你擅做任何事，进行任何决定！我告诉过你如果对现状有重大影响，要进行报告，怎么还搞成现在这样！"

"这是……"

看到露普斯蕾琪娜支支吾吾，安兹的表情扭曲了。

如果是社会人，不，不管是身处什么立场的人，这样的错误都是不能原谅的。

在商业礼仪，或者说是社会人的常识中，有被称为"菠菜"的原则。它是报告、联络、商量的第一个字拼在一起的简称。如果把公司比喻为一个巨人，这项重要原则可以说是巨人的血脉。

（居然做不到这么基本的事，作为一个组织来说无法原……等等……）

看着被恐惧支配的露普斯蕾琪娜，安兹突然觉得，自己是不是也有什么疏失？他突然想到，会不会是因为自己作为上司不够格，管理得不够好，所以部下才会犯错。

（如果是组织的联络网不够健全——责任就在我这个领导。没能做好上情下达……吗？我是不是退居幕后，把管理交给迪米乌哥斯和雅儿贝德来做才是最好的呢？）

"露普斯蕾琪娜，你知道卡恩村对于纳萨力克来说，具有何种程度的价值吗？"

"哈？是。呃，我听安兹大人说过，卡恩村很有价值。"

"不是不是，我是问，你自己认为卡恩村有何种程度的价值?"

"我……我觉得有好多玩具……"

"啊,是这样啊。对啊……对不起啊,这是我的疏失。没想到你只有这种程度的认识……"安兹好像很疲惫地笑了笑。他发现最后问题还是出在自己身上。"我撤回说对你失望的那句话,看来我说得太重了,别怪我。"

"您在说什么!都怪我太蠢了!"

"那么,今后你只要注意就行了。所以,我要正式告诉你,你要好好理解一下。卡恩村是个相当有价值的村子。特别是恩菲雷亚及其祖母,这两人对纳萨力克来说非常重要。"

"欸?是这样啊!"

"没错,我在让他们祖孙二人开发新的药水。"

"对!对了!我有件东西要交给安兹大人!"

露普斯蕾琪娜突然脸色苍白地大声叫起来,掏出一瓶紫色的药水。站在她旁边的娜贝拉尔接过之后,拿到了安兹面前。

"这是?"

安兹接过药水,对着光源看了起来。

"报、报告安兹大人!这是恩菲雷亚开发的新的治疗药水!"

安兹的怒火再一次燃烧起来,不过他努力忍住了。

"凭这瓶药水,巴雷亚雷家的重要性又提升了一个等级。"

安兹静静地对一脸问号的露普斯蕾琪娜笑着。

这瓶恩菲雷亚交来的紫色药水,大概是使用纳萨力克提供的各种道具制成的吧。

有一点必须注意。恩菲雷亚和他的祖母都不会YGGDRASIL的药水制造技术,他们却使用YGGDRASIL的材料,制造出了药水,而且不是这个世界的"蓝"药水,也不是YGGDRASIL的"红"药水。

"首先,这个世界的治疗药水是蓝色的,然而,我所知的治疗药水是红色的。两者的差异让我抱有疑问。"

安兹滔滔不绝地说了起来。

这个世界确实可以使用YGGDRASIL的知识和力量。遭遇了天使,确认了疑似世界级道具的存在,可以认为过去很有可能存在过YGGDRASIL的玩家。那么为什么只有药水不是YGGDRASIL的红色药水呢?

有三种可能性。

第一种,是国家灭亡之类的原因导致技术失传、知识消失。如果不是大范围的——有一定知名度的技术有可能会传到周边的国家——国家灭亡,这种可能性很小。

第二种,有可能只是恩菲雷亚不知道,或者说相应技术没有流传到这一带的国家中。也许在远方的国家,红色药水才是普通的,或者其他类似的原因。据说过去东西日本连面汤的颜色都是不同的。

而最后的第三种可能性,是技术的改良。用YGGDRASIL的技术制造药水,需要YGGDRASIL的材料。因为收集不到相应的材料，或者说是资源枯竭了，所以改良了技术，诞生了这个世界的蓝色药水。

"也就是说除了第二种可能性，恩菲雷亚制造出的——"安兹用手摇着紫色药水，"这瓶药水或许能称得上是几百年以来的一次技术革命。不过，如果第三种可能性才是正确的，它也有可能是反时代潮流的失败作品。只要他继续研究下去，我们就会得到答案的。"

安兹希望恩菲雷亚做到的，是不依靠YGGDRASIL的药水制造技术和材料，制造出YGGDRASIL的药水，或者研究出完全不同于现有药水的第三种药水。

"如果是这样，是不是要以此为样本，让更多人研究那种药水呢？"

听到娜贝拉尔的问题，安兹露出了失望的表情。

"真是愚蠢的问题，娜贝拉尔。确实，那样做的话，完成得可能会更快一点。可是，风险太大了。知识就是力量，随意扩散知识是愚者的行为。"

游戏YGGDRASIL中就是如此，安兹说得非常有自信。

"打个比方，这种药水研究下去，不能说绝对没有可能发展出一击杀死我的药水。那么比起推广技术，还是独占起来更安全一点——吧。只要负责技术的人不要太聪明就好。技术的发展是需要时刻注意的，恩菲雷亚制造的药水也不例外。正因为如此，我其实想把他监禁在纳萨力克，只允许他进行研究。"

为了避免技术外泄,还要禁止使用制造出的药水。

"那么为什么不这样做呢?"

安兹从娜贝拉尔的提问中感受到了他只要一发话,她马上就会付诸行动的气势,所以他赶忙回答道:

"比起监禁起来强制他工作,还是培养他对纳萨力克的信任,用名为感激的锁链拴住他,对将来更有好处。我让迪米乌哥斯分析过了,得到了以恩情束缚更具效果的结论——嗯?你怎么了,露普斯蕾琪娜?"

"有一件事愚蠢的属下理解不了,希望安兹大人能明示。既然这样,您为什么把药水给了冒险者,那个叫布莉塔的女人?"

听到露普斯蕾琪娜口中说出布莉塔,安兹糊涂了,因为他的记忆中没有这个名字。安兹在维持一切都在自己计划内的表情——他没有表情,或许应该说是态度才对——同时,拼命回想。

(她说的莫非是那瓶药水?)

安兹冥思苦想,终于回想起了第一次在耶·兰提尔投宿时,那家旅店里发生的事。

想着自己的台词,安兹开始感谢自己的身体不会出冷汗。

(怎么办?该怎么办才好?)

总不能一直沉默不语。

(迪米乌哥斯!雅儿贝德!为什么你们都不在!不,迪米乌哥斯出去办事了,雅儿贝德被我关禁闭了!现在来不及叫他们了！)

"——是这样啊，你不理解啊？"

"是的，非常抱歉。希望安兹大人明示属下。"

"别不懂就问啊！"安兹甚至想这样喊出来。事到如今，没有办法，只能赌一赌了。决定之后，安兹觉得勇气也涌了出来。

"哼哼……哈哈哈哈。确实，就像露普斯蕾琪娜担忧的一样，那是危险的行为。那样的行为确实有可能导致我们无法控制的技术出现。不过，即使有风险，为了更大的目标，我也觉得有必要那样做。"

"什、什么目标？！安兹大人当时的行动，不是为了赔偿那女人的药水吗？！"

听到娜贝拉尔从旁插嘴，安兹把本想继续说下去的话又咽了回去。他拼命地开动脑筋，更细致地回忆第一次到耶·兰提尔那天的事情。

（对了！那时候我说了是为了避免损害名声才给她药水！糟了！）

安兹故作冷静，为了圆谎而继续撒谎。所谓骑虎难下大概就是指这样的状况吧。他拼命拢起快要烟消云散的勇气。

"你真的以为只是为了这个目的吗，娜贝拉尔。"

"属下失礼了！"

"没事，没必要道歉。当时我也没有自信一定能成功，所以只说出了比较浅显易懂的目的。"

"那么真正的目的到底是什么？"

听到娜贝拉尔的提问，安兹缓缓地张开口，在开口的瞬间，他都没想好自己到底该说什么。然而就在这时，一道微小的灵感闪电划过了他的脑海。安兹毫不犹豫地跳向了突如其来的灵感。

"是恩菲雷亚……"

安兹重重地说出了这个名字，缓缓地环视部下们一周。如果雅儿贝德或迪米乌哥斯在场，他们会在这时候发出"啊啊，原来是这么回事啊，不愧是安兹大人"之类的赞叹，然而，娜贝拉尔只是稍稍皱起眉头说："您是说……恩菲雷亚吗？"

安兹"唔"了一声，把手放到了嘴上。

娜贝拉尔她们都显出了惶恐的样子。恐怕是误把安兹的动作理解成了"我都解释得这么清楚了，你们还不明白"的意思。实际上安兹只是不知道该怎么继续说下去才好，下意识地用手挡住了嘴。

安兹在短暂的一段时间里，重复着过度紧张和精神抑制的大起大落。不过在狂风暴雨后，他终于找到了一个出口。虽然不知道出口对面的着陆地点在哪，但安兹还是像看见了救命稻草一样，向黑暗中的道路迈出了步子。

"我……我们成功得到了名叫恩菲雷亚的药剂师，这样说你们明白吗？这样说吧……我把和普通的蓝色药水完全不同的药水交给某人，此人首先会做什么？"

"是会先找人询问,或者商量吗?"

"没错!露普斯蕾琪娜,你说得对。她不就不出我所料,拿着药水去找最可靠的药水工匠了吗?正因如此,我才得到了与恩菲雷亚进行接触的机会。"

安兹想起来了,恩菲雷亚曾经在卡恩村跟他说过类似的话。

"啊!原来如此!是为了这个目的啊!"

"看来你明白了啊。那是我为了得到高水平的药剂师而撒下的饵。当然她也有可能把药水拿到预想之外的地方去,形成后患,不过我还是判断应该走这步棋。"

气氛中有了理解的色彩,大家的脸上浮现出赞叹的神色。

(终于说圆了……)

就在安兹想在心中为石头落地而长出一口气的时候,仿佛看准了这个时机一样,一个声音向他问道:

"那个……请原谅我的无礼,我可以再问个问题吗……"

不,不要,别再问了——安兹在心中带着哭腔说道,不过他不会把真正的想法显露出来。

"怎么了,露普斯蕾琪娜,如果我能回答你的问题,解决你的烦恼,尽管问便是。"

"是。"露普斯蕾琪娜咽下一口口水,一脸认真地问道,"安兹大人一直都是这样,想好两步三步之后的事,才付诸行动的吗?"

怎么可能。

安兹的行动基本都是走一步看一步。有时他当然也会思考，然而大多时候，事情都会向自己预料不到的方向发展。然而，这样的话没法跟部下说。

安兹安静地笑了起来，这是他练习过的笑法。

"当然了。我可是——纳萨力克地下大坟墓的统治者，安兹·乌尔·恭啊！"

——部下们纷纷发出赞叹的声音。特别是露普斯蕾琪娜，她的眼睛睁得又圆又大。

"怎么了，露普斯蕾琪娜？"

"智谋之王……"

听到露普斯蕾琪娜喘息般的声音，亚乌菈稍稍皱起眉头向前迈了一步。安兹伸手制止了她。

"不用在意。那么还有其他问题吗？"

"那么，请允许我，再问一个问题。安兹大人为什么不让怪物袭击村子，然后再去救援呢？从一片废墟中救出恩菲雷亚及其祖母，他们一定会更加对您感恩戴德，能做出更大的贡献……"

"这是个非常不错的点子，有考虑的价值。不过，如果这样做，恩菲雷亚有可能变得憎恶魔物，不再协助我们……如果破坏村子的是人类，就不会有这种风险了。如果把安莉·艾默特也救出来，或许能给他加上一道更牢固的枷锁。"

卡恩村是名为安兹·乌尔·恭的魔法吟唱者救助的村子，

有相应的价值，安兹不太想破坏它。

"顺带说一下，在卡恩村里优先级第一位的是恩菲雷亚；第二是安莉·艾默特，因为恩菲雷亚喜欢她；最后是恩菲雷亚的祖母莉琪。其他人没有价值，不过这三人无论如何都要保住。如果万不得已，哪怕赔上命，也要保住恩菲雷亚……露普斯蕾琪娜，这下没有其他问题了吧？"

"是！非常感谢您！"

"那么，露普斯蕾琪娜，这次你出的错既往不咎。现在你知道我的目的了，绝对不允许再出错，明白了吗？"

"当然！"

"很好。那你去吧，完美地完成你的使命。"

露普斯蕾琪娜行了一礼，向外走去。娜贝拉尔像护送囚徒的警官一样跟在她身后。两人消失在门外之后，安兹把脸转向候在一旁的守护者。

"那么，亚乌菈，你知道东方巨人和西方魔蛇——"

话说到一半，门外突然传来一阵赞叹声："安兹大人，太牛了。行动之前居然把事情想得这么周全，用怪物二字简直无法形容。"被厚重的门阻隔后声音已经减弱不少，但还是大得足够打断安兹和亚乌菈之间的对话。而且在房间里都能听到，可想而知她在走廊里发出了多大的声音。

"是不是告诉她这扇门其实没多厚比较好？"

"看来她相当兴奋啊，我去揍她一顿——"

门对面传来"咕咚"一声难以形容的声音，然后响起了拖着重物渐渐远去的声音。

"亚乌菈，看来你不用出面了啊。你的话说到了一半，好了，继续下去吧。"

"是。呃，非常抱歉。我没有得到名叫东方巨人和西方魔蛇的魔物的情报。魔树一战之后，我已经粗略探索过森林——地下的洞穴还没有确认——寻找过实力比较强的魔物了……"

"如果只是和仓助水平相当，会注意不到也难怪。"

再负责的园丁，大概也不会去数庭院里有多少只蚂蚁。这是身为强者才会有的疏失，其实很难避免。

"非常抱歉。那么，安兹大人，要不要清理一下？"

"也好。就把烦人的小苍蝇全部拍掉，让那座森林彻底归于纳萨力克治下吧。"

"明白了！那么，我送几只宠物过去！"

"唔——那样就太没意思了。东方巨人和西方魔蛇据说是和仓助同等水平的魔物，你不想看看它们是什么样的魔物吗？"

"既然这样，要不要我捉住它们给您带回来。"

"不必，我亲自去一趟也好。多亏了仓助，我现在对收藏品的价值渐渐有所了解了。"

亚乌菈没听明白，露出一脸的不解。安兹见状，对她笑着说：

"当然，目的不止这一点。顺便确认一下能不能给露普斯蕾琪娜安排一次测验吧。"

●

纳萨力克时间 19:16

夜晚的森林中,芬里尔悄无声息地缓缓前行。不管是丫杈拦路之处,还是藤蔓阻隔之处,都不会妨碍坐在它背上的两人通过。不仅如此,一行就像没有实体的幽灵,一根草木都没有折断。

这是芬里尔拥有的特殊能力之一,地貌行者带来的效果。

"我的仆役报告过了,前面就是疑似东方巨人的住处。"

茂密的树木遮天蔽日,让森林成了星光无法照到的黑暗世界,不过亚乌菈的声音中没有丝毫紧张感。和没有特殊视力的人类之类的生物不同,这里对于安兹他们来说亮如白昼。

"是吗?东方巨人和西方魔蛇啊。要是这两个聚在一起那就再好不过了,可是哪有么好的事啊。如果西方魔蛇不在这里,就拜托亚乌菈了。"

"是!我会加油的!那么该如何处置对安兹大人采取敌对行为的蠢货呢?"

"首先尝试进行对话吧。"

亚乌菈向后——安兹——转过头去,露出有点不解的表情。

"欸?不是要让它们臣服吗?"

"毕竟东方巨人和西方魔蛇都是不知底细的魔物，先从对话入手，从各方面来讲都比较好。如果它们是 YGGDRASIL 没有的魔物，我还是想要的。"

"安兹大人真的好仁慈啊。"

亚乌菈的语气中没有讽刺的成分。

"是吗？我只对有价值的对象——还有从属于纳萨力克的存在才仁慈啊。如果它们是和仓助同等的存在，我觉得它们应该还算有价值。老话说，奇货可居嘛。"

"您刚才也说仓助有价值，它真的那么有价值吗？"

"是的。它作为小白鼠还是挺有用的。"

仓助现在正师从蜥蜴人萨留斯，进行战士的训练。顺带一提，萨留斯的学生中，还有一只安兹制造的死亡骑士。

锻炼两人———一仓鼠和一魔物，是想通过实验，确认它们能否习得战士职业，尤其是死亡骑士。如果死亡骑士能习得战士职业，纳萨力克的战斗力将有可能突飞猛进。

虽然不抱什么希望，但是只有进行实验才能得到可信的结果。

"正因为如此重要，才让锻冶师为仓助打造铠甲吗？"

"你的消息真灵通啊。也有这方面的原因。今后如果要骑着它上战场，强化它的防御力也是有必要的。"

如果能习得战士职业，仓助就能穿上它专用的全身铠甲。现在强行让它装备上，裹在全身的重量会让它的躲避能力和移动能力等显著下降。正因如此,安兹才考虑——

（如果没有取得战士职业就穿上铠甲,会导致无法自如活动,这方面和游戏时一样……不,考虑到游戏中我会受到限制根本穿不上金属铠甲,这一点这个世界中已经很宽松了……要是有另一只仓助,就可以进行对比实验了……）

装备方面,与游戏中相近的限制,现在还是未知的部分。如果让迪米乌哥斯或者别人去做详细验证,或许能得到准确的结论,不过安兹却不太想这样做。

（只能认可这是物理法则完全不同的魔法世界的法则,强行让自己接受。记住在这个世界上,一切都是有可能的……）

"安兹大人,您怎么了？"

"嗯？没事,没什么,怎么这样问？"

"没有,我看您好像在思考,觉得会不会是有什么不对劲的地方。"

"啊,是吗。我在想些事情,没什么。"

"是这样啊。"

亚乌菈好像放下了心,把头转向了前面。安兹把视线从她脑后的头发——金色丝线一样的头发向下移动,经过她纤细的后背,看向自己的手——握着她的细腰的手。

（好细的腰啊,小孩子的腰都是这么细的吗？）

没有孩子的安兹出于好奇心,仿佛检查自己的东西般,轻轻拍了拍亚乌菈的腰,拍完腰又抬起手轻轻拍了拍她的后背。

毕竟是坐在芬里尔背上,他没有用太大的力气。

然而,亚乌菈却弹了起来,猛地转头看向他。

"哇!怎、怎么了,安兹大人!"

她的脸蛋通红。

红得让人觉得就算没有暗视能力也能看得出脸很红。

"啊,没什么。我只是觉得你的腰好细啊。不过你有好好吃东西吗?就算装备着不需要饮食的道具,想吃的话还是可以吃的吧?"

"是、是的。虽然没法获得饮食带来的魔法性强化效果,但是可以吃的。"

名为YGGDRASIL的游戏中,有一项设定。人类种族和亚人种族有寿命限制,相应地,可以成长;异形种族没有寿命限制,成长到一定程度就会停止。如果在这个世界中这项设定依然有效,亚乌菈和马雷将可以得到成长。他可不希望他们两人发育不良,到时候说是小时候没有摄取足够的营养。

既然现在同伴们不在,安兹就要为孩子们的成长负起责任来。

"你可要好好吃东西啊。"

"是!我会好好吃东西,气死夏提雅的。"

安兹有点奇怪她为什么突然提起夏提雅的名字,不过决定不多问。

"不需要饮食的道具或许会对成长有不良影响,看情况,或许和其他魔法道具换一下为好。成长啊，过不了多久，你们是不是也会找到恋人呢……"

亚乌菈和马雷都是非常可爱的孩子，成长起来肯定会变成美女和美男子。安兹开始想象两人受到男男女女告白的画面——安兹没有经历过，所以只是从电视上看来的。

不知是不是受到刚才话题的影响，不知怎么画面中出现了一大堆仓助。

"唔？"

被一大堆仓助围在中间的小亚乌菈和小马雷。这画面虽然也不错，但是和他预想的完全不同。

（仓助也是老鼠一类的动物，想必会繁殖出大量的仓助吧，事先进行避孕手术会不会比较好一点？我其实想多要几只……还能不能找到同种族的雄性个体呢？）

"欸？！您太心急了，安兹大人。我才七十多岁。"

"对啊。还是小孩子呢。对了，在纳萨力克里，亚乌菈喜欢谁呢？喜欢什么类型的？"

安兹没有丝毫恋爱经验，在大街上看到美男子和美女卿卿我我也会心生嫉妒之火，不过如果是NPC之间，他觉得自己有自信可以衷心祝福。

"我最喜欢安兹大人了。"

"哈哈，谢谢你啊。"

还是幼女的亚乌菈的奉承让安兹很高兴。安兹爱着孩子们，孩子说喜欢他，他当然会很高兴。

"那么，安兹大人最爱谁呢？雅儿贝德还是夏提雅呢？"

"哈哈，这个嘛，我最喜欢亚乌菈了。"

"欸——"

安兹在身后来回抚摸着亚乌菈的头。顺滑的头发在指间流动着。

"欸——"

（考虑一下小孩子的德育会不会比较好呢？如果有黑暗精灵的学校，把亚乌菈和马雷送去，会不会比较有益于他们成长为合格的成年人呢？如果在场的是泡泡茶壶，她会怎么想呢？不过话说回来，学校啊……学园爱情剧……佩罗罗奇诺曾经叫喊过呢。他好像还和酸辣汤他们商量过要建纳萨力克学园，那些数据跑到哪去了？）

"欸——"

"怎么了，叫得这么大声，亚乌菈。"

"啊！对、对不起，明明已经很接近东方巨人的住处了……"

"没事，没必要道歉。有件和将来有关的事——"

"将来的事吗？"

"没错。你怎么了？一副惊慌的样子……发现什么了吗？"

"没有，什么都没有。是的。您是说和将来有关的事吗？"

"是啊，没错。我在想，如果将来能发现黑暗精灵的国家，应该去看看就好了，到时候你要和我一起去哟。"

"欸？啊，好、好的！您是说这个将来啊。明白了！我愿意和您一起去。还有——差不多快到了啊，安兹大人。"

前方的黑暗中，一道不属于自然的光从森林的缺口透了过来。

"是啊，亚乌菈，不好意思，能把带来的魔兽安排在周边吗？我也做一下准备。"

安兹发动了自己的特殊技能之一，"召唤高阶不死者"。

他召唤出的是骑在苍白战马上的不祥骑士。它们的数量随着安兹发动特殊技能，逐渐增加。

"好了，有四只就足够了吧。去吧，苍白骑士啊，你们在上空待命，如果有逃亡者就捕捉住。"

苍白骑士们默默地表示遵命，拉起缰绳，驾着苍白战马腾空跑了起来。苍白骑士们非实体化之后，穿过枝枝杈杈，直线向着天空飞了上去。

"好了，包围网完成了，接下来就只剩鉴定了。"

"好的！啊，耐久性不用确认吗？"

"那是最后的事了。我毕竟不是来战斗的，谈谈对彼此都有好处的事吧。"

这是安兹的真心话。安兹其实并不喜欢战斗。如果有好处，不管多残酷的事安兹都会做，但这不代表他喜欢残忍的行为。走在路上，他不会特意改变方向去踩死旁边的蚂蚁。如果能通过对话解决问题，那是再好不过的。

芬里尔到达了森林的缺口。所谓森林的缺口，其实是指森林中随处可见的，没有生长树木的地方。

就像魔树旁边那一大片枯死的树木，森林中总会有因为某种原因枯死的一片片树木。造成树木枯死的原因有很多，不过这一片应该是魔物造成的。

树木们被砍倒后随处放置着。就好像有什么人本打算建造某种大规模的建筑，失败后一气之下把木材扔得到处都是。

"真是好笑啊，亚乌菈。它们似乎打算模仿你建造的建筑物，愚者的产物真是惨不忍睹。栖息在洞穴里的家伙忘了自己的本分，就会落得滑稽的结果。"

"您说得对，安兹大人，那里就是它们的巢穴。"

烧荒后寸草不生的大地一片狼藉，它的中心有一道裂缝。

"居然没有哨兵，真是太不小心了。好吧，没办法，下次来再敲门吧。"

安兹带领亚乌菈，向着开口在大地上的洞穴前进。向里一看，他发现坡度并不大，里面还算宽敞。洞顶看起来很高，个头很大的生物应该也可以在里面生活。

（让人想起在YGGDRASIL探索迷宫。每次发现山脉里的洞穴，我都会很兴奋地想，这里面一定有什么。）

如果是过去，一般会由底格里斯·幼发拉底他们走在前面，安兹——飞鼠跟在后面前进。要不然就是让召唤出的魔物走在前面，安兹的话就是让不死者先走，一边令其触发陷阱一边前进。这种手法被称为战士开路或者召唤开路。

（好令人怀念啊……）

安兹回想起过去的趣事，脚步显得十分轻盈，不过好心情只持续了几秒。

从下面飘来的臭气令安兹的眉头——并没有——皱了起来。这并不是毒气，而是动物脂肪和腐败的气味污染了空气。

（是腐臭气体陷阱吗？我觉得生活在这种洞穴中，毫无知性可言的家伙，不可能做得出那么精巧的陷阱……不过不能排除偶然的可能性。）

安兹是不需要呼吸的不死者，拥有对空气系攻击的完全耐性。亚乌菈身上也带着相应的护身魔法道具，如果这臭气属于攻击，效果应该会被消除掉。这样考虑起来，应该只是单纯的臭味而已。

"看来东方巨人是不太讲卫生的生物啊，希望它有足够进行会谈的智力吧。"

"是啊。不过，我觉得希望应该不大。从足迹来看，这个洞穴中生活着多个个体，不过全部光着脚。足迹很大，从大小来看，生物的身高至少超过两米五。"

"原来如此……那大概是其中的成员吧。"

安兹二人一秒都没有停止步伐，沿着斜坡向下走。在二人视线前方，斜坡尽头处可以看到魔物的身影。

"安兹大人，那是……食人魔吧。"

两只食人魔正一起撕扯着什么吃进嘴里。安兹感到好像有另一种腥气的恶臭飘了过来。

安兹苦笑起来，缓缓把手指指向食人魔。如果目的是攻略地城，想必他会悄无声息地杀死食人魔，然后安静地潜入地城深处继续消灭魔物，不过这次的目的不是攻略。

"我们不是来消灭魔物的，得开始友好的对话才行啊——喂，那边的食人魔，抱歉打扰你们用餐。"

两只食人魔齐刷刷地把视线投向了安兹二人，然后发出了咆哮。

洞穴中的回声很厉害，听不出准确的位置，不过另一声同样的咆哮应该是从洞穴深处传来的。

"这应门的方式也太粗鲁，太吵闹了。亚乌菈，你退后。"

安兹盯着冲上来的食人魔，无奈地叹了口气。他发现对方丝毫没有对话的意思。

"骷髅！骷髅！敌！"

食人魔发出沙哑的叫喊声，冲到了安兹身前，毫不犹豫地挥起了手中的棍棒。

"擅自——"食人魔手中的棍棒呼啸着挥了下来。"进入你们的家——"重重打在安兹的身体上，然而并非魔法武器的棍棒不可能对安兹造成伤害。"我为此道歉——"食人魔再次挥下棍棒。

安兹头部挨到重重一击,他感到视野略有摇晃。虽然没有丝毫痛感,但是一股不快感涌上心头。将心比心,如果有什么人闯进纳萨力克地下大坟墓,想必安兹也会怒火中烧,二话不说试图杀死对方。这样一想,他们会发起攻击是非常正常的,可以说应该忍一忍。

和平使者拔出了武器,就没有后话了。

晚一步冲过来的食人魔也到了安兹面前,它不是用手中的棍棒,而是伸出了空着的手。大概看到旁边那只食人魔的攻击无效,想要用手抓住安兹吧。

安兹的眉间颤了一下。当然,骷髅的脸上,没有能颤的部分。

安兹本来觉得被它抓住也无所谓,可是安兹能穿透黑暗的视力,发现食人魔的手上有湿答答的血迹。

"好脏。"

安兹马上从空间中掏出法杖,挥了一下。虽然没有特殊的魔法力量,但毕竟法杖强化了给予殴打伤害的能力。挨到这一击,伸过手来的食人魔脑袋碎裂了。脑浆和鲜血的混合物溅了旁边的食人魔一身,它后退了一步,手中的棍棒掉落在地。

"你、你,骷髅,不是……"

"请不要把我和骷髅相提并论。我来见你们的老大东方巨人了,能请你把它叫来吗?当然,就算不叫,我想它也会过来的。"

安兹挥了挥手示意食人魔滚蛋。食人魔转过身，一溜烟向着洞穴深处跑了进去。

"真是蠢，要是它一开始就能看出敌我战斗力差距该多省事。"

安兹抚摸着被棍棒砸到的部位，走下了最后一小段斜坡。

食人魔刚才所在的位置上，扔着看起来像是哥布林的——被撕咬得面目全非的尸体。尸体个个只剩残骸，看不出具体的数量，不过应该不止一两具。

安兹和亚乌菈稍微绕了个小弯，避开那堆东西，来到斜坡下面。

"这下糟了，因为太恶心，挥杖的时候用力太大了。我本计划在交涉决裂之前，尽可能以友好的态度行事的……"

"没办法嘛！谁让食人魔这么低贱的生物试图碰安兹大人！"

"你能这样说，我觉得好过多了。布妞萌也说过，'为了让对方肯听自己说话，揍一拳其实是个好办法……是武人建御雷说的来着？"

"只要是无上至尊们说的，那就一定是对的！"

安兹正在想这句话到底是完全相反的两人中哪一人说的，有大量的魔物从洞穴深处走了出来。它们全部是身高远超人类的大个子魔物。

"巨魔群啊。名字里虽然有巨字，但是有点名不副实，当然也不能说一点都不沾边。"

巨魔是一种有长鼻子和长耳朵的巨人,脸长得非常丑。筋骨强壮的躯体也给人一种畸形的恶心感觉。它们穿着用类似老虎的生物的皮制成的衣服,生物的头部放在它们的肩头。

它们的身高超过两米五,拥有超过食人魔的力量,还有惊人的再生能力。据说如果不用酸或者火彻底消灭,它们就算变成肉片也能复活。这样的巨魔一共有六只,除了巨魔之外,还有十只食人魔。

其中最吸引安兹目光的,是站在这一群魔物前头的巨魔。

它不仅有比其他巨魔更魁梧的身体,而且那丑陋的容貌中明显显露着它对自己的自信。

它的装备也比其他巨魔好。

它穿着用几张动物皮拼在一起制成的皮甲,巨大的手里握着一把比飞飞状态的安兹持有的还要巨大的剑。那似乎是一把魔法剑,黏乎乎的液体从贯穿剑身中央的一条沟中一股股地滑向剑刃。

"和仓助同等水平吗?"

"应该差不多吧。"

这个巨魔应该就是被称为东方巨人的存在吧。那么它是什么巨魔呢?安兹开始认真地观察东方巨人。

巨魔是一种适应性很强的魔物,在不同的环境中呈现出丰富的多样性。

比如,在火山有具有火焰抗性的火山巨魔;在海中有擅长游泳，甚至可以水中呼吸的海洋巨魔；在山上有体型更大、力量更强的山岭巨魔；甚至还有住在桥上的稀少种，名叫路霸巨魔。就像这样，巨魔有许多亚种。

那么现在，安兹面前的是有什么特长的巨魔呢？

适应了洞穴生活的巨魔叫作穴居巨魔，不过这只巨魔和穴居巨魔外形不同。

它或许是这个世界上才有的新种类巨魔——好奇心点燃了安兹的收藏欲望。

这只名叫东方巨人的巨魔是适应了非常罕见的环境的稀少种。

它是在难以计数的无数次战斗中诞生的，适应了战斗，特长是战斗的巨魔。如果要给它取名字，应该命名为战斗巨魔。在巨魔的派生种族中，它是一朵流光溢彩的奇葩。

战斗能力与同龄的其他巨魔相比，它比任何一个派生种都要优秀。

它体型的大小确实比不过山岭巨魔。不过这副躯体中的肌肉——能力却远超山岭巨魔。而且它拥有天生的才能，可以使用利器。相对于有力气就能挥舞的棍棒，如果不知道用法，利器是还不如棍棒好用的武器。它是一只觉醒为战士的巨魔。

"你就是东方巨人吧？"

确认它没有异议之后，安兹指着比东方巨人稍微靠右一点的地方。

"那么如果站在那边的这位就是西方魔蛇，那就太好了，是不是呢？"

只有普通视力的常人，一定会觉得他指着没有东西的地方。然而安兹就像在青天白日之下一样，清楚地看到那里有一个异形的存在。

"也许你以为自己用不可视化隐藏了起来，不过我的眼睛能看穿。能不能请你别再白费力气，回答我的问题呢？"

大概是解除了不可视化吧，没有东西的地方出现了一个魔物。

它确实是蛇，不，应该说它有蛇的身体才对。它是一个异形魔物，胸部以上是人类老者瘦骨嶙峋的躯体，以下是蛇的身体。

它是YGGDRASIL中也有的魔物，安兹马上说出了它的种族名。

"是纳迦啊。确实，如果说是蛇也没有错，不过还能形容得更贴切一点吧。不，毕竟森林贤王是那副尊容，应该说是可想而知吧。"

"居然能看穿老夫的透明化，你看来不是普通的——"

"——你来干什么，骷髅！"

巨大的声音响彻整个洞穴，盖过了纳迦的说话声，东方巨人向前迈出一步。

安兹正面朝向交涉对象。

"首先，有一点我要说明。我不是骷髅，请先纠正你的错误认识吧。"

"你不是骷髅是什么！我是统治东方之地的王，古。允许你报上名来！"

"古？"

安兹有一瞬间没有理解它到底在说什么。他一开始还以为这个单词代表王或者族长之类的头衔，过了一会儿他才明白过来，它向自己报上了名字。

"原来如此，古啊。没有及时自我介绍，非常抱歉。我的名字是安兹·乌尔·恭。"

瞬间，笑声响彻整个洞穴。

"哈哈哈哈哈哈！胆小鬼的名字！比不上我的力量十足的名字，你的名字是弱者的名字！"

对它的话做出反应，食人魔们也附和着发出了刺耳的笑声。

"胆——"

安兹拦住了正打算向前踏出一步的亚乌菈。

"没关系，不要为这点小事感到不快，保持冷静。我们可是友好的使者，是来对话的。那么希望你能赐教，为什么判断我是胆小鬼？"

"啊啊，这些家伙把长长的名字当成没有勇气的表现，神秘的不死者。"

纳迦从旁插嘴说出了其中的原因。老者脸上浮现着轻蔑的笑。

"原来不是藏品,而是废品啊。那么,你也觉得我的名字是胆小鬼的名字吗?"

"不,不会的,老夫的名字也很长。老夫就是你所说的西方魔蛇——留拉留斯·斯贝尼亚·艾·因德伦,入侵者安兹·乌尔·恭。老夫一直希望这家伙的脑子配得上发达的肉体,不过如果是那样,它就会统治整个森林了,真是左右为难。"

"那你算是捡了条命啊。"

听到安兹不经意间说出的真心话,留拉留斯露出诧异的表情。它正打算问安兹,很不巧,古和食人魔们的哄笑停止了

"那么弱者,你来做什么!想被我们吃掉才来的吗!嘎嘣嘎嘣地嚼碎骨头,味道其实也不错!我可以从头部开始吃你!"

"我是命令不死者和哥雷姆在森林中央建造要塞的人。你知道那个要塞吗?"

气氛变了。古和食人魔们发出强烈的敌意,而留拉留斯则显出强烈的戒心。

"我知道!碍事的家伙!如果不是这条蛇吵吵嚷嚷,我们早就单独去干掉你了!这下省事了!胆小鬼和黑色的小不点!"

"知道就太好了,我到这里来,是因为有件事想和你们谈谈。"

安兹抬起手,做出命令对方跪拜的手势。

"如果想活命就服从我。"

"蠢货！！我们怎么可能服从胆小鬼！你马上就要被我吃掉了！吃完你，再吃你背后的小不点！"

"古啊，这位可是那座可怕的建筑物的主人啊？小看他太危险了！而且他身后的是一名黑暗精灵，在逃离魔树之前，黑暗精灵一直统治着大森林。他们是强敌——根本没在听。"

安兹忍不住了，发出了愉快的笑声。

"哈哈哈哈哈！你比狗叫得有气势多了，肉球。那么这么办吧，被你称作胆小鬼的我，向拥有强有力的名字的你挑战，我们一对一打。你肯定不会吓得不敢打吧？如果不敢，就跪地叩拜，我可以把你当成奴隶养起来。"

"有意思！本来我一人对付你就足够了！我要把你拆碎吃掉！"

"很好，你做出了选择，交涉决裂。那么，亚乌菈，你稍微退后一点，我自己玩一玩。"

刚说完，高举的巨剑就向安兹挥了下来。这是古用近三米长的巨剑挥出的一击。

安兹没有动，正面用身体接住了这一击。

"——唔？"

"怎么了？你好像觉得很奇怪啊？"

安兹纹丝未动。古那丑陋的脸因为惊讶，表情扭曲了起来，又横向挥出一剑。然而，和刚才一样，安兹继续正面用身体接住了它的剑。

"唔?!"

古后退几步,看看自己手里的剑,又看看安兹,然后大胆地背对安兹,走到了部下的面前。

瞬间,它挥起巨剑,砍向了自己的一名巨魔部下。从肩头砍进去的剑轻易切断了食人魔的肉体,鲜血喷了出来。

巨魔大声发出蠢笨的惨叫。

古满意地看着部下翻滚着倒在地上的样子,深深地点了点头。它大概是确认了武器没有问题吧。

"原来如此,巨魔的再生能力啊。看着它在眼前发生,还真是叹为观止。"

被切断的伤口渐渐地愈合起来。比起倒放,更像是痊愈过程的快放。

古大概是明白同胞有再生能力才用来试剑,然而它面带让人觉得就算没有再生能力也会照砍不误的邪恶表情,俯视着倒在地上的部下。

"对弱者的生杀予夺是强者的特权。不过,这可是非常——令人不快。"

安兹向前迈起了步。他想玩玩的兴致渐渐淡了。

古用双手紧紧握住剑,等着向前迈步的安兹。

"古啊,他,安兹·乌尔·恭不是泛泛之辈!老夫和你联手打倒——"

"闭嘴！胆小鬼安静地站在那看着！呜嗷嗷嗷嗷嗷！！"

轰炸一样的连续斩击扑面袭向安兹。在这个世界上安兹遇到过的对手中，古以远比人类壮硕的躯体发出的连续攻击，破坏力算是顶级的。

然而它的攻击不能打破坚固的城墙，也不能在大地上留下巨大的裂痕，怎么可能伤得到安兹？

安兹用身体从正面接住带着风声、径直挥下的巨剑。

"哎呀哎呀，希望你不要再给我制造褶皱了。"

安兹好像失去了兴趣一样，移开视线，开始抻着被冲击震乱的长袍整理起来，然后好像突然想起了什么一样，抬头看着古。

"啊，你现在满意了吗？"

"呜嗷嗷嗷嗷嗷！"

古判断以剑攻击效果不明显，从剑柄上松开一只手，挥拳向安兹打了过去。这一击就像挥起了巨大的锤子一样，如果人类吃到，毫无疑问将会被轻易打烂。

对人类来说致命的拳头，安兹再次正面用身体承受，然后从容不迫地掸了掸被打到的部位，就像被什么脏东西碰到了一样。

古停止了攻击，他难看的脸扭曲得更加难看，凝视着纹丝不动的安兹。

"拥有强有力的名字的古啊，你那充满自信的攻击就到此为止了吗?"

"看来你的防御力还挺强——呀啊啊啊啊!"

安兹向前拉近距离,挥出的法杖打掉了古的半条腿。古站不住了,巨大的身体失去平衡,倒在了大地上。

"胆小不代表弱小,就算你只有栗子大小的脑子,现在也该明白了吧?"

周围观战的巨魔和食人魔们,看到自己头领的惨状,发出了惊讶的叫声。

安兹无奈地发出"唉"的一声叹息。事到如今才发现状况对自己不利的魔物没有丝毫价值。不过,要是有足以伺机逃跑的智能,就另当别论了。

"亚乌菈,不能让那家伙跑了,抓住它。"

听到安兹简短的命令,亚乌菈瞬间理解了主人的意图。她转眼间已经到了使用不可视化、开始悄悄移动的纳迦旁边。

"安兹大人,抓到了,要怎么处置?"

安兹无视眼前的古,把脸转向单手抓着纳迦脖子的亚乌菈。他的态度鲜明地向古以及所有在场者表达着:

——眼前的这个叫古的家伙根本不值得在意。

面对过于强烈的蔑视,古龇牙咧嘴地发出呻吟声,然而安兹不以为意。

"放手,小鬼!"纳迦的蛇身卷动着,把亚乌菈彻底缠了起来,"老夫绞死你!"

被纳迦完全卷住，形成的球形中传出一个非常冷静的声音。

"我说啊，这样我就看不见安兹大人的雄姿了。你再闹我就捏碎你的一半喉咙哟？我会注意不弄死你的。"

从那小小的手上已经足以感觉到力量的差距，早已经开始发出惨叫的纳迦缓缓地松开了身体。

"亚乌菈，俗话说时间就是金钱，浪费金钱是愚蠢的行为。你带着那家伙离远点，免得它被波及送了命。"

"明白了！"

安兹看着亚乌菈轻松地拽着比自己重许多倍的纳迦走远，重新把视线移回古的身上。再生能力使缺损部分的肉体隆起，肌肉得到修复，古终于重新站了起来。

虽然体格不如古强壮，但安兹还是居高临下地看着古。

"长好了啊，那么我们继续吧。"

安兹一边用杖敲着肩膀，一边保持着满不在乎的样子，明确显示出不打算防御的态度。

"你、你、做、做了什么，你在做什么？魔法吗？"

古一边举起剑，一边向后退去。安兹向前踏步，追了上去。安兹的步幅比起古要小，两人间的距离比战斗前更大了。

突然，安兹嗤笑起来。

"咦？好奇怪啊。我有胆小鬼的名字，却在前进；你有强有力的名字，却在后退哟？这是怎么回事？"

有人在背后回答了安兹声音毫无起伏的提问。

"因为安兹大人的名字才是勇敢的象征,古这样的怪名字才代表胆小。对吧,蛇?"

"没、没错!这证明了安兹·乌尔·恭大人的伟大。"

听到少女可爱的嗓音和老者带着哭腔的声音,安兹点了几次头。

"是这样啊,是这样啊。如果是这样,那我就明白了。短名字是胆小鬼的名字——安兹·乌尔·恭才是勇敢者、强者的名字。"

"你这家伙!!"

"你喊太大声了,胆小鬼。"

愤怒淹没了恐惧,古挥起剑发动了攻击。安兹没有防御也没有躲避,而是用法杖打了回去。安兹没有允许古用剑挡住法杖或是躲避。

法杖打飞了肉体的一部分。

"嘎啊啊啊啊啊啊!"

在凄惨的尖叫声中,观战的古的部下们开始感觉到了恐惧。

"不愧是巨魔啊,靠着再生能力,就算变成肉酱也能复生,不过疼痛还是能感觉到的吧。刚才你那一击是到目前为止最无力的,你惦记着防御,想要避免被我的攻击打到自己身体。那是胆小鬼挥出的剑。"

安兹的视线前方,是厚度只剩下一半的古的头部。如果是普通的生物,早就死透了,古头部的伤口却眼见着开始复原。

恢复原样的古的脸异常难看地扭曲着,表情中能看得出强烈的恐惧。比刚才要强上一倍的恐惧,说明它已经彻底绝望了。

"你、你是,什么人!为什么我的攻击对你无效!"

安兹歪着头,然后缓缓张开了手。

"我是死。我为你带来了死亡。"

"你、你们几个!干掉这家伙!"

"哎呀哎呀,真不愧拥有胆小鬼的名字。本来说要一对一的,现在又反悔了……这行为和你的名字很般配,所以我不会怪你的。"

安兹非常愉快地说道。

对来历不明的怪物的恐惧支配着古的部下,它们迟迟没有做出动作。就算再蠢,也能切身感受到安兹的强大,而且已经亲眼看得不想再看了。对安兹和古的恐惧正在它们心中对抗,所有部下都看看安兹,又看看古。

"快点上!"

即使受到古的恫吓,它们还是没有动,也动不了。

安兹也动不了。现在危如累卵的均衡让所有在场者都动弹不得。只要稍有动静,均衡就会被打破,它们将会争先恐后地逃跑。

他们逃起来就麻烦了——挨个追上去杀掉可是十分麻烦的。

"那么,这样吧。游戏就到此为止吧。"

安兹发动了自认为没有多大用场——然而在这个世界上却

显得过于强大——的能力。

"绝望灵气Ⅴ（即死）。"

发动后的灵气以安兹为中心向周围扩散。

仿佛断了线的木偶一样，食人魔、巨魔，还有古都瘫在了地上。

倒在地上的魔物们一动不动。很明显，虽然仍有体温，但是它们生命的火焰已经被吹灭了。

鸦雀无声的洞穴中，响起了万分惊恐的老人的声音。

"你、你做了什么，请问您——"

安兹转头看向想要尽可能远离他，身体缩成一团的纳迦，回答道：

"我只是用了特殊技能。毕竟巨魔虽然有再生能力，但是对即死并没有完全抗性啊……本来我觉得你们没有价值，比起无益地杀掉，不如用来做点有益的事。然而，它拒绝我的统治，于是我决定杀掉了事。"

"老夫愿意服从您的统治！臣服于强者对弱者来说是理所当然的。今后老夫会誓死效忠于您！"

安兹默默地凝视着脑袋贴着地面的纳迦，然后没了干劲似地耸了耸肩。

"好吧，无所谓了。可以。毕竟我是为了谈判才来的。"

"好、好可怕。您真的完全不把老夫当回事。老夫曾经统治过西部大森林，您对老夫却只有等同看到了路边一块动物形石子般的感情。"

"不对，要比对石子的兴趣大多了。你好像提到了黑暗精灵啊？这方面的事，你就说给我听听吧。"

"当然可以……谨遵您的旨意。老夫会把自己知道的一切告诉您！不过，请问……"安兹挥手示意它继续说下去，纳迦重新开了口，"老夫说完之后，可以不要杀死老夫吗？"

"我答应你，只要你忠心耿耿地为我效力，甚至可以给你相应的报酬。对了，你的部下呢？你像仓助，不，像统治南方的森林魔兽一样独自统治着西方森林吗？"

"不是的，老夫有部下。不过到这里来是为了和古谈判，老夫的部下没有不可视化等逃生的手段，老夫担心谈判可能决裂，所以没有带来。"

"原来如此。下一个问题，你的手下中有巨魔吗？"

"有一只。"

"这真是太棒了。那么它可以扮演东方巨人吗？不，这是不是……有点难？那好，你这几天就带着部下到我建造的——不对，这孩子建造的建筑里来。亚乌菈，放开它吧。"

"可以吗？"

"没关系，它已经发誓效忠我了。如果它背叛，再考虑其他使用方式就是了。"

亚乌菈纤细的手松开了纳迦的脖子。它的脖子上留下了一块手形瘀青。

安兹没有再理会虽然有些紧张，但已经放心了点的纳迦，走到古的尸体旁。

"巨魔僵尸的数据是什么样的来着？"

安兹可以通过使用特殊技能，利用尸体制造不死者。虽然只能产生僵尸和骷髅，但是只要作为基础的尸体足够强，就能产生出相当强大的僵尸。比较有名的例子就是僵尸龙。

安兹捡起掉在地上的巨剑。本来比安兹身高长得多的巨剑，在魔法装备基础能力的作用下，变成了尺寸最合适的巨剑。

要是挥起无法装备的大剑，自然会遭到强制解除装备，不过只是拿起来的话还不要紧。

"是不是应该适当增强一下卡恩村的个人战斗力呢？这样看来这把魔法武器似乎是十分合适的，反正没有拿回纳萨力克的价值。"

"安兹·乌尔·恭大人！"

它还有什么话要说吗，安兹好像不大感兴趣地向它转过头去。

"背叛之类的行为，老夫怎么可能会做得出。能背叛您的，只有没感受到您那仿佛看着路边蝼蚁般冰冷视线的蠢货。"

"我觉得这双眼睛没法向你表露出那么丰富的情感……莫非是你的特殊能力？就连擅长观察人的迪米乌哥斯，都没法看透我心中真意。"

"老夫没有特殊能力，不过对方对自己是否有兴趣还是能感觉得到的。"

安兹心想,这或许是纳迦的种族特殊能力。

"是这样啊……好吧,我知道了。快点离开这里,去把部下带来,这是给你的第一个命令。"

"是!"

4

纳萨力克时间 21:07

迪米乌哥斯优雅地现身安兹的办公室中。他首先深深地向坐在正面的安兹鞠躬行礼,然后浅浅地向等在室内的马雷和科塞特斯鞠躬致意,最后以视线向房间专属女仆打了招呼。

安兹以视线还礼后,开始以"讯息"和艾多玛交谈。

"可以,艾多玛。给露普斯蕾琪娜许可吧,不过那三人必须保住。"

"明白了,这就向露普斯蕾琪娜下令。"

迪米乌哥斯径直走到房间中央。安兹觉得十分羡慕,他是怎么走出那么帅气的步子的呢?

(他的一举一动都带着不容置疑的自信啊。是不是把脊梁挺直好点呢?)

迪米乌哥斯停住了脚步。安兹回过神来。

"来得好,迪米乌哥斯。"

"是！非常感谢您的邀请。艾多玛那边的'讯息'不要紧吗？"

"没问题。她回来报告了，也和我商量过了。这次测验合格了。"

"那真是太好了。还有，非常感谢您为了我调整时间。"

"不用在意，迪米乌哥斯。为纳萨力克中工作最繁重的男人调整时间，是理所当然的。而且你也没有迟到，不用多想……那么说说你的感想吧。"

安兹把手边的纸递给迪米乌哥斯。看到迪米乌哥斯接过去，从上到下看了一遍后，安兹向他提出了问题。

"料理都写在纸上了，你怎么看？要吃这一餐的是人类男女，说不定还要带上一个小孩子。"

"我认为，只要是安兹大人给的食物，人类都应该默默吃下去，不得有任何怨言才对。不过您想要的肯定不是这样的答案——不是所有人都喜欢吃肥肝，小孩子恐怕不会喜欢吧？还有……对了，我觉得加上爽口的料理会比较好吧？"

"原来如此，很有参考价值，谢谢你。"

"您过奖了……安兹大人，您是要邀请什么人到纳萨力克大坟墓——无上至尊们的圣域中来吗？"

"是的，我打算好好款待他们一下。"

比起款待来更像是应酬。这是为了今后继续保持友好往来，以财力为后盾的示威和利诱。

"没问题吗？"

"没有吧？你觉得有什么问题吗？"

"没有，不会有什么问题的。安兹大人就是真理。"

以前还是游戏的时候，安兹·乌尔·恭公会几乎没有邀请过外人进入纳萨力克地下大坟墓。他们仅仅邀请过夜舞子的亲妹妹来玩过几次，她的玩家名称是"明美妹妹"。不过，公会中其实没有不允许邀请外人来的规定，只是大家正好都没有邀请而已。

（所以，就算我邀请恩菲雷亚他们来，同伴们应该也不会反对的。入侵者和客人有明确的区别。）

看着似乎在思考什么的迪米乌哥斯和刚才开始就等在房间里的两位守护者，安兹问道：

"各位守护者，大家都做好去浴场的准备了吗？"

"非常抱歉。我和马雷打算过去的时候借一套用具。"

"是这样啊，科塞特斯你——带来了啊。那么我们在浴场前面集合吧。增量，如果有访客来找我，让来者在房间等我一下。"

"明白了。"

听到女仆的回话，安兹站起身来，走出了办公室。他让想要追随出去的仆役们留在了办公室里，走在前头，向同样位于第九层的大浴场出发了。

作为安兹个人来说，挺想和科塞特斯肩并肩，一边聊天一边走，可是严守臣下本分的科塞特斯不肯做出这样的举动。这让安兹觉得有些遗憾。科塞特斯莫不是看透了安兹的心情，凑了上来，向安兹问道：

"安兹大人，刚才您房间里的八肢刀暗杀虫数量好像有点少，您把它们派到什么地方去了？"

安兹一听是和工作有关的话题，稍微有点失望，又安慰自己聊天有时就是要从工作开始聊起，控制着不让自己的声音显得太欢快，回答了科塞特斯的问题。

"去耶·兰提尔的旅店了。为了防备突然有人来访，我把娜贝拉尔留在了旅店。八肢刀暗杀虫在远处监视着旅店的情形。"

"娜贝拉尔一人留在旅店会不会太危险。"

"确实危险。如果敌人要发动袭击，这是个好机会。"

"原来如此，您放了一个活饵？"

"没错。如果洗脑夏提雅的敌人在暗中监视我们，这一定是个会令他们垂涎三尺的肥饵。飞飞打倒了夏提雅——虽然名字不一样——这个强大的吸血鬼，却没有人试图为此接触他。那么，飞飞不在，只留下一个魔法吟唱者的话……"

"他们会上钩？"

"谁知道呢。如果上了钩就把它钓上来。"

安兹单手做了个提起钓竿的动作。

"起竿时要全军出动吗？"

"怎么可能，我不会那样做的。首先要摸清对手的底细，如果对手和我们同等，或者比我们强，那就不应该轻举妄动。"

安兹听到科塞特斯小声低吟，意思仿佛是虽然明白道理，但是难以忍耐。

"虽然理性明白需要暂时忍耐，但是感情上实在难以克制。"

"忍耐到调查清楚对手的弱点就行了。查清楚之后就扯烂他们的肚肠，让他们生不如死。洗脑夏提雅，让她来杀我的罪过无比沉重。"

就算对方是玩家，安兹也不觉得有亲近感。安兹只对过去的同伴和现在身边的NPC有亲近感。既然对手要挑起事端，就该以痛苦让对手明白自己有多愚蠢。

"感恩图报，有仇必偿，这是理所当然的吧。"

安兹露出了冷酷的笑容。他想到如果对手是玩家，就可以进行更棒的实验了，感到一股兴奋感涌上心头。自己因为害怕绝对不敢亲身尝试的实验——死亡实验必须是第一个做的。

"以牙还牙，以眼还眼，对吗？"

"没错。不过，你知道吗？这句话其实也是劝人不要报仇过度。我是不会用这句话的，因为我报仇会极其过度。"

"布妞萌是这样说的。"安兹在自己心里把话说完了。

"噢噢！不愧是安兹大人。不光武力，智慧也令人折服。"

就算不回头，安兹也能感觉到背后有一股敬意排山倒海而来。

"那么，安兹大人今天要在纳萨力克度过吗？"

"不,和大家去完浴场之后,把这边的工作处理一下,我半夜要到那边去。因为那边也有很多事不得不处理啊。你今天是怎么安排的?"

"我打算暂时回到防卫纳萨力克的岗位上。探索湖周边之类,我自己去比较好的事情已经处理完了。"

"如果你回来了,在外面工作的,还剩下身兼数项工作的迪米乌哥斯、在王都收集情报的塞巴斯和索留香、在森林中建造据点的亚乌菈,再加上我和娜贝拉尔了。"

"您是无上至尊,现在却在做本来应该由我们来承担的工作,我有点难以接受——"

"哈哈,别怪我,科塞特斯。"

"我怎么敢怪您。安兹大人是纳萨力克地下大坟墓的统治者,您说的话就是绝对的真理,刚才我说的话,不过是愚者胡言乱语罢了,而且——"

气氛变了,安兹心想,向后扭头,去看科塞特斯显得——虽然看不出来表情——有些阴沉的脸。

"如果我们都像迪米乌哥斯那么优秀,安兹大人就没有必要亲自出马,说到底还是因为我们不够优秀——"

"这就是你想错了。制造你们的时候,原则就是适材适所,所以完成你们各自的工作才是最重要的。说直白点,你们不需要会做分外的工作。智慧和知识见长的迪米乌哥斯是万金油,仅此而已。"

看到科塞特斯还是没想通,安兹继续说了下去。

"如果觉得自己不够优秀,慢慢增加自己能做的事就行了。这个嘛——开始负责蜥蜴人的村庄后,你应该已经在进步了。管辖那个村庄,一定有助于你的成长。只要一步步不断成长,你也能成为与迪米乌哥斯比肩的守护者。"

"我真的可以吗?"

"我不觉得没有这个可能性。"

安兹选择了委婉的说法。

"迪米乌哥斯在智慧和谋略方面是无人能及的。想要成为和他比肩的男人,就像选择了一条遍布荆棘的道路。不过,我认为,努力是不会白费的。"

两人默默走在通道中。过了一会儿之后,科塞特斯才像把话挤出来一样,小声说道:

"非常感谢您,安兹大人。"

"我可没有说什么值得感谢的话啊。好了,科塞特斯,马上就要到浴场了,在迪米乌哥斯和马雷来之前,调整一下心情吧!"

"是!"

"SPA度假村纳萨力克"位于纳萨力克第九层。这里有男女共九种,合计十七个浴池,是个非常棒的度假村。其中最令人瞠目结舌的是切连科夫浴,它用的是亮得令人感到刺眼的蓝色洗澡水,是一个可以体会奢华入浴感的浴池。

安兹和科塞特斯到达浴场,看到一位意料之外的人物,吃了一惊。

"安兹大人!"

说话者是雅儿贝德,她的声音听起来,句尾仿佛加了一个桃心符号。不,不光有雅儿贝德,她身后还有夏提雅和看起来疲惫不堪的亚乌菈。

反倒是看不到迪米乌哥斯和马雷的身影,会不会是在更衣室等着呢?

"雅儿贝德,你怎么在这里?"

"欸?我只是想和大家一起洗澡,所以到这里来了……安兹大人也来洗澡了吗?"

"啊,嗯——没错。你说得对。雅儿贝德,真是好巧啊。"

"真的,好巧啊!我听说洗澡前最好稍微运动一下出些汗。我要不要和安兹大人一起运动一下出点汗呢?"

安兹感到后脊蹿过一阵寒意。

"打打乒乓球确实也不错……"

"我说的不是那个意思。您真坏。"

雅儿贝德迅速地,以和一百级战士职业相称的——魔法职业的安兹不可能躲闪掉的——动作接近,向只穿着一件长袍的安兹胸口伸出手指,打算写字。然而,白鱼一样的手指却杵进了安兹肋骨的间隙。

"啊。"

"啊。"

两人的声音同时响起。

多么蠢的画面啊。安兹扭曲着表情，苦笑着，打算向雅儿贝德开口。

"手指捅进安兹大人的重要的地方了……"

雅儿贝德双颊染红，两眼泪汪汪的。一股扑鼻的芳香飘了过来，有点像安兹有时会在床上闻到的那股香气。

"——喂，我以前也问过，这家伙原来有这么奇怪吗？"

安兹彻底恢复了本来说话的腔调，向想要拦住夏提雅，正手舞足蹈地奋战的亚乌菈问道。

"对不起，安兹大人，发生了很多事。您就当她是每天都在为纳萨力克着想，已经身心俱疲好了，拜托您了。"

"如、如果是这样，那就没办法了啊。嗯，好吧，雅儿贝德，我很感激你每天辛勤工作。"

安兹想要小跑着离开，长袍却不知被谁的手抓住了。不，不用看也知道是谁。

"雅儿贝德，你到底怎么了？是什么让你如此大胆？"

"您对我说了那样的话……我现在心中点着了一团火，小腹也跃跃欲试。所以——安兹大人。"

"不，别，等等，冷静一点，雅儿贝德！科，科塞特斯！"

"请交给我吧！"

一股冷气吹过通道。急剧的温度变化似乎让雅儿贝德清醒了过来,她的眼睛中重新有了理性的颜色。

"对安兹大人如此无礼,就算是守护者总管,我也不能不管。"

科塞特斯挤进安兹和雅儿贝德之间,他的手中握着银白长矛。很明显,他的意思是如果雅儿贝德不拿出恰当的态度,他手中的长矛可不长眼。

"——失礼了,安兹大人。看来我有点忘情了。"

"我接受你的道歉,雅儿贝德。"

听到主人已经发落,科塞特斯退到一旁,不过长矛依然握在手中。

"我很清楚你的日常工作压力很大,也许有时会想忘情地发泄一下。总之先去泡泡澡,发散一下压力吧。科塞特斯,辛苦你的护卫了。"

安兹话毕,想要穿过暖帘进入男浴池,听到身后跟来的脚步声,他停住了动作。

"你怎么跟过来了,雅儿贝德。为了以防万一,我告诉你。这边是男浴池,不是你该去的女浴池。"

"我是在想,跟去给您擦背。"

"不行。再说,我又不是自己去洗澡,有其他男性守护者跟我一起去。莫非你的意思是让他们看到你的身体也无所谓吗?"

安兹本以为她可能会说让科塞特斯看到也没关系之类的话,没想到雅儿贝德想都没想马上给出了回答。

"那么,别处有家庭浴池——"

"你搞错了家庭浴池的用途!"

"可是,安兹大人,您只宠爱男性守护者们,我觉得这太不公平了。"

"就是,就是。"夏提雅捂着亚乌菈的嘴应和着。被她们硬拉来的亚乌菈眼睛中没有了光芒,只能说是睁着而已。女性守护者们身后还站着一脸不快的科塞特斯。

(只是一起去浴池而已,哪里算是宠爱了……上次的事也是,雅儿贝德有点太奇怪了吧?莫非出了那件事,让她暴发了?)

"雅儿贝德,你先听我说。比起男人来,我更喜欢女人,是纯粹的异性恋。"安兹用手制止了想要说什么的雅儿贝德,"将来或许会建立相应的关系。但是现在纳萨力克在世界上的立场都还没有确定,现状下与你们建立相应的关系,作为一个组织的领导者,是不应该的。"

"唔唔唔。"雅儿贝德皱起眉头。

"再说……你们就像是我的好朋友的女儿——我实在心情复杂。"

"我还以为你们在入口做什么呢,原来是在搅扰安兹大人啊,各位女士。"

"姐、姐姐她……死、死了。"

"我才没死呢——"有气无力的少女吐槽道。

"你们两个终于来了。"

"我们来迟了，非常抱歉。不过……守护者总管阁下，你是不是应该学习一下如何控制自己的感情呢？"

迪米乌哥斯的眯缝眼睁开了点，眼中有明确的敌意。他散发出危险的气息，令人真切地感觉到平时和悦的人发起火来格外可怕。科塞特斯仿佛也受到了感染，对雅儿贝德摆出了战斗的架势。

雅儿贝德也不示弱，依然保持着笑容。不，她的笑容好像更有力了。

"蠢货！！！"

安兹不由得怒骂一声。

"守护者们不要在我面前争执！一群浑蛋！"

瑟瑟发抖的守护者们全体一齐单膝跪在安兹面前。

"非常抱歉，安兹大人！"

"好了……大家都站起来。"看到全体守护者都站了起来，安兹和善地，像教育孩子一样说了下去，"不要为无聊的小事争，我最不愿意看到你们争吵，明白了吗？"

听到全体守护者都表示明白了，安兹彻底消除了自己愤怒的情感。

"好了，我们去泡个澡，换个好心情。男士组跟我走。还有亚乌菈，我任命你为女士组的监管员，看好后面那两个，别让她们做出蠢事。"

"明白了！"

亚乌菈的眼睛中燃烧起炽烈的火焰。看到她那喷薄而出的热波，似乎觉得亚乌菈得到了反击的机会，雅儿贝德和夏提雅都难掩自己的动摇。

安兹走进了写着"男"的暖帘。身后虽然传来了女孩子们嘈杂的声音，但是他选择无视。

他在更衣室脱掉了衣服。因为平时的装备需要脱的东西太多，很麻烦，所以安兹在来之前事先做好了准备，脱起来很快。他快速地脱完衣服之后继续向里走。

（每次脱光之后我都会想，我到底是怎么动起来的……）

他是一具没有肉和筋的骷髅，这以铃木悟的常识是无法想象的。不过，这样的事在这个世界是理所当然的，他也只能囫囵吞枣地接受现实。即使如此，有时他还是会抱有类似的疑问。

"我先进去了。"

"请，请稍等一下！"

赤条条的马雷迈着小步子跑了过来。

他虽然平时是伪娘，但是这样一看确实是男孩子。

他还完完全全是个小孩子，全身没有一点隆起的肌肉。马雷拥有一具看起来手感会很软和的身体，他居然能用出那么惊人的力量，这一点应该和安兹能动一样，遵循着这个世界特有的未知法则吧。

安兹看着赤条条的马雷，思考着这些疑问，同时向他提醒道：

"不要在浴室里跑，地板很湿，很危险的。"

守护者摔倒撞到了头死了，这样的事是不可能发生的。虽说如此，看到马雷孩子一样的外表，安兹无论如何都控制不住自己的担心。

"知、知道了，非常抱歉。"

安兹心想，不用这么严肃地道歉吧。

"让您久等了。"

随后迪米乌哥斯和科塞特斯出现了。

迪米乌哥斯有一具肌肉紧实的身体，可以说是脱衣有肌。衣服下面按说是没法详细制作的，他拥有这样一具标致的躯体，莫非因为为他进行设定的是乌尔贝特吗？

"科塞特斯没什么变化啊。"

"是的，他平时就一丝不挂。"

"可以的话，能不能别把我说得和变态一样。"

"抱歉。毕竟科塞特斯是外皮铠甲嘛，和平时一样也是没办法的事。"

外皮铠甲是肉体武装的一种，夏提雅的爪子和牙也属于肉体武装。随着拥有者等级提升，这类肉体武装的硬度和耐久性，可以附加的电脑数据水晶的数据量都会得到强化。

优点是不用每次升级都换新装备；就算挨了破坏装备的特殊技能或者受到攻击破损了，接受恢复HP的治疗魔法的同时，肉体武装也会被修复；即使死亡也不会掉落等等。可以说好处多多。

相对地，肉体武装也有缺点，那就是硬度、耐久度、可以附加的数据量都逊于同等级玩家的主装备。就算是一百级的肉体武装，也几乎不可能达到和神级道具相同的水平。如果习得的职业拥有强化肉体武装的特殊技能，说不定能强化到和神级道具比肩，不过到底可以不可以，安兹也不知道。

作为玩家来说，肉体武装的缺点比较突出，不过对于武装NPC来说却是非常不错的手段。有了肉体武装，就不用为NPC准备各种各样的装备了——也就是说制作NPC的玩家可以省去准备装备的麻烦。

"非常感谢。"

科塞特斯低头致谢。安兹其实并没有为他说话的意思。不过话说回来——

（这件事让科塞特斯被取笑——被戏耍到了需要道谢的程度吗？我是不是委婉地规劝大家一下为好？）

发生凌霸事件班级的老师会不会就是这样的心情呢。安兹一边想夜舞子遇到这种事会怎么想，一边对即将进入男浴场的成员们招呼道：

"好，我们进去了。"

安兹率先进入了浴场。

这个大浴场一共有十二个区域。

首先是浴池区域，包括最大的雨林浴池、别具风情的古代罗马风浴池、漂着柚子的柚子浴池、碳酸浴池、喷射浴池、通上低频电流泡进去身体会发麻的电流浴池、漂着木炭的冷水浴、发出神秘光芒——不知里面到底有什么——的切连科夫浴池，最后是男女混浴的露天——不过风景只是布景——浴池。

除此之外，还有可以做桑拿、洗岩盘浴的区域，最后是放松室。

"那么我们去哪儿？说说你们的意见吧。"

"属下觉得冷水浴很棒，希望安兹大人也能了解冷水浴的好处。"

就算进入极其寒冷的冷水浴，拥有冰抗性的安兹也不会觉得难受。不过，他觉得一上来就带大家去洗冷水浴，有点不对劲。

"科塞特斯……我们是来洗澡的……"

听到马雷的忠告，科塞特斯察觉到自己似乎搞错了什么。这时又有人穷追猛打。

"我们是来洗澡的，应该推荐能让血流通畅的热水浴才对吧……等等，对了。应该先问你一个问题。你能进热水吗？该不会变得像蒸熟的龙虾一样吧？"

"没问题，我有这身外骨骼，拥有火抗性。不过你们都说我一丝不挂就是了。"

"哼哼。"科塞特斯自豪地说。

"那、那个，我觉得既然这样，应该推荐普通的浴池。"

"冷水浴是最棒的……抱一块冰泡进去，不能更舒服了……"

"我不会说只有你，不过有相同感想的人应该属于极少数……"

"好，好了，大家分开泡就没意思了。我们一处一处轮流泡吧。首先第一处，我们先去普通的雨林浴池吧。我的伙伴们制作的时候可是下了不小的功夫。"

带着说"那真是太令人期待了"的部下——包括显得有点失望的科塞特斯在内，安兹向雨林浴池出发了。

茂密的模型草木形成了雨林，就算知道是模型，因为实在太逼真，还是会产生其中仿佛随时可能爬出魔物的感觉。

"这里是以过去曾经存在过的亚马孙河为主题建造的浴池。制作者是贝鲁利巴，协同制作的是蓝色星球。"

背对正在感慨的守护者们，安兹把桶和浴室凳拿到了冲洗区。

（为什么这里的桶全都是黄色的呢？以前我问的时候好像说这是传统……莫非SPA都用黄色的桶吗？）

"大家应该都知道，进入浴池之前，应该把身体好好洗干净。不过我的洗法会把周围的人弄脏，你们最好不要离我太近哟。"

安兹说完这番话，就把桶里的热水浇在了自己身上。热水

哗啦一下子穿过了身体，保持着重力加速度浇在地板上溅了起来。安兹的身体因为尽是缝隙，只用一桶热水很难把全身浇湿。他重复了好几次，确认身体终于全湿了，这才取出了带来的刷子。

他把刷子上涂满液体香皂，开始在身体上刷了起来。这具躯体因为缝隙太多，刷起来就像刷筛子一样，香皂泡沫四处飞溅。

（嗯，这样看来应该把我可爱的洗澡小助手三吉君带来啊。）

安兹觉得浑身黏液实在不好看，不想让部下看到自己的那副样子，因此没有把三吉带来。好久没有自己洗过身体了，他感觉好麻烦。

安兹正在专心致志地刷洗身体，马雷一手拿着黄色的浴室凳走了过来。他显得战战兢兢，对安兹露出了被浴室的热气熏得泛红的笑脸。

"安、安兹大人！我、我来帮您洗背！"

"嗯？噢噢，是吗，你愿意帮我洗啊。不过我的身体洗起来很麻烦，你用这只刷子洗吧。用毛巾洗会更麻烦的。"

见安兹把后背转了过去，马雷拿着接过来的刷子慢慢刷洗起来。

"洗得很好嘛。"

"非常感谢您的夸奖！"

实际上没有什么好与不好的评判标准，是对马雷的感谢之情让安兹表达了赞扬。

安兹看了看另外两位守护者，迪米乌哥斯说"那么，我来帮你洗背吧"，科塞特斯回答"不好意思啊"。安兹控制不住，露出了——当然骷髅脸上不会露出表情——满脸的笑容。

纳萨力克地下大坟墓真是棒极了！

身后传来的小孩子的声音说"这里应该洗过了吧"，让他的笑意更强了。

"谢谢你，马雷。接下来我来帮你洗吧，不用客气哟。"

少年显得有点受宠若惊，安兹握住他的肩膀转向背后，在马雷的毛巾上用肥皂打出泡沫。

安兹注意着不要把他弄痛，轻轻擦着他的身体。安兹回想起原来自己擦身体的力道，他用的力道比给自己擦时稍小一些。

"痛不痛？"

"不、不要紧的！"

安兹帮不知为什么身体异常僵硬的马雷洗干净后背，把毛巾交给了他。

"前面自己会洗吧？"

"当、当然会！"

安兹接过刷子，注意着不把香皂泡溅到在旁边擦洗身体的马雷身上，小心地洗起了自己的肋骨。

"那么我先走一步了。"

迪米乌哥斯最先洗干净了身体，摇着尾巴走向了浴池。科塞特斯的身体清洗起来难度应该不亚于安兹，不过他灵巧地使用四只手臂，很快就洗干净了身体，紧随迪米乌哥斯之后。下一个自然是马雷了。安兹在大家都进了浴池几分钟之后，终于洗完了自己的身体。

浴池比较宽敞，热水从相当精致的狮子像口中突突地冒出来，腾腾的热气笼罩在浴池上。安兹撩开热气走到大家身旁，发现只有科塞特斯泡在挺远的地方，其他两位守护者则保持着一定的个人空间泡在一起。

"啊——好舒服的热水啊。"

安兹总觉得小孩子会在浴池里游泳，马雷却在头上顶着毛巾，一脸放松的表情。看到他比起小孩子，更像是疲惫的大人，安兹为纳萨力克的守护者工作居然如此辛劳而感到惊愕。

"是啊，感觉疲劳仿佛被从身体深处冲走了。"

迪米乌哥斯摘掉了眼镜，像大叔一样掬起一捧热水泼在自己脸上，然后发出"哈啊"的一声。

"好热……"

"咦，咦？那个，刚才你不是说了有抗性。"

"有是有，不过我没怎么洗过热水澡，有点不适应……"

"那你也不应该用寒冷灵气吧。请你不要到这边来啊，热水还是烫一点更舒服。"

安兹终于明白了为什么只有科塞特斯泡在挺远的地方，他附近大概已经变成了温水吧。

"迪米乌哥斯有火焰抗性,所以觉得热水好……冷水浴其实挺不错的哟?"

"我不感兴趣。再说,我其实没有发动抗性,只是在正常地享受热水浴而已哟?科塞特斯连忍受这点痛苦的耐力都没有吗?"

"没想到迪米乌哥斯居然会用这种无聊方式进行挑衅——不过有意思。"

"都不要吵。泡澡就要开开心心,要是想比耐力就到桑拿室去。不用勉强自己泡哟?"

"呼啊。"

满头汗珠的马雷吐了一口热气。

"你们看,泡澡就应该像马雷这样享受。马雷别勉强,觉得太热就别再泡了哟?"

"我、我没事的,安兹大人!实在忍不住我会用魔法的!"

安兹心想"那似乎也不对吧",不过没有说出口,而是把视线投向了迪米乌哥斯。

"不惜给自己加上抗性也要泡热水澡,这样对吗?"

"应该也有这样泡澡的方式吧,安兹大人。安兹大人是不死者,不会泡得头晕,两者应该是一个道理吧?"

"确实。"

安兹尽管能感觉到身体越来越温暖,却没有还是人类时那么舒服的感觉。

（变成不死者之身，真是有得有失啊……）

安兹正在惋惜自己不再能体会到的愉悦——

"嗯？"

——他抬起头，透过蒸汽四下张望。

"您怎么了？"

"我好像听到有人在叫我的名字……"

"那是不是从旁边的浴池传过来的？"

科塞特斯用手指着自己背靠的墙壁。

"那边是——原来如此，是女浴池啊。"

"是吗。不，可是……这面墙有那么薄吗？"

"是不是有回声，显得声音特别大？"

安兹不由得把注意力集中到耳朵上。他并不是有下流的目的，只是好奇她们在没有男士在场的情况下，会聊些什么。因此他没有做出把耳朵贴在墙壁上之类，不符合纳萨力克地下大坟墓统治者身份的动作。不仅如此，他还离开墙边，坐到了对面。

——雅儿贝德下面的毛好浓啊。

集中注意力后，安兹听到了墙另一边的对话，这让他的脸扭曲起来。

——亚乌菈，不要形容得那么奇怪。啊——安兹大人大概就在这堵墙对面吧。不知道有没有偷窥孔呢。

安兹认真地在墙上检视起来。这是因为他开始担心以前的某位同伴在墙上做下了奇怪的机关。曾经有一个时期，一部分工会成员非常热衷于制作奇怪的机关。可以说，那个时期的遗产非常有可能留到了现在。

——按理说，应该是相反的吧？偷窥的应该是男人吧？

——相反的才是不可能的。安兹大人不用做那种事情，只要下令说他想看就行了，怎么可能会偷窥呢。

——噢噢，好稀奇，夏提雅居然说了一句很有道理的话。

——什么叫居然，话说那是牙刷吗？不要在浴池里刷……不，洗吧。

——没办法嘛，我的洗起来很费力的。如果不是这么大的浴池，很麻烦的。

从较高的地方传来了雅儿贝德的声音，紧随其后的是豪爽的洗刷声。

——嗯，这么一看确实挺费力的啊，没办法的事，原谅你了。

——谢谢。

——呜哇，不要脑袋一晃一晃地看着我，真让人不舒服。夏提雅不用刷吗？

——我在自己的房间里刷就好，没必要在这里刷。不过，我们会得蛀牙之类的齿科病吗？

——就算不会，亲嘴的时候发现是臭的，千百年修来的恋情都会冷却掉的。

牙刷洗刷的声音停下了,拖着步子走路的声音响了起来。

——欸?等等,你要直接进来吗?起码把身体洗……

很大的咕咚一声之后,哗啦啦的流水声响了起来。大概是有人猛地跳进了水里。

——呜哇!咳咳,咳!如果我是故事里的吸血鬼,已经被流过来的水淹死了!

——居然跳进浴池里,你又不是小孩子了,不要这样好不好。

——呵呵呵。啊——好舒服啊,今后多来几次吧。

——你能不能注意点浴池礼仪……哦?

——怎么了?咦?狮子动起来了?

——不懂浴室礼仪者没有入浴的资格!这是天罚!!

听到突然传来的男性的声音,以安兹为中心的男生组面面相觑。

"那……那个,刚才好像响起了男人的声音。"

"虽然从来没有听说过,那莫非是浴场的领域守护者吗?可是,在女性用的浴池出现男人实在是……"

"不,这个声音我曾经听过……是路西★法的声音。"

听到棘手的男人的声音,安兹模模糊糊地回想起他给自己添的许多次麻烦。说实话,安兹不太喜欢这个男人。

"莫非是那位无上至尊?!"

——好硬！这不是普通的钢铁哥雷姆，雅儿贝德！

　　——去死吧！废铁哥雷姆手工玩具！

　　随着轰隆一声巨响，有什么东西猛地撞在了墙上。这一击打得男浴池的墙都晃了三晃。

　　"姑且穿好武装，做好冲进女浴场的准备。"

　　安兹向一脸不太情愿的守护者们命令道。

　　如果友军攻击没有解禁，这或许只是个小玩笑，可是在目前的状况下，很可能已经演化为真正的厮杀。女生组都脱掉了装备，战斗力有所下降，搞不好真的需要救援。

　　"希望下次能悠闲地泡澡啊。"

　　安兹哗啦哗啦地蹚着水向更衣室走去，不由得自言自语。听到这句话，守护者们一齐点起了头。

角色介绍

安莉·艾默特

人类种族

enri emmot

新任族长

职位——族长。

住处——卡恩村艾默特家。

职业等级 - 农民————1lv
　　　　　 中士————1lv
　　　　　 指挥官————2lv
　　　　　 将军————2lv

生日——中风月10日。

兴趣——干农活（应该说村里没有其他的娱乐）。

Character 35

{ personal character }

　　刚刚成为卡恩部族族长的少女。干活卖力，胃口好，过着非常健康的生活，结果拥有了鼓鼓的肱二头肌，腹肌也渐渐一块块显露出来。恐怕现在已经成为了卡恩村中（只算人类）力气最大的前五名之一。她的资料是第八卷结束时的数据，在故事中她还只有1级农民和1级中士的职业等级。

恩菲雷亚·巴雷亚雷

nfirea bareare

天才炼金药师

| 人类种族 |

职位——药师。

住处——卡恩村巴雷亚雷家。

职业等级－魔法师————————3lv

炼金术师（天才）————4lv

药师（天才）—————4lv

医师—————1lv

生日——中风月18日

兴趣——炼金术实验（获得新知识）。

{ personal character }

拥有惊人的天生异能，不仅在炼金术等方面拥有罕见的才能，还可以算得上是美少年。他的存在证明上天有时会同时赐给人两三种天分。虽说是药师，但他实际上应该是炼金术师，不过在这个世界上两者有密切的联系，说自己是哪一个都没有错。

哥布林军团

亚人类种族

goblin troop

强壮的护卫集团

职位——— 安莉的护卫团。
住处——— 卡恩村。
职业等级 — 哥布林魔法师——— 10 lv
　　　　　哥布林祭司——— 10 lv
　　　　　哥布林士兵——— 8 lv
　　　　　哥布林指挥官——— 12 lv
　　　　　哥布林弓兵——— 10 lv
　　　　　哥布林骑兵&狼——— 10 lv

{ personal character }

　　安莉召唤出的哥布林军团（共十九名），对召唤者绝对忠诚。他们对安莉忠心耿耿的程度和纳萨力克成员对安兹的忠心几乎相同。与守护者和安兹的关系不同，他们和安莉的关系更亲密。此外，他们在哥布林中算是拥有相当强壮的身体，以致外观和一般的哥布林不同。并不是所有哥布林都和他们长得一样（肉体没有他们这么强壮）。

{ character chart }

各个体名——[卡恩村中的数量]

- Ⓐ 哥布林魔法师————[1人]
- Ⓑ 哥布林祭司—————[1人]
- Ⓒ 哥布林士兵—————[12人]
- Ⓓ 哥布林指挥官————[1人]
- Ⓔ 哥布林弓兵—————[2人]
- Ⓕ 哥布林骑兵&狼———[2人]

露普斯雷琪娜·贝塔

|异形类种族

lupusregina·β

笑面虐待狂

职位──纳萨力克地下大坟墓战斗女仆。

住处──地下第九层的用人房之一。

属性──凶恶　　　　　［正义值:-200］

种族等级─狼人 Werewolf ──────5 lv

职业等级─神官──────────10 lv

　　　　　战斗神官─────────5 lv

　　　　　军阀───────────4 lv

　　　　　教皇───────────5 lv

　　　　　其他

［种族等级］+［职业等级］ ── 合计59级
● 种族等级　　　　　职业等级
总级数5级　　　　　总级数54级

status

能力表

[最大值为100时的比例]

- HP［体力］
- MP［魔力］
- 物理攻击
- 物理防御
- 敏捷
- 魔法攻击
- 魔法防御
- 综合抗性
- 特殊性

OVERLORD
Characters

四十一位无上至尊

角色介绍篇

塔其·米

异形类种族
touch me

纯银的圣骑士

| personal character |

在名为 YGGDRASIL 的游戏中被称为最强者之一，
是一位十分有名的玩家。本来他处于类似公会会长的地位，
以某事件为契机，他离开了会长地位。后继者就是飞鼠。
在现实世界中他是一个拥有美女妻子和孩子的好爸爸，
也就是所谓的人生赢家。

翠玉录

异形类种族
tabula smaragdina

大炼金术师

| personal character |

是一位喜欢反差萌的男子。
酷爱恐怖电影，从古典的到最新的，涉猎范围广泛，
相关知识总是令工会成员惊异。
TRPG 也是他的爱好之一，是他喜好设定的根源所在。
曾经向飞鼠灌输一些神话相关的无用杂学。

作者后记

我非常忙，正因如此，肚子和下巴上的肉才会越来越多。我就是越来越胖的作者，丸山黄金。非常感谢您购买，或者是阅读本书！

我之所以忙成这样，是因为动画化的工作，还有公司的工作等各种各样的事情都挤到了一起。

"安兹是怎么微笑的？""凭感觉！""监督会有办法的。"现在，动画方面一边进行着这些温暖人心的对话，一边顺利地进行着。

而且不光动画，Comp Ace上《OVERLORD》的漫画（作画：深山フギン老师）也要开始连载了。大家拿到本书的时候，应该已经连载到第二话了。看了漫画，我都会感慨，原来安兹这么帅气啊。各位感兴趣的话请一定要看一看！

好了，这一卷的第一版，是护封里面也有插画的双面插画版本。

这幅插画是不输给各种轻小说彩色插画的力作。so-bin老师是在我不讲道理地提出要求，"哪怕牺牲其他插画，这里也要画出最好的"的情况下，画出了这幅插画，大家一定——丸山也是——受到了强烈的震撼。比起恐怖公，还是这一类的插画更赏心悦目。

虽然有种今后不会再有类似插画的预感，但是如果有哪位无论如何都还想要，请把自己的欲望写在本书中的明信片上寄回来。

可能有的读者会产生为什么是粉红色的疑问。这是因为我在和编辑谈绝对要加上安兹入浴的场面时，得出了粉色护封比较好的结论。护封里面的颜色比起已经出版的几卷有些特别，如果有哪位用这面把书包起来放在书架上，我愿意赠予这位读者"勇士"的称号。

那么，接下来我要向各位致谢。

在工作量巨大的情况下，so-bin老师完成了我提出的难题，真的非常感谢。

负责设计的Chord-Design-Studio、负责校对的大迫老师、编辑F田老师，还有协助《OVERLORD》制作的各位，非常感谢大家。还有Honey，谢谢你帮我找出致命的失误，还有其他的各种帮助。

最值得感谢的是本书的各位读者，真的非常感谢。希望大家继续关注本书！

二〇一四年十二月　丸山黄金

OVERLORD Vol.8 FUTARI NO SHIDOSHA

©Kugane Maruyama 2014
First published in Japan in 2014 by KADOKAWA CORPORATION, Tokyo.
Simplified Chinese translation rights arranged with KADOKAWA CORPORATION, Tokyo.
through JAPAN UNI AGENCY, INC., Tokyo.
Simplified Chinese translation by Beijing Hongyue Scientific and Technical Co., Ltd.

著作版权合同登记号：01-2019-0352

图书在版编目（CIP）数据

OVERLORD.4，两位领导者 /（日）丸山黄金著；刘晨译. —— 北京：新星出版社，2019.6（2025.4重印）
ISBN 978-7-5133-3561-4

Ⅰ. ①O… Ⅱ. ①丸… ②刘… Ⅲ. ①长篇小说-日本-现代 Ⅳ. ① I313.45

中国版本图书馆 CIP 数据核字（2019）第 074675 号

大坟墓的入侵者·两位领导者（OVERLORD.4）

（日）丸山黄金 著　刘晨 译

责任编辑：汪　欣
责任印制：李珊珊

出版统筹：贾　骥　宋　凯
出版监制：张泰亚
特约编辑：王　凯
美术编辑：张恺珈
装帧绘图：so-bin

出版发行：	新星出版社
出版人：	马汝军
社　址：	北京市西城区车公庄大街丙3号楼　100044
网　址：	www.newstarpress.com
电　话：	010-88310888
传　真：	010-65270449
法律顾问：	北京市岳成律师事务所

读者服务：010-88310811　　service@newstarpress.com
邮购地址：北京市西城区车公庄大街丙 3 号楼　　100044

印　刷：	北京美图印务有限公司
开　本：	780mm×1092mm　1/32
印　张：	24.625
字　数：	452千字
版　次：	2019年6月第一版　2025年4月第十次印刷
书　号：	ISBN 978-7-5133-3561-4
定　价：	99.00元（全二册）

版权专有，侵权必究；如有质量问题，请与印刷厂联系调换。

参与其中。
冲突终于
演化成了
波澜万丈的
全面战争——

第9部。
Volume Nine

OVERLORD,
破军的魔法吟唱者
OVERLORD *Kugane Maruyama* | illustration by so-bin
丸山黄金————著
illustration ◉ so-bin

王国和帝国历年的战争都只是彼此牵制。然而,帝国的统治者,鲜血皇帝·吉克尼夫访问纳萨力克地下大坟墓后,安兹决定

每本书都是一座传送门

次元书馆

OVERLORD ⑦
大坟墓的入侵者

〔日〕丸山黄金 著

刘晨 译

新 星 出 版 社　NEW STAR PRESS

目录

001	Prologue
019	第一章　黄泉邀约
085	第二章　身陷蛛网的蝴蝶
181	第三章　大坟墓
259	第四章　一线希望
347	Epilogue
353	角色介绍
360	作者后记

Prologue

纳萨力克地下大坟墓的最底层、第十层最深处的中枢——悬挂四十面旗帜的王座大厅洋溢着安静而热烈的气氛。

大家都默默排好队列，向着王座深深地低下头，以示自己的忠诚。

队列中全是异形的身影。各层守护者自不用说，四十一位至尊亲手创造的NPC们，还有各位守护者直辖的仆役们也在列，总数轻松超过二百。除了刚刚转移时的那次之外，还是第一次有这么多部下集中到这里。

不过，这次与上次相比有很大的差异。这次受到召集的仆役与平常不同，从等级上来说强者云集，平均等级甚至超过八十。

夏提雅是统领第一层到第三层的守护者，她平时总是让吸血鬼新娘随侍，今天却带来了获赐的最高阶不死者们。就连第六层的守护者之一马雷，也带来了以往从未带出来过的两条守护者直辖的龙。这是两条通过付费扭蛋——而且概率非常低——才能获得的，接近九十级的龙。

在这些明显经过精挑细选的仆役中，有一支与众不同的队伍。

这支队伍比其他仆役略逊一筹，大概由一百只——不计算在刚才所说的二百只之内——最高不过四十级的不死者组成。

其他仆役都面对王座列成横排，它们如果被召唤到这个圣域，毫无疑问应该位列末席，现在却排成了一列纵队，最前面的不死者甚至位列守护者——离王座越近身份越高——附近。

这令人感到难以置信的殊遇，有着极其正当的理由。

这些不死者，都是由纳萨力克地下大坟墓的统治者——安兹·乌尔·恭亲手制造出来的，绝不可能随意对待。

确实，在场的所有出席者都是安兹的部下，对公会"安兹·乌尔·恭"绝对忠诚，然而毕竟也有明确的上下级关系。当然，地位最高的是至尊们亲手制造的NPC，位于其中顶点的就是身负守护楼层重任的守护者。

次于NPC的是自动刷新，或者是通过YGGDRASIL的佣兵系统召唤出来的魔物——仆役。仆役们因为各自强弱和所任职务不同也有地位差异，不过大半都不分楼层深浅地站成了横排。

那么安兹制造的不死者们该站在哪里才好呢？

这就是令楼层守护者总管雅儿贝德烦恼不已的问题。她拿不准是不是该把这些不死者当成和NPC同等地位来对待。

安兹被她问起的时候，破颜一笑，宣称列到末席就可以。

安兹制造不死者的能力，虽然每天有使用次数的限制，但是不花任何代价就能使用。相对地，守护者们带来的高等级仆役，是通过YGGDRASIL游戏中的据点佣兵系统，用金币或者付费生成的。前者就算死亡，也可以不花任何费用制造，后者如果死亡，召唤费用就打了水漂。从安兹的角度来看，自己制造的不死者虽然需要尸体，但是劣于那些需要金币才能生成的仆役。

可惜这只是从安兹的角度,并非对他无比忠诚的部下的角度来看的。听到宽容的主人做出的判断,雅儿贝德感激涕零,然而还是没法回答"遵命"。她在苦恼中把主人制造的不死者的席位从横排改成了纵列,以破例的手段回避了问题。

安兹坐在置于大厅最高处的王座上,俯视着雅儿贝德绞尽脑汁安排好的仆役们,像传达神谕一样缓缓地开了口。不对,对于所有部下来说,安兹的话本身就是神谕。

"首先,辛苦你们长期在外收集情报了,塞巴斯、索留香,你们做得很好。"

看到眼前的两人恭敬地行礼,安兹满意地点点头,不过问题是这句话说完之后该怎么办。扮演一位王者对于普通人来说实在太难,看着眼前无数的部下,部下眼中敬爱的光芒,安兹觉得自己好像快要被压力搞垮了。

本不存在的胃针扎一样阵痛,同样本不存在的心脏猛烈地跳动。

不过,这只是一瞬间。想要拼命逃离此处的巨大冲动被变成这副身体之后获得的特性强行抑制。

终于,安兹觉得自己的情绪控制得可以扮演一个合格的统治者了,他发出了命令。

"两人,上前。"

被点名的两人齐刷刷地起身,以令人觉得进行过演习般同步的动作登上王座前的阶梯,来到安兹侧前方的雅儿贝德面前才停住脚步。

然后又以同步的动作跪下。

"抬起头来。为了表彰你们出色的工作,我要给予奖励。"安兹把视线投向塞巴斯,"塞巴斯,尽管你为琪雅蕾求过情,不过我答应保护她,是要报恩,与你的工作成绩无关,所以我要奖励你想要的东西。说吧,你想要什么。"

在大庭广众面前奖励部下,可以促使其他部下卖力工作。在全体员工面前颁发社长奖,大部分时候都是为了这个目的。如果没有得奖的部下也能因为想要奖励而努力工作,组织的运营状况就会蒸蒸日上。因此安兹才活用社会人的经验,把众多部下召集到王座之厅,以制造这样的气氛。

可是,这样做也有非常危险的一面。安兹必须在众多部下面前展现出一个主人该有的态度——统治者的魅力,这对于一个普通的工薪族来说是困难的。即便如此,安兹作为留在纳萨力克地下大坟墓的最后一位至尊,必须突破这个难关。

(我必须回应NPC们的忠肝义胆。)

安兹刚刚暗下钢铁般的决心,只见塞巴斯的胡须抖动起来。

"把全身心献给安兹大人,尽忠报效是——"

(这些部下真是太忠诚了,所以我才会觉得有这么大的压力啊……)

"——好了,出色的工作就该报以奖赏,这是作为主人的职责。你要知道部下太无欲无求,有时会让主人不快。"

"是！是属下失礼了！既然如此……"塞巴斯思考了几秒，然后又开了口，"琪雅蕾蒙安兹大人仁慈成了属下直辖的人类，希望能赐给她衣服等生活必需品。"

"衣服从私藏品里取就行了啊？"

在YGGDRASIL，数量限定的商品和玩家制作的外装之类的道具，只要错过就很难再得到，所以只要是稍微有点兴趣的外装，安兹都会毫不犹豫地买下。其实不止安兹这样做，他的同伴们全都有相同的倾向。不对，应该说玩家中无论是谁都有此倾向。

公会的同伴——同时也是为夏提雅进行设定的——佩罗罗奇诺是这样总结的："就像看到喜欢的黄图，不管会不会用，也会先保存下来一样，"他还说，"当然，大部分保存下来之后，就不知道扔到哪个文件夹里去吃灰了。"

实际上就是这么回事，安兹不管男装还是女装，全买来收集，大部分放在仓库从未使用过。把物品束之高阁实在暴殄天物，不如有效地利用起来。

安兹在脑海中回想自己购买囤积的衣服。虽然YGGDRASIL的衣服都比较偏重装饰性，但是正好适合琪雅蕾穿的衣服一定也是有的。

"可是，怎敢让安兹大人再费心。琪雅蕾现已蒙受安兹大人大恩大德，怎么能再有奢求？"

"是吗……那好吧。不过衣服啊……"

这件工作对于从未买过女装的安兹来说太难了。如果自己的服装品位遭到怀疑，恐怕纳萨力克的众多女性对安兹的评价会大幅度降低。

"我可以拜托娜贝拉尔帮我解决吗？不能为这种小事劳烦纳萨力克的统治者安兹大人。"

塞巴斯应该不是看穿了安兹的烦恼，不过他的提议正好是个可下的台阶。

"娜贝拉尔，没问题吧？"

听到安兹的声音，眼前岿然不动的众多NPC当中，有一位恭敬地低下了头。

"那好，塞巴斯，这件事就交给娜贝拉尔处理了。要不然……"安兹微微一笑。当然，他的脸部没有表情，只是心情如此。"你也可以带琪雅蕾去买，就当是约会。"

安兹从女仆长那里听说了塞巴斯和琪雅蕾的关系。迪米乌哥斯也说二人虽然还没有肉体关系，但只是早晚的问题。

（迪米乌哥斯啊。为什么他说塞巴斯和琪雅蕾发生肉体关系是一件好事呢？好吧，应该只是祝福同事有了恋人。如果真的是这样，他们二人之间的关系也挺好嘛。虽然在王都时觉得他们之间剑拔弩张，但那只是因为当时的状况吧。这样一来就放心了，毕竟我也不希望他们两人继续吵下去……）

公会成员塔其·米与乌尔贝特对立的原因在YGGDRASIL之外，其实是源于现实世界中乌尔贝特的嫉妒。

（他们二人之间是从那次吵架开始不和的啊……或许那才是一切的起因。）

安兹心想自己现在可以理解，感到就像眺望着荒凉的沙漠时……塞巴斯含有惊讶之意的声音传来，打断了他的思绪。

"真，真的可以吗？可以的话，我想带着琪雅蕾去。"

（——我又不会因为自己单身，就给亲密的情侣穿小鞋。）

等他们两人去耶·兰提尔约会的时候，我就戴上那个嫉妒面具去跟踪他俩好了。安兹一边瞎想，一边用下巴指了指另一名屈膝跪拜的部下。

"准了。那么接下来是索留香，说出你想要什么吧。"

"……希望能给我几个人类，如果可能，希望是活着的人类。如果能得到纯洁无垢的人类，对我来说将是无上的喜悦。"

安兹开始在脑海中思考捕捉到的人类。目前还活着的，大多是"八指"的人，也就是惹恼安兹的那些人。他已经接到了其中有用的人已被送去拷问，而且已经被折磨得死了心的报告。剩下的就是正在思过的部下保护的人。

（那些人可不行，毕竟是佩丝特妮和妮古蕾德不惜违抗命令也要保护的人。）

"准了。可以给你几个活着的人类，只是，不能给你纯洁的人类。无法实现你的全部愿望，别怪我。"

"安兹大人何出此言！属下不该提出想要纯洁人类的奢侈愿望！能得到活着的人类属下已经感激不尽！"

看到索留香恭敬地低头致谢，安兹用自以为适合统治者的态度点了点头。

"是吗……谢谢你的理解。那么，你们两个都退下吧。接下来是艾多玛，上前。"

艾多玛与塞巴斯和索留香一上二下擦肩而过，跪在了安兹面前。

"那么，艾多玛啊。"

"在。"

安兹为艾多玛含混不清的声音苦笑了一声。

"看来你的声音还没恢复啊。"

艾多玛装备的口唇虫是纳萨力克地下大坟墓里不会自动刷新出来的魔物，但手头也并非没有。她的房间里就有好几只用YGGDRASIL游戏内货币召唤出来的口唇虫，随时可以恢复本来的声音。她有一个不这样做的理由——私怨。

"如果令您感到不快，我马上就装备原来的声音！"

"我不会觉得不快，你现在的声音我并不讨厌。"

"非常感谢您！"

"好了，你也是为了工作才变成这样的声音。不过话说回来，要想得到奖励，功劳还略显不够。虽然不能像刚才两位那样有求必应，但你有没有什么愿望？"

安兹认为毫无节制地给予奖励并不代表大方，反倒是考虑不周的表现。物以少者为贵，多者为贱，放之四海而皆准。

在这种意义上，以安兹的评价标准来讲，艾多玛功劳略显不足。虽说如此，安兹也觉得她受了那么重的伤，如果不慰劳一下，也未免可怜。

（授予作战中负伤的军人的勋章好像是叫紫心勋章吧？军事相关的事情我是不太熟悉，如果那人还在，应该会多告诉我一点。）

安兹想起了一位被大家称为军事宅的公会成员。

"那么……安兹大人。如果有机会杀死那个小丫头，请告诉我。我想把那小丫头的声音据为己有。"

安兹意识到艾多玛说的小姑娘是那个戴着面具、有些诡异的伊维尔艾，决定给予许可。

"好的，到时候我会通知你。退下吧，艾多玛。"说完，安兹目送艾多玛回到了她刚才所在的位置，"我们进入下一个议题。"

当然，部下中没人提出异议，可是，安兹并不觉得这完全是一件好事。

部下们鸦雀无声，是因为他们把安兹当作至尊，就算本来是白色，只要安兹发话，他们就会认为是黑色，绝对不是安兹正确的行为让部下们无话可说。

（看来应该设置监察机关之类的各种机构才行啊。）

第一个设置的，就得是负责论功行赏的机关。问题是，就像刚才的塞巴斯那样，NPC们和仆役们都把效忠安兹当作理所当然,觉得无偿付出是很正常的。而且评判标准太模糊,完全由安兹想当然地决定也是个问题。

(如果要作为一个组织行动下去,评判标准之类的规矩必须明确地定下来……谁让我图轻松把组织管理全盘扔给雅儿贝德呢,现在还债的时候到了。可是这已经超过一个工薪族的极限,我以往的人生经验基本派不上用场啊。)

安兹(铃木悟)本来是接受方,现在却为给予方的烦恼头疼,但是他拼命忍耐着。这种烦恼,还是等独处的时候,一边在自己房间芳香的床上打滚一边想吧。

"我们要决定今后纳萨力克的方针。迪米乌哥斯,到我旁边来。"

纳萨力克的头号智者登上台阶,站在了雅儿贝德的对面。

"纳萨力克守护者总管雅儿贝德、纳萨力克头号智者迪米乌哥斯,二者听命。我们当初的计划已经结束了一大半,你们来讲一讲纳萨力克今后将依照何种方针运营。另外,如果谁有自己的想法,准许举手发言。"

安兹要做的事情中优先级最高的就是保护纳萨力克。不,最糟糕的状况下,就算失去了名为纳萨力克的场所,只要能守住以前同伴的孩子——NPC们就行了。建造避难所之类的地方,应该可以解决这个问题。

优先级第二高的,就是让全世界都知道安兹·乌尔·恭的名号。安兹想这样做,是因为他希望同伴如果来到了这个世界,能在听到公会的名号后来找自己。或许降低这件事的优先级也未尝不可。

优先级第三高的，是纳萨力克的强化。或许应该提高这件事的优先级才对。

确实，对世界的了解越多，越觉得纳萨力克地下大坟墓是一座固若金汤的大要塞，"安兹·乌尔·恭"是最强的组织。然而，虽说使用了世界级道具，毕竟有人控制过夏提雅，不思进取是非常危险的。特别是既然存在世界级道具，最好把同样存在某个公会作为前提开展行动才是最稳妥的。应该继续提升纳萨力克的力量，马上付诸行动。

虽然现在吸收了蜥蜴人部族，安兹也一直在通过制造不死者强化纳萨力克，但是对力量的追求应该更贪婪些才好。

优先级第四高的，就是本来优先级最高，在完成了一部分之后优先级降低的情报收集工作。

在安兹的认识中，优先级是这样排序，不过，这只是普通工薪族安兹的想法。他的想法并非源自缜密的情报分析，或许有什么漏洞。

所以安兹才想借助头脑灵光的两位部下的智慧。如果只是想借助他们的智慧，把他们叫来商量就行了，不必冒着让众多部下看破安兹其实只是个凡人的风险，预备这么一个大舞台。

然而，其实那样做才是错的。

作为众多部下的主人，想要演绎NPC们理想中的——安兹也觉得有点接近妄想的领域——安兹·乌尔·恭，一个无上至尊、深不可测的智者，正需要这样一个大舞台。

"你们要大声一点，让在场者都能听到。在场的都是各位守护者选拔的精英，你们要让大家都能分毫不差地亲耳听到今后的方针。"

没错，这是安兹的苦肉计，是他常用的那招，"要说得让所有守护者都能听懂"的大规模版本。借着有人不知道，或者要让大家都能听懂的名目，不懂装懂的安兹自己也能顺理成章地听取说明。

"那么迪米乌哥斯，为了那些不知道详情的部下，简单易懂地说明一下现在的情报。先讲一讲纳萨力克对王国的行动吧。"

"遵命。"

迪米乌哥斯向着台阶下的NPC们开了腔。

安兹一直想听到关于此事的说明，当时他的确许可了迪米乌哥斯的行动，那是因为他觉得智者迪米乌哥斯的选择大概不会有错。但是，仔细思考一番之后，他觉得迪米乌哥斯好像还是做了一些多余的事。

"首先，在马雷、尼罗斯特、恐怖公的努力下，我们控制了王国黑社会的领导层。今后只要慢慢渗透，我们应该可以控制王国的黑社会。"

"嗯？"

安兹小声嘀咕出了自己的问题，为什么要控制王国的黑社会呢？他觉得这和当时听到的迪米乌哥斯的简要说明稍有不同。是不是为了把控持久的经济来源，或者是更便利的情报来源呢？

安兹正在思考，看到迪米乌哥斯闭上嘴转头直勾勾地看着自己。他一边感谢自己的身体不会流汗，一边问道：

"怎么了，迪米乌哥斯，发生什么了？"

"没有，我好像听到安兹大人有什么吩咐。"

"啊啊，不好意思，我只是小声表示同意，看来让你误会了。好了，继续吧，把控制王国黑社会的意义告诉全体在场者。"

"遵命。好了，诸位，统治王国的黑社会，可以为安兹大人的主要目的，也就是征服世界，提供一个立足点。该不会还有哪个笨蛋不明白吧？"

安兹看下去，发现在场者的脸上都浮现出理解的神色，看来没有一个不明白的。

不明白的只有安兹自己。

"征服世界？"

那是什么？我的主要目的是什么时候开始变成征服世界的？安兹虽然这样想，但是没法问出口。

他有生以来第一次像这样绞尽脑汁，花了几秒钟冥思苦想。

安兹觉得迪米乌哥斯实在奇怪，令他无法接受。为什么事情会变成这个样子？安兹本来打算低调行事，在不树敌的前提下扬名,设法与可能也来到了这个世界的同伴取得联络。他怀有的,本是这样一个可爱的小愿望。

可是,现在——

(征服世界?!到底从什么时候开始变成这样的?!)

安兹想否定迪米乌哥斯的说法,却没有提出的勇气。

不光NPC们,就连每一个仆役都对众所周知的事实露出了赞同的表情,表现出"那是当然"的样子。一眼就能看出,这件事已经自然地渗透成了全体在场者的共同认知。他觉得只有王座附近,吹过了一阵又干又冷的风。

安兹·乌尔·恭是纳萨力克地下大坟墓的绝对统治者,无上至尊。在部下们心中,他已经成了顶礼膜拜的对象,如果自己主动破坏业已成形的神像,会得到什么样的结果呢?

可能会像被狗仔队爆出丑闻的歌星一样吧。粉丝数量减少、专辑销量降低的明星是很可怜的。但是安兹甚至觉得,等待自己的将是比他们更加悲惨的命运。

(就像投入了过多经费,已经没法叫停的企划一样……)

不过冷静地想想,征服世界应该也不错吧。

当然,不会像游戏中的征服世界那么简单。这个概念太大,甚至让身为一介凡人的安兹因为过于茫然而无法理解。他只知道对于扬名——或许是恶名——的目的来说,这是一种完美的手段。

问题是如果同伴们知道,安兹带领部下们征服世界,会有什么感想呢？到时候估计只能承认自己没有管理好纳萨力克，老老实实地道歉了。

（毕竟这个世界上有洗脑夏提雅的敌人，多少可以为自己开脱一下……他们应该……会原谅我吧？）

安兹做好心理准备，向似乎在等待夸奖的迪米乌哥斯气定神闲地点了点头。

"你，你还记得啊。"

"这是当然的。只要是安兹大人的话语，我迪米乌哥斯一字一句都不会忘记。"

"是吗……我们那个时候聊过的。"

"如您所言。"

"……是那个时候说的吧？"

"如您所言。"

"那个时候啊……原来如此，我非常高兴，迪米乌哥斯……"

"非常感谢。"

"不过征服世界可不简单啊。"

"安兹大人所言极是。"

"那么……你觉得我们应该怎么做？"

安兹想夸奖自己居然没有发出颤抖的声音。

"我提议把此事作为今后的方针，应该让纳萨力克登上正面舞台。既然控制夏提雅的狂徒依然隐藏在暗处，我方也隐藏于暗处的话，也许会引发棘手的事态。"

"是啊。"

是这样吗？安兹还是觉得隐藏于暗处比较安全，他实在想不通为什么迪米乌哥斯会得出这样的结论。

"我与他意见相同，安兹大人。只要我们作为一个组织登上正面舞台，就可以从正面进行对应，不用再像现在这样只派遣极少数的几人，偷偷摸摸地像摸着石头过河一样行事了。"

听完雅儿贝德的说明，安兹才终于理解了，在心中说"啊，原来如此"。

可以由谨小慎微，转为大刀阔斧。确实非常有吸引力。

"所以才要从黑暗面控制王国，做了让纳萨力克作为一个组织获得认可的布局吗？但是安兹大人统治的纳萨力克，如果被定位为隶属某个国家的组织之一，实在太令人不愉快了。"

听到雅儿贝德的疑问，迪米乌哥斯摇了摇头。

"当然了，雅儿贝德，我也不愿意。而且经过分析考虑目前收集到的情报，除了一人之外，我觉得现在的王国毫无魅力可言。其他国家也是一样，我认为作为一个组织隶属于某个国家是下策。"

"这是为什么呢？"

"隶属于某个国家，代表着我们的行动也会在某种程度上受到制约。如果控制夏提雅的狂徒也是一个组织，那么隶属于某个国家很可能会让我们后下手遭殃。所以……安兹大人。"

迪米乌哥斯严肃地看着安兹，庄重地说出了自己的提案："我提案成立名为纳萨力克地下大坟墓的国家。"

1章 黄泉邀约

第一章 黄泉邀约

1

帝都亚文塔尔位于帝国国土中部偏西的位置。这座都城中央坐落着有鲜血皇帝之称的吉克尼夫·伦·法洛德·艾尔－尼克斯皇帝居住的皇城,大学院、帝国魔法学院、各种行政机关等重要设施在皇城周围呈放射状向外铺开,证明这座都市是帝国的心脏。

尽管人口不及里·耶斯提杰王国的王都,但规模却在王都之上。再加上经过近几年的大改革,正处在帝国历史上最显著发展期的帝都日新月异,不断有新技术被导入,大量的物资和人才流入了这座都市。陈旧落后的事物逐渐被淘汰,欣欣向荣的光景令生活在这里的市民脸上洋溢着喜气。

安兹带着娜贝拉尔,走在这座活泼得有些喧嚣的都市中。

如果是平常,安兹大可以像以往那样,有如乡巴佬进城般,一边深深感慨帝国与王国的众多不同,一边东瞧瞧西看看地慢慢逛。

但是现在的安兹没有那分闲心。

他那急匆匆的步伐,如实地体现着他的心情。

笼罩他的情感名为不快。

这次,让他远道来到帝都的,是迪米乌哥斯的计划。这计划让安兹越想,眉头——只是幻影——就皱得越厉害。

纳萨力克的无上至尊安兹·乌尔·恭本来不需要忍耐，也没有必要抑制自己的不满。安兹的话语就是神谕，只要他说是黑的，白的也是黑的。对这样一位统治者来说，本该不会有什么不能随心所欲的事。

那么要问为什么安兹现在感到不快，是因为他想否决迪米乌哥斯的提议，却出于某种原因不能那样做。

从计划的目的——展示纳萨力克的力量的角度来讲，迪米乌哥斯的计划浅显易懂，而且生效迅速。即使如此，安兹还是有所抵触，因为他觉得自己像是在给同伴们的作品抹黑。

他知道不应该感情用事否定这么好的计划，作为最高统治者，也不想被人认为自己连这点权衡利弊的度量都没有，而且他没能提出更好的方案。

没有更好的方案就反对，相当于故意捣乱。不是作为统治者的安兹，而是作为社会人的安兹这样呐喊着。

安兹再次小声念叨起不知说过多少次的话，给自己听。

应该冷静一点，需要让头脑清醒一点。理性与感性，如果要问该选哪个才对，合格的上司当然应该选择理性。靠感性行事的人如果运气好，可能会做出惊人的成绩，但是大多都不会有什么好结果。再说事已至此——

"为时已晚啊。"

安兹的身体没有肺，却深深吸了一口气，又呼了出去。

市民们向走在路上突然开始深呼吸的战士投来好奇的视线，

不过如今的安兹并不在意。

本来安兹魁梧的身材就非常吸引目光。自从被称颂为英雄以来，没有人注意的情况反而比较稀奇。因此，除了不得不做戏的时候、骑在仓助背上的时候等特殊的情况外，安兹已经不会在意普通人投来的视线了。

重复过几次深呼吸，原本无处不在的不快感只残留一丝，安兹才终于有了顾及走在身后的娜贝拉尔的心情。

"抱歉，看来我走得有点太快了。"

虽然穿着铠甲，但是男儿身的安兹可以迈开大步走路，穿着长袍的女性娜贝拉尔的步幅与他有天壤之别。考虑到身体能力，这样走路对娜贝拉尔来说或许不算什么，不过作为一个男士，应该为自己不管不顾的走法道歉。

"哪里，您多虑了。"

"是吗……"

安兹不知道娜贝拉尔是作为仆从这样回答，还是真的不介意。他一边缩小步幅，一边寻找话题。

他有点为一直置尴尬气氛于不顾的自己感到羞耻，为了改变气氛而绞尽脑汁，可是找不到什么合适的话题。

跑业务的时候，他一般会从天气之类不痛不痒的小事上找个话题聊起。聊聊体育方面的话题也不错，只是需要事先收集情报，了解对方到底支持哪一支球队。

安兹正在想要不要找个无关紧要的话题，又在心中啧了一声。

（我为什么要为了部下娜贝拉尔费这么大心思！机会难得，练习一下扮演主人该怎样跟部下对话吧。不过，统治者，或者说位及至尊者平时都和部下聊些什么话题呢？）

安兹回忆在公司里上司和自己的日常会话，困惑聊这些是否合适。安兹是纳萨力克地下大坟墓的最高统治者，并非公司的高管，如果非得对应公司中的职务，应该是董事长。

（不对，董事长好像也不大对劲……不过这样想来，王国的国王平时都和葛杰夫·史托罗诺夫他们聊些什么呢？如果能参考一下就再好不过了。）

可是现在想参考也来不及了，继续这样沉默地走下去气氛又太沉重。那么这样的话题怎么样呢？安兹怀着破罐破摔的心情开了口。

"娜贝啊……我问你，你觉得这个声音怎么样？"

安兹用食指按着自己的声带，准确地说是声带应该在的位置。他戴着护手按着护喉的部位，本来应该只能感受到金属的触感，但是下面还传来了弹性触感，同时有一种喉咙变湿的异常感。

"实话说，我觉得这个声音不太好。不是说现在的声音有什么问题，我只是觉得相比之下，平时飞飞大——先生的声音更好听。我明白飞飞先生这样做是有原因的，不过我还是希望您能恢复成原来的声音。"

"是吗，我还觉得这个声音磁性十足，挺不错呢……这可是尼罗斯特从五十人中挑选出来的声音，我觉得有种无法形容的魅力。"

安兹突然想起听到录音中自己声音时的感想，小声呻吟了起来，不过精神马上就稳定下来。

"是这样吗？我还是比较喜欢飞飞先生平时的声音。"

"谢谢你，娜贝。不过话说回来，真没想到我也能装备这个……"

安兹一边想娜贝拉尔是在奉承自己还是真的这样认为，一边又用手戳了一下喉咙。他能感到趴在喉咙部位的生物——口唇虫动了一下。他如果是人，一定会感觉痒吧。

（单纯是我不知道，还是说其实这是更新包的一部分内容之类的呢？不能说这方面的情报缺失绝对不会带来危险。不光这个世界，YGGDRASIL的知识也需要进一步验证，真是棘手啊。）

在名为YGGDRASIL的游戏中，开发商希望玩家能享受探索未知的乐趣。他们希望玩家多尝试各种玩法，所以才为玩家准备了庞大的资料和拥有无限改造空间的系统。

真正的未知展现在玩家的面前。

关于地图都没有适当的情报，迷宫及各种各样的知识——比如矿石的挖掘方法、食材、可以饲养的魔兽之类——也充满未知，甚至让人感到不人性。在YGGDRASIL的世界中，一切都要玩家亲自去调查。说得明确一点，就连什么能装备、什么不能装备，玩家都需要自己尝试。

当然也有攻略网站，或者叫情报网站。可是网站上的所谓情报要么只是整理了一些众所周知的常识，要么就是非常不可信的空穴来风。YGGDRASIL是一个探索未知的游戏，得到的情报就是宝物。把这些宝物无偿共享给不认识的玩家没有好处。

可信的情报要么是自己公会获得的，要么是相互信赖的公会之间交换获得的。其他的基本都是没什么用的垃圾情报。

曾经有一个时期，出现过许多可疑的帖子，声称自己脱离了原来的公会，要公开他们拥有的情报。

（不过嘛……里面倒是也有真情报。）

曾经有个名叫"烈焰三眼"的公会。

这个公会是会员注册制收费情报网站的运营者们建立的，他们不道德地让间谍潜入高级公会，窃取对方的情报。游戏运营商却不认为这样的行为是"不道德"的，也就是说，他们默认了这种获取情报的手段。只不过，对于丢失情报的一方来说，这样的解释是无法接受的。

怒火中烧的高级公会们组成了联军，向"烈焰三眼"发动了袭击。他们占领对方公会的根据地以及城镇中的复活点，对对方的公会成员发起了PK，用所谓蹲复活点的PK方式，只要目标复活就马上继续攻击。最后"烈焰三眼"落得一个树倒猢狲散的结局。

后来他们完全免费地开放了自己的情报网站，真是令人怀念的回忆啊。

（当然，"安兹·乌尔·恭"中没有间谍……不过如果不是受那件事影响，公会或许会收更多的成员……）

以那件事为契机，"安兹·乌尔·恭"决定不再接纳新成员，以四十一位成员成为人数最少的高级公会。

在YGGDRASIL末期，也许有登载了众多高可信度情报的网站，但是安兹只有在"安兹·乌尔·恭"巅峰期、黄金时期，才会去刷那些网站，不放过任何情报。在那个时期，网络上有用的情报非常少。

（虽然我会注意运营方公布的更新情报，但是我的知识有可能停滞在那个时期啊……这个世界一定还有除了我之外的YGGDRASIL玩家，看来要考虑到情报方面逊于对方的危险性。）

将"八指"收归麾下，一举获得了纳萨力克近邻的知识，其中包括大量王国和帝国的情报，现已有效运用。只是与圣王国、教国、评议国相关的情报非常少，需要今后继续慎重地搜集。

"真是够呛，越想越觉得不踏实，该找个积极的话题了。"安兹说到这里，看了看周围，"不过帝国还真是活力十足啊。"

"是这样吗？我倒是感觉和耶·兰提尔一样。"

听到娜贝拉尔的话，安兹又看了看周围。

"城市充满活力，行人眼中带着光芒。只有相信自己的生活会变得更好的人，才会产生这种氛围。"

虽然走在侧后方的娜贝拉尔说"不愧是飞飞先生"，但是安兹有点为说出刚才那番话的自己感到难为情，没有回话。其实他只是有这种感觉，对自己的观察力并没有什么自信。

（又不是受了潘多拉·亚克特的影响……什么氛围啊，没羞没臊地说这么拿腔拿调的话……我又不是诗人。）

在王都，需要在某种程度上，保持英雄应有的言行，于是安兹一直扮演着自己心目中的英雄，看起来似乎成了习惯。

头盔下，脸颊染上了些许羞红——当然，安兹的脸是骸骨，根本没法变红——的安兹，看到弗鲁达告诉他的旅店就在前方。

这里是帝国最高级的旅店，远远看去，也能感受到胜过耶·兰提尔最高级旅店的奢华。不过这只是对其作为一种设施的功能性的客观评价。打个比方，如果王都的旅店是历史悠久的高级旅舍，这里就是新开张的高级旅馆，孰优孰劣只能仁者见仁智者见智。

"当然，还是得先看看再说，不过感觉应该不会差。"

安兹搓了搓胸口摇摆的精钢级铭牌，迈步走向了旅店入口。

这里和耶·兰提尔一样，入口也站着身材壮硕，身穿皮甲的警卫兵。警卫兵看到安兹和娜贝拉尔穿过拱门走来，向两人投去了怀疑的眼神。随后一件东西进入了他们的视线，让他们睁大了眼睛。

"真、真的是精钢级吗？那身精良的装备倒是有点像……"

其中一人小声地询问自己的同伴。

两人走近面露紧张之色的警卫兵。他用非常紧张的口吻礼貌地询问道：

"不好意思，精钢级冒险者大人，请原谅我的失礼，能看看您的铭牌吗？"

安兹一边把铭牌从颈部摘下，一边问道：

"这家旅店是不是不接待生客？"

"是的，为了维持鄙店的格调，生客如果没有可信的人介绍，很遗憾，我们确实不接待。不过，精钢级冒险者大人当然不在此列。"

警卫兵之一用衣服擦了擦手，恭敬地低下头，像对待易碎品一样接过了铭牌。

他把它反转过来，读起了背面的文字。

"您是漆黑……飞飞大人对吧？"

"没错。"

"感谢您的配合！谢谢您允许我查看您的精钢级铭牌！"

警卫兵又小心翼翼地把铭牌还给了安兹。证明冒险者地位的铭牌，是用与其地位相同名称的金属制成的。到了精钢级，小小的一块铭牌就已经是一笔难以估量的财产。铭牌以非常坚硬的金属制成，就算摔到地上也不会损坏，可是如果丢了，就得交一笔巨额赔偿金。据说有人归还金质铭牌，结果被一只克亚兰贝拉特——一种习性类似乌鸦的鸟——夺走了。类似的故事还有很多。

这并不是提醒人注意保管好贵重物品的寓言,而是真人真事。

安兹接过铭牌后,两人就像放下了重担一样,明显松了一口气。

"那我就进去了。"

"好的,飞飞大人,我来带您去柜台。"

"是吗,拜托了。"

王国没有给小费的习惯,不知道帝国是否一样。安兹跟在一位警卫兵的身后,漫不经心地琢磨着。

他们走进旅店,穿过看上去像是铺着大理石地板的大厅,向着前台走了过去。

"这两位是精钢级冒险者飞飞大人及其同伴。"

坐在前台的一位颇有风度的男子向警卫兵使了个眼色。警卫兵恭敬地向安兹行了一礼,回到了自己的岗位上。

"欢迎您,飞飞大人,非常感谢您在逗留帝都期间选择鄙店。"

前台的男子恭敬地向安兹低头致谢。

"没事,不必多礼,今天我先住一晚。"

"明白了,可以请您在这本登记簿上签字吗?"

安兹在头盔下暗自露出得意的笑容,拿过笔信手写了起来。

他把练习了几十次的王国语"飞飞"签在了纸上。

"非常感谢,那么需要为您安排什么样的房间?"

安兹个人并不在乎住便宜的房间,可是,这种想法一如既往地只能是想想。

(我又不能吃饭,不带餐点的单纯住宿我其实也不在乎。)

安兹想起了这个世界的各种饮食。

发出甘甜香气的绿色黏稠果汁,粉红色的类似炒蛋的料理,浇上蓝色液体的薄切肉。这些都曾经刺激过安兹的好奇心,但是他不能吃。

(性欲、食欲、睡眠欲……身体变成这样有不少便利的方面,然而失去的东西也很多,真是可惜啊。不过如果有肉体,我很可能会沉溺于肉欲。)

想象着和雅儿贝德同眠的自己,安兹的脸略微扭曲了一下。

因为他感觉那像是上司在对女性职员进行性骚扰——甚至更糟糕的行为。

(雅儿贝德似乎爱着我……不过真让人心情复杂啊,如果我那时候没有做那种事……哎呀。)

"抱歉,只要是适合我们使用的房间就好。对了,我可以用王国金币,而不是交易共通金币来付款吗?"

"没有问题,王国金币与帝国金币的汇率本来就是一比一。"

"是吗,那就拜托你了。"

"明白了,那么我这就去准备配得上飞飞大人的房间。如果可以,能请您在休息酒吧稍等片刻吗?"

安兹看了看设置了大概五十个座位、感觉颇为高档的酒吧,椅子间空间宽裕,看上去坐起来很舒服。吟游诗人正演奏着轻柔的音乐。

"那边的酒水和饮食是鄙店的免费服务,请您好好休息一下。"

花多少钱,就能享受什么样的服务,这一点在所有世界都是一样的。虽说如此,对于安兹来说,能享受这样的免费服务并没有什么好开心的。

"知道了。娜贝,咱们走吧。"

安兹带着娜贝拉尔走到酒吧,找了一个近处的座位坐下了。

酒吧里还有其他几个客人,看样子基本都是冒险者。

高阶冒险者一次工作获得的报酬高得出奇,生活水准自然也会相应地提升,到这种旅店投宿也不会觉得肉疼。

大概不管哪个城市都一样吧,因为王都和耶·兰提尔都是这样。

安兹检查了一下挂在脖子上的精钢级铭牌,确认能被人清楚地看到。被其他冒险者当成话题,可以提升知名度,不是一件坏事。

安兹知道自己成了注目的焦点,拿起了放在旁边的一本菜单。

(读不懂……)

安兹随意地翻着菜单。明知读不懂还要翻开菜单,是为了尽量避免引人怀疑。

虽然带着曾经借给塞巴斯的解读道具,但是总不能大大咧咧地在这种地方用。

"塞巴斯……琪雅蕾啊。"

他想起部下的长相,把同时联想起的女性的名字说出了口。

"那个女人怎么了?"

"啊,没事,没什么大事,我只是在想不知她怎么样了。"

虽然交给了塞巴斯处理,但是安兹毕竟答应要保护她,作为一个经营者,有责任关注她这位员工的状况。

"我觉得应该没问题。现在……女仆长正在思过,所以是塞巴斯大人在亲自教她女仆的工作。听说要等她礼仪学得差不多,再让她学学料理和其他的工作,然后调查一下她适合做什么,最后为她安排岗位。"

"是这样啊。不过,既然是塞巴斯陪着,一定不会有问题的。还有……差不多该解除她们两人的处分了……雅儿贝德的火气应该已经下去了。"

娜贝拉尔什么都没说,只是轻轻点头附和。

大概是看两人的对话告一段落,侍者静静地走了过来。

"请问您决定要点什么了吗?"

"我要冰马卡提亚,娜贝要什么?"

"我也要一样的。"

"你可以点你喜欢的。"

"不用，我也想喝一样的。啊，我的那份请多加点牛奶。"

"明白了。"

侍者恭敬地行礼后，静静地离开了。

马卡提亚是安兹在耶·兰提尔的旅店里经常看到的、颜色像咖啡拿铁一样的饮料，气味也相近。安兹还亲眼确认了与其同时存在的咖啡拿铁和咖啡。顺带一提，他不知道这种饮料是什么味道，自不用说，这是因为他没法喝饮料。他曾经尝试着喝过饮料，结果全从颌骨下面流出去了，而且尝不出味道，没有一点好处。

即使如此还这样选择，是因为只有高级旅店才有这种饮料，安兹认为比较适合这种场所。

安兹一边擦去流不出来的汗水，一边向娜贝拉尔提出了理所当然的问题。

"娜贝，马卡提亚是什么味道的？"

他知道娜贝拉尔喝过，所以才这样问。

娜贝拉尔露出思考的表情。如果有人被问及咖啡是什么味道，思考如何回答才能更好地让提问者理解的时候，想必就会露出这样的表情。

"这个嘛，有点像冰摇咖啡，只是略微留有炼乳的味道，不太对我的口味。"

"是吗，听起来似乎很好喝啊。"

（冰摇咖啡？我怎么没听说过这种饮料？这很可能也是这个

世界独有的饮料。）

"只能说还算不错。"

安兹"嗯"地出声回应时，饮料端上来了。

"不用管我，你喝就是。两人都不喝的话，太可疑了。"

在王国习惯了不摘头盔的生活，安兹没注意到饮料端到面前还不摘头盔有多么不自然，泰然自若地跟娜贝拉尔说道。

"非常感谢。"

"还有，你就一边喝一边听吧，不用太拘谨。我打算先在帝都参观两天。我听说中央市场的货物种类丰富得惊人，只是逛逛都很有意思。还有就是北市场，据说那里是主要交易魔法道具的地方，冒险者们常去。"

这些情报来自已经收归麾下的"八指"。当然，其中与黑暗面相关的情报也有很多，安兹因为并不打算亲自插手其中，所以只是一目十行地看完了资料。

"大概第三天的时候，我们去冒险者工会。如果可能，最好能认识一下帝国的精钢级冒险者，无法实现的话，就接个简单又可以短期完成的工作，卖个名声。从计划来说，如果七天左右可以离开这里，就最好不过了。你有什么建议吗？"

没再继续喝饮料，而是停下来默默听安兹说话的娜贝拉尔摇了摇头。

2

堪称帝国力量结晶的帝都，有许多令人惊异的光景。其中之一，来到帝都的人大多都会为之赞叹，那就是——帝都几乎所有的街道全被路砖或路石覆盖。

这样的光景在周边国家可是看不到的——尽管教国比帝国更先进。当然，并不是说帝国内所有都市全这样，即便如此，周边国家的外交官看到这样的光景，还是不得不赞叹帝国的潜力。

特别是直接连接城外公路的中央大道。这条大道是帝都的大道之一，和一般道路一样，道路中间可以走马车和马，两侧有行人的步行道。

与其他城市不同的是，车马道和步行道的界线上，立着美观的防护栏；通过抬高步行道的高度，确保步行者的安全；道路两旁立着晚上会发出魔法光的路灯；许多骑士巡逻警戒，保障周边的安全。不同之处不胜枚举。

一名男子带着一脸憨笑，愉快地哼着小曲，迈着轻盈的步子，走在这条帝国治安最好的道路上。

男子身高一米七五左右，年龄大概刚到二十。

金发碧眼，日晒造成的健康肤色，男子的长相在帝国并不罕见。

论长相他不算美男子，是放在人群里不会太显眼的平凡容貌，但又莫名释放一种吸引人的魅力。这魅力也许来自他脸上淡淡的开朗笑容,也许来自那充满自信的磊落举止。

每当他活动手脚,一尘不染的气派衣服下,就会传来锁链间相互摩擦的微小声音。反应敏锐的人大概会察觉到那是链甲衫发出的声音。

他的左右腰际各佩着一把剑,长度大概和短剑差不多,握柄部分被护手完全覆盖着。剑鞘并不考究,但看起来至少不是便宜货。他的腰后还佩着一把殴打武器钉头锤,以及突刺武器破甲锥。

持有一两种武器在这个世界上来说是理所当然的,不过很少有人同时准备突刺、斩击、殴打三种攻击方式的武器。

见多识广的人或许会认为他是冒险者,更见多识广的人一定会注意到他脖子上没有冒险者总是挂着的铭牌,看穿他实际上是一个"工作者"。

工作者,指的是脱离冒险者群体的人。

冒险者的工作是由工会承接的。工会在经过调查之后,会把工作分配给相应级别的冒险者。也就是说,工作是否适合冒险者,工会在一开始就已经调查好了。正因如此,工会会拒绝危险的——比如威胁市民安全,或者和犯罪有关的工作。在某些情况下,工会甚至会与委托者为敌。比如搜集制造毒品用的原料植物的工作,工会就会全力阻止。

工会还会拒绝破坏生态平衡的工作。比如,工会不会主动派冒险者杀死某座森林生态系统顶点的魔物。如果生态系统顶点的魔物被杀死了，生态系统就会崩溃，难免会有某种魔物走出森林。工会的目的是避免类似事情的发生。当然，如果森林生态系统顶点的魔物离开森林，侵犯人类的生活圈，那就是另外一码事了。

也就是说，冒险者就像正义的伙伴。

可是这个世界并不只有正义的一面。

有人利欲熏心，为了报酬从事危险的工作。有人为了寻求快感猎杀魔物。

这样的人——如果说冒险者属于光明面，他们就是寻求阴暗面的人。他们是从冒险者中被筛下的人，人们带着嘲弄的意思与戒心，称他们为工作者。

但是话说回来，要说工作者是否全是这样的人，也不尽然。

打个比方——某个村庄有一名受了重伤的少年。碰巧来到村庄的冒险者，用治疗魔法免费治好了少年的伤。这位冒险者的行为是否正确？

答案是否。

有规定，冒险者不可不收取相应数额的金钱，免费为别人使用治疗魔法。

正常来说，治疗魔法只有神殿才能用，病人只有捐款后，才能得到魔法的治疗。如果冒险者免费给人治疗，神殿就会丢掉饭碗。

为了避免这种情况发生，神殿向冒险者工会提出了强烈要求。

如果不愿意遵守这类规则，就只能当工作者了。

这样看来，神殿好像变成了坏人，然而正因为帮人使用魔法能获得收益，神殿才不用在政治方面投入过多精力，可以为了服务人民而工作。此外，培养神官、驱逐不死者、开发新治疗魔法，这些可以让人们更幸福安全地生活下去的必要费用，也来自治疗魔法的收入。

如果冒险者可以随意免费使用治疗魔法，神殿难免也会坠入世俗，无法秉持纯洁的理念。

什么事都有表里两面，这一点在工作者身上也一样。他们为了钱乱采乱挖，导致药品成本变得低廉，有人因此才得到治疗的案例也不在少数。

身为工作者的男子——赫克兰·塔麦特不由得露出笑容。

"买点什么好呢？"

想要的魔法道具多得是，应该优先的是防御系的道具。除此之外，就是另外一码事了，不过赫克兰还有其他想要的东西。

"那笔钱就先存起来……用剩下的钱买一些冒险中用得到的魔法道具。嗯？是不是搞反顺序了，先买魔法道具，有富余的钱再用在那边？"

赫克兰挠了挠头。

这样的话——

"作为前卫职业来说，应该继续强化魔法抗性，也许到了动用存款的时候了。不对，如果以今后还会到卡兹平原清除不死者赚钱为前提，为了提防死毒，或许应该选择强化抵抗毒物、麻痹、疾病的道具。"

魔法道具非常昂贵，其中冒险者们想要的、战斗中能用到的道具，还会更贵一些。如果是独一无二的道具，则会贵到赫克兰无法企及的程度。

现在赫克兰考虑的道具虽然没有那么贵，但是价格也足以匹敌一般人许多年才能赚到的钱。赫克兰要买的就是这么昂贵的东西，需要慎重地考虑。

他因为购物的愉快心情而松弛下来的表情，是在与站在道路上的骑士视线相交时重新绷紧的。

一位重装甲骑士和一位轻装甲骑士的组合，正站在街角进行周边的警戒。

赫克兰知道这边林立着四大神的神殿，戒备格外森严。骑士虽然不会唐突地上前询问路过的一般人，但是他能感觉到骑士们的视线向他腰际的武器集中过来。

冒险者会怎样想他不知道，不过作为没有后盾的工作者，他可不想和保护帝国治安的骑士起冲突。

赫克兰的愿望实现了。手持通缉令仔细对照后，骑士们并没有叫住他。他顺利通过了神殿林立的区域。

胫骨有伤的赫克兰心中大石落了地，把视线投向了远处，看到道路前方有一座独特的建筑。同时，他听到了随风而来的微弱喝彩声——渴望鲜血的战吼般的声音也传了过来。

那座独特的建筑，就是帝国中也只有帝都才有的大竞技场，同时也是帝都内人气很旺的观光景点。

他不用特意去那种地方，在工作中就已经看够了血，对于同时对赌钱也没什么兴趣的他来说，竞技场是与他无缘的场所。不过，竞技场不愧是帝都内对平民来说最大的娱乐——贵族阶级是戏剧——之一，居然在这里都能听到欢呼声，想必今天又是座无虚席。

"看这兴奋程度，应该是正式决赛吧？"

赫克兰率领的工作者小队，也曾为了工作参加过与多只魔兽进行连续战斗的表演。对手是魔物，不可能投降，败北等于死亡。当然，人与人之间的战斗也会出现死者。在竞技场，一整天不出现死者的日子几乎没有，倒不如说，死人越多，观众就越兴奋。

而在能产生死者的各种表演项目中，人气最高的就是竞技大赛。

赫克兰耸了耸肩膀。

对此毫无兴趣，他可不想在没有工作的日子去看血腥的战斗。可惜，他没办法把竞技场完全赶出自己的头脑，因为不管在哪儿，人们都喜欢以竞技场的表演项目作为话题。

（我可不想再进竞技场了，等回去之后听别人说说今天的表演项目好了。)

赫克兰把这件事记在内心的笔记本上,走上了店铺鳞次栉比的道路。走了一会儿,终于看到了前方那块写着"歌唱苹果亭"的熟悉招牌。

据说几个使用苹果木质乐器的吟游诗人,聚在一起开了这家酒馆兼旅店。外观虽然陈旧,里面却意外地有模有样,没有漏风的地方,地板也擦得很干净。住宿费确实不便宜,不过也不是付不起的金额。这里可以说是对赫克兰,不,对工作者来说最好的旅店。

和帝都最高级的旅店比起来这里确实一无是处,但是那种地方适合光明正大的冒险者,不适合工作者。

首先,给工作者的委托经常是不干净的工作,因此出来进去太惹眼的地方会让委托人望而却步。虽然这样说,找个治安不好的地方作为据点,也有可能惹祸上身。

其次,可以同时为几支小队提供据点,也是"歌唱苹果亭"受到委托人欢迎的一个原因。这也是因为工作者没有冒险者那样的工会,委托人需要靠自己的门路找到工作者。这种前提下,如果工作者这一队那一队,找起来就非常麻烦了。

再者就是对工作者来说也有好处。住在同一家旅店里可以让彼此抱有亲近感,避免互相残杀的委托。而最后一点,也是最重要的原因是——这里的饭好吃。

他一边对今天的晚餐心驰神往,一边进了门。要是能有他最喜欢的猪肉浓汤就再好不过了。

心怀期待走进旅店的他，听到的第一句话，不是来自同伴的"欢迎回来"或者"你辛苦了"。

"——我不是说了吗！我不知道！"

"不不，你这样搪塞是没用的。"

"我又不是她的监护人或者家人，怎么可能知道她在哪儿。"

"你们不是同伴吗？你告诉我不知道，我也不可能就这样被你打发走了，毕竟这是我的工作。"

旅店的一楼，酒馆兼食堂的正中，一男一女正互不相让。

女方是他非常熟悉的人。

她眼神凶悍的脸上毫无化妆的痕迹，而最引人注目的，是比常人长得多的耳朵。长归长，也只有森林精灵的一半长。没错，她的种族是半森林精灵。

森林精灵是比人类体形更纤瘦的生物。从她的体形上能明显看出继承着森林精灵的血统，整体十分纤瘦，胸部和臀部都丝毫没有女性特有的圆润。前后简直就像嵌上了铁板，就算从近处，只凭体格判断，也免不了一瞬间以为她是男人。

她身上穿着紧身皮甲，武器方面没有平时带在身上的箭筒和弓，腰际只挂着一把短刀。

她叫伊米娜，是赫克兰的同伴之一。

不过，和伊米娜对峙的男子是个他不认识的人。

男子虽然不住地点头哈腰，但是眼神中没有丝毫歉意。不仅如此，甚至显露出令人厌恶的神色。不过，看他还算客气的姿态，应该不是个没脑子的人。

男子的双臂和胸口有结实的肌肉，这样的外表只要站在眼前就会给人压迫感。他使用起暴力来应该没有丝毫迟疑，但是对手是伊米娜，力气派不上用场。

伊米娜虽然看上去身材娇小，但是以她的能力，可以轻易干掉在打架方面自视甚高的小混混。

"我刚才已经说过了！"

听到伊米娜高调门的声音里掺进了不少怒气，赫克兰急忙插嘴道：

"你干什么呢，伊米娜？"

伊米娜听到赫克兰的声音才反应过来，转过头去，露出了惊讶的表情。

看来是说话说得太忘我，就连她这个感知能力敏锐的游击兵，都没有注意到赫克兰回来了，可见她的情绪有多激动。

"你是谁啊？"

男子把赫克兰当作了多管闲事的人，用凶狠的声音问道。他眼神犀利，有股似乎马上就要拳脚相向的架势。不过这对于经常和凶恶的魔物对峙、还能活到今天的赫克兰来说，只能让他产生想要苦笑的感觉。

"这是我家队长。"

"噢噢噢，失敬失敬，您就是赫克兰·塔麦特先生啊，久仰久仰。"

男子突然变了脸，摆出一副客气的笑容，让赫克兰多少感到一些厌恶。

虽然不知道他为什么到这里来，但是这个男人毕竟追到了这个——赫克兰他们当作据点的——旅店，他不太可能不认识赫克兰。

恐怕刚才那声凶狠的威吓，是在试探赫克兰的深浅。如果刚才的威吓对赫克兰起了哪怕一丁点作用，他一定会用强硬的态度展开后面的对话。

工作者和冒险者中，有些人能满不在乎地屠戮魔物，面对人类却硬气不起来。不过，这类人中大部分只是先退让一步，如果对方不依不饶，下一步他们就会转入攻势，甚至会杀死对方。

（刚刚见面就为了分出高下进行威吓。这家伙……是我喜欢不起来的那种人。）

赫克兰也知道，这确实是交涉手段中的一种，是众所周知的套路。不过，赫克兰不喜欢这样的交涉，他喜欢毫无隐瞒地坦诚相见。

"好吵啊。这里是旅店，还有其他客人呢，希望你不要太吵闹。"

说是这么说，实际上周围并没有其他客人，不仅如此，连店家的人都没有。

应该不是故意藏起来了。在工作者看来，这样的小冲突不过是下酒小菜，没有其他人，真的只是碰巧而已。

赫克兰盯着男人的脸，按冒险者的标准来说他应该算是秘银级。这样一位战士的目光并非男子所能承受，他就像看到魔兽一样，显露出畏惧的样子。

"不行，不行，不行，非常抱歉，这件事没有那么容易解决。"

男子的声调虽然低了一点，但是还想继续说下去。在赫克兰的目光恫吓下还能保持这样的行为，说明他一定从事着切实行使力量的工作——特别是和暴力有关的行当。

（这种家伙到底来这里做什么？）

他们当然也做黑社会相关的工作，但是他并不认识这个男子，更不知道男子为什么这么咄咄逼人，而且怎么看也觉得他不是来委托工作的。

有点困惑的赫克兰稍微收敛了恫吓的目光，决定问问这个男人。

"到底……怎么了？"

"没什么，我只是想见一见塔麦特先生的朋友菲尔特小姐。"

提到菲尔特，赫克兰的脑子里只会浮现出一人。

她怎么会认识这种男人。作为几次同闯过鬼门关的同伴，赫克兰这样判断。这么说来，想必是有什么麻烦找上了她。

"爱雪？那家伙怎么了？"

"爱雪……啊，没错，我们一般称呼她菲尔特小姐，所以一时没反应过来。她是叫爱雪·伊福·利尔·菲尔特小姐吧。"

"说啊?!爱雪到底怎么了?"

"没事没事,只是想和她聊一件……不太方便在这里说的事,不知道她什么时候回……"

"我怎么可能知道!"

赫克兰直截打断了对方的话,毫不留情面的态度让男子惊得不停眨巴眼睛。

"你说完了吧?"

"没、没办法,那我就先在这里等……"

"滚。"

赫克兰用下巴指了指入口方向,他那毫不客气的样子又让男子惊得不停眨巴眼睛。

"实话告诉你吧,我不喜欢你,你这样的家伙待在我眼睛能看到的地方,我受不了。"

"这里是酒馆,我只是……"

"你说得对,这里确实是酒馆,也是喝了酒的家伙们经常打架的地方。"赫克兰一边说,一边对男子露出了意味深长的微笑,"你不用紧张,放心好了,就算别人打架的时候不小心让你受了重伤,我队里也有能用治疗魔法的神官,可以收费为你治疗。"

"不过要贵几成就是了,不这样的话,神殿会不乐意的。我可不希望神殿的暗杀者找上我们。"伊米娜带着不怀好意的微笑从旁插了一嘴，"不过，可以稍微便宜那么一点，你也会感谢我们吧？"

"——听到了吧？"

"你们想威胁……"

男子又把话咽了回去，因为他看到面前赫克兰的表情发生了急剧的变化。

赫克兰向前踏出一步，贴近到两人视野中都只剩下对方面孔的距离。

"啊？威胁？谁？在酒馆打个架有什么稀奇的？我分明是好心给你忠告，你却说我威胁你？你是……想打架吗？"

赫克兰的眉间暴起了青筋，这是无数次绝处逢生的男人的面孔。

受到威慑的男子向后退了一步，用几乎听不到的声音喷了一声，然后快步走向入口。虽然极力掩饰，但是他的背影明显表现出恐惧。走到入口附近，他身子向外，扭过脸来向赫克兰和伊米娜吼了一句。

"告诉菲尔特家的丫头！期限已经到了！"

"啊？"

听到赫克兰仿佛低吼一样的声音，男子连滚带爬地跑出了旅店。

吵闹的男子消失之后，赫克兰恢复了平时的表情。这样剧烈的变化，说是颜艺想必也有人相信。实际上，伊米娜就在轻轻鼓掌。

"这到底是怎么回事?"

"不知道。我知道的和他刚才告诉你的一样多。"

"糟了,早知道详细问问就好了。"

赫克兰有点后悔地抱着头。

"等爱雪回来之后问她不就行了。"

"可是啊,我不想掺和她的私事。"

"好吧,这个嘛,我当然也明白。不过你是队长,加油吧。"

"那我就用队长权限,命令同为女性的伊米娜去问她。"

"别闹了,我也不想去。"

两人都露出了苦笑。

作为冒险者和工作者的共通常识,有几件事不能做。

首先,不能询问或调查彼此的过去。

其次,不能不加隐藏地暴露自己过剩的欲望。

许多人因为欲望沦为工作者,某种程度上来说,这一点是无可奈何的事情。可是如果毫不隐藏地暴露出来,有可能导致小队无法正常运转。比如整天说想要钱的同伴,在处理和大宗金钱有关的工作时,或者在保守不能泄露的情报方面,到底有多大的可信度呢?和一个总吵着想要异性的人,在同一个房间里能睡得着吗?在有生命危险的地方,队友之间要彼此依靠,彼此之间必须随时保持最低程度的信赖。

明显惹上了麻烦的爱雪,在信赖方面已经有了很大瑕疵。

这绝对是不能敷衍了事的问题。

他们从事的是赌命的工作,不能放过任何一丝不安要素。

赫克兰挠着头,这种时候还不忘扮出明显不乐意的表情。

"没办法,只能等她回来之后问问了。"

"拜托了——"

赫克兰表情坚定地盯着满脸带笑地挥手的伊米娜。

"你以为你逃得掉吗?你也要和我一起问。"

"欸——"伊米娜露出抗拒的表情,但是看到赫克兰的表情毫无变化,只好放弃了抵抗,"没办法啊,希望不是什么太让人倒胃口的事……"

"她现在去哪了?"

"欸?啊,就是为了那件工作去收集幕后情报了。"

"那不是我和罗巴的工作吗?"

赫克兰几人完成打扫卡兹平原不死者的工作,回到帝都休息时,有一件新的委托找上门来。这件委托对于他们的小队来说还算不错,他们正以接受委托为方针进行行动。

最擅长交涉的罗巴迪克,去调查委托人的背景及找上自己小队的来龙去脉了。赫克兰去帝国行政窗口——消灭卡兹平原不死者是在为国家打工——领取打扫不死者的报酬,然后再顺路从其他角度做和罗巴迪克相同的调查。

伊米娜和爱雪本该在旅店里待命的。

"不仅这些,目的地附近的历史和现状也需要调查。"

赫克兰点头表示同意。爱雪虽然从帝国魔法学院辍学，但是现在还保持着一定的门路。如果要收集学术性的情报，她是最合适的，而且她可能去魔法师工会查资料了。

"所以她说要和罗巴两人四处转转。他也有相当的知识，而且在神殿方面也有门路。你那边怎么样了？"

"这个嘛……"赫克兰一边说，一边坐在椅子上，放低了声音。

"难怪委托人会想雇工作者。应该说从地点来看，他们没法雇冒险者。只是，委托人自己也提过，他们也跟其他工作者小队打了招呼的事，看来是真的。"

"真的是协同工作？虽然说是未曾有人涉足的遗迹，但是委托人真的能肯定会得到足够大的回报吗？"

"我问过一个小队——就是古林盖姆的小队，他也有和你一样的疑虑。不过'重型粉碎器'已经向着接受委托的方向开始行动了，我们在明天之前如果决定不了要不要接受就不太好了。"

赫克兰的小队只是听了委托的内容，还没有接受，明天之前就要回复。不过要接受委托的话，还有很多准备工作要做。

"在这个节骨眼上有麻烦事找上门来……会有什么关联吗？"

"无法断言不是看到有赚钱机会的其他小队在耍花招，不过还是得先听听爱雪怎么说。如果真的有其他小队在背后作梗，我们要么就不接，要么就做好和别的小队开打的心理准备。"

"当然是要开打了。有人向我们挑衅，就得打得他们不敢再有下一次，打到对方服服帖帖为止。"

"太过激了。"

伊米娜有时会比她的外表显得性子更烈，不过赫克兰也觉得她的提案有道理。

如果被人小瞧了，虽然不至于混不下去，但是会影响名声。对于有大半只脚已经踏进黑社会领域的工作者来说，这是应该避免的。

正在赫克兰的眼睛中有了坚定的光芒，静静点头的时候，酒馆中响起了木头相互挤压的声音。两个人影从大开的门中走进了旅店。

"——我回来啦。"

"我们回来了。"

仿佛低语般的女子的声音传了过来。男性彬彬有礼的声音，好像担心盖过她轻柔的声音一样，慢了一拍才传来。

先进来的是一位枯瘦的，应该说还是少女的女性。

年龄在十五岁到十九岁之间，亮泽的头发在齐肩处剪短，五官非常标致，有种用美女二字无法形容的气质之美。不过，她身上还有一种仿佛人偶般的冷漠。

她手里攥着一根和自己身高差不多的铁棒，棒上有许多不知是文字还是符号的雕刻。身上是一件宽松的长袍，长袍下是一件多少有点防护效果的厚衣服。从打扮就能看出，她是魔法吟唱者。

男子穿着全身铠甲——虽然不至于戴着全罩头盔，铠甲外面罩了一件画着圣印的罩袍。他的腰际挂着一把链锤，颈部挂着一枚和罩袍上图案相同的圣印。

他的面部轮廓虽然粗犷，但是头发理得很精神，脸上的些许胡须也打理得很利落，整个人给人一种清爽的印象，从外表来看，三十来岁。

他们二人就是赫克兰的另外两位同伴，爱雪·伊福·利尔·菲尔特和罗巴迪克·戈尔特隆。

"噢，你们回来了。"

不知该说回来得正好还是不巧，赫克兰用生硬的语调回应二人。

"你们两个怎么了？"

罗巴迪克以难以想象他才是年长者的礼貌语气向赫克兰他们问道。他会用这样的语气有性格因素，也有表示作为工作者彼此平等的意思。

"没、没怎么。"

"就、就是，没怎么。"

两人眯起眼，观察赫克兰和伊米娜接连挥手的样子。

"怎么说呢，在这里说不太方便，咱们到那边去吧。"

赫克兰收起了开无聊玩笑的表情，一脸认真地指着比较靠里的一张圆桌。

"在那之前，先点些喝的——喂，伊米娜，怎么没看见老板？"

伊米娜露出了想吐槽他后知后觉的表情。

"去买东西了。留下我帮他看店。"

"怎么这么不巧。那怎么办，咱们自己随便拿点喝？"

"——我就不喝了。"

"嗯，我也不喝了。"

"是吗？那，好吧……既然这样，我们'Foresight'的碰头会就此开始吧。"

随着这句话，四人擦除了刚才脸上的表情，稍稍倚向桌子，把脸凑在一起。就算周围没有外人，他们还是会像这样谈话，应该算是一种类似职业病的习惯吧。

"首先确认一下委托内容。"

赫克兰确认大家的视线都集中在自己身上，继续说了下去，语气和刚才大为不同。该严肃的时候就要严肃，这对于一个队长来说是理所当然的。

"这次的委托人是弗梅尔伯爵。委托内容是对王国领土内的遗迹——疑似地下坟墓的建筑进行调查。报酬是事前两百，事后一百五十，定金反而比较高，这样的契约非常少见，而且报酬本身也非常高，根据调查结果还会有追加。不过，发现的一切魔法道具都归伯爵所有，发现者拥有以市价五成的价格购买的权利。宝石、贵金属、艺术品将在估价后对半分。还有就是委托人与其他工作者小队也在同时进行交涉，可能会有多支小队同时接受委托——这一点已经证实了。"

赫克兰把自己调查到的情报告诉爱雪和罗巴迪克，然后继续确认委托内容。

"调查时间最长三天，调查内容是从多方面对遗迹进行探索。最重要的，是调查遗迹里栖息着什么样的魔物。总体来说，就是普通的遗迹调查吧。"

魔物经常选择遭到遗弃的都市或者废墟作为栖息地，因此工作者的"调查"基本上等于火力侦察。

"不过重要的只有一点，这个遗迹是一座新发现的坟墓。"

赫克兰说出这句话后，现场的气氛变了。

两百年前魔神作乱的时候，有许多国家灭亡了，其中不光有人类的国家，也有亚人类的、异形种的国家。这些毁灭的都市中有时沉睡着稀有的宝物——魔法道具。可以说寻找魔法道具是冒险者和工作者共同的梦想。

正因为如此，冒险者和工作者都向往没有人探索过的遗迹。现在这样的机会自己找上门来了。

赫克兰确认同伴们的眼睛里发出了灿烂的光芒，把接力棒交给了出去收集情报的两人。

"往返手段和工作期间的伙食由伯爵方面安排，我说完了。好了，爱雪，罗巴迪克，你们报告一下调查到的情报吧。"

"——那么先从我开始。要说弗梅尔伯爵在宫廷内的地位，并不能说太好。有传闻说鲜血皇帝对他很冷淡，也有些情报表明他在金钱方面并不困窘。"

"委托内容是调查王国领土内的遗迹，然而就我和爱雪小姐的调查来讲，并没有发现那个地方有遗迹的传闻，也没有从历史上确认到那个地方曾经有都市。既然是坟墓，应该在历史上留下了一些线索才对……说实话，我不太理解为什么会把坟墓建在那种地方。从地理上来讲，周边只有小规模的村落，去那个村落收集情报的话，或许能有些什么收获。"

"不可能，委托方要求尽全力保密，还说没有必要对目击者做出任何行动，也希望我们不要做什么。"

"——当然了。那个地方周围是王国的直辖领土，有个什么差池，没准会造成帝国与凡瑟夫王家的对立。"

调查别国领土内的遗迹，这样的委托近乎犯罪，因此才没有找冒险者，而是找到了工作者。

"也就是说，这只是普通的不怎么干净的工作喽？"

"应该是的，只是，应该还有比较敏感的问题。"

"是啊，在帝国活动的工作者跑到王国去闹一通，一定会引发各种问题，搞不好还要殃及伯爵这个委托人。"

"既然这样，问题就只有一个了。"

"遗迹的情报从何而来，对吧？"

"没错，不管怎么想都觉得不对劲。"

"是吗？不是在都武大森林附近吗？会不会是在开拓林地的

时候发现的?"

"不对劲,你看这个。"爱雪打开地图,在一个地点画了个圈,"具体在哪儿还不知道,不过似乎是这一带。"

她用纤细的手指轻快地一划,叩了两下桌子。

"还有这里有个村庄,但是非常小,说它是个村落还差不多。我不认为这样的小村落有能力开拓森林。"

"你说得对。对于一个小村落来说,开垦危险的大森林太困难了。作为可能性来说,也许是王国为了某种国家工程才开拓森林,但是我不认为开拓这种地方有什么国家级别的好处,再说从来就没有听说过相关的情报。"

四人都拿不定主意,不知道是不是应该接受这次的委托。

因为没有类似冒险者工会的后盾,对工作进行详细的调查是极其必要的。一开始必须彻底调查委托人的底细,摸清工作地点的详细情况,接下来还要查清楚委托内容,这些准备都做好之后,才能接下工作。就算准备工作如此周全,还是经常免不了惹上麻烦事。

工作者的工作是赌命的,如果不能谨慎到不管怎么调查都嫌不够,是做不了工作者的。如果嗅到了超出自己小队能力范围的气味,就算条件再好也不能接受。

"我确认了一下金钱方面的问题,这是作为订金付给我的——"

赫克兰把一枚金属板放在了桌子上。拒绝这件委托之后,这枚刻着许多细小文字的金属板也要同时归还。

"——金券板我已经去帝国银行确认过了，定金已经全额存入，随时可以换成现金。"

金券板是由帝国运营的银行做担保的，功能类似支票的票据。

为了避免遭到伪造，金券板制作得非常精细，虽然有手续比较耗费时间和需要交手续费的缺点，但是好处数不胜数。

诸国中，大多是冒险者工会在运营类似的业务，不过帝国这边是国家做担保的。

"看来也不是陷阱了……好吧，拿到这枚金券板的时候，我就觉得对方是认真的。"

如果是想设陷阱，没有必要支付这么一大笔委托费作为定金——当然，这样做的目的也许是为了让受委托者麻痹大意，不过赫克兰他们和从未听说过的贵族无冤无仇。

"我觉得——"

"停！伊米娜，我还没说完呢，希望你能让想法灵活一点。"

"好好，那你说吧。作为一个这么紧急的委托，有几件事我觉得不对劲。比如委托人打算雇用多支工作者小队，这是为什么呢？"

伊米娜说得没错，考虑到联络每支小队都需要时间等问题，若是着急，雇用这么多支小队是很令人费解的。

"——不知道。本来，委托紧急的原因本身我也不知道。没听说和伯爵有关的人们发生了什么紧急的事态。也没有听说几天内会举办仪式典礼之类的消息。非得说的话，会不会是担心遗迹会被王国方面发现？同时雇用多支小队是为了提高探索的成功率？"

"我说啊，赫克兰，古林盖姆他们那边有没有什么发现？"

"他们怎么可能什么都告诉我？我单是问他有没有收到邀请，同时又不泄露我们掌握的情报，就费尽了力气。"

赫克兰无可奈何地耸了耸肩。

"——如果要说其他可能性，可能有人与委托者对立。"

"有可能。若是这样，为什么着急和为什么雇用多支工作者小队就都得到解释了。对了对了，最近王国那边好像出了大事。只是，和耶·兰提尔近郊的这座遗迹似乎没有直接的联系……"

"这件事也讲给我们听听吧，罗巴。"

"我没有收集到多少相关情报哦，不过是传闻而已哟。"说完开场白，罗巴迪克开始笼统地讲起王都的重大事件。要调查得更详细也需要更多的时间，不过目前这么笼统，确实缺乏可信度和情报价值。

"嗯。好像有关系，又好像没关系。总之，还是爱雪说的那个可能性似乎最大，而且罗巴也同意。"

"如果我们那样假设……考虑到委托人打算雇用多支工作者小队，而且工作地点在王国领土内，竞争对手会不会是接受王国正规委托的几队冒险者呢？如果是这样，那我们在帝国范围内收集情报也没用啊。"

"还有一件事需要注意,那就是其他被委托人雇用的小队——他们可是隐患。我可不想刚刚达成委托目的就被暗算。"

"隐患或者冒险者,两者相比确实还是冒险者稍微好一点。冒险者还能正常交涉,不会发生什么太过分的事。"

"如果是工作者,一言不合就得互相残杀了。"

"——队长,要怎么做?"

大家的意见基本都说出来了,剩下的就是推测或者预测了。

"在决定之前我要先问一句话才对,有件事我必须先问清楚。"

赫克兰重重叹了口气,坐在他身边的伊米娜则稍稍倒吸了口气。

"爱雪,有个奇怪的男人来找你了。"

在爱雪那看上去仿佛面具般缺乏感情的表情中,眉毛稍稍皱了一下。看到她的反应,赫克兰知道,男子是她认识的人。

"那家伙走的时候这样说……说了什么来着?"

赫克兰向伊米娜询问。伊米娜用"你在说什么呢"的眼神还击,直到伊米娜发现他是真忘了,才用疲惫不堪的声音回答道:

"他说,'告诉菲尔特家的丫头!期限已经到了。'"

"就是这么一句话。"

大家的视线都转向了爱雪。一拍之后,爱雪为难地开了口。

"——欠债了。"

"欠债?!"

赫克兰不由自主地发出了惊讶的声音。当然,不止赫克兰,伊米娜和罗巴迪克也难掩惊讶的表情。因为工作者的报酬都是平均分配,大家知道彼此获得了多少钱。考虑到自己获得的数额,很难想象爱雪居然会欠债。

"欠了多少?"

"——金币三百枚。"

听到爱雪的回答,另外三人再次面面相觑。

按普通人的实际收入来考虑,这是一笔巨款。就算是他们这个等级的工作者,一次工作也赚不到这个数额。这次的委托,摆在明面上的报酬是三百五十枚,但这是整支小队的报酬。还要减去必要经费、购买作为小队共同财产的消耗道具的费用,再减去小队资金,剩下的才是可以分配的钱。到最后,每人大概能分到六十枚金币吧。

他们的小队在工作者中已经算是等级比较高的了。用冒险者的标准来说,大概有匹敌秘银级的能力。这样等级的小队一次都赚不到的巨额债款,到底是怎么欠下的呢?

大概是察觉到了队友们质疑的眼神,爱雪的脸色十分阴沉。

她当然不想说,可是不说又不行。如果现在闭口不提,被赶出小队也不奇怪。

可能是在这些想法驱使下,爱雪缓缓地开了口。

"我是不愿家丑外扬,所以才一直没说——我家是被鲜血皇帝剥夺了地位的前贵族家庭。"

鲜血皇帝——吉克尼夫·伦·法洛德·艾尔-尼克斯。

他是一位用鲜血染红了自己双手的皇帝,因此才得到这样的异名。

他在自己的父亲,也就是前任皇帝因意外事故而驾崩后即位,即位后马上以暗杀皇帝的罪名贬黜五大贵族之一,同时也是自己母亲娘家的贵族,随后一个个地埋葬了自己的兄弟们。就像是耐不住皇城呼啸的死亡之风一样,他的母亲也在这个时期因事故去世了。

当然,也有反对他的势力,不过终归不是身为皇太子时,就已经掌握了骑士兵权的鲜血皇帝的对手。他以所向披靡的军事实力为背景,如秋风扫落叶般讨伐了有势力的贵族们。最后不管真实想法如何,朝中只剩下了忠于皇帝的贵族,中央集权就此形成。

但是,鲜血皇帝并没有就此罢手。他宣称不要无能的废物,剥夺了许多贵族的地位,通过只要有能力,平民也能成为高官的政策,巩固了自己的权力。

令所有人感到惊讶的有两点。扫除敌对贵族的工作规模巨大,他却以神乎其神的巧妙手段将其实现,保证了国力没有为内乱所累。另一点就是完成如此伟业的皇帝,当时还是个不到十五岁的少年。

因为这个人物而没落的贵族不在少数，只是——

"可是我父母到现在，还过着贵族水平的生活。当然，我家没有那么多钱，所以父母总是从性质恶劣的地方借钱花。"

三人面面相觑。

虽然大家隐藏得很好，不是还是能看得出彼此有反感、不悦、愤怒的情感。

"我对魔法能力有自信，请让我做你们的同伴吧。"一个瘦小的孩子，双手拿着高过自己的杖，对他们说出了这番话。看来不止赫克兰想起了当时大家不知该怎么应对才好的表情。大家一定还想起了，后来了解到爱雪的魔法实力，彼此目瞪口呆的样子。

从那以来已经过了两年，大家一起经历了许多次冒险——走错一步就会送命的冒险，赚了不少钱，然而爱雪的装备却没什么大变化。

现在大家终于明白为什么了。

"真的假的？要不要我去教教你父母怎么做人？"

"应该让他们听听神的教诲，不对，应该先尝尝神的拳头。"

"说不定他们的耳朵上根本没洞，先从在他们耳朵上开洞开始吧。"

"——请等一等。事已至此，我自己去跟他们说。实在不行，我就带妹妹们出来自己过。"

"你还有妹妹啊？"

看到爱雪点头肯定，三人再次面面相觑。这是因为三人虽然不说出口，但是心里觉得也许不要让她参与这次的冒险为好。

工作者确实是比冒险者能赚到更多钱的工作，不过，与之相对，同时也是非常危险的工作。他们一直是先确认安全，再选择工作，然而无法预测的突发事件并不少见。

搞不好，她会留下妹妹而自己死掉。不过，大家也觉得再说别的，就太多管闲事了。

"是吗……那么爱雪的问题我们明白了，这件事就交给她自己处理……还是回到是不是接受这次委托的议题上吧。"

赫克兰一边说，一边向爱雪送去了冰冷的视线。

"爱雪，不好意思，你没有决定权。"

"没有什么好道歉的。没问题，我也知道自身有经济问题的人，不可能给出正确的答案。"

所谓财迷心窍。

"说实话，你们没有把我赶出小队，就很不错了。"

"你在说什么呢，有你这样高水平的魔法吟唱者加入，对于我们来说是非常幸运的。"

这并不是客套，而是实话。

特别是她的天生异能。她那双仿佛奇迹降世般的眼睛，救过赫克兰他们许多次。

如果要给爱雪的异能取个名字，大概应该叫看破之魔眼吧。

魔力系魔法吟唱者身体周围，据说飘浮着魔力形成的不可见灵气般的东西，爱雪因为异能，可以看见这种灵气，还能看穿对方到底能使用魔力系第几位阶的魔法。

能看穿对手的力量，这到底有多大的用处，自然就不用说了。

据赫克兰所知，帝国只有一人和爱雪相同的能力。那就是帝国最强大的魔法吟唱者——弗鲁达·帕拉戴恩。

虽说仅限眼力，但是爱雪能与伟大的弗鲁达匹敌。

"不过真亏魔法学院舍得放走这么优秀的学生啊。"

"就是啊，这么年轻就能用和我同位阶的魔法。说不定能成长到第六位阶呢。"

"——我觉得应该很难。不过我也希望真的能有那么一点可能性。"

看气氛稍微缓和了一点，赫克兰拍了下手，清脆的声音吸引了全体的目光。

"好了，我们要不要接下这次的委托——罗巴迪克。"

"我觉得没问题。"

"伊米娜呢？"

"没什么不好吧？好久都没有这么正式的工作了。"

工作者的工作并不是经常有的。确实前两天他们刚去卡兹平原清理过不死者，但那份工作是计件付费的，和有正经委托人的工作有点不同。

"既然这样——"

"——如果大家是担心我，那就不必了。就算没有这次的工作，我也有其他还债的办法。"

三人交换了一下眼神，然后伊米娜露出了狡黠的微笑。

"怎么可能，你想想看，这工作多划算啊？能赚这么大一笔报酬，对吧，罗巴？"

"她说得没错，我们不是为了你才这样说的。我们是为了未知的遗迹中沉睡的众多宝藏，对吧，赫克兰？"

"听到了吧，爱雪。可惜我们不能作为发现者扬名就是了。"

"——谢谢大家。"

看到爱雪低头道谢的样子，三人互相交换了一下眼神，对爱雪露出了笑容。

"那好，爱雪跟我去拿金券板换现金，你们两人准备下冒险用具。"

冒险用具，包括绳索、油、魔法道具，这些工具的检查大意不得。这项工作适合严谨认真的罗巴迪克，也适合能用盗贼相关技术的伊米娜。还有一点，就是赫克兰并不适合这项工作。

"好了，我们开始行动……爱雪。"

爱雪疑惑地歪着头，好像在问"怎么了"。赫克兰把自己的疑问说了出来。

"呐，这次工作的报酬可不够你还债的。"

"——没问题。把这笔钱还了，就能再宽限一段时间。"

"不够的部分，借给你也可以。"

"是啊,你用下次的报酬还给我们就行了。"

大家绝不会说送给她,这也是当然的,因为"Foresight"中,每个成员都是平等的。

"——这就算了。剩下的差不多也应该由我父母来还了,我只是给他们一点时间,就当尽孝了。"

"这倒也是。"

四人彼此对视一下,决定开始各自的工作。

3

高级住宅街是帝都的一个区域,在一片片宽敞的宅地上,耸立着一座座老旧却坚固、豪华的宅邸。这些历史感十足却绝不过时的宅邸中的居民,当然大部分都是贵族。

贵族的宅邸是一种身份的象征,因为舍不得花钱而不装饰自己宅邸的人,在贵族阶级中会沦为笑柄。

陈设品、珠宝饰品、服装、宅邸、庭院——这些奢华的事物,在贵族社会的战场上相当于军事力量。它们不但能彰显财力,更能如实体现其主人门路的宽度和深度。仅仅住在穷酸的宅邸里就会被人看不起,因此只要不是不食人间烟火、对政治毫无兴趣,贵族都会尽可能对自己和宅邸加以装饰。说起来这算是一种军事示威行为,不过也只有确实有实力的人才会这样做。

看看周围，就能发现几件事。

高级住宅区在帝都也是治安最好的，可以说是个幽静的区域。不过，这一带的安静，看来还有其他原因。这一带有很多宅子感受不到居民的气息。

实际上，这些宅邸确实没人居住，它们是被鲜血皇帝剥夺身份的前贵族抛弃的宅子。

在一座座空空如也的容器中，还有一座宅邸有人居住。不过，外墙似乎没人打理，庭院里的植物似乎也疏于修剪。

在宅邸的客厅中，爱雪的双亲出来迎接表情严肃的她。两人都身穿华贵的衣服，呈现出贵族教科书般高贵的仪态。

"噢噢，你回来了，爱雪。"

"欢迎回来。"

来不及向两人打招呼，爱雪的视线先投向了桌上的玻璃工艺品。它是一个带有非常精细雕刻的杯状物，能感觉到高级品特有的精美气质。

爱雪的表情扭曲起来，因为以前没有在家里见过这件东西。

"——这是？"

"噢噢，这是艺术家让——"

"我问的不是这个。家里以前没有这件东西，它是哪来的？"

"难怪你没见过，这是今早刚刚买的。"

听到父亲轻松的——仿佛在谈论天气一般的语调，爱雪的身体晃了一下。

"——花了多少钱？"

"嗯……我记得好像是十五枚金币吧？很便宜吧？"

爱雪不由得感到丧气。刚刚用这次工作的定金偿还了一部分上次借的钱，没想到转眼间欠款又增加了，不管是谁都会丧气。

"——为什么买？"

"我们是贵族，如果舍不得在这类东西上花钱，是会落人笑柄的。"

看到父亲得意地笑着，就连爱雪这个亲生女儿也忍不住向他投去了带有敌意的视线。

"——我们家已经不是贵族了。"

听到这话，父亲的表情变得僵硬，涨红了脸。

"不对！"

父亲用力砸向桌子。幸亏客厅的桌子厚重，桌上的玻璃工艺杯纹丝未动。爱雪虽然觉得摔坏了也无所谓，但是就算坏了，父亲也不会后悔的，他会认为不过是没了十五枚金币而已。

爱雪压抑着自己的恼火时，父亲还在吐沫横飞地叫骂。

"只要那个愚蠢的浑蛋死掉，我们家马上就能恢复贵族地位！我们家是效忠帝国超过百年的世家，怎么能说贬就贬！这是为未来做准备的投资！我就是要这样夸耀我们的力量，让那个蠢货看看，我们家是不会屈服的！"

愚蠢。

爱雪这样评价因为激动而喘着粗气的父亲。父亲口中的蠢货应该是指鲜血皇帝，像爱雪家这样的小贵族，皇帝才不会放在眼里。要想做给人家看，难道不该采取其他的方式吗？

真是井蛙不可语于海。

爱雪用力摇了摇头。

"你们两个不要再吵了。"

听到母亲不慌不忙的口吻，互相瞪着的爱雪和父亲暂时休战。

母亲站起身来，把一个小瓶子递给了爱雪。

"爱雪，我给你买香水了。"

"多少钱？"

"三枚金币哟。"

"是吗……谢谢。"

爱雪一边在心里计算，共计金币十八枚是也，一边向母亲道谢，接过那个并没有装多少东西的小瓶，小心翼翼地装进口袋里。

就爱雪来说，很难以太冷峻的目光看待母亲，因为购买香水和化妆品，从某种角度来说是聪明的。

打扮得漂漂亮亮，参加高级派对，被有权有势的贵族相中。女人的幸福在于结婚、怀孕、生儿育女，从贵族的观点出发，这是非常正确的。从进行这方面投资的角度来看，购买香水之类的东西并没有错。

不过，爱雪还是觉得以自己家现在的状况，不该买香水。实际上，如果有三枚金币，平民百姓的三口之家足够过上一个月了。

"——我已经说过很多次了，不应该奢侈浪费。应该只进行最低限度的消费。"

"我不是说了吗！这就是必需的消费！"

爱雪疲惫地看着脸上因为愤怒红一块白一块的父亲。这个问题已经发生过许多次了，每次都不了了之，会发展到这个地步也有爱雪自身的原因。如果尽早采取强硬态度，也许不会发展到这个地步，也不会给"Foresight"的同伴们添麻烦。

"——我不会再给家里钱了，我要带着妹妹们出去过。"

听到爱雪平静的声音，父亲激动了起来。爱雪冷冷地想，看来他还知道如果没了给家里送钱的人，日子就过不下去了。

"你知道是谁把你养了这么大吗！"

"——恩我已经报了。"

爱雪毫不客气地说道。至今为止爱雪给家里的钱，已经达到了相当大的数额，而这笔钱是爱雪和同伴在冒险中共同获得，本该用来变强的钱。确实，怎样用报酬是自己的自由，但是大家都知道应该把大部分钱用来强化自己。

同伴们看着从未更新过装备的爱雪，是怎么想的呢？

不更新装备，就意味着有一个同伴永远不会变强。

但是"Foresight"的三人，从未因此对爱雪说过什么。爱雪太依赖队友的容忍了。

爱雪强硬地瞪着父亲。大概是感受到了视线中坚定的意志，父亲有点示弱般地移开了眼睛。这是当然的，闯过许多鬼门关的爱雪，怎么可能输给一个愚昧的贵族。

爱雪瞥了一眼不再开口的父亲，离开了房间。

她用后手带上房门，"唉"地叹了口气，好像正在等着这一刻，一个声音跟她搭话。

"大小姐。"

"詹姆士，怎么了？"

这位是侍奉爱雪家多年的管家，他那满是皱纹的脸上，浮现出带有紧张感的僵硬表情。爱雪马上猜到了他想说什么，自从父亲失去贵族地位以来她时常见到这副表情。

"跟大小姐说这样的事，实在是难以启齿……"

爱雪抬起手，打断了詹姆士的话，她觉得这不是该在客厅门前说的事情，两人一起走远了一些。

爱雪从怀里掏出一个小皮袋，打开了它。皮袋里的硬币发出各种光芒，最多的是银的光芒，其次是铜，最少的是金。

"——这些够撑过去吗？"

詹姆士接过皮袋，看了看里面，表情稍微柔和了一点。

"工资，还要跟商人结账……应该差不多，大小姐。"

"那就好。"

了解到虽然欠了一屁股债，但还熬得过去，爱雪轻声发出松了口气的叹息。

"没法拦着我父亲，别让他乱买吗？"

"没法拦。卖主是老爷认识的一位贵族介绍来的，中间我虽然跟老爷说了几次……"

"是吗？"

两人一起叹了口气。

"我想问一下，如果解雇现在家里雇用的所有人，需要至少准备多少遣散费？"

詹姆士有点睁大了眼睛，落寞地微笑着，眼神中没有动摇的成分，大概是因为他早就有心理准备了吧。

"明白了。我会算好大概的金额，等您回来再报告。"

"拜托你了。"

这时候一阵哒哒哒的轻快跑步声越来越近。就算不转头去看，爱雪也知道是谁。

爱雪让自己的表情稍微柔和一点，转过头去'看到一个影子跑了过来。影子并没有减速，直接撞到了爱雪身上。

撞进爱雪怀里的，是一个身高不到一百厘米的少女，年龄在五岁上下，眉眼长得非常像爱雪。少女有点不满地鼓起了粉红色的小脸。

"好硬！"

这并不是嫌被撞上的爱雪胸太平。

使用许多皮革制成的冒险衣服防御能力比较强，特别是从胸部到腹部，使用的是比较坚固的皮革。撞上这种位置，大概感觉自己撞到了墙上吧。

"——没事吧？"

爱雪碰了碰少女的脸，抚摸着她的头。

"嗯，我没事，姐姐！"

少女开心地露出了微笑。爱雪也对自己的亲妹妹露出微笑。

"那我就先告辞了。"

爱雪目送不想打扰二人的管家离开，摸了摸妹妹的头。

"乌蕾……不要总是跑……"

说到一半，爱雪又把话咽了回去。贵族家的小姐在走廊里奔跑实在太不像样子。可是，就像爱雪对父亲说的，爱雪家已经不是贵族了，那么在走廊里奔跑应该也没问题。

这样想着，爱雪的手也没闲着，头发被抚摸得乱七八糟的少女发出纯真的笑声。爱雪看了看周围，发现自己的另一个妹妹不在旁边。

"库黛呢？"

"在房间里！"

"是吗……我有事想跟你们说，跟我一起来吧。"

"嗯。"

妹妹脸上露出了纯真的笑容。妹妹的笑容要由自己来保护，爱雪感受到责任重大，握住了妹妹的小手。

爱雪也能完全握住的小小的手，传来了热乎乎的体温。

"姐姐的手手好硬呀。"

爱雪看了看自己的另外一只手。她的手在冒险中伤过不知多少次，已经变硬，不再是一双贵族大小姐的手。不过，爱雪并不为此后悔，这双手就是自己与朋友——"Foresight"的同伴们生死与共的证明。

"不过我最喜欢了！"

看到妹妹两手紧紧握着自己的手，爱雪微笑着说：

"谢谢！"

帝都北市场和往常一样热闹。不过，到这里来买东西的普通人很少，所以就算边走边东张西望地看路边小店，也不像在人挨人人挤人的中央市场，会撞到别人。

赫克兰和罗巴迪克来到市场，熟悉的光景令二人放松，开始逛了起来。

让警惕二字离开脑海，表现出放松的样子，或许是因为北市场没有小偷或者扒手——因为这里说不定是帝都治安最好的地方。

"那么，赫克兰，我们先买什么？"

"首先是治疗道具。从预算考虑，我打算买治疗轻伤的短杖，不过看情况，也可能买治疗中伤的短杖……我们别找使用次数只剩一半左右的，要去的地方是坟墓，没准需要对不死者使用。其次是对付不死者的基本装备——抗毒和抗病的道具。

如果能有对抗负向能量及对抗非实体不死者的道具就更好了。永久性道具太贵,准备写好相应魔法的卷轴应该就没问题……"

短杖是注入了多次相同魔法的道具,比起买卷轴,平均到每一次魔法上的费用更低,所以治疗伤势等冒险常用的魔法,还是买短杖更省钱。

"是这样啊,我还以为你是来买礼物,邀请我来是为了顺便听听建议。"

"礼物?"

"没什么,赫克兰,我们加油淘宝吧!"

"噢,噢。"

这座市场上出摊的小铺大多显得很简陋。

大多都是在一层薄薄的板子上,摆着唯一的一件道具。而且很少有新品,大多是卖相不太好,或者看上去很陈旧的二手货。

基本上,这些小店的店主看上去都有点能耐。有的上臂粗壮,有的是魔法吟唱者打扮,与其说他们擅长讨价还价或者识货定价,不如说更擅长战斗。

乍一看或许会觉得这是保镖在帮忙看店,其实他们就是这些路边小店的摊主。不过做摊主的日子只限于出摊当天,平时他们的主业是冒险者或工作者。也就是说,和赫克兰还有罗巴迪克是同行。

他们来这里贩卖自己曾经用过的道具,或者是在冒险过程中发现、小队里又没有同伴能用的多余道具。比起贱卖给倒卖魔法道具的商人或者魔法师工会，还是自己找买家谈价好一点，这样不用支付中介费之类的手续费，对买卖双方来说都有好处。哪怕算上交给商业工会之类的一点摊位费也是一样。

正因如此，许多冒险者和工作者想买东西时，都会像赫克兰他们一样，首先到北市场来。甚至有些人只要在帝都，每天都会来看看能不能淘到什么宝贝。

同时，这也是北市场小偷之类的罪犯很少见的原因。明知道惹上之后会很麻烦，谁会愿意找战斗专家下手呢？

看了一会儿小店之后，两人的表情虽然不阴沉，但也不明快。

"没有啊。"

"没有呢。"

摊主们大多是在卖自己不需要的道具，其中大部分对赫克兰他们来说同样不需要。当然有些道具，比他们等级低的冒险者，或者刚刚上道的工作者或许会买，可惜没有他们两人——把同伴也考虑在内——想要的东西。

"真遗憾。看来还是去正式商店买比较快。"

"来这里就是为了撞撞运气嘛，没有也没办法。毕竟，这种不显眼的节约是储蓄的第一步。"

"储蓄啊……赫克兰，你觉得会如何？"

"你这样说我就能听明白，那我就是超高位阶魔法吟唱者了……你是说爱雪的事吗？"

"你这不是听明白了吗？"

"是啊，我是从前面的话推测出来的。"

"那么你应该知道我想说什么了吧？"

"……你大概是想说，这有可能是最后一次冒险吧？"

"请不要说得那么不吉利。"罗巴迪克露出了苦笑，"说是这么说，不过就算不准确，也差不太多啊。爱雪说她要带妹妹一起生活，如果真的是这样，想要出去冒险可就不容易了。"

"是啊。她大概会去学门手艺，或者找个不用冒险也能赚钱的工作吧？"

"工作本身应该好找吧，她可是第三位阶的魔法吟唱者。虽然不知道她有几个妹妹，不过养活三四人应该没问题的。"

"对，我想也是，所以她才会说要带妹妹出去生活。"

"这样想来，有问题的就是我们小队一方了。如果魔法师爱雪离开小队，从哪找代替她的人呢。"

"看看大街能不能上捡到能用第三位阶魔法的魔力系魔法吟唱者呢？"

"要做梦请回床上去做。如果我们是冒险者，工会或许能帮我们介绍……要自己找的话，运气成分太大了。"

两人面面相觑，同时叹了口气。

失去了同伴，或者跟不上小队的节奏，抑或自己在小队内实力过于突出，这些时候，冒险者和工作者或许会离开小队。这种事并不少见，倒是从始至终属于同一小队的人才稀奇。大多数人都换过两三支小队。

赫克兰、罗巴迪克、伊米娜也是如此。

只是,能不能很快找到魔力系魔法吟唱者——能使用到第三位阶,是工作者,同时没有小队——这就是完全不同的另一个问题了。

"要不先找一个第二位阶的魔法吟唱者加入小队,慢慢锻炼。"

"那应该是最后的手段吧,可能的话,最好不走这一步。"

"挖角也很麻烦啊,本来工作者中就有很多人性格有某些缺陷,不小心搞来一个有问题的可就麻烦了,比如战斗狂之类的。"

"从这个意义上来说我们小队算是奇迹了啊。"

"说白点,我们小队成员都只是因为想要钱才凑到一起,可以说是非常稀有的案例了。当然,爱雪是后来听到传闻才加入的,和我们不太一样。"

"爱雪来的时候,我们正在考虑最后一人怎么办呢。"

看到罗巴迪克露出了仿佛看向远方的眼神,赫克兰觉得自己的眼神应该也和他一样。

"我还能想起那时候喝的是什么饮料呢。因为爱雪来得实在太是时候,我甚至觉得是神在命令我们组成这样一支小队。"

"是吗,好厉害。我倒是不记得当时自己喝了什么,罗巴当时在喝什么呢?"

"水。"

"和你平时喝的不是一样吗！你还真是滴酒不沾啊。当然我也不希望你像伊米娜那么爱喝酒。"

"有什么办法，我不会喝酒嘛。不过伊米娜小姐的酒品也是个问题啊……"

"是啊，罗巴只是喝一杯酒，就能变出红、蓝、白三种颜色。如果第一次喝的时候没有用魔法解毒，不知道会有什么结果呢。"

"或许站在这里和你说话的就不是我，而是其他人了。因为喝酒送命的人也不是没有。"罗巴迪克耸了耸肩，"我们继续讨论原来的话题吧。如果爱雪脱离小队，我们怎么办？有解散小队的可能性吗？"

"如果找不齐队员，就只有这一条路了吧？三人冒险太危险了。或者我们要不然做回冒险者？"

"救人还要遵循神殿的意向，我早就受够了，与其那样，我宁肯退休。"

"退休啊。那样或许也不错啊。"

"我已经攒了不少钱，希望能找个与人为善、帮助弱者的工作。找个开拓村，种种地，当当业余神官也不错。赫克兰有什么打算？"

"我要怎样才好呢？"

罗巴迪克的嘴角高高扬了起来。

"你自己一人能决定吗？"

赫克兰花了一点时间，才理解罗巴迪克话中的意思。当他理解之后，表情扭曲了起来。

"什么——"

"哼哼……"罗巴迪克露出邪恶的微笑，"莫非你以为我不会发现？"

"啊——啊——啊——啊——不是啦，其实我没有隐瞒的意思，你看，就是没找到合适的时机，对吧……你说的是这个意思啊，礼物啊。"

"是谁主动的？"

"喂，罗巴，你看那边。"

赫克兰指着正在一顶大帐篷中浏览商品的两人。

其中一位是穿着漆黑铠甲的战士，朱红披风自他的身后垂下，还背着巨大的剑。

"你这话题转得好生硬啊……好吧，无所谓了，等回头再慢慢问你好了。嗯，装备非常气派，如果主人和装备水平相当，他应该是一位非常厉害的战士。是你认识的人穿上了新装备吗？"

"虽然看不到脸，不过我觉得他不是以前在帝都停留过的人。其实，你看他身旁，不是还有一位好像藏了起来一样的女士吗，我没有见过她。"

"这边的角度不太好。不过和伊米娜小姐比起来，谁更漂亮一点？"

"不要再给我这种话题了好吗，我怎么可能答得出！……说实话，还是那边那位女士更漂亮。"

"伊米娜小姐可是一位非常标致的女士哟，而且情人眼里出西施，没想到赫克兰居然会这样说……原来如此。那两位应该都是旅行者，或者是四处漂泊的冒险者吧。也可能是刚把据点移动到帝都，打算在这里扬名立万的小队。"

"那二人可是在看生活用的魔法道具，有点奇怪吧？"

大帐篷里陈列着各种魔法道具，不过它们和冒险者、工作者用的魔法道具种类不同，是生活中用的。比如在箱子内能生成冷气、可以令放进去的东西不容易变质的冰箱，可以制造风来令人感到凉快的风扇……

这类道具，有很多都是两百年前，一位被称为"光说不练的贤者"的牛头人提出的。

他虽然提出了很多道具的点子，但是没有制作能力，也说不清楚为什么会是自己提出的那种形状，说不清楚为什么会产生自己所说的结果，所以这位战士得了这样的外号。

不过，他作为战士是超一流的，现在还流传着他拿一把斧子，天上一挥能掀起龙卷、地上一砸能山崩地裂的夸张传说。他还说服了只把人类种族当成食物的牛头人大国，把人类种族的地位提升到了劳动奴隶阶级。

住在旅店的冒险者，很少会对这些亚人提出的、不方便带去冒险的生活魔法道具产生兴趣。

"也没什么可稀奇的。帝国的魔法技术先进,而且比其他国家便宜,是不是哪怕不方便带回去也想买呢?"

"啊,原来如此,确实,有人是会这样想的。"

"以我们自己为基准来考虑确实有点奇怪,不过从旅行者的角度考虑,也没什么可奇怪的。"

"啊,确实。这样一想,也就明白他们为什么那么认真了。"

穿着铠甲的战士全神贯注地摆弄着那些魔法道具。他把门开开闭闭,翻过来调过去地看。赫克兰感觉仿佛看到了接待客人的商人额头上的汗滴。

"我们也像他那样认真地找道具吧。"

"好啊。"

2章 身陷蛛网的蝴蝶

第二章 | 身陷蛛网的蝴蝶

1

　　太阳尚未升起，伯爵家的院子内已经聚集了许多名工作者。算上最后到达的赫克兰他们"Foresight"一行，一共有十八人。为了这次的工作聚集于此的，都是帝都中颇具实力的工作者。

　　"Foresight"到达时，各支小队之间正隔开一段距离，好像互相掂量般彼此观察。他们的视线一齐集中到四人身上，从某种意义上可以说十分壮观。

　　"啊——到处都是在什么地方见过的人啊。话说，我们最近不是在卡兹平原，刚刚和那边那位独角仙先生见过面吗？"

　　"咦？我在旅店里没有说吗？这次的委托人好像也找了古林盖姆他们……我没说吗？我怎么记得我说了类似的话……如你所见，帝国内有名的工作者小队都集结于此！为委托人的充裕的腰包鼓掌！"

　　"鼓掌就不必了。我看那边的几位应该是各队队长吧。"

　　工作者们以小队为单位各据一方，有三人却聚在一起交换情报。

　　"古林盖姆也在那儿，看来应该不会错了。那好吧，我也过去打个招呼。"

　　"喂！哇，那家伙也在啊？啊——是这样啊。这么说，那边的几个森林精灵女孩子是……浑蛋！去死吧，禽兽！"

伊米娜唾骂着。她虽然还算是低声嘟囔，但是话语中包含的敌意，让赫克兰不禁慌忙四处张望。

"伊米娜小姐！"

"我知道，罗巴，这次工作我们姑且算是同伴……可是我真的不想看到那家伙的脸。"

"——我也不喜欢他。"

"当然，要说喜欢还是讨厌的话，我也讨厌他。不过我们还是得表现出适当的态度嘛。"

看到伊米娜露出厌烦说教的表情，赫克兰嬉皮笑脸地耸着肩插进罗巴迪克和她之间。

"好了好了，我马上就要过去打招呼了，不要说他的坏话了，我会把厌恶写在脸上的。"

"加油啊，队长。"

听到罗巴迪克的声援，赫克兰装模作样地皱起脸说"站着说话不腰疼"，向着另外三位队长走了过去。

看到赫克兰走过来，第一个跟他打招呼的，是一位穿着钢铁色全身铠甲的工作者。他的铠甲圆得有些怪异，肩膀部分异常地大，从外观来看与其说是人，更像是直立行走的独角仙之类的甲虫。

从前面打开的头盔额部突出的角来看，把盔甲做成这样应该是特意的。

不过，另外还有一点应该就不是特意的了。男子的腿比较短，整体看上去像一只被小孩强行立起来的独角仙。说好听一点，他用又短又粗的腿稳稳站立在大地之上，有着矮人一样很适合做战士的体格。

"果不出所料，汝亦来了，赫克兰。"

"是啊，古林盖姆，我觉得这工作还是蛮有赚头的。"

赫克兰也轻轻抬手向另外两人致意，他的态度挺随意，不过另外两人并没有不高兴的样子。这是因为四位队长虽然年龄和经验参差不齐，但是作为工作者来说，实力都处于同一等级。

"老兄你的队里……"赫克兰把目光投向古林盖姆的小队，数了数人数，然后继续问道，"来了五人，其他的成员呢？"

"进入静养，拂拭疲劳。他们和汝等之小队做了一样之工作，故此需要修复破损道具以及重新购买。"

这个男人——古林盖姆担任队长的小队，名叫"重型粉碎器"，一共有十四名成员，是一支成员众多的工作者小队。

人数多自然有相应的好处。同一个工作可以从各种角度处理，能采取丰富多变的行动。特别是可以针对不同的委托，挑选不同的成员组成小组，这是非常有利的。

只不过，同时也有弊端。报酬是按人头分的，分到每人头上就会显得很少了。还有一点，就是做出决策需要更长的时间，行动起来会显得有些迟缓。

考虑到这样的长处和短处，再加上工作者的性格因素，这样的小队仿佛随时可能分裂，这个男人却能把它完全把控在自己手中，可见他的管理运营能力多么优秀。

"是吗，真是不容易啊。不过嘛……你们要是赚得太多，会不会被留在家里的同伴怨恨呢？不如帮我们做辅助工作吧。"

"愚问。工作一旦完成，鄙人身为队长需慰劳同伴，非常遗憾，鄙小队必须取得最良之结果。"

"喂喂，手下留情啊。还有啊，其实你可以像平时一样说话的。"

古林盖姆微微一笑。赫克兰感觉到其中有否定之意，耸了耸肩，转向了另外一名男子。

"这是你我第一次正式见面吧。"

赫克兰礼貌地伸出手，对面的男子也握住了他的手，这是一只结实有力的手。

细长的眼睛转了过来，凝视着赫克兰。

"——'Foresight'，久仰大名。"

令人联想起银铃的纯净声音，或许应该说与此人外表非常般配吧。

"彼此彼此，'天武'。"

工作者中大概不会有人不认识在竞技场中也是不败天才剑士的他。这个男人的"天武"，某种意义上可以说是他一人构成的单人小队。这一点同时也是伊米娜对他一脸厌恶的原因。

"能和被称为与王国最强——传说中的葛杰夫·史托罗诺夫比肩的剑术天才一起工作，真是荣幸。"

"非常感谢。不过，差不多该说那位仁兄和我——艾尔亚·乌兹尔斯比肩了吧？"

"噢——真是自信十足啊。"

艾尔亚轻轻一笑，浮现出也可以解释为傲慢的表情。赫克兰为了掩饰眼神中差点儿因此表现出来的感情，急忙眨了几下眼。

"那么，到了遗迹里，就期待你高超的剑术了。"

"好的，请放心吧。希望我们马上要去的遗迹中，有能让我陷入苦战的怪物。"

艾尔亚拍了拍腰际的武器。

"那里有什么怪物可说不好哟？说不定会跑出龙来哟？"

"那真是太可怕了，如果是龙那么强大的怪物，恐怕我也免不了苦战一场。不过一定会为您献上一场胜利。"

赫克兰一边在脸上摆出附和的假笑，一边斜眼瞥着最后一位队长的反应，压抑自己的感情。

如果只论剑术，艾尔亚甚至胜过山铜级冒险者，回想起这样的传闻，艾尔亚的回答也不能完全算是大言不惭。再说，对自己的能力有自信是一件好事，对于工作者来说，推销自己的能力是非常重要的。

不过就算如此，也不能太过度。

龙是世界上最强的种族。

它们翱翔天际，口吐龙息，鳞片坚硬，体力超群，有一定年龄的龙甚至会用魔法。它们有人类望尘莫及的寿命,历经无数岁月积蓄的智慧让贤者也甘拜下风。

正因为龙力量强大,所以故事中的龙,经常会成为邪恶的敌人,或者是助勇者一臂之力的强者。曾经的十三英雄的最后一次冒险,对手也是一只被称为"神龙"的龙。很多时候,英雄最后的对手都是龙。

这样的强者,就算只是聊天,他提到它居然能这样大放厥词,只能让人觉得惊讶了。艾尔亚那矫揉造作的遣词造句,听起来似乎是半开玩笑,但是很遗憾,他的眼中写满了认真。不知道这个男人到底自我膨胀到了什么地步。

毕竟不知道马上要进入的遗迹中会有什么样的怪物,以艾尔亚的精神状态,判断他很有可能会拉所有人的后腿,应该是不会错的。

(最好还是离他远点儿。)

他想送死是他的事,不过他万一向自己求救,那就麻烦了。赫克兰面带微笑,做出这样的判断,修改了对待艾尔亚的方式,改为用完就扔。

"那边就是 Foresight 的诸位队员吧。咦——"

艾尔亚投向伊米娜的视线中,带着轻蔑和侮辱的颜色。

据说艾尔亚出身以人类为尊的宗教国家——斯连教国。斯连教国的国民,都有把继承人类以外血统的混血者看低一等的习惯。

站在这个男人的角度来看，半森林精灵伊米娜以和自己同等的地位参加这次的工作，一定是令他非常不愉快的。

（从这点来看，传闻应该并非空穴来风……不过，教国出身的人应该有洗名才对，倒是有传闻说他抛弃了洗名。）

赫克兰在心中念叨，为了以防万一提醒艾尔亚：

"喂喂，你可不要对我的同伴下手。"

"当然不会。这次工作中我们都是同伴，自然要通力合作。"

"希望你说的是真心话。"

艾尔亚这个男人就像一个力量超群的巨婴一样恐怖，让人感觉到他在精神面的不平衡。他让人觉得就算提醒过也不能完全放心，令人心里没底。

"没问题，请相信我。那么我们继续谈回刚才的话题吧。总之，请容我谢绝接受这次冒险中的指挥权。只要不是发生极其特殊的情况，我会遵从指挥者的命令。如果发生战斗，尽可以把我放在第一线，我会用剑为大家扫平道路。"

"好嘞，明白了。"

"那么，我就先回小队那边了，有什么事的话请尽管叫我。"

艾尔亚行了一礼，向回迈起步来。

看到等在艾尔亚前方的几位女性，赫克兰的脸有一瞬间差点儿扭曲，但他不能把感情写在脸上。有时候被别人知道内心情感，或许会形成不利的局面。如果做不到喜怒不形于色，就没资格做一队之长。

压抑感情，消除表情。

赫克兰像不想看到污物一样移开视线，跟最后一位队长打起了招呼。

"您好啊，老翁，您的身体还是那么硬朗啊。"

"你好，赫克兰，你看来也不绰啊。"

吐字漏风，是因为门牙基本都掉光了。

帕尔帕特拉"绿叶"奥格利翁。

得到这样的异名，是因为他装备着光辉仿佛朝露浸润的绿叶般的铠甲。这件铠甲并非以金属，而是以绿龙的鳞制作而成。帕尔帕特拉的小队是曾经成功屠龙，虽然他们打倒的龙个头并不大，却是普通的工作者或冒险者对付不了龙。

帕尔帕特拉是一位八十高龄的老翁。

一般来说，从事这类工作的人，在四十五岁左右就会退休。比较早的人，可能不到四十岁就退休了，五十岁以上的冒险者凤毛麟角。对于工作条件严酷，经常在生死线上徘徊的冒险者来说，肉体的衰弱不容忽视。

实际上，就算帕尔帕特拉是特例，他的能力也比自己的全盛期——人称足以匹敌山铜级的时代——衰退了不少吧。尽管如此，帕尔帕特拉还是不打算走下前线。

对年逾耄耋依然活跃在冒险第一线的帕尔帕特拉，做这一行的大部分人都心怀敬意。

"嗯。不过那个有点危险啊。"

帕尔帕特拉皱紧了本来就满是皱纹的脸小声说道，赫克兰也表示赞同。

"是啊，要送死是他自己的事，我可不想被他带上路。"

"彼确为强者，然过度之自信暗藏殃及同行者之可能，极其危险。"

古林盖姆低吼般的声音似乎想表达对方是"烫手山芋"。看到艾尔亚的态度，想必只要是工作者就会有相同的想法。

"到底该怎么定位那家伙的实力呢？我最近没有去过竞技场。"

"汝不知否？鄙人倒是略知一二——老翁知否？"

"只是有所耳闻，没有亲眼见过，问问同伴或许能了解到些什么。再说，应该以什么作为实力的基准呢。如果把葛杰夫·史托罗诺夫放在顶点，那我们熟知的……比如，对了……帝国的四骑士应该处在什么位置？"

"拥有'重爆''不动''雷光''激风'之异名之骑士……若说基准则极难。与斯强者——王国战士长相比或许略逊一筹。然以葛杰夫·史托罗诺夫为顶点之时代已是过去，新强者应运而生亦为事实。"

"你是说乌兹尔斯就是那个新的强者吗？他有么强吗？我没有亲眼见识过帝国四骑士的实力……要列举我见过的强者，帝国皇帝直属白银近卫的队长应该算一个吧？那位队长很强……能与四骑士匹敌吗？"

"老夫知道的强者中，最强的应该是评议国的龙王，那可不是人类能战胜的对手。"

"我听说有五只还是七只来着……哎呀，现在我们是在制定衡量乌兹尔斯实力的基准，就限定于人类剑士吧。"

"若以此为前提，亚格兰德评议国大多剑士皆为亚人，不在讨论范围之内。竞技场之武王亦然。既然如此，鄙人提名使用圣剑的，罗布尔圣王国之女圣骑士吧。然若是只论剑术，亦有不足。"

作为工作者，为了完成委托，收集强者的情报是非常重要的。如果要与这些强者对垒，有没有情报将左右胜败的走向。当然，就算不是为了工作，作为战士，也会不自觉地打听剑术世界中其他人的传闻。

现在也是一样，一开始大家只是在讨论艾尔亚的实力到底有多少斤两，后来大家越讨论越热烈，现在变得有点像交换强者情报的座谈会了。有点像小孩子们聚在一起，说起"那家伙很强"时的气氛。

"斯连教国平均水准比较高，但是没听说过有谁特别出类拔萃。不过，就算有，也应该是信仰系魔法吟唱者，不在我们讨论的范围内。"

"王国最高阶冒险者中有一女战士，此女如何？"

"啊啊，就是那个'这不是乳房，是胸大肌'吧。她很强的，不过听说她和战士长两人以比赛形式比试，结果输给战士长了。"

"听说，有冒险者用那个别人擅自给她取的外号叫她，结果被打了个半死。嘻嘻嘻，真是个恐怖的丫头。"

"将如斯强者悉数列出，方发现找仅限剑术之强者实为不易。有都市联盟之勇者大人和暗黑骑士，龙公国之精钢级冒险者小队'水晶之泪'之'闪烈'塞拉布雷特，此外工作者小队'豪炎红莲'之'真红'奥普提克斯，再者王国之……布莱恩·安格劳斯？"

这时对话第一次停顿了。

"布莱恩·安格劳斯？他是谁？"

帕尔帕特拉有点疑惑地向古林盖姆询问。

"老翁不知？此人乃王国知名之剑士……汝可知否？"

听到古林盖姆的提问，赫克兰摇了摇头。他没有听过这个名字。

"原来如此，两位不知……"

古林盖姆并不掩饰失望的神色，用探寻往昔记忆般有点没底的口气说道：

"已是过去之事，鄙人曾参加王国举行之御前比武，八进四时曾与其对阵。当时鄙人一败涂地。"

"你说的就是葛杰夫·史托罗诺夫取得优胜的那次御前比武大会吧？"

"正是。安格劳斯虽于决赛中败于史托罗诺夫，两位强者之对决着实令人赞叹，实为剑士之典范。以何种招数挡开那招一闪，在如斯局面下如何曲剑而发……诸如此类，只能以大饱眼福形容之。"

能让古林盖姆这样的男人赞不绝口，还能与近邻诸国中人称最强战士的葛杰夫打得平分秋色，其实力可见是超一流的。

赫克兰不禁感慨，世上有很多强者，只是自己并不知道。

"嗯……那么，这位安格劳斯和乌兹尔斯，你觉得谁更强？就说你的感觉。"

"乌兹尔斯。"古林盖姆毫不犹豫地回答，"相比御前比武时之安格劳斯，毫无疑问他更强。不久前鄙人曾于竞技场观战，可以断言。"

"也就是说，他可以和几年前的王国战士长匹敌？他有那么强吗！哎呀。"

赫克兰赶紧压低因为兴奋而渐渐大起来的声音。

"原来如此，安格劳斯啊。看来王国那边的情报也需要适当收集……不知道你们两位有没有听说，王国诞生了第三支精钢级冒险者小队？"

"当然，鄙人有所耳闻，老翁。"

"啊，不好意思，我还没听说。"

"赫克兰……无知会给汝之小队带来危险。"

"这我当然知道，不过王国那边同行的情报我还真是没有收集过，舍不得花那个钱。"

"哈哈哈，真是有胆量，我喜欢！"

"老翁，请您赐教。'漆黑'之飞飞之传闻鄙人多有耳闻，不知老翁是否感到传闻过于夸大？比如两人打倒巨型蛇怪、无人负责治疗等传闻。"

"哇，真的不是谣言吗？"

两人打倒那么强的怪物，几乎是不可能的，精钢级也不行吧。

"汝亦与鄙人意见相同，赫克兰。收集之情报愈多，鄙人愈觉可疑。至于王国发生之骚动，甚至听闻传言说此人一击屠戮难度二百之恶魔。鄙人愚见，许是王国冒险者工会为威吓国内外诸势力，制造虚假之话题，为此将此人推上精钢级冒险者之位。"

"有可能，因为诞生高级冒险者是一件非常厉害的事啊，不过，冒险者工会会在这方面作假吗？工会高层可都是一群死脑筋。"

"城市不同，工会长不同，多少会有些变化的。老夫原来还是冒险者的时候，那个工会长就是最招人讨厌的类型，老夫给他脸上来了重重一拳。哈哈哈！不过也因为那一拳，老夫到现在都是工作者。"

帕尔帕特拉心情愉悦地放声大笑。

他成为工作者的来龙去脉是非常有名的。在帝都中，做这一行的恐怕尽人皆知吧。这也是只要和帕尔帕特拉去喝酒，他一定会讲的故事。

"说是这么说，不过工会应该不会这样做。"

"那么传言为真？"

"难以置信，就算退一百步讲，按常识来考虑难度二百——这个数字就让人怀疑，一击打倒这么强的强者根本是不可能的。要说可能性的话，应该是在传闻的基础上添油加醋。实际上是出现了难度较高的恶魔，几支小队一起前往讨伐，给予最后一击的是这位'漆黑'吧。"

"若是如此，尚有可能。"

"毕竟强于山铜级的冒险者，都属于精钢级这一个级别。会有这么强的家伙，老夫也不觉得奇怪。就算同为精钢级，实力也不尽相同。"

"赫克兰与鄙人意见相同，老翁认为传言属实？"

"哈哈哈，老夫当然也不是全盘相信。"

"俗话说百闻不如一见，我有点想一睹真容……又有点不太想。"

就在另外两位队长一起表示同意赫克兰的看法时，传来了击打肉体的沉重声音和女性强忍疼痛的惨叫声。

在场的所有工作者都把视线投向了同一个点。几个误以为出了什么异常情况的人，已经略微放低腰身，摆出了应对战斗的姿势。

惨叫的来源——艾尔亚的一名女性同伴倒在他的面前，看状况应该是被艾尔亚打倒在地了。她正满脸畏惧地抬头看着艾尔亚因为恼火而扭曲的面孔，低声下气地求饶。

赫克兰拼命压抑胃里涌上来的呕吐欲望，脑海中想起一件事，急忙把注意力转向自己的同伴——伊米娜。

视线前方正如赫克兰的想象，是那副毫无感情的面孔。给人一种只要有什么风吹草动，她马上就会开始攻击的危险感觉。

赫克兰急忙使眼色，示意站在伊米娜身旁的罗巴迪克和爱雪拦住她。

站在个人角度来说，赫克兰的感觉和伊米娜一样。可是作为队长，他不能插手其他小队的内部事务。当然，要插手也可以，只不过这样做，需要有决心承担一切后果。其他小队也有几人因为不快皱着眉头，没有付诸行动，也是出于同样的原因。

伊米娜的理性似乎艰难地取得了胜利，只见她向艾尔亚背后摆出下流的手势，然后向地上啐了一口吐沫。

"……能匹敌王国战士长的，只有剑术啊。如果人格也能达到他的高度那再好不过，不过看来那样对他要求就太高了。好了，闲话就聊到这吧。"

"是啊。既然赫克兰也来了，我们把最重要的事情定下来吧。"

"那厮既已拒绝，由谁执掌全体指挥权为好？"

沉默降临了。

在场的有四支小队，单从战斗力来讲，确实相当强，但是没有领导者进行统筹指挥，只能是一盘散沙。就像哪怕有很多条手臂，如果不能同时运用，那就和只有一条没区别。

想要运用好个性鲜明的小队们，更是难上加难，要是再想让大家都心服口服，就更是困难之极。如果指挥的结果导致失败，或者被认为优先了自己小队的利益，都会招致其他小队的怨气。

说露骨点，这是一个对能力要求苛刻，但是损大于得的差事。

"说实话，我觉得没有整体指挥官也没事吧？"

"这只是在回避问题。在那种情况下发生战斗，可就麻烦了。"

"鄙人提议轮流指挥，以此避免其他小队心生不满，到遗迹后视情况再商量亦不迟。"

"好主意。"

"是啊。"

另外两位队长都同意古林盖姆的建议。

"那么，就按到达顺序来执掌指挥权吧。"

"乌兹尔斯之'天武'如何是好？"

"跳过那毛小子就是了，他怎么可能担得了这样的重任。"

"鄙人同意老翁之意见。那么由提议者鄙人之'重型粉碎器'担任先锋。"

"拜托了，古林盖姆。"

"交给你了，小伙子。"

"明白。虽说如此，帝国内出现凶暴魔物之可能趋近于零。问题在于到达王国，接近大森林之后。"

"啊——早知道把顺序反过来就好了。"

赫克兰装模作样地抱住头，两人都轻轻笑出了声。很快，仨人的表情就严肃了起来，转头看向朝着工作者们走来的男子。周围的工作者们已经全部转向了他。

男子走在终于亮起来的庭院里，昂首挺胸姿势优雅，可以说不愧为伯爵府上的管家。

管家走到工作者们的面前，行了一礼，虽然没有人还礼，但是他毫不介意地开了口。

"时间到了。非常感谢各位接受伯爵家的委托。伯爵家会派出马车夫两位，护卫马车的冒险者合计六名。目的地是王国境内的未探索遗迹——从形状来看应该是坟墓。为调查而驻留的时间是三天。追加报酬要看我家主人从情报中得到什么收获，因此过段时间才能支付。大家有什么问题吗？"

管家所说和委托时的内容没有多大不同，要说新的情报，就只有冒险者会作为护卫随行一点。

虽然大家都对情报来源有兴趣，但是作为工作者，大家都知道什么问题问了会有答案，什么问题问了也是白问。毕竟可以告诉工作者的情报，都已经在委托时说清楚了。

再说，如果是干净的工作，人家就去找冒险者了，既然是不干净的工作,委托人一定会守口如瓶,还是不要追问为好。

"那么,我带大家到准备好的马车那边去。"

没有人提出异议,大家都跟在管家身后走了起来。

赫克兰他们"Foresight"一行,走在最后面。

"那个浑蛋,我觉得他死掉比较好,怎么样,要不要做掉他?"

伊米娜忍耐不住对艾尔亚的憎恶,刚走到赫克兰身边,她就把嘴贴在他耳边,发泄着心中的怒火。

伊米娜把声音压得非常低,赫克兰分辨不出是她的愤怒,还是理智在起作用,只能祈祷是后者。

"虽说早有耳闻,不过还真是个禽兽一样的男人。"

"——畜生!"

另外两人也不掩饰自己的不快感,小声嘟囔着。

这对"Foresight"来说是理所当然的。毕竟队伍里有伊米娜这个女孩子,大家都无法对艾尔亚的行为视若无睹。

艾尔亚的小队中除了他本人之外,全是女性,而且全是森林精灵。

如果只是这样,伊米娜和其他成员都不会对艾尔亚表现出不快感。他们毫不犹豫地,全场一致认定艾尔亚是最低级的畜生,这是有相应原因的。

那些森林精灵女性,穿着最低级的装备,材料和做工都显得寒酸不堪。而且从她们被剪短的头发中露出的森林精灵本该很长的耳朵，也被从中间切断了。

处于这种状态，是因为她们——艾尔亚小队的所有成员，都是从斯连教国贩卖至此的森林精灵奴隶。

帝国也曾经存在奴隶制度，不过在上一任皇帝的时代，形态发生了巨大的变化。虽然名为奴隶，但是实质完全不同。尽管如此，还是存在以竞技场中战斗的亚人为代表的、真正意义上的奴隶。

艾尔亚小队里的森林精灵就是这一类奴隶。

巴哈斯帝国、里·耶斯提杰王国、斯连教国，这三国居民中人类所占比例都几乎是百分之百，相对周边其他国家而言，有排斥异种族的习俗。因此就算有人类的血统——比如半森林精灵的伊米娜——在这些国家也生活得很辛苦。

例外的只有矮人。安杰利西亚山脉位于巴哈斯帝国与里·耶斯提杰王国中央的分界线，山中有矮人的王国。因为帝国与矮人王国有贸易往来，所以矮人的人权得到了切实的保护。

"我也知道那些森林精灵很可怜，可是，我们现在必须做的事，不是救那些森林精灵。"

伊米娜重重叹了口气，她头脑里其实也明白，只是控制不住感情。

"我们走吧。"

伊米娜轻声说出几个字，向前走去。赫克兰三人也急忙往前赶过去，然后惊得睁大了眼睛。

管家带领一行人，来到了为去遗迹路上代步而准备的两辆带篷马车面前。马车边有几人正在往车上装货物，大概就是管家所说的冒险者吧。他们颈部垂下的铭牌发出黄金的光辉。

不过，工作者们的惊讶并不是因为他们，而是因为拉车的马。

"——八足马。"

有人发出了惊呼声。

有八条腿的八足马比平常的马体形更大，体力、耐力、速度也更优秀，据说是走兽中最优秀的魔兽。

当然，八足马的价格也相应地非常昂贵，一匹相当于五匹军用马的价格，甚至不是一般贵族用得起的。

这里有两辆双驾马车，也就是说一共四匹八足马。考虑到冒险中有会失去这些八足马的危险性，委托人的决心真令人钦佩。莫非委托人认为，遗迹中沉睡的宝藏，多得只有用八足马才拉得动吗？

大概还有人想法和赫克兰一样，不知什么地方传来了咽下口水的声音。

"请大家使用这两辆马车，食品之类的东西已经装进去了。还有，为了护卫这两辆马车和诸位的野营地，我们雇用了冒险者。请大家不要忘了，根据契约，冒险者们原则上是不会进入遗迹的。"

赫克兰察觉到有件事要尽早说好，赶忙离开同伴，跑到了古林盖姆身边。

"不好意思,古林盖姆,我有事想和你商量下。"

"嗯?何事?"

"就是分配马车的时候,能不能把我们小队和'天武'分开?"

"嗯?原来如此。鄙人明白汝之担心,是为了她。那么鄙小队与'天武'同行。"

"不好意思啊,太谢谢了。"

"并非值得介意之事。此次工作,吾等皆为同朋。遗迹调查之正题尚未开始,理应避免节外生——"

"区区金级冒险者,真的不要紧吗?如果调查归来发现营地被毁,或者是正在野营,身边走过一只魔物,那我可是非常困扰的。"

听到有如火球突然飞来般的大嗓门,二人面面相觑,表情扭曲了起来。

艾尔亚高声质问的对象是管家,可是听到他毫不控制的大嗓门,就好像时间停止了一样,冒险者们搬运货物的动作都停下了。

人外有人,山外有山,谁也不知道自己能提高到哪一步,因此对于脚踏实地不懈进取者来说,艾尔亚刚才的发言是非常令人不愉快的。他们也是在互相竞争中打拼的人,如果自己的实力受到怀疑——特别是受到委托人怀疑——将会影响到今后的委托。如果有这样的风险，就有必要用简单粗暴的形式展示实力了。

男子口出狂言，说出让冒险者、工作者都没法当作没听到的话。他是个不会为别人考虑的人，根本不在乎险恶的气氛，继续说了下去。

"别误会，我知道他们作为行李搬运工人是合格的，只是担心他们是不是有实力做护卫。"

（别再说了，把气氛搞得这么险恶有什么好处，就算冒险者们因为工作会多少容忍一点……）

在场的所有工作者小队，以冒险者的等级来说确实匹敌秘银级。也就是说工作者强于冒险者，可是就算是这样有些话也是不能说的。

谁来把他揍一顿，让他闭上嘴啊。

就在工作者们眼中露出凶光，彼此互使眼色的时候，赫克兰慌忙跑回伊米娜身边。再怎么说也不能用刀解决问题。

不过，让艾尔亚闭嘴的并非某一位工作者。

"您是乌兹尔斯大人吧，我们确信，不会有问题的。"

"……莫非是以我们出面帮忙为前提吗？如果是这样，这个回答还能接受。"

"并不是。因为强于大家的人物这次也会同行。——飞飞先生。"

像是回答管家仿佛藏冰含霜的声音一样，一位身穿全身铠甲的战士，从一辆马车中探出了头盔罩住的脸。他似乎正在把货车上的货物搬进马车里。

"我来介绍一下，这位是只凭两人之力升上了精钢级的冒险者，'漆黑'飞飞先生，飞飞先生的队友娜贝小姐也来了。这两位将与大家同行，保卫大家的野营地。这样……您满意吗？"

气氛发生了大幅度的变化。面对站在冒险者和工作者——应该说是这一行所有人顶点的最强者，所有工作者都安静了。

看到最强冒险者登场后工作者们诚实的反应，冒险者们心情转好，重新开始了手头停下的工作。一位看上去像是冒险者小队队长的男子，刻意面带笑容，去跟漆黑的战士搭话。

"剩下的我们来做就行了，能请飞飞先生去和诸位工作者加深一下交流吗？希望您能作为我们的领队和工作者们商量一下今后的护卫方针。"

"明白了。如果贵小队不介意，在下不才，愿意担当此任。虽说如此，我还是认为应该以贵小队作为护卫方针的主体，毕竟贵小队人数较多，以贵小队作为主体行动，各方面都比较方便。"

"哪里，还说不才，您太谦虚了！再说有飞飞先生在这里，我们怎么——"

"不，护卫还是要以贵小队为主导，请给予我们适当的命令。娜贝。"

飞飞发出轻笑声，轻盈地下了货车，一位美丽得惊人的女子跟在他的身后。

美女现身时,通常会听到众人的惊叹,不过超常的美貌会让人发不出声音。看到真正的美女时,人只能任凭她夺走自己的目光。

"赫克兰,那人……"

"对,罗巴,我和你想的一样,那是我们在北市场见过的人。那就是……'漆黑'飞飞,还有他唯一的队友啊。原来他是这样一位伟丈夫,看来他打倒巨型蛇怪的传闻,并非夸大。"

"巨型蛇怪!是真的吗?"

"看来是真的。不仅如此,我还听古林盖姆说,他一击打倒了难度二百的恶魔。"

"我觉得这就是夸大了吧。难度二百已经不是人类能战胜的对手了……是不是把一百听成二百了?"

"哪怕只是一百也够厉害的了。不过从这位的言行举止来看,我觉得二百都有可能是真的。"

从和金级冒险者小队队长的简短对话中,赫克兰觉得飞飞的性格可见一斑。他觉得飞飞是一位有精钢级冒险者应有的气度和领袖魅力的、让人不禁心生好感的人。

"在去加深交流之前……我有个问题想问你们。"

他的声音并不大,但是雄浑的声音让人感受到铠甲下说话者的英雄气概。

"为什么要去那座遗迹?我明白你们接到了委托,但是和受到工会强烈要求就没法拒绝的冒险者不一样,没有什么东西束缚你们工作者,你们为什么要接受呢?到底是什么在驱使你们?"

工作者们互相看了看,正在犹豫由谁来回答才合适时,帕尔帕特拉小队里的一人开了口。

"当然是钱了。"

这是完美的回答,也是最大的原因。工作者们之所以犹豫而不作答,不是不知道怎么回答,而是猜不出飞飞明明知道这个理所当然的答案,还要问这样的问题,到底有什么用意。

飞飞看到工作者们纷纷表示赞同,又提出了一个问题。

"莫非委托人给的金额,值得你们赌命吗?"

"是也。委托人之出价鄙人等可以接受。且视探索遗迹之发现,追加报酬亦可期待,鄙人认为有赌命之价值。"

回答的是古林盖姆。

"原来如此……这就是你们的决断啊。明白了,我真是问了个无聊的问题,别怪我。"

"也不是什么值得道歉的事……请您别在意。"

"哈哈哈,看来你的提问结束了,老夫可以问个问题吗?"

"老大爷,请讲。"

"老夫想确认一下关于你的传言。听说你实力超凡,可以在老夫等人面前一展真容吗?"

"原来如此,正所谓百闻不如一见。好的,没问题。如果这样能让各位对我，不，对我们的护卫感到放心，我愿意展示一下自己的能力。老大爷希望我用什么形式展现？"

"当然，找人比试一下是最好的。"

所有人的目光都集中到了——

"当然是老夫这个提出者了。"

"怎么？老大爷吗？非常抱歉，我是个不太擅长手下留情的人。我不想让老大爷受伤，我又完全没有自信能配合老大爷的水平——即使如此也要比试吗？"

"哈哈哈哈！不愧是精钢级！完全没考虑老夫会让你受伤的可能。"

头盔下传来了轻笑声。

"当然了，老大爷。这就是显而易见的实力差距。我很强，比诸位当中的任何一人都强，因此我才能升到精钢级。"

居高临下的态度中包含着目空一切的自负，却不会让人感到不快。这大概就是因为飞飞这个男子自身的魄力吧，他说出的话语伴随着仿佛构筑在死尸累累之上的恐怖压迫感，充满无法抗拒的说服力。

"好厉害啊。"

"是啊，好厉害。"

人们纷纷发出忘我的赞叹声。

女人往往会迷上强大的男子，同样有许多男子也会因为尊敬而迷上强大的男子。就像飞舞在火旁边的飞蛾，对于活在血与铁的世界中的人们来说，力量就像烈火，就算知道控制不好距离会惹火烧身，还是抵挡不住它的魅力。

"哈哈哈！想必现在，已经没有人怀疑你是精钢级冒险者了！说是这么说，难得的机会，老夫就献个丑比画几下。这里离马车太近，活动不开。那块宽敞的地方借我们用一下可以吗，管家阁下？"

得到许可后，帕尔帕特拉打头，大家都跟着他走到了庭院里。工作者自然不用说，冒险者和管家也跟了过去。

"老翁看来有点勉强啊。"

"——那人看起来好强。"

"嗯——说更强，不如说根本不在同一级别。这么强，应该已经超越了帝国所有的精钢级冒险者小队吧？"

"确实给人这种感觉。'银丝鸟'的几位冒险者都是少见的职业，有不同寻常的能力，不过从基本实力来说，还是比普通职业的同等级冒险者要弱。听说'涟八连'之所以强大，主要是因为组成小队的人数和出色的团队合作。"

"银丝鸟"是一支由到达英雄领域的吟游诗人担任队长的小队，队伍成员都拥有罕见的职业。"涟八连"是一支九人组成的小队，因为队员人数众多，所以有传言说也许并非人人都达到了精钢级的水平。不过也有人说，只要他们团结起来，能完成其他精钢级小队无法完成的工作。

不过，如果要说他们是不是可以化腐朽为神奇，能称之为人类最后王牌的最强存在（精钢级），还是值得商榷的。

赫克兰听到队友们在身后小声谈论这些事情。

发出议论声的不仅是他们三人。竖起耳朵，就能听到大家议论纷纷，谈论最多的，还是帕尔帕特拉到底能打到什么程度。没有一人认为他能战胜飞飞，虽然时间短暂，但是大家感受到飞飞这个男子身上，散发出令人信服的精钢级的气场。

赫克兰一边思索一边向庭院走去，有一人来到了身旁。听到金属铠甲发出的聒噪声响，不用看他也知道对方是谁。

"古林盖姆觉得那两位的战斗会怎么样？"

"虽对老翁多少失礼，但飞飞必然获胜。看点在于，老翁能坚持多久。老翁败阵之后，汝不去领教一二？"

"怎么可能，别为难我了。倒是你，不去试试吗？"

"鄙人也免了。仅目睹超级战士之气度，鄙人已满足。只望途中可得飞飞阁下指点一二剑术。"

"我也有这个想——啊！"

两人视线的前方，到达庭院中的飞飞和帕尔帕特拉正间隔一段距离，凝视着彼此。

帕尔帕特拉的目光绝非平凡老人可比，那目光属于久经沙场的战士。

他的气势已经渐渐变成了锋芒毕露的杀气，早已没了切磋的气氛。

观战者人人冒出冷汗，心生不安。

"咦，这不太好吧，老翁是不是太认真了？"

一旁观战的古林盖姆不由得错用了平时说话的腔调。

"对手是精钢级冒险者，我也明白要抱着杀死对手的念头才——"

赫克兰一边说，一边把目光转向与老人对峙的漆黑战士，话说到一半，倒抽了一口冷气。

从飞飞身上感受不到任何气息。

他两只手垂在身旁，毫无防备的姿势，看上去完全不像马上就要交锋的样子。那分明是与举剑的孩童对峙时大人才有的气定神闲。

"那可真是厉害！那么凶悍的杀气扑面而来，他却没有一丝反应。他不可能没有注意到杀气，难道这就是所谓战士的极致——呆若木鸡吗？！"

"无心？莫非是云水之领域？武器之差距如此之大，却如此从容，可见对自身之实力颇有自信……哎呀哎呀，实在佩服。"

帕尔帕特拉持有的矛，是把龙牙削尖做成矛尖的魔法道具。与其对峙的飞飞手中所持的，是来庭院之前，从一位冒险者手中借的木杖，怎么想也不是拥有魔力的武器。魔法武器的魔法有的能让武器更锋利，有的会增加装备者的能力，有的会提供追加伤害，效果各不相同。在现阶段，可以说帕尔帕特拉的武器占有绝对的优势。

"不，应该不会的吧？确实单说武器的话，双方没有可比性。可是，飞飞先生的铠甲从魔法的角度来说，是应该强过老翁的吧。而且飞飞先生装备的魔法道具应该也强过老翁。从整体来说，不是平手，就是飞飞先生更有利。"

"这样说似乎有轻率之嫌吧？你没有听说过老翁装备的魔法道具，总额超过精钢级冒险者吗？老翁冒险到这个年纪，不知道完成了多少委托。从报酬总额来说，应该是帝国最高的！"

"不对不对，等一下——"

"你才是先等——"

正在两人争论不休的时候，战斗在高涨的战意下拉开了帷幕。

"那么，老夫来了。"

"马上还有重要的工作要做，只要不是太勉强自己，尽管放马过来，老大——"

没等飞飞把话说完，帕尔帕特拉就踏出了从年龄来看让人难以想象的，兼具柔韧、力量、速度的箭步。相对地，飞飞却连手中的木杖都没有举起。

"——龙牙突刺！"

帕尔帕特拉起手就毫不犹豫地使用了武技，让赫克兰惊得睁大了眼睛。

让枪弯曲，像龙牙一样的两次突刺。这招武技还可以赋予追加效果，带来与属性相应的追加伤害。它是帕尔帕特拉四十多年前根据武技"穿击"开发出来的，以平衡性著称，现在有许多人都会学习这一招。

帕尔帕特拉使用的,是"龙牙突刺"中被称为"青龙牙突刺"的武技,附加效果是给予雷属性追加伤害。

(那老头子想什么呢!就算有治疗魔法,切磋的时候怎么能用这种招数呢!)

只是掠过就会给予雷属性伤害的武技,用来对付穿金属铠甲的对手是最合适的。由此可见帕尔帕特拉拿出了真本事。

不过,对穿着金属铠甲的人来说十分棘手的这一击,飞飞却轻盈地躲开了。他尽管穿着漆黑的全身铠甲,却做出了像羽毛一样轻盈的动作。更加令人吃惊的,是他并没有做出向后躲闪之类大幅度的动作,而是站在原地几乎没有动位置,就躲过了对方的突刺。

(怎么可能!这是多么强的动态视力和身体能力!)

"疾风加速。"

帕尔帕特拉继续发动武技。

(玩过头了,臭老头子!你老糊涂了吗!)

"龙牙突刺!"

和刚才一样的武技再次向飞飞袭去。矛尖缠绕着白色冻气,这是"白龙牙突刺"。

让人喘不上气来的四次连续攻击。

观众们发出了惊呼。

难怪会惊讶,因为没有一击碰到飞飞的铠甲。

帕尔帕特拉大步向后一跳。额头上渗出的大颗汗珠，并非因为攻击消耗了他的体力，而是面对强大对手挥舞长矛的精神重压造成的。

"好厉害！"

"比赫克兰还强。"

"这还用说吗，爱雪！不要拿我来做比较好吗！那就是最高级冒险者，一切的顶点，精钢级冒险者的力量。"

"那么接下来轮到我了。"

飞飞缓缓把木杖举起，拿到眼前摆好了架势。相对地，帕尔帕特拉把手中的长矛扛在了肩上，并没有摆出迎战的架势。那是已经毫无战斗意欲——放弃战斗者的姿态。

"太漂亮了。不打了，不打了。老夫不光赢不了你，就连擦伤你的铠甲恐怕都难。"

"是吗……"

听到帕尔帕特拉的投降宣言，观众们"呜噢"地发出了感叹的低吟。这是一场一边倒的比试，谁都能明显看出有如孩童与成人之间的巨大差距。

兴奋的观众们纷纷表达自己的看法，比如躲避攻击时的步法源自哪个流派之类，彼此分享自己的赞叹之情。赫克兰从人群中走出，和古林盖姆一起，向正擦着额头上的汗水和飞飞说话的帕尔帕特拉走了过去。

"不打了吗，老大爷？"

飞飞给人的感觉和语气都和刚才大不相同。

"您不是刚要用出真本事吗？"

"哈哈哈，居然对老人说这么不留情面的话。老夫已经拿出真本事了，那就是老夫现在的真本事，飞飞阁下。"

"——啊，抱歉，真是失礼了。"

"请你不要道歉，老夫会觉得更难过。还有跟老夫说话不用那么恭敬，评价你和老夫这样的人，标准不是年龄，而是实力啊。你这样的强者说话这么客气，让老夫实在浑身不自在。"

"原来如此，那么恭敬不如从命。其实就这样结束了，我有点不完全燃烧。如果还有机会切磋，希望能让我先出手。那么，我还要去把货物装上马车，先失陪了。"

"搬行李这种事让其他人去做就行了，不是什么非得由你来做不可的工作吧？"

"我并不这样认为，不管处于什么地位，被赋予的工作都要认真对待。"

说完这话，飞飞向着马车走了过去，身后跟着那个绝世美女。这时，二人与飞飞擦肩而过走来，不经意地看着他的背影。

伟岸的背影。

"哈哈哈，看来你们两个有问题想问啊。"

"老翁，敢问感想如何？"

帕尔帕特拉皱起满是皱纹的脸，看上去像是在苦笑，又好像有其他意味。

"那人非常强。不对,毕竟是精钢级,不用说我也早知道他很强。可是我没有想到他居然那么强。从站在他对面的瞬间开始,我就觉得不管怎么进攻,都会被他防住。"

赫克兰也有相同的感觉。自己所有的攻击都会被叫飞飞的男子轻易防住,遭到反击。感觉就算所有的打算都按部就班地实现,攻击也全会被那身铠甲弹开。这种感觉在和飞飞正面对峙过的帕尔帕特拉心里一定更强烈。

"那就是……精钢级啊。"

"是啊,那正是精钢级,只有凤毛麟角的极少数人能到达的领域。啊啊,遥不可及的巅峰,真的好强大好美……呐,你们也见识了巅峰王者的实力,很满足吧?"

"正是!所谓旁观者清,两位之动作鄙人尽收眼底。若身为当局者,必不能如此冷静观察。鄙人拙见——虽对老翁有些失礼,遗憾未得见飞飞阁下由守转攻显露实力。"

"那就是奢求了。飞飞阁下压根儿就没有攻击老夫的意思啊。根本没有战斗意欲,大概就像他自己所说,因为他不擅长把握分寸吧。大概是觉得,如果对老夫发起攻击,一定会失手杀死老夫。"

如果真的是这样,飞飞的想法可以说非常傲慢。老翁——帕尔帕特拉是一位颇具实力的战士,可以理解为飞飞还没有见识这位老资格同行的招数,就已经小看他了。

可是,他能做到这一点,所以他才是精钢级冒险者。

"没办法啊,这说明那位仁兄和老夫的实力,差距就是如此之大。说实话,一开始老夫也很不愉快,可他虽然只防不攻,确实也躲过了所有的攻击,老夫无话可说。"

这就是所谓强大。

选择了并不习惯,重量和平衡感都很陌生的武器,就是因为有相应的自信。两者之间的差距就是这么大。

帕尔帕特拉一边说"累了累了",一边转身向回走去。他的目的地当然是带篷马车。

赫克兰目送老翁的背影远去,听到了对面传来的自语声。

"老夫年轻的时候也达不到那个领域。那就是精钢级吗……遥不可及啊。"

帕尔帕特拉的背影看上去非常小,与之相反,飞飞的身影则显得非常高大,给人十足的压迫感。

"那就是最高等级,精钢级。"

"确实,实在厉害。"

身边许多人都应合两人赞叹的声音。

2

一辆马车像风一样疾驰在帝都亚文塔尔的石板路上。

牵引气派马车的,是拥有八条腿的魔兽八足马。车夫位置上坐着两名看起来实力了得的战士,马车的顶棚——本来存放货物的位置被改装，里面有四名魔法吟唱者和手中持弩的战士坐镇，警惕地注意着周边。

这辆可以说警备过剩的马车，简直是会跑的防卫阵。能大模大样地坐在这样的马车里，可见乘车者的身份。

看到马车侧面雕刻的三把法杖交叉的徽章，只要是稍微有点知识的人，都能想到这马车的来头，理解坐在里面的是什么人。因此，在大道上巡逻的骑士们也没有一人发出声音。

马车中有三名男子，三人都穿着长袍，一身魔法吟唱者的打扮。

尽管三人都是帝国魔法界的著名人士，不过从态度上能明显看出地位的高低关系。地位最高的是一位白发老者。

就像葛杰夫·史托罗诺夫作为战士无人不知无人不晓，作为魔法吟唱者，没有人比这位老者的名号在诸国中更为响亮。这位老者就是帝国最强、最卓越的大魔法吟唱者，"三重魔法吟唱者"弗鲁达·帕拉戴恩。

坐在弗鲁达对面的，是他的两位可以使用第四位阶魔法的高徒。

虽然离开了皇城，但是令人窒息的沉默气氛控制着车厢内部，让其中一位高徒不堪重压，战战兢兢地开了口。

"老师啊，陛下的命令，您打算怎样做？"

沉默重新支配了车厢，不过只持续了一瞬间，弗鲁达用甚至令人感觉深邃的沉静声音回答道：

"既然是陛下的愿望，作为臣子只能听命行动，进行调查。但是，用魔法手段进行调查过于危险。先从资料方面开始入手，然后再召唤恶魔收集情报为好。"

"如此说来，老师也不知道吗？"

弗鲁达闭上眼睛，过了几秒之后重新睁开。

"我孤陋寡闻，从未听说过名叫亚达巴沃的强大恶魔。"

一个月前，一群恶魔袭击了王国的首都。根据收集到的情报，指挥官亚达巴沃和他麾下的恶魔女仆们，都是强得离谱的恐怖存在。

因为这次恶魔骚动，往年这一时期已经向王国展开进攻的帝国骑士团，今年还没有动作。按说乘虚而入才是用兵之常道。

不过，帝国向王国发动战争的目的，本来就主要有两个。

其中之一是削弱王国的国力。帝国拥有常备兵，而王国却采用征兵制，因此只要帝国动兵，王国军队质不如人，只好以量弥补。在这样的前提下，帝国制定了长期计划，每每于收获作物等时期发动战争，迫使王国征农民参军，造成其收获粮食的人手不足，导致粮食浪费在地里。

而另一个目的就是削弱帝国内部贵族的财力。以战时征缴为名，让平时反感皇帝的贵族放血。当然，如果不肯交钱，就得被扣个造反的帽子抄家。从结果来说，要么被软绢慢慢勒死，要么一下死个痛快，只有这两条路。

由于目的在于这两点,既然帝国没有动兵,王国国力已经遭到削弱,就不必非得大动干戈,这是皇帝——吉克尼夫的想法。毕竟帝国国内贵族们的尖牙早就拔得差不多了。

只不过,还有一个问题。

这个做出真正恶魔行径的亚达巴沃到底在哪儿,他到底是一种什么样的存在,这两点令人不安。

皇帝会下令,让帝国最优秀的魔法吟唱者弗鲁达对亚达巴沃进行调查,也是顺理成章的。

"击退亚达巴沃的'漆黑'飞飞,以及其同伴'美姬'娜贝,这两人也很让人感兴趣。还有那个神秘的魔法吟唱者安兹·乌尔·恭。莫非隐居山野的英雄们有所行动了吗?说不定二百年前神魔之战般的惨烈战斗将会再次发生。"

"会发生吗?"

"不知道,不过,等发生了再做准备是愚者的行为。既然是智者,就要未雨绸缪。"

不久之后,马车到达了目的地。

高大厚实的围墙圈起广大的土地,围墙内建造着许多哨塔,警戒着围墙内外。千挑万选的骑士——帝国八大骑士团中,最精锐的第一骑士团麾下的骑士——和魔法吟唱者混编成警卫队在巡逻。

抬头望向空中,能看到皇帝直辖的近卫部队,骑乘飞行魔兽之类的皇家空卫兵团,还有使用飞行魔法在空中进行警戒的高位阶魔法吟唱者。

这里就是帝国国力的象征，自上代皇帝以来，投入最多心血的帝国魔法省。

生产配发给骑士们的魔法装备、开发新魔法、通过魔法实验研究提升生活水准的方法，可以说这里集中了帝国魔法的真髓。而这里的总负责人——魔法省长官另有其人——就是弗鲁达。

马车穿过庭院，停在了魔法省内最深处的塔前。

进入魔法省后，马车从各种形状的建筑面前经过，不过那些建筑都有人流出出进进。只有这座塔，几乎没有人出入，而与之相对，入口的警戒却非其他建筑可比。

首先负责警卫的骑士外观和别处不同，并不是随处可见的第一骑士团成员。

包裹全身的是魔法全身铠甲，手里拿着魔法盾，腰上挎着魔法武器，带帝国纹章的鲜红斗篷当然也是魔法道具。

这些装备上施加的魔法尽管弱，然而这样的装备，就算在帝国，也不是普通骑士能得到的。最重要的是普通的骑士，不可能被安排到这样一个帝国的重要机关。

他们这些最精锐的骑士，属于皇帝直辖的近卫队，皇家地卫兵团。

骑士身旁的魔法吟唱者也不比他们逊色。历经实战，擅长战斗的他们，给人的感觉不逊于久经沙场的战士。

守在入口的不光是骑士和魔法吟唱者，还有四只身高明显超过两米半的岩石哥雷姆。它们不吃不喝、不眠不休、不懈不息地坚守着自己的岗位。

　　这个地方警备的森严程度堪比皇帝身边，只有能达到第三位阶后半的强大魔法吟唱者，或者是有特殊理由的极其一小部分研究型魔法吟唱者才能获准入内。当然，从停在塔前的马车上走下来的弗鲁达和他的两位高徒有资格入塔。

　　弗鲁达一边轻轻抬手，回应骑士和魔法吟唱者们最高级的敬礼，一边走进了入口。穿过笔直的通道，来到一个研钵状空间的上部。这里有许多忙碌工作的魔法吟唱者，其中地位最高的人，急忙跑到弗鲁达身边。

　　"有什么要报告吗？"

　　"完全没有，老师。"

　　弟子咽下口水，喉头一震，他这和平时一样的回答是好消息也是坏消息。

　　弗鲁达露出难以形容的表情，点了一下头，转身面向自己亲自指导的三十位弟子——被称为天选三十人的，知名度很高的弟子——之一，他也是这里的二把手。

　　"是吗，还是没有导致自然产生啊。"

　　"是的，还没能导致最下级的不死者骷髅产生。现在正通过把尸体放置在附近，进行是否能导致僵尸产生的实验。"

　　"嗯嗯。"

弗鲁达抚了抚自己的长髯，把目光投向眼前的光景。

眼前是十几只骷髅，它们正在地里干活。

举起锄头，再挥下去。这个动作不管看哪只骷髅都完全一样，甚至让人觉得从侧面看会不会好像只有一只骷髅。

节奏出奇齐整，仿佛团体操一样的光景，正是帝国秘密推进的大型计划"不死者劳动力"。

不死者不需要饮食和睡眠，不会疲劳，可以说是完美的劳动力。确实，低阶不死者没有智力，不会做命令外的事情，也做不来复杂的事，不过只要有人从旁给予详细的命令，就能解决这个问题。

把不死者送到农田中，让它们完成命令，可以获得难以想象的好处。这样做能降低人工成本，导致农产品单价降低，促进农场和田地的大型化，避免人为造成的灾害，简直可以说是梦幻般的计划。

与此类似的提案，还有用召唤出的魔物和制造出来的哥雷姆实行的计划，不过，考虑到性价比，不死者才是最合适的。

然而，看上去完美的计划，当然有不能大力推广的原因。

因为有反对势力——特别是以神官为首的势力。他们声称不死者是憎恶生命的死亡化身，使役不死者是对灵魂的亵渎。

从宗教的观点来看，也是有问题的。

哪怕利用罪人的尸体制造不死者，也是一种亵渎。他们的意见是，从宗教上来说，行刑时罪人的罪孽已经被完全洗净，不应该利用其尸体。想要说服他们是非常困难的。

如果现在粮食问题严重，饿殍遍野，或许还能说服这些人，可是帝国五谷丰登，从来没有在劳动力方面出现过问题。

出于这些原因，神官们反对不死者劳动力计划。

其实这个计划背后的目的是强军。如果能让不死者做替代劳动力，就能把人力资源用到其他方面，或许可以发掘到更优秀的骑士。

而且，如果普及了不死者劳动力，人类劳动者会不会遭到解雇；不死者是不是永远唯命是从；大量不死者聚集在一起，会不会打破生死平衡，导致拥有强大力量的不死者自然产生。不光是神官，只要是听说过这个计划的人，都会有这些担心。

这里就是用来——验证、解决这些担心的设施。

"到现在还没搞清根本的原因吗？"

"是，非常抱歉，老师。"

不死者为什么会自然地产生，研究其根本原因，有利在千秋的重要意义。

卡兹平原全年笼罩薄雾，据说只有在帝国与王国开战时才会放晴，被称为诅咒之地。这里甚至出现过最强的不死者之一，一切魔法都无效的骨龙，不死者的出现率非常高。

就算将来能占领耶·兰提尔近郊，帝国也不愿意把一片频繁出现不死者的土地纳入本国领土。了解不死者经由怎样的过程出现，对于统治来说绝对是非常有必要的。了解之后，或许能想办法让不死者不再出现。

"是吗，我知道了。"

二把手看到老师没有训斥自己，放下心中大石，鞠躬行礼。弗鲁达开始绕着研钵状房间的边沿向前走。

到达对面的门前时，跟在弗鲁达身后的高徒人数增加了。

守门的骑士推开门，一行人向里走去。门里的通道和进塔时的那条相同，然而一进这条通道，好像突然来到了荒凉的地方，没有人的气息。空气中充满灰尘的气味，黑暗仿佛压制着光明。

让人感觉甚至有些阴森的通道尽头，连接着向下延伸的螺旋阶梯。穿过途中的几扇门，长靴踩在螺旋阶梯上的声音并没有响多久，一行人就来到了大概地下五层的地方。相对于深度，这里的空气变得沉重浓稠得令人难以置信。

这并不仅仅是因为来到了地下，证据就是，包括弗鲁达在内的一行人脸上由紧张造成的僵硬感。

来到最下层——空荡荡的空间，一行人脸上的表情十分严肃，有种可以说渐渐进入了临战态势的紧迫感。

所有人锐利的视线都集中在唯一一扇厚重的门上。这扇门带来的压迫感，让人觉得它仿佛隔开了两个世界。为了确保不被轻易打开或者破坏，大门上施加了几重物理和魔法防御手段，是一扇绝对不允许逃脱的门。

途中的其他几重厚重的门，宣告着里面潜伏的危险。如果里面的危险存在有什么动作，这些门就成了既可以争取时间，又能进行封印的墙壁。

弗鲁达用硬质的声音，向弟子们发出警告。

"千万不要大意。"

句子简短、明了，因此才令人心生恐惧。

同行的魔法吟唱者们一齐深深点头。每次来到这个地方，弗鲁达都要重复警告自己的弟子。即使如此，知道这里面是什么的魔法吟唱者们，表情也绝不会舒缓。

里面是究极的不死者，如果放出去，一定会给帝都带来前所未有的惨剧。

几人开始一起吟唱防御魔法。不光是纯粹的物理防御系魔法，还有保护精神的魔法。充分的准备时间之后，弗鲁达环视了自己的徒弟们一周，确认大家都准备好了。

他点了点头，开始吟唱解封的暗语。

魔法力量让沉重的大门随着"轰"的声响缓慢地打开了。

一股冻气般的东西从充满黑暗的室内流出，几名弟子好像有点冷一样耸起了肩膀。就算有应对环境变化的魔法道具，房间深处释放出的对生者的憎恶，也足以让人惊胆寒。

不知是谁咽了一口口水，声音显得格外响。

"我们走。"

听到弗鲁达的话，弟子们纷纷点亮魔法光，拨开了室内的黑暗。逃走的黑暗聚集在光芒达不到的地方，令人感觉更浓稠了。

弗鲁达在最前,带领一行人走在飘着死亡气息的室内。

房间并不大,很快魔法光就照亮了房间最里面。

里面有一根高至天花板的巨大柱子。像墓碑一样的柱子非常惹眼,可是,更惹眼的是被铁链五花大绑在柱子上的存在。

这东西全身被比拇指还要粗得多的铁链捆死,完全动弹不得,铁链的两端固定在石板上。不仅如此,手脚还坠着沉重的铁球。

在这种状况下,不管什么存在都无法动弹。这过于森严的束缚,反而说明束缚者对被束缚者的畏惧。因此一行人当中,还是有人就算知道那存在被铁链束缚,依然觉得心中存有不安。害怕那存在会轻易扯碎铁链,重获自由。

它看上去像穿着黑色全身铠甲的骑士,只是和人武装之后的样子完全是两回事。

最引人注目的是它巨大的身体,身高轻松超过两米。

然后是它身上的黑色全身铠甲,上面画着仿佛爬满血管般的纹路,四处突起象征暴力的尖刺。头盔上长着恶魔的角,面部敞开,露出腐败剥落的人脸,空洞洞的眼窝中闪烁着对生者的憎恶和杀戮欲望形成的红光。

它并非生者,而是死者。不是这样的话,它不可能向周围倾泻对生者的怨念。

"死亡……骑士。"

第一次来到这里的一位弟子，轻声说出了这个传说级不死者的名字。那是由于太近乎传说，知名度反而比较低的不死者的名字。

死亡骑士的眼睛红光闪动，像是舔舐在场的魔法吟唱者们一般。不对，从光的闪烁中不可能看得出视线的移动，可是令身体颤抖的恐惧，让人觉得它就是在看自己。

能随同弗鲁达来到这里的，是最低也能用到第三位阶魔法的、一小撮颇具实力的人。可是，就算是他们，也控制不住自己牙齿打战，发出声音。

虽然施加过精神系的防御魔法，但还是抑制不住从心底涌出的恐惧。尽管如此，能站在这里而不逃跑，还是多亏了魔法的保护。

"——保持自己的意志，意志薄弱者会死的。"

弗鲁达发出警告声，然后靠近死亡骑士。死亡骑士对他产生反应，放出杀气，四肢用力。

嘎吱一声，铁链像刺耳地惨叫着一样，发出了巨大的撕扯声，死亡骑士的身体却几乎纹丝未动。

弗鲁达举起手掌，朝向死亡骑士。

魔法光驱散黑暗的地方，回荡起弗鲁达吟唱魔法的声音。这是弗鲁达通过改良"第六位阶死者召唤"自创的魔法。

"——屈服吧。"

魔法被施放出来——弗鲁达发出的细小声音仿佛融入周围

空间一样。

可是与之相对，死亡骑士眼窝中，依然是对生者的憎恶，大家都知道魔法失败了。

"到现在还是无法支配啊。"

弗鲁达的声音中有遗憾，因为五年过去了，他还是无法支配这只不死者。

这只魔物是在著名的不死者多发地带卡兹平原被发现的。

发现它的帝国骑士中队，并没有因为它是没见过的不死者就放弃任务，而是像平时一样进行讨伐。几十秒后，当以强悍著称的帝国骑士们的脸上写满恐惧和绝望时，他们才发现这个决定的轻率和愚蠢。

他们处于绝对的劣势，毫无还手之力——对手过于强大。

许多骑士像割草一样遭到残杀后，他们才判断自己根本不是对手，开始撤退。

当然，这样的怪物不能置之不管，特别是亲眼看到遇害的骑士被它当作不死者使役之后，大家都明白给它时间，会直接造成更大的危害。

帝国首脑们经过许多次吵吵嚷嚷的讨论，决定起手就用上王牌——动员帝国最大的战斗力，弗鲁达及其率领的高徒们。

从死亡骑士被束缚在这里可以看出，战斗最后的胜利者是弗鲁达和他的高徒们。然而，弗鲁达他们能赢，单纯是因为死亡骑士没有飞行的手段。他们通过地毯式轰炸一样的范围攻击——重复从上空进行"火球"连射，削弱死亡骑士的体力。最终，被其强大力量吸引的弗鲁达抓住了它。

现在，弗鲁达把死亡骑士束缚在这个房间，用上各种魔法、各种魔法道具、各种手段——能用来支配普通不死者的所有方法，想要支配死亡骑士。

"可惜……如果能支配它，我就能超越那位魔法吟唱者，成为最强魔法吟唱者了。"

超越十三英雄之一，亡灵师利古里多·贝尔兹·高兰。

实际上，弗鲁达对力量并没有多大的欲望。他真正的意图只是窥探深渊，获得力量只是其过程而已。

弟子们并不明白这一点，纷纷以不对题的方式安慰弗鲁达。

"弟子认为老师已经凌驾于英雄之上了。"

"没错。十三英雄不过是过眼云烟，绝对无法战胜走在现代魔法技术最前端的老师。"

"我也认为老师早已超过十三英雄，不过，如果老师能支配死亡骑士，帝国将得到最大的战斗力。"

"虽然常说寡不敌众，但那只是所谓'寡'力量不够。这个死亡骑士就是最强级别的'寡'。"

弗鲁达站在最前面，没人能看到他微微露出的苦笑，只有眼中闪烁憎恶的死亡骑士看到了。

"可是，既然连老师都支配不了……这死亡骑士到底有多么强大的力量啊。"

"谁知道呢……说不好，从理论上来说，应该可以支配才对。我到底缺少什么，有谁有自己的想法吗？"

提问者得到的回答是沉默。

可以用魔法手段支配不死者，实际上十三英雄之一就是这样做的。以弗鲁达的实力来说，应该可以支配相当高级的不死者，甚至应该可以支配眼前的死亡骑士。

不过，那只是单纯的思考方式，实际上以魔法支配不死者有着更复杂的系统。基本来说，支配和破坏不死者是借助神之力量的神官的领域。强行用魔法力量代替神之力量，难免会发生各种问题。

"我并不是侮辱老师。"

一位弟子为难地开了口，弗鲁达示意他继续说下去。

"会不会是老师的力量还不够呢？假设死亡骑士是相当于第七位阶魔法的存在，会不会有可能，只有用达到第七位阶的不死者召唤才能令其产生回应……"

"这确实是个很好的观点。"

"我听说冒险者们把各种魔物数值化，以名为难度的数值来衡量魔物。以此为基准进行考量如何？"

"我听说他们作为基准的数值太笼统，年龄和体形大小不同的情况下，根本没有参考价值。"

另一位弟子开了口。

"可是，除去未知的魔物，没有比他们那样更直观的方法了。那毕竟也是冒险者以战斗中的感觉之类为依据，收集各种数据制定的，不可能完全没有参考价值。"

"那么在死亡骑士这种传说级的魔物身上，岂不就是没有什么用。"

"对了，老师，记载了无数魔物的秘传书上面没有记载？"

"没有记载。"弗鲁达抚了抚胡子，"也许艾留恩求有完整版，但是流传于世的都是不完整的。"

似乎产生了什么疑问，一位弟子向旁边的另一位弟子提出了问题，声音本身虽然不大，但是房间过于寂静，所以显得特别响。

"艾留恩求到底是什么意思？"

"城市的名字吧？"

"这我知道，只是觉得这名字好奇怪。"

"对了……我记得查过一次，在这一带的古语中，它的意思是'世界中心的大树'。"

弗鲁达用法杖敲了一下地板，警告擅自开始聊天的弟子。这里是关押传说中不死者的危险之地，绝不是可以容忍懈怠的地方。

弟子听到警告马上停止说话，房间的主人（寂静）又回来了，只能听到死亡骑士尝试扯断铁链的蠢动声。

"很遗憾，今天我们在这里已经没有什么可做的了，走吧。"

"是。"

听到几声语气像是松了口气一样的回答,弗鲁达转身离开了死亡骑士身前。

就连弗鲁达也没法让离开房间时的步速和进入房间时一样。背负身后死亡骑士投来的视线,谁都会加快脚步,当然,弟子们也是一样。

弗鲁达走在黑暗中,回想起刚才弟子的话。

艾留恩求。

它是传说中的八欲王建立起的国家的首都,也是那个国家剩下的最后一座都市,还是由三十位装备着超乎想象的魔法道具的都市守护者保护的都市。

弗鲁达心驰神往,想象如果能得到八欲王留在那里的魔法道具,自己的魔法技术也许能继续进步。那是些没有人能得到,只有十三英雄拿出过几件的超级魔法道具。

黑色的火焰在弗鲁达心中摇曳。

十三英雄,曾经的英雄,本该是自己这样的强者可以比肩的存在。他们能得到,自己却得不到,自己到底差在哪里?

弗鲁达急忙开始自我安慰,想要扑灭摇曳的火焰。自己现在的地位,自己建立的成就,这些绝不逊于十三英雄。不对,在帝国的魔法吟唱者心目中,弗鲁达的地位应该超过了十三英雄。

但是,名为嫉妒的黑色火焰一旦烧起,并没有那么容易熄灭。因为弗鲁达不是嫉妒先贤的强大——才能和力量,而是嫉妒他们能得到窥探魔法深渊的机会。

弗鲁达是最高阶的魔法吟唱者，这一点没有人不承认，能与他比肩的大概只有曾经的十三英雄。可是，他无法使役死亡骑士，在据说全部——虽然是不太可信的情报——十位阶魔法中，他也只能用到第六位阶。

这样的状况提醒他，自己距离魔法的深渊还非常遥远。

弗鲁达年龄已经不小了。

作为精神系魔法吟唱者习得的仙术中有一个系统——禁咒。通过使用这些被禁止的魔法，弗鲁达停止了自己的老化。当然，从弗鲁达习得的位阶来看，用这种魔法过于勉强。他通过与仪式魔法进行融合，强行发动了禁咒。

不过，因为化不可能为可能，魔法产生了明显的扭曲。完美发动的情况下，魔法本该让弗鲁达不再老化，然而他还是能略微感受到时间的流逝。

现在虽然还能维持，但是扭曲会慢慢变大，魔法最终将崩溃。

是的，弗鲁达会在一窥魔法深渊的真容之前死去。

如果有优秀的先贤，弗鲁达也许能更快地走到现在的高度，但是他的前方没有人带路，他只能自己开路。

弗鲁达不经意地看了看身旁的弟子们。

看了看这些走在弗鲁达开创的道路上的人们。

嫉妒之火仿佛注入了燃料，变得更加火光冲天。

自己，比在场的任何弟子都更有天赋的自己，是多大年龄到达弟子们的水平的？不，这连想都不用想，肯定比这些弟子要大。是否有教导自己、走在自己身前的人，就是会造成这么大的差距？

为什么自己没有老师呢？

弗鲁达尝试用另一种观点慰藉时常产生的抱怨。

——有什么不好呢，自己会作为先贤名垂青史。走在自己的道路上，成为卓越魔法吟唱者的人，都要说站在了自己这个巨人的肩膀上。弟子们才是我的宝物，只要其中有一个能超过我，他的力量就是我的力量。

弗鲁达这样安慰着自己，想起了现在已经不在身边的一名弟子。

那位少女如果一直跟自己学习，到底能提高到哪个位阶呢？

"——爱雪·伊福·利尔·菲尔特啊。"

那是一个优秀的姑娘，年纪轻轻就习得了第二位阶魔法，已经开始涉足第三位阶。如果继续学习下去，她有可能——迟早会到达弗鲁达的领域。结果，她出于某些原因不再跟随弗鲁达学习魔法了……

那时候弗鲁达只觉得愚蠢，非常失望。

"真是太可惜了。"

自己或许放走了一只大鸟。

那个姑娘现在在什么地方，弗鲁达产生了要不要去找找的想法。如果她已经能用第三位阶魔法了，可以给她相当高的地位。

不过，眼前还有不得不优先做的工作。

弗鲁达念起暗语，关上了沉重的门。

来到门外之后，他和周围的弟子一样，重复了几次深呼吸。死亡骑士的气息占据着室内，空气沉重，让人有种就算用力呼吸，空气也很难被吸进肺里的感觉。

"老师！"

一个低沉、粗犷的声音呼唤弗鲁达。呼叫者是他的高徒之一，一名曾经作为冒险者声名远扬的男子。因为有这样的经历，他现在任职魔法省警备方面的二把手。

"怎么了？出什么事了吗？"

"没有，不是出事了，是有几位精钢级冒险者希望与老师会面。"

弗鲁达有点诧异地端详着高徒。

他没有和精钢级冒险者约好见面。弗鲁达作为帝国最卓越的魔法吟唱者，身兼数职，再加上留给自己研究魔法的时间，他基本没有闲暇。就算突然有人说想见他，他也没法马上点头。在帝国，想见弗鲁达又不用预约的，只有皇帝。

虽说如此，如果这样拒绝，就太轻率了。精钢级冒险者是英雄，虽说是个人，但也是绝对无法忽视的存在。这一点对于大魔法吟唱者弗鲁达来说也是一样，他有时还会委托精钢级冒险者为自己寻找稀有道具，绝对不能薄了他们的面子。

"是'银丝鸟'的几位吗？还是'涟八连'的几位呢？"

弗鲁达问出的是帝国内两支精钢级冒险者小队的名字。

可是，弟子摇了摇头。

"并不是，是自称'漆黑'的二人组。作为证据，两人给我看了精钢级的铭牌。"

"你说什么?!"

最近在王国名声大噪的冒险者小队"漆黑"。只有两人，却达成了诸多英雄级的成就。据说他们最近刚刚在王国首都，与作乱的亚达巴沃单挑并将其击退。

这样的人物，为什么来见自己呢？虽然几个疑问同时浮现在弗鲁达的脑海中，但是想到能和被称为高阶魔法吟唱者的"美姬"娜贝谈论魔法，他马上把疑问抛到了九霄云外。

只是，作为皇帝的臣子，他想起自己的主人吉克尼夫也很想见他们。

等会面结束，跟他们提一提这件事吧，弗鲁达想着，向弟子下令。

"安排两位进来，我整理一下仪容就过去。"

3

"啊——没想到真的有遗迹啊。当然，听说委托人准备了那么一大笔报酬的时候，我就觉得十分可信了。不过在这样的草原正中央，居然有没被探索过的遗迹，真令人吃惊。"

听到赫克兰的感慨，站在他身旁一起眺望遗迹的同伴们，表现出了赞同的反应。

虽然听说这座遗迹是坟墓，但是实际上它则处在像嵌在大地上——就像本来位于地面之上的什么东西陷了下去一样，形似盆地的地方。

这座遗迹至今无人探索，原因之一大概是周围是一望无际的草原，没有古老都市遗址等吸引冒险者注意的东西。而且周围很大范围里，存在许多相同的大地隆起，不可能有人察觉到其中之一里面藏着一座遗迹。中央的建筑物虽然屋顶比较高，但是不登上这里，应该就不会察觉到。

大概是包在遗迹周围的土砂崩塌，露出了一部分墙壁，遗迹才会被发现吧。这是各小队智囊们得出的一致结论。

"看来错不了。说实话，我已经觉得兴奋起来了。没有探索过的遗迹中，总会有沉睡着惊人发现的可能性。"

"不好说啊。不过，它位于这种地方，却没有引发过任何问题，大概是里面没有危险的魔物吧。比起这些来，更让我觉得不安的是，委托人指定好了建立营地的地点。"

委托人选择的，是开阔草原上最合适建立营地的地点。

这里被星罗棋布的小丘包围，不会从远处被直接目击。只要扎营者注意光亮，应该很难被发现。

正因为如此——才可怕。

"为什么委托人会知道这个地方呢?"

最有可能的,是委托人出于某种原因,在这一带寻找过适合建立营地的地点。如果是这样,很多事情就说得通了。

不过,如果这样假设,新的疑问又会产生。那就是委托人在这种偏僻的地方寻找扎营地点的原因,而且是帝国贵族在王国领土扎营的原因。

"我听说王国有个巨大的黑社会组织,名字好像是'八指',据说他们做尽了坏事。"

"听说他们还针对帝国进行走私呢。我听盗贼们念叨,说他们在王国颇有势力,想调查他们会引发很大问题。"

伊米娜按着被风吹乱的头发,接着爱雪的话说了下去。紧接着罗巴迪克也厌恶地低语道:

"我还听说过他们在搞毒品。药物如果用得恰当,是非常棒的东西。不过那些用药物来蚕食弱者的畜生,只能让人感觉不快。"

声音稍微显得大了点,不过也是没办法的事。

毕竟罗巴迪克就是为了帮助弱者,才成为工作者的。

"我们不要再说和这次委托无关,而且毫无根据的臆测话题了。再说,爱雪不是调查过了吗,委托人并不是什么有过恶劣行径、有可能遭到铲除的人物。"

爱雪嘟囔着:"有可能调查方式不合适,也有可能对方巧妙地隐瞒了自己的行径。"赫克兰选择无视,继续跟大家确认。

"好了,各位,我想大家都明白。"

"当然了,我们不会在其他小队面前提起的。大家是工作者,有可能会接到'八指'的走私委托。既然其他小队有可能和那个组织有某种联系,在这次委托结束之前,我们不会到处乱说的。"

"我们不知道这次的报酬吸了多少人的眼泪,有多肮脏就是了。"

"就算是赃钱,报酬就是报酬,人可以用它活命。"

罗巴迪克看了一眼爱雪,好像想要吐出身体内的怒火一样,做了个深呼吸。

"对不起。我说了失礼的话。"

"哪里,我也差点说出失礼的话,请原谅我。"

"请不要在意,毕竟你什么都没有说。不过作为我来说,希望你知道这就是我的想法。比起精神上的富足,我更想要物质上的富足。不过——"爱雪举起手,示意自己还没有说完,"我绝对会避免令队友身陷不利的行为,因为我见过很多被欲望毁掉的人。"

"我相信你,爱雪。"

大家都没有对点着头的爱雪再说什么。就算不说,大家也十分清楚彼此的意思。正因为大家吵过不知道多少次架,才建立出了足够的信任。

"怎么样,大家怎么看,我觉得坟墓很有可能被某种存在控制着。"

赫克兰的目光注视着修剪得很整齐的草地。不仅如此,随处可见的精雕细琢的天使像或者女神像可以说令人叹为观止。最重要的是一眼就能看得出,它们受到了定期维护。

可是与此相对,墓地里各处耸立的巨树,树枝扭曲地向下垂着,酝酿出一种阴森的气氛。墓碑的排列也不整齐,就好像丑陋魔女凌乱的牙齿一样歪歪斜斜地立着,和清洁规整的那部分形成的对比,给人一种强烈的不协调感。

有谁在管理这里,可它是疯狂的。不祥的预感刺激着赫克兰的胃部。

他为了拂去不安,把注意力转向了巨大的建筑物。墓地内东西南北四方向各有一座灵庙,中央也伫立着一座巨大宏伟的灵庙。八尊巨大战士像围绕在大灵庙周围,给人以威慑感,让人觉得它们仿佛有排除逼近灵庙的一切灾祸和不速之客的意志。

"墓地里的草木都经过修剪,十分整齐。不仅如此,甚至找不到青苔,看来有谁在非常认真地维护这座墓地。不过,会是谁呢?"

确实,不管哪支小队——"天武"除外——都在初入调查的阶段,就感觉到有什么不对劲了。

到达之后,向周围一看,四面都是平原。这里对于建造坟墓来说,实在是个非常不合适的地方。

首先,从作为坟墓的便利性来单纯考虑,在这种人迹罕至的地方建造这么气派的建筑，实在奇怪，实在太不方便了。

如果不是作为祭奠死者的场所，而是建立向后世传颂故人伟业的纪念建筑，那还可以理解。有时人们会在成就伟业的地点建立纪念碑。

不过若是这样，就会让人感到奇怪，为什么成就了不朽伟业，却没有史实流传下来。四支小队交换情报后，还是没有发现相关的信息，也就是说这座坟墓的记录非常可能从历史上被抹消了。

实在不自然。

仿佛有什么东西哽在喉咙的奇妙异物感，令赫克兰他们皱起眉头。

"可是，如果里面有什么不合适的人，事情可就大了，这方面到底怎么样呢？"

"希望不是无辜者的家……"

"各小队负责知识的队员刚才在一起讨论过了，工会那边完全没这一带相关遗迹的情报。这里离附近的村子太远，大家认为里面住着普通人类的可能性很低。因此里面住着的不是在做什么坏勾当的非法占领者，就是魔物。从没有走出遗迹的脚印来看，里面的居民不需要饮食，或者遗迹内部的构造让它们可以自给自足。不过，从现状看，情报太少，继续推测下去只会导致被固定观念束缚，使思考的范围变窄，所以我们关于遗迹的探讨没再继续下去。"

新发现的遗迹，情报会由冒险者工会提供给相应国家的政府。第一发现者会独占一段时间的调查权。制订这样的规则后，如果是国家和冒险者工会尚未取得情报的遗迹，杀掉非法占据遗迹的人，在现下是受到默许的。

因为这种做法遵从了"宁错杀，不错放"的方针。

或许有人觉得这方针过于残暴，然而在这个世界上，人类是弱小的生物，因此不能允许来历不明的存在盘踞在人类世界的近邻。

实际上，大概二十年之前，就有一个名叫知拉农的组织，盘踞遗迹，进行恐怖的实验，造成了巨大的危害。就在人们因为情报不够裹足不前的时候，一个不算大的都市被知拉农毁灭了。

就是为了避免悲剧再次上演，工会才制订了这样的规则。

"当然，按惯例来说，里面应该是不死者吧。如果盘踞在这里的是不死者，不赶快打扫干净，用祝福清除负向力量，会很不妙吧？"

"你说得对，会非常不妙。如果放着不死者不管，有可能会产生更强的不死者。遗迹之类的地方常有强大的不死者，就是这样产生的。"

"如果是有哥雷姆奉主人的命令，到现在依然在维护已经废弃的坟墓，那就好说了，麻烦一下子就少了。那么，接下来到底怎么做？"

"我觉得赫克兰应该代替我参加会议的。"

"别在意啊,其他队长不也没有参加吗,这就是所谓人尽其才。"

看到赫克兰对自己挤眼,爱雪故意长叹了一口气。

"总之,等到了晚上,所有小队一起开始行动,从四个方向进入,在中央的巨大灵庙集合。"

"原来如此,白天行动容易被发现啊。"

"是的。"

周边十分开阔,看不到监视者和旅行者。现在进入遗迹似乎也没有问题,不过天有不测风云,还是在黑暗中活动更安全一点。

而且,虽然有到天黑为止的期限,但是继续对遗迹进行观察,或许能得到更多情报。各队的智囊一定是认为,就算这次的工作有时间限制,在这里多花一些时间也不可惜。

如果有时间,赫克兰或许更愿意在这里多监视几天。

"使用'透明化',不就能安全地进行侦查了吗?"

"这一点我们也考虑到了,不过,毕竟有惹上麻烦的可能,我们还是觉得全体同时开始行动为好。这样多少能完成一部分调查。"

透明化并不是完美的魔法,有无数手段可以识破它。万一守护遗迹的警卫——尽管不知道到底是什么——发现工作者使用魔法靠近遗迹,警戒等级一定会提升,运气不好的话,没准会搞得几天都没法潜入遗迹。

智囊们应该是为了避免这种情况发生,才制订了所有人同时行动的方针。

领会了作战计划的意图,赫克兰点了点头。虽然并非没有漏洞,但称得上是一个平衡了危险和任务,非常极限的作战计划。

"这么说来,我们得到了一段休息时间啊。"

"是的。虽然有'漆黑'和'尖啸之鞭'担任护卫,但是为了以防万一,让各小队保持紧张感,我们决定由各队轮流值班放哨。按照到达伯爵家的先后顺序,两小时换一次班。"

"原来如此,也就是说,我们是最后一班啊。"

"没错,离轮到我们还早。"

说到这里,爱雪转了转脖子,然后上下活动着肩膀。

"你看来很累啊。"

爱雪对罗巴迪克点了点头。

"好累。花费了这么多时间,都是因为那个人渣说要强行突破。我们为了说服他,费了不小的力气。那个家伙根本不知道什么是协作。"

"啊啊,那位剑术天才先生啊。"

"叫他人渣畜生就行了。"

赫克兰对话语中带有杀意的伊米娜露出苦笑,绞尽脑汁转换话题。

"那么,在轮到我们之前,先回到宿营地,悠闲地等等吧。"

"赞成，我觉得暂时应该不会再下雨，不过还是准备一下为好。伊米娜小姐，轮到你登场了，请不要总摆着那副可怕的表情了。"

"好嘞。啊——真是让人不爽，不爽得让我想刺死他。我可要把帐篷支在离他们远点的地方了。"

"只要在预定的地点范围内就没问题吧？"

当然最好还是建在附近，不过远点总比因为太近打起来强。

四人背对遗迹，迈起步来。

"——不过越想越觉得不可思议，也难怪伯爵会提出委托。"

赫克兰听到声音回过头去，发现爱雪正停住脚步，凝视着遗迹。

"从这遗迹本身完全看不出时代和背景，好像它是突然出现在这个时代一样，令人感觉突兀。那些雕刻感觉好像和魔神作乱之前这一带的雕刻有点相像，可是又觉得那边的雕像似乎来自远东国度。再考虑到十字墓碑……想不出来，完全摸不着头脑。"

听着博学的爱雪讲解，赫克兰强忍着不让坏笑浮现在自己脸上，拼命压抑住因期待而兴奋的心情。

"也就是说，这座遗迹里很可能会发现非常有趣的东西吧？"

"不会错的，里面一定有什么惊人的东西。"

"盘踞着恐怖不死者的可能性也很高哟，各位。"

"哇，好可怕——"

"太拙劣了，赫克兰，和我一点都不像。说实话，你强行模仿我的声线，真的好恶心。"

"知道了，对不起。"

"不过——还真有点期待。"

"是啊，这座坟墓到底为什么而建？里面到底埋葬了什么样的人？真是非常刺激人求知的好奇心。"

"是啊，探寻未知确实有点令人兴奋。"

"——还有钱。希望里面有很多钱。"

赫克兰看到同伴们的满脸笑容，获得了满足感。虽然大家为了金钱，也会染指肮脏的工作，但是并非出于本意，实际上大家都更喜欢冒险者们会做的那种工作。

不知道爱雪开始抚养妹妹之后，还能不能出来冒险。爱雪离队后，要找到代替她的人，恐怕要花费不少时间，就算找到了，在大家磨合好之前，也需要选择难度较低的委托来做。

作为在场的四人最后的工作，这次的选择应该算是无可挑剔的。

（今后……接受冒险者那样的……冒险的委托，不，我们自己去探索未知应该也不错啊……）

赫克兰抬头看着天空，无边无际的天空。

夜晚的黑暗开始包裹世界的时候，从巧妙伪装的几顶低矮帐篷中，工作者们一个个地走了出来。对于从事隐秘工作的他们来说，干活的时间到了。

冒险者们已经开始准备食物了。

把白色的固体点火剂点着，再用点火剂引燃木炭。由于"黑暗"魔法，照亮周围的火光被隐藏。"黑暗"只是隐藏光亮，并不会消除火焰。黑暗中，冒险者们用熊熊燃烧的火焰，煮沸无限水袋制造的水。

煮沸的水被倒进木碗，木碗里的便携干粮眼看着改变了形状，开始散发出浓汤的香气。大家的晚饭都是这种浓汤加硬面包。

接下来就看自己的喜好了。

木碗里是黄色的——工作者们喜欢的重视营养和保质期的浓汤，不过有人用匕首切削干肉，把薄薄的肉片泡在汤里；有人向汤里撒着调味料；也有人直接把浓汤喝了下去。

喝完这一碗浓汤，大家的晚饭就算结束了。考虑到探索遗迹是重体力劳动，这样的食量绝对算是很少的了。

但是，把过于沉重的东西装进肚子里，对于马上要开始干活的人来说，并不是什么好主意。虽说如此，不吃东西也是非常危险的，毕竟不知道会有多久不能再吃饭。

紧急情况下使用的棒状便携干粮也不是无限的，携带太多会导致敏捷性下降。两者之间必须进行折中选择。

工作者们把空了的木碗交给冒险者，背起了准备好的行李。

他们在冒险者的目送下，一起开始了行动。冒险者只负责护卫野营地，不参加遗迹调查。

首先大家绕过小丘，向遗迹四周分散。大家已经商量好，如果在这个阶段遭到袭击，遇袭的小队将朝天空发射信号。

许多人穿着全身铠甲，从噪声和迟缓的动作考虑，隐秘行动似乎是不可能的，不过这只是按照常识来考虑得出的结论。对于能使用魔法打破常识的人们来说，这种程度的小事没有什么不可能的。

工作者们首先使用了"寂静"，用这种消除一定范围内声音的魔法，铠甲的摩擦声和奔跑在大地上的声音都不会响起。

接下来是"透明化"，用这种将目标变得不可视的魔法，他们几乎不可能被肉眼发现。

为了以防万一，上空还有用了"透明化""飞行"以及"鹰眼"的游击兵监视周边的状况。为了发现情况时能马上应对，他们手里准备了有麻痹效果的特殊箭矢。

在双重戒备下，一行人抵达了目的地。

接下来就是重头戏了。

工作者们登上小丘，然后降落到几米之下的遗迹内。大家将从这里开始，一边对地表部分进行调查，一边向中央灵庙所在的位置集结。这一系列行动要尽可能在"透明化"的有效时间内完成。

只是,不能有一部分人擅自行动,必须大家步调一致。可现在是深更半夜,而且彼此都已经透明化,很难确认彼此的位置。

不过这方面的问题,工作者们早就考虑到了。

一根长约三十厘米的奇妙棒子,突然出现在地面。它就像被看不见的人拿了起来一样,浮到空中,扭曲了一下,然后发出淡淡的光。

这种特殊的棒子——荧光棒,被扭曲之后,内部的由炼金术制成的液体就会互相混合,发出光芒。首先要扔在地上,是因为"透明化"在发动的时候,对人身上所有的东西同时生效。如果想让身上的东西被看到,必须让它离开身体。

光棒左右摆动了几次,好像完成了使命一样遭到破坏,发光的炼金溶液洒到地上,盖上土之后,就完全隐去了痕迹。

这样一来,就确认各工作者小队已经顺利到达待命地点了。

虽然距离比较远,看不清楚彼此的情况,但是几乎同时,四根绳子垂向了纳萨力克地下大坟墓的地表部分。这是攀登用的绳索,间隔适当距离打好了绳结。

绳索的一端系在牢牢钉于大地的岩钉上,发出绷紧的声音摇动着。

如果这里有人能看穿透明化,就能看到有人顺着绳索爬了下来。

就算是爱雪这样专精魔法和知识,没有掌握对身手有要求的技能的工作者,也能攀爬绳索。实际上,不管是工作者还是冒险者,为了能进行这种程度的体力活动,都需要进行锻炼。

平日的锻炼和绳结发挥了充分的效果,没有一位工作者掉落在地,都稳稳当当地站到了墓地内。

侵入者各小队的第一个目的地是四座小型灵庙。

"透明化"的效果时间已经结束,所有人都重新现出身影。四支小队向着各自负责的灵庙跑去。

工作者们猫着腰,多少用墓碑、树木,或者雕刻遮蔽着身形,奔跑在黑暗的墓地中。这期间,"寂静"依然生效,不会发出声音。就连穿着全身铠甲的战士们,都拼命地一边寻找遮蔽物,一边奔跑。他们的动作非常麻利,就好像许多影子闪过大地。

●

"重型粉碎器"的队长古林盖姆靠近灵庙,稍稍睁大了眼睛。因为灵庙比他想象中还要宏伟。

虽然称之为四周的小灵庙,但只是与中央的巨大灵庙比较而言,走到近处才发现,它们实际上庄严宏伟得令人倒吸一口凉气。

白色的石壁仿佛切削过一样光滑,虽然建成后应该已历经了不少岁月，但是看不到风雨留下的印记，也没有风雪造成的侵蚀。

大理石制成的三层阶梯的前方，是一扇看上去十分厚重的铁门。铁门也擦拭得看不到锈迹的踪影，散发出黑色钢铁的光辉。

这座建筑仿佛能让人看到，维护者精心对其进行维护时的样子。

——也就是说坟墓里肯定是有什么存在的。

就在古林盖姆这样判断的时候，同伴盗贼走上前去，打算从台阶开始仔细进行调查。

古林盖姆看到——"寂静"在生效——他打手势示意自己离远点，慢慢后退。盗贼这样做是为了避免范围型陷阱波及他。

盗贼开始非常仔细地调查。虽然有点心急，但这也是没办法的事。

人的灵魂存在于肉体中，当肉体开始腐坏的时候，灵魂就会被召唤到神的身边。因此一般来说，死者马上会被埋葬到墓地——大地的怀抱。当然，贵族等一部分拥有权力的特权阶级就和一般人不同了。

如果马上埋进土地里，想要确认是否已经开始腐坏，还要重新挖出来。因此，生者为了亲眼得见死者确已开始腐坏的证明，不会马上掩埋，而是将其在地面上安置一段时间。不过，不会有人选择自己的家作为安置死者的场所。

这种时候，人们会选择墓地的灵庙。生者会把死者安置在灵庙一段时间，在神官的见证下，确认腐坏开始，灵魂已经被送到神的身边。

这种安置场所，一般是灵庙的公用空间。宽敞的空间中摆放着几张石质台座，尸体就安置在台座之上。几具已经开始腐坏的尸体并排摆在一起，乍一看似乎非常恐怖，但是从这个世界的常识来考虑，是非常非常普通的光景。

不过，如果是大贵族这样有钱有势的人家，就会与此不同。他们使用的不是公用灵庙，而是祖传的灵庙。有权有势的人被神召唤到身边前暂时休息的场所——人们是这样看待灵庙的。因此家族拥有的灵庙，同时也是实力的象征。

以陈设品和宝物装饰灵庙一点都不稀奇。也就是说，灵庙对于盗墓者来说等同于宝物库。于是，有些灵庙为了防止遭到入侵，设置了危险的陷阱。

因此，同伴中的盗贼认为这座气势恢宏的灵庙也是如此，比往常更加慎重地进行着搜索。

就在盗贼搜索完台阶，正打算开始搜索门的时候，突然，周围的声音恢复了。

"寂静"的效果时间结束了，可以说这个时机正合适。盗贼悄无声息地走到门前，再次投入了专心致志的调查。最后，他把一个像杯子一样的东西扣在门上，听起了里面的声音。

过了几秒，盗贼向古林盖姆和几个同伴左右摇了摇头。

意思是"什么都没有"。

盗贼自己也有点惊讶，一直不解地歪着头。

门甚至没有上锁，真是令人奇怪。既然盗贼没有其他发现，接下来就是前卫的工作了。

古林盖姆走上前去，把手按在盗贼上过油的门上。紧跟在他身后，一位执盾的战士已经严阵以待。

古林盖姆用力一推，沉重的门缓缓地动了起来。不知是因为提前上好了润滑油，还是这里的管理者做事不留死角，门尽管沉重，却顺利地打开了。

身旁严阵以待的战士，站在了打开的大门和古林盖姆之间，执盾向前，防范突然袭击及触发陷阱。

然而并没有飞矢出现。钢铁大门完全打开，一片空洞的黑暗展现在"重型粉碎器"队员们面前。

"永续光。"

魔力系魔法吟唱者手中的法杖亮了起来。亮度在某个范围内可以操作的魔法灯光，照亮了灵庙内部。魔法再一次发动，战士的武器也亮了起来。

两个光源照亮的空间，就像王侯贵族的华贵居所。

房间中央安置着一口似乎会被用作神殿祭坛的白色石棺。至少有两点五米长的白色石棺上，镌刻着细致而不张扬的花纹。四角摆放着身穿铠甲、手持剑与盾的白色战士石像。

然后——

"——唔嗨，尔等可有与纹章相关之知识否？"

"不、不认识啊。"

墙上悬挂的旗帜上有金丝绣成的未知纹章。盗贼和魔法吟唱者知道几乎所有贵族的纹章，哪怕是外国贵族。既然他们记忆中没有相关信息，就说明这纹章不属于王国的贵族。

"会不会属于王国建国之前的贵族呢？"

"两百多年之前？"

两百年前，许多国家因为魔神消亡了。在这一地区，有两百年以上历史的国家意外地少，王国、圣王国、评议国、帝国，全是近二百年建国的。

"如果真的是这样，这旗帜没有老化，保持着如此完好的状态，它到底是用什么材质织成的？"

"莫非受到保存魔法之保护，抑或受到魔法之修复？"

"话说，队长，你能不能别再用那种奇怪的语调说话了？这里只有我们几人啊。"

"唔嗨……"古林盖姆的眉毛歪到危险的角度，然后突然大笑了起来，"哎呀，累死我了，什么汝什么鄙人，蠢透了。"

"辛苦你了。那家伙说得对，只有咱们自己人的时候，费那力气做什么。"

"哎呀，那也不行啊。毕竟，那种硬派的说话方式，听起来比较像有实力的工作者。切换起来其实也挺麻烦的，你也知道，我的原则是工作期间要坚持那种说话方式。"

看到同伴们的苦笑，古林盖姆也报以苦笑。

古林盖姆本来是王国一个农夫家庭的第三子。

据说"胡闹"的语源来自"分家"，这是因为几人分一块地，一代代继承下去，每人分到的地会越来越小，收获也会越来越少，家世也会随着分家衰退。因此，才会由长子来继承一切，次子可以选择辅助自己兄长的人生道路，但是三子，就只是碍事的东西了。因此，许多农家的三子都来到都市混饭吃。

确实，古林盖姆是幸运的，他有强壮的身体和志同道合的朋友，结果干成了一番事业。不过，他本来毕竟只是农夫，而且只是传宗接代的第二备用品。他完全没有教养，不会读书写字，也不懂礼仪规矩。

确实，作为工作者，重要的不是教养，而是完美完成委托的能力。可是，作为一个队长，这样就不行了。

古林盖姆曾经拼命学习过，但是他读书的才能比不上肌肉，学得惨不忍睹。即使如此，他并没有被赶下队长的交椅，大概是因为读书之外的才能受到了同伴的肯定吧。为了不让信任自己的同伴们蒙羞，古林盖姆开始用奇怪的方式讲话了。

为了宣传自己的小队，特意改变了说话方式，就算语气有些怪异，也不足为奇——为了让委托人之类产生这样的想法。

这样也会被人笑话，可是就算被笑话，也强过被人嘲笑，"一个不认识几个大字的农民做队长，会这样也难怪"。

"好了，休息结束，汝等，行动。"

听到古林盖姆的宣言，没人提出异议，大家都行动起来。

首先由盗贼谨慎地进入灵庙内部，对室内进行调查。

其他人把一根粗铁棍夹在大门上，这样就算触发了什么机关，门也不会完全关闭。然后他们为了不让灵庙内的光亮透出去，关上了大半个门。当盗贼小心翼翼地在灵庙内调查期间，古林盖姆等其他人也没有放松对周边的警戒。虽然说是不得已，但毕竟用了光，有可能会被发现。

就在古林盖姆等低身在门外待命，四处张望的时候，盗贼已经来到了旗帜下方，好几次抬头仰望旗帜。然后他仿佛下定了决心，伸出手去，碰到旗帜的瞬间，又慌忙把手缩了回来。

"目前没有发现问题，大家都进来吧。"

盗贼转头看到古林盖姆等人都进了灵庙，指着旗帜说：

"这东西可值不少钱。这是用贵金属丝线编织成的。"

"什么？！贵金属丝线？把贵金属丝线编织成的旗挂在这种地方，脑子不正常吧？"

其他人也发出了惊愕的声音，然后大家急忙走到旗下，纷纷伸手去摸。旗帜给人的冰冷触感，确实来自金属。

考虑到旗帜发出的光辉，盗贼的鉴定应该是正确的。从旗帜的大小可以想象其重量，再加上作为艺术品的价值，可以说是非常值钱的。

"看来委托人赌赢了啊，虽然单这旗帜还赚不回雇用我们四支小队的费用，但是现在看来，这里一定沉睡着数量巨大的宝藏。"

"要不要马上拿走?"

古林盖姆回答了盗贼的提问。

"太过粗大,过于沉重,事后再收,有异议否?"

"没有,带着它确实不方便行动。我报告一下调查的结果,没有陷阱,也没有暗门。"

"那么,拜托了。"

古林盖姆向魔力系魔法吟唱者——魔法师点了点头,魔法师同伴以发动魔法作为回应。

"'魔法探测'——感觉不到有魔法性的机关。除非用隐蔽系魔法隐藏了。"

"既如此,调查已尽,接下来乃是重头戏。"

大家的目光集中到房间中央的石棺上。

盗贼花了不少时间,不厌其烦地详细调查后,判断没有陷阱。

古林盖姆和战士相互点头示意,开始推动石棺的棺盖。本以为石棺盖很大,应该会有相当的分量,实际上却比想象中轻得多。铆足力气去推棺盖的两人,差点儿失去了平衡。

石棺盖被打开,里面东西反射着光,亮起了无数灿烂光辉。

众多点缀着各色宝石的金银首饰反射出无数的光芒,石棺里还散落着百枚以上的金币。

虽然看到旗帜后就已经预料到了,但古林盖姆还是因为眼前的光景露出了满面笑容。盗贼谨慎观察后，把手伸进石棺中，取出无数光芒之——一条黄金项链。

这是一条非常奢华的项链。乍看只是单纯的黄金锁链制成的普通项链，其实锁链上雕刻着细致的装饰花纹。

"往少了估价，也值一百枚金币。如果找对了买主，能达到一百五十枚。"

听到盗贼鉴定的结果，大家的反应各不相同。有人吹响一声口哨，有人脸上浮现出笑容。共通之处，就是大家眼睛中都闪烁着喜悦和欲望的火焰。

"说好了分一半给我们，至少能拿到五十枚追加报酬，一人十枚啊。真是令人惊讶的追加报酬啊。"

"看这样子……这座遗迹说不定是一座宝山啊。"

"太棒了，这地方简直太棒了。"

"是啊。不过把宝物放在这种地方，太浪费了，我们帮主人有效地利用起来好了。"

魔法师一边开玩笑，一边从宝贝堆中拣出一枚镶嵌着大颗红宝石的戒指，吻了宝石一下。

"好大。"

神官把手伸进石棺，拢起一捧金币，任其从指间滑落。

灵庙内回响起金币互相碰撞发出的清脆声音。

"我没见过这种金币啊，这是哪个时代、哪个国家的金币呢？"

盗贼用匕首在金币上轻轻划了一下,赞叹地说道:

"这金币成色相当不错啊,重量也有交易金币的两倍,我觉得如果当作艺术品估价,价值还会更高一点。"

"这样说来——哈,哈哈哈……"

几人再也忍不住憋了好久的笑意,仅以现在的发现,就能分到一笔巨款。

"汝等,事后再向神祈祷,优先回收宝物。还有重头戏在后,先下手为强,后下手遭殃。"

"噢——"

听到古林盖姆提醒,大家气势十足的回应回响在灵庙中,声音中充满了兴奋与狂热。

4

大灵庙位于遗迹中央,栩栩如生仿佛随时会动起来的巨大战士像,像守护国王的骑士一样,在四周围绕着它。躲藏在一尊战士像脚边的赫克兰,目不转睛地注视着围绕大灵庙的某座小灵庙。

过了一会儿,赫克兰的眼睛捕捉到了从小灵庙中疾速奔跑过来的五个人影。他有些神经质地进行确认,看隐藏行踪同时快速向这边奔跑的人影有没有异常、周围有没有什么监视。过了一会儿,确信已经来到附近的五人没有问题,赫克兰才稍微松了一口气。

他从巨像的影子中探出身体打着手势，跑在最前面的古林盖姆马上注意到了，向着赫克兰跑来。

"古林盖姆，你们慢了啊。"

"令汝等久等，请容鄙人道歉。"

"毕竟没有事先定好集合时间，没关系。我们还是赶快换个地方，商量一下接下来该怎么做吧。"

赫克兰低下腰身，一边警戒周边，一边带路。

刚刚开始前进，古林盖姆就问道：

"请问，汝之小队可发现财宝否？"

赫克兰从他的声音中听出隐藏不住的兴奋，想起刚才自己小队的样子，向他露出了得意的微笑。

"很多宝藏，多得拿不过来，老翁也说和我们一样。"

"汝等亦如此，看来此坟墓来对了。"

"是啊，真是得感谢埋葬在这座坟墓里的伟人啊。"

"嗯，虽说如此，考虑发现如此众多之财宝，主要地点或许空空如也。"

"不，如果是我，一定会赌那里更多。"

"此种——汝敢赌多少？"

"好啊，在坟墓里发现更多财宝，再从老兄你那里赢一笔，简直棒极了。不过，问题是咱俩恐怕都会赌同一边。"

两人默不作声，高高扬起了嘴角。

"甚是。对了，鄙人有问题请教汝，那是何物？"

古林盖姆视线前方，一尊巨像脚旁，突兀地立着一块像石碑一样的东西。

"那个吗？"

赫克兰一边前进，一边把自己的调查结果告诉了古林盖姆。先行到达的三支小队中，没有一人认识上面的文字。他开始有点期待，古林盖姆小队中或许有人认识。

"那好像是一块石碑一样的东西，上面刻着似乎是文字的东西。"

"'似乎是文字的东西'之模糊说法，是何意？"

"那是一种我们不认识的语言，不是王国和帝国的语言，而且也不是古代这一地域的语言。有可能甚至不是人类的语言。上面只有一个数字'2.0'，大家能看懂。"

"数字？以常识考虑，应为坟墓建立之年代，如若如此，此数字则太小。"

"爱雪说，石碑上有可能是和遗迹中谜题有关的语言……不过，确实记在脑子里比较好。"

"汝所言极是。"

走过巨像身前，走上白色石材建成的舒缓漫长的阶梯，中央灵庙的入口出现在眼前。

"此乃死者之气味。"

"对，没错。这是卡兹平原的雾气中经常能闻到的臭味。"

听到古林盖姆的低语，赫克兰表示同意。

虽然没有腐臭之类令人反胃的恶臭，但是墓地特有的气味，还有不死者的气味都和冷气混在一起飘了过来。

这座坟墓非常整洁，不过确实有不死者存在。

一行人做好心理准备，踏入灵庙，首先来到了一个大厅。左右放置着无数石台，对面有向下的阶梯。阶梯下面的门现在大敞着，冷飕飕的空气从门里流淌出来。

"这边来。"

在赫克兰的带领下，古林盖姆一行走下了阶梯。

阶梯下是一间墓室，除了对面的门之外，看起来似乎不像有其他的门。

虽然墓室当然比阶梯之上的灵庙要小，但是依然十分宽敞，赫克兰"Foresight"的同伴、艾尔亚的"天武"、帕尔帕特拉的小队都到齐了。

"好了，接下来怎么做？我们本来预定在这里散开，分头收集内部的情报，不过探索灵庙之后，大家有没有什么别的好主意？"

说完话后，赫克兰不经意地环视了大家一周。

从气氛可以看出，大家并没有新的意见。不知是因为欲望还是单纯的反射光，大家的眼睛熠熠生辉。每个人的表情都被恨不得马上一头扎进坟墓里的兴奋占据着。

"那老夫提一个建议，老夫的小队去外面搜索一圈，看看有没有暗门。"

虽然是队长的话,但是队员们还是露出了不满的表情。

看到了那么多的财宝,就算是经验丰富的队长的意见,他们也很难赞同。他们大概都产生了财宝长了翅膀、从眼前飞走的幻视吧。

"怎么样,虽然对地表部分进行了搜查,但是搜查得并不全面。灵庙下面还有可能隐藏着其他路径,而且墓地部分总不能不搜查吧。"

"老翁所言极是,鄙人听说,吟游诗人之歌中出现之巨大遗迹,沙沙夏尔遗迹亦有一条入口附近直达中枢之安全道路。"

"对了,古林盖姆,从入口到这里我们已经搜查过了,非常遗憾,这间墓室中没有发现暗门。"

"那么,老夫的小队承担没甜头的工作,这层发现的财宝能不能分给老夫的小队一点。比如,每支小队分成的十分之一怎么样?还有如果发现了向下的楼梯,能不能把明天的最优先权让给老夫的小队?"

"鄙小队对老翁之提案无异议。"

最先答话的是古林盖姆,赫克兰稍慢一步,也表示同意。

"那好,看来大家没有异议!那么乌兹尔斯意下如何?"

"作为个人来说不敢苟同,但只是十分之一的话,还可以接受。"

尽管艾尔亚话中带刺,老人还是露出了纯真的笑容。倒是自己的讽刺被巧妙带过，让艾尔亚显得有点难堪。

"啊，老翁，既然这样，我有件事想拜托你。我们在探索灵庙时，找到了一面贵金属丝线织成的旗帜，我们嫌太笨重打算回头再拿的，能不能帮我们回收一下？"

"鄙小队亦同意赫克兰之意见，望老翁之小队亦帮鄙小队回收搬运。"

"既然如此，我们小队的也拜托了。"

艾尔亚向森林精灵中的一人抬了抬下巴，这个瘦弱的精灵颤颤巍巍地把背上粗笨的布卷卸到了地上。

"明白了，除此之外，大家有没有什么想要放下，或者希望我们带回去的东西呢？"

没有人回答帕尔帕特拉的提问。

"好！那么老夫的小队就按照刚才的提案，对地面部分进行调查。你们探索的时候也当心一点。不过，如果是值钱的东西，可以尽管留给我们来调查。"

"哈哈，老翁，魔物的话倒是可以留给你，如果是财宝，我可一枚硬币都不能给你留。"赫克兰发出轻松的笑声，向大家问道，"那我们出发吧？"

工作者们马上接受了他的提议，眼中带着期待和欲望的光芒，向着未知的遗迹——地下坟墓迈出了第一步。

打开里面的门向内看去，是一条通向深处的通道。或许应该说和大家想象的一样，通道保持着清洁的状态。

这是一条没有一点霉变和苔藓的石质通道，左右的墙壁挖进去两层，里面安放着裹有尸衣的人体大小的东西。它们并没有发出尸体特有的臭味，只是，散发着阴森的气氛和似乎应该称之为死者气息的独特气息。

通道顶上每间隔一段距离就有一处青白色的灯光，不过间隔相当远，通道里随处是灯光照不到的黑暗。虽然并不影响走路，但是昏暗的感觉让人觉得仿佛会看漏什么，感到在没有辅助灯光的情况下，行动起来很危险。

"罗巴，那些尸体有不死者反应吗？"

"不，没有。"

听到罗巴迪克的回答，爱雪转向尸衣包裹的尸体，用拿出的匕首划破尸衣。看到她的动作，有其他两人从一行人中走了过去，和她一起鉴定尸衣下露出的尸体。

"从身高体格来看，是人类的可能性很高，而且是成年男性。"

"没有穿衣服，依然完全没有办法判断这里到底是什么时代的遗迹。"

"不过，这座遗迹真是充满谜团啊，从建筑样式、埋葬手段，都无法判断年代，搞不好会是六百多年以前的遗迹啊。"

"如果真的是这样，那就是历史性发现了。"

对于研究学问的人们来说，这或许是个值得讨论的话题，然而工作者们只是来完成客户委托的。

注意到赫克兰和古林盖姆的冰冷视线,智囊团急忙给出了"遗迹建造的时代和背景依然是谜"的结论。

"明白了,我们快点前进吧,我已经迫不及待地想要斩杀魔物了。"

一行人对有些不满的艾尔亚表示同意,迈起了步子,可是没走几步,又停下了。

大家举起了已经出鞘的武器。

此起彼伏的骨头摩擦声从前方传来。

借助通道顶端的灯光,可以略微看到从通道对面冲过来的不死者们的身影。

距离越来越近,工作者们看清楚了敌人的样子,仿佛见到了什么难以置信的事物一样动摇起来,议论纷纷。

"不管怎么说,这也太假了吧……"

"喂喂,真的假的……"

"欸?真的只是骷髅吗?"

当有人把怪物的名字说出口的瞬间,一行人再也忍耐不住,哈哈大笑的声音响彻通道。

"喂喂喂!再怎么也不能是骷髅吧?我们可是凑齐了这么大的战斗力。"

骷髅系的魔物之间外表没有太大差异,乍一看,不太容易区分种类。

但是从感觉来说,很容易判断,眼前的魔物就是骷髅。

"如果是火力侦察,应该会派更强点的魔物来吧——明白了!这座遗迹没有魔物执掌,就算有也是完全看不出我们实力的窝囊废,再不然就是根本没发现有人入侵的笨蛋!"

大家爆笑不止。

"哎呀,不管怎么说,骷髅也太令人惊讶了。莫非这座遗迹的财宝,其实都在上面的灵庙里?"

"那样的话就太糟糕了。"

对于匹敌冒险者中秘银级的工作者们来说,骷髅实在是太弱了。而且数量比工作者人数还少,不知道遗迹的主人为什么派它们来迎敌。

看着拦在一行人面前的六只骷髅,大家面面相觑,不知该由谁来对付。

"我可不去。"

明确表达自己意向的,是艾尔亚。大家都能理解。

"既然如此,由鄙人当先。"

古林盖姆向前迈出了一步。

不知道骷髅们用若有似无的智力如何思考。它们把独自一人向前一步的战士,当成是被队列里推出来的,还是说出于其他的考虑呢?

骷髅一起向古林盖姆扑了上去,然后——

挥起的斧头和盾牌轻易粉碎了它们。

战斗只持续了几秒,不对,应该更短。

打碎六只骷髅，踩在它们的残骸上，古林盖姆好像十分疲惫一样，叹了口气。疲劳感并非来自战斗行为，而是因为在这座工作者梦寐以求的、无人涉足的大遗址中，第一场战斗居然以最低级不死者骷髅为对手，这实在令人意想不到。

"太脆弱了。毕竟区区骷髅。虽说如此，亦不可大意。考虑出现强大不死者之可能，我等应谨慎前行！"

听到古林盖姆的话，表情变得严肃起来的一行人继续向前——向遗迹深处进发，心中充满了对等在前方的金山银山的期待。

●

"唉，走了啊。"

"走了。虽说他们是工作者，毕竟也是和我们一起吃过饭，一起完成这次委托的同伴，希望他们能平安回来……飞飞先生怎么看？"

"大概会全灭吧。"

听到安兹用低沉的声音回答，提问的冒险者小队队长一脸惊呆地愣住了。

（糟了，说出了心里话……）

"不，不是的，我是说我们应该做好这样的心理准备。这次的遗迹是从未被发现过的，谁都不知道里面会有什么样的危险。

想得太乐观对自己没有好处啊。"

"原来如此,是这样……谢谢您的关心。"

(这辩解相当牵强啊,这都能接受吗?当然,对我来说这样再好不过。)

队长几次点头称是,大概只是盲目地认为精钢级的男人说的话都是正确的吧。

安兹的努力——看他们表现出的友善反应,安兹知道自己在来到纳萨力克的旅途中,一直表现出友好的态度,力气没有白费。

"那么按照预定,我就先休息了。"

安兹向自己的——当然是和娜贝共用——帐篷迈起步子。他知道因为自己的帐篷离别人的比较远,一部分人已经想歪,认为他是怕呻吟声被别人听到。其实这是刚才的队长告诉他的。

比起工作者,他似乎更想拉近和同为冒险者的飞飞之间的关系,把从工作者那边打探到的情报都告诉了安兹。

安兹和娜贝一起进入帐篷,关上了入口,为了以防万一,观察了一下帐篷外的状况。没有人在意这边,不仅如此,人们甚至表现得似乎故意不往这边看。

"看来就算被称为爱巢我也没有正面否定,这是个正确的选择啊。在远处搭帐篷大家也不觉得奇怪,而且不会注意这边,更不会走近。"

虽说不是没有损失,可是益处要大得多。

安兹摘下头盔，露出了骸骨的面容。

"好了，娜贝……不对，娜贝拉尔啊，我要回纳萨力克了，计划送潘多拉·亚克特来代替我。在他到达之前，如果发生了什么事，你要妥善处理。"

"明白了，安兹大人。"

"嗯，如果有什么情况，拜托你马上联络我。"

安兹解除了形成铠甲和剑的魔法，头盔带给手的重量感也同时消失了。

从包裹全身的拘束感中解放，虽然并不疲劳，安兹还是"呼"地松了口气。包括活动并不酸疼的肩头等动作在内，这一系列举止都是作为人类的残渣吧。

"真发愁啊。"

安兹有时觉得人类感情的残渣碍手碍脚。

如果能冷静沉着地应对一切，或许能得到和现状完全不同的结果。不过，如果没有人类的残渣，自己还能对纳萨力克地下大坟墓如此眷恋吗？恐怕会连铃木悟其人的，乃至朋友间记忆的情感都会消失吧。

安兹苦笑的同时，发动了魔法。刚才对人类残渣的思索已经抛到了九霄云外。安兹没有优秀到三心二意还能做好事情，所以除了现在最重要的问题，其他的不能去想。

安兹发动的魔法，是"高阶传送"。

因为戴着戒指，安兹可以跨越纳萨力克大坟墓内张开的屏障,瞬间到达王座大厅前。

"欢迎回来,安兹大人。"

须臾之后,响起了女性迎接他归来的悦耳声音。

"我回来了,雅儿贝德。"

深深低头行礼的女性抬起头来,绝世容颜上绽放起百花盛开般的笑容,直勾勾地——仿佛看不到其他东西一样,凝视着安兹。

(唔唔……)

确认黄金般闪闪发亮的眼瞳中有爱意的光芒,安兹觉得浑身不自在得想要打滚。可是,安兹·乌尔·恭是纳萨力克地下大坟墓的统治者,不能显示出不符合身份的态度。

安兹为了控制自己微弱而持续时间长久的感情,故意发出了一声骸骨身躯并不需要的干咳。

"和计划中一样,入侵者马上就要来了。不对,说不定已经来了,欢迎的准备做得怎么样了?"

"万无一失。诸位客人一定会非常开心的。"

"是吗……雅儿贝德,我很期待看你是如何招待我们的客人。"

安兹踏入了相当于纳萨力克地下大坟墓心脏的王座大厅,雅儿贝德也随后跟上。

对于这次的入侵者,安兹向雅儿贝德下达了一项命令,希望用实战检验她构筑的防卫系统。

思考让魔物刷新在纳萨力克内的什么位置，如何配置的，是曾经的同伴们。安兹并不是觉得配置有问题，不过在目前的状况下，说不定还会有更好的配置方式。

那么对防卫系统的重新检验就是必不可少的。安兹就是想借这个机会检查一下。

"入侵者是脆弱的。想要检验整个防卫系统当然不可能，不过尽管如此，我希望你能借这次机会有所收获。"

"明白了，我一定不会让安兹大人失望的。"

"很好，你知道，散布毒气，令不死者进行突击之类的，需要消耗费用的陷阱，一定要尽量减少。拜托你使用自动刷新出来的仆役设陷阱，没问题吧？"

看到雅儿贝德的笑容，安兹点了点头。

"好的，那么我就在这里欣赏一会儿好了。其他的楼层守护者怎么样了？"

"是，在安兹大人归来的同时，我已经指示大家集合。可以让已经到了的人进来吗？"

"无妨，人多了更热闹点。"

安兹缓缓在王座上落了座，他的眼前浮现出无数像显示屏一样的东西，上面显示出纳萨力克内部各处的光景，都是雅儿贝德操作来想让安兹看的场景。

这大概就是雅儿贝德进行过各种调整的防卫网，但是安兹看不出哪些地方和以前有什么不同。

（为了让这次训练有足够的收获，我也得从这些影像中得到些什么才行。不然，如果训练结束后要开讨论会，可就麻烦了。）

安兹是纳萨力克地下大坟墓绝对的统治者，这样的人怎么能告诉部下自己对防卫系统没有一点看法呢。

"为了以防万一，我跟你确认一下，阿里阿德涅不会启动吧？"

安兹打开对话窗，操作着标签，确认显示出的内容没有问题，还是忍不住对雅儿贝德提出了这个问题。

"应该没有问题。只是，我想问一个问题，如果入侵者封死了路，阿里阿德涅会不会启动呢？"

安兹回想着以前看过的YGGDRASIL的Q&A，不对，应该是运营方的补丁更新说明吧。

"应该不会的。应该是这样……我记得应该是。"

如果是在YGGDRASIL里，应该是这样，但是不能保证现在这个世界依然保持着原来的规则。这么说来，不知道这个世界还有没有阿里阿德涅。

"那么，如果操纵那些人类封死了路，会怎样呢？"

"或许不会触发，然而考虑到触发后造成的损失，实在是不敢做实验啊。"

阿里阿德涅系统。

它是对YGGDRASIL的据点制作系统进行检测的系统。

想要制作固若金汤的要塞，有一个简单的办法。只要彻底封死入口，把要塞弄得无法进入就行了。比如纳萨力克地下大坟墓，只要完全埋进地下，基本就无法进入了。但是从游戏的角度来看，这种做法不能允许。

阿里阿德涅系统就是用来监视玩家，防止他们建成无法入侵的据点。

从地城入口到心脏部，必须能用一根线连起来。阿里阿德涅系统还会检验其他构成地城的要素，比如地城里的一定距离内分布着多少道门，还有其他很多细致繁杂的项目。

如果把不符合规则的地城上传到YGGDRASIL中，惩罚就会发动，工会资产会遭受严重损失。

纳萨力克在这方面，因为有第六层和第五层简单粗暴的处理——还有大量付费，所以才能维持如此大规模的地城。

安兹操作的画面之一，显示出了工作者们的身影。

"啧，好了，演员终于开始上场了，真是让我们等得够久。"

看到画面上有人用脏脚踏入自己和同伴们建起的要塞，不快感涌上心头。精神波动因为超过了安定范围，所以马上遭到警示，即使如此，还是抑制不住仿佛炙烤般的厌恶感。

"雅儿贝德啊，一个都不能活着放出去。"

"那是自然，这些人都是擅闯无上至尊要塞的愚蠢盗贼，请您鉴赏等待他们的命运吧。还有……您希望选择哪一组，作为您说的剑术实验用的小白鼠呢？"

"啊,对了。我和老人交过手了。和这个男人也在途中切磋了两下。这个小队不适合做练习。用消除法,就选这组吧。"

安兹把画面转向雅儿贝德,用手指给她看。

3章 大坟墓

第三章 | 大坟墓

1

"绿叶"帕尔帕特拉率领的工作者小队,告别了满心期待与兴奋的同行们,回到了中央灵庙的入口,站在台阶顶端俯视外面的墓地。

下面的墓地仿佛死了一样沉睡着,没有什么东西活动的踪影。外面只有寂静和夜晚的黑暗,还有星光。帕尔帕特拉向台阶踏出一步的时候,听到同伴对自己说:

"老翁,太可惜了,墓地的搜查交给其他小队应该也可以吧?"

"你说得确实没错,大家的小队能力都差不多……当然,那支垃圾小队不在此列。我们能做到的,'重型粉碎器'和'Foresight'都做得到。"

"既然这样……"帕尔帕特拉打断同伴说了一半的话,继续说道:

"并不是只有坏处,我们得到了明天的优先探索权。而且到了明天,地面部分的搜查应该也结束了,搞不好,最后一个探索的小队,真的会捞不到任何油水。视情况,没准会被调去看守营地。"

"原来如此……"

"还有,做第一支进入神秘遗迹的小队实在太危险了。他们就是我们的金丝雀，希望他们能活着回来啊。"

帕尔帕特拉用冰冷的视线向后望去，视线前方，是进入遗迹的工作者那已消失不见的身影。

他的脸上露出有些轻蔑的表情，难以想象他就是平时被大家当作和蔼老爷爷的男人，不过熟悉他的队友们并不会吃惊。

帕尔帕特拉是个非常谨慎的老人，凡事小心再小心，就连石头桥都会敲敲再过。正因如此，他才能长期战斗在冒险第一线，甚至打倒过龙。虽然从另一方面讲，也由于过于慎重，他失去过许多获得利益的机会，但是他从来没有失去过同伴。小队成员都对他的领导能力非常信赖。

不管对谁来说，生命都是最宝贵的。不过就算心里明白，同伴们还是有点眼馋从手边飞走的财宝。

"没准能发现非常厉害的道具呢？拿生命做赌注也值得吧？"

"你说得也有一定的道理。不过，你看看这整洁的墓地，既然有人在打扫，就一定会有魔物出来迎敌。还是让他们帮忙搜查一下里面有什么样的魔物为好吧？就老夫个人来说，不太喜欢这次这样的委托，不确定的要素实在太多了。"

听到帕尔帕特拉的抱怨，队友漫不经心地问道：

"那最后还不是接下了吗？"

"是啊，因为有其他小队一起接，老夫判断趁他们被干掉的时候，我们有很大机会可以逃走。"

一行人走下了阶梯。

"莫非，主动提出搜索地表部分，也是这个目的？为了听到他们的惨叫后，我们可以马上逃走？"

"有这个因素。老夫这次的想法其实有点类似赌博。就像刚才你说的那样，我们有可能放跑了一只肥鸭子。确实，多收集一些情报就会更安全，然而不知道好处到底能不能补偿损失。如果事与愿违，请允许老夫道歉。"

"不用在意，老翁，我们永远信任你。毕竟大部分时候，你的选择都是正确的。"

"而且就算吃点亏，咬咬牙，等有了别的工作再大赚一笔就是了。老翁说得对，只要活着，有的是赚钱的机会。我们没必要非得赌命以身犯险。"

"好怀念我们还年轻的时候啊。"

"你现在也还年轻啊。"

"哎呀，和老翁比起来当然年轻了。"

墓地中，一行人苦笑着向小灵庙走去。

"虽说如此，这件事本来应该由我们一起商量决定的，老夫却自作主张，对不起大家了。"

"那种情况下没办法商量啊。再说，老翁是我们选出的队长，我们信任的队长做出的决定，我们乐于服从。"

"老夫看你刚才一脸的不满意啊，你苦笑什么？好吧，不说了。那么我们尽快开始搜查吧。有时间的话，老夫再去找飞飞练练。难得的机会，你们最好也去领教两招哟。"

"是啊,他和老翁的过招真是让人印象深刻,不愧是精钢级啊。"

"精钢级也各不相同。现在帝国的'涟八连',说实话,没有精钢级的器量。飞飞才是真正的精钢级,不愧是老夫未能登上的阶梯顶端的男人。"

"老翁……"

"哈哈哈,不用在意。全盛期的老夫或许会有些嫉妒,不过现在的老夫只是个满脸皱纹的老头子而已,不会觉得难过的。再说,老夫虽然见过几个真正的精钢级冒险者,但是飞飞在其中也算是鹤立鸡群,给人一种精钢中的精钢的感觉。"

"是这样吗?"

"所以请他敲打敲打,对你们很有好处啊。如果在老夫死后,你们还要继续冒险,现在的经验就是将来的财富。"

"老翁怎么可能会死,根本无法想象你会退休啊。"

"是啊,老翁这身板,应该能和那位帕拉戴恩老爷子一样长寿吧?"

"哈哈哈,别为难老夫了,他也不是普通人能比的。"

"真是一支不错的小队啊。"

突然,传来了女人平静的声音。

参加这次工作的人员中,只有赫克兰的"Foresight"中有两位女性,艾尔亚的"天武"中有三个女森林精灵奴隶。不过这个声音,和其中的任何一个都不同。

一行人马上举起武器，向后看去。

刚刚走过的和缓阶梯上，灵庙的入口处，站着几位穿着女仆装的女性，一共有五人。

每一个都美得令人难以置信，更让人觉得她们异常。

奇怪的是五人虽然都穿着看似女仆装的衣服，但是和帕尔帕多拉他们见过的不同，她们的女仆装发出仿佛铠甲般的金属光辉。

"你们……是什么人？老夫没见过你们……嗯，看来果然有密道啊……"

"女人？美貌简直可以和'漆黑'的美姬匹敌……一定不是普通的人。"

"她们好像没有敌意……莫非还雇用了我们之外的……不可能啊。"

"怎么办，老翁？"

同伴们谨慎地观察着五位女仆的一举手一投足，向帕尔帕特拉询问道。

最明智的选择是首先进行交涉，然而怎么想都不会有友好的结果。

"人数相同……能勉强应付得来吗？"

对手的实力与自己一行人水平相当，或者略胜一筹。

工作者们集结在一起的时候，她们没有发动袭击以求一网打尽，应该是没有同时对付这么多人的战斗力和陷阱。相应地，现在她们从正面现身，还跟帕尔帕特拉小队搭话，说明她们有取胜的自信。

年纪大了，帕尔帕特拉的身体变得不爱出汗了，可是这个瞬间，他攥着长矛的手心已经沁满了汗水。

"不过话说回来，墓地和女仆……还真是不搭调啊。"

这位开玩笑的同伴，下一个瞬间，额头就出满了冷汗，脸色惨白地发起抖来。

帕尔帕特拉有一瞬间，感觉到周围的温度突然降低，不过全身汗毛倒竖的感觉并不是错觉。

并排站在阶梯顶端的女仆，眼睛中全都出现了强烈的敌意，即使在月光之下也能清楚地看出来，仿佛眼睛中放射着光芒一样。

"杀掉他们吧。"

"应该杀掉。"

"不能只是杀掉，同时应该让他们尝到难以想象的痛苦。"

在女仆们周围升腾起杀意，激昂的感情令人觉得仿佛空间都被扭曲了。

"好了，好了。"看起来地位最高的女仆轻轻拍了拍手，"我们收到的命令本来就是，一个都不能活着放回去，杀肯定是要杀的。不过，大家能拿出干劲，我很高兴。"

似乎是大理石质的台阶上，响起"咔嗒"一声清脆的金属音。那是女仆们脚上穿的令人联想到护脚的高跟鞋发出的声音。

帕尔帕特拉的小队仿佛被压制了一样向后退。

对手没有拿武器，应该是魔法吟唱者。既然如此，对手处在高处，而且这里是一片没有遮挡物的开阔地，选择这里作为战场不是上策。

对于帕尔帕特拉他们来说，有效的战术是拉近距离，反之则对女仆们有利。那么，为什么女仆们要从阶梯上走下来呢，是不是与对手拉近距离，她们就使用"飞行"飞上天空为前提呢？

女仆们像戴着面具一样毫无表情，有如王者般从容地慢慢走下台阶。她们的行动让帕尔帕特拉几人不知所措，但他们还是在盾牌后面商量起应该怎么办、采取什么样的战术。

随着"咔嗒"一声较大的金属音，女仆们在阶梯中央的位置停住了。

"好了，首先来自我介绍一下。我……失礼了……本人在七姐妹当中担任副队长，名叫由莉·阿尔法。我们不会相处很长时间，不过还是请各位多多关照。好了，实际上只要我们动手，很快就能解决问题，但是出于某种原因，我们不能直接动手，非常遗憾。"

几阵可爱的、银铃般的笑声一起随风飘来。

几位绝世美女的笑容，拥有足以使人在一瞬间坠入爱河的魅力。

以前做过冒险者，现在在做工作者，帕尔帕特拉在漫长的职业生涯里见过各种各样的东西，其中包括妖精之类美丽得超越人类认知的魔物。即使是他，也没有见过这么美丽的女性，她们的美貌简直摄人心魄。

不过从她们目中无人的口吻，言辞中渗透出的优越感可以看出，一层美貌的薄皮下，是绝对强者的自傲。在闯过无数次鬼门关，对自己的实力有自信的男人们看来，她们的傲慢实在令人不快，想要多少给她们点颜色看看。

可是刚才的各种状况都表明，外表不能说明实力，这些女仆很可能是强者，他们没法下定展开战斗的决心。女仆们杀意指向的那名同伴，现在还面露强烈的怯色。

或许最好的办法是撤退，把冒险者们——特别是飞飞卷入战斗当中。

"现在本人来介绍一下各位的对手。"由莉"啪啪"拍了两声手。随着传播距离远得惊人的拍手声，墓地震动起来。"纳萨力克资深护卫，出来吧。"

"什么?!"

帕尔帕特拉发出了惊讶的声音。

身后的大地裂开，几个骷髅现身了。

（夹击吗？不——）

抬头看往阶梯之上，女仆们虽然怀有敌意，但是已没有战意。她们应该说是转换成了观战模式，尽管不能大意，不过看起来应该不会马上发起攻击。

判断现在的敌人是身后的骷髅，帕尔帕特拉开始观察援军。

骷髅本身不是多么厉害的敌人，以帕尔帕特拉小队的水平，就算数以百计的骷髅同时袭来，他们也不会觉得恐怖，只会像流水线工人一样重复破坏的动作。这样想来，从地下出现的——大概八只骷髅，并不是他们的对手。

但是，有一个问题。

帕尔帕特拉的同伴们同时咽下口水，下意识地向后退了一步。

敌人给人的感觉和普通的骷髅不同，装备也不一样。

它们穿着好像某国近卫兵一样的气派胸甲，手持绘有纹章的鸢盾，每只手中都拿着不同的武器，背后还背着合成长弓。这些武器全部发出让人感觉到魔法力量的光辉。

用魔法道具武装起来的骷髅，不可能是普通的骷髅。

"那是什么啊？"

"老翁也不知道吗？虽然没有自信，但我觉得可能是骷髅战士的亚种。"

"亚种吗？我觉得和红骷髅战士好像也有点不同啊……"

没有相关知识的未知对手是非常可怕的，而且这些对手还武装着拥有特殊效果的魔法道具。

"从各位的数量来估计，这几只就足够了，请加油吧，让我们看看你们能逃多久。"

"真是光荣啊，派了这么强大的不死者来对付我们。不过——"

帕尔帕特拉冷静地思考着。

不管怎么说，她们不太可能准备了无数用这么精良的魔法道具武装的不死者，应该是一开始就派出了最强的战斗力。

如果还有更强的战斗力，他们肯定不会让入侵者进入到遗迹里。

"这就是这座遗迹的最强战斗力了吧？难道你们以为这种程度的战斗力就能阻挡老夫的小队吗？"

帕尔帕特拉抬头看去，发现由莉有一点动摇的意思。

（被我猜中了啊，原来如此。从刚才的对话开始就设下了陷阱……）

最聪明地利用最大战斗力的方法，应该是在坟墓内用来各个击破敌人。不过，考虑到错过的可能性，把兵力集中在出口——结束探索后，身心俱疲的人们必然通过的地方，或许才是更聪明的做法。

帕尔帕特拉已经看穿了对手的目的。那个女仆所说的"看你们能逃多久"，目的是把他们的思维方式诱导向逃跑，然后从背后发起攻击，令自己的形势更为有利。从对手的立场来考虑，这之后还要连战几场，一定想尽可能降低消耗。

既然这样，不得不做的事就只有一件。

"我们只要打倒这里的所有骷髅，然后突破就行了，不对吗？"

为了跟在后面出来的小队，应该击退纳萨力克资深护卫。

虽然是竞争对手，但伙伴就是伙伴。而且，既然对方认为自己会逃跑，还是坚持战斗比较不容易落入陷阱。应该冒险一战，一旦情况不妙，随时转向拉飞飞进入战斗的计划。

"事与愿违，倒是我们成了金丝雀……头好痛啊。好了，你们觉得那就是敌人的全部战斗力吗？"

"很难想象还有更多武装得那么彻底的不死者啊。"

"只要是入侵者，就会经过这里，那么把最大战斗力放在这里才是最合适的战术吧。考虑到这些，应该就是全部的战斗力了吧。毕竟对手掌握的情报比我们多，应该不会采取分散兵力这一下策。"

"不，我觉得遗迹内部再有几只不死者也不奇怪。不过留下的，应该大半都是低阶不死者吧。"

"老翁……我们逃吧，那个不好对付，真的不好对付。"

"从遭到夹击时起，我们就没有退路了。就算飞起来逃，也会被弓矢击落的，只能拼了！打倒它们才有活路！"

在帕尔帕特拉正在大吼的时候，从台阶上传来了可以解释成无奈，也可以解释成惊讶的声音。

"是啊，还有突破这条路。希望看到你们的好表现，那么请开始吧。"

随着她的声音，纳萨力克资深护卫们冲了过来。

由莉几人满脸愁容，不断拼命地"声援"。

眼前过于出乎意料的光景让她们无法掩饰自己的困惑。她们心里在想：没想到居然这么……

"哎呀，不妙啊。"

"居然超乎了我的想象。"

"科塞特斯大人也吃了一惊。"

"这样下去的话……会毫无收获地结束的。"

在由莉等人面前，战锤挥了下去。

"这不太妙啊，他会死的。"

在露普丝斯蕾琪喃喃自语的瞬间，她担心的对象胸部挨了一击，瘫倒在地。

金属扭曲的声音和沉重物体倒地的声音。就算在激烈的战斗中，也能清楚地听到。

第一位战死者是人类战士。纳萨力克资深护卫手持拥有雷电之力的战锤，面无表情地向着下一个猎物行动起来。

"神官先生，不快点用治疗魔法的话，战士会死的。"

"不行了。当场死亡，而且他死之后，战线已经崩盘了。"

听到由莉担心的自语，希姿摇了摇头回答道。

刚才战士扛着的两只纳萨力克资深护卫已经重获自由，一只向着神官，另一只向着后卫职业绕了过去。神官刚才就在对付两只，现在又加了一只，他已经顾不上使用魔法，只是抵挡三个方向发起的攻击就已经用尽全力了。

帕尔帕特拉是小队中唯一与对手平分秋色的人，但是同时对付三只资深护卫,让他也没有余力去帮别人。

"盗贼那边伤害有点不够啊,会不会有什么底牌还没用呢?"

保护着魔力系魔法吟唱者战斗的盗贼,又多承担了一只资深护卫的攻击。这样一来,就是两只了。对身穿坚硬铠甲、无法一击致死的不死者——纳萨力克资深护卫来说,盗贼轻巧的武器实在缺乏威胁。虽然盗贼灵巧地躲避着攻击,但是会疲劳的人类和不会疲劳的不死者之间,差距太大了。

"他好像一脸哭相地看着我们呢。"

"要不要向他挥挥手?"

"只是挥挥手应该没关系吧?"

"好的。"

露普斯蕾琪娜满脸微笑地对帕尔帕特拉挥起了手。

"被打中了。"

"都怪露普分散他的注意力。"

"哎,怪我吗?"

"嗯,怪你。不过确实应该声援他们。加油。"

"是啊,希望他们也能努力一点。"

听到由莉的话,在场的所有女仆都点了点头。

在与帕尔帕特拉小队的战斗中,纳萨力克资深护卫始终占据着绝对优势。一边倒的战斗让工作者们看起来只是在做无用的抵抗,就连观战的由莉她们都心生怜悯。

他们开战之前的自信哪去了?女仆们虽然一开始还笑着观

战，但是实在没有看头的战斗让她们渐渐开始打起了哈欠。到现在，她们已经开始给帕尔帕特拉一方加油了。

"哎呀，这样一边倒，真是无话可说了啊。"

"会不会还有什么底牌？"

"会不会是刚才的召唤魔法？"

"第三位阶？"

"不对，怎么会有那么弱的底牌。不过，我觉得用召唤魔物做屏障确实是不错的想法。"

"确实，如果攻击打不到他，多少能稍微重整一下阵型。"

"不过，他接下来用飞行的魔法，那就是臭棋了。皱巴巴的老头子不是早就提醒过了吗？"

"不知道他是想跑，还是想从上空使用魔法……"

"结果成了弓箭的活靶子。"

魔力系魔法吟唱者已经受到致命一击，栽倒在地。如果有人顾得上，给他用治疗魔法或者药水，或许他还能继续战斗，可惜没人顾得上。结果，盗贼只能尝试掩护他，阻止资深护卫给他最后一击。

"可是他们为什么认为我们只有这几只资深护卫呢？"

她想不明白。

说不定，是把事情向着对自己有利的方向思考了。会这样思考并不是因为他们太蠢，而是为了不去正视绝望，振奋自己的勇气。这是人类的生存本能发挥最大限度作用的结果。

"不管怎么说，都太绝望了啊。"

"是啊，劣势越来越明显。"

"全力防守拖延时间，等待其他小偷回来，这一招如何？"

大家一起白了艾多玛一眼。

"他们怎么可能回得来啊。"

"不言自明。"

"不可能的，怎么可能从纳萨力克地下大坟墓活着出来。"

随着充满痛苦的惨叫，传来了什么东西倒地的声音。战斗女仆们把目光转向了声音传来的方向，失望地交谈起来。

"啊，盗贼也倒下了。"

"看这样子，胜负已分了啊。"

"这样看来，刚才他们求饶的时候就该手下留情的吧……"

"他们本来那么有自信，求饶的时候当然会以为他们有什么诡计了。"

盗贼喷洒出的鲜血发出浓郁而新鲜的气味，传到了女仆们身边。

"好像很美味……"

"请你自重。"

由莉告诫艾多玛。

主人的命令是将失去战斗力的入侵者——不管生死——回收。怎么能做出把咬得狼藉一片的肉体献给主人的失礼之事。

"新鲜的肉……"

"我会询问安兹大人是否许可的,你先忍一忍。"

"可是这样是不是有点问题,本来是为了实验能不能处理掉逃跑的入侵者吧?"

"应该是的。所以才在墙附近,埋伏了相当强的不死者。"

"科塞特斯大人本来预期可以很轻松地抓住入侵者……"

"居然会正面挑战,真是出乎预料。"

"说明不分析好对手的战斗力,就有可能出现这种情况。好了,还有一口气的就治疗一下送到拷问室,死了的……就向安兹大人报告吧。"

这一夜,帕尔帕特拉率领的工作者小队销声匿迹了。

2

"拦回去!"

充满霉味和死亡气息的墓室中,响起了古林盖姆的怒吼。

这是一间二十米见方的房间,天花板很高,起码有五米。魔法吟唱者点亮的魔法光和落在地上的火把,照出了铺天盖地的人影。

古林盖姆和"重型粉碎器"的同伴们被围在房间一角。大群的僵尸、骷髅等低阶不死者几乎挤满了整个墓室。

多得让人不愿意去数。

古林盖姆和持盾的战士二人从正面拦住死亡浊流,成为不让浊流伤害后卫的堤防。

僵尸挥起的手臂打在古林盖姆的全身铠甲上。成为不死者后，尽管有比普通人类更大的力气，但也无法伤害钢铁的铠甲。由于腐败而变得脆弱的手臂碎裂开来，带着腐臭味的肉片黏在了全身铠甲上。

骷髅亦是如此，用遍布锈迹的武器，不可能刺透施有魔法的全身铠甲。

当然，事有万一，不过施放在古林盖姆两人身体上的防御魔法消除了这种隐患。

古林盖姆挥舞着手中的斧子，然而就算打倒一只，马上又会有其他的不死者补上出现的漏洞。不死者们仿佛要淹死生者一样，挤压着空间。

"可恶！这数量也太多了！"

古林盖姆身边，举着盾牌的战士发出了痛苦的声音。那是一面能覆盖全身的大盾，没有一次攻击碰到他的身体，可是盾本身已经被脏兮兮的液体完全覆盖了。

他用钉头锤不断砸碎僵尸和骷髅的头颅，压力还是让他缓缓地向后退着。

"这么多魔物，到底是从什么地方冒出来的啊！"

难怪战士会有这样的疑问。

古林盖姆小队在十字路口和其他小队分头行动之后，探索了几个房间。很遗憾，没有灵庙中那么大的收获，不过他们也多少找到了点值钱的宝物，缓缓地推进着探索。就在进入目前的房间，同样开始探索的时候，门突然打开，涌进了不知从哪里跑来的无数不死者。

僵尸和骷髅不是什么大不了的敌人，可是数量实在太惊人了。

如果万一被拉倒或者被压倒，就算死不了，也将动弹不得。这样一来，不死者大军将涌向后卫的队友。

后卫当然也不会轻易被这样低阶的不死者击败，不过在这惊人的数量面前，还是多少有些不安。

这样下去，运气不好的话，战线有可能会决堤。古林盖姆这样判断，决定解放本想保留的力量。

"鄙人要一招见分晓！拜托了！"

刚才一直在投掷石头的后卫们有了行动。

本来，在古林盖姆他们"重型粉碎器"来看，这种水平的不死者不是对手。不过，也正因如此，为了保留力量，才让后卫们尽可能不要出手。如果后卫也动真格的，清扫这种程度的不死者太容易了。

"吾神，地神啊！击退不净者吧！"

神官紧握圣印发出的喊声，化为了力量。充满不净空气的墓室内，产生了一股仿佛清风吹过的清凉感——比普通的神圣之力更强劲的波动产生了。神官发动了击退不死者的能力。

随着能力的发动，神官附近的不死者瞬间毁灭，变成灰散落在地。

击退不死者在彼此之间实力有巨大差距时,有可能把击退的效果变成消灭。不过,要消灭众多不死者,难度就会陡然增高,需要更强大的力量。

结果,超过二十只不死者在一瞬间被毁灭了。

"炸飞它们!'火球'。"

魔力系魔法吟唱者放出的"火球"在大群不死者中央爆炸,火焰只燃烧了一瞬间,范围内僵尸和骷髅的虚假生命都被燎尽,瘫倒在地。

"还没完呢!'火球'。"

"吾神,地神啊!击退不净者吧!"

后卫们再次使出范围攻击,让不死者的数量剧减。

"上了!"

"噢!"

和舍弃盾牌、双手执钉头锤的战士一起,古林盖姆杀进了不死者堆里。交给魔法吟唱者和神官,扫除这群不死者应该十分容易,即使如此,古林盖姆还要挺身而出,是因为他其实希望后卫们尽可能多保留自己的魔力。特别是神官的"击退不死者",这一招是有使用次数限制的。他有克制不死者的专长,在这座坟墓中,他是小队的底牌。

古林盖姆冲进一团不死者中,挥舞着斧子。不是血,而是黏稠的液体,从切飞的身体零件中——如果心脏在跳动,应该会喷出来——无力地淌出来。令人恶心的臭气从断面散出，不过并非无法忍受。

与其说能忍受，不如说是他的鼻子已经麻木了。

古林盖姆和战士配合着，攻击攻击再攻击，甚至没有考虑防御。

正是因为有魔法的辅助，身上穿着坚固的盔甲，也正是因为对手是弱小的不死者，他们才能这样不管不顾地突击。

古林盖姆时而感觉到头部遭到击打，不过冲击力基本都被铠甲吸收，颈部几乎不会承受负担。胸部和腹部遭到击打，也同样感受不到太大的冲击力。

本来对手就是最低阶的不死者，刚才只是数量太多，形势才略显紧迫，清理到目前的程度，大家又重新找回了从容。战士一边挥舞着武器，一边吼道：

"遇到的全是低阶不死者，不过从没见过这么多的数量。"

"正因如此，也许有可能产生了更强的不死者！如果有，不知道为什么它们不出来。"

神官在二人身后一边观察战况，一边捡起战士的盾牌，回应了他的问题。

"不，这里的不死者或许是用某种手段召唤出来的，或许是某种仪式魔法，也有可能是道具。"

很奇怪，尸体过一段时间后就自动消失了，因此脚下的地板并没有被尸体埋住。魔法师察觉到这个现象，有点类似受召唤的魔物死后的状况，对队友做出了警告。

"大量召唤低阶不死者之机关？可怕之极！不要让鄙人想象整座坟墓被僵尸淹没之光景！"

古林盖姆一边像削砍树枝一样砍飞骷髅的头颅，一边回答，然后扫视室内一周。房间里只剩下了十只左右的不死者，感觉也不会有其他不死者援军从一直大敞的房门冲进来。再过不久，战斗就会结束了。

他正想着，突然觉得脚底传来一阵令人汗毛倒竖的感觉。

感知危险的能力告诉他要马上离开当前所在的位置，然而在目前状况下几乎不可能。尽管如此——

"注意！向房间外——"

盗贼似乎同样感知到了危险，大吼起来。

可惜，太迟了。突然，坚硬稳固的地面变得不再可靠，漂浮感包围了他的全身，一拍之后，他失去平衡的身体重重砸在了地面上。

听着周围响起了同伴们充满痛苦的声音，古林盖姆握紧下坠时也没有放手的斧子，一边破坏同样摔倒在地的骷髅，一边站了起来。

"处理干净！"

不死者们也受到了坠落伤害——特别是以殴打为弱点的骷髅们，受到了很大伤害——比刚才打起来更轻松了。

清理完室内的不死者，古林盖姆终于得空看了看四周。

大概是中了让房间地板整个消失的魔法陷阱,落到了底部吧,头顶的天花板看起来距离相当遥远,目测大概有十二米以上。距离地面三米左右的地方有一扇闭合的门,再向上三米左右——从地面算起总计六米——的地方有一扇打开的门。高处那扇是古林盖姆几人进入房间的门,一行人应该向下落了两层。

整体形容起来,这个房间是个竖长的柱形,地板呈向下凹陷的四棱锥形,角度相当大,一不小心就可能会摔进房间的中央——最低的地方。现在就有一名同伴因为落下来的惯性,摔进了中央,快要被摔下来的僵尸埋住了。

从那么高的地方坠落却几乎没有受到伤害,简直令人难以置信。

奇怪的是高度三米附近那扇闭合的门的高度上,四面墙各有四条看似通道的构造,合计十六条。

"这个房间有点像是水牢啊,从那些通道里恐怕会突突突地……冒出大量的水,太可怕了。如果是黏体就更可怕了。"

"同意,快点调查一下那扇门,如果安全,就赶快从那里逃出去吧。"

墙壁上没有可供攀缘的点,想要攀登两层实在太费劲了,能攀登上去的大概只有盗贼一人,对古林盖姆这样穿着全身铠甲的人来说非常困难。比起高处的门,下面那扇门虽然未知,但是更容易攀登。

一行人正在商讨攀登手段,十六条通道几乎同时冒出了一个头。它们是已经膨胀得马上就要爆开的不死者——瘟疫爆破手。

这种不死者之所以膨胀，是因为体内蓄满了负向能量。打倒之后，它们会爆炸，给予生者伤害，同时令不死者恢复体力，非常难对付。

肉块一样的不死者跳了下来。瘟疫爆破手的躯体砸向地面，发出令人作呕的声音。问题是它落在地面之后，圆滚滚的身体延续下落的惯性，像翻滚的岩石一样沿着坡度很大的地面向着古林盖姆他们扑了过来。

"危险！避开！"

"不要对负责脑力劳动的我提这种要求啊！"

大家——包括发牢骚的魔法师在内——都勉强成功避开，不死者直接滚向了四角锥形房间的中央。看到下一个瘟疫爆破手露出骇人的面孔，大家明白刚才不过是个开始，同时也明白了接下来将会发生什么。

"快逃！这些家伙会填满整个房间的！"

如果被高速滚动的不死者撞到，落在房间中央，肯定会被压死。就算没有被压死也会动弹不得，不停承受被压烂的不死者发出的负向能量，直至死亡。

"好恶毒的陷阱！谁来搭个人梯！"

"别开玩笑了！如果掉下去就躲不掉了！"

就算躲开一次，一旦失去平衡，就会躲不开下一次攻击。

在这样的状况下搭人梯，实在太难了。

"那么我来用魔法！"

"别用'飞行'！以你的力气没法把我们拉上去。"

"不是，哇！好危险！我要用'蛛网梯'！"

"这个应该能行！拜托把梯子搭到近处那扇门旁！古林盖姆，你保护他一下！"

"——不！不行！从两层之上那扇我们进来的门逃走！近处那扇门太危险！"

虽然顾不上询问根据，但是大家对古林盖姆都十分信任。

"蛛网梯！"

魔法发动了，蜘蛛网沿着墙壁向着两层之上直线延伸。

魔法生成的蜘蛛丝拥有异常的黏着性能，抓住时会被牢牢固定，想要离开时就能松脱。实在是一种非常适合制作梯子的魔法。

惊慌归惊慌，古林盖姆他们还是以完美的动作，一个接一个地爬上了梯子。

他费尽九牛二虎之力爬到打开的那扇门，谨慎地观察通道里的状况。如果现在被推下去，那就太惨不忍睹了。

没有不死者的踪影。看到最担心的事情应该不会发生，他松了一口气。

确认完毕后，他跳到通道中，用力把后面的伙伴拉上来。

"得救了！差点儿被不死者压死，那可是最糟糕的死法之一啊。"

"这座遗迹设计得好阴毒啊。刚才摔了一下，我的脚有点疼，拜托给我用一下治疗魔法。"

"负向爆炸好像让我的指尖刺痛了一下！太可怕了！"

"刚才能避开全靠运气，拜托请不要再要求魔法师躲避攻击了。"

伙伴们一边喘着粗气，一边抱怨着。

"喂，古林盖姆，为什么要避开那扇门？我觉得那扇门才是正确选择，正确的路径往往在危险的地方啊。"

"只是我的直觉……你用多余的武器攻击那扇门试试看。"

古林盖姆失去了拿腔拿调的从容。听到他的回答，盗贼马上向门扔出了一把匕首。要击中了——就在大家这样想的瞬间，门的一部分突然隆起，变成触手击开了直线飞去的匕首。

"那是……门拟态魔！不对，从触手的色泽推测，应该是不死门拟态魔。它们会用黏性体液困住对手，令其无法反击，然后用触手发动攻击。"

"啧，二重连环陷阱，真是阴毒。不过真亏你能看穿啊。"

"直觉而已，不，说准确点，我应该是选择了已知而非未知。还有，那扇门的位置处于会被负向爆炸波及的位置，虽然负向能量对无机物没有多大影响，我只是突然产生了为什么会在那种地方设置出口的疑问。好了，我们开始移动——"

说了这么多之后，古林盖姆闭上了嘴。因为刚才还口若悬河的盗贼突然把一根手指贴在嘴唇前，正在仔细倾听。

古林盖姆也侧过耳朵，听到了有什么东西，"嗒、嗒"，规则地击打地板的声音。

所有人的视线都转向了声音响起的方向——通道。

"这是……敌人吧。真希望能让我们休息一会儿啊。"

"是啊，只有一个声音，而且没有隐藏行踪的意思，看来没错了。希望这是最后一个敌人……"

大家一起慢慢地举起了武器。站在最前面的战士接过盾举了起来，半身隐藏在盾后；魔法师把点亮的法杖举向前方，向着声音传来的方向，做好了马上发动魔法的准备；神官把圣印举到面前；盗贼张弓搭箭。

"嗒、嗒"，声音越来越大，敌人终于现身了。

一身奢华然而古旧的长袍，包裹着比女人孩子还要纤瘦的肢体，一只手握着扭曲的法杖——发出声音的大概就是它吧。

皮包着骨头的脸已经开始腐败，面容显露出邪恶的智慧。浑身散发出的负向能量，像雾霭一样包裹在它的身体周围。

这样一位不死者魔法吟唱者，它的名字是——

"——死者大魔法师！"

第一个认出魔物的魔法师大声叫了起来。

没错，据说邪恶的魔法吟唱者死后，尸体会产生负向生命，变成死者大魔法师。眼前就是这样一只最恐怖的魔物。

古林盖姆一行听到死者大魔法师的名号，马上改变了阵型。

不再有人站在一条直线上,而且为了防备范围魔法,每两人之间都隔了一段距离。

死者大魔法师是非常强大的敌人,以冒险者来说,白金级打起来会很危险,秘银级才有足够的胜算。这样的对手,如果不考虑疲劳,以古林盖姆的小队来说,应该可以取胜。不仅如此,这次组成的队伍中,还有在对付不死者方面可以发挥强大作用的队友,这是非常令人振奋的。

如果距离太远,这种敌人将会非常难对付,现在的距离,应该可以展开一场有利的战斗。

"你是坟墓的主人吗?"

古林盖姆这样判断并评论。因为死者大魔法师是支配者,有时会率领一群不死者,甚至会和生者做交易。

很多死者大魔法师都十分有名气,比如行驶在卡兹平原雾中的幽灵船的船长,还有一个死者大魔法师统治着一座废城。

如果坟墓中出现了死者大魔法师,那么它就是这里的主人也一点都不奇怪。

"我们抽中了上上签啊,运气太好了!"

"委托内容又不是让我们干掉坟墓的主人!"

"让它见识下'重型粉碎器'的厉害吧!"

"给它看看神的守护!"

其他同伴纷纷吼了起来。在死者大魔法师这种强敌面前,咆哮是为了驱散自身的恐惧。

"防御魔法——"

古林盖姆正要开始向下定决心一战的伙伴们大声下达作战指令，突然觉察到有异常感。他马上明白了异常感从何而来，就是眼前的强敌，死者大魔法师。

"怎么了？"

"它该不会……是想出其不意吧？"

死者大魔法师看到了古林盖姆几人，却没有一点行动的迹象。它没有举起法杖，也没有吟唱魔法，只是默默看着一行人。

古林盖姆几人也因此有些摸不着头脑。马上进入战斗的预测落了空，不过他们还是犹豫到底要不要先下手为强。

确实，不死者对生者有敌意，但是，可以和一部分拥有智慧的不死者进行交涉，这也是事实。由生者一方提出交涉的情况下，大部分时候都会形成不利的交易；不过有时候不死者一方也会提出休战，令生者得到用失传的上古技术制造的道具。

毕竟是死者大魔法师这种水平的强敌，如果不用战斗，自然再好不过。或许是看到陷阱没能干掉入侵者，所以忍不住跑了出来，说不定它看到古林盖姆一方的实力，选择了和平休战的道路。

考虑到这一点，先下手为强的想法就显得太浅薄了，毕竟这样做等于完全舍弃了交涉的可能性。这里毕竟是敌方腹地，在没有确保退路的状况下开始高难度的战斗，风险是非常大的。

古林盖姆几人看了看彼此的脸色，得出了大家想法一致的结论。

作为代表开口交涉，自然是队长的工作。

"失礼，想必您是此坟墓之主人，鄙人等——"

死者大魔法师把邪恶的面孔转向古林盖姆，然后把枯瘦的手指搭在嘴唇上。

意思是——安静。

这样的动作实在不适合死者大魔法师来做，但是面对强者，古林盖姆没有勇敢——不对，是自暴自弃——到当面指出的地步。

古林盖姆老老实实地闭上了嘴，然后静悄悄的通道里又传来了"那个声音"，他不禁怀疑起自己的耳朵。

那是刚才听到的，什么东西击打地面的，"嗒、嗒"的声音，而且不止一个。

古林盖姆几人面面相觑，不敢相信从听到的声音想象出的答案。

然后——几人一起发出了尖叫。

"谁说的！谁说那个死者大魔法师是坟墓的主人！"

"抱歉啊！是我说的！"

"开什么玩笑！这怎么可能啊！"

"喂喂喂喂喂，这怎么可能打得赢啊！"

"就算是神的守护，也是有限度的啊！"

最先来的死者大魔法师身后出现了它的同类，而且是六只。

这样强大的不死魔法吟唱者,一共有七只了。

确实,因为它们是同一种魔物,攻击手段也是相同的,所以理论上来说,只要准备好能完全令它们的所有攻击无效化的手段,打倒七只也是没问题的。

可惜,他们并没有准备好这种手段,也不可能会准备得好这样的手段。

在绝对没有胜算的状况下,古林盖姆几人已经完全失去了斗志。

"那么,开始吧。"

死者大魔法师完全没有谈判的意思,随着它的声音,七根手杖慢慢举起,同时响起了古林盖姆的咆哮。

"撤退!"

好像正等着这句话一样,所有伙伴都全力冲了出去,向着死者大魔法师的反方向拼命奔跑。当然,他们已经顾不上想通道前方到底有什么了,只想着从战斗力过剩的一群死者大魔法师身边逃脱,得到活下去的机会。

跑在最前面的是盗贼,他身后按顺序是古林盖姆、魔法师、神官、战士。

一行人拼命奔跑,毫不犹豫地奔跑。

到了拐角,本来在这种位置应该警惕陷阱或者魔物,然而一行人在身后脚步声的逼迫下,已经顾不上仔细观察,只能听天由命,拼命地跑。

虽然通道左右有石门，但是一行人担心门内是死胡同，没有打开的勇气。

身穿金属铠甲奔跑造成的尖锐金属声响彻通道，声音也许会引来魔物，可是现在顾不上使用"寂静"。

奔跑、奔跑，再奔跑。

一行人忘我地大步奔跑，转过许多拐角，奔跑在通道里，失去了方向感，大家已经不知道现在到了什么位置。有可能的话，最好能回到出口，然而已经顾不上了。

"——后面，还在追吗！"

古林盖姆一边跑一边喊。跑在最后面的战士回答了他。

"还在追！跟在我们后面跑！"

"可恶！"

"为什么要跑着追啊！用飞行魔法追啊！"

"如果它们用'飞行'追，不就会用魔法连续攻击了吗，蠢货！"

"我们找个小房间据守，和它们交涉——"

魔法师上气不接下气地叫喊着。一行人中体力最差的他，已经快要站不住了。

古林盖姆判断不能再这样下去，魔法师已经坚持不住了。

死者大魔法师这样的不死者魔物不会感到疲劳。这样下去体力只会越来越少，最后无力反抗的一行人会被慢慢折磨死。

"为什么会有那么多死者大魔法师啊……"

按照常识来考虑，这是不可能的事。

"莫非这座坟墓的主人，比死者大魔法师还要强大吗？"

可能的答案只有这一项。可是，真的存在那么强大的不死者吗，古林盖姆找不到答案。

"可恶！这座该死的坟墓！"

最后面的战士气喘吁吁地呼着气，怒吼道。

仿佛正在等这个瞬间，地板上浮现出发光的纹章，纹章很大，覆盖了古林盖姆一行所有人脚下的地面。

"什么！"

不知是谁，发出了类似惨叫的声音——

——这次的飘浮感和刚才的坠落不同。

古林盖姆眼前一片漆黑。随着脚下发出"噗唧啪唧"的声音，他感到自己好像踩碎了什么东西，还有种身体正在缓缓向下沉陷的感觉，仿佛掉进了沼泽中一样。他有一瞬间陷入了恐慌，幸好"沼泽"似乎并不太深，身体在陷到腰际之后便停住了。

古林盖姆在寂静统治的黑暗世界中，用失去了父母的幼子般惶恐不安的声音问道：

"有谁在吗？"

"我在这儿，古林盖姆。"

马上，同伴中的一位——盗贼的声音响了起来。听声音，他的位置似乎离自己并不远,应该就是刚才奔跑时间隔的距离。

"其他人都不在吗?"

没有回答。他能预料到这个结果,从没有光亮这一点,就可以猜出魔法师和战士都不在这里。只有盗贼还在身边,就应该当作万幸了。

"看来只有咱俩啊。"

"汝之所言……啧!你说得对。"

古林盖姆一步不动地站在原地,感觉周围的气氛。黑暗无限深邃,无法分辨自身与黑暗之间的边界,恐惧油然而生。

似乎没有什么危险——

"要亮光吗?"

"看来只能这样了。"

做出行动会不会打破寂静,会不会触发陷阱,虽然心头有重重不安,但是很遗憾,人的眼睛看不穿黑暗,无论如何都需要光亮。

"那,稍微等一下。"

从盗贼的说话声传来的黑暗中,传来什么东西窸窸窣窣活动的感觉,然后光亮了。

首先映入眼帘的是高举荧光棒的盗贼,然后是反射光芒的无数闪亮的光点,这让古林盖姆想起了灵庙里宝物发出的光辉。

可惜——并不是。

古林盖姆强忍住涌上喉头的尖叫声,盗贼也露出了扭曲的表情。

反射回来的无数光芒，那是齐腰深的虫子——名字是蟑螂——的光辉。这个房间满是小到小指尖大小、大到超过一米的各种型号的蟑螂，而且是一重又一重地叠在一起。

刚才脚底有什么东西碎掉的感觉，那是他们踩烂了蟑螂。考虑到齐腰的深度，古林盖姆根本不愿意想象到底多少重蟑螂叠在一起。

房间很宽敞，光芒照不到墙边，考虑到荧光棒的照明范围是十五米，大概可以想象这房间到底有多大。他抬头看看天花板，发现那里也有大量的蟑螂反射着光亮。

"这里到底……是什么地方啊。"

盗贼仿佛呻吟般地低语。古林盖姆非常理解他的心情，他大概是怕大声说话会刺激这些蟑螂。

"到底发生什么了？"

"不是中了坠落陷阱吗？"

盗贼胆战心惊地环顾四周。古林盖姆则想起了落入漆黑之前最后的光景，脚底浮现出的发光魔法阵，向盗贼说道。

"我觉得应该不是，那种感觉是受到了某种魔法的作用。"

"居然是传送系的陷阱……莫非是死者大魔法师吟唱的魔法吗？"

传送魔法当然存在，比如用来逃跑的第三位阶魔法"次元移动"。不过这种魔法只能让施法者移动，会对他人，而且是多人产生效果的——

"——我记得第六还是第五位阶有让多人移动的魔法吧？"

"是啊……我记得应该是。"

"不会吧，那么高位阶的……"

最低也是第五位阶，没听说过有多少人能使用这么高位阶的魔法。不过想到这里，古林盖姆也解开了一个疑惑，如果真的有那么强大的存在，就能解释为什么那么多死者大魔法师可以共存了。那么强大的存在，统领、命令死者大魔法师应该轻而易举。

古林盖姆切实强烈地感受到这座坟墓的危险性，感到一股寒意蹿上脊梁，同时对委托这种工作的伯爵产生了强烈的敌意。当然，接受工作的是古林盖姆他们，明知有风险还把生命作为筹码押在了赌桌上。他有这样的想法，被人说是在迁怒也不奇怪。

不过，伯爵应该有某种程度的情报，否则不会为了调查这座坟墓，召集那么多工作者小队，提出那么高的报酬。

"有情报没有告诉我们？可恶……我们快逃。这座遗迹……是不该碰的。"

"好，明白了。那么，古林盖姆，我在前面走，你跟上。"

看来盗贼还没有发现，应该说是幸运的。

没发现蟑螂们只是一动不动。

古林盖姆扫了一眼眼前无数的蟑螂。

从微微颤动的触角来看，这些蟑螂应该不是死了，只是一动不动。虽然不知道原因，但是这一点化为阴森的恐惧感笼罩在古林盖姆心里。

"不，两位逃不掉的。"

突然，响起了第三人的声音。

"谁！"

古林盖姆和盗贼都慌忙四处张望，但是没有看到其他人。

"哎呀，失礼。在下是受安兹大人之命守护此地者，名为恐怖公，请多关照。"

两人把目光投向声音传来的方向，捕捉到那个位置正在发生异样的现象。有什么东西正拨开蟑螂，想从下面钻出来。

这个距离近身武器攻击不到，盗贼默默地拉满了弓。古林盖姆打算掏出投石器——又打消了念头。他打算若有必要，就拨开齐腰深的大群蟑螂，直接用斧头攻击。

终于拨开了蟑螂钻出来的，还是蟑螂。

不过这只蟑螂与周围的同类明显不一样。它身长大约三十厘米，用两只后足直立着。

它身披一件金线锁边的鲜红斗篷，头戴金光闪闪的王冠，前足持有一把前端镶嵌纯白色宝石的权杖。

最匪夷所思的，是它虽然直立，但是头部朝向古林盖姆二人。如果是普通的昆虫，直立时头部应该向上，而眼前的它并非如此。

除此之外，就再无与其他蟑螂不同之处。不对，有这些就已经足够不同了。

两人用视线互相示意，决定由古林盖姆负责交涉。他看到盗贼虽然箭在弦上，但是把箭头朝向下方，向恐怖公开了口。

"你是……谁？"

"嗯，看来刚才足下没有听到，在下是不是应该重新自我介绍一下？"

"不，鄙人不是这个意思——"说到这里，古林盖姆想到自己该做的和该问的不是这件事，"开门见山地说，要不要做个交易？"

"哦？交易啊？在下很感谢足下二位，也很乐意和二位做交易。"

这句话的深意——为什么要说感谢，古林盖姆不太明白，可是在如此不利的状况下，他不可能问得出口。

"鄙人等之愿望……希望汝能放鄙人等离开这个房间。"

"原来如此，你们当然会有这样的想法。不过就算离开这个房间，现在位置是纳萨力克地下大坟墓地下二层，在下只能说，要回到地表是非常困难的。"

第二层。

听到这个词，古林盖姆睁大了眼睛。

"进入比地表灵庙稍微靠下一点的那扇门，那里就是第一层，鄙人没理解错吧。"

"一般来说应该是这样的吧。"

"鄙人只是想确认一下。"

"哈哈，两位是从第一层传送到这里的，会搞不清楚状况也难怪。"

看着恐怖公频频点头，古林盖姆不知它是怎么做到的，感觉到仿佛被冰锥刺穿的寒意。

恐惧来自恐怖公肯定了刚才自己提出的问题。

也就是说虽然他们不知道原理，但是对方把传送魔法作为陷阱来使用了。其中使用了怎样的魔法和怎样的魔法技术，就算不是魔法吟唱者，也能理解会是多么高深。

"当然希望汝能告诉鄙人离开坟墓的道路，不过鄙人没有那么贪心，让鄙人等离开这个房间就行了。"

"嗯嗯。"

"鄙人方面……可以向汝提供汝所欲之物。"

"原来如此……"

恐怖公深深点了点头，摆出好像在思索的姿势。

寂静的房间中，时间在流逝。然后，恐怖公好像想明白了什么一样点了点头，开了口：

"在下想要的东西已经在在下手中，作为足下二位能提供给我的，有些不够分量啊。"

看到古林盖姆打算开口说话，恐怖公举起前足阻止了他，然后继续说道：

"在那之前，足下似乎对在下为什么表示感谢抱有疑问，请容在下就此解释一番。在下的眷属已经厌倦了互相蚕食，因此在下刚才对即将成为饵料的两位表示了感谢。"

"什么？！"

盗贼理解这句话的同时放出了箭。

划破空气飞过去的箭，被恐怖公用鲜红的斗篷缠住，无力地落了下去。

然后——整个房间蠢动起来。

四面八方响起了窸窸窣窣的声音，声音越变越大。

随后掀起了海啸。

那是黑色的浊流。

"只有两位实在遗憾至极，不过，就请进在下眷属的肚子里吧——"

隆起的巨大波浪吞没了古林盖姆和盗贼，那光景看上去就像是被排山倒海的海啸正面淹没了。

身陷黑色的旋涡中，古林盖姆依然拼命拍打着钻进铠甲缝隙的蟑螂。

武器怎么可能对这么一大群小虫子有效，而且古林盖姆没有范围攻击型的武技。比起武器和武技，还是动手打比较快。古林盖姆早就扔掉了武器，连斧子沉到了什么地方都不知道了。

他想挣扎着挥舞起双手，但是牢牢攀附全身的无数蟑螂限制了他的动作。这幅光景就像溺水的人挣扎着挥舞手臂。古林

盖姆的耳朵里，只能听到无数蟑螂蠢动发出的沙沙的声音。

盗贼同伴的声音已经消失在了沙沙声中。

不，难怪听不到盗贼的声音，他的嘴里、喉咙里、胃里已经爬进了蟑螂，说不出话了。

浑身都能感觉到针刺般的疼痛，这是钻进铠甲缝隙的蟑螂啃噬古林盖姆身体造成的疼痛。

"住手——"

古林盖姆想要叫喊，可是钻进嘴里的蟑螂噎住了他的喉咙，让他说不出话。他拼命想把嘴里的蟑螂吐出，然而其他蟑螂又从稍微张开的嘴唇钻了进去，嘴里不知道多少条腿在扒搔。

不知耳朵里是不是也钻进了小蟑螂，"喀喇喀喇"的声音越变越大，让他的耳朵里越来越痒。

数不清的蟑螂在脸上窸窸窣窣地爬来爬去，不停啃噬，眼皮的疼痛像电击一样传来，可是古林盖姆不能睁开眼睛，不难想象睁开眼睛会有什么样的后果。

古林盖姆已经知道等待自己的是什么了，自己将被蟑螂活生生地啃食掉。

"我不要这样死啊！"

古林盖姆发出了惨叫，蟑螂不失时机地涌进了他的口中。它们拼命扒搔着，想要钻进喉咙深处。物体顺着喉咙滑落到胃中的感觉、活生生的蟑螂在胃里闹翻天的感觉让他想要呕吐。

古林盖姆拼命挣扎着。

他不想这样死。

他要出人头地给哥哥们看看,这唯一的念头支撑他走到了今天。

他早就攒够了不继续冒险也能生活下去的金钱,依靠显赫的名声,他能轻易娶到一个村子里见都见不到的美女做媳妇。无论权势还是财力,他已经超过了把自己赶出家门的哥哥们,应该是人生赢家才对。

这样的自己怎么能死在这种地方!

"啊嘎啊啊啊啊!我要活着回去啊啊——"

他一边吐出咬碎的蟑螂,一边叫喊着。

"……真是不轻言放弃啊,那么大家多吃一点。"

几秒后,黑色旋涡轻易淹没了古林盖姆的喊声。

他猛地睁开了眼睛。

不知是何处的天花板进入了他的视野。视野中的天花板以石头制成,上面镶着发出白色光芒的东西。他不知道自己为什么在这种地方,想要看看四周,才察觉到自己的头动不了。不对,不只是头,手腕、脚腕、腰、胸都被什么束缚住了,完全动弹不得。

无法理解的状况引起了恐惧,他想喊叫,可是嘴里似乎咬着什么东西,即合不上又说不出话。

就在他拼命转动眼睛,想要看看周围状况的时候,听到了一个声音。

"哟，你醒啦。"

那是难辨男女的浑浊声音。

一个形态骇人的怪物走进了他动弹不得的视野。

怪物有人的身体，头部却酷似一只走了形的章鱼，六条弯曲的触手长至大腿处。

皮肤的颜色像溺死的尸体一样，呈现浑浊的白色。同样像溺死的尸体一样鼓胀起来的身体上，勒着几条勉强可以遮羞的皮带作为衣服。皮带像制作肉类料理时用的线一样勒进肉里的样子，看上去极其骇人。如果美女穿成这样，或许可以用妖艳来形容，可是一个骇人的怪物这样打扮，只能催人呕吐。

怪物的手上长着四根细细的手指，指间有蹼，指甲很长，不过所有指甲上都整齐地涂着指甲油，画着诡异的指甲彩绘。

骇人的怪物，用没有眼仁、惨白色的浑浊眼睛看着他。

"呵呵呵呵，你睡得还好吧？"

"哈啊哈啊哈啊。"

恐惧与惊愕，在两种情感的夹击下，他口中只能喘出粗重的气息。像母亲安抚惊恐的孩子一样，怪物的手温柔地划过他的脸颊。

冰冷湿滑的感觉，让一股寒意蹿遍他的全身。

如果同时有鲜血的腥味和腐坏的臭气传来，那就完美了，可是怪物身上传来的是花香，这反而让恐惧感变本加厉。

"哎呀，没有必要吓得缩得那么小啦。"

怪物的视线朝向他的下腹部。空气通过皮肤传来的感觉，让他终于发现自己赤身裸体。

"哎呀，我是不是应该先问问你的名字呢？"

怪物把细长的手指放在相当于脸颊的部位，歪着头。如果是美女，这一系列动作一定十分养眼，出现在一个章鱼头的溺死尸身上，只能令人产生厌恶感和恐惧感。

……

看到他只有眼珠不停转动，怪物笑了起来。它用触手遮盖着自己的嘴，表情也几乎没有变化。即使如此，也能看得出它在笑，是因为它那玻璃球一样冰冷的瞳孔变细了。

"嗯哼哼哼，不想说是吧？挺可爱嘛，害羞啦。"

怪物的手像写字一样在他赤裸的胸膛上比画，然而对他来说，只能感受到仿佛心脏就要被挖出来的恐惧。

"那大姐姐就先把自己的名字告——诉——你——好——啦。"怪物的腔调听上去仿佛句尾加了一个桃心般甜腻——虽然是浑浊的声音。"大姐姐是纳萨力克地下大坟墓特别情报收集官，名叫尼罗斯特哟，不过他们也叫我拷问官就是啦。"

长长的触手扭动起来，露出根部圆形的口。一圈锐利的尖牙围绕着中间一根像舌头一样伸出来的滑溜溜的管子，看上去就像吸管一样。

"等一下大姐姐就会用这个，咻咻地帮你吸啦。"

到底要吸什么呢？毛骨悚然的感觉刺激着他想要活动身体，可惜他被牢牢地固定住了。

"好啦，好啦，你被我们抓到了啦。"

没错，最后的记忆到跑在身前的古林盖姆和盗贼消失为止。从那之后，记忆中断了，然后就是眼前的天花板。

"自己到底身在何处，这点事情你自己还是应该明白的吧？"尼罗斯特笑了笑，然后继续说了下去，"这里可是纳萨力克地下大坟墓哟，四十一位无上至尊中最后留下来的一位，飞——不对，安兹大人统治的地方，这个世界上最圣洁的地方哟。"

"啊呜哈吗？"

"对，安兹大人。"

尽管他无法清楚发音，不过尼罗斯特理解了他想说什么，用手抚过他的肌肤。

"他是四十一位无上至尊之一，曾经统帅无上至尊们的大人，而且是一位非常非常有魅力的大人。如果你有机会见到他，也会心悦诚服地希望能效忠他的啦。要是安兹大人需要我侍寝，我会非常乐意地献上第一次。"

怪物害羞地扭动，不，是甩动着身子。

"哪，你听我说啦。"仿佛羞赧的少女用手指画圈圈一样，怪物在他裸露的胸口写着字，"上一次安兹大人来的时候，用火辣辣的视线盯着我的身体看，那绝对是雄性挑选猎物的视线哟，后来他又好像害羞了一样，移开视线啦。真是的，看得我心脏狂跳，后背一直在过电啦。"

说到这，它停止了动作，把脸贴了过来，盯着他的眼睛。他拼命地想要远离那样貌骇人的怪物，可是身体一动不动。

"夏提雅那小丫头和雅儿贝德那个丑女都在觊觎安兹大人的宠爱，我觉得我的魅力绝对超过她们，你也觉得是这样吧？"

"呃呃，喔呃呃喔呃呃。"

如果不肯定，不知会有什么下场，恐惧驱使他表示同意。

尼罗斯特开心地眯起眼睛，把两只手合在一起，注视着空中，就像向天祈祷的狂信徒一样。

"呵呵呵，你好温柔呀，还是说你只是照实说而已呢。可是不知为什么，安兹大人就是不叫我去侍寝呢……啊啊，安兹大人……禁欲的安兹大人也好有魅力……"

怪物感动得发起抖来，令人联想到圆滚滚的环节动物痉挛的样子。

"唉，一不小心兴奋起来了嘛。哎呀，对不起，我老是说自己的事。"

他倒是希望"干脆忘掉我好了"，可是尼罗斯特没有让他的希望成真，继续对他说了下去：

"我来告诉你接下来等待你的命运好吧。你知道不知道圣歌队呢？"

突然的问题让他丈二和尚摸不着头脑，尼罗斯特或许是把他的困惑当成了不知道的表现，开始说明了起来。

"圣歌队，就是咏唱赞美诗，歌颂神的博爱和荣光的合唱团哟。你要成为其中的一员，和你的同伴们一起哟。"

只是唱赞美诗没什么大不了的，他虽然对唱歌没有什么自信，但也不是个左嗓子。只是，这样的怪物，抓住自己的目的真的仅此而已吗？他隐藏不住自己的不安，侧眼看着尼罗斯特。

"对哟，圣歌队哟。就算是你们这些不效忠安兹大人的愚昧之辈，也能通过大声唱歌来为安兹大人做贡献。你们的目标是合唱，啊啊，我都等不及了。尼罗斯特献给安兹大人的福音音乐哟。"

令人恶心的眼珠呈现出仿佛笼罩了一层雾气的颜色，也许是为自己的想法而兴奋吧，它的细手指像虫子一样蠕动着。

"唔哼哼哼，好了，我来介绍一下协助你合唱的几位。"

或许是刚才一直站在屋子的角落，几个影子像走入他的视野一样突然现身了。

看到它们的样子，他有一瞬间忘记了呼吸。因为那是些一眼就能看出是邪恶生物的家伙。

它们身穿紧身黑色皮革围裙，全身白色，或者说乳白色更贴切一点，而在这种颜色的皮肤下——如果有紫色的血——暴出紫色的血管。

没有一丝缝隙的黑色皮革头套严严实实地罩在它们头上，无法想象它们怎么看东西，从哪呼吸。不仅如此，它们的手臂非常长，尽管身高起码两米，但是垂下手能达到膝盖以下。

它们腰际系着腰带,上面排列着无数的工具。

这样的家伙有四只。

"——她们是拷问恶魔哟,这几个姑娘会配合我,帮你用美妙的声音唱歌的。"

他产生了不祥的预感。察觉到尼罗斯特所说的歌到底是指什么,他开始拼命地挣扎,想要逃走,然而身体依然纹丝不动。

"没用啦,你那么小的力气是挣脱不了的啦。这些姑娘会用治疗魔法,你可以尽情练习的啦。"

"你看我多温柔呀。"尼罗斯特编织出的话语中包含着邪恶的色彩。

"唔呀呃呀呃!"

"嗯?怎么啦?你说让我不要这样?"

尼罗斯特看着他眼角噙着泪水嘶喊,轻柔地摆动着触手,温柔地询问道。

"你知道吗?就是因为有那位大人在,我们这些无上至尊们的造物才被允许存在哟?只有侍奉那位大人,我们才有存在的意义呢。对于用脏脚踏进那位大人居所的贼人,你真的觉得我们会有哪怕一丝慈悲吗?"

"喔喔喂喔!"

"没错。对啊,后悔是很重要的。"

尼罗斯特不知道从哪取出一根细长的棒子,棒子尖端有个部分,生着大概五毫米大的尖刺。

"咱们就先从这个开始吧。"

看他好像不理解这个工具是做什么用的,尼罗斯特愉快地解说起来。

"听说创造我的无上至尊,因为名为尿道结石的疾病苦不堪言哟。为了对此表达敬意,我们先从它开始吧。正好变小了,看样子会非常顺利呢。"

"唔呀呃呀呃!"

他明白了自己身上即将发生什么,开始哭着呻吟起来。尼罗斯特把脸贴了过去。

"我们还要相处很久的哟,为这点事就哭起来,后面可就惨喽。"

3

各小队在十字路口选择了不同的道路。艾尔亚·乌兹尔斯毫无根据地认为,强大的怪物一定在坟墓深处,选择了正面的通道。

途中遇到了不少石门和无数的岔路,艾尔亚都随意选择,默默地走在坟墓中。一路平安对于他来说是非常无聊的,不要说怪物,他们就连陷阱都没碰到。

艾尔亚一边心想这条路选错了,一边"啧"了一声。

"别慢吞吞的,快点走。"

艾尔亚看到走在十步远前方的森林精灵奴隶有要停步的迹象，用强硬的口吻对她下令。森林精灵奴隶身体颤抖了一下，举步维艰地向前迈起了步子。自从进入这座坟墓之后，艾尔亚就一直让她不停地走着。

虽然现在依然幸运地顺利前进着，但是只要碰到陷阱，恐怕她有很高的可能性会丧命。

与其说是在让她搜索陷阱，不如说更像是把她当成了带进矿山的金丝雀。艾尔亚的小队由艾尔亚以及三名拥有彼此不同的技术——游击兵、神官、森林祭司——的森林精灵奴隶构成。小队中只有她一人有搜索技能，向她下这样的命令实在是太浪费了。

他只是单纯地玩腻了走在最前面的这个森林精灵。

听到这里，大概有许多人会觉得惊讶吧，不是出于伦理观念方面的惊讶，而是出于金钱方面。

从斯连教国流入本地的奴隶，价格不菲。特别是森林精灵，如果拥有出众的外貌和技术，价格会非常昂贵。大多数时候，这种商品都会贴着让人瞠目结舌的价签，在一般市民无法企及的领域进行交易。

特别是有特殊技能的森林精灵，其价格甚至会相当于一把拥有特殊效果的魔法武器。这样的价格，就算是艾尔亚，也没法说买就买。

不过"天武"的报酬是艾尔亚自己独占的，只要工作顺利，其实能很快赚回投入。因此只要玩腻了，死掉他也不会觉得可惜。

（下次买个奶子大点的女人吧。）

艾尔亚一边看着前面步履蹒跚的森林精灵的背影，一边这样想着。

（用力捏着奶子，让女人发出惨叫可是很愉悦的。）

这次委托是和其他小队一起进行的，他已经几天没有上过森林精灵了。就算他上了，应该也不会有人有意见，不过嫉妒会招致别人的不快。这样的结果对自己多么不利，作为工作者，这点常识艾尔亚还是有的。

正是积攒起来的欲望，让艾尔亚产生了这样的想法。

"要不然下次买的时候，就指定一个和那个女人一样的好了。"

浮现在艾尔亚脑海中的，是"Foresight"小队中的一人，用憎恶的目光看着他的半森林精灵。

真是个碍眼的女人。

虽然她身边还有另一个可以说还是少女的女性，但是艾尔亚能理解少女的目光中为什么有憎恶的成分。女人不理解男人的性欲是很正常的，那个年龄段的女孩子对这方面更是有洁癖吧。然而，他不能容许逊于人类的低等生物，用那样的目光看着自己。

只是回想起来，艾尔亚标致的脸上就浮现出愤怒的火焰。

"好想把那张令人不愉快的脸揍到放弃抵抗为止……"

森林精灵奴隶在送到使用者手里之前,已经用各种手段折磨得失去了抵抗的意欲。这些森林精灵奴隶是不可能对主人发起抵抗的。

不过如果把那个半森林精灵当作猎物,她一定会像发狂的野兽一样抵抗。艾尔亚要打败、征服她并不难,只是恐怕自己也会受伤,而且他对于活生生制服猎物的技术没有什么自信。他只顾着在想象中不停地揍伊米娜的脸,晚了一步才注意到走在前面的森林精灵已经停住了脚步。

"为什么要停下呢?继续走。"

"啊……那、那个,我听到有声音。"

"有声音吗?"

艾尔亚对鼓起勇气回答的森林精灵皱起眉头,把精神集中在了耳朵上。周围静悄悄的,寂静得甚至有些刺耳。

"我听不到啊。"

如果是平时,他早已把那个奴隶打倒在地,不过森林精灵的听觉优于人类,虽然艾尔亚听不到,但是森林精灵听到了的可能性很高。于是他向身边的两个奴隶确认道:

"你们两个听到了吗?"

"是,是的,能听到有什么声音。"

"好,好像是金属间碰撞的声音。"

"是这样啊。"

金属碰撞声是不会自然发生的。

那么,这声音一定是什么人发出的,也就是说,很可能要迎来进入坟墓之后的第一场战斗了。艾尔亚想到这一点,觉得兴奋了起来。

"我们到传来声音的地方去。"

"好,好的。"

艾尔亚让森林精灵奴隶走在前面,向着声音传来的方向前进。

过了一会儿,艾尔亚也听到了金属的声音。坚硬的东西与坚硬的东西相互碰撞的声音,还有气势惊人的战吼。

"是不是其他小队战斗的声音呢。我走的应该不是弧线,不过看样子,好像和其他小队遇上了啊。"

类似喜悦的感情被泼了冷水,艾尔亚好像失去了干劲一样叹了口气。

"好吧,也好,说不定可以作为援军进行战斗。"

艾尔亚继续向着声音传来的方向前进,然后感觉到有什么不对劲。那不太像是战斗的声音,更像是——

艾尔亚的疑问在转过拐角后解开了。

转过拐角后,前面是一个大房间,大得可以容纳几十人在里面奔跑。房间里有十只身穿气派铠甲的蜥蜴人,所有蜥蜴人都戴着项圈,项圈上的锁链都从中间断掉,垂在下面。

房间里,他们正互相挥着剑。用坚定不移的斩击弹开气势惊人的一击，这样的光景在房间里随处可见。房间里的光景让人联想到激烈的战斗，不过艾尔亚一眼就看出这是在训练。

看到艾尔亚一行人进入房间，所有人都停止了挥剑，印证了艾尔亚的想法。

房间里还有一个拿着巨大塔盾、身穿画着仿佛爬满血管纹路的黑色全身铠甲的巨汉，而最后一个——不对，应该说是一只才对吧。

那是一只浑身银白毛皮，双眼令人感到睿智的巨大魔兽。

"终于来了啊，入侵者大人。"

会说话的魔兽大部分都不好对付。一般来说，魔兽都会凭借强韧的身体用蛮力战斗，而知性较高的魔兽却会使用魔法。

艾尔亚虽然确信自己是天才剑士，但是他的魔法能力并不优秀。他一边丹田运气、镇定精神，做好了抵抗对方魔法的心理准备，一边开口问道：

"你是？"

其实根本没有问的必要，既然在等着自己，就说明它是这座遗迹的守护者。只是不知道它是哪种等级的守护者。

从外观来看，它没准就是这座遗迹的主人。如果是这样，只要宰掉这只魔兽就是首功，同时证明自己的小队在这次的几支工作者小队中是最优秀的。"天武"是艾尔亚单人小队的称呼，也就是说在接受这次工作的所有工作者中，他是最强的。看来运气对于工作者来说是一项非常重要的要素。

"鄙人奉命在这里做汝的对手，同时还肩负几项测试任务……不过看这样子，汝似乎难当重任啊。"

失望与恼怒同时袭来。

前者是因为这只魔兽不过守护者而已，后者是因为自己被它小瞧了。

"还没有交锋，先不要下结论吧？喂。"

"啊，是。"

森林精灵听到艾尔亚低声叫自己，身体一颤，她的样子令艾尔亚感到满足。这才是别人对自己应有的态度。虽然只有短短几天，但是和飞飞这个人人敬仰的冒险者共同生活，让他心里一直不痛快，现在终于得到了一点慰藉。

"那是什么魔兽？"

"对、对不、不起。我不认识那只魔兽。"

"啧，真是个废物。"

艾尔亚用刀柄把没有派上用场的森林精灵打倒在地。

森林精灵倒在地上，用双手捂住脸，不停地道歉。艾尔亚丝毫没有理会，开始观察魔兽的躯体。

魔兽身形巨大，如果从正面交锋会相当不利。不过，所谓魔兽大多如此，而艾尔亚至今为止已经杀死过几只魔兽了。要是自己因为不了解面前的魔兽就胆怯，那就太愚蠢了。

警惕是有必要的，警惕过头导致胆怯，那就是窝囊废了。

"请允许我问个问题。你说能战胜我的根据是什么？"

"汝看上去就非常弱小……"

艾尔亚的脸变了形,用力攥紧了拿刀的手。

"看来不过有眼无珠,要不要我帮你挖出来?"

"还是请放过鄙人吧。好了,鄙人接到的命令是可以在这里杀掉汝……快点开始战斗吧?"

这轻松的口吻让艾尔亚更恼火了。

他虽然想默默不作声地挥刀就砍,但是突然挥刀砍向从容不迫的魔兽,显得自己没有风度。他忍耐下来,嗤笑道:

"那就来吧,畜生。"

"对了,汝等在做什么?那边的森林精灵们不用做准备吗?"

"没有必要,倒是你,不用让身后的蜥蜴们——"

"啊,不要紧。鄙人身后都是来看鄙人战斗的观众。希望汝不要在意。"

"居然放弃了唯一的胜机,真是勇敢啊。"

"谢谢汝的夸奖。"

讽刺对它没用,不知是不是虽然能听懂语言,但是智能不算太高。艾尔亚正这样想着,魔兽抖动着胡须向他开了口。

"虽说如此,鄙人可是会毫不留情地下杀手,希望汝也全力应战。刚才鄙人也说了,这场战斗对鄙人也是测试。"

"测试?为了测试当守卫的能力吗?"

"嗯——是测试鄙人作为战士,实力是不是有所进步。好了,鄙人差不多要开始了。鄙人先不会对汝身后的精灵出手,只以汝作为对手。"

"悉听尊便。"

"鄙人名叫仓助！汝就记住杀死汝之人的名字，前往另一个世界吧！汝也报上名来！"

"我没有可报给畜生的名字。"

"那就把汝当作没有名字的愚者，从鄙人的记忆中消除掉好了！"

巨大的身体猛地蹿了过来。

它敏捷的动作和庞大的身躯毫不相衬，一般的战士恐怕会被扑面而来的气势震慑住，遭到巨大身体的撞击受重伤吧。

（我可不是那样的杂兵。）

艾尔亚等仓助冲到自己身前，千钧一发之际脚下不动地做了一个侧滑移动。

这是由武技"缩地"改良而成的"缩地改"的效果。

基本的缩地只能用来缩短和敌人之间的距离，改良后的版本可以向前后左右随意移动。脚下一动不动地移动，动作看上去有些滑稽，实际上实用性很强。

进行大幅度的躲避，难免会导致身体姿势不稳，能避免这样的问题，就代表可以马上转守为攻，而且重心稳定。

"去！"

他挥下了剑——

"啊呀！"

仓助的身体像反弹了一样追了上来，斩击被化解，艾尔亚也被撞飞了。

那是难以置信的刚硬感触。

看似柔软的银白毛皮像金属一样刚硬，艾尔亚感觉自己就像撞上了巨大的铁球。冲击令他的意识有一瞬间变成了空白。

翻倒在地上的同时，他几乎下意识地确认起自己身体是否还能动弹。

虽然形成了瘀肿，但是没有骨折之类的伤，完全可以继续战斗。

然而，自己翻倒在地，而且丢人地吃了敌人的攻击，这两个事实，让他的意识几乎被愤怒吞没。不过，身为战士的艾尔亚，斥责自己现在不该考虑这个。

艾尔亚站起身的同时，马上把握住仓助的位置。这次他把剑举到身前，摆好架势，以应付对方的突击。

一行黏稠的液体从鼻子里流了出来，他用一只手擦了擦，果然是血。

"该死的畜生……"

仓助用冷静的目光注视着起身的艾尔亚，这样的目光称为观察最为恰当。

那不是野兽观察猎物时的"能吃吗，能打赢吗"的目光，而是战士想凭借刚才短暂的攻防，判断应该怎样战斗最为恰当的目光。

（魔兽作为战士是否有长进的试金石？就是我？）

虽然不愿意，但是他不得不承认，刚才那一连串的动作，不是一只单纯的魔兽能做出的。刚才那次攻击，是它察觉到对手要移动到侧面发起攻击的瞬间，当机立断地决定通过跳跃发动身体冲撞。攻击本身虽然力道不大，但是能及时做出对应，应该是训练的成果吧。

"原来如此……鄙人只要脚踏实地地战斗下去，就能从容取胜。啊，请汝不要在意，鄙人还没有见过能战胜鄙人的人类。"

"那种话等你看过这个之后再说好吗？战士和畜生可不一样，是有武技的！"

艾尔亚本以为自己能轻松取胜，所以没有一开始就用，然而他现在已经顾不上那么多了。

"武技'能力提升''超能力提升'！"

这是艾尔亚引以为傲的武技，特别是超能力提升，按说以艾尔亚的等级是学不会的。

（就是因为能学会，所以我才是天才！我就是很强！）

他挥了下剑，身体很轻，动作很流畅。剑精确地按照自己意想中的轨道移动。

艾尔亚露出了自信的微笑，认为接下来轮到自己进攻了。

"嗯，不了解对手能力的情况下，应该拉开距离啊。可是鄙人作为战士又不得不战斗……这也是没办法的事。"

仓助用两只脚直立着踱着步子，逼近艾尔亚。

"鄙人要开始近身战了，汝意下如何？"

"不要小看人，魔兽。"

进入攻击范围的瞬间，艾尔亚砍了过去。

强化后的肉体使出的剑击，仓助用爪子有惊无险地化解，不对，应该说是它打算化解掉，可是没有完全化解的剑击改变方向，砍向了上肢。可惜已经强弩之末的剑刃无法切开刚硬的毛皮，斩断下面的肌肉。

艾尔亚没有收剑，直接向着仓助的眼睛刺了过去。部分魔物拥有眼球防护膜，可以弹开威力不够的剑刃，优秀的战士也能用类似气或灵气的特殊能力弹开门外汉的剑。然而，仓助看上去似乎并没有如此强大的防御力。

正因为如此，仓助绝对不会让这样的攻击得手。

仓助向前一个滚翻，躲避刺来的剑，同时甩出带着风的尾巴发动了攻击。

艾尔亚用剑挡住了尾巴的攻击，惊人的冲击力化为麻痹感，传到腕部。

"唔！"

视野中，仓助又做了一个前滚翻，也就是说刚才的冲击还要再来一次。

艾尔亚向后一跳，他已经知道尾巴大概有多长了，打算等尾巴打空，再用"缩地改"拉近距离发动攻击。

就在马上要通过眼前的瞬间，尾巴突然停住了。

"唔!"

是假动作,仓助趁机恢复了身体姿势,抽回了尾巴。失去了向前发起攻击的机会,艾尔亚皱起了眉。

尾巴的动作和身体完全脱节,那不是老鼠之类动物的尾巴,更像混种魔兽的蛇头尾巴,能独立行动。

"尾巴也能自由地活动——对吗!"

艾尔亚一边在脑海中重新改写名为仓助的魔兽的资料,一边向前冲了过去。摆好架势的仓助展开迎击。

刀与爪彼此交错,喷出鲜血的是艾尔亚。

仓助双爪均可以攻击,在攻击次数上胜过只有一把刀的艾尔亚。

近身战对自己不利。

虽然提高了身体能力,但是依然比不过仓助。既然这样——

他用"缩地改"突然向后移动了一大段距离。

"唔。"

艾尔亚趁着仓助没有追来,举剑过顶,然后挥了下去。

"空斩!"

斩击破空而出,向仓助袭去。

仓助遮住脸颊,斩击被毛皮挡下。

飞行距离越长,伤害量会越低,这样无法造成致命伤,然而——

"看来这一招你防不住啊,这就是区区畜生和人类的区别。"

"这下真是……发愁了啊。"

艾尔亚连续使用"空斩"。仓助的毛皮很硬,想要突破很困难,因此,他对看起来防御力比较薄弱的面部连续发动武技。

动弹不得的仓助站在原来的位置没动,用手挡住面部,通过微小的缝隙说话。

"稍等一下——"

"要求饶了吗?说到底不过是个畜生。"

"不是——不要碍事。鄙人是说自己嘴里的——解释起来太麻烦了!"

不知道它在说什么。

(当然,人类怎么可能理解畜生说的话。……不过,看这样子,它应该快要发动突击了!)

"啊——真是烦人啊!鄙人要去了!"

"来吧。"

不会远距离攻击的仓助,能用的攻击手段有限,它应该会强行拉近距离,这就是艾尔亚等待的时机。

"空斩"很难对仓助造成致命伤害,要想打倒他只能通过直接攻击。仓助奔跑的时候,会像大多数野兽一样突出面部,趁这个机会用比"空斩"更强的武技击中并牵制它的冲刺,然后只要近身不断攻击它的面部,就能取胜。

就在艾尔亚确信自己即将胜利,露出残忍笑容的时候,仓助的尾巴一抖，然后——

"啊呀啊啊啊啊！"

像鞭子一样伸展开来的尾巴，以难以置信的速度给了艾尔亚的肩部强力一击。

肩部的铠甲发出惨叫，变了形。他的肉被打爆了，同时骨头折断的"嘎啪嘎啪"的声音传遍全身，剧痛像电击一样传向大脑。

难以置信的剧痛让他嘴里垂下黏答答的唾液，艾尔亚摇摇晃晃地后退了几步。

尾巴像巨蛇一样，在仓助身后扭动，伸得令人惊异地长。

"看来尾巴还是强过头了啊，因此鄙人才想只靠近身战分出胜负的。"

不好。

艾尔亚强忍着不发出尖叫。

这种状态下，如果它冲过来，自己会输的。

"喂，你们几个！发什么呆！快对我施魔法！治疗！快对我用治疗魔法！快点，该死的奴隶们，快用魔法！"

听到自己主人的命令，森林精灵中的一人慌忙开始吟唱魔法。

肩头的痛楚像流走了一样消失了。

"还不够！快用强化魔法！"

提升身体能力、暂时强化武器、硬化皮肤、提升感觉的敏锐度……仓助静静地观察着无数强化魔法在艾尔亚身上生效。

随着各种强化魔法施加在艾尔亚身上,浅薄的笑容重新回到了他的脸上。

巨大的力量在艾尔亚体内沸腾。

在接受这么多魔法强化的情况下,艾尔亚还从未败北过,不管对手是多么强大的敌人。

他挥出剑,发出"嗡"的一声,剑速比平时要快得多。有这样的剑速,艾尔亚觉得自己会略占上风。

"人类与魔兽之间本来就有身体能力的差距,为了公平,我用魔法来填补差距。"

"鄙人本来就打算同时对付四人,完全没关系。实际上鄙人也觉得,如果这样能进行一场强度比较高的战斗,那就太好了。"

"随便你怎么说!"

艾尔亚向前冲了过去,想要使出充满全身的这分力量,一击毙敌,不让那只魔兽继续夸夸其谈。他一边用"缩地改",一边放出"空斩"牵制对手。

"看招!"

艾尔亚伴随着怒吼,全力挥下了剑。既然毛皮是硬的,那就用出凌驾其上的剑势去砍。

全速挥下的剑——

"看鄙人的'斩击'!"

有什么锋利的东西从更上方向着他的手臂挥了过去。

一块物体在空中打了几个转,摔在了地上,发出刺耳的金属声和湿答答的布袋落在地上的声音。

艾尔亚没能理解。

没能理解为什么自己的双手,刚才还握着剑的双手消失了,尽管他看到血伴随心脏的跳动,从断面一股一股地喷出来。

剧痛从腕部传导上来。两只手落在远处,现在依然紧紧握着刀。

看到这样的光景,艾尔亚终于看清了现实。

他一边摇摇晃晃地从仓助面前后退,一边用变了腔调的声音尖叫。

"我、我的手!快,快点,快点治疗!快点!"

森林精灵没有动。

浑浊的眼睛中闪烁着被欺压者阴森的喜悦。

"太好了!鄙人成功了!会用武技了!这下主公一定会夸奖鄙人的!"

"呀!"

艾尔亚发出一声破了音的惨叫。

在强于人类的生物横行霸道的这个世界上,冒险就代表着与痛楚为邻。

艾尔亚经历过许多痛楚。他曾经被雷电击穿、遭过火焰灼烧、受过冻气侵袭,骨头被折断过也被咬断过、肌肉被切开过也被砸烂过，即使这样，他也没有失去过武器。这是一个失去武器等于死的世界，会这样做也是理所当然。不，他有自信，只要刀剑在手，什么样的鬼门关他都能闯得过。

然而这自信，刚刚被击碎了。

艾尔亚这辈子，第一次感受到这样的冲击。

"我的手！快点治疗！"

血突突地喷出来，寒冷感和沉重感从伤口向全身传开。

听到艾尔亚破钟一样的叫喊声，森林精灵们露出了满脸的笑容。

艾尔亚正在困惑，不知道该把涌上心头的情感化为什么样的语言，一个可以称得上和善的声音传到了他的耳朵中。

"太谢谢了！鄙人不喜欢折磨人，就这样结束吧。"

空气发出了"咻"的一声。

一拍之后，艾尔亚的面部感受到一阵冲击，一阵让他忘掉腕部疼痛的痛感传来，他觉得仿佛全身都碎了。

这是艾尔亚感受到的最后一阵疼痛。

脸的一半被打碎的尸体发出"咚"的一声，倒在了地上。

"嗯嗯。"仓助点了点头，挪动着双脚向后退去。它觉得自己在附近，她们会有所警惕而不敢靠近男子。森林精灵虽然是魔法吟唱者，但是没准她们会拿起男子的剑，对自己发起挑战，仓助无意阻止。

"那么，汝等也要打？"

退后几步后，仓助合上了嘴。因为它看到森林精灵们一边嗤笑，一边踢着本该是她们同伴的战士的尸体。

"这是什么意思？莫非是森林精灵特有的埋葬方式？"

仓助虽然这样说，但是它觉得应该并非如此。森林精灵们浑浊的眼睛里含着愉悦的色彩，看来她们是在发泄自己的憎恶。

"这可难办了啊。"

主人命令它用至今为止培养起来的技术对付入侵者，展示训练的成果，因此它才战斗，然而攻击没有敌意的人，能发挥训练的成果吗？它希望对方能展现出积极应战的态度。

"听说这种情况下进行挑衅是有效的……到底该说什么才好呢？鄙人不知道啊……没办法了，等主公的联络吧。对了——"仓助转过身去，向观看战斗的评分员问道，"萨留斯大人，请问如何？鄙人还及格吗？"

"是的，很漂亮，那确实是发动了武技。"

看到教自己战士技术的蜥蜴人点头，仓助露出了满脸笑容。

"真是太好了啊，那么接下来是装备盔甲的训练了吗？"

"是这样的。先从轻装铠甲开始，慢慢增加重量吧。"

仓助之前一直没法装备铠甲，这是因为它穿上铠甲就觉得浑身不对劲，没法自如活动。平常的走路和跑步都没问题，可是一开始战斗，挥舞尾巴之类的时候，会控制不住平衡，无法准确地击中目标。因此，它拜蜥蜴人为师，学习他一直以来进行训练的方式。

"仓助要获得更大的进步给主公看！鄙人还要多久才能称得上是一个战士？仓助战士是也。"

"这个嘛。仓助先生的话再过一个月，不，过两个月应该就能称得上是一名战士了吧？"

"还要那么久啊——"

"我觉得已经很快了，仓助啊。你知道吗，按说要一年时间才能学会使用武技。考虑到这一点，你已经算是很快了。"

萨留斯身旁的另一名蜥蜴人——任倍尔开了口。

"果真如此？"

"果真如此啊。实战训练，受伤后再治疗，接受支援魔法后与强于自己的对手展开真正的战斗。虽然说你经历了这样地狱般的训练，能取得如此成果已经算是很快了。"

仓助的身体抖了一下，蜥蜴人也颤抖起来。他们想到了自己经历的训练。

"如果训练能不用总是想起'死'字就更好了。"

"我个人觉得在鬼门关上训练，比较容易变强……不过，每个人适合的训练方式不一样。再说新郎官死在训练中，就有点太可怜了。"

"噢噢！这么说来你结婚了啊！"

"是的，因为女朋友好像怀幼崽了。"

"不愧是战士，命中率好高啊。两三次？"

萨留斯的老拳砸向了任倍尔。

"玩笑就开到这里吧,差不多该开始训练了,这些森林精灵怎么办?"

"这个嘛,就这样吧。"

刚才还在对死尸又踢又打的森林精灵们,已经一个接一个地像断了线的木偶一样瘫坐在了地板上。从她们的状态中完全感受不到战意,仓助决定在主人下令或者她们想逃跑之前,先这样放着不管。

过　场

鼻尖感受到突如其来的一股轻微气流，拥有"白金龙王"异名的龙——查因杜克斯·梵希恩从小睡中恢复了意识。

名为惊讶，甚至可以说是惊愕的情感，占据了刚刚醒来的意识。

龙敏锐的感知能力远胜于人。就算对方将自身不可视化或者想用幻术瞒天过海，龙也能马上察觉到哪怕距离远得惊人的气息，就算睡着了也一样。

身为龙王的他，感知能力不是一般的龙能比的。那么能靠近他的身边，对方可以说是绝世高手。

活过漫长岁月的他也只知道仅仅几人有这样的能力。首先是同级的龙王，然后是已经不在这个世界的十三英雄之一，暗杀者伊加尼娅。还有——

感受到自己脑海中描绘出的人物的气息,查因杜克斯·梵希恩——查亚歪着嘴缓缓睁开了眼睛。

龙的眼睛在黑暗中和白天一样看得清楚。

他感受到气息的位置,站着一位腰际配着宝剑的人类老妪。逃过龙敏锐的感知能力,来到了这里——完成了没有恶意的恶作剧的人特有的笑容,浮现在那张满是皱纹的脸上。

"好久不见了啊。"

查亚没有回话,只是打量着老妪。

一头被岁月染白的头发,表明了她漫长的人生。不过,脸颊上却有和年龄并不相符的、淘气孩子一样的灵气。

岁月虽然弄瘦了她、削弱了她,但是没能改变她的心。

查亚正在把她和自己记忆中的形象进行对比,只见老妪的眉毛吊到了危险的角度。

"怎么?老身的朋友连怎么打招呼都忘了?真是的,没想到龙也会得老年痴呆啊。"

查亚露出尖牙,发出轻柔的笑声。

"不好意思,见到老朋友,我激动得浑身颤抖,一时语塞。"

听到与巨大的身体毫不相衬的柔和声音,老妪如查亚所料,以挖苦来回答。

"朋友啊?老身的朋友是身边那套空空如也的铠甲吧……虽说已经遍体鳞伤了。"

很久以前,查亚和老妪还有其他伙伴一起旅行的时候,是从远处操作着一具空盔甲。因此，当他公开真实身份的时候，伙伴们都义愤填膺地说被骗了。当时的怨气还没有平息，她时常拿出旧事来挤兑自己的朋友。

查亚虽然希望她差不多就别再提这段黑历史了，但是老朋友之间这样互相调笑，也是很开心的。

查亚为一如往常的对话露出笑容，把目光投向了老妪的手指。

"咦？你的戒指怎么没了？应该没有人能从你那抢走东西吧……那可是拥有超出人类领域能力的道具，希望它不要流入危险之徒手中，特别是教国'漆黑圣典'的那些人。"

"你是想岔开话题吗？不过龙对财宝的感知能力还真是敏锐啊……好吧，那戒指老身送给年轻人了，放心吧。"

那可不是能随随便便送人的东西。

那是"原初魔法"制造出的道具。如今魔法之力已经受到污染，发生扭曲，很难制造出相同的道具。作为硕果仅存的几个原初魔法的担当者，他很想问清楚戒指的去向。

不过，他相信自己的朋友。

"是吗，既然是你决定的，我觉得应该没错……对了，我听说你好像在做冒险者？来这里是因为工作吗？"

"怎么会，老身是作为朋友来找你玩的。我早就退休不做冒险者啦。还要让老身这样的老太婆工作到什么时候，我的职责已经让给爱哭鬼了。"

"爱哭鬼?"查亚思索了一下,答案马上闪过脑海,"你说的是她?"

老妪从查亚的语气中隐含的微妙情感,察觉到了他指的是谁,露出了微笑。

"是啊,就是茵贝伦那个小姑娘。"

"啊——"查亚发出了无奈的声音,"能把她称为小姑娘的,也就只有你了。"

"是吗,你也比较有资格吧。老身和那个小姑娘年龄差不多。相比之下,你老多了吧。"

"好吧,说是这么说……不过,真亏那个小姑娘能同意做冒险者啊。你到底用了什么手段?"

"哼。那个爱哭鬼总说不听,老身就说如果她输给老身,就得听话,然后把她臭揍了一顿。"

"哈哈哈。"老妪发出开心的大笑。

"能赢得了那个小姑娘的人类,也就只有你了。"

查亚摇了摇头,听声音,如果他是人类,应该已经流出了冷汗。他想起了另外一个老朋友——一起迎战魔神,特别是在与虫之魔神一战中大出风头的伙伴的样子。

"当然,伙伴们也都出了一分力。而且了解不死者,就代表了解如何打倒不死者。就算单纯凭实力赢不了,只要掌握好有利不利的关系也能化险为夷。虽然爱哭鬼很强,但是也有人比她更强。比如你,就能轻易打败那个小姑娘。如果不是束缚着自己，你就是这个世界上的最强者。"

老妪移动视线，转向白金的铠甲。她觉得查亚会随便谦虚一下，没想到他却沉重地回答：

"这可不好说，也许污染世界的力量又开始行动了。"

铠甲的右肩头，开了一个像是被枪刺穿的洞。

"百年的余震到来了吗？这次不像队长那样站在世界这一边吗？"

"虽然很可能是一场不幸的遭遇战，但是我认为那只吸血鬼的本质就是邪恶的。我也知道快到时候了，不过突然的遭遇，不知该当作不幸，还是该为能尽早确认其存在而感到幸运。"

"表里一体，你想怎样看都好。那么，以前我也问过你，不能借助其他龙王们的力量吗？"

"答案也一样，很难。现在世界上还存活的龙王，没有参加与八欲王的战斗。总体来说，不是像'圣天龙王'那样只顾在天上飞，就是像'永夜龙王'一样，一直盘踞在巨大的地下洞穴里不知道在干什么，他们这样的龙王，怎么可能帮我们。"

"是吗，'七彩龙王'不是还和人类生了孩子吗？去和他们谈谈，说不定能得到积极的结果。"

"说不定啊。不过我个人觉得，还是像他说的那样，叫醒沉睡在海上都市最底层的她，请她帮我们比较有可能。"

"'等在梦中'，对吗？如果能把队长的智慧完全留下，麻烦事就少多了。真是早逝啊。"

"没办法。他其实……杀了同甘共苦的同伴（玩家），非常难过，也难怪会拒绝复活。利古里多其实也很难过吧？"

老妪好像眺望着远方，一脸沉痛地慢慢点了点头。

"是啊……你说得……没错。"

"利古里多，你不做冒险者了，这样拜托你似乎有些强人所难，不过可以请你帮帮我吗？"

"做什么？虽然能猜个八九不离十，不过还是听你说说吧。"

查亚视线前方是一把剑。这把剑的形状看起来不适合斩杀，然而它的锋利程度却举世无双，处于用现代魔法绝对无法制造的领域。

这把剑——八欲王留下的八把武器之一——正是查亚无法离开此处的原因。

"以前一直是我在做，现在希望你也能帮帮我。希望你帮我收集那边那把能和工会武器匹敌的道具的情报，或者是王国的精钢级冒险者小队'朱红露滴'拥有的强化铠甲那样的，YGGDRASIL 的特别道具。"

4章 一线希望

第四章 | 一线希望

1

惊涛拍岸般的攻势让他觉得,决堤的洪流大概就是这样吧。

敌人确实只是低阶不死者,在"Foresight"看来,不是什么值得害怕的对手。可是敌人的攻势一波接着一波,片刻都不停息。

连续战斗开始后,已经到了第十战,一行人好不容易打倒了两只饿鬼,赫克兰用手擦了擦满脸的汗水。

身体需要休息,可是没有这样的时间。他拿起挂在腰际的皮袋喝了口水,控制着粗重的呼吸指示大家后退。然而,应该说是果然才对吧,敌人不允许他们后退。

由手持圆盾的三只骷髅战士、身穿长袍手拿法杖的两只骷髅魔法师组成的混编小队,跳出来挡住了道路。

"节约魔力啊!"

"我知道!"

"我十分清楚。"

现在无法预测后面有什么等待着他们,应用范围广泛的魔法是不能轻易用出手的王牌。正因为如此,之前的战斗他们一直尽量不用魔法。

虽说如此,为了不用魔法,有些能力他们已经用光了一天的使用次数,用来对付一路上五花八门的陷阱和各种各样的不死者。

站在栅栏门对面,从剑的攻击范围外向他们射箭的骷髅弓兵——它们对突刺武器有抗性,伊米娜的箭很难给它们致命一击——就由罗巴迪克用击退不死者解决了。

挥舞装着毒液的玻璃瓶发动袭击的不死者,也由罗巴迪克用击退不死者破坏掉了。

变身成地板,用黏着性体液黏住踏入者的地板拟态魔,外加飞行不死者,两者的联合攻击也由罗巴迪克用击退不死者各个击破。

能造成疾病、中毒、诅咒等各种异常状态的多种不死者混合部队,还是由罗巴迪克用击退不死者铲除。

这时候,罗巴迪克就已经把一天击退不死者的使用次数消耗得差不多了,不过小队节约了魔法和其他能力。唯一一次苦战,是大群僵尸中,混入了外形相似的血肉哥雷姆。

"注意!后方也传来了几个脚步声!"

"有不死者反应!数量六只!"

听到伊米娜——紧接着是罗巴迪克——的声音,大家紧张了起来。前方的五只骷髅没有主动发起攻击,大概是打算形成夹击之后,一鼓作气歼灭敌人吧。

赫克兰开始思考下一步棋。

他的脑海中瞬间列出几种战术:对眼前的敌人先下手为强,一鼓作气将其全歼;先不管眼前不主动攻击的敌人;转身去攻击后面来的敌人。先不攻击，而是仔细观察，看清楚前后两边哪边更弱，先从弱的一边开始解决；使用魔法挡住其中一边，趁机解决掉另外一边。

这几种战术都算有效，但又都不够好。就在这时候，直觉的启示降临赫克兰的脑中。

"赫克兰，怎么办！"

"后退！应该有一条岔路的！进去！"

话音刚落，负责殿后的伊米娜就跑了起来，后面紧跟着爱雪、罗巴迪克，赫克兰稍迟一步也跟了上去。

伊米娜跑了起来，说明从距离来看，这个命令并非无法完成。赫克兰为了追上全速奔跑的其他同伴，拼命狂奔。敌人当然不打算放过他们，不死者们穷追不舍的脚步声从身后跟了上来。

"尝尝这个吧！"

赫克兰取出黏着性炼金溶液，向后扔。

炼金术制成的溶液沿着地板铺开。

效果马上就显现了，脚步声戛然而止。

如果是有智慧的不死者，或许会考虑绕道，然而低阶不死者不可能有那么高的智力。像骷髅这种没有肌肉力量的魔物，只要一黏上，是很难靠蛮力挣脱的。

"不死者反应！从右边来了四只！"

"右边是墙！"

"不对,是幻术!"

四只食尸鬼穿过墙壁发动袭击。瘦得皮包骨头的不死者,竖起钩爪一样长长的黄色指甲发起攻击的样子十分骇人。不过,这支小队中没有人会幼稚到因为这点小事害怕。

"别小看人!"

虽然遭到了突袭,但是伊米娜还是马上拔出短剑,刺入了食尸鬼的颈部。脏兮兮液体般的血液无力地大量流出,一只食尸鬼倒在了地上。伊米娜一侧的罗巴迪克使出浑身力气,用钉头锤砸烂了另外一只的脑袋。

赫克兰判断交给这两人就没问题,把注意力转向了身后。不死者肯定会追过来,还是和刚才一样,把炼金溶液泼在地上比较安全吧。

正要把炼金溶液扔出手时,赫克兰看到了一只可怕的不死者。

"死者大魔法师!"

同时,他看到了缠绕在不死者高阶魔法吟唱者手指上的雷电。那是什么魔法,就连赫克兰也十分清楚。

"雷击"的效果是贯通一条直线的雷击,要躲避只有一个办法。

"——推着食尸鬼到幻术墙里去!"

伊米娜和罗巴迪克大概都不明白为什么赫克兰发出了这样的命令,不过两人都毫不犹豫地照做了。

就在四人推着食尸鬼冲进幻术墙后，一道白色的雷击闪过了身后。

空气正发出噼里啪啦的声音颤抖着，赫克兰几人只见脚底展开了一个魔法阵。下一个瞬间，脚下亮起的无法躲避的苍白光芒包围了一行人，视野里的风景已经彻底变了。

"全体注意！警戒！什么？"

就算眼前的食尸鬼消失了，周围的风景彻底变了，在连续战斗中绷紧的神经也不会放松。即使如此，他还是为实在异常的事态发出傻兮兮的低语，这也是难怪的。

赫克兰摇了摇头，唤回了自己的注意力。最该优先的——把握状况固然重要——是确认同伴们的状态。

伊米娜、爱雪、罗巴迪克。

"Foresight"的队员们保持进入魔法阵时的队列，一个都没有少。

确认彼此安全之后，四人继续对周围保持警戒。

那是一条笔直而昏暗的通道，一直通向前方。通道又宽又高，就算是巨人也能轻松通过。火把悬挂在通道里，摇曳的火焰投射出像起舞一样摇摆的影子。通道前方是一扇落下的巨大格子闸门。白色的魔法性光芒，透过门上的格子照射过来。通道的另外一头看起来似乎非常深，在火把的光亮下，能看到途中有许多扇门。

整条通道一片沉寂，只能听到火把哔哔剥剥的声音。

目前看来没有会马上发动袭击的魔物。就算这样判断，也还是不能缓解紧张感。

"虽然不知道这里是什么地方，但是给人的感觉和之前完全不同啊。"

确实，这里的气氛和刚才的坟墓完全不同，不知是不是该说这里有更浓重的文明气息。"Foresight"的成员们环顾四周，想要看看这里到底是什么地方，只有爱雪的态度和别人不太一样。

"这里是……"

赫克兰敏锐地察觉到她这句话中的情感，向爱雪问道：

"你知道这个地方？或者说有什么线索吗？"

"我知道一个类似的地方，帝国的竞技场。"

"啊啊，说起来确实是这样。"

罗巴迪克发言表示同意，赫克兰和伊米娜虽然没有说话，但是也同意。

"Foresight"参加竞技场的比赛时，从休息室到前往竞技场的通道，确实和这里有些相似。

"这么说来，对面就是竞技场了吧。"

罗巴迪克指着格子栅门的方向。

"大概是吧。把我们传送到这个地方……大概就是这个意思吧。"

大概是让他们出战竞技场的战斗。他们无法想象在竞技场里等待自己的会是什么。

"——很危险。长距离传送被认为是第五位阶的魔法，居然用这种领域的魔法制造陷阱，我只在故事里听过。这座遗迹的建造者拥有难以置信的魔法技术。按照对方的意图行动很危险，我认为应该朝相反的方向前进。"

"可是啊，既然对方想让我们去竞技场，那么我们是不是能找到置之死地而后生的办法呢？你想，如果我们不遵从对方的意图，也许对方会没了耐心，直接发起攻击呢。"

"不管怎么做都很危险啊，罗巴怎么看？"

"两位女士所言都很有道理，不过，爱雪小姐的发言让我产生了一个疑问，这是遗迹的居住者制造的陷阱？还是只是居住者在有效利用未知的第三者制造的陷阱？"

几人彼此面面相觑，叹了口气。继续在这里争论下去也不是办法，虽然情报不足，没法统一意见，但是必须给出结论。

"罗巴说得没错，没准是五百年前的遗迹。"

"是啊，据说过去的魔法技术非常先进。"

"据说曾经统治了整个大陆的国家很快衰亡，现在只剩下了首都？"

"八欲王。传说中把魔法传播到整个世界的存在。如果这座遗迹是那个时代的产物，说不定……"

"原来如此，如果是这样，我赞成出战竞技场的战斗。既然用陷阱把我们传送到这里，估计是不会放我们走的。"

听到罗巴迪克的话，赫克兰等三人好像下定了决心，点点头，向前走了起来。

一行人靠近格子栅门，它好像正在等着一样，猛地升了起来。三人走出门，出现在他们视野里的，是被有许多层的观众席围在中间的一块场地。

这座竞技场比起帝国那座也毫不逊色。不，应该说这里比帝国的竞技场还要宏伟，到处都有着"永续光"。白色的光芒照耀着周围，整个竞技场亮如白昼。

"Foresight"一行人的惊讶，在看到观众席的时候达到了最高峰。

因为观众席上坐着无数土块，也就是被称为哥雷姆的人偶。

哥雷姆是用魔法手段制造出来的非生物。它们接受主人的命令，忠实地为主人服务，不需要休息、睡眠，也不会疲劳、老化，非常适合用作门卫、警卫兵、劳动力。制作哥雷姆需要消耗大量的时间和金钱，就算是最弱的，价格也非常昂贵。

即便是收入甚高的赫克兰他们，也很难买得起哥雷姆。

这样昂贵的哥雷姆，居然塞满了整个竞技场。

赫克兰觉得这样的光景，象征着竞技场所有者拥有多少财富，同时代表着他有多么寂寞。

被传送到这个地方之后，他们已经好几次面面相觑，又重复了一次之后，一行人开始向寂静的竞技场中央前进。

"户外？"

赫克兰对伊米娜的声音产生反应，抬头向上看去，发现头顶是夜空。虽然周围的光亮太强，盖过了星星的光芒，但是竞技场上面，确实是夜空。

"莫非把我们传送到了户外？"

"那么，如果用飞行魔法逃——"

"嘿！"

随着一声口号，一个影子从似乎是贵宾席所在的露台上一跃而下，打断了爱雪的话。

从大概六层楼高的地方跳下的影子，在空中翻滚一周，像生了翅膀一样，轻盈地降落在大地上。这一系列动作没有借助魔法的力量，是完全靠肉体能力实现的技巧，完美得连身为盗贼的伊米娜都倒抽了一口冷气。

影子只是略微屈腿就完全卸掉了冲击力，露出了得意的表情。

降落在地的，是一位黑暗精灵少年。

他抖动着从金绢一样的头发里伸出的长耳朵，露出满脸阳光般灿烂的笑容。

他上下身都是皮质铠甲外贴漆黑与鲜红龙鳞的紧身轻装铠甲，外面套着一件白底及金线制成的马甲，胸口似乎有什么图案。

伊米娜看到两只不同颜色的眼睛，发出了惊呼。

"噢——"

"挑战者入场了!"

少年对握在手中的棒状物说话,变声前的声音被增幅了许多倍,响彻整个竞技场。

伴随少年欢快的声音,突然响起了令整个竞技场震颤的"咚咚"的声音。

四人向周围看去,发现刚才一动不动的哥雷姆们,正跺着脚发出声音。

"挑战者是侵入纳萨力克地下大坟墓的四个不知死活的蠢货!而他们对面的则是纳萨力克地下大坟墓的主人,伟大而至高无上的死之王,安兹·乌尔·恭大人!"

伴随黑暗精灵的声音,对面的格子栅门升了起来。一具一言即可尽表的骷髅,走出昏暗的通道,来到了竞技场上。

化为白骨的头部空洞的眼窝里,亮着红色的火光。

骷髅穿着类似长袍的衣服,绳子系在因为没有肉而细得难以置信的腰际。他手中没有拿武器,大概是魔法吟唱者吧。

"噢!陪伴安兹大人出战的,是我们的守护者总管,雅儿贝德!"

看到随从骷髅身后的女性,瞬间,"Foresight"的所有人都倒抽了一口冷气。

这是一位凌驾于漆黑的美姬(娜贝)之上的绝世美女。人类不可能有如此美貌,确实如此,她的额头左右盘着角,腰际生出漆黑的翅膀。活生生的感觉让人明白那绝对不是装饰品。

震颤竞技场的跺脚声，在迎来新登场的两位挑战者后，变成了掌声。掌声中听得出迎接王者登场的喜悦。

在四周哥雷姆掀起的、如同万钧雷霆般的掌声中，两人一步步地靠近"Foresight"。

"对不起。"爱雪低语道，"——都是因为我才成了这样。"

接下来即将拉开序幕的，恐怕是"Foresight"结成以来最激烈的战斗，激烈到恐怕会有人阵亡的地步。爱雪可能是觉得让小队陷入目前的境地，责任在于自己，如果没有发生那件事，大家可能不会接受这份工作，来到情报不足的坟墓了。

可是——

"怎么会，这个小姑娘在说什么呢。"

"对啊，这是大家一起决定并选择的工作，不是因为你。而且条件这么优厚的委托，就算没有你那件事，我觉得我们应该也会接受的。"

"就是这样，你不用在意。"

赫克兰和罗巴迪克露出了笑脸，伊米娜最后还抚摸了一下爱雪的头。

"好了，我虽然觉得可能性不大，不过还是对话试试吧。还有，爱雪，你知道那是什么不死者吗？"

"——不过，能感觉到知性，应该是高阶骷髅系魔物吧？"

走在前面的骷髅——安兹挥着手，看起来像是驱散什么东西的动作。

声音消失了，所有哥雷姆的动作瞬间停止，竞技场恢复了刺耳的寂静。赫克兰转向慢慢靠近的安兹，态度真挚地鞠了一个十分符合礼仪的躬。

"首先请允许我道歉，安兹·乌尔——阁下。"

"是安兹·乌尔·恭。"

"抱歉，安兹·乌尔·恭阁下。"

安兹站定，抬了抬下巴示意他继续。

"我为未经您允许就进入坟墓的事向您表示歉意。如果您愿意原谅我们，我们可以支付相应金额作为赔偿金。"

双方之间流过一阵沉默，然后安兹叹了口气。当然，身为不死者的安兹没有呼吸的必要，然而他还是叹了口气，这是为了让对方明白自己的态度。

"我问你们，如果你们放在家里打算过段时间再吃的食物生了蛆，你们难道不是杀死蛆，而是温柔地把它放走吗？"

"蛆和人不一样！"

"对我来说是一样的。不对，人应该更恶劣一点。如果是蛆，可以说责任在于把它下错了地方的苍蝇。可是你们不一样，你们不是迫不得已，也不是有什么特殊的原因。只是为了满足金钱欲这种无聊的欲望，你们就对或许有主人的坟墓发动袭击，抢走了财物。"

安兹发出了笑声。

"没事，不用在意，我不是在指责你们。强者向弱者进行掠夺是理所当然的，这样的行为也存在于我的身上，我不会律人不律己。正因为我担心有比自己更强者，担心自己沦为被掠夺的一方，才会加强警戒……好了，闲话少说，依据弱肉强食的简单真理，我要从你们那里夺走一件东西。"

"不是的，其实我们确实有不得不——"

"闭嘴！"安兹用强硬的口气打断了他，"不要信口雌黄令我不快。好了，用生命来为愚昧还债吧。"

"如果说我们得到了允许呢？"

安兹的动作好像冻结了一样戛然而止，毫无疑问他强烈地动摇了。自己不经意的一句话造成了如此显著的影响，赫克兰虽然内心为此吃惊，但是没有表现在表情上。就在他们以为万事休矣的时候，一束希望之光从天而降，他怎么可能不好好利用。

"无聊。"

那是感觉仿佛要消失般的细微声音。

"真是无聊，完全是信口开河。就算想让我不快，也到此打住吧。"

他的动摇传染给了周围的人，黑暗精灵少年也好像显得有些困惑。赫克兰想要看看最后一人的反应，然后全身汗毛倒竖了起来。

跟在骷髅身后的美女依然面带和善的微笑，然而，却散发着能令人出一头冷汗的杀气。

"如果我说的是真的呢？"

"不会……不会，你是在信口开河，绝对不可能。你们应该全都是被玩弄于股掌之中的活祭。"安兹摇了摇头，他的视线紧紧盯在赫克兰身上，"不过，既然这样，我……对，就为了以防万一问一问你吧……你们得到了谁的允许？"

"您应该知道他吧？"

"他？"

"他没有告诉我他的名字，不过他看上去是一个个头很大的怪物。"

"个头很大？莫非……"

赫克兰拼命地思考，这危险的钢丝绳，终点到底在什么地方。

对方在两种纠葛之间，处于无法动弹的状况，才不会主动出击向他提问，因为只要一问，真伪马上就会见分晓。

赫克兰觉得这样的态度简直就像人类一样，不是一个怪物应有的反应，是懦弱者的行为。不过，这对他来说是个好机会。

"他长什么样，你说说看。"

"看起来油光锃亮的。"

"油光锃亮？"

看到安兹再次被思考的旋涡困住，赫克兰感觉自己又闯过一关，在心里长出了一口气。他动了动手指，示意同伴观察周围的样子。他们要找的是逃生路线，对手在确认情报的真伪之前，应该不会下杀手，只能在那之前想办法逃。

"他是怎么跟你说的？"

（需要当心它使用能魅惑或支配之类的魔法或特殊能力……）

"在我说出之前，请先保证我们的安全。"

"什么？如果你们真的得到了同伴的允许，我会保证你们的安全，不用担心。"

新的单词——同伴。

赫克兰开始组合目前得到的情报。安兹·乌尔·恭和自己展开交涉，想要从他这里得到情报，看来他有同伴，而且现在处于失去联络的状况。

套出对方想要的情报，转换成会令其误会的情报重新告诉对方，这就是欺诈的诀窍。

"怎么了？为什么什么都不说？告诉我你见到的那位对你说了什么。"

钢丝走到现在都还是成功的，要继续走下一步了，赫克兰在下衣上抹了抹手心的汗水。

"他说，请代我向纳萨力克地下大坟墓的安兹问好。"

"安兹？"

骷髅不动了。不知是不是自己说错了什么，赫克兰的表情紧张起来。

"他说向安兹问好对吗？"

赫克兰下定了决心，说出去的话，泼出去的水。

"是的。"

"啊哈哈哈哈哈哈！"

听到赫克兰的回答，安兹哈哈大笑。那不是爽朗的笑声，而是散发黏稠热意的狂笑。

"哈……当然，冷静地思考一下，就会发现你说的话漏洞百出。"

安兹停止动作，凝视着赫克兰等人。眼窝中的鲜红火光开始染上黑色。承受着他仿佛伴随物理压力的视线，赫克兰等人后退了一步。

他成了愤怒的化身。

"渣、渣滓！！你竟敢！！用脏脚踏进我、我们、我和同伴们一起！一起建造的我们的，我们的纳萨力克大坟墓！"

无法抑制的愤怒令他语无伦次。安兹好像深呼吸一样动了一下肩膀，继续激动地说了下去。

"不仅如此！还想假借我的、最宝贵的同伴的名字！垃圾！！我怎么可能放过你们！！"

安兹用激动的语气大吼着。

本以为这样的愤怒会永远持续下去，没想到它很快急剧地平息了。

他的变化就像有条弦突然断了，急剧的变化足以让和安兹对峙的赫克兰等人都觉得异样。

"——我刚才大怒一场,不过错不在你们。那是你们为了活命拼命编出的谎话。老实说,我现在依然无法熄灭的怒火……只是任性而已。雅儿贝德、亚乌菈,还有所有能听到我的声音的守护者,全体捂住耳朵。"

绝世美女和黑暗精灵少年纷纷捂住了耳朵。少年把手指塞进了耳朵,而美女则用手掌乖巧地盖住耳朵,两人都以行动表示自己没有在听安兹接下来要说的话。

"我本来不同意这个计划,把肮脏的毛贼引入纳萨力克地下大坟墓内。尽管如此,毕竟我也知道这是最好的办法,因此才同意了。"安兹有点无奈地摇了摇头,"好吧,不说了,牢骚就发到这了。我本来打算大发慈悲,让你们作为战士死去,不过我现在改主意了,就把你们当成肮脏的小偷来处理。"

安兹用事不关己的口气说完这番话,脱掉长袍扔到了一旁。

长袍下自然只有骨头,肋骨下飘浮着一颗发出不详的红黑色光芒的宝珠。除了长袍外,他还装备着下衣、护脚,除此之外再无其他装备。不对,还有一件,就是颈部戴着项圈,从中间被切断的锁链无力地向下垂着。

"噢噢!"

上空传来了惊呼。

抬头望去,能看到一位从贵宾席探出半个身体的银发少女。很快,少女身后伸出一只好像戴着蓝色金属手套的手,强行把她拽了回去。

"那家伙到底在干什么？"

"事后我会训斥她的。"

听到无奈的声音移回视线，他们才发现安兹手中不知什么时候，已经拿上了一把单刃黑剑和一面圆形黑盾。

"好了，我这边已经做好了准备，我们快点开始吧。"

他把两脚间的距离拉得大了一点，那是——战斗姿势。

"雅儿贝德和亚乌菈……不用再堵着耳朵了。"

两人被叫到名字，一齐回话，同时移开了堵耳朵的手。

"我非常不高兴，没想到这些家伙居然这么下作。我会陪他们玩玩，但是不会弄死，后续处理就拜托了。那么，开始吧。"

和手持剑盾的安兹对峙，赫克兰的第一感觉是眼前的敌人并非战士或剑士。要说像什么的话，更像是魔兽一样的、凭借优秀的身体能力压制对手的敌人。

安兹站立和迎战的姿势很随意，其实给人不入流的感觉，然而他发出的气势十分强大，感觉就像他与人类等大的身体膨胀起来，向自己压过来一样。

与这样的存在为敌，最怕的是对方发动一鼓作气的攻击。

"你不过来吗？那我要去了？"

安兹说完话，冲了过来。

那是瞬间将敌我之间的距离缩短为零的惊人速度。

随后袭来的，是高举起剑，从头上挥下的砍杀。

按说这样的攻击虽然破坏力强，但是破绽百出，然而由身体能力超群的强者使出，它就会变成一击必杀的剑击。

——接住太危险了。

赫克兰感受到高速逼近的剑，瞬间做出判断。如果要接，就意味着正面对抗其破坏力，这样一来，一定会由于身体能力的差距，被对方强行突破。

那么手段只有一种。

留下剑遭到削砍的刺耳声音，安兹的剑挥向了大地。

——卸力。

卸力之后，按说对手应该会失去平衡，留下反击的机会，然而安兹却没有留下丝毫破绽。他用仿佛早就预料到了结果的步法，恢复了本来的姿势。

赫克兰这才发现，自己误会了。

那绝非仅靠身体能力做出的动作，只有理解一名战士会怎样战斗的人，才能做出那样的动作。

（糟了！太小看他了！可是，这种状况下只有发起攻击一条路。）

目标是他没有防护的头部，要用的是武技——

"双剑斩击！"

双剑划出闪光，奔着安兹的头部袭去。按说与骷髅系的安兹作战，使用殴打武器能造成更大伤害，可以更有利地战斗，可是赫克兰比较擅长斩击武器，对殴打武器则不太自信。

这场战斗中重要的是尽可能对安兹造成一点伤害，绝不是重复不知能否命中的攻击，试图对他造成大量伤害。

双剑奔着头部疾驰。

如果是普通的敌人，大概会吃到这一招吧。

如果是一流的敌人，大概会被擦伤吧。

那么——如果是超一流的敌人呢？

"哼！"

安兹把圆形盾牌挤进了剑的轨迹。如果是常人，不可能来得及，然而压倒性的力量使之成为可能。

"魔法箭。"

"增强低阶敏捷力。"

盾牌弹开了双剑的攻击，在硬质的声音响起时，爱雪的魔法已经变成光箭射向了安兹。与此同时，罗巴迪克向赫克兰施放了增强敏捷力的援护魔法。

"简直小儿科。"

安兹甚至没有转头去看爱雪，光箭在即将接触到他的距离消失了。爱雪面露惊愕的表情。

"魔法无效化?! 哪种的?!"

"哼！"

安兹用盾向着赫克兰的面部砸了过去，好像要用这一击代替回答。

"盾牌猛击吗！"

尽人皆知的基础武技闪过赫克兰的脑海，然而他把这当成机会，发动了攻击，目标是安兹的腹部。这个位置被盾牌挡住，应该是个死角。

然而，安兹用黑剑轻易化解了攻击。

（——被他看穿了！）

赫克兰在千钧一发之际下蹲，把像墙壁一样逼近眼前的黑盾躲开——装备着护脚的脚已经踢到了眼前。

如果是普通的踢击，没那么可怕，然而经过几次攻防，赫克兰已经明白了，以安兹的肌肉力量——他分明是没有肌肉的骷髅——发出的所有攻击，都是一击必杀的杀招，只要挨到就会受致命伤。

赫克兰急忙一个滚翻躲过踢击。如果没有罗巴迪克的援护魔法，他一定躲不开。被踢击带起的风压削断了几根头发，他感到后脊梁一阵发凉。

"看这里！"

伊米娜用弓同时射出了两支箭。因为射箭前说了话，这一击没能形成偷袭，安兹从容应对。

箭没有射中目标，向后方飞了过去。

按说箭矢对身为骷髅的安兹无效，伊米娜本来期待安兹不会躲闪，态度从容地吃下一箭，看来这只是她的一厢情愿。落在地上的箭镞呈扁形，是能造成殴打伤害的特制魔法箭。如果没有躲开，应该已经造成了对骷髅效果明显的殴打伤害。

虽说如此，她并不觉得遗憾，因为赫克兰趁这个机会拉开和安兹的距离站了起来。本来伊米娜射箭前出声,就是为了给赫克兰制造站起来的机会。

赫克兰向敌人冲了过去,好像要发起反击。

"双剑斩击!"

"哼!"

两把剑的斩击被安兹的一把剑轻易弹开,弹开时的冲击力震麻了赫克兰的手臂。

(好难对付的家伙。怪物拥有远胜人类的肉体,作为战士修炼后,居然能达到这样的境界吗,难怪武王那么强了!)

留在一击必杀之剑的攻击范围内极其消耗精神力。疲劳让赫克兰的大脑发出哀号,他想后退,拉开距离。

当然,安兹不可能让他得逞。

"别想——逃!"

安兹冲了过来。当然,前进要比后退快。

就在赫克兰判断自己要被追上的时候,有什么东西带着声音从后面飞来,掠过了他的脸旁。

从赫克兰身后——一支高速射出的暗箭飞了过来。如果是普通人,肯定躲不过这一箭。然而,应该说是不出所料吧,箭没有击中拥有超人反射神经的安兹。

"闪光。"

"增强低阶臂力。"

闪光在安兹眼前爆开。这是一种不管成不成功,都能使目标在短时间内失明的魔法，然而对安兹来说似乎是没有意义的，他只是表现出了厌烦的态度。

"少碍事！"

被敏捷和臂力都增强了的赫克兰拉近距离，安兹喷了一声。

"铠甲强化。"

"抗恶防御。"

爱雪和罗巴迪克的援护魔法强化了赫克兰的防御。

安兹躲过赫克兰的攻击并且用剑弹开，正打算反击时，又一支箭向着他的面部飞了过来。

"哼！"

安兹只是稍稍歪头就闪过了这一箭，从容的举止符合坟墓支配者的身份，真是一个名副其实的魔物战士。

赫克兰受到掩护，稍微拉开一点距离，擦了擦因为短暂而激烈的战斗渗出的汗水。

虽然早有心理准备，但是安兹·乌尔·恭太强了。

他有人类无法企及的身体能力、能巧妙运用强大身体的技术、看穿假动作的洞察力，同时掌握"Foresight"全体动向的认知力、对魔法的耐性，再加上他手中的魔剑和盾。可以说，他拥有所有战士梦寐以求的一切。

能和这样一个敌人平分秋色打到现在，是有原因的。

确实，所有攻防都像是在鬼门关走了一遭。挥砍下来的剑，如果卸力时看错了角度，想必自己的剑会被毁坏，自己已经受了致命伤。横扫过来的剑，只要稍微错误估计一点距离和速度，想必自己已经被砍为两段了。他幸运得就好像投出的硬币全都是正面一样，正是这幸运保护着他。

除了幸运之外，还有一个更重要的原因。

那就是团队合作。

只有一起出生入死，彼此之间心有灵犀的同伴，才能做出仿佛一个整体般协调的行动。

"Foresight"这个整体和最强的个体安兹·乌尔·恭平分秋色。

赫克兰抹去自己脸上微小的笑意。

现在安兹依然毫发无伤，墙壁依然又厚又高，然而并非无法突破。

赫克兰确认这一点，挥起了双剑。

赫克兰以魔法强化下的身体发出最快速的剑，被黑色圆盾轻易弹开。飞来的箭矢被黑剑斩落。爱雪和罗巴迪克趁这个机会继续强化赫克兰。

听到安兹因为不快喷了一声，赫克兰的敌意迅速减退。

本考虑追击的赫克兰，选择先调整逐渐变得粗重的呼吸，向后退去。身为不死者的安兹不管怎么战斗都不会觉得疲劳，然而赫克兰他们是人类，开始渐渐疲惫起来。如果进行持久战，身为人类非常不利，能休息的时候就要休息。

"果然……缺少制胜的手段。虽然很清楚人多势众是多么厉害，但是自己站在被针对的立场上，还是难免会觉得烦躁……埋怨自己为什么连这些家伙中的一个都打不倒。"

看到安兹耸肩的样子，赫克兰却不会觉得不快，因为他真的是这样想的。

实际上，他所说的正是团队合作的强大之处。赫克兰仿佛被夸奖了一样，脸上浮现出了得意的笑意。

这时候，刚才一直沉默不语的绝世美女开了腔。

"安兹大人，您是不是不要再玩下去了？"

"什么？"

"恕属下僭越，窃以为不应该再让假借无上至尊名义的不逊毛贼任意妄为下去了。您出于慈悲给予他们的时间是不是差不多该结束了呢？"

"喂，雅儿贝德，不要对安兹大人——"

"不，亚乌菈，她说得对。"安兹摇了摇头，"而且应该足够了吧，我觉得这场战斗已经积累了不少经验。"

"确实是一场漂亮的战斗，不愧是我们的支配者。"

"哼哼，是吗？你能这样说，我很高兴。作为战士，你远远凌驾于我，你的夸奖哪怕是奉承，也让我觉得很高兴，甚至有点难为情。"

"怎么能是奉承，我是真心这样觉得。"

"是吗，谢谢你。接下来只要听听科塞特斯的评价，还有他关于今后训练的意见就行了。"

安兹似乎心满意足地点了好几次头,然后重新转向了"Foresight"一行人。

从他气场的变化,赫克兰产生了不祥的预感。

多少次闯过鬼门关锻炼出的直觉向赫克兰叫喊着:"危险。"

"好了,比剑的游戏就玩到这儿吧,接下来我们玩点别的。"

安兹松开了握剑和盾的手,两件装备掉在地上的瞬间消失了。

"什么?!"

丢掉手中的剑,这是承认败北的人才会做出的行为,然而安兹的态度没有败北的色彩,而且现在的状况下他不应该承认败北。

所以赫克兰不明白安兹到底在想什么,十分困惑。

"干什么?"

听到他的疑问,安兹轻轻一笑。不对,是赫克兰觉得安兹轻轻一笑。

安兹缓缓地张开双臂,那是天使即将拥抱信徒,或者母亲即将拥抱孩子时,满怀爱意张开双臂的姿态。

"不明白吗?那我就明说吧。"安兹满意地笑着,"我陪你们玩玩,放马过来吧,人类——"

气氛变了。

本来扔掉武器——装备的话,会变弱,然而赫克兰却觉得,眼前的安兹变成了比刚才还要强大的存在。没错,他觉得对方的体格好像又大了一圈，相应的压迫感笼罩着他。

放弃剑之后实力会提升的存在。

从这一点来考虑，有两个答案，其一是修行僧那样以自己的身体作为武器的职业。可是从他刚才战斗的方式——躲闪的姿势来看，不像是适应了用自己的身体战斗的样子。

既然这样，另外一个可能性——

"——魔法吟唱者?!"

得出了和赫克兰相同答案的爱雪叫了起来。

没错，战斗进行到现在，他们才终于得到了答案。眼前的安兹·乌尔·恭，会不会是个魔法吟唱者？

想不到也难怪。他能和小队中身经百战的最强者赫克兰打得平分秋色，谁能想得到他是魔法吟唱者呢。

魔法吟唱者——特别是魔力系——在身体方面比战士脆弱。比起锻炼肉体，他们更愿意把时间花费在钻研魔法上。因此，不存在能和战士对等斗剑的魔法吟唱者。

这本是——世界的常识。

谁能想到眼前就是推翻常识的存在呢。

因此，爱雪的声音中，包含着渴望被否定和拒绝的哀求。如果答案是肯定的，那就说明安兹作为魔法吟唱者，比作为战士要有自信。这意味着什么，自不必说。

战士只要会用一点魔法，战斗力就会有相当的提升。哪怕只会用几种强化系魔法，战斗力也会大幅提升，现在的赫克兰就是这样。那么——

"现在才察觉到啊？真是一群蠢货。一群用脏脚踏入我的，不——我和伙伴们的纳萨力克的老鼠，只有这种程度的智能也难怪。"

不过，既然爱雪在场，赫克兰就有足以否定这种可能性的依据。

"爱雪！这家伙是魔法吟唱者吗？"

"不是！我可以断言！至少不是魔力系魔法吟唱者！"

"嗯？这是什么意思？"

"我从你身上感觉不到魔法的力量！"

"啊啊，你用了探测系魔法啊，真是不好意思。"

安兹张开自己的手，好让赫克兰他们看到。那是一只只有骨头的、属于不死者的手，左右手指各戴着一枚戒指。

"只要我摘掉这枚戒指你就能感觉到了。不过，我也借给了部下们使用。"

安兹说着，摘掉了右手的戒指，紧接着——

"——呕哇！"

那是呕吐的声音。大部分是液体的呕吐物发出"啪嚓啪嚓"的声音，倾泻在竞技场的大地上，周围泛起酸臭的气味。

"你做了什么！"

看到突然发生的事情，伊米娜想要冲到爱雪身边，狠狠瞪着安兹。安兹听到有些困惑，同时也有些不快。

"这个女人在做什么?居然看着别人的脸呕吐,失礼也要有个限度吧?"

"——大家,快逃!"

眼角噙着泪水的爱雪叫喊道。

"这家伙是怪——呕哇!"

在爱雪忍不住再一次呕吐时,赫克兰几人明白了她呕吐的原因。

安兹并没有做什么。只是因为过度的紧张与恐惧,加上承受不住安兹庞大的魔力,爱雪才呕吐的。

也就是说——

"——不可能赢得了!力量差距太大了!他不是用怪物二字能形容的!"爱雪哭号着,"——不可能不可能不可能!"

伊米娜紧紧抱住像发狂般摇着头的少女。

"冷静点!罗巴迪克!"

"我明白!'狮子心'!"

受到罗巴迪克的魔法,爱雪摆脱了恐惧状态,她像刚出生的小鹿般,用软绵绵的脚站住,举起了法杖。

"大家——,我们应该逃!那不是人能战胜的存在!那是难以置信的怪物!"

"明白了,爱雪。"

"明白,从他摘掉戒指的瞬间,世界仿佛被沉重又令人汗毛倒竖的气息笼罩了,我能十分清楚地感觉到。"

"没错,我知道那不是用'相当'二字就能形容的怪物。"

三人的警戒等级已经突破了极限,他们的精神比刚才还要紧张,专注地盯着安兹,从表情上看得出,他们已经理解,只要视线移开一瞬间,就会丢掉性命。

"看这样子,肯定是逃不掉了。"

"转身背对他的瞬间就会死掉,我觉得就算移开视线也很危险。"

"看来我们需要找到尽可能多争取时间的手段。"

"你们不过来吗?"

安兹懒洋洋地用长长的手指搔着头盖骨,然而赫克兰不会理解他的挑衅。敌人的战斗能力超过以前碰到过的一切对手,既然这样,只能瞄准唯一的机会。

就是安兹开始吟唱魔法——魔法吟唱者最脆弱的瞬间。对方用了魔法无吟唱化,就会化为乌有的微小机会。

仿佛要拉满弓一样,赫克兰开始像弹簧一样蓄起全身的力气。

"那就从我这边开始吧,'不死者的接触'。"

"那是什么魔法,爱雪?"

"不知道!我没有听过!"

赫克兰警惕地看着缠绕安兹右手的黑色雾霭——未知的魔法,为了可以随时采取紧急躲避,双脚蓄好了力。身后的同伴也防备着范围攻击,拉开了彼此之间的距离。

安兹突然向这边走了过来。

赫克兰眨起了眼睛，因为安兹走路的方式实在破绽太多，实在太随意。那不是曾经展现过作为战士的能力的人应有的步伐。这明显是个陷阱，然而赫克兰想不通他的目的。

（会不会是想用魔法做什么……莫非刚才的魔法只有近距离才能发挥效果，还是说只是防御魔法？）

赫克兰虽然学习并记住了一些有名的魔法，但他毕竟是个战士，搞不清安兹的意图。

"别过来！"

随着伊米娜的怒吼，接连射出的箭向着安兹飞了过去。

安兹用只有骨头的手，灵巧地拨开了伊米娜用特殊技术放出的三支箭。

"别碍事……"

那是冷峻而低沉的声音。

只有站在正面没有看漏安兹一举一动的赫克兰，看到他眼窝中的红色火焰在摇曳。

就在一股寒意蹿过赫克兰的脊梁时，安兹消失了。

赫克兰遵循自己的直觉，转身向后跑，他的视野中出现的是同伴们惊愕的表情。然而现在状况和时间不允许他说明，因为在伊米娜身后，安兹已经向着她伸出了右手。

（伊米娜！她还没有察觉到！叫她……不行！那样会刺激现在依然从容不迫的对手！）

赫克兰使用武技,提高自己的速度全速奔跑,可他突然有些疑惑。

保护伊米娜真的是聪明的选择吗?

与能使用强化魔法的爱雪和罗巴迪克相比,伊米娜在这一战中的重要性要低一些。为了大多数同伴的存活,抛弃累赘并没有错。即使如此——

(可恶!)

身为队长,这是错误的行动,对于同伴们来说,这无异于背叛。即使如此,赫克兰还是没有减缓自己的速度,因为驱使他的不是理性,而是感情。

感情让他去救伊米娜。

突然,床上的伊米娜闪过他的脑海,他为自己在生死关头想起那具直挺挺的躯体苦笑了起来。

即使直挺挺——也让他脚下的力道更大了。

那是男人保护自己的女人时该有的力量。

"让开!"

也许是看到赫克兰冲过来,安兹迟疑了,所以伊米娜被他碰到之前,他已经被赫克兰仿佛一拳打飞一样撞了出去。

听着伊米娜忍着疼痛的小声呻吟,赫克兰很清楚,安兹正在考虑出现在眼前的男人和逃掉的女人,应该先处理哪个。

"当然是我!混账东西!"

赫克兰大声咆哮着,切换了武技。

首先发动的是"限界突破",虽然有相应的代价,但是用了这个武技,可以增加武技同时发动的数量上限。他感觉到身体里传来有什么断掉了的痛楚,发动了"痛觉钝化",然后紧跟着"肉体提升""刚腕刚击"的,是"双剑斩击"。

通过这样的步骤,可以使出最强的一击。

双剑划出圆弧。

在刚才的攻防中对赫克兰的剑速越熟悉,也就越容易错误估计时机,越难以回避。正是因为有前面的铺垫,正是因为对手习惯了,这一招才能成为一击必杀技。

安兹没能做出反应。

"干掉了!"

就在他以为剑撕开了毫无防备的头部的瞬间,沿着手臂传来的,绝不是利刃切开骨头的感觉。

(斩击完全抗性?!)

在作为工作者的冒险中,他有过类似的感觉。

(居然对突刺和斩击有完全的抗性吗?!还有这样的怪物啊!)

赫克兰慌忙想要后退,却感到额头被冰冷感覆盖,那是安兹的手。那只手如老虎钳般紧紧抓着赫克兰,限制了他的动作。

"赫克兰!"

"伊米娜!他有斩击完全抗性!"

赫克兰忍着剧痛把自己获得的情报告诉了身后的同伴。这时候，赫克兰感觉自己被抓着头提了起来，他用剑背敲抓着自己的手，但是安兹的手丝毫没有放松的迹象。

"不对。突刺、斩击、殴打都一样——你们这种级别的弱者的攻击，甚至无法对我造成擦伤程度的伤害。"

"为什么会这样?! 简直是作弊! 太无耻了!!"

"别相信他! 伊米娜! 如果真的是这样，就没必要那么拼命地战斗了。他一定有什么弱点!"

"别想骗我!"

"居然不相信我，真是太令人伤心了。我想你们光听对话应该也差不多明白了，刚才的近身战斗，实验性的意义比较大。而且通过刚才还算有来有往的战斗，你们也得到了希望吧？这是我的一片慈悲之心，让你们在即将到来的地狱中，还可以做幸福的美梦。"

"什么慈悲啊! 该死的畜生! 快点儿放开赫克兰!"

赫克兰听到射箭的声音连续响起，然而安兹似乎丝毫不为所动，从赫克兰头顶传来的疼痛依然如旧。

"你还要射吗? 会射到这个男人的。"

额头传来的剧痛，让赫克兰心头涌出担心自己的头颅会直接被捏碎的恐惧。虽然他拼命挣扎，但是对方纹丝不动，用带铁板的靴子乱踢，也只搞得自己的脚尖痛。

"痛吗? 放心吧，我不会在这里杀掉你的。我不会再给毛贼更多慈悲了。——麻痹!"

身体冻结了。不对,这不是冻结了,是麻痹。

"如果只用麻痹,'不死者的接触'似乎有点浪费吗?"

只有耳朵能听到声音,然而没有用。

弓弦的声音不停地响起,回答她的是含有嘲笑的平静的声音。

"我都说了,你们不管怎么……不,还是抵抗吧,你们越抵抗,就会越觉得绝望。"

(快逃。)

赫克兰无法动弹的嘴唇颤抖着。

面对这样残酷的对手,就算全力逃跑,也逃不掉,然而继续战斗是更愚蠢的选择,而且现在前方抵挡敌人攻击的战士已经倒下,战线一定会马上崩溃。

"那么接下来由谁来呢?全体一起其实也可以,不过这样就没意思了吧?"

伊米娜凝视着倒在竞技场里的赫克兰。

他还没有死,然而已经与死无异。她怎么想都想不出从安兹·乌尔·恭那个无法理解的怪物手中救他的办法。即使如此——

"你这个傻瓜!按照常识来考虑,应该舍弃我才对吧!你这个大傻瓜!"

伊米娜觉得一阵焦躁涌上心头。

"傻瓜,傻瓜,傻瓜!你这个大傻瓜!傻蛋!"

"对于保护了同伴的男人,这样的咒骂有些令人不快。"

只有完全没有理解伊米娜的情感,才会有这样的发言。不,对方是怪物,让他理解人的感情才更困难吧。

"这还用你说吗,我当然比你清楚了!他是个棒得过分的队长!"伊米娜吸了口气,"不过,你也是傻瓜,被感情左右就是傻瓜!"

"……你在说什么?"

伊米娜无视疑惑的声音,开始思索。既然队长倒下了,他的职责就要由副队长担起。

(舍弃迷茫吧。)

伊米娜告诫自己,压抑想要去救自己男人的女人的感情。

她必须舍弃赫克兰,把在这里得到的情报带回去,告诉大家这座遗迹里,有如此强悍的怪物。如果需要,可能还要组成讨伐队。

(魔神。)

两百年前,祸乱大陆的众多恶魔之王,会不会就是这样的存在呢?

她觉得自己生活的世界顿时有了神话色彩,明明是现实,却有种如坠梦境的不真实感。

(神话啊,说得一点都没错,能与这种怪物战斗的是英雄——)

这一瞬间,她的脑海中闪过了一道光芒。

对了，与魔神战斗的十三英雄——英雄啊。那么能与安兹战斗的，大概也只有英雄吧。

"把赫克兰还给我！如果我们在规定时间内没有回去，这个世界上最强的人物将会杀进这座坟墓。如果你保证我们平安回到原来的地方，我们会主动联络他不要进来的。"

"又在骗人？"

安兹发出"唉"的一声，叹了口气。伊米娜的额头上渗出了汗珠，这是真的。

"不，我没有骗人。"

"——雅儿贝德，地面上，这附近有强者的踪影吗？"

"没有，她应该是在编没有意义的谎言。"

"她没有骗人！"伊米娜身后响起了少女的声音，"精钢级冒险者'漆黑'的飞飞就在那里！他是最强的战士！比你们强！"

雅儿贝德第一次露出了动摇的神色，她慌忙对安兹低下了头。

"失，失礼了！确实有一位！请，请原谅我。"

"嗯嗯……啊——没事，你完全不用在意的，雅儿贝德。'漆黑'飞飞啊。告诉你们吧，他……好吧，无所谓了。他赢不了我。"

安兹那魔王一样的威严态度发生了转变，有点无力地耸了耸肩，似乎隐瞒着什么，然而伊米娜等人毫无头绪。

"飞飞很强！比你强！"

"不，这一点不能当作交涉条件，放弃吧。"安兹有点没了干劲地摆了摆手，"好了——开始吧？"

他给人的感觉是要结束无意义的对话。

"爱雪！你快逃！"

罗巴迪克叫喊起来，伊米娜也同意。

"没错！快逃！"

"你看上空！这里应该是户外，用'飞行'逃的话应该有希望逃掉！哪怕只逃掉你一个也好！我会为你争取一分钟……不，十秒的时间！"

"这个提议很有意思。亚乌菈，去把出口的门打开，玩玩也好。"

"明白了！"

安兹指着罗巴迪克他们进来的方向。亚乌菈跳了起来，靴子发出微光，消失了。

"好了，亚乌菈传送去开门了，要逃的话就请吧，抛弃同伴逃走。那么哪位逃跑呢？"

安兹举起了手，白骨脸颊上没有表情。不过他们都明白，他的脸上其实有邪恶的笑容，期待伊米娜等人发生内讧的笑容。

确实，不同于冒险者小队，许多工作者小队只是因金钱方面的利害关系组合在一起。在这种情况下，很可能会争先恐后地溃逃。不过"Foresight"不会。

"爱雪，你快走！"

"是啊,你快走。"伊米娜露出了微笑,"妹妹们不是还等着你吗?那就快逃,别管我们了。这才是你该做的!"

"那怎么行!这都是因为我!"

罗巴迪克看到安兹不打算马上发起攻击,走到爱雪身边,然后从怀里掏出一个小皮袋,塞到爱雪手里。

"不用担心,我们会打倒那个叫安兹的怪物追上你的。"

"是啊。到时候你要请我们喝一杯。"

伊米娜也掏出一个小皮袋塞进爱雪手里。

"好了,快走吧。还有,我寄存在旅店钱都归你了。"

"我的也是。"

"民百了,沃先走了。"

当然,三人都不相信。

他们一点都不觉得能打倒安兹这样超乎想象的存在。爱雪明白这将是大家的永别,她已经泣不成声,只剩下呜咽。爱雪开始吟唱魔法。

"上空有魔物,就算逃跑也会被捉住哟。"

"——'飞行'。"

爱雪无视安兹的忠告,发动了魔法。她最后看了同伴一眼,无言地向上空飞了起来。

"啊,对了。比跑着快,而且不会疲劳。"安兹显出仿佛刚想起来一样的态度。"不过,真亏你们没有闹内讧就决定了让谁先逃啊。还以为你们会更像小毛贼一点,闹得不可开交呢。"

"你肯定不会明白的,因为我们是同伴。"

"对啊,作为同伴的盾牌死去也不错——"这时有一道光闪过伊米娜的脑海,"你的同伴应该也是这样吧?"

"唔!!"

"你的同伴也非常可敬吧?我们之间的感情不逊于你们。"

"没错。"安兹平静地低语,仿佛刚才邪恶的气氛全部烟消云散了。"人为朋友舍命,人的爱心没有比这个大的。——马可福音上是这样记载的来着?"

"……我们就算死了也没关系,不过,希望你能看在我们的行动与你那些可敬的同伴相仿的分儿上,放过那个小姑娘吧。"

"唔……"安兹迟疑了几秒,然后摇了摇头,"没有可以赐给你们这些毛贼的慈悲。你们应该受尽一切痛苦,然后死去。不过看在你们两个宁愿舍弃自己的生命也要帮助同伴的分儿上,那个小姑娘可以不用和你们一样……夏提雅。"

安兹毫不介意地背向两人,再次向贵宾室发话。这样的态度仿佛在说,他根本没有受到伤害的可能性。

不,这是事实,不管什么攻击都没法伤害他,所以才会这样满不在乎。两人没有伤害名为安兹的怪物的手段,然而正因如此,伊米娜才需要冷静地开动头脑,至少也要为爱雪争取逃走的时间。

就算是白费力气,也只能一搏,伊米娜和罗巴迪克互相使了个眼色,彼此点头示意。

同时，听到安兹的声音，又一位贵宾室里的少女从天而降。

那是一位发出美丽银色光辉的人类少女，就连慢慢被愤怒支配的两人，都差点被她的美丽夺走了眼睛。

突然，少女移动视线，从正面凝视着二人。伊米娜看着那双鲜红而美丽的眼睛，感到它仿佛攥住了自己的心脏。同样，罗巴迪克也感觉到令动作——甚至呼吸都变困难的重压向自己袭来。

少女的视线移开后，伊米娜二人依然无法动弹。

"夏提雅，告诉那个小姑娘什么是恐惧。她现在以为自己抓住了说不定可以逃掉的甜美希望，让她坠入现实的绝望深渊，作为她入侵纳萨力克大坟墓的惩罚。在那之后，不要让她受苦，仁慈地杀掉她。"

"明白了，安兹大人。"

少女夏提雅对安兹露出妩媚的微笑。然而，伊米娜在侧面看到那光彩照人的微笑，却感到一阵寒意蹿过脊背。直觉告诉她，那是一只披着美丽外皮的怪物。

"去享受一下狩猎吧。"

"是，我会的。"

夏提雅对安兹深深鞠了一躬，然后缓缓迈起步子。伊米娜头脑中的另一个自己发出呐喊，告诉她那每一步都是夺取爱雪生命的行为。即使如此，伊米娜——包括罗巴迪克，也无法动弹。

夏提雅没有转头,甚至瞥都没有瞥一眼地走过了两人旁边。跑起来马上就能追上的距离,却让人感到遥不可及。

"怎么了?还不攻过来吗?本来你们可以趁着我们说话发起进攻的……没想到你们这么遵守礼仪。"

安兹并不是在取笑两人,这是他的真心话。听到安兹在某种意义上来说有些傻气的反应,伊米娜感觉略微恢复了一点斗志。

"问你一个问题!这样做,这样做哪里慈悲了?"

"神官……告诉你好了。在纳萨力克,死亡代表无法给予更多痛苦,所以是一种慈悲。"

沉默降临,话说到这个份儿上,接下来该说话的不是嘴,而是手中的武器。

"——我们上,罗巴!"

"嗯!噢噢噢噢!"

罗巴迪克发出并不适合神官的战吼,直冲过去把钉头锤砸在了安兹脸上。这是没有多想的全力一击,是考虑到安兹不会躲闪,使出全身力气挥出的一击。

虽然安兹挨了全力一击,但是不出所料,他的举止看起来不像感到疼痛。罗巴迪克继续追击,把另一只空着的手伸向安兹。

"中伤治疗!"

治疗魔法的矛头指向安兹。不死者受到治疗魔法反而会受到伤害，然而就和刚才爱雪使用的攻击魔法一样，仿佛有一堵看不见的墙，让魔法没有发挥效果。

"啊啊啊啊啊啊！"

——随着失控般的叫声，伊米娜拉满了弓，然后——放箭。罗巴迪克就在旁边，不过她不会误伤队友，这点距离，她是百发百中的。

然而——飞去的箭打在安兹身上，没有造成一点伤害，坠到了地上。

安兹的身影突然消失了。

——和刚才一样的战术。

"传送魔法！"

"回答错误。"

声音果然是从身后传来的。

"伊——"

在罗巴迪克的喊声之前，安兹的手已经轻轻地搭到了伊米娜肩膀上。从这举动中完全感受不到敌意。

然而，效果是绝对的。伊米娜全身脱力，瘫倒在地上，意识虽然清楚，但是全身的肌肉好像变成了黏稠的液体。

"你到底做了什么？"

罗巴迪克的视线紧紧盯着瘫倒在地的伊米娜，以及站在她身旁的安兹，用颤抖的声音问道。

"很不可思议吗？其实没什么大不了的啊。"

安兹揭开谜底，说出令人心死的答案。

"和刚才基本一样，先发动无吟唱化的'时间停止'，走过去的时候发动刚才给倒在哪里的男子用的魔法'不死者的接触'，然后从背后碰了她一下而已。"

仿佛空间冻结的寂静突然降临，罗巴迪克觉得自己吞咽口水的声音格外响亮。

"停止了时间？"

"没错，时间对策是必需的哟，在你们到达七十级之前，一定得准备好。当然，你的人生就到此为止，没必要了。"

罗巴迪克的牙齿发出颤抖的声音。

"你骗人！"如果能这样喊出来该多好。眼前是怪物——应该说是已经踏入神之领域的存在才对。如果能否定他的所有话语，捂住耳朵蹲下该多轻松。

罗巴迪克也明白他非常强大。

即使如此，停止时间这样的行为，不是属于这个世界的生物能做到的。

人本应无法操纵或控制时间的流动。面对能做到这一点的对手，他还能怎么做？让他拿一把剑砍倒大森林里所有的树还更有可能。

安兹·乌尔·恭，他是人类种族绝对无法战胜的，已经站在了神之领域。

罗巴迪克双手握紧钉头锤——

——肩头被拍了一下。

"啊……"

罗巴迪克的身体僵住了，就算不看，他也知道是谁拍了自己。本来在自己眼前的安兹·乌尔·恭——连时间都能操纵的神一样的存在，不知什么时候不见了。

他觉得身体不听使唤，仿佛是冻气从放在肩膀的手中流出，让他的身体成了冰雕。

"没用的。"

罗巴迪克听到的是和善的、没有一丝敌意的声音。钉头锤无力地从他的手中滑落，掉落在大地上。

"好了。"安兹低声自语，看向失去斗志的罗巴迪克。

"一切都是白费力气，辛苦你们了。"

——一切都没有效果，不管用什么手段，都无法对安兹·乌尔·恭造成伤害。

被彻底击垮的罗巴迪克静静地凝视着安兹，平心静气地问道：

"请回答我一个问题，等待着我的会是什么样的命运？"

"嗯？你是信仰系魔法吟唱者，所以会和那两人不同哟。"

说完这样一句开场白，安兹讲起了自己的打算。

"那么，就先从那两人开始吧。亚乌菈，把那两人带到大洞去，饿食狐虫王说过巢不够用。"

黑暗精灵的耳朵颤了一下，同时睁大了眼睛。

"安、安兹大人。马雷！我可以命令马雷吗？让他把他们带过去！"

"唔，嗯，无妨。"

"明白了！我让马雷来做！"

"啊，抱歉，等待他们的命运可不轻松。那么关于你嘛——先说点别的。刚才追上去的我的部下是一位信仰系魔法吟唱者，不过她的神和你们信仰的神完全不同。其实对我来说，你们信仰的四大神才比较陌生。所以我要跟你确认一点，从属神都有各自的名字，然而四大神，或者说六大神都只有火神、土神这种代表所司之职的名字，这是为什么？"

"这个嘛，我也不知道。"

"原来如此……他们不是拥有神秘力量的超常存在，只是神格化的过去的伟人啊——"

"胡扯——"

"别激动，先听我说。这只是我的看法。然而，你们是借助神的力量发动魔法的，死去的人会有这样的力量吗？从根本上讲，神到底是什么？真的存在吗？你们真的是从神那里得到力量的吗？"

"你在说什么呢？"

"你见过被称为神的存在吗？"

"神就在我们身边！"

"你的回答，意思就是没有亲眼见过喽？"

"不对！使用魔法的时候，我能感觉到伟大的存在，那就是神！"

"谁说那就是神的？神自己，还是使用其力量者？"

罗巴迪克回忆着各种神学论。安兹提出的疑问，并没有一个明确的答案。现在这个问题依然是神官之间各种摩擦的原因，即使如此，大家也得出了结论，说那就是被称为神的存在的一部分。

罗巴迪克正打算开口，安兹抢先说了起来：

"不过，假设这就是高级存在——被称为神的存在，我觉得它本应是无色的，简单来说就是力量的集合体。给它倒上有各种颜色的液体，就能让它发生变化……当然，这个世界上存在名为魔法的法则，我自己都觉得自己的想法值得吐槽，这个世界就算真的有神也一点都不奇怪。"

"哦"

"抱歉，我想说的本来不是这样的话，我只是在想，不知道能不能学到你们的神的力量……说实话，我想进行人体实验。"

安兹毫不在乎地说出了非常危险的词语。

"人体实验？"

"没错。比如改变你的一部分记忆，把你信仰的神改成其他的神，会造成什么样的结果。"

疯子——这是罗巴迪克最真实的感想。

不，对方是不死者，不管做出多么疯狂的事都不稀奇。

安兹非常感兴趣地盯着向后退了一步的罗巴迪克，他的视线就像一位观察实验动物的学者，看得罗巴迪克直想吐。

"为什么，要这样做？"

"为了证明神的存在……这样的玩笑话就不说了。真正的目的是通过解读力量，试图让自己变得更强大。还有如果发现神真的存在，要确认神是否有可能与我们为敌的感情或知性。我啊，从来不觉得自己是独一无二的，实际上我也发现了许多相应的证据。"

罗巴迪克不知道他到底在说什么。

"正因如此，扩充军备才是有必要的。当然，或许根本没有敌人，或许敌人根本没有我们这么强大。不过，作为一个组织的领袖，你不觉得我不应该那么大意吗？如果自恃强大，不思进取，迟早有一天会阴沟翻船。

"确认神的存在也是其中的一环。"

安兹说完，耸了耸肩。

2

爱雪不停地喘着粗气。

只要周围一有风吹草动，她的身体就会一颤，然后以仿佛小动物般的动作环顾四周。

周围是森林，有许多光照不到的地方，郁郁葱葱的树木挡住了光线，很少有天上的光亮能照到地面。

以常人的视力，走在这种地方都十分困难。爱雪能在没有照明的情况下活动，是因为她用了魔法"暗视"，周围对她来说像大白天一样看得一清二楚。

虽说能看清楚，但是周围有可以轻易隐藏身形的茂密草丛，身后有足以藏身的巨树，树木的枝叶摇曳着发出"沙沙"的声音，需要注意的地方数不胜数。

爱雪是魔法吟唱者，如果被怪物扑倒压在身下，她根本无法凭力气挣脱。虽说平时伙伴会马上来救她，然而现在没人可以伸出援手，没人在前方抵挡魔物，没人帮她治疗。

也就是说在她必须在发生近身战之前察觉敌人的存在，拉开距离或者逃跑。正是因为明白这一点，她才精神高度紧张地注意着周围，导致精神疲劳比平时更严重。

她本来打算逃出竞技场后，就使用"飞行"远走高飞。飞过树顶高度的时候，她发现夜空中有一个剪纸画黑影般的巨大物体。巨大物体仿佛正在寻找什么一样飞行，她放弃了飞走的计划。

看到了巨大蝙蝠一样的黑影，她实在拿不出比拼飞行速度的勇气。虽然"透明化"可以欺骗视觉，但是没法欺骗蝙蝠特有的感觉器官。

爱雪确认周围安全后，再次上浮，以缓慢的速度在半空中前进。

她的速度大幅低于"飞行"的最高速度，这是为了观察周围。以最高速度飞行，就算对周围保持警醒，也会错过最佳的发现时机。为了避免冲进魔物群中，只能降低速度。

　　渐渐地，爱雪感觉到包裹自己的魔法膜开始减弱。"飞行"的生效时间结束了。

　　爱雪缓缓地落了地。

　　问题是现在开始该怎么办。再次使用"飞行"本身并没有问题，她能感觉到自己还有足够施放的魔力，但是，"暗视"也是必不可少的，而且需要保留魔力维持目前发动的防御魔法，还要留下万一遭遇了不可避免的战斗可能会用到的魔力。

　　在爱雪会用的魔法中，第三位阶的"飞行"是位阶最高的魔法，也就是说，是耗费魔力最多的魔法。因此除非不得已，她不想使用。

　　不过"飞行"可以无视艰险的道路，不会造成身体疲劳，不能使用优点这么多的魔法，爱雪简直没法推测自己逃离这座森林需要多少时间。而且不能飞，就代表不能确认自己所处的位置。

　　爱雪每过一段时间就升到树顶的高度，通过竞技场旁的大树来确认自己的方位。如果不用"飞行"来移动，爱雪大概很快就会失去方向感。在郁郁葱葱的森林中，看不到自己当作路标的巨树，而且现在的状况，也不允许她每过一段时间就爬上附近的树确认路标。

"——找个地方休息一下。"

爱雪小声自语。

确实，如果休息一下让魔力得到回复，能使用"飞行"的次数就会增加许多，而且在太阳下行动要比现在安全得多，特别是森林中，许多魔物都是夜行性的。

比起在黑暗的森林中硬着头皮前进，还是找个地方藏身等待天亮要安全得多。

然而，爱雪并不知道什么地方才是安全的。

如果伊米娜在身边，她一定会告诉爱雪哪里才安全。如果罗巴迪克或者赫克兰在身边，就算是危险的地方也能放心休息。然而可靠的同伴们现在已经不在身边了。

"——伊米娜，罗巴迪克。"

爱雪靠在巨树上，想起了自己的同伴。

"骗人。"

已经过了这么长时间，两人还没有联络爱雪。

看来他们果然没能逃掉。

不，其实她早就明白，他们不可能战胜实力有云泥之别的安兹。即使如此还抱有小小的期待，只是因为爱雪太傻吗？

爱雪瘫坐在地，背靠着树干，闭上了眼睛。她知道这样做很危险。

然而她实在想闭眼。

她想着三位同伴，用力闭上眼睛。

凉凉的树皮让她的头部感到十分舒服。小憩之后，她才强烈感觉到自己真的累了，高涨的紧张感形成的精神重担，一直沉甸甸地压迫着她。

"呼——"

她放松颈部的力量，让头向后仰去。

然后睁大了眼睛。

在"暗视"作用下清晰的黑夜世界中，她没有理解那怎么会占据自己的视野。

有人俯视着爱雪。

那是一位爱雪从未见过的、美得令人胆寒的少女。

少女穿着本不该出现在森林中的漆黑柔软舞会礼服，一身白蜡质感的白色皮肤。她正用一只手握着银色的长发，以免头发垂到爱雪脸上。

就连爱雪这位前贵族都没有见过如此美丽的少女。如果她出席舞会，一定会是大家竞相邀请的对象，那双鲜红的眸子放射出摄人魂魄的魅力，大概仅凭美貌，她就能得到自己想要的一切。

很快爱雪就回过神来，想到这种地方不可能有打扮成这样的少女，而且少女还两脚站在树上，身体与树干垂直。

首先想到她是安兹派出的追兵，然而也不能说绝对不可能是住在森林里的居民。

"不玩捉迷藏了？"

小小的期待轻易被粉碎了。

"追兵——"

爱雪跳起来，与少女拉开距离，用法杖指着她。少女仿佛对这样的爱雪失去了兴趣，沿着树干走到了地上。

"好啦，你得快点逃嘛。"

"——现在打倒你，就可以安全地逃走了。"

说是这样说，爱雪却在内心苦笑。眼前是安兹这个超越常识范畴的怪物派来的追兵，她很清楚自己不可能赢。

即使如此，她还表现出这样的态度，是为了试探对手的反应。

"那就请吧，可以稍微陪你玩玩。"

这样的态度代表她完全理解敌我实力差距，也就是说，对于她来说，和爱雪战斗只属于游戏的范畴。

"飞行！"

爱雪吟唱魔法，开始逃亡。现在顾不上小心翼翼地贴地飞行了，她用双手捂住脸，穿过树枝之间的空隙上升，一口气越过了树顶。

爱雪在夜空下放眼四望，她是在提防刚才看见的巨大蝙蝠般的魔物。附近没有那只魔物的踪影，那么要做的事就是全速逃跑。

"跑啊，加油，加油。"

一个动听的声音给正要逃跑的爱雪鼓劲。爱雪的心脏猛地跳动了一拍,她四处移动视线,想要找到声音的来源,在比自己更高的上空,她找到了。

不知是什么时候飞上去的,刚才的少女就在那里。

"雷击!"

青白色的雷击从伸出的法杖前端射出,切开夜晚的黑暗,向少女刺去。这是爱雪能使用的最强的攻击魔法,然而少女被雷击贯穿后,依然保持着微笑。

这时爱雪确信了,这是与安兹同样强大的存在,也就是说,是爱雪绝对无法战胜的存在。爱雪正打算逃,只听少女发出快活的声音。

"眷属啊。"

少女后背生出了翅膀,那翅膀像蝙蝠的一样,只是极其巨大。一只异常巨大的蝙蝠仿佛从背后分离般飞起。当然,拥有鲜红眼睛的蝙蝠,不可能只是普通的野兽。

在呼扇着翅膀飞起的蝙蝠旁边,少女露出了满意的讪笑。那笑容和少女的外貌年龄格格不入,让爱雪觉得自己全身仿佛冻结了。

"来吧,加油逃吧——"

爱雪开始逃。

不顾一切地逃。

她为了甩开追兵,一头逃进灌木丛中,任凭身体被树枝划伤。

自己为了逃跑扔下了同伴,如果逃不掉,太对不起同伴们了。为此她愿意做任何事情。

不知道飞了多久之后,绝望摆在了爱雪面前。

墙。

那里有一堵不可见的墙。

世界无限广阔,前方却有一堵阻挡爱雪身体的墙。爱雪现在身处高空二百米,不可视的墙延伸到了这么高的地方。

"这是——"

爱雪充满绝望地自语。她一边用手摸着墙,一边飞行,然而,有墙,有墙,有墙,还是有墙。

没错,不管往哪飞,手掌得到的都是坚硬的触感。

"这到底是怎么回事?"

"是墙哟。"

爱雪明明在自言自语,却得到了回答。她猜到了声音来自谁,一脸疲惫地转过头去。

眼前的人物和她预测的一样,就是刚才的少女。她身边还盘旋着三只巨大的蝙蝠。

"你们好像误会了什么,这里是纳萨力克地下大坟墓第六层,也就是说所处的位置是地下。"

"这里是地下?"

爱雪指着远处的世界。上面有星空,中间有风儿流淌,茂密的森林覆盖着大地。她觉得这样的地方不可能是地下，又觉得对这样一群人来说，或许没有什么是不可能的。

"四十一位无上至尊——至尊们曾经统治这里，同时创造了我们。就连我们这些至尊的造物，都无法理解世界的原理。"

"创造了世界？那不是神的……"

"没错，至尊们对于我们来说就如同神一样。那些以安兹大人为首，曾经统治此地的大人们。"

爱雪环顾四周。

她已经认命了，看到这么多异乎寻常的事实，她只能认命。

自己是不可能活着回去的。

"好了，你不逃了吗？"

"——我逃得掉吗？"

"不可能，我本来就没打算放走你。"

"——是吗？"

爱雪用双手握紧法杖，向少女冲了过去。魔力已经耗尽，她没法再用魔法，即使如此，她也要尽最后的努力逃跑。这就是成了"Foresight"唯一幸存者的爱雪的义务。

"好，好，辛苦你了。"

看到爱雪拼死一搏的样子，少女以缺乏兴趣的口吻说道。

"那么，你的逃跑就到此为止了。到最后你都没有号啕大哭，真是太遗憾了。"

少女轻轻抬手接住挥来的法杖，向自己的方向一拉。爱雪被拉得失去平衡，扑向少女，两者在空中抱在一起。

少女借势把脸埋向爱雪的颈部。爱雪挣扎着想要甩开，少女的身体就像用胶水黏在她身上，挣脱不掉。温吞吞的气息喷在颈部，爱雪的身体打了一个冷战。

"嗯，有汗臭味。"

对于身为工作者的爱雪来说，工作时不能保持身体清洁也是没办法的事。这一点对于工作者、冒险者、旅行者等四海为家的人来说是理所当然的。就算被人笑话脏，也可以笑着回答说"出门在外也是难免"。

然而，如果是一位比自己年少的绝色美少女这样说自己，就难免会面露羞涩了。

少女的脸离开了爱雪的颈部。爱雪看了一眼那双深红色的眼睛，感到内心涌起一股厌恶感。因为那双眼睛里，燃烧着渴望享受少女肉体的，像男人被情欲迷了心窍般的感情。

"放心吧，等待你的是毫无痛苦的死亡，你要感谢安兹大人的慈悲。"

想要反唇相讥时，爱雪惊呆了，因为她发现自己的身体动弹不得，就好像被那双鲜红的眼睛吸走了魂魄。

这时，爱雪终于察觉到了少女的真面目。她不是人类——而是吸血鬼。

"然后……"少女把脸贴到爱雪的脸旁，顶开双唇伸出一条滑溜溜的舌头，舔了舔爱雪的脸，"咸味的。"

少女露出满意的笑容，爱雪则被绝望折磨着。

少女加深了笑意。

她的嘴唇像裂开一样咧到耳根，她的虹膜映出的色彩把整个眼球染成了血红色。

然后她的嘴仿佛真的发出"啪嚓"一声一样打开了。刚才还有一口悦目白牙的口中，长出了好几排令人联想到注射器的、像鲨鱼一样又细又白的尖牙。粉红色的口腔闪烁着淫靡的湿滑光辉，透明的口水顺着嘴角流了下来。

从心底喷涌而出的恐惧感瞬间笼罩了爱雪。

"啊哈哈哈哈哈哈!!"

看到怪物肆无忌惮地发出血腥味的狂笑，爱雪放开了自己的意识。

最后想起的是在家里等待自己的两个妹妹。

"嗯嗯嗯嗯？昏过去了吗……那么看来没必要用魔法剥夺你的意识了啊。你就这样在梦中接受死神的拥抱吧。"

3

把入侵者的事后处理交给部下，安兹在王座大厅里打开了显示屏，开始浏览纳萨力克内的数据。他最关心的资金数额只有轻微的变化，因为这次几乎没有用会产生费用的陷阱。可以说，这次实验非常成功。

他对面带紧张神色等待评价的雅儿贝德露出笑容——虽然只有白骨的脸上没法露出表情——开始称赞她。

"非常漂亮。虽然入侵者很脆弱，不过在这个世界的人中已经算是有实力的了，只用了这点钱就解决了他们，看来以后防卫交给雅儿贝德没有问题。"

"谢谢您的夸奖。"

雅儿贝德面带明显松了一口气的表情，深深鞠了一躬。

"那么安兹大人，时间方面不要紧吗？"

"没问题，我听潘多拉·亚克特说，上面看到工作者迟迟不归，决定就这样等一天，或者等到坟墓内有什么变化为止。"

天亮之后，发现工作者还是一个都没回来，冒险者们开始慌乱。于是飞飞——潘多拉·亚克特提议原地等待一天。大家本来计划在发生异常事态时撤除据点，到更远一点的地方进行观察，不过精钢级冒险者的发言比原定计划更有分量。

"那么可以占用安兹大人一点时间吗？其实我有个提案想告诉安兹大人。"

"怎么了，雅儿贝德，稍等一下……好，没问题。"安兹最后看了一眼显示屏上的仓助和蜥蜴人们，转过头去，"那么，是什么提案？"

"——是这样，"雅儿贝德环视一周后开了口，"和刚才那些笨贼说的话有关，对安兹大人来说，搜寻各位无上至尊处在什么样的优先级呢？"

"最高优先级,只要保证不会让纳萨力克地下大坟墓处于危险之中,它就是最优先事项。"

安兹想都不想就给出了答案。

"原来如此,我明白了。既然这样,我的提案就更有必要了。希望您能准许,组建隶属于我的、搜寻诸位无上至尊的部队。"

"怎么讲?"

安兹的声音不由自主地变得僵硬了。因为他察觉到了自己内心的阴暗面。

至今为止,有过不少可以主动出击搜寻同伴的机会,然而每一次,安兹都以"人手不够""情报不够"为由,推迟了相应计划的制定。

他害怕找遍世界的所有角落都没有收获,想到这一点,他就没法下定决心。比起努力确认自己确实孤独,不如做一个疯狂提升名望的怪物更具建设性。

"是这样。刚才的笨贼说的,我们当时就能看穿是假话,然而今后,说不定会出现难以判断真伪的情报。因此我认为应该成立一支确认情报可信性,同时搜索各位至尊的队伍。我认为由我详细调查后再向安兹大人报告比较合适。"

"是吗……"安兹把骨手放在下颌,发出低吟般的自语。想起刚才自己和工作者的对话,他感受到的不是愤怒,而是空虚。被玩弄于希望与绝望的夹缝中,确实是种无比的痛苦。尽管只是小小一步，作为一个组织的领袖，必须把个人的感情放在一边，决定前进的时候到来了。

"不一定要由雅儿贝德管理吧，我希望你能把纳萨力克运营好。以外出寻找情报为前提考虑的话……最合适的，难道不是马雷或者亚乌菈吗？毕竟外面的世界也存在黑暗精灵。"

"您说得没错，但是，这样的话会有'失控'的风险。比如，夏提雅打听到佩罗罗奇诺大人的消息会变得不管不顾，如果亚乌菈或马雷得到了与泡泡茶壶大人相关的情报，不知道他们会做出什么样的行动。"

"原来如此……"安兹回想起夏提雅的事，露出了苦笑，"确实，我也觉得会是这样。"

"所以依我愚见，应该让搜索小队隶属于我。"

"得到了翠玉录的消息，你不会失控吗？"

"请您放心，身为纳萨力克守护者总管的我，保证绝对不会做出这种不顾大局的事。"

"原来如此……"

在纳萨力克的众多成员中，擅长组织运营之类事务的智者雅儿贝德，听凭感情驱使而失控的可能性很低。尽管偶尔会做出一些傻兮兮的事，不过在安兹不在的情况下，她能把纳萨力克运营得有条不紊，证明她值得信赖。

"个人觉得迪米乌哥斯也是很好的人选，然而他已经身兼数职，再让他背上寻找诸位无上至尊的重任，实在过意不去。"

"你说得对。那么让潘多拉·亚克特去做如何？"

"是这样的，希望您能把潘多拉·亚克特借给我做副官。"

"原来如此，安排两位纳萨力克中最睿智的智者，比起一位来更为稳妥……不过他还要管理宝物库，我只能答应在需要的时候优先派给你。"

"非常感谢，还有几件相关的事，能请您听我说一下吗？"

安兹抬了抬下巴，示意她说下去。

"等我直辖的无上至尊搜索队建立后，希望能派一些实力卓越的成员给我。"

"当然了，我会给你安排等级最高的部下。"

"非常感谢，我还想要一位安兹大人制造的不死者副官。"

"这不行。我制造的副官确实有九十级，然而——"

安兹用特殊技能通过消耗经验值制造出的不死者——死之统治者贤者和具现化死神——因为只能召唤一只，所以比佣兵NPC要强。但是这个世界不像YGGDRASIL，没有可以大量获得经验值的手段，不是迫不得已，安兹希望尽量避免使用消耗经验值的技能。

"没错，还是算了吧。小队负责人是雅儿贝德，副官是潘多拉·亚克特，其他队员就从怪物中选吧。"

"遵命。还有另外一件事，这个小队的存在，我希望您能对其他守护者保密。"

"为什么？有其他守护者的协助难道不是更好吗？"

"不会，如果情报泄露出去，守护者或者其他无上至尊创造的人，没准会提出参与寻找。万一得到的情报是陷阱，他们说不定也会以身犯险。我擅长防御，只有我自己应该能逃回来，要保护别人，恐怕就会很困难了。"

"你说得对。好吧，雅儿贝德，就按你说的做。"

"非常感谢！安兹大人！"

雅儿贝德深深鞠了一躬，深得脸都被长发完全盖住了。

"不必谢，这件事就拜托你了。"

"当然！这是执行重要指令的秘密特殊部队，我绝对不会做出让安兹大人后悔自己决定的事。"

安兹在心里歪起了头。这样的回答听起来怎么觉得有些奇怪呢？

（好了，没关系。）

"那么来选你的部下吧，不要从已经配置在各层的部下中抽调了，创造一些新的吧。八十多级的需要多少？"

"有上十五只左右就差不多了。"

"十五只？有点多……"说到这里，安兹摇了摇头，搜索以前的伙伴是非常重要的事，那么这点投入根本连必需经费都称不上。"没事，就这样吧，我明白了。"

"我还有一件事想申请，可以给我露贝德的指挥权吗？"

"不行。"

安兹立刻回答。

纳萨力克最强的个体——露贝德，如果是单纯的肉搏战，她的实力在塞巴斯、科塞特斯、雅儿贝德之上。比起力量强大到安兹全副武装都无法战胜的露贝德，夏提雅都可以用弱小来形容。

（要战胜她只能动用第八层配置的那些，再加上同时使用世界级道具。再怎么样，也应该没法和那里面的一个平分秋色吧……）

"既然启动实验成功了，近期我不打算再动那个。我问你，为什么想要那么强大的战斗力？"

"说来怕您笑话，可以吗？"

"无妨。"

"难得有这样的机会，我想组成一支最强的小队。"

"哈哈哈哈——"

安兹可以理解雅儿贝德有点孩子气的想法，大声笑起来。感情很快被抑制，不过还是留下了一丝愉快的余波。

"安兹大人！"

看到雅儿贝德有些难堪，安兹微微笑着——虽然脸不会动——回答道。

"抱歉、抱歉。哎呀，嗯，很有趣的想法，你是这样想的啊。那么，反正是你的妹妹，指挥权就给你好了。"

"可以吗？"

"无妨，去组成一支你的梦之队吧，说不定别的事情上还要借助你这支队伍的力量呢。"

"非常感谢!安兹大人!"

雅儿贝德再次深深鞠躬,看不到表情,安兹觉得她一定露出了平时的微笑,于是重新把目光投向了显示屏。这时,艾多玛走进了王座大厅,她径直来到王座前,单膝跪地,深深低头行礼。

"打扰。"

"有什么事吗,艾多玛?"

听到雅儿贝德有些硬质的声音,艾多玛回答"是",然后保持相同的姿势说了下去。

"到亚乌菈大人与马雷大人出发的时间了,我来报告。"

"是吗……抬头。"

艾多玛再次简短地回答"是",抬起了头。

"还有时间,我去送送他们吧,用魔法进行联络太没有情调了。艾多玛,不好意思,你先回去,告诉他们二人吧。"

"明白了。"

艾多玛起身向回走,雅儿贝德看着她的背影,用询问的语调向安兹问道:

"安兹大人,没有令您不快吧?这个时候应该派艾多玛以外的女仆来,我会数落她们一下的。"

"此话怎讲?"

"不,我是觉得您听到那个说话失礼的小丫头的声音——"

"啊啊,没关系,本来就是我推荐艾多玛——等等!艾多玛!"

"是!您还有什么吩咐吗?"

看到艾多玛慌忙想返回王座前,安兹伸手示意她不必多礼,原地回话即可。

"其他部分怎么样了?都充分利用起来了吗?"

"是的,头部给了一只高筒帽恶魔,手臂给亡者挣扎去分了,迪米乌哥斯大人拿走了皮肤,剩下的部分成了格兰特的孩子们的饵料,窃以为全部充分利用起来了。"

"是吗,那就好,充分利用猎物是猎杀者的义务。只要是猎人,大概都会这样做,算是对猎物的祭奠吧。"

"您真是——太善良了。没想到您居然会给予肮脏的毛贼如此的慈悲,真不愧是无上至尊。如果听到了安兹大人刚才的话,身为纳萨力克的一员,想必大家都会感动得声泪俱下!"

雅儿贝德发出感动不已的声音。艾多玛那异样的眼睛里也带上了崇敬的色彩。

"嗯。唔,嗯……这只是我个人的判断,不强制你们和我一样做。不过嘛……我还是觉得,充分利用是一种礼貌。"

"明白了。其他几个也会充分利用的。"

看到二人深深低头对自己行礼,安兹有种按错了按钮的奇妙不适感,不过还是回答"嗯"。

4

魔法省有许多会议室和接待室,弗鲁达前往的是其中装饰陈设最豪华的一间。只有王室或身份与王室相当的人来访时,才会使用这个房间。

站在门前,弗鲁达开始确认自己的仪容。

长袍是可以穿去参加皇帝主办的大型晚会的一级品,袖口和领口喷洒的香水发出怡人的气味。

本来,弗鲁达对政治和社交几乎毫无兴趣,准确地说,他希望能把精力集中于魔法研究,其他事对他来说都是烦人琐事,不过,他也知道自己的立场不能对这些琐事漠不关心。

如果自己衣冠不整,可能会影响帝国的威信,他不愿意这样的事态发生。

(好,没问题。)

确认身上的衣服没有问题,他敲了敲门,然后将门打开。

豪华的房间里有两位冒险者。一位穿着仿佛刚才那只死亡骑士般漆黑铠甲的战士,还有一位——就连弗鲁达都有一瞬间看呆了的美女。

(这就是"漆黑"的飞飞和"美姬"娜贝啊。)

"抱歉,让二位久等了。"

弗鲁达轻轻关上房门,此时才注意到有点不对劲。

"奇怪……"

他站在房门前，定睛观瞧绝世美女。

"看不到？"

以弗鲁达的眼睛，本该能看到另一个重叠的影像，然而他没有看到。因为实在太惊讶，他不禁脱口而出。

弗鲁达有天生异能，他能看到与魔力系魔法吟唱者能使用的位阶相应的灵气。

虽然听说"漆黑"小队中的"美姬"娜贝是魔力系魔法吟唱者，但是弗鲁达不能用自己的天生异能感知她的灵气。

（探测防御？）

只有这一种可能性。如果是这样，那么又会产生其他的疑问。她为什么要进行探测防御？普通的冒险者不会做探测防御，总是为这种事分散力量实在麻烦，而且一般人很少会处于必须时时提防的状态。不仅如此，与人见面时进行探测防御，会被认为是一件失礼的事。

（当然，使用探测能力的一方也有失礼之处……不过为什么要隐藏自己的实力？）

大概是因为自己的异能广为人知，所以对方才有此对策，然而弗鲁达还是想不通为什么。

一个显得有些诧异的声音向弗鲁达问道：

"您怎么了？"

"噢噢，真是失礼了。"

弗鲁达坐在飞飞面前，虽说如此，他还是控制不住自己侧目看向娜贝一边。

"啊啊，原来如此。那么我们开始吧？"

弗鲁达正想问开始什么？就听飞飞继续说了下去。

"娜贝，你差不多该摘掉戒指了吧？"

"明白了。"

娜贝摘掉了戒指。瞬间——

弗鲁达仿佛感到一阵爆炸般的冲击波滚滚而来。

"什么！"

他差点儿喊出声来。

娜贝释放出压倒性的力量。

他不是感受到了真正的风压。那是与弗鲁达拥有相同异能的人才能感受到的力量奔流。

弗鲁达就像暴露在刺骨寒风中一样，颤抖着缩紧了身体。

"这、这不……"

这不可能。这怎么可能。这样的——比自己还要强大的力量怎么可能存在。

然而，他无法把否定的词语完整地说出口。眼前的光景是事实。至今为止，弗鲁达的天生异能从未出过错，既然如此——说明她的力量确实远胜自己。

"第七位阶……不对，不会吧，这巨大的力量奔流……莫非……代表着第八位阶吗？"

如果真是如此，已经到达神话的领域了。

弗鲁达已经说不出话了。第五位阶魔法属于英雄的领域，而弗鲁达的第六位阶已经是前无古人。然而，一个轻易跨越了下一领域的人突然出现在了自己面前。

而且是如此年轻貌美的女性。

（莫非她的实际年龄和外貌并不相符？！）

弗鲁达正因为惊愕浑身颤抖，在他视野的一角，飞飞脱下了黑色金属手套，接着摘下了戴在手上的戒指中的一枚。

瞬间，闪光笼罩了整个世界，弗鲁达觉得自己好像失去了意识。

他没法理解眼前发生的事情。就连经历了超过两百个春秋的弗鲁达，能使用人类可以到达的最高位阶魔法的人物，都没法理解眼前发生的事。

"怎、怎、怎么会，怎么会这样。"

弗鲁达感到温暖的液体顺着脸颊滑下，然而他顾不上擦，也没有力气擦。令他心乱如麻的冲击就是如此巨大。

谁能想到呢，人称漆黑战士的人物，作为魔力系魔法吟唱者，居然处在弗鲁达望尘莫及的高度。

"如果刚才那是第八位阶，这就是第九……不对……难以置信……噢噢，神啊……"

漆黑战士飞飞释放的压倒性的力量轻松盖过了坐在旁边的娜贝。飞飞超过了推测能使用第八位阶魔法的娜贝，他能使用的魔法到底能达到怎样的高度呢？

脑海一隅浮现出的问题，弗鲁达的灵魂知道答案。

——第十位阶，据说存在，然而没有人亲眼确认其存在的绝对领域。

身处这个无上领域的人，现在降临在自己面前。

弗鲁达站起身来，带着满脸老泪跪倒在飞飞身前。

"我一直信仰据说司掌魔法的小神，然而，如果您不是那位神，我的信仰方才已经消失了。因为真正的神显圣在我的面前。"

弗鲁达把额头猛地撞向地板，平伏在地。在内心喷涌的无法抑制的喜悦面前，疼痛毫无意义。

"虽然明白这样很失礼，但我还是要向您跪拜祈求！请您当我的老师吧！我希望能一窥魔法的深渊！求求您！求求您！"

"作为交换，你愿意付出什么？"

想必问一百人，一百人都会有相同的感想，说那是冰块般冰冷的声音。然而在弗鲁达听来，那却是令他心潮澎湃的福音。当然，他理解这杯酒里面有毒，可是——那又怎么样。

弗鲁达毫不犹豫地决定付出代价，哪怕是他自己的灵魂。

"一切！没错，我愿意把自己的一切献给您！深渊之主！深不可测的大人！"

"好吧，既然你愿意献出一切，那么我的知识就属于你，实现你的愿望吧。"

"噢噢！噢噢！"

弗鲁达把额头贴在地面，流出了欢喜的泪水。他觉得自己因为妒忌而僵硬的心仿佛融化了。他现在得到了实现自己渴望了两百年的夙愿的可能性。

弗鲁达兴奋得浑然忘我，额头蹭着地面爬到飞飞旁边，亲吻他的护脚。他一开始想舔遍飞飞的护脚，然而头脑一隅，一个冷静的自己提醒他，这样可能招致自己的主人和神的反感，于是他退而求其次。

"可以了，我已经明白你的忠义了。"

"噢噢！太感谢您了……我的老师！"

"那么我命令你，把活祭送到我的城堡——"

"老爷子！老爷子！你怎么了，老爷子！"

正在想事情的弗鲁达，听到呼唤自己的声音，回过神来。几天前震撼的邂逅，现在依然牢牢占据着弗鲁达的心灵，只要一不留神，就会把他领进梦幻的领域。

弗鲁达眨了几下眼，想起自己身在何处之后，对呼唤自己的人物轻轻低下了头。

"失礼了，陛下，臣刚才在想事情。"

弗鲁达的视线前方，是唯一一位将自己称为"老爷子"的人。他就是巴哈斯帝国皇帝，吉克尼夫·伦·法洛德·艾尔－

尼克斯。自己所处的房间，就是皇帝的政务室。

平时只有很少几人会在这个房间，然而现在却有很多人。皇帝吉克尼夫、四名护卫、帝国最卓越的魔法吟唱者弗鲁达·帕拉戴恩。吉克尼夫是一位罕有的睿智明君，能辅佐他的臣子自然能力出众，现在房间里还有十名吉克尼夫的心腹大臣。除此之外，甚至连号称帝国最强的帝国四骑士之一"雷光"巴杰伍德·佩什梅尔也在场。

人们各自坐在自己喜欢的地方，讨论着帝国今后的方针。周围散乱的纸张说明了会议讨论的激烈程度，其中有人甚至嗓音都有点哑了。

人称鲜血皇帝的年轻皇帝，对弗鲁达说出了绝不会对别人说的话。

"没事，不用在意，毕竟有那么多事需要老爷子费心。老爷子年纪也大了，我也想让你稍微清闲一点，可是一遇到事我又免不了会依赖你，别怪我。"

"感谢陛下的体恤，不过，我是陛下忠实的臣子，您不用顾虑，有事请尽管吩咐。"

听到皇帝慰劳自己的话语，弗鲁达轻轻低头表示感谢。

他长成了一个好孩子。

弗鲁达凝视着眉清目秀的青年，这样想着。

弗鲁达出仕帝国，已经是六代前的事了。

他和当时的皇帝——六代前的皇帝相处不融洽，即使如此，弗鲁达作为力量强大的高阶魔法吟唱者，入朝之后很快就在宫廷魔法师中身居要职。

因为和上一代的不融洽，他与五代前的皇帝稍微亲密了一些，在获得宫廷主席魔法师地位的同时，也从魔法方面参与其子，也就是四代前皇帝的教育。

从三代前皇帝开始，弗鲁达作为老师向皇帝灌输各种知识，也在政务方面有了更大的参与。

然后就是现任皇帝——他心爱的学生。

弗鲁达辅佐过历代皇帝，没有一个是昏庸无能的。每一代都那么优秀，仿佛是神特意选出来的。尽管这些孩子——六代前的皇帝是壮年——个个天赋异禀，在历代皇帝中进行比较，现任皇帝的才干也是超群的。虽然从两代前就一直开始进行准备，但是能推行君主专制制度，也是因为他卓越的才干。

弗鲁达把吉克尼夫·伦·法洛德·艾尔－尼克斯当成宝贝。

他一直把皇帝当成自己的孩子来教育，他也确信皇帝把自己当成第二个父亲看待。

即使如此——

就算是当成亲生儿子一样宝贝的人物，弗鲁达也会割舍掉。

（我想窥探魔法的深渊，吉尔，只要是为了这个目的，不管割舍什么，我都不会犹豫，哪怕是像你这么可爱的孩子。）

"那么陛下，这次完全不对王国发起进攻了，没问题吧？"

"没错。现在更重要的是调查名叫亚达巴沃的恶魔。老爷子，查到什么了吗？"

"非常遗憾，陛下，虽然在调查，但是到目前还没有发现资料。"

没错，说好这样的。

"帕拉戴恩大人，不能用魔法进行调查吗？"

弗鲁达慎重地构筑起表情，眯起眼睛看着向自己提问的男子。

"魔法确实有万能的可能性，然而——"

"老爷子，不好意思。你一说起这个，时间就太长了，现在就先别说了。"

"遵命，陛下。"弗鲁达装出有点扫兴的神色，然后用老师教导笨学生的口吻重新开了腔，"所谓魔法搜索，是存在对抗手段的。比如，你也知道这个房间就施放了防止声音传到外面的屏障吧？除此之外，比较简单的还有探测魔法阻碍。"

"原来如此，也就是说存在多种对抗手段，并不像说起来那么简单啊。"

"没错，不过，如果只是魔法失去效果，还算是幸运的。高阶魔法吟唱者会对这类魔法做好反击的准备，用那种搞不好会立刻杀死探测者的魔法。"

（我这种水平的魔法能对无上至尊有多少效果呢。真的没有比那位大人更适合无上至尊这个称呼了。我得尽快让大人看到我是有用的——)

有几人听到用反击立刻杀死探测者，露出了反感的表情，不过弗鲁达对他们的想法不感兴趣。

"从这点来考虑，"臣子中的一人拿起了一张纸，"既然帕拉戴恩大人已经用魔法调查了名为安兹·乌尔·恭的魔法吟唱者的据点，说明这位仁兄实力不及帕拉戴恩大人吧？"

"天真！"

拼命克制自己不发出苦笑，弗鲁达选择了强硬的口吻，以让对方明确感觉到自己的不快。

"太天真了。我只是发现有人拯救了，不，应该说是只拯救了卡恩村，才让人用魔法监视附近的整个区域，这才发现了那个遗迹。我的知识中没有这个遗迹，因此进行了持续监视，碰巧发现疑似名叫安兹·乌尔·恭的魔法吟唱者进了遗迹。如果忘记这个发现只是偶然，可是会惹火上身的。"

有一部分是他的真心话。小看那位大人，是愚蠢的行为。不，自己其实也曾经是愚蠢的，无知真是太可悲了。

弗鲁达在心底嘲笑曾经愚蠢的自己，当时真是太蒙昧无知了。

"非常抱歉。"

他抬起手来，表示接受对方的谢罪。

"啊，对了，老爷子，派去那个魔法吟唱者的疑似住处的工作者们怎么样了？"

"我派了谍报员尾随他们，其中一人用'讯息'发回了第一次报告，说那些人应该是全被灭了。"

吉克尼夫用手指算着日子，然后稍稍睁大了眼睛。他听说派去的是几支非常优秀的工作者小队，结果只过了一天，也许是半天就全被灭了，这可是非常令人震惊的事态。

当然，弗鲁达不会觉得吃惊，他觉得这是理所当然的结果，不过，他装出来的，当然是难以置信的表情。

"是这样啊。虽说如此，不能仅凭魔法带来的情报进行判断。冒险者们什么时候回来？"

"由于工作者小队无人返回，他们决定马上撤退，不过应该还要四天才能回来。"

"等拿到冒险者带回来的情报……起码还得五天啊。在那之前我们这边也不好轻举妄动。"

名为"讯息"的联络手段非常欠缺可信性，距离越远越听不清楚。许多国家都不依靠"讯息"，除此之外还有别的原因。

比较广为人知的就是戈庭堡国的悲剧。

它是个以魔力系魔法吟唱者为主的人类种族国家。三百年前，它在都市之间建立了"讯息"网络，实现了情报的快速传递。该国家过于依赖"讯息"，仅仅收到了三条假情报，就进入了内乱状态，城市之间爆发了战争。屋漏偏逢连夜雨，同时遭到怪物的袭击和亚人们的侵略，戈庭堡国灭亡了。

除此之外，吟游诗人也在传唱一个丈夫收到妻子出轨的"讯息"后杀妻，事后发现情报有假的悲剧故事。

因此，很少有人完全信赖"讯息"，反倒是过度信赖"讯息"的人会被当成傻瓜。吉克尼夫也是其中之一，他虽然使用"讯息"，但是同时也使用其他手段获取情报，绝不会单纯依靠一种魔法。

"不过，还真是个蠢货啊。如果在耶·兰提尔雇用工作者，事情对我们会更有利。虽说是无能之辈才能使其于股掌之中跳起滑稽的舞，不过过于无能也是问题啊。他应该更尽职地发挥诱饵的作用才对。"

"陛下所言极是。"

听到弗鲁达的附和，吉克尼夫皱起了眉头。

这个计划是前几天在会议上，接受弗鲁达的提议确立的，它有两个目的。

其中之一是把握安兹·乌尔·恭的性格。

弗鲁达根据调查，确认到安兹·乌尔·恭有几日没有离开遗迹，认为那里应该就是他的据点，所以把工作者送去试探他的反应。

对于入侵自己居所的人，他会采取温和的应对方式，还是显示出强烈抗拒的态度。

通过工作者全灭的结果，安兹·乌尔·恭的性格已见一斑。

另一个目的，是挑拨安兹·乌尔·恭和王国之间的关系。如果在王国雇用了冒险者这个目的就可以实现了，遗憾的是未能如愿。

（看来没有我想象的那么愚蠢啊。）

伯爵得到的情报，不过是有一座前人未至的遗迹而已。身为帝国贵族，盗掘王国领土内的遗迹，风险就已经很大了，如果再去雇用王国领土内的工作者来做，需要太大的勇气。他会去雇用帝国内的工作者也是无可厚非的。

可是，这样一来，没法造成耶·兰提尔乃至里·耶斯提杰王国与安兹·乌尔·恭不睦。所以为了达成第二个目的，需要把前人未至的遗迹的情报泄露给王国的冒险者工会。

"正好飞飞来到了帝国。"

"确实，他应该会把发现了前人未至的遗迹及工作者全灭的消息传回去。这样一来王国的冒险者工会得知帝国觊觎遗迹，一定会全力投入调查。"

就是为了这个目的，才强行安排冒险者同行。当然，没有用任何皇帝的权限，只是经由谍报员把风声散播给了其他贵族。

这次的事件，必须以一个愚蠢贵族擅自做主来盖棺论定。就算帝国被发现参与其中，也要把安兹·乌尔·恭的敌意导向被操纵的伯爵，吉克尼夫依然要以友好的态度行事。

"安兹·乌尔·恭对入侵者已经显示出了强烈抗拒的态度。等王国的冒险者对他的居所发起进攻，这位拥有巨大力量的魔法吟唱者，对王国到底会有什么样的反应呢？王国的冒险者工会铩羽而归后会怎样对应呢？"

吉克尼夫笑着说"真是期待啊"，为了以防万一向身边的人确认。

"我们现在了解到，以安兹·乌尔·恭的力量，可以轻易消灭许多支工作者小队。你们应该已经处理得干干净净，以一颗愚蠢贵族的人头就能了事了吧？"

"当然，我们处理得非常慎重，只有现在在场的人知道内情。"

"那就好，我只是，为了以防——这是怎么了？！"

地震一样的震动打断了吉克尼夫的话，房间的窗户和陈设品都剧烈地晃动。然而，感觉和地震并不一样。强烈震感只来了一次，仿佛有什么巨大的东西撞在了地面上。

"出了什么事？！快确认——好吵，到底出了什么事！"

吉克尼夫听到了尖叫声，不光是来自室内的，甚至还有室外传来的。这个房间的墙壁相当厚实坚固，那么，外面要叫得音量多大，或者有多少人一起叫，才能穿透这堵墙壁呢？这尖叫声——与这个场所最格格不入的声音，到底是什么引起的呢？

透过盖住窗户的窗帘缝隙，护卫之一看到了庭院中的样子，他脸色苍白地回答了吉克尼夫的疑问。

"陛下！是龙！龙降落在中庭了！"

房间只有一瞬间，流过了呆傻的空气。没人马上理解这句话的意思，不，应该说不可能理解。大家虽然明白他不可能说谎，还是冲到窗边，想要亲眼确认。

人们仿佛要扯掉它一样猛地掀开窗帘，看到半透明玻璃对面的光景——坐镇中庭正中的龙，都惊得张大了嘴。

"为、为什么龙会在那里？那龙到底是什么来头？"

"外务！今天有骑龙冲进中庭的无礼之徒预定要来吗？"

"没有听说有这样的人要来！"

"见过评议国的龙吗？！那会不会是他们的龙？！"

"和我听到的传闻中外观完全不同，我是听负责外交的人说的，应该没错。"

"这不重要，居然放它冲进了这里，这才是最大的问题！陛下就在这里，皇家空卫兵团到底在做什么！"

龙拥有坚韧龙鳞包裹的结实肉体、远超人类的寿命、各种特殊能力和魔法力量，是这个世界上最强的存在。当然，龙也有强弱之分，也有很多被冒险者击败的事例。不过，打开史书，同样能看到很多城市，甚至国家被愤怒的龙毁灭。二十多年前南方一座城市被龙毁灭的事件，对许多人来说依然记忆犹新。

这样的存在出现在皇城正中央，是极其非同寻常的事态。

就连吉克尼夫都干咽了一口口水，想要观望到底发生了什么时，只见两个小小的影子从龙背上下来了。

定睛一看，发现是两个皮肤仿佛被晒黑了的孩子。

"应该是黑暗精灵吧。"

弗鲁达平心静气地说出了二人的种族。

"帕拉戴恩大人!那条龙到底是什么来头?那两个孩子到底是什么人?"

"谁知道呢,我也没有见过那条龙……"

不光从龙身上下来的两个黑暗精灵,就连降落在庭院中央的巨龙都被周围的骑士们团团围住。在场的都是帝国引以为豪的骑士,然而在最强生物龙的面前,却显得身形十分单薄。

骑士中,左右手各执一枚盾牌的男子走上前去。

"喂喂,那家伙怎么去了。当然,也没有别的办法……可是失去他也太可惜了吧。"

走上前去的是帝国四骑士之一,"不动"纳扎米·艾内克。

他是帝国最强的战士之一,防御战的能力可以说在四骑士中最强,能抵御多种能量系攻击,然而在龙的面前,他却显得无比渺小。听到"雷光"巴杰伍德·佩什梅尔确信同袍即将殉职的话语,大家都默默赞同。

"皇帝陛下,请快点去避难!"

"我能逃到哪去,哪里才安全!"

听到臣子回过神后的提议,吉克尼夫嗤之以鼻。

"可是——"

"我知道你们想说什么。可是,如果我抛弃皇城出逃,一定会成为笑柄,哪怕对手是龙也一样。看起来不是评议国的龙,不过是知道我不会逃才这样做的话……我听说龙很聪明,他们一定了解帝国的政治状况。"

吉克尼夫虽然牢牢握着贵族们的缰绳,但是这是因为他有骑士团的军事力量作为背景。如果皇城里出现了一条龙他就弃城逃跑,这样的说法流传出去,贵族们很可能以为骑士团不过如此,就会一起举兵造反。虽然他有自信不会输给乌合之众,但是帝国的国力将会大受打击。

(不管是战是逃,都不会有什么好结果,真是狠招。那条龙到底什么来头?)

渐渐地,来到中庭的人越来越多。包围龙的有四十名近卫、六十名骑士,还有魔力系、信仰系的魔法吟唱者。

"只有一百二十人左右,让人不太放心,陛下,我最好也过去。"

吉克尼夫略微皱起了眉头。弗鲁达是帝国最强的王牌,用这样的王牌来对付龙,不知是不是有好处。他最后还是抛开了顾虑,因为吉克尼夫相信弗鲁达,即使是最糟糕的情况,他也能平安逃生。

吉克尼夫并不知道。

弗鲁达提出亲自上阵,是为了断掉吉克尼夫用传送魔法逃走的退路。

"老爷子,拜托了。还有如果可能,帮我告诉'不动'退后,可以吗?"

"明白了，不过，那些不速之客深不可测。我认为他们强得惊人，您最好做好撤退的准备。"

说完这番话，弗鲁达打开了窗户，直接倒向空中，然后在飞行的魔法力量下升了起来。

"那个，大家能听得到吗?! 我侍奉安兹·乌尔·恭大人，名叫亚乌菈·贝拉·菲欧拉!"

就在这时，响起了一阵非常大的喊声。

"这个国家的皇帝，派了一些无礼之徒侵入安兹大人居住的纳萨力克地下大坟墓! 安兹大人很不高兴，如果他不来谢罪，安兹大人将会毁掉这个国家!"

吉克尼夫的表情扭曲了。到底是谁，做了什么，才得出了这个答案? 怎么沿着蛛丝马迹找到这里的?

他环视室内一周，大家都用惊讶的表情回应他，然后，所有察觉到吉克尼夫意图的人，都摇了摇头。

"首先，我们要杀掉在场的所有人! 马雷。"

站在喊话者身旁的另一名黑暗精灵把手中的法杖戳在了中

庭。瞬间，仿佛发生了仅限中庭的局部大地震。说仿佛，是因为吉克尼夫完全没有感觉到大地的震动。尽管如此，大地确实以龙和黑暗精灵们为中心，发出哀号裂开，比蜘蛛网还要复杂的地缝张开了大嘴。

骑士、近卫兵、魔法吟唱者，除了飞在空中的弗鲁达以外，所有人都被大地吞没了。

大概是巧妙地把自己二人放在了效果范围之外，黑暗精灵若无其事地拔出法杖，使大地和裂开时一样，再次迅猛地合起。因为势头太猛，反而形成了隆起，看起来还是像蛛网一样。

刚才聚集到中庭的骑士们已经不见了踪影。结束得实在太快了。

"好了，全杀掉了。接下来要杀掉这座城堡里的所有人……那个，我不知道哪个才是皇帝，还是算了！不过如果不赶快出来，我就要破坏这座城市！皇帝，快出来！"

"陛，陛下。"

脸色苍白的臣子颤抖着，以询问的口气呼唤着吉克尼夫。

"为了暗喻我踩到了龙尾巴，才特意骑着龙来的吗？"

吉克尼夫拼命控制着自己不发抖。绝对唯一的、手握大权的皇帝，不能在臣子面前露出怯色。

"安兹·乌尔·恭……他到底是什么人……不，这不是现在应该思考的问题。"

吉克尼夫从窗口对外面大喊：

"我是皇帝，吉克尼夫·伦·法洛德·艾尔－尼克斯！我想和你们谈谈！使者阁下，可以请你们到这边来吗？"他把脸转向旁边的臣子，"做好最高级款待的准备！马上！"

吉克尼夫把视线从连滚带爬地慌忙跑出房间的臣子们身上移开，重新落到正看着自己的黑暗精灵身上。

"我太轻敌了。如果那只是他的部下……看来他不是我能应付的对手……虽说如此，事到如今已经没了退路。既然你想要交涉……那么下一场战斗将是舌战了吧，安兹·乌尔·恭，我一定会打碎你的如意算盘！"

Epilogue

"请看，说好的一百枚交易金币在这边，还有这边是借据。"

瞅了瞅皮袋中的东西，爱雪的父亲满意地点了点头，毫不犹豫地在递到眼前的羊皮纸上签了字，最后按上家徽。熟练的动作说明他不是第一次经历相应的过程了。

"这样就行了吧？"

看了看递过来的羊皮纸，男子点了点头。如果赫克兰和伊米娜在场，一定会面露厌恶的表情吧。他就是找到"Foresight"住处的那名男子。

男子拿着羊皮纸看了很多遍，确认没有问题，墨水也干了，把它卷起来，塞进了羊皮纸筒中。

"好了，没问题。"说罢，他指着爱雪父亲面前的皮袋，问道，"对了，您不数数吗？"

"没事，就算少一枚也没什么。"

"是这样啊。"

听到爱雪的父亲大方的回答，男人点了点头作为回应。

当然，他确认好了皮袋里确实是一百枚金币。即使如此，一个如此窘迫的家庭，看轻哪怕一枚金币也非常不应该。不，从这样的男人当上家主时起，这个家族就已经完蛋了。

不过对于男子来说，只要能做成生意，就是好客人。

"那么利息和偿还时间也按老规矩来，没问题吧？"

听到这个问题，家主依然大方地——以毫不怀疑自己地位更高的态度，点了点头。

男子也点了点头,表示他明白了。

"对了,您的女儿近来可好?"

"嗯?"

男子想起这一家有三个女儿,补充道:

"我是指爱雪小姐。"

"啊啊,爱雪啊,现在出去赚钱了。"

"是这样啊。"

女儿出门去赚钱,你在做什么?

男子这样想的同时,巧妙地隐藏起眼睛深处出现的轻蔑之意。

他开始觉得拥有这样一位父亲的少女很可怜。

男子也不是铁石心肠。

不过客人对他来说,最重要的是连本带息如数偿还,还有不停地从自己这里借钱。他不打算插手别人的家事。

"不过是赚了几个小钱,马上就不知天高地厚了。"

听到爱雪的父亲不快地嘟囔,男子稍稍皱起了眉头。如果债务人家里闹起矛盾,影响了还债就麻烦了。他已经在这个家族身上靠利息赚了不少钱,只要有可能,他希望尽可能保持与这个家族的关系,因此,他要试着关心一下自己平时不会在意的事。

"出什么事了吗?"

"没有,没什么大事,只是那个丫头忘了父母对她的养育之恩，开始不听话了。"

"如果是这样，那还好……"

"不像话！得好好教训她才行！教教她贵族应该怎么做人！"

男子绝不会把真心话说出口，不过，他还是想说一句。

"真是辛苦啊。"

"就是啊，真是不懂事，那个不成器的丫头……"

男人的话没有带上主语，爱雪的父亲觉得他当然是在说自己辛苦，嘟嘟囔囔地抱怨着。

一百枚交易金币不是小数目，不过按照以往的惯例，这位父亲会很快把这笔钱用光。用光之后，他一定还会把自己叫来，男子判断，在这笔钱还清之前，最好不要再借钱给他。

想到这里，男子环顾室内一周。

房间里有无数在男子看来也非常奢华的陈设品，至少追讨回债款没有问题。就算家私不够抵债——

男子为了隐藏眼中出现的情感，低下了头。

"再说，菲尔特家的千金小姐为什么要从事那种肮脏的工作，听说她的同伴都是平民出身，一定非常没有教养。"

"是这样啊？"

男子回想起在酒馆看到的两人，意味深长地说道。不知道如何理解了他的语气中包含的意思，爱雪的父亲急忙好像要为自己开脱一样继续说了下去。

"唔，我不是指所有平民，是说那些做冒险者的。"

"或许是这样吧。"

"对吧。我女儿开始不听话,说不定也是被他们带坏了,看来有必要好好说说她。本来做女儿的,听父亲的话不是理所当然的吗,给我提意见她还早了十年。"

瞥了一眼愤愤不平的爱雪的父亲,男子从椅子上站了起来。

"那么,我还有其他地方要去,就先告辞了,偿还方面还请您多费心了。"

"姐姐说她什么时候回来来着?"

"还要晚点儿哟。"

房间里有两位少女,两人以床代椅乖巧地并排坐在一起,看上去就像一个模子里扣出来的。

她们雪白的脸蛋上略带朱红,让人想到天使。从与姐姐相似的长相,不难想象两人将来的如花容貌。

两人都穿着有许多褶边的雪白连衣裙,晃着从裙底探出的雪白双足。

"真的吗?"

"真的哟——"

"是吗?"

"是哟——"

"姐姐回来,我们就要搬家了吧?"

"是哟——"

两位少女开心地笑了起来，所谓搬家到底代表什么，她们当然没有多想，不过，最爱的姐姐不会再离开自己，这一点让她们非常开心。

姐姐爱雪经常出门，尽管不知道她具体在做什么，不过两人都知道她做的是非常重要的事，因此两人都决定不任性，即使如此，还是想和温柔的姐姐一起玩。

没错，两人都非常喜欢爱雪。

她是一个知道许多事情的，温柔、体贴的姐姐。

"姐姐还不回来吗——"

"还不回来吗——"

"好期待啊，库黛利卡。"

"嗯，好期待啊，乌蕾利卡。"

"我要让姐姐给我读故事书——"

"我要让姐姐陪我睡觉——"

"库黛利卡好狡猾。"

"乌蕾利卡也好狡猾。"

两人看着彼此的脸，露出了同样的开心笑容，发出像银铃落地般可爱的笑声。

"那库黛利卡也一起，和姐姐一起。"

"嗯，乌蕾利卡也一起，和姐姐一起。"

然后二人笑了起来，梦想着即将到来的快乐时光。

角色介绍

尼罗斯特·佩因基尔

neuronist painkill

| 异形类种族

五大恶人 "职务最恶"

职位———— 纳萨力克地下大坟墓
　　　　　特别情报收集官。（别名：拷问官）

住处———— 地下第五层冰冻监狱内的真实之屋。
　　　　　　　　　　　　　　　Pain is not to tell

属性———— 邪恶————————[正义值:-425]

种族等级— 食脑者 Brain Eater ————————7lv

职业等级— 祭司———————————3lv

　　　　　医生———————————10lv

　　　　　神之手——————————3lv

[种族等级]+[职业等级]————合计23级

● 种族等级　　　　　● 职业等级
总级数7级　　　　　　总级数16级

能力表 status

能力	数值（最大值为100时的比例）
HP [体力]	
MP [魔力]	
物理攻击	
物理防御	
敏捷	
魔法攻击	
魔法防御	
综合抗性	
特殊性	

恐怖公

kyouhukou

异形类种族

五大恶人
"据点（住处）最恶"

职位——纳萨力克地下大坟墓 地下第二层守护者。

住处——地下第二层黑棺。 Black Copsule

属性——中立————————[正义值：-10]

种族等级——昆虫森林祭司 Insect Druid————10 lv

其他

职业等级—高阶森林祭司————5 lv

萨满祭司————3 lv

虫使————2 lv

袖珍者（付费）————3 lv

其他

［种族等级］+［职业等级］————合计30级
- 种族等级　　　　　　　　　　　职业等级
总级数12级　　　　　　　　　　总级数18级

status 能力表

［最大值为100时的比例］

- HP［体力］
- MP［魔力］
- 物理攻击
- 物理防御
- 敏捷
- 魔法攻击
- 魔法防御
- 综合抗性
- 特殊性

赫克兰·塔麦特

hekkeran termite

小队核心

人类种族

职位——Foresight 队长。

住处——歌唱苹果亭。

职业等级—战士————————？lv

　　　　　击剑士———————？lv

　　　　　剑术大师———————？lv

生日——上风月3日。

兴趣——数自己的积蓄。

{ personal character }

　　以速度和攻击次数见长的二刀流轻装战士。本是商人家庭的四子，想要成为冒险者，回过神来发现自己已经成了工作者。喜欢钱也是其中的一部分原因。有判断事情没有危险，不去多想便付诸行动的倾向，经常被伊米娜训斥。不过，他作为队长是优秀的，在他的整合下小队的团队合作几乎无人能敌。

爱雪·伊福·利尔·菲尔特

arche eeb rile furt

集众爱于一身的姐姐和妹妹

人类种族

职位────Foresight 队员。
住处────歌唱苹果亭（从心情上来说）。
职业等级─ 魔法师────────? lv
　　　　　学院派魔法师──────? lv
　　　　　高阶魔法师──────? lv
生日────中风月 26 日。
兴趣────读书（什么书都读）。

{ personal character }

　　在魔力系魔法吟唱者中，把魔法当成学问来研究的，就是魔法师。家道中落后，舍弃了之前的一切梦想，当了工作者。Foresight 的其他成员把她当成妹妹一样疼爱，她自己也觉得小队中的其他人是自己的哥哥和姐姐。尽管周围都认为她可成大器，不过她无非是早熟的秀才，从能力上来讲，已经接近了潜力的极限。

伊米娜

人类种族

imina

敏捷的射手

职位——Foresight 队员。
住处——歌唱苹果亭。
职业等级—游击兵 ————————— ?lv
　　　　盗贼 ————————————— ?lv
　　　　草莽行者 ————————— ?lv
　　　　其他
生日——上火月 29 日。
兴趣——（什么都不做地）纯发呆。

{ personal character }

父亲是森林精灵、母亲是人类的半森林精灵。父亲健在。在游泳方面拥有"非常容易浮起，难以溺水（并不是不会溺水）"的"天生异能"，然而非常讨厌游泳。因为她曾经在水域中遭到魔物袭击，倒过大霉。

罗巴迪克·戈尔特隆

roberdyck goltron

表里如一的善良神官

人类种族

职位——Foresight 队员。
住处——歌唱苹果亭。
职业等级－神官————————— ? lv
　　　　　高阶神官——————— ? lv
　　　　　圣殿骑士——————— ? lv
生日——中水月 13 日。
兴趣——业余木匠。

| personal character |

　　原本作为高级神官生活，在各种纠葛下，恼火于不能拯救应当拯救的人，成了工作者。他经常做把自己报酬的一部分捐给孤儿院之类的事，是个非常善良的人，还说自己要代表与自己有相同想法的神官行动。虽然没有表现出来，但实际上受到很多人的尊敬和赞赏。

作者后记

从第六卷发售到现在已经过了七个月,大家好久不见,我是丸山。

本书大概会在八月末出版,到时候热劲还没过。丸山记得自己还小的时候,进入九月热得就不那么厉害了,现在可没有那么爽快,热劲要持续到九月中旬。当然,这只是丸山儿时的记忆,说不定什么都没变就是了。

丸山因为身上比普通人穿着更多名为脂肪的衣服,所以非常讨厌夏天。虽然为了抵消电脑发出的热气,平时总是在空调开得很凉的房间里,但是在上下班的时候,还是会出大量的汗。香水也会被汗冲掉,实在令人难以忍受。

就在这种暑热的日子里,大家在书店看到腰封的时候,大概很多人都会发出"唔哇"的惊叫声吧,以为暑气让自己产生了幻视。

然而，这是事实！

丸山在刚刚听说的时候，也差点儿大喊一声"真的吗"，不过现在企划已经在进行中了。《不死者之王》动画化企划正在进行中！我正努力献给大家一部好的动画片，今后还请大家多多关照！

那么，我忍着胃部的刺痛，开始向各位致谢。

So-bin老师为本册努力创作了轻小说史上前无古人的插画，真的非常好看。丸山我自不用说，想必诸位读者也对您充满感谢之情！回头我们再一起去吃大餐吧！负责设计的Chord Design Studio，感谢大家一如既往帅气的设计。负责校对的大迫老师，感谢您为我指出的错误。

F田大人叮嘱丸山不要有所顾虑，而且毫不犹豫地建议使用恐怖公的角色插画。希望您把握好工作量，不要努力得让自己太辛苦。

还有协助《OVERLORD》制作的各位老师，非常感谢。还有Honey，这次也要谢谢你的各种帮助。

最后感谢各位读者购买本书。

二〇一四年八月　丸山黄金

OVERLORD Vol.7 DAIFUMBO NO SHINNYUSHA

©Kugane Maruyama 2014
First published in Japan in 2014 by KADOKAWA CORPORATION, Tokyo.
Simplified Chinese translation rights arranged with KADOKAWA CORPORATION, Tokyo.
through JAPAN UNI AGENCY, INC., Tokyo.
Simplified Chinese translation by Beijing Hongyue Scientific and Technical Co., Ltd.

著作版权合同登记号：01-2019-0352

图书在版编目（CIP）数据

OVERLORD．4，大坟墓的入侵者／（日）丸山黄金著；刘晨译．—— 北京：新星出版社，2019.6（2025.4重印）

ISBN 978-7-5133-3561-4

Ⅰ．①O… Ⅱ．①丸… ②刘… Ⅲ．①长篇小说－日本－现代 Ⅳ．① I313.45

中国版本图书馆 CIP 数据核字 (2019) 第 074674 号

日常。包含实现了作者热切愿望的全新创作。分成两部分

可能包含你想知道的秘密

第8部
Volume Eight

OVERLORD 8

OVERLORD Kugane Maruyama | illustration by so-bin

丸山黄金——著
illustration◉so-bin

纳以淡和的安
萨及淡恩后兹
力，淡菲续拯
克公恋雷故救
守之恋亚事的
护于情之｜卡
者众布和间安恩
的的林哥的莉村